Lauren Rowe
The Club ~ Joy

LAUREN
ROWE

THE CLUB
Joy

Roman

Aus dem Amerikanischen
von Christina Kagerer

PIPER
München Berlin Zürich

Mehr über unsere Autoren und Bücher:
www.piper.de

Aktuelle Neuigkeiten finden Sie auch
auf Facebook, Twitter und YouTube.

Die amerikanische Originalausgabe
erschien 2015 unter dem Titel »The Culmination«
bei SoCoRo Publishing.

Von Lauren Rowe liegen im Piper Verlag vor:
The Club ~ Flirt
The Club ~ Match
The Club ~ Love
The Club ~ Joy

MIX
Papier aus verantwor-
tungsvollen Quellen
FSC® C083411

ISBN 978-3-492-06054-7
© 2015 by Lauren Rowe
© der deutschsprachigen Ausgabe:
Piper Verlag GmbH München/Berlin 2016
Übersetzungsrechte vermittelt
durch The Sandra Dijkstra Literary Agency
Satz: Tobias Wantzen, Bremen
Gesetzt aus der Dolly
Druck und Bindung: CPI books GmbH, Leck
Printed in Germany

Jonas

Sie kichert. »*Jonas.*«

»Was? Ich muss mich so viel wie möglich mit deinen Brüsten beschäftigen, bevor sie in ein paar Monaten tabu für mich sind.«

»Sie sind zurzeit äußerst empfindlich. Also geh behutsam mit ihnen um.«

»Ich kann mich nicht zurückhalten, Baby. Sie sind einfach unwiderstehlich.« Ich nehme ihren Nippel in meinen Mund und sauge fest daran.

Sarah quietscht auf. »Ah! Sei vorsichtig, Jonas. Sie sind *empfindlich.*«

»Ach ja?«

»Ja.« Aber ihre Wangen glühen, dagegen kann sie nichts tun.

»Du meinst, ich soll das hier langsamer angehen?« Jetzt sauge ich fest an ihrem anderen Nippel.

Sarah quietscht erneut auf. »Vorsichtig!« Sie lacht. »Ich weiß nicht, ob ich es liebe oder hasse.«

»Du weißt, dass du es liebst.« Ich setze mich aufrecht hin und betrachte ihren nackten Körper auf dem Bett. »O Mann, Sarah. Ich muss dich zurzeit nur ansehen, und schon habe ich einen riesigen Ständer.«

»Zurzeit?«

»Pst. Mach einfach mit.«

»Tut mir leid.«

»Mein Schwanz ist allein durch deinen Anblick gerade sieben Zentimeter länger geworden.« Mein Penis zuckt. »Deine Brüste passten immer gut in meine Hände, und jetzt schau dich an.« Ich umfasse ihre Brüste mit meinen Händen und bewundere, wie sie daraus hervorquellen.

Sie blickt auf ihre Brüste in meinen Händen. »Ich bin die lateinamerikanische Anna Nicole Smith.«

»Du bist ein verdammter Botticelli, Baby – *Die Geburt der Venus*. Schau dich doch nur mal an.«

»Ich schau mich ja an. Das sind zwei richtig große Brüste.«

»Jetzt ist mein Schwanz gleich noch mal zwei Zentimeter länger geworden. Du bist Demeter, Baby.« Ich blicke auf meinen steifen Penis hinab. »O Mann, hast du schon mal so einen Ständer gesehen?«

»Jeden Tag, seit ich dich getroffen habe.«

»Nein, Baby. Sieh genauer hin. Diesmal ist es anders.«

Sarah schaut sich meinen Penis mit weit aufgerissenen Augen übertrieben genau an.

»Das ist kein normaler Ständer. Das ist ein Koloss – eine Offenbarung. Die göttliche Idee eines Ständers.«

Sie lacht. »Ich dachte, du stehst nicht so auf Busen.«

»Wie kommst du denn darauf?«

»Keine Ahnung. Vielleicht durch deine Zahnabdrücke auf meinem Hintern?«

»Mhm. Da fällt mir was ein. Ich habe Hunger auf *albóndigas*.« Ich greife um sie herum und packe ihre rechte Pobacke. Dabei kralle ich meine Finger gierig in das sexy Tattoo, das sie sich für mich in Thailand hat stechen lassen, und sie jauchzt laut auf. Aber als ich ihren Körper umdrehen will, um ihr in den Hintern zu beißen, so wie immer, bevor ich mich an die Arbeit mache, schnappt sie nach Luft und zuckt zusammen.

Ich lasse sie los und rutsche ein Stück weg. Mein Puls wird sofort schneller. »Sarah?«

Ihre Augen sind geschlossen. Sie runzelt die Stirn, legt ihre Hand auf den runden Bauch und zuckt erneut zusammen.

»Habe ich dir wehgetan?« Ich richte mich abrupt auf, und mein Herzschlag pocht in meinen Ohren. »Sarah?«

»Mir geht es gut.« Sie zuckt ein drittes Mal und rollt sich auf dem Bett zusammen.

Mit flachem Atem stehe ich auf. »Sarah, sprich mit mir. Sag mir, was los ist.«

Einen Augenblick lang sagt sie kein einziges Wort, es sind die längsten fünf Sekunden meines Lebens. Ich bin kurz davor, ihren nackten Körper hochzuheben und sie ins Krankenhaus zu fahren, da öffnet sie ihre Augen wieder und atmet erleichtert aus. »Mir geht's gut«, sagt sie, und ihr Körper entspannt sich sichtlich. »Wow, das war krass.« Sie blickt mich mitfühlend an. »Oje, du siehst aus, als würdest du gleich in Ohnmacht fallen. Tut mir leid.«

»Was war denn los?«

»Das verrückte Äffchen hat direkt auf einem Nerv Zumba getanzt, das ist alles.« Sie grinst mich schief an. »Der Schmerz hat mir für einen Augenblick den Atem geraubt. Aber jetzt ist alles wieder gut. Er hat seine Position verändert.« Sie klopft mit der Hand neben sich aufs Bett. »Setz dich wieder hin, Liebling. Erzähl mir mehr von deinem außergewöhnlichen Ständer.«

Ich setze mich wieder neben sie aufs Bett und atme laut und deutlich aus. O Gott. Dafür bin ich nicht geschaffen. Mein Herz rast immer noch. Ich fahre mit den Händen über mein Gesicht. »Zieh dich an. Ich bringe dich ins Krankenhaus.«

Sie lacht. »Nein, Jonas. Ich habe am Dienstag sowieso einen Termin bei der Ärztin. Keine Sorge.«

»Lass uns lieber auf Nummer sicher gehen.«

»Mir geht es gut. Es wird nur langsam eng dadrinnen, das ist alles. Vier Arme und Beine und Ellbogen und Füße und zwei Köpfe – in meinem Bauch ist einfach ganz schön viel los.« Sie nimmt meine Hand und drückt sie. »Du musst dir keine Sorgen machen.«

Ich atme laut aus. »Ich halte das keine acht Wochen mehr aus.«

»Hey, vielleicht sind es nur noch sechs Wochen, wenn die Ärztin sie wie angekündigt früher holt.«

»Egal, auch das schaffe ich nicht.«

»Mach etwas Musik an, Baby«, sagt sie sanft. »Beruhige dich.«

Ich atme tief ein und aus. Mein Baby kennt mich so gut. Ich hole meinen Laptop und durchsuche kurz die Musikdateien. Ich entscheide mich für »Only for the Night« von den Rx Bandits. Mit dieser Band kann ein Kerl nichts falsch machen.

»Gute Wahl«, sagt Sarah.

Mein Herz schlägt immer noch zu schnell. Ich bleibe sitzen und lausche einen Moment lang der Musik, die mich wie durch Zauberhand beruhigt.

»Oh«, sagt Sarah plötzlich und legt ihre Hand erneut auf ihren Bauch. Meine Gelassenheit verschwindet augenblicklich wieder.

Sie lacht. »Das verrückte Äffchen hat sich jetzt für Kickboxen entschieden. Autsch!«

Ich seufze laut auf. Herr im Himmel.

Sie nimmt meine Hand und legt sie auf ihren Bauch. »Kannst du es fühlen?«

Es dauert nur ein paar Sekunden, bevor ich spüre, wie mir jemand einen Tritt gegen die Handfläche verpasst. »Wow.«

»Mit dem hier werden wir alle Hände voll zu tun haben.« Sie grinst. »Der wird bestimmt eine harte Nuss.«

Ich lege meine Hand auf die andere Seite ihres Bauches und versuche, dort ein Lebenszeichen zu spüren. »Was macht das andere?«

»Das gechillte Äffchen sitzt wie immer da, trinkt ein Bier,

sieht sich ein Spiel im Fernsehen an und lacht über seinen Bruder: Entspann dich, Mann.« Sie ahmt Joshs süffisanten Gesichtsausdruck exakt nach. »Du lässt dich immer so schnell auf die Palme bringen, Bro.« Sie bricht in Gelächter aus.

»Das war eine ziemlich gute Imitation«, sage ich und lege meine Hände um ihren Bauch. »Hat sich das gechillte Äffchen schon bewegt? Ich spüre hier nämlich gar nichts.«

»Ja, Liebling. Er ist noch da. Keine Sorge.«

Ich atme erleichtert aus. »Du musst übrigens damit aufhören, immer ›er‹ und ›Bruder‹ zu sagen. Wir sollten uns nicht zu sehr auf ein Geschlecht versteifen. Glückseligkeit wird geboren aus der Abwesenheit von Erwartung.«

»Platon?«

»Nein, Jonas Faraday.«

Sie schenkt mir ihr verschmitztes Grinsen. »Ich werde keines meiner Äffchen ›es‹ nennen. Sie sind *Äffchen*, keine Goldfische.«

»Na gut, aber dann sag wenigstens die Hälfte der Zeit ›sie‹ zu ihnen, damit uns die Götter nicht wegen hemmungsloser Selbstüberschätzung bestrafen.«

Sie lehnt sich zurück, verschränkt ihre Arme hinter dem Kopf und setzt dabei ihre fantastischen Brüste in Szene. »Das ist keine hemmungslose Selbstüberschätzung, das ist mütterliche Intuition. Ich spüre es bis in die Knochen, dass in mir zwei kleine Faraday-Jungs heranwachsen.« Sie sieht reumütig an die Decke. »Gott steh uns bei.«

Ich streiche erneut über ihre Kurven und versuche, mein rasendes Herz zu beruhigen.

»Wenn du Angst hast, dass wir uns auf das falsche Geschlecht einstellen«, sagt sie, »dann lass uns doch einfach Dr. Johnston fragen.«

»Nein.« Ich beuge mich hinunter und küsse sie auf den Bauch.

Sarah fährt mit ihrer Hand durch mein Haar. »Aber wenn wir das Geschlecht wüssten, dann könnte ich endlich die Wände im Kinderzimmer bemalen und –«

»Nein.« Jetzt arbeiten sich meine Lippen von ihrem Bauchnabel runter in Richtung ihres *OAM*-Tattoos vor.

»Ach, komm schon, Jonas. Bitte.«

Ich blicke zu ihr auf. »Zum ersten Mal in meinem Leben bin ich geduldig, meine Liebe. Du solltest mir applaudieren und mich nicht ausbremsen.«

»Aber ich könnte das Gemälde und alles andere schon vorberei-«

»Nein«, sage ich bestimmt. »Wir werden uns überraschen lassen. So, wie es die Natur vorgesehen hat. Ende der Diskussion.«

Sie seufzt. »Ende der Diskussion«, flüstert sie und verdreht dabei ihre Augen. »Eine weitere Runde süßer Vorfreude, die mir von Jonas Faraday gewährt wird.«

Ich antworte nicht. Sie missversteht mich, und das ist auch gut so. Es geht mir nicht um noch mehr süße Vorfreude für uns beide – nicht im Geringsten. Ich bin einfach nur realistisch – oder habe vielmehr einen gewissen Selbsterhaltungstrieb. Die Wahrheit ist, Sarah und ich hatten die letzten drei Jahre eine wahnsinnig tolle Zeit. Mit meiner sexy Frau verheiratet zu sein ist besser, als ich es mir hätte träumen lassen. Noch dazu ist Climb and Conquer schon längst über unser ambitioniertes Dreijahresziel hinausgeschossen. Aber egal, wie gut es das Leben in letzter Zeit auch mit mir gemeint hat, ich bin immer noch Jonas Faraday, was bedeutet, dass mein Glück nicht ewig währen wird. Das ist einfach so. Mit irgendetwas werde ich dafür bezahlen müssen, und ich habe eine Heidenangst davor, dass dieses »irgendetwas« die zwei kleinen Äffchen sind, die gerade in Sarahs Bauch heranwachsen. Ein Ehemann sollte seiner schwangeren Frau allerdings niemals sagen, dass er überzeugt davon ist, dass am Ende ihrer Schwangerschaft nicht grenzenlose Freude, sondern unbändiges Leid auf sie warten, und deshalb habe ich Sarah noch nichts von meinen düsteren Vorahnungen erzählt.

Die Angst überkommt mich erst seit ungefähr einem Monat. Am Anfang von Sarahs Schwangerschaft haben sich meine inneren Dämonen noch still verhalten. Als Sarah mich zum ersten Mal gefragt hat, was ich davon halten würde, es mit einem kleinen Babyäffchen zu versuchen, habe ich keine Sekunde lang gezögert und »Ja, verdammt!« gerufen. Und als mir Sarah ein paar Monate später jauchzend in die Arme gesprungen ist und gesagt hat, dass zwei rosa Striche auf dem Test erschienen seien, da habe ich mit ihr zusammen vor Glück geweint.

Erst als die Ärztin uns gesagt hat, dass Sarah mit Zwillingen schwanger ist, erschien ein Bild vor meinem inneren Auge, das seither nicht mehr verschwinden will. Mir ist plötzlich klar geworden, was ich in Zukunft alles verlieren könnte. In meinem immer wiederkehrenden Tagtraum oder was es auch sein mag, kuschelt sich Sarah mit zwei kleinen Mädchen – zwei dunkelhaarigen Schönheiten mit der olivfarbenen Haut und den strahlenden Augen ihrer Mutter – in unser Bett und erzählt ihnen auf Spanisch eine Gutenachtgeschichte. Diese Szene raubt mir den Atem, aber was mich wirklich umhaut, ist die Art, wie die Mädchen an den Lippen ihrer Mutter hängen, während Sarah sie voller Liebe anschaut. Bevor sich diese Vision in meinem Kopf eingenistet hat, dachte ich, das Leben mit Sarah sei das Höchste, was der Mensch erreichen kann. Aber jetzt weiß ich, dass es sogar noch besser geht – und der Gedanke, dass ich das, was ich in meiner Vision gesehen habe, verlieren könnte, bereitet mir Todesangst.

Ich habe immer wieder versucht, dieses Bild aus meinem Kopf zu bekommen, in der Hoffnung, mir damit unsägliches

Leid und den sicheren Wahnsinn zu ersparen, wenn das Glück mich schließlich wieder verlässt (was auf jeden Fall passieren wird, schließlich geht es hier um mich), aber es hilft nichts. Ich habe die göttliche Idee meines grenzenlosen Glücks gesehen, und das kann ich nicht mehr rückgängig machen. Es ist, als würde ich mich daran erinnern, wie sich die kleinen Mädchen an Sarah kuscheln, und es mir nicht bloß vorstellen. Und je länger ich darauf warte, dass das Unheil über mich hereinbricht, desto größer werden meine Ängste. Sie verschwinden nur noch in den glücklichen Momenten, in denen Sarah und ich allein in unserem Kokon für zwei sind.

»Also, mein Liebster«, sagt Sarah und fährt mir wieder mit ihrer Hand durchs Haar. »Es gibt etwas, worüber ich mit dir reden will.«

Ich höre auf, ihr Tattoo zu küssen, und atme tief ein und aus. In der Geschichte der Menschheit hat eine angenehme Unterhaltung mit einer Frau noch nie mit diesen Worten begonnen. Ich blicke zu ihr auf. Bitte, lieber Gott, lass sie jetzt nicht über unsere Gefühle sprechen – ich habe einen Wahnsinnsständer und will einfach nur mit meiner wunderschönen, schwangeren Frau schlafen, um die Ängste in mir zu verdrängen.

Sie grinst mich mit erröteten Wangen an, ihre Nippel sind hart. »Ich weiß nicht, ob es dir aufgefallen ist, aber meine Hormone spielen seit geraumer Zeit etwas verrückt«, sagt sie.

Ist das eine Falle? Ich müsste taub, stumm und blind sein, wenn ich Sarahs starkes sexuelles Verlangen nicht bemerkt hätte – eine nette Nebenerscheinung der Schwangerschaft, der ich mich nur allzu gern füge.

»Um es auf den Punkt zu bringen«, fährt sie fort, »den ganzen letzten Monat habe ich mir gewünscht, dass mein Ehemann mich nimmt, als würde ich ihm zwanzig Dollar schulden, aber er tut es einfach nicht.«

Ich runzle die Stirn.

Sie lacht. »Habe ich jetzt deine Aufmerksamkeit, mein süßer Jonas?«

»Auf jeden Fall. Ich verschenke nicht einfach so zwanzig Dollar.«

»Also, hier ist der Deal, Göttergatte. Seit Monaten gehst du jetzt schon extrem behutsam mit mir um, was absolut verständlich und auch furchtbar süß von dir ist. Ja, ich weiß, dass Dr. Johnston gesagt hat, wir sollen es im letzten Drittel nicht zu arg treiben, was auch immer das bedeutet. Und ja, ich bin ebenfalls der Meinung, dass wir unsere armen kleinen Babys nicht mit deinem monströsen Penis malträtieren sollten, aber ich denke wirklich, dass du es mit der Behutsamkeit ein bisschen zu genau nimmst. Ich sage das aus Liebe zu dir – halt, nein, das ist eine Lüge. Ich bin einfach nur geil, und ich finde, es ist Zeit für wilden animalischen Sex mit deiner schwangeren Frau.« Sie klopft sich auf den Bauch. »Ich bin ein Wasserball, Baby. Komm schon, spiel mit mir.«

Für einen Moment verschlägt es mir die Sprache. Ich muss erst mal verarbeiten, was sie da gerade gesagt hat.

»Ich hätte mal wieder Lust auf den Bogen. Das war doch super, oder? Diese Stellung haben wir schon lange nicht mehr ausprobiert. Oder der Liegestuhl? Oder vielleicht der Pile Driver?«

Ich deute auf ihren Bauch. »Das ist momentan so gut wie unmöglich. Was hältst du davon, wenn wir auf diese genialen Ideen in ungefähr acht Wochen noch mal zurückkommen?«

Sie beißt sich auf die Lippe. »Okay, aber ich fühle mich ein bisschen vernachlässigt. Ich dachte, wir könnten vielleicht irgendetwas finden, das wenigstens annähernd so verrückt ist. Wie wäre es mit einem Rollenspiel? Wir könnten so tun, als wären wir in Thailand, ich bin außer Rand und Band, und du bist total sauer auf mich.«

Ich öffne meinen Mund und schließe ihn sofort wieder. Ich kann nicht fassen, dass sie jetzt Thailand erwähnt. Ich war nicht »total sauer« auf sie in Thailand, ich war absolut *in Rage*. Selbst wenn ich wollte, könnte ich diesen Zorn nicht nachspielen.

»Wir können natürlich nicht genau das machen, was wir in Thailand gemacht haben«, sagt sie kichernd. »Danach konnte ich kaum noch laufen. Ich habe Thailand nur erwähnt, damit wir eine Idee davon bekommen, was mir vorschwebt.« Sie beißt sich wieder auf die Lippe.

Ich hole tief Luft. Ich weiß, worauf Sarah wirklich hinauswill, und das ist nicht mein Zorn. Sie will, dass ich sie wieder fessle, auch wenn sie es offenbar nicht laut aussprechen mag, schließlich weiß sie, was für ein heikles Thema Bondage für mich aufgrund meiner Vergangenheit ist. Ich bringe kein Wort heraus. Ich bin mir nicht sicher, was ich von dieser seltsamen Nacht in Thailand halten soll. Ich dachte immer, es sei ein einmaliges Erlebnis gewesen, das sich aus der Situation heraus ergeben hat. Das Einzige, worüber ich mir in Bezug auf diese Nacht in Bangkok sicher bin, ist, dass Mr 2Real, dieser verdammte Hurensohn, sich selbst ficken kann.

Als ich nicht antworte, kaut sie auf der Innenseite ihrer Wange herum.

Was genau erwartet sie jetzt von mir? Sie ist fast im neunten Monat schwanger mit Zwillingen. »Wir müssen uns nur noch acht weitere Wochen gedulden, Baby«, sage ich sanft. »Dann gehört dein Hintern wieder mir.«

Sie beißt sich auf den Finger und zieht einen Schmollmund. »Ich will ja auch auf Nummer sicher gehen, aber vielleicht finden wir trotzdem eine Möglichkeit für wilden animalischen Sex? So etwas wie eine sichere Version von Rio vielleicht?«

»Sarah, es gibt keine sichere Version von Rio. In Rio war ich total betrunken«, sage ich sachlich.

Sie lacht. »Das heißt aber nicht, dass es nicht unglaublich geil war.«

»Überlass das von jetzt an mir, okay, Baby? Ich habe gehört, was du gesagt hast, und ich werde mich darum kümmern. Mach dir keine Gedanken.«

»Es ist doch aber die reinste Ironie, dass mich diese ganzen Hormone so unglaublich geil machen und wir das nicht in vollen Zügen auskosten können. Wie dieses alte Sprichwort: ›Die Jugend ist an die Jugendlichen verschwendet.‹«

»Sch.« Ich küsse ihren Hals, und sie seufzt genussvoll.

Sie packt mich am Haar und zieht fest daran. »Du wirst ein Schlupfloch in den Anweisungen der Ärztin finden, okay?«

»Mein Baby will also ein Schlupfloch, ja?« Meine Küsse wandern von ihrem Hals zu ihren Brüsten. »Jetzt verstehe ich.«

»O ja, bitte. Biete mir ein Schlupfloch, Baby.« Sie streckt mir ihren Oberkörper entgegen, als ich mit der Zunge um ihren Nippel fahre. »Schluuupfloooch«, sagt sie.

Wir müssen beide lachen. Seit einiger Zeit machen wir uns gegenseitig mit Wörtern heiß, die schmutzig klingen, es aber nicht sind. »O Baby, ich liebe deinen Dirty Talk«, flüstere ich. Ich wandere mit meiner Zunge von ihren Brüsten zu ihrem Bauch und liebkose ihre Haut.

Sie stöhnt. »Schluuupfloooch.«

Gott, ich liebe diese Frau. Ich blicke zu ihr hinauf. »Pst … jetzt wird nicht mehr geredet. Jetzt wird losgelegt.«

Ihre Augen leuchten auf. »Jetzt wird losgelegt.«

Ich drücke ihre Beine auseinander und platziere mich zwischen ihnen.

»Wirst du mich jetzt nehmen, als würde ich dir zwanzig Dollar schulden?«

»Ich werde dich nehmen, als würdest du mir hundert Dollar schulden. Verkauf dich niemals unter Wert, Baby.«

Sie lacht.

»Und jetzt sei leise.« Ich deute auf meinen Penis. »Mein Schwanz ist nämlich um weitere fünf Zentimeter gewachsen, während wir hier sitzen und darüber reden, miteinander zu schlafen, anstatt es einfach zu tun.«

»Bei dieser unvorhergesehenen Wachstumsrate wird dein Ständer am Abend in New York City angekommen sein.«

»Und morgen früh in London.«

Sie nickt bestimmt. »Okay, Baby. Lass uns weitermachen mit diesem halb wilden Sex, der zu den Anweisungen der Ärztin passt, mir aber trotzdem das Gefühl gibt, ein richtig dreckiges Mädchen zu sein.«

»Danke, lieber Gott.« Ich verdrehe die Augen.

Sarah kichert.

Ich wende mich zu meinem Computer auf dem Nachttisch um und suche nach der richtigen Musik. Mein Penis pocht erwartungsvoll.

»Spiel ›You Owe Me‹«, sagt Sarah.

»Was ist das?«

»Hip-Hop. Ich glaube, von NAS. Wenn du dir deine wunderschöne Frau schon vornehmen willst, als würde sie dir hundert Dollar schulden, dann brauchst du auch die perfekte Hintergrundmusik dazu.«

»Du und dein verdammter Hip-Hop, OAM Cruz.« Ich suche weiter und schüttle meinen Kopf. »Merk dir meine Worte: Ich werde niemals im Leben zu Hip-Hop-Musik mit dir schlafen.«

Sie lacht.

Ich entscheide mich für »R U Mine« von den Arctic Monkeys, drücke auf Play und drehe mich wieder zu ihr um. »Du bist wunderschön. Sieh dich nur an. O Mann.« Ich krieche zu ihr und sauge an ihrem Ohrläppchen. »Mach dich bereit, Baby.«

Sie kichert glücklich.

»Du wirst dich so unglaublich gut fühlen«, flüstere ich und dringe mit meinen Fingern in ihr feuchtes Loch ein. »Du wirst dich nicht einmal mehr an Thailand oder Rio erinnern.«

Sie gibt einen Laut von sich, der mir sagt, dass ihr diese Idee gefällt.

»Oder an deinen eigenen Namen.«

»Ja, bitte. Danke«, keucht sie.

Ich krabble wieder zwischen ihre Beine und spreize sanft ihre Oberschenkel. Sie atmet tief ein und bereitet sich darauf vor, was gleich kommen wird (oder besser, *wer* gleich kommen wird).

Ich küsse eine Zeit lang die Innenseiten ihrer Oberschenkel, um ihre Vorfreude in die Länge zu ziehen. Dann bahnen sich meine Lippen langsam einen Weg zu ihrer Öffnung. Aber bevor ich dort ankomme, dringe ich noch mal mit meinen Fingern in sie ein und streichle über die verräterisch raue Stelle in ihr. Nachdem ich ein paar Sekunden lang ihren G-Punkt genau so fest massiert habe, wie sie es liebt, lodert sie auf, als hätte ich ihre innere Flamme hochgedreht.

»Bitte«, keucht sie und streckt ihren Rücken durch, während sie ihre Finger ins Bettlaken krallt.

»Bitte, was?«

Sie sagt etwas Unzusammenhängendes. Ich spüre, wie sich ihr G-Punkt unter meinen Fingerspitzen aufbläht wie ein Wasserballon. O Gott, wie ich dieses Gefühl liebe. Ich weiß, was mein Baby mag – sogar noch besser, als sie selbst es weiß. »Willst du, dass ich dich lecke?«, flüstere ich, und mein warmer Atem streift über ihre Pussy, während meine Fingerspitzen sie weiterbearbeiten.

Sie stöhnt.

Ich erhöhe den Druck tief in ihr drin, und sie zieht sich keuchend vor Lust zusammen.

»Bitte darum«, flüstere ich.

Sie drückt ihren Rücken durch und stößt einen hohen Laut aus.

»Bitte mich darum«, wiederhole ich, während meine Finger sich mit absoluter Präzision bewegen.

»Bitte«, stöhnt sie.

»Bitte, was?« Ich habe sie sprichwörtlich in der Hand, und ich kenne kein besseres Gefühl als das. Meine Schwanzspitze ist bereits feucht. Ihre Lust zu sehen macht mich jedes Mal wahnsinnig an.

Sie antwortet mit einem noch lauteren Stöhnen.

Ich erhöhe den Druck und die Geschwindigkeit meiner Finger noch mehr, und sie verliert förmlich den Verstand unter meinen Berührungen.

Ihr Körper beginnt, sich um meine Finger zusammenzuziehen. Ich kann ihren nahenden Orgasmus fühlen. Ich beuge mich nach vorn und lecke an der köstlichen Haut, die meine Finger umschließt, gebe aber Acht, dass ich ihre Klit nicht berühre. Sie ruft etwas Unverständliches und schlägt um sich. Ich fahre mit der Zunge um ihre Öffnung herum, und sie stöhnt lustvoll auf.

Ihre Muskeln um meine Finger zucken bereits. Das war einfach.

»Flehe mich an, du schmutziges Mädchen«, befehle ich ihr.

»Bitte«, keucht sie.

»Okay, Baby. Aber nur, weil du mich so nett darum gebeten hast.«

Ihr Bauch ist im Weg, deshalb dauert es ein bisschen länger, bis ich den richtigen Winkel für meine Zunge und meine Hand gefunden habe, aber ich bin ein zielstrebiger und ehrgeiziger Typ, also gelingt mir auch das. Gott sei Dank, denn in dem Moment, in dem meine Zunge ihre empfindliche Stelle berührt, zuckt sie zusammen vor Lust. Es dauert nur eineinhalb Minuten, bis für diese Frau Weihnachten und Geburtstag zusammenfallen: ein gleichzeitiger klitoraler und vaginaler Orgasmus. Absolut fantastisch – und eine ganz neue Erfahrung für meinen kleinen Mount Everest.

Ich darf keine Sekunde verlieren. Sie darf sich nicht wieder sammeln. Das hier ist einfach zu gut. Ich drücke sie auf die Seite, presse mich von hinten an sie und flüstere ihr ins Ohr: »Mach dich bereit, durchgenommen zu werden, mein schmutziges Mädchen.« Ich lehne mich zurück und nehme eine Tube Gleitgel vom Nachttisch. Dann dringe ich gleichzeitig und ohne Vorwarnung mit meinem Penis in ihr feuchtes Loch und mit meinem eingeölten Finger in ihren Hintern ein. Mit meiner freien Hand massiere ich ihre Klit.

Ha! Meine Frau verliert tatsächlich sofort ihren Verstand. So viel also zu ihrem Gerede von vorhin. Wann wird sie endlich begreifen, dass sie die Kunst des Geschlechtsverkehrs mir überlassen soll?

»Du wirst nicht kommen, bevor ich es dir sage«, flüstere ich ihr mit heiserer Stimme ins Ohr. Ich bin so heiß, dass ich das Gefühl habe, gleich zu explodieren. Nichts macht mich mehr an, als zu hören, wie sie abgeht.

Sie keucht und zieht sich innerlich zusammen, aber sie hält durch.

»Du wirst kommen, wenn ich es dir erlaube«, sage ich und stoße langsam in sie hinein, während ich jeden Zentimeter von ihr bearbeite. Sie schnappt nach Luft. »Erst wenn ich es dir erlaube. Denn du gehörst mir, schmutziges Mädchen.«

Sie stößt wilde Laute aus. Diese Frau wird noch halb Seattle aufwecken, und ich liebe es.

»Jetzt«, stöhnt sie, und ihr ganzer Körper zuckt unkontrolliert.

»Noch nicht.«

Sie keucht.

Ich fahre damit fort, langsam in sie einzudringen – ganz langsam, denn egal, wie sehr mein Mädchen auch danach verlangt, ich werde jetzt auf keinen Fall etwas Riskantes tun. Gleichzeitig bewegen sich meine Finger unermüdlich weiter.

»Du wirst erst kommen, wenn ich es dir sage, Baby.«

Sie stöhnt und zuckt heftig unter meinen Berührungen.

»Erst wenn ich sage, dass du kommen darfst.«

Sie stöhnt erneut. Shit, sie ist kurz davor. Ich wünschte, das hier könnte Stunden dauern, so gut ist es. Ich kann mir ein Grinsen nicht verkneifen, wenn ich an ihr Gerede von vorhin denke. Diese Frau gehört mir. Sie tut genau das, was ich ihr befehle. »Flehe mich an«, sage ich leise und streng.

»Bitte«, keucht sie erneut.

Ich beiße leicht in ihr Ohr. »Das gefällt dir, oder, Baby?«

Sie ist dabei, die Kontrolle zu verlieren.

»Wirst du in Zukunft deinen Mund halten und mich tun lassen, worin ich gut bin?«

»Ja.«

»Du fühlst dich herrlich an, Baby«, flüstere ich in ihr Ohr und stoße ein bisschen fester zu.

Sie gibt diesen ganz bestimmten Laut von sich, und ich weiß, sie kann sich nicht mehr länger zurückhalten. Genauso wenig wie ich.

»Du wirst kommen, wenn ich es dir sage, und zwar noch heftiger als beim letzten Mal.«

»Mhmm.«

»Du wirst so heftig kommen, dass du fast ohnmächtig wirst.«

Sie gibt das heißeste Geräusch von sich, das ich je gehört habe, und nun kann auch ich es nicht mehr länger aushalten. »Jetzt, Baby«, flüstere ich ihr ins Ohr. »Genau jetzt.«

Sie atmet hörbar aus, und augenblicklich zieht sich ihr Hintern um meinen Finger und ihr Loch um meinen Penis zusammen, während ihre Klit unter meinen Fingerspitzen zuckt. Alles auf einmal. Dieser Orgasmus ist so unglaublich – und so einzigartig, um ehrlich zu sein, egal, wie gut ich auch bin –, dass ich ebenfalls die Kontrolle verliere und gemeinsam mit ihr komme.

Als wir uns nach einem Moment wieder beruhigt haben, küsse ich das Tattoo auf ihrem Hintern. »Du gehörst mir«, sage ich. »Ich besitze dich.«

»Das hoffe ich«, sagt sie leise. »Ansonsten würde ich das Tattoo auf meinem Hintern unter größten Schmerzen wieder entfernen lassen müssen.«

Ich krabble über ihren erschlafften Körper und lege mich auf die Seite, um sie ansehen zu können. Ihr Gesicht ist schweißbedeckt. Ihre Augen sind geschlossen. Sie streichelt über ihren Bauch. Im Moment ist sie fix und fertig. Verdammt, ich bin gut darin. Ich würde mir am liebsten selbst auf die Schulter klopfen. Ich schwöre, es gibt niemanden, der das hier besser kann als ich, selbst wenn meine Göttin fast im neunten Monat schwanger ist mit Zwillingen.

»Wow, wow, wow«, sagt sie leise. »Das war unglaublich. Ich denke, das war der beste Orgasmus meines Lebens. Im Ernst.«

In diesen Momenten finde ich sie am allerschönsten – im Nachglanz der totalen sexuellen Befriedigung. Ich berühre ihr wunderschönes Gesicht.

»Wow«, sagt sie erneut und grinst breit. »Du bist jetzt bestimmt mächtig stolz auf dich, vor allem weil ich vorher noch so große Reden geschwungen habe.«

»O ja, das bin ich. Der Samurai ist in Bestform, auch wenn er aufgrund höherer Gewalt nur begrenzt kämpfen kann.«

»Na, nicht unbedingt aufgrund höherer Gewalt. Du bist schließlich derjenige, der in erster Linie dafür verantwortlich ist.« Sie tätschelt ihren Bauch und seufzt zufrieden. »Den Äffchen dadrinnen hat es genauso gut gefallen wie mir. Vielleicht sogar noch besser. Während du mit mir geschlafen hast, haben sie dadrinnen Purzelbäume geschlagen und sind total ausgeflippt. Aber in dem Moment, in dem dieser Wahnsinnsorgasmus mich überkommen hat, sind sie sofort still geworden, als hätten sie sich nach einem langen Arbeitstag in die wohlverdiente Badewanne gesetzt.«

»Das ist mal eine interessante Mischung an Metaphern. Gehen Affen zur Arbeit? Und wenn ja, entspannen sie sich dann nach einem langen Tag wirklich in der Badewanne?«

Sie lacht. »Na gut, du hast recht. Dann sind sie halt still geworden, als hätten sie sich nach einer Unmenge an Abschlussprüfungen in einen Massagestuhl gesetzt.«

Ich muss lachen.

»Wie auch immer, du hast einen Superjob gemacht.« Sie kichert.

»Kluges Mädchen.« Ich berühre ihren Bauch. »Ich kann mir nicht im Geringsten vorstellen, wie es sich anfühlt, wenn zwei menschliche Wesen in einem heranwachsen.«

»Das kannst du wirklich nicht.« Sie seufzt erneut glücklich. »Es ist ziemlich cool.«

Ich hatte eigentlich nicht vor, das zu tun – zumindest nicht, bevor ich mir nicht hundertprozentig sicher bin, dass ich das damit verbundene stille Versprechen halten kann –, aber plötzlich kann ich nicht mehr widerstehen. »Warte einen Moment«, sage ich. »Ich habe eine kleine Überraschung für dich, meine Metaphern mischende Sexgöttin.« Ich stehe auf und will zu meinem Kleiderschrank gehen.

»Hey, wackel mit deinem Po für mich«, ruft sie mir wie immer hinterher. Und ich belohne sie mit einem kleinen Hüftschwung, während ich an ihr vorbeigehe.

Hinter mir jauchzt sie vor Freude. »Sexy!«

Ich muss lachen. Diese Frau ist so leicht glücklich zu machen.

Ich greife nach einer großen Schachtel in der hintersten Ecke meines Schranks und gehe wieder zurück zum Bett.

»Was ist das?«, fragt Sarah und beäugt die Schachtel.

»Mach sie auf und finde es heraus.«

Jonas

Sie beugt sich nach vorn, öffnet den Deckel der Schachtel und wirft einen Blick hinein. Augenblicklich fällt ihr die Kinnlade runter. »Jonas P. Faraday«, sagt sie. »Woher wusstest du –«

»Ich bin allwissend.«

»Aber woher wusstest du von dieser speziellen Sache?«

»Kannst du dich noch daran erinnern, dass dein Laptop repariert werden musste und du eine Woche lang meinen Computer mit zur Arbeit genommen hast?«

Sie nickt.

»Du hast einen ziemlich interessanten Suchverlauf hinterlassen.«

Sie bricht in schallendes Gelächter aus und vergräbt ihr Gesicht in den Händen. »O mein Gott.«

»Das waren die Brotkrümel, die du für mich hinterlassen hast, Baby. Ich dachte, das hättest du mit Absicht getan.«

»Nein.« Sie lacht erneut. »Na ja, vielleicht unterbewusst, wer weiß?« Sie beginnt, den sperrigen Inhalt der Schachtel herauszuziehen. Als alles ausgebreitet auf dem Bett liegt, strahlen ihre Augen. »Manometer«, sagt sie leise. »Ich dachte nicht, dass ich diesen Tag noch erleben dürfte.« Sie strahlt mich an. »Danke.«

»Gern geschehen.« Ich atme tief ein. Mist. Was habe ich getan? Ich dachte, ich wäre bereit, diese Grenze zu überschreiten, aber plötzlich bin ich mir da nicht mehr so sicher.

»Du weißt aber schon, dass ich möchte, dass *du mich* fesselst, oder? Nicht andersrum?«

»Das ist die einzig mögliche Art und Weise.«

»Und das ist wirklich okay für dich?«

Wir beide wissen, dass ich den bloßen Gedanken an Handschellen seit dem Alter von sieben Jahren nicht ertragen kann. Und die geistige Umnachtung in meiner Pubertät hat daran nicht unbedingt etwas geändert. Kann ich das wirklich für sie tun? Und es *genießen*? Ich denke, das kann ich, zumindest deutet die Nacht in Thailand darauf hin. Oder war die Situation dort doch so verrückt und so verwirrend, dass es ein einmaliges Erlebnis für mich bleibt? Unmöglich zu wiederholen? »Das ist mehr als okay für mich«, versichere ich aus plötzlich aufkommender Überzeugung.

»Ich kann es gar nicht glauben. Wow.« Sie greift nach einer der vier Klettverschlusshandschellen. »Wie funktionieren diese Dinger?«

Ich nehme eine der weichen Handschellen und öffne und schließe sie. »Das Laken wird am Bett befestigt, und dann bringt man die Handschellen daran an.«

»Wow«, sagt sie noch einmal, und ihr Gesicht glüht richtig. »Das ist wirklich cool und so viel effizienter als ein Gewirr von Halstüchern an den Bettpfosten, oder?« Sie lacht.

Ich verdrehe die Augen.

»Ich kann nicht glauben, dass du mir das schenkst, Baby.«

»Aber natürlich.«

Jetzt verdreht Sarah ihre Augen. »Nichts ›natürlich‹. Das ist eine Hundertachtzig-Grad-Drehung, Jonas. In deinem Aufnahmeantrag hast du mehr als deutlich geschrieben, dass du gegen jede Form von Bondage bist.« Sie beißt sich auf die Lippe. »Verständlicherweise.«

Ich halte inne und überlege. »Nun ja, ich wusste ja nicht, dass ich diese Zeilen der zukünftigen Mutter meiner Zwillinge schreibe.«

»Moment mal«, sagt Sarah abrupt und schüttelt heftig ihren Kopf. »Ich bin die zukünftige Mutter deiner Zwillinge?« Sie blickt auf ihren riesigen Bauch hinunter. »Wann ist das denn passiert?«

Ich schmunzle.

»Aber jetzt mal im Ernst, Baby. Das ist ein großes Geschenk. Bist du dir sicher?«, fragt Sarah.

Ich zucke mit den Schultern. »Mit der richtigen Frau für Fesselspielchen kann ein Mann jedes Trauma überwinden.«

»Da ist er wieder, der Grußkartenpoet: Liebling, ich denke, ich habe die richtige Frau für Fesselspielchen gefunden. Bitte hilf mir, mein Trauma zu überwinden. Alles Liebe zum Valentinstag.«

Ich muss lachen.

»Vielen, vielen Dank, Baby«, sprudelt es aus ihr heraus. »Ich freue mich ja so.«

»Nur ein kleiner Motivationskick, um dich durch die nächsten acht Wochen zu bringen – betrachte es als Versüßung der Wartezeit.«

Der Ausdruck reinster Freude auf ihrem Gesicht bringt mich in Versuchung, ihr auch die zweite Schachtel zu geben. Wenn ich den ganzen Mist aus meiner Kindheit nicht mit der Frau hinter mir lassen kann, die ich mehr liebe als mein Leben und die bereit ist, meine Kinder auf die Welt zu bringen, wie sollte ich dann jemals darüber hinwegkommen? Und ist es nicht meine Pflicht, es zumindest zu probieren? Ich blicke auf die Innenseite meines linken Unterarms. »Der erste und beste aller Siege eines Menschen ist die Eroberung seiner selbst.« Warum habe ich mir dieses Zitat stechen lassen, wenn ich nicht dazu bereit bin, es als mein Lebensmotto anzuerkennen? Ich atme tief ein. Ja, ich muss es machen. Es ist an der Zeit. Ich kann mich nicht ewig in diesem Schrank hinter den Kleidern meiner Mutter verstecken, verdammt noch mal. »Warte, ich habe noch etwas«, sage ich und stehe wieder auf. Plötzlich überkommt mich ein Adrenalinrausch. Ich kann es machen. Ich weiß, dass ich es kann. Scheiß auf meine Vergangenheit. Vorwärts und bergauf, Baby. *Climb and conquer.*

»Noch etwas?«, sagt sie hinter mir. »Hey, wackel mit dem Hintern für mich, Baby.«

Und wieder schwinge ich die Hüften, was sie mit einem Jauchzen kommentiert.

Im Schrank greife ich mir eine zweite, kleinere Schachtel – diesmal aus der hintersten Ecke des höchsten Regals – und lege sie neben sie aufs Bett. »Alles Liebe zum Valentinstag, Baby. Im April.«

Mit großen Augen starrt sie die Schachtel an. »Was ist das?«

»Muss ich dir wirklich noch einmal erklären, wie Geschenke funktionieren?«

Sie grinst von einem Ohr zum anderen und öffnet neugierig die Schachtel. »O mein Gott«, sagt sie und zieht einen Beutel mit unterschiedlichem Sexspielzeug heraus. Sie blickt mich ungläubig an. »Woher wusstest du …?«

»Brotkrumen«, sage ich. »Du hast mir jede Menge Brotkrumen hinterlassen, Baby.«

Sie wird rot. »Wow. Das war nie meine Absicht. Ich war nur …« Sie beendet den Satz nicht.

»Du warst nur was?«

Sie zuckt mit den Schultern, und ihre Wangen glühen. »Neugierig.«

Ich war zugegebenermaßen etwas überrascht, als ich Sarahs Suchverlauf auf meinem Computer gesehen habe, aber nach einem kurzen Augenblick hat für mich alles einen Sinn ergeben. Diese Frau hat nicht einfach so einen Job angenommen, für den sie Bewerbungen für einen Sexclub lesen musste, ob sie sich dessen nun bewusst ist oder nicht. Und ja, ich bin nicht blind – ich habe das Feuer in ihren Augen gesehen, als ich sie in Thailand gefesselt habe, weil ich nicht wusste, wie ich sie sonst beruhigen sollte. Ich habe mir eingeredet, dass es für uns beide eine einmalige Sache war, die sich aus den einzigartigen Umständen dieser Nacht ergeben hat, aber offensichtlich hat es etwas in ihr ausgelöst. Oder vielleicht hat es auch nur einen bereits glühenden Funken in ihr entfacht.

»Jonas, ich habe nach diesem ganzen Zeug nicht gesucht, um es mit dir zu benutzen. Ich wusste vom ersten Tag an, dass diese Sachen für dich tabu sind. Ich habe nur aus reiner Neugier danach gegoogelt, nur um ...« Sie hält mitten im Satz inne.

»Hat meine bezaubernde Aufnahmeassistentin ihre Sexclubanmeldungen verloren?«

Sie lächelt und zuckt mit den Schultern. »Vielleicht ist es einfach nur die Neugier auf das Verbotene. Die Ärztin hat gesagt, wir sollen es nicht zu bunt treiben, also ...« Ihre Wangen werden wieder rot. »Also kann ich an nichts anderes denken als daran, es bunt zu treiben. Aber das ist schon okay, Jonas. Du hast gute Gründe, nichts mit diesem Zeug zu tun haben zu wollen, und das respektiere ich.«

»Vergiss es, Baby. Vergiss mein dummes Gerede.« Die Worte sprudeln nur so aus mir heraus.

Sie blickt mich erwartungsvoll an.

»Du bist neugierig? Du willst etwas Verrücktes ausprobieren und testen, ob es dich anmacht? Cool. Lass dich nicht von meinen Problemen damit verunsichern, und denk ja nicht, dass es etwas Perverses oder Peinliches ist. Das ist es nicht. Ich bin bereit, mit dir zu schlafen, wie auch immer du es willst. Nichts ist mehr tabu.«

Jetzt wirkt sie aufgeregt. »Wirklich?«

»Darauf kannst du wetten.«

Sie nimmt ein undefinierbares Sexspielzeug in die Hand – einen Glasdildo, der eher aussieht wie eine Bong als wie ein

Sexspielzeug – und untersucht es, als wäre es die Leiche eines Außerirdischen. »Ehrlich gesagt, weiß ich nicht, ob ich dieses Zeug mag oder nicht. Ich wollte es einfach nur herausfinden.« Sie zieht eine Grimasse und blickt auf den Dildo. »Denke ich.«
»Dann lass es uns herausfinden.«
»Wirklich?«
»Ja.«
Sie lässt den Beutel mit dem Sexspielzeug fallen und rutscht auf dem Bett näher an mich heran. »Jonas, du weißt, dass ich ein außerordentlich zufriedenes Mitglied des Jonas-Faraday-Clubs bin, oder? Ich will nichts oder niemand anderen als dich. Und das wird auch immer so bleiben.«
»Sarah, ich habe keinen Zweifel daran, dass du es liebst, meinen guten alten Penis zu spüren«, sage ich. »Das hat niemand, der sich im Umkreis von einem Kilometer unseres Schlafzimmers befindet.«
Sie lacht.
»Es ist alles in Ordnung, Liebes«, sage ich. »Zwischen uns ist immer alles in Ordnung.«
»Gut«, sagt sie. Dann atmet sie laut aus. »Wow.«
»Also haben wir ein Date«, sage ich. »In dem Moment, in dem wir das Okay von der Ärztin bekommen – wann immer das auch sein wird –, werde ich dich mit einer ganz neuen Form von Sex beglücken.«
»Das klingt nach einem Plan.«
Ich berühre ihren Bauch. »Das ist etwas, auf das wir uns freuen können, nachdem unsere kleinen Äffchen auf die Welt gekommen sind.« O Shit. Bei diesen Worten überrollt mich plötzlich eine riesige Welle der Angst.
»Jonas?« Sie blickt mich sofort besorgt an.
Ich räuspere mich.
Sie legt eine Hand auf meinen Unterarm. »Woran denkst du, Baby?«

Mein Herzschlag trommelt in meinen Ohren.

»Jonas?«

»Ich denke daran, dass ich es kaum noch erwarten kann, dich zu fesseln und dir einen Glasdildo in den Hintern zu schieben.«

»Jonas, rede mit mir.«

Mein Magen will sich einfach nicht mehr beruhigen. Ich atme tief und langsam ein. »Ich mache mir nur ab und zu ein bisschen Sorgen, das ist alles.« Ich versuche, sie anzulächeln, bin mir aber sicher, dass es mir nicht richtig gelingt.

»Ach, Jonas.« Sie berührt meine Wange. »Was ist denn bloß los mit dir?«

»Nichts. Gar nichts.«

Sie blinzelt mich an. »Komm schon. Ich weiß, dass dich in letzter Zeit etwas beschäftigt. Rede mit mir.«

Ich reibe mir die Augen und schaue auf die Uhr. »Mich beschäftigt nichts.« Ich drehe sie auf die Seite und gebe ihr einen Klaps auf das sexy Tattoo auf ihrem verführerischen Hintern. »Kein Gerede mehr über unsere Gefühle, Frau. Es ist Zeit, dass du deine riesigen Brüste und deinen leckeren Hintern in Bewegung setzt. Die dümmere Hälfte des Faraday-Clans wird in dreißig Minuten hier sein.«

»Josh und Kat kommen vorbei?«

»Ja, ich habe sie zum Abendessen eingeladen.«

»Juhu! Warum hast du das nicht gleich gesagt, mein Liebster?«

»Weil es eine Überraschung war. Und jetzt setz deinen köstlichen Hintern endlich in Bewegung, Frau. Du brauchst momentan für alles fünfmal so lange wie sonst mit diesen riesigen Brüsten. Auf geht's.«

Sarah

Jonas öffnet die Tür, und Kats kleines Ebenbild stürmt kreischend vor Freude ins Zimmer.

»Hallo, meine Hübsche«, sagt Jonas sanft zu seiner flachsblonden Nichte. Er kniet sich hin, und sie springt in seine muskulösen Arme. »Gib mir ein Küsschen, Gracie.«

Gracie bedeckt das Gesicht ihres Onkels schnell mit tausend Küsschen, genau wie er es ihr beigebracht hat, seit sie mit ihren kleinen Lippen einen Kussmund formen kann.

»O danke«, sagt Jonas. »So süße Küsse. Warte mal, da hast du eine Stelle ausgelassen.« Er dreht sein Kinn zu ihr, und sie drückt ihm ein weiteres feuchtes Küsschen auf. »Danke, Baby. Ups, hier fehlt auch noch eines.« Er dreht ihr seine Wange hin, und sie gehorcht ihm. »Oh, das war ein außerordentlich gutes. Vielen Dank.«

Wie immer gerate ich in Verzückung, wenn ich Jonas mit Gracie sehe. Wahrscheinlich werde ich wirklich dahinschmelzen, wenn ich ihn mit unseren eigenen Kindern sehe. »Ich bin dran«, sage ich und hieve meinen riesigen Bauch von der Couch hoch. »Komm her zu mir, und gib mir ein paar von deinen berühmten Küsschen.«

Jonas setzt Gracie ab, und augenblicklich stürmt sie auf mich zu.

»Sei vorsichtig mit Tante Sarahs Bauch«, ruft Jonas ihr nach.

»Das ist schon in Ordnung«, sage ich, bevor Gracie auf

mich springt wie ein Footballspieler. »Oh, wer hat denn hier seine glitzernden rosa Cowboystiefel an?«, frage ich.

»Am liebsten würde sie die Stiefel vierundzwanzig Stunden am Tag tragen«, sagt Kat, zieht ihren Mantel aus und enthüllt damit ihren kleinen Babybauch. »Hey, Süße«, sagt sie und küsst mich auf die Wange.

»Hi, Kitty Kat.«

Kat lässt sich seufzend auf die Couch plumpsen. »Wenn Gracie morgens ihre Augen öffnet, ruft sie schon nach ihren ›Glitzie-Stiefeln‹. Und wenn ich sie ihr abends ausziehe, damit sie baden kann, bekommt sie einen Wutanfall. ›Glitzie-Stiefel! Glitzie-Stiefel! Gracie Glitzie-Stiefel!‹« Kat imitiert mit einem Furcht einflößenden Schrei ihre sture Tochter. »In Wahrheit ist sie ein Babydinosaurier im Strampelanzug.«

Ich setze mich neben Kat auf die Couch. »Ich weiß nicht, warum meine süße und engelsgleiche Nichte ihre glitzernden Schuhe *nicht* anziehen sollte, wenn sie es will.«

»Ha! Ich werde dich an diese blödsinnige Bemerkung erinnern, wenn deine eigenen ›süßen und engelsgleichen‹ Kinder sich aufführen, als würde die Welt untergehen.«

»Ach, Gracie würde niemals einen Wutanfall bekommen«, sage ich und ziehe Gracie in meine Arme, als wolle ich sie vor den gehässigen Worten ihrer gemeinen Mutter schützen. »Lass dir das von deiner Mami nicht einreden.« Ich knabbere an Gracies Hals. »Mmh. Gracie schmeckt so gut!«

Gracie quietscht vor Freude.

»Gefallen dir die hübschen glitzernden Stiefel, die ich dir geschenkt habe?«

»Gracie liebt Glitzie-Stiefel.«

»Das ist gut, denn ich liebe dich.« Ich mache einen Kussmund, und sofort drückt sie ihre feuchten Lippen auf meine. »Mmh«, sage ich. »Lecker-schmecker.«

»Lecker-smecker«, wiederholt Gracie, und ich muss lachen.

»Megacool?«, sage ich herausfordernd.

»Megakuh.«

Ich freue mich diebisch. »Manometer«, sage ich langsam.

»Mann-mehr.«

Ich muss erneut lachen, und Gracie strahlt mich an. Ich könnte dieses Spiel den ganzen Tag lang mit ihr spielen. Es wird nie langweilig.

»Du lustig«, sagt Gracie zu mir, und ich lache wieder. Das ist ihr neuester Spruch, und ich finde ihn einfach köstlich.

»Ich lustig«, stimme ich ihr zu.

»Hey, Sarah Cruz«, sagt Josh und reißt sich von seiner Unterhaltung im Türrahmen mit Jonas los, um zu mir herüberzukommen. »Was zum Teufel bringst du meiner Tochter da bei?«

Ich stehe auf und umarme Josh. »Nur die wichtigsten Wörter unserer Sprache.«

»Scheiße, Süße, bist du riesig«, sagt Josh.

»Josh«, warnt ihn Kat.

»Tut mir leid.« Josh wirft einen Blick auf Gracie. »*Scheibenkleister*, Süße, bist du riesig.«

»Ich meinte nicht das S-Wort. Sarah ist nicht *riesig*.«

»Ist schon okay«, sage ich. »Ich bin riesig.« Ich klopfe mir auf meinen mächtigen Hintern. »Schon bald wird die Erde ihre Kreise um mich ziehen.«

Kat öffnet ihren Mund, um mir zu widersprechen, zuckt dann aber nur resigniert mit den Schultern. »Ich bin auch nicht mehr weit davon entfernt«, sagt sie schließlich und tätschelt ihren eigenen Bauch. Ein lächerlicher Vergleich.

»Ha!«, sage ich. »Mein Bauch könnte deinen mit einem Happs verschlingen.«

»Wie geht es dir mit der Doppelbelastung?«, fragt Josh und reibt über meinen gigantischen Bauch.

»Ganz gut. Aber das kleine Jonas-Äffchen hier«, ich deute mit meinem Finger auf das, was ich für den Ellbogen des verrückten Äffchens halte (oder ist es doch sein Fuß?), »trampelt in letzter Zeit ziemlich auf meinem Ischiasnerv herum. Der kleine Quälgeist macht es mir ganz schön schwer, nachts gut zu schlafen.«

»Wie der Vater, so das Äffchen«, sagt Josh und grinst seinen Bruder an. »Moment mal. Du sagtest *er*. Werden es zwei Jungs?«

»Das wissen wir noch nicht«, sagt Jonas. »Sarah ist nur überzeugt davon, dass sie es weiß.«

Josh lacht. »Na ja, Mann, sie ist schließlich die verdammte Sarah Cruz. Natürlich weiß sie es.«

»Sprache, Baby«, unterbricht ihn Kat.

Josh grinst. »Sie ist die verflixte Sarah Cruz. Du solltest nie an der Intuition einer Mutter zweifeln, Bro. Besonders nicht, wenn die Mutter die verflixte Sarah Cruz ist – die verflixte Sarah OAM Cruz.« Er zwinkert mir zu.

Ich verdrehe die Augen. Josh nennt mich »OAM Cruz«, seit das Video von mir aus Thailand im Internet die Runde gemacht hat. Aber bis heute habe ich keine Ahnung, was er glaubt, wofür OAM steht. Ich habe es ihm zumindest nie erzählt. Soweit ich weiß, kennen nur drei Menschen auf der ganzen Welt die Bedeutung von OAM, und Josh gehört nicht dazu. »Ich habe Jonas auch schon gesagt, er solle die Intuition einer Mutter respektieren«, sage ich. »Aber mein lieber Ehemann hört halt nie auf mich. Er denkt, er sei der Intelligente in dieser Beziehung.«

»Ha!«, schnaubt Josh. »Wohl kaum. Bro, hör auf deine kluge, allwissende Frau.«

»Genau, Jonas, hör auf deine kluge, allwissende Frau«, sage ich. »Und hör auf deinen klugen, allwissenden Bruder, besonders wenn er dir sagt, dass du auf deine kluge, allwissende Frau hören sollst.«

»Oh, ich bin mir sehr wohl bewusst, dass Sarah die Kluge in unserer Beziehung ist«, sagt Jonas. »Glaubt mir.«

Josh lacht und lässt sich in einen Sessel fallen. »Du denkst also, es werden Jungen, ja? Das wäre wirklich höchst amüsant. Hey, Jonas, lass uns im Büro Wetten abschließen. Ich werfe tausend Dollar in den Topf, damit es interessant wird.« Er reibt seine Hände aneinander. »Und wenn ich den Jackpot gewinnen sollte, dann kannst du deine Schulden bei mir in Form von Karaoke begleichen. Ich denke da an Neil Diamonds ›Coming to America‹.«

»O mein Gott!«, sage ich lachend. »Ich würde tausend Dollar zahlen, um Jonas das singen zu hören.«

»Nicht wahr?« Josh lacht. »Also, dann setze ich hiermit offiziell auf zwei Jungs. Genau heute in sechs Wochen.«

»Stopp«, sagt Jonas schroffer als nötig. »Keine Vorhersagen. Keine Vermutungen.«

Joshs Grinsen verschwindet.

»Lass das einfach«, sagt Jonas. Er sieht niedergeschlagen aus.

»Okay«, sagt Josh und wirft mir einen Blick zu, der so viel bedeutet wie: Was zum Teufel hat er denn jetzt schon wieder? »Sieht so aus, als wäre hier jemand kein großer Neil-Diamond-Fan.«

Jonas blickt uns beunruhigt an. »Tut mir leid. Ich will mich nur nicht auf etwas Bestimmtes festlegen, das ist alles.« Er zuckt mit den Schultern. »Schließ bitte keine Wetten ab, Josh. Bitte nicht.«

Mir stellen sich die Nackenhaare auf. Was ist nur los mit meinem süßen und offensichtlich extrem besorgten Ehemann?

»Kein Problem«, sagt Josh ernst. Er blickt einen langen Moment in das angstvolle Gesicht seines Bruders, als wolle er herausfinden, was er hat. »Komm her, Gracie«, sagt er schließlich, und Gracie klettert auf den Schoß ihres Vaters. »Gracie, sag Onkel Jo Jo, dass er sich nicht so viele Sorgen machen soll. Sag: Am Ende wird alles gut, Onkel Jo Jo.«

»Endewiallut, Onkie Jo Jo.«

»Siehst du, Jonas?«, sagt Josh. »Hör auf Gracie. Sie ist die Klügste von uns Faradays. Stimmt's, Gracie?«

Gracie nickt und steckt sich ihren Finger in den Mund.

»Das Leben passiert, egal, ob du dir Sorgen machst oder nicht, Bro. Also kannst du dir genauso gut keine Sorgen machen.«

Kat hat Jonas während der ganzen Unterhaltung eingehend beobachtet. »Hey, Gracie«, sagt sie. »Hast du Onkel Jo Jo schon seine Küsschen gegeben? Ich glaube, Onkel Jo Jo könnte heute ein paar Extraküsse vertragen.«

»Ja, ich hab sie schon bekommen«, sagt Jonas und versucht zu lächeln, was ihm allerdings nicht richtig gelingt. »Und sie waren heute richtig gut.«

»Onkie Jo Jo Küsse.« Gracie wackelt zu Jonas hinüber und gibt ihm einen feuchten Schmatzer auf die Wange. »Onkie Jo Jo.« Sie lehnt ihren Kopf an seinen tätowierten Unterarm und klopft auf sein Knie. »Onkie Jo Jo«, schnurrt Gracie wie eine Katze.

Jonas schaut grinsend zu Gracie hinunter und wirft Josh dann einen genervten Blick zu. »Warum bringt ihr der Kleinen bei, dass sie mich Onkel Jo Jo nennen soll? Kann ich nicht einfach Onkel Jonas sein, wie ein normaler Mensch?«

Josh lacht. »Sei froh, dass sie dich Onkel Jo Jo nennt. Ich versuche schon seit Monaten, ihr beizubringen, dich Onkel Jo Jo der tanzende Clown zu nennen. Aber das will sie einfach nicht sagen.«

»Oh, das muss ich hören«, sage ich. »Gracie, sag ›Onkel Jo Jo der tanzende Clown‹ für mich.«

»Onkie Jo Jo da kaun«, sagt Gracie, und jeder außer Jonas lacht.

»Das war gut, Kleines!«, sage ich. »Ich werde dir jedes Mal einen Keks geben, wenn du Onkel Jo Jo der tanzende Clown sagst, okay? Klingt das nach einem Plan?«

Gracie nickt.

»Sag es noch mal für mich: Onkel Jo Jo der tanzende Clown.«

»Onkie Jo Jo da kaun.«

»Kat, gib dem Mädchen einen Keks.«

Kat langt in ihre Wickeltasche und holt einen Keks in Tierform heraus.

Josh klatscht in die Hände. »Also, was muss man tun, um in diesem Haus etwas zu trinken zu bekommen?«

»Man muss aufhören, seiner Tochter beizubringen, mich Onkel Jo Jo der tanzende Clown zu nennen«, sagt Jonas.

»Dann werde ich wohl heute Abend nichts trinken.«

»Was kann ich euch Ladys bringen?«, fragt Jonas. »Mineralwasser?«

Kat und ich verdrehen gleichzeitig die Augen und bemitleiden uns gegenseitig. »Mineralwasser«, sagen wir wie aus einem Mund.

»Josh? Magst du ein Bier?«

»Ich komme mit und sehe mir an, was es gibt«, sagt Josh. »Ich fühle mich heute Abend so *spontan*.« Er grinst Kat an, und sie errötet. »Was ist mit dir, Gracie-Maus? Willst du einen Saft?«

»Saaf!«, sagt Gracie und hüpft von der Couch.

»Nein, der Zucker ist nichts für sie«, sagt Kat und hält einen Trinkbecher in die Luft. »Ich habe hier ihr Wasser.«

»Kein Wasser«, ruft Gracie. »Saaf!«

Wir blicken den Männern nach, die in der Küche verschwinden.

Kat greift in ihre Wickeltasche. »Willst du dein Bauernhofbuch anschauen?«

Gracie nickt und nimmt ihrer Mutter schnell das Buch aus der Hand.

»Wie wäre es, wenn du dabei etwas Wasser trinkst?«, sagt Kat. »Wasser ist gut für dich.«

»Nein«, sagt Gracie bestimmt. Sie macht es sich auf der Couch bequem und hat nur noch Augen für ihr Buch.

Kat schüttelt den Kopf. »*Nein*. Das ist ihr neues Lieblingswort.«

»Na, von ihrer Mami hat sie das aber nicht gelernt.«

Kat tätschelt ihren Babybauch. »Anscheinend nicht.«

»Wie geht es dir denn?«, frage ich.

»Wenn ich nicht gerade spucke, meinst du?«

»Ja, lass uns damit anfangen.«

»Na gut. Also, wenn ich nicht gerade spucke, dann geht es mir absolut fantastisch. Allerdings gibt es kaum Momente, in denen ich mich nicht übergeben muss.«

Ich zucke zusammen. »Immer noch? Ich hatte gehofft, das hätte sich mittlerweile gelegt.«

»Na ja, es ist ein bisschen besser geworden. Jetzt wird mir nur noch morgens und abends schlecht. Ach ja, und auf Autofahrten.« Sie verdreht die Augen. »Auf dem Weg hierher musste Josh rechts ranfahren. Ich bin der ekelhafteste Mensch auf Erden.«

»Das tut mir leid, Kat. Wie ätzend.«

»Ist schon okay. Es ist genau wie bei Gracie.« Sie fährt ihrer Tochter durch das strohblonde Haar. »Am Ende war es das alles wert.«

Ich tippe auf Gracies Knie. »Gracie, sag: Onkel Jo Jo der tanzende Clown.«

»Onkie Jo Jo da kaun.«

»Kat, gib dem Mädchen einen Keks.«

Kat lacht und greift in ihre Wickeltasche. »Das wirst du alles zurückkriegen, meine Teuerste. Wart's nur ab.«

Jonas und Josh kommen mit Getränken aus der Küche zurück. Kat spielt die Entrüstete. »Ihr Männer zeigt euch nicht solidarisch mit euren armen schwangeren Ehefrauen und trinkt Mineralwasser?«

»Tatsächlich hat Jonas genau das vorgeschlagen«, sagt

Josh und nimmt einen Schluck von dem, was er in seinem Glas hat. »Aber ich habe ihm gesagt, er solle damit aufhören, aus mir einen Vollidioten zu machen.«

Kat lacht. »Trink nur, Baby. Und du auch, Jonas. Wirklich, es gibt keinen Grund dafür, dass wir alle leiden müssen.«

»Siehst du?«, sagt Josh zu Jonas. »Genau das habe ich auch gesagt.« Er nimmt noch einen großen Schluck.

»Lass mich mal probieren, Playboy«, schnurrt Kat, und Josh beugt sich zu ihr. Er nimmt einen weiteren Schluck von seinem Drink und steckt seine Zunge in ihren Mund.

»Mmh, Gin Tonic«, sagt Kat. »Das hätte ich nicht erwartet.«

»Ich habe ja gesagt – ich fühle mich heute Abend irgendwie so spontan«, sagt Josh, und aus seinem Mund klingt das anzüglich. Er nimmt noch einen Schluck und beugt sich sofort wieder zu Kat.

Ich werfe Jonas einen Blick zu und hoffe, dass er meine Belustigung über Joshs und Kats Verhalten teilt. Neben den beiden wirken Jonas und ich wie Schulkinder. Aber Jonas nippt nur gedankenverloren an seinem Bier.

»Okay, Leute, hier kommt ein Toast«, sagt Josh und zieht sich von Kat zurück.

Wir heben unsere Gläser und schenken Josh unsere ungeteilte Aufmerksamkeit, auch wenn wir schon wissen, was er sagen wird (schließlich spricht Josh jedes Mal den gleichen Toast aus).

»Moment noch«, sagt Josh. »Gracie-Maus, wo ist dein Trinkbecher?«

Gracie blickt von ihrem Tierbuch auf.

»Wir stoßen an, Süße«, sagt er. »Nimm deinen Trinkbecher, damit du mitmachen kannst.«

Gracies Augen beginnen zu leuchten. »Trinken, Mami?«, fragt sie. »Wo Trinken?«

Kat schüttelt den Kopf. »Natürlich, jetzt will sie ihr Wasser. Jetzt, wo ihr umwerfender Daddy es vorgeschlagen hat.« Kat holt den Becher aus ihrer Tasche und gibt ihn Gracie.

»Du könntest einem Eskimo Eis verkaufen, Josh«, sagt sie.

Josh zwinkert Kat zu. »Jetzt pass auf. Hey, Gracie, bevor wir anstoßen, möchte ich, dass du einen großen Schluck Wasser für mich trinkst, okay?« Gracie gehorcht, ohne zu zögern, und nimmt sogar drei große Schlucke aus dem Trinkbecher. Josh grinst Kat triumphierend an. »Du behauptest immer, dass unsere Tochter so stur ist wie du, aber ich weiß gar nicht, was du hast. Sie ist genau wie ich – total entspannt und vernünftig.«

Er bringt ein Lächeln zustande, bei dem sogar ich weiche Knie bekomme. »Da ich gerade dabei bin, Baby: Gibt es noch etwas, das Gracie tun soll? Irgendwas?« Kat funkelt ihn böse an, und er muss lachen. »Okay, Leute, lasst uns anstoßen.« Er hebt sein Glas. »Halte deinen Becher nach oben, kleine Gracie.«

Gracie hält ihren Becher in die Luft und grinst wie ein Honigkuchenpferd.

Ich werfe Jonas einen Blick zu und hoffe, dass er auch über die umwerfend süße Gracie schmunzeln muss – oder über Joshs betörenden Charme oder einfach darüber, wie glücklich wir uns schätzen können, in diesem Moment mit diesen unglaublichen Menschen zusammen zu sein. Aber sein ernster Gesichtsausdruck dreht mir fast den Magen um. Was geht nur in diesem Labyrinth vor, das auch bekannt ist als Jonas' Gehirn?

»Also, hier kommt der Toast«, sagt Josh. Mit einer schnellen Bewegung hebt er Gracie hoch. »Auf die Faradays«, sagt er.

Es ist der gleiche Toast wie immer, also fallen wir alle mit ein. »Hey, hey, auf die Fara-«

»Wartet kurz, Leute«, unterbricht uns Josh. »Ich bin heute Abend in der Stimmung, weiter auszuholen. Seid nachsichtig mit mir.« Er blickt zu seinem Bruder. »Auf Jo Jo den tanzenden Clown – mögen deine zukünftigen Babys dich lehren, ab und zu mal zu entspannen, Bro.« Er grinst. »Wow. Jetzt siehst du aus wie ein Serienmörder, Onkel Jo Jo.«

Jonas nimmt einen trotzigen Schluck von seinem Bier, erwidert aber nichts darauf.

Nun wendet sich Josh mir zu. »Auf OAM Cruz, unsere mutige Anführerin, unseren George Clooney, das verdammte Genie, das –«

»Sprache«, sagt Kat und sieht ihn streng an.

Josh grinst. »Tut mir leid.« Er küsst Gracie auf ihre rosa Wange. »Sorry, Gracie. Auf OAM Cruz, das *verflixte* Genie, das nicht lange fackelt und es geschafft hat, meinen Bruder wenigstens manchmal gesellschaftstauglich zu machen. Wir alle danken dir von Herzen dafür, Sarah.«

Ich nicke ihm zu und drehe meinen Kopf dann in Jonas' Richtung. Wieder hoffe ich, dass eine Art nonverbaler Austausch zwischen uns stattfindet, dieses Mal vielleicht darüber, dass Josh mich immer noch ›OAM Cruz‹ nennt, obwohl er keine Ahnung hat, was das bedeutet. Aber Jonas ist zu sehr damit beschäftigt, Josh finster anzublicken, und schenkt mir keine Aufmerksamkeit.

»Auf mein wunderbares Wildes-Partygirl mit Bindestrich«, fährt Josh fort, ohne sich von den bösen Blicken seines Bruders stören zu lassen. »Sogar wenn du dich übergibst, was du in letzter Zeit sehr häufig tust, bist du immer noch wunderschön.« Seine Augen leuchten jetzt genauso wie bei dem Trinkspruch auf ihrer Hochzeit vor zweieinhalb Jahren. Seine Stimme wird ernst. »Du bist mein Leben, Partygirl.«

Kat lächelt. »Und du bist meines, Playboy.«

»Und jetzt auf dich, kleine Miss Blinke-Schuh.« Er drückt Gracie an seine Brust. »Du ähnelst deiner frechen Mama so sehr, dass es mich wahnsinnig macht, Kleines.« Er küsst sie auf die Wange.

Gracie hält ihren Becher hoch. »He, he!«
Josh lacht. »Okay, okay, einen Augenblick noch. Ich hab's gleich.« Er streckt sein Glas in die Luft. »Und auf die drei Mini-Faradays, die unterwegs sind. Bitte, Jungs oder Mädels oder wie auch immer, bitte gönnt euren geplagten Müttern eine Pause, sodass sie nicht mehr spucken müssen beziehungsweise ihren wohlverdienten Schlaf bekommen.«
»Amen«, sagt Kat.
»Ja, bitte«, stimme ich zu.
Josh wendet sich Gracie zu. »Okay, bereit anzustoßen, kleine Gracie?«
»He, he!«, ruft Gracie.
»Warte«, sagt Kat. »Ich hab noch einen Toast.« Sie hält ihr Glas hoch. »Auf den Playboy mit dem Herzen aus Gold. Du hast mich mit deinem Supersperma infiziert und mich in eine spuckende, babyproduzierende Maschine verwandelt.« Sie grinst. »Und ich bin so unglaublich froh, dass du das getan hast.«
»Wow. Das war wundervoll, Baby. Wahre Poesie. Ich musste mir eine Träne verkneifen.«
Kat zuckt mit den Schultern. »Ich habe es dir schon tausendmal gesagt. Es gibt zwei Dinge, in denen ich richtig gut bin: Männer und PR.«
»Zumindest Ersteres kann ich bestätigen.«
Gracie windet sich ungeduldig in der Umarmung ihres Vaters. »He, he?«
»Okay, okay«, sagt Josh. »Das Jungvolk wird ungeduldig. Halt deinen Becher hoch, kleine Maus. Wir sagen es jetzt.« Wir alle heben unsere Getränke in die Höhe, Gracie eingeschlossen. »Auf die Faradays!«, sagt Josh feierlich. »Denn diese Familie ist der Wahnsinn.«
»Hey, hey! Auf die Faradays!« Wir stoßen alle miteinander an, und jeder von uns gibt sich große Mühe, auch mit Gracies orangefarbenem Plastikbecher anzustoßen.

»Wir richten sie ganz schön früh ab«, sagt Kat zu Josh, und beide müssen lachen.

»He, he!«, quietscht Gracie und bringt damit uns alle zum Lachen. In diesem Moment überkommt mich wieder dieses unglaubliche Glücksgefühl, das ich jedes Mal verspüre, wenn Josh seinen Toast auf die Faradays ausbringt und mich damit ebenfalls meint. Die Wendung, die mein Leben genommen hat, erfüllt mich mit Freude und Liebe und raubt mir fast den Atem. Oder ist es das Ziehen in meinem Bauch, das mir den Atem raubt? Verflixt, das tut richtig weh. Ich beuge mich nach vorn und schnappe nach Luft.

»Sarah«, sagt Jonas und eilt zu mir herüber.

Ich hole tief Luft. »Es geht mir gut, Baby. Ist schon wieder vorbei.«

»Was ist vorbei? Die Zumba-Übungen vom verrückten Äffchen?«

Aber dieses Mal hat es sich nicht so angefühlt, als würde das verrückte Äffchen Zumba tanzen. Ich kann die Frage nicht mit absoluter Sicherheit beantworten und zucke mit den Schultern.

»Sarah, wie hat es sich angefühlt?«, fragt Kat. Sie sieht besorgt aus.

»Ähm, wie ein plötzliches Ziehen im Bauch. Genau hier. Ein wirklich festes Ziehen.«

»Hm. Das hört sich nach Braxton-Hicks-Kontraktionen an«, sagt Kat. »Das ist relativ normal. Wahrscheinlich rüstet sich dein Körper nur für die Geburt. Hat es richtig wehgetan, oder war es nur ein unangenehmes Ziehen?«

Ich zucke erneut mit den Schultern. »Ich weiß nicht. In letzter Zeit tut mir alles irgendwie weh.«

»Wir fahren sofort ins Krankenhaus«, sagt Jonas mit ernster Miene.

»Warte kurz«, sagt Kat entschieden. »Fühlst du es jetzt auch?«

Ich schüttle den Kopf.
»Wann hast du deinen nächsten Termin?«
»Dienstag.«
»Und im Moment fühlst du nichts?«
»Nein.«
Jonas sieht aus, als würde er sprichwörtlich den Atem anhalten. »Ich denke, wir sollten jetzt ins Krankenhaus fahren.«
»Baby, wenn es nach dir ginge, würden wir in dem verflixten Krankenhaus leben. Wir können nicht jedes Mal dorthin fahren, wenn ich ein Ziehen spüre. Sie werden noch die Fenster und Türen verschließen, sobald sie uns auf dem Parkplatz entdecken.«
Er seufzt. »Es ist mir egal, ob wir uns zum Affen machen. Sicherheit geht vor. Ich will nicht bis Dienstag warten.«
»Es sind nur noch zwei Tage«, sage ich.
»Versprichst du mir, dass du den Arzt anrufst, wenn du es wieder spürst?«, fragt Kat.
»Ja.«
»Wie dem auch sei, ich werde dich morgen ins Krankenhaus fahren. Nur um sicherzugehen.«
»Jonas, ich muss morgen jede Menge Sachen bei der Arbeit erledigen, damit ich bis zum Mutterschutz alles vom Tisch habe, und –«
»Ich werde nicht bis Dienstag warten. Ich fahre dich morgen ins Krankenhaus. Ende der Diskussion.«
»Wolltest du nicht morgen mit Josh nach Denver fliegen?«, frage ich. Hilfesuchend blicke ich zu Josh, aber dieses Mal scheint er mir nicht den Rücken stärken zu wollen.
»Ja, das war der Plan«, sagt Jonas. »Aber ich habe ihn soeben geändert.«
»Jonas muss nicht unbedingt mitkommen«, sagt Josh. »Er ist nur das hübsche Gesicht von Climb and Conquer – damit es nach etwas aussieht. Ich bin das Hirn der Firma.«
Jonas geht nicht im Geringsten auf die Bemerkung seines

Bruders ein. Mit stechendem Blick sieht er mich an. »Morgen«, befiehlt er.

Ich seufze laut. Es macht keinen Sinn, mit ihm zu diskutieren. Und vielleicht hat er ja auch recht. Wegen seiner Paranoia bei jedem Ziehen, das ich fühle, kann ich gar nicht mehr beurteilen, was eine normale Reaktion ist und was nicht.

»Okay«, sage ich. »Du hast recht – Sicherheit geht vor, immer.«

Jonas atmet hörbar aus. »Gut. Danke.« Er holt tief Luft. »Gut«, wiederholt er, mehr für sich selbst. Er schaut zu Gracie und versucht zu lächeln, was ihm nicht ganz gelingt. »Kommst du mit mir nach draußen und hilfst mir, den Fisch zu grillen, kleine Gracie?«

»Nein, Jonas, nimm sie nicht mit nach draußen«, sagt Kat. »Ich will nicht, dass sie in die Nähe des Pools kommt.«

»Jonas hat letzte Woche einen Zaun drum herum aufgestellt«, sage ich. »Als ich gestern ein paar Runden schwimmen wollte, stand ich ungefähr zehn Minuten vor dem Tor und habe versucht, den Riegel aufzukriegen.« Ich werfe Jonas ein schwaches Lächeln zu, aber er erwidert es nicht. Seine Gesichtszüge sind hart. Sein Blick ist düster. Was ist nur in letzter Zeit mit ihm los? Er ist überhaupt nicht mehr er selbst.

»Na gut, aber sie soll ihre Jacke anziehen«, sagt Kat. »Es ist ein bisschen kalt draußen.«

»Also komm, Liebes, du hast deine Mutter gehört«, sagt Josh. Er zieht Gracie ihre Jacke über. »Und dir geht's gut, Baby? Brauchst du noch irgendetwas?«

»Mir geht's gut. Ich habe meine Cracker und mein Wasser.« Kat hebt ihr Wasserglas in die Höhe, als würde sie in New Orleans Karneval feiern. »Ich habe einen Mordsspaß, Liebster.« Sie klopft auf ihren Bauch. »Alles bestens.«

»Na gut, ich habe mein Handy in der Tasche. Schreib mir, wenn du etwas brauchst, damit du nicht aufstehen musst.

Und hey, kotz bitte nicht auf die weiße Couch von meinem Bruder. Du weißt ja, wie pingelig er ist, wenn es darum geht, seine Sachen sauber zu halten.«

»Keine Garantie. Was rausmuss, muss raus.«

»Okay, Cowgirl«, sagt Josh zu Gracie und setzt sie Jonas auf den Rücken. »Lass uns reiten wie der Wind.«

Jonas hält Gracie fest. »Sag hüa.«

»Hüa«, wiederholt Josh und haut Jonas auf den Hintern.

»Nicht du, du Idiot. Ich weiß, dass du das schon sagen kannst. Komm schon, Kleines, sag hüa.«

»Hü-aaa«, sagt Gracie.

»Jiiieha! Halt dich gut fest, Cowgirl«, sagt Jonas. »Denn dieses Pferd hier ist ein wilder, verrückter Hengst.« Mit diesen Worten macht er einen Satz in die Luft, wiehert und läuft galoppierend auf die gläserne Schiebetür am anderen Ende des Zimmers zu.

Ich betrachte Jonas dabei, und mein Herz läuft förmlich über vor Liebe zu ihm.

Als er an der Tür ankommt, öffnet er sie, überprüft noch einmal, ob Gracie sich auch wirklich festhält, und galoppiert dann nach draußen. Dabei nimmt er mein Herz, meine Seele und unendliche Freude mit hinaus.

Sarah

Sobald die Männer außer Hörweite sind, beugt sich Kat verschwörerisch zu mir rüber. »Was zum Teufel ist los mit Jonas?«

»Es ist dir auch aufgefallen?«

»Es war nicht zu übersehen. Dieser Mann ist schon immer sehr speziell gewesen, aber heute? Das ist extrem.«

»Ja, ich weiß. Er flippt total aus.«

»Aber warum denn?«

»Er will nicht darüber reden.«

Kat blickt mich düster an. »Vielleicht hat er Angst. Ein Baby zu bekommen ist eine große Veränderung. Und dann gleich Zwillinge …«

»Nein, er hat keine Angst davor, Vater zu werden. Das will er mehr als alles andere.« Ich reibe mir die Stirn. »Ich denke, er macht sich Sorgen, dass etwas schiefgehen könnte. Aber da er ja nicht darüber reden will, was in seinem komplizierten Kopf vor sich geht, ist das nur eine Vermutung. Und dass ich alle zwanzig Minuten Schmerzen habe, macht es nicht unbedingt besser. Wo wir gerade davon reden, autsch.«

Kat blickt mich sofort beunruhigt an. »Schon wieder?«

Ich nicke.

»Genauso wie vorhin?«

Ich schüttle den Kopf. »Nein, dieses Mal ist es bloß das verrückte Äffchen. Er ist ein kleiner Draufgänger.«

»Ich denke, du solltest den Arzt anrufen, Sarah.«

Der Schmerz klingt wieder ab. »Jonas? Bist du das in Gestalt von Kat?«

Das findet Kat offensichtlich gar nicht lustig.

»Mir geht es wieder gut. Dieses Mal war es wirklich nur das verrückte Äffchen, das mich gekickt hat, ich schwöre es.«

»Du darfst Jonas' Sorgen nicht komplett ignorieren, Sarah. Dein hypersensibler Ehemann hatte schon mal den richtigen Riecher. Du dachtest, er sei paranoid, und hast schließlich blutend auf dem Boden einer Damentoilette gelegen.«

»Ich habe meine Lektion gelernt, was Jonas' Eingebungen betrifft, glaub mir. Aber wenn wir jedes Mal ins Krankenhaus fahren würden, wenn er es für richtig hält, dann würden wir wirklich dort leben. Und das ist nicht übertrieben. Wir kämen dort nie wieder weg. Er geht in letzter Zeit sprichwörtlich die Wände hoch, Kat. In seiner Gegenwart lässt sich nur schwer abschätzen, wann seine Sorgen berechtigt sind und wann nicht.«

»Orientiere dich einfach ein bisschen an seinem Instinkt, okay? So paranoid er auch ist, du bist manchmal das andere Extrem. Im Ernst, hin und wieder verleugnest du die Dinge einfach.«

Sie hat recht. Im Verleugnen war ich schon mein ganzes Leben lang gut. »Ich würde nie ein Risiko eingehen, wenn es um meine beiden Äffchen geht«, sage ich und halte drei Finger in die Höhe. »Pfadfinderehrenwort.«

»Warst du bei den Pfadfindern?«

»Nein. Du?«

»Ja, natürlich. Ich habe alle Abzeichen und so bekommen.« Plötzlich wird Kat dunkelgrün im Gesicht, was mich an den Farbton der Pfadfinderuniformen erinnert. Sie nimmt ein Päckchen Cracker aus ihrer Tasche. »Sei einfach ein bisschen vorsichtig, Sarah. Besonders bei Zwillingen.«

»Ist dir schlecht?«

»Ja, es überkommt mich immer wie ein Donnerschlag.« Sie beißt auf ihrem Cracker herum. »Das ist total ätzend.«

»Du Arme!«

»Ist schon okay. Am Ende ist es das wert. Aber ätzend ist es trotzdem.«

»Kann ich dir eine intime Frage stellen, Kat?«

»Na klar, lenk mich von meiner Übelkeit ab.«

»Wie vorsichtig seid ihr, Josh und du, wenn du schwanger bist?«

»Was meinst du damit? Das Beste an der Schwangerschaft ist doch, dass man nicht schwanger werden kann.«

»Nein, das meine ich nicht. Ist Josh besonders vorsichtig mit dir – als hätte er Angst, aus Versehen den Kopf des Babys zu treffen?«

»Ha! Josh? Nein. Josh treibt es mit mir, wann und wie er will, egal, ob ich schwanger bin oder nicht. Versteh mich nicht falsch, mein Mann ist riesig, aber es besteht definitiv nicht die Gefahr, dass er in meinem Uterus an den Kopf des Babys stößt.«

Ich spüre, wie ich erröte. »Okay, das waren jetzt zu viele persönliche Informationen auf einmal.«

»Ach, komm schon, das kann gar nicht sein unter Schwestern.« Sie lacht. »Jonas ist also in letzter Zeit übervorsichtig beim Sex? Willst du mir das damit sagen?«

Ich beiße mir auf die Lippe. »Na ja, um ehrlich zu sein, hält sich Jonas nur an die Anordnungen der Ärztin. Und auch der übervorsichtige Sex mit Jonas ist immer noch fantastisch.«

Kat kichert. »Wie nett.«

»O Mann, Kat, ich bin nur in letzter Zeit so unheimlich geil, und ich scharre förmlich mit den Hufen. So habe ich mich noch nie gefühlt.«

»Willkommen in der Welt der Schwangerschaftshormone.«

»O Gott«, seufze ich. »Die Ärztin hat uns gesagt, wir sollen es nicht allzu bunt treiben – vor allem nicht im letzten Schwangerschaftsdrittel. Aber ich frage mich halt, wo die Grenze zu ›allzu bunt‹ liegt.«
»Hat euch das die Ärztin nicht erklärt?«
»Nein. Hätte ich sie fragen sollen?«
»Warum nicht?«
»Hm.«
»Frag sie doch einfach morgen.«
Ich presse die Lippen aufeinander. Sie *morgen* danach zu fragen hilft mir auch nicht dabei weiter, ob Jonas und ich dieses nette Paket mit dem Spielzeug *heute* ausprobieren dürfen.
»Gibt es etwas, das du während einer Schwangerschaft auf keinen Fall machen würdest?«, frage ich sie.
»Hm.« Sie runzelt die Stirn und scheint zu überlegen. »Es gibt natürlich ein paar Dinge, die sich einfach schwieriger gestalten, weil der Bauch im Weg ist oder weil mir schlecht wird. Und komischerweise steht Josh überhaupt nicht darauf, beim Sex angekotzt zu werden. Aber nein, was mich angeht, sehe ich in keinerlei Hinsicht irgendwelche Grenzen. Obwohl, ich glaube, ich habe mal gelesen, dass die umgekehrte Reitstellung während der Schwangerschaft nicht so gut ist. Aber ich hasse diese Stellung sowieso. Wird total überschätzt. Ansonsten sehe ich wirklich keine Probleme.«
»O Mann, ich komme mir vor, als hätte ich ein Riesenfass aufgemacht«, sage ich.
»Wie genau lautet denn deine Frage, Süße? Warum spuckst du es nicht aus? Du redest mit mir, schon vergessen? Du kannst mich alles fragen.« Sie zwinkert mir zu. »Du redest von Analsex, oder?«
Ich verdrehe die Augen. »Nein, ich spreche nicht von Analsex.«
»Oh, Sarah Cruz. Sei doch nicht so. Sag einfach, was du wissen willst. Was, glaubst du, kannst du während der

Schwangerschaft nicht tun? Du hast mich wirklich neugierig gemacht.«

Ich werfe einen verstohlenen Blick zur Schiebetür, um sicherzugehen, dass Jonas und Josh nicht wieder ins Haus kommen. »Also gut.«

»Ja?«

»Jonas hat mir ein kleines Paket mit Sexspielzeug geschenkt, das wir ausprobieren können, wenn die Babys auf der Welt sind, aber ich würde es so gerne schon heute Nacht tun.«

Sie lässt ihre Packung Cracker sinken und sieht mich aufmerksam an. »Meine Liebe, jetzt hast du mich definitiv von meiner Übelkeit abgelenkt. Erzähl mir mehr über dieses Sexspielzeug. Ich will Einzelheiten.«

Ich komme mir mittlerweile total blöd vor, das Ganze ist mir peinlich. »Nun, du weißt schon, ganz verschiedene Sachen. Ich habe noch nie etwas davon ausprobiert.«

»Du hast noch nie zuvor Sexspielzeug ausprobiert?«

Ich schüttle den Kopf. Meine Wangen glühen jetzt regelrecht.

»Ach, meine süße, kleine Sarah.« Sie grinst in sich hinein. »Ich sage es nur ungern, aber wenn dieses Zeug wirklich neu für dich ist, dann ist das letzte Schwangerschaftsdrittel einer Risikoschwangerschaft vielleicht wirklich nicht der richtige Zeitpunkt, es auszuprobieren. Frag doch morgen einfach die Ärztin.«

Ich ziehe einen Schmollmund. »Wahrscheinlich hast du recht.«

»Und nur, falls du dich das ebenfalls fragst: Analsex wäre jetzt auch keine so gute Idee, wenn du es nicht kennst.«

Ich verstecke mein rotes Gesicht hinter meinen Händen. Ich kann nicht glauben, wie entspannt Kat über Sex redet.

Kat lacht. »Du solltest dein Gesicht sehen.« Sie schaut zur Schiebetür. »Weißt du was? Da wir die ganze Zeit davon reden, würde ich Josh jetzt am liebsten beiseiteziehen und ihn mit einem schnellen Quickie überraschen.«

»Tu dir keinen Zwang an. Ich passe so lange auf Gracie auf. Geht ins Joshs altes Zimmer ganz hinten.«

»Wirklich?«

»Na klar. Und lasst euch Zeit. Ich bleibe so lange bei Gracie, wie ihr wollt.«

»Danke, Süße. Du kannst dir gar nicht vorstellen, welchen Gefallen du mir damit tust. Mit einem Kleinkind ist Spontaneität nicht mehr so leicht, und Josh ist wirklich gerne spontan.«

»Jetzt reicht es aber mit den Infos. Bitte.«

Kat lacht. »Okay, danke für die Rückendeckung. Du wirst sehen, wenn du erst einmal zwei schreiende Babys um dich herum hast, wirst du jede Möglichkeit für einen spontanen Quickie zu schätzen wissen.«

»Bist du dir sicher, dass du das kannst, Kat? Du bist irgendwie grün im Gesicht.«

»Ach was«, schnaubt Kat. »Bei dem, was ich gleich mit Josh vorhabe, wird es ihn gar nicht mehr stören, wenn ich mich zwischendrin ein bisschen auf ihn übergebe.« Sie zwinkert mir zu.

Jonas

»Was zum Teufel ist los mit dir, Bro?«

Ich drehe den Fisch auf dem Grill um.

»Redest du jetzt endlich mit mir, oder willst du dich den ganzen Abend wie ein durchgeknallter Serienkiller aufführen?«

Ich lege die vegetarischen Spieße auf den Grill, einen nach dem anderen, und achte darauf, dass der Abstand zwischen allen gleich groß ist.

»Hallo? Erde an Jonas.«

»Ich werde mich den ganzen Abend wie ein durchgeknallter Serienkiller aufführen.«

Josh seufzt laut.

»Hast du in letzter Zeit mal wieder mit Henn geredet?«, frage ich.

»Ja, ich rede ständig mit ihm.«

»Hat er die Situation immer noch genau im Auge?«, frage ich Josh.

»Ja, er ist dran. Es gibt keine Anzeichen für Probleme.«

»Wann genau hast du das letzte Mal mit ihm gesprochen?«

Josh blickt auf und denkt nach. »Vielleicht vor einem Monat? Er hat alles unter Kontrolle.«

»Na ja, in einem Monat kann viel passieren. Ich rufe ihn lieber mal an.« Ich ziehe mein Handy aus der Tasche.

»Er hat es unter Kontrolle, Jonas. Beim leisesten Anzei-

chen eines Problems wird er uns sofort informieren. Er will die Situation genauso sehr im Auge behalten wie wir.«
»Das würde ich gerne von ihm selbst hören.«
Josh hält abwehrend seine Hände hoch. »Dann ruf ihn an, in Gottes Namen. Aber nicht jetzt.« Er blickt zu Gracie rüber. »Lass uns einfach entspannt grillen, okay? Wir rufen ihn gleich morgen früh zusammen aus dem Büro an.«
Ich atme tief ein.
»Jonas, wenn irgendetwas darauf hindeuten sollte, dass diese Arschlöcher sich wieder aufrappeln oder dass sie herausgefunden haben, wer sie fertiggemacht hat, dann kriegt Henn das mit. Und in der Sekunde, in der Henn uns ein Zeichen gibt, werden wir alles unternehmen, was nötig ist.« Er sieht mich eindringlich an. »Was auch immer getan werden muss, ich bin dabei. Das weißt du doch, oder?«
Ich nicke. »Danke.« Ich drehe die vegetarischen Spieße auf dem Grill um. »Können wir uns sicher sein, dass Oksana immer noch ihren modischen orangefarbenen Anzug trägt?«, frage ich.
»Natürlich. Jeden verdammten Tag. Für die gute alte Oksana ist Orange das neue Schwarz, bis sie das Zeitliche segnet.«
»*Fuck.* Ich kann nicht aufhören, mich zu fragen, ob ich sie nicht besser hätte umlegen sollen.«
Josh schüttelt seinen Kopf. »Du hast genau das Richtige getan, Bro. Zweifle nicht an dir. Du warst eher der Gott des Neuen Testaments als der des Alten. Du hast genau richtig gehandelt. Du hast Klasse und Selbstbeherrschung gezeigt.«
»Scheiß auf Klasse und Selbstbeherrschung. Ich hätte nicht das geringste Risiko eingehen dürfen. Das war dumm von mir.« Ich drehe den Fisch auf dem Grill um, und mir wird ganz schlecht. Eine Weile bin ich vollkommen still.
»Du hast nichts falsch gemacht, Bro. Du warst absolut präzise – wie ein verdammter Sniper. Alles ist gut.«

»Ich habe aber Angst, dass wir der Schlange nicht den Kopf abgeschnitten haben. Diese Panik frisst mich auf.«

»Kumpel, Max war der Kopf. Daran besteht kein Zweifel. Wir haben sie. Mach dir keine Sorgen.«

»Und du bist dir sicher, dass Henn alles im Griff hat?«

»Natürlich. Wenn es auch nur den Hauch eines Problems gibt, wird er es uns sofort wissen lassen. Und dann unternehmen wir etwas. Versprochen.«

»Seifenbaaasen, Daddy!«, quietscht Gracie.

»Ich mach dir gleich Seifenblasen, Süße. Dreh dich für Daddy im Kreis, okay?«

»Gracie deeeh.«

»Braves Mädchen. Dreh dich, dass dein Kleid nur so fliegt.«

Gracie dreht sich im Kreis, stolpert und wiederholt das Ganze dann. Wieder und wieder.

»Also, war es das? Ist der Club alles, worüber du dir Gedanken machst?«

Ich zucke mit den Schultern.

Josh seufzt. »Was noch, Bro? Komm schon. Ich kann dich lesen wie ein Buch. Was ist los?«

»Ich mache mir Sorgen«, sage ich schließlich und atme tief aus. Ich presse meine Lippen zu einer dünnen Linie zusammen und blicke auf den Grill.

»Worüber?«

»Daddy!«, ruft Gracie. »Hase? Wo Hase, Daddy?«

»Du denkst, dass dort drüben bei den Steinen Hasen wohnen, richtig, Gracie?«, fragt Josh. »Kannst du sie suchen?«

Gracie geht zu den Steinen auf der anderen Seite des Rasens.

»Jonas, rede mit mir. Ist es Oksana? Machst du dir ihretwegen Sorgen?«

Ich schüttle den Kopf, und eine Flut an Emotionen überkommt mich.

»Jonas –«

»Daddy!«, ruft Gracie erneut.
»Ja, Süße?«
»Daddy, Seifenbaaasen?«
»Gleich, Süße. Ich mach gleich Seifenblasen für dich. Übe mal, den Ball zu werfen.« Er nimmt einen Ball vom Rasen, bringt ihn Gracie, wirft ihn ihr ein paarmal zu und kommt dann wieder zu mir zurück. »Bro, erzähl mir, was du hast.«
Ich atme tief ein. »Ich habe mir zu viel aufgehalst«, gestehe ich.
Josh wird ganz weiß im Gesicht. »Womit?«
Ich antworte nicht.
»Jonas, rede mit mir. Womit? Mit den Studios?« Er sieht aus, als halte er den Atem an.
»Nein, nicht mit den Studios. Ich bin für Climb and Conquer geboren.«
Josh wirkt erleichtert. »Das wusste ich.«
»Ja, verdammt.«
»Ja, verdammt.« Josh wirft einen Blick auf Gracie, die auf dem Rasen spielt. »Kat wird uns umbringen, weil wir in Gegenwart der Kleinen so viel fluchen.«
»Also, ich rede lieber überhaupt nicht mehr, als ständig auf meine Wortwahl zu achten. Du hörst dich an wie eine Pussy.«
»Du kannst mich mal. Ich bin gespannt, was du dazu sagst, wenn du selbst Kinder hast. Wenn du zehnmal am Tag die Scheiße einer anderen, winzigen Person abwischst, mit Spucke auf deiner Gucci-Jacke herumläufst –«
»Ich habe überhaupt keine Gucci-Jacke, Mann.«
»Das ist doch nur ein Beispiel. Warte einfach ab, bis du Kinder hast, und dann sehen wir weiter.«
»Ich werde auf keinen Fall zu fluchen aufhören, das ist mal sicher.«
»Das denkst *du*. Aber merk dir meine Worte: Du wirst plötzlich sehr viele Dinge tun, die du dir niemals hättest vor-

stellen können. Zum Beispiel eine Krone tragen, während du mit einem Teddybären Tee trinkst. Das Kind in deinem Bett zwischen dir und deiner Frau schlafen lassen – was bedeutet, dass du dich aus deinem eigenen Bett schleichen musst, wenn das Baby endlich schläft, damit du deine Frau auf dem verdammten Teppich im Kinderzimmer vögeln kannst.«

Ich verziehe das Gesicht.

»Schau nicht so, Mann, Sex im Kinderzimmer ist auf eine schräge Art und Weise total geil.«

»Das ist krank, Mann.«

»Ha! Ein Mann muss tun, was ein Mann tun muss. Die dicksten Teppiche liegen immer im Kinderzimmer.« Er zwinkert mir zu, und ich verziehe erneut das Gesicht. »Stell dich darauf ein, für jeden Sex dankbar zu sein, den du kriegen kannst, Jonas. So sieht deine Zukunft aus.«

»Super.«

»Ach, und es gibt noch so viele weitere angenehme Dinge, zum Beispiel ein Spiel der Seahawks zu verpassen, weil dein Baby leicht erhöhte Temperatur hat.« Er blickt zu Gracie hinüber. »Oder so oft *Dora* zu sehen, dass du das Wort ›Karte‹ nicht mehr hören kannst, ohne sofort den Song der Serie zu singen.« Er lacht. »Oder deine Frau auf dem Rücksitz eures Autos direkt neben eurem im Kindersitz schlafenden Baby zu vögeln, weil eine Nachtfahrt die einzige Möglichkeit war, euer von Koliken gequältes Baby zum Schlafen zu bringen.«

»Hör jetzt auf mit deinen Sexgeschichten, Josh. Im Ernst.«

»Ich sag dir nur die Wahrheit. Denn das tut niemand. Jeder gibt vor, dass alles perfekt und einfach ist, aber lass dir sagen, es ist hart.« Er schaut Gracie an. »Und all die Scherereien wert. Ich will dich bloß warnen, damit du weißt, dass du am Anfang ziemlich erfinderisch sein musst.«

»Ich will diese Bilder von dir wirklich nicht in meinem Kopf haben, du Idiot.«

Er lacht. »Im Moment bin ich dein verdammter Schutzengel, und du merkst es nicht einmal. Aber eigentlich wollte ich auf Folgendes hinaus: Vor deinem Kind nicht mehr zu fluchen ist das geringste Übel, verglichen mit all den anderen Sachen, die auf dich zukommen werden, Mann.«

Ich habe keine Ahnung, was ich antworten soll, also sage ich nichts.

»Aber es ist all das absolut wert, Bro. Es ist das Beste, was es gibt.« Er lacht. »Das *verdammt* Beste. Unbeschreiblich geil.«

»Daddy, Seifenbaaasen?«

»Ja, kleine Maus. Ich mach Seifenblasen für dich.«

Ich gebe Teriyaki-Sauce über die Fischsteaks, drehe die vegetarischen Spieße um und nehme etwas Hitze weg.

»Glaub mir, auch du wirst deine Schimpfwörter gegen Babysprache austauschen«, ruft mir Josh über die Schulter hinweg zu. Er steht auf dem Rasen und macht Seifenblasen für Gracie.

»Auf keinen Fall.«

»Doch, das wirst du.«

»Nein, ich bin keine Pussy.«

»Hey, Jonas.« Ich werfe einen Blick auf Josh. Er zeigt mir den Mittelfinger und formt mit seinen Lippen die Worte: Fick dich!

»Seifenbaaasen, Daddy!«

»Du willst mehr Seifenblasen, Süße?« Er bringt eine Reihe perfekt geformter Seifenblasen zustande, und Gracie brüllt vor Freude. »Und jetzt fang sie, Kleines!«

Ich nehme den Schwertfisch vom Grill und lege ihn auf einen Teller.

»Gracie Seifenbaaasen!«

»Ach, *du* willst die Seifenblasen machen?«

»Gracie Seifenbaaasen!«

»Na gut, bitte schön. Du steckst es hier rein und dann …

Nein, nein, Kleines. Daddy muss die Flasche halten, und du steckst den Stab rein. Nein, Gracie. Ich halte die ... Okay, du willst die Flasche halten? Ganz kurz. Warte, nein, Süße, vorsichtig. Ach, Mist. Siehst du, was passiert ist? Jetzt sind alle Seifenblasen futsch. Deswegen muss Daddy die Flasche halten.«

Gracie heult los.

»Ach, Süße, nicht weinen. Mommy hat bestimmt noch andere Seifenblasen für dich.« Er reibt sich das Gesicht. »Jonas, kannst du kurz auf Gracie aufpassen? Ich muss reingehen und eine andere Flasche mit Seifenblasen aus der Wickeltasche holen.«

»Ja, kein Problem. Ich nehme nur schnell das Gemüse vom Grill.« Ich lege die vegetarischen Spieße auf einen Teller. »Okay, Gracie. Willst du noch einmal auf Onkel Jonas' Rücken reiten?«

Josh setzt Gracie auf meinen Rücken, und ich halte sie fest.

»Hüa!«, sagt sie.

»Du hast gehört, was die Dame gesagt hat. Hüa, Onkel Jo Jo.« Er gibt mir einen Klaps auf den Hintern.

Also galoppiere ich mit Gracie auf dem Rücken über den Rasen, und sie lacht und quietscht vor Freude. Aber Josh geht nicht. Er steht einfach nur da und sieht mich mit freudestrahlenden Augen an.

»Ich dachte, du holst der Königin noch mehr Seifenblasen?«, sage ich.

»Sie denkt schon gar nicht mehr an die Seifenblasen.«

»Und warum zum Teufel mache ich das hier dann?«

»Weil du Onkel Jo Jo der tanzende Clown bist.«

»Onkie Jo Jo da-kaun.«

Ich verdrehe die Augen.

»Also, Bro, wenn es nicht die Studios sind, die dir Sorgen bereiten, was ist es dann?«, fragt Josh. »Womit hast du dir zu viel aufgehalst?«

»Mach dir keine Gedanken, mir geht es gut. Schneller, Gracie?«

»Schneller!«

Ich wiehere wie ein Pferd und mache einen Buckel.

Gracie jauchzt vor Freude.

»Mir geht's gut.«

»Nein, geht's dir nicht. Das kann ich in deinen Augen sehen. Ist mit Sarah alles okay?«

»Onkie Jo Jo! Schneller!«

»Die Kleine hier will immer mehr«, sage ich. »Das hat sie definitiv von ihrem Vater.« Ich renne schneller, und Gracie jauchzt laut auf. »Dieses Cowgirl will schneller reiten, immer schneller!«

Gracie quietscht vergnügt.

»Jonas«, sagt Josh. »Rede mit mir. Was bereitet dir Sorgen?«

»Okay, kleine Gracie«, sage ich. »Onkel Jonas braucht eine Pause.« Ich knie mich hin und lasse Gracie von meinem Rücken runter. »Gib mir ein Küsschen.« Ich forme mit meinen Lippen einen Kussmund, und sie gehorcht. »Vielen Dank, kleine Maus.«

»Du lustig, Onkie Jo Jo«, sagt Gracie.

»Ich lustig«, stimme ich ihr zu.

Sie trottet davon, um in der Erde zu spielen.

Als ich meine Aufmerksamkeit wieder auf Josh lenke, durchbohrt er mich förmlich mit seinem Blick.

»Rede mit mir«, sagt er mit ernster Stimme.

Ich erwidere seinen Blick, sage aber nichts.

»Reden hilft dabei, die Gefühle rauszulassen«, sagt Josh.

Ich verziehe mein Gesicht, und Josh grinst mich mitfühlend an.

»Ich kann den Gedanken nicht ertragen, sie zu verlieren«, presse ich hervor, und meine Wangen werden plötzlich ganz heiß.

Josh zieht verdutzt die Augenbrauen nach oben. »Was zu verlieren?«

»Nicht *was*. Wen.«

»Du meinst die Babys?«

»Ja. Die Babys. Sarah.« Ich muss schlucken. »Jeden, den ich liebe. Alles, für das ich lebe. Alles, das mich davon abhält, wahnsinnig zu werden.«

»Ach, Jonas.« Josh bekommt plötzlich feuchte Augen.

Ich muss noch einmal schlucken. »Ich kann es nicht ertragen, Josh. Der Gedanke, dass ich alles verlieren könnte, macht mich krank.«

»*Jonas.*« Er blickt mit schmerzverzerrtem Gesicht in den Himmel hinauf.

»›Der Tod ist nicht das Schlimmste, was einem Menschen passieren kann‹«, sage ich, und meine Stimme bricht.

»Platon?«

Ich nicke.

»Ach, Bro.« Josh schüttelt seinen Kopf. Er schweigt einen langen Moment. Dann sagt er: »Du bist so ein Dummkopf.«

Ich starre ihn verständnislos an. »Warum? Was ist so dumm an dem, was ich sage? Ich versuche, dir zu erklären, dass hier alles auf dem Spiel steht. Ich kann das nicht. Ich habe mich total verletzbar gemacht. Alles wird den Bach hinuntergehen, und dieses Mal werde ich nicht darüber hinwegkommen.«

»Ach, Jonas.«

»Wenn irgendetwas schiefgeht, irgendetwas, dann ist es um mich geschehen, Mann. Das sage ich dir. Auch der kleinste Funken meines Verstandes, der kleinste Funken meines Glücks liegt in Sarah und dem, was in ihr wächst. Ich bewege mich auf dünnem Eis. Jeden verdammten Tag. Das Risiko ist so unglaublich hoch. Ich habe so viel zu verlieren.«

»*Jonas.*« Josh verdreht die Augen. »Jetzt beruhige dich mal. Du übertreibst maßlos. Mach mal halblang.«

»Wie kann ich mich beruhigen? Alles steht auf dem Spiel. *Alles.*«

»Jonas, hör mir zu. Herrgott, *Jonas.*«

Ich halte inne und starre ihn an. Meine Brust hebt und senkt sich sichtbar.

»Was du da beschreibst, ist nichts Besonderes. Das geht nicht nur dir so, Bro. Das geht jedem so.«

Ich blicke ihn verständnislos an und atme heftig ein und aus.

»Wirst du mir jetzt zuhören?«

Ich halte die Luft an.

»Jonas?«

»Was?«

»Hörst du mir zu?«

»Ja.«

»Das, was du beschreibst, ist das Gefühl, jemanden von ganzem Herzen zu lieben, du Dummkopf.« Er verdreht erneut die Augen. »Gott, du bist manchmal so dämlich. Ich verstehe einfach nicht, wie jemand gleichzeitig so intelligent und doch so dumm sein kann.« Jetzt wendet er sich mir ganz zu, anstatt nur den Blick auf mich zu richten. »So fühlt es sich an, Ehemann und Vater zu sein, Bro – für jeden Mann, nicht nur für dich. Das ist nicht nur bei dir so.«

Ich öffne meinen Mund, um etwas zu erwidern, aber kein Wort kommt heraus.

»Du denkst, du fühlst nur deshalb so, weil du so viel durchgemacht hast? Weil *wir* so viel durchgemacht haben? Nein. Das nennt man Vaterschaft, Mann. So ist es, wenn man vom Jungen zum Mann wird. Plötzlich hängt dein ganzes Glück – auch noch der kleinste Funken – von der Gesundheit und dem Glück deiner Frau und deines Kindes ab.« Er blickt zu Gracie. »Und es gibt rein gar nichts, was du dagegen tun kannst. Es ist das hilfloseste Gefühl auf der ganzen Welt.«

In meinem Hals steckt jetzt ein Kloß. »Es ist *normal,* so

zu empfinden?«, frage ich schließlich. »Es ist nicht nur, weil ich ... ich bin?«

»Nein, es liegt nicht an dir, du Trottel. Ich fühle jeden Tag genau das Gleiche. Ich bin so glücklich, so unglaublich glücklich mit Kat und Gracie und dem Kind, das unterwegs ist. Ich bete förmlich jeden Abend. Bitte, lieber Gott, bitte nimm mir das alles nicht weg. Bitte, bitte, bitte. Ich mache alles, was du von mir verlangst. Ich werde ein guter Vater sein. Ich werde ein guter Ehemann sein. Ich werde Krebskranken Geld spenden. Ich werde Geld für tausend Wasserbrunnen in Afrika spenden.« Seine Stimme bebt. »Nur bitte, bitte, bitte zerstör nicht das, was ich habe, und damit auch mich selbst.«

Meine Brust verengt sich. Ich zittere, als würde ich ohne Jacke im Schnee herumrollen. »Genau das ist es«, flüstere ich.

»Wir gleichen einander, Jonas. Mehr, als du denkst. Ich bin nur nicht so dumm zu glauben, dass ich der erste Mann auf diesem Planeten bin, der so fühlt. Das ist der einzige Unterschied zwischen uns.« Jetzt rollt er schon wieder mit seinen Augen.

»Daddy, Seifenbaaasen?« Gracie zieht an Joshs Hosenbein.

»Hey, Süße, weißt du was? Ich glaube, ich habe den Hasen gesehen, der dahinten zwischen den Steinen lebt. Er hat gerade seinen Kopf herausgestreckt und nach dir geschaut. Willst du ihn suchen? Bestimmt möchte er von dir gestreichelt werden.« Gracie geht noch einmal zu den Steinen, und wir blicken ihr beide einen Moment lang nach.

»Bro«, sagt Josh schließlich und legt seine Hand auf meine Schulter. »Das, was du fühlst, ist *Glück*. Es fühlt sich nicht so an, ich weiß, aber vertrau mir, genau das ist es. Du konzentrierst dich nur auf die falsche Seite der Medaille, das ist alles. Du konzentrierst dich darauf, was du verlieren könntest, und nicht auf das, was du hast. Dreh die Medaille einfach um, Mann. Das ist alles, was du tun musst, um glücklich zu sein. Dreh einfach die Medaille um. Mehr können wir alle nicht tun.«

Ich bin eine Weile lang still und denke nach.

»Verstehst du das?«, fragt Josh schließlich.

Ich nicke.

»Sicher?«

Ich nicke.

»Bedrückt dich noch etwas?«

Ich schüttle den Kopf.

»Sicher?«

Ich nicke.

»Bist du jetzt fertig damit, das Weichei zu spielen?«

Ich nicke erneut.

»Gut. Das wurde auch Zeit. Ich bin es nämlich leid, dass du so eine Pussy bist.«

Ich lache. »Entschuldigung.«

»Ist schon in Ordnung. Ich bin das ja gewohnt. Bereit?«

»Ja.«

Er schlägt sich ins Gesicht. Fest. »Okay, du verweichlichter Vollidiot.«

Zur Antwort schlage ich mir auch ins Gesicht. Noch fester. »Danke, du großkotziges Arschloch.«

Er umarmt mich.

»Danke, Josh.« Ich lege mein Gesicht für einen Moment an seine Schulter.

»*Rede* einfach mit mir, Jonas«, sagt er dicht an meiner Wange. »Egal, über was.« Er küsst mich auf den Hals. »Du Riesendummkopf.« Dann zieht er sich aus unserer Umarmung zurück und sieht mir in die Augen, als würde er gleich etwas sehr Wichtiges sagen. »Reden hilft dabei, die Gefühle rauszulassen.«

Wir brechen beide in Gelächter aus.

»Es gibt da dieses wirklich coole Buch. Ich kann's dir leihen, wenn du willst. Es könnte dir vielleicht helfen.«

»Ich bin mir ziemlich sicher, dass ich es schon gelesen habe. Ungefähr fünfhundert Mal.«

Josh gibt mir einen Klaps auf die Schulter. »Komm schon, beende diese tiefgründige und bedeutsame Unterhaltung mit irgendeinem unbekannten Zitat von Platon, das mich umhauen wird und dich wie einen großen Denker klingen lässt. Das ist das Einzige, was diesen Moment noch retten kann.«

»Du kannst mich mal.«

»Ach, komm schon. Gib mir Platon.«

»Ich hab eines, weißt du.«

»Das weiß ich. Und ich bin mir sicher, es ist supertiefgründig.«

Ich verdrehe die Augen.

»Gib's mir.«

»Nein. Du bist ein Arschloch. Und ich will nicht, dass du dich meinem Platon gegenüber so arschig verhältst.«

»Ach, komm schon, ich habe vollsten Respekt vor deinem Freund. Wenn er dein Bruder ist, dann ist er auch mein Bruder.«

Ich blicke ihm eindringlich in die Augen.

»Im Ernst. Ich will Platon hören.«

Ich nehme einen tiefen Atemzug. »Na gut.«

»Das wird toll, ich spüre es.«

»›Es gibt zwei Dinge, über die sich ein Mensch niemals ärgern sollte – über das, was er ändern kann, und über das, was er nicht ändern kann‹«, sage ich.

»Na siehst du? Perfekt. Absolut richtig. Sehr gut, Platon. Mit anderen Worten, beruhige dich. Sich Sorgen zu machen hat noch niemandem geholfen.«

»Mach dich nicht über meinen Platon lustig.«

»Niemals.«

»Wenn du mich zwingen würdest, zwischen dir und Platon zu wählen, würde ich mich immer für Platon entscheiden, du Idiot. Vergiss das nie.«

»Hey, das wusste ich bereits.«

Ich grinse ihn an.

»Im Ernst, was auch immer dir dabei hilft, mit deinem Leben zurechtzukommen, ist in Ordnung für mich. Wirklich. Und Platon ist zweifellos in Ordnung. Keine Sorge. Konzentrier dich einfach auf dein Glück. Alles andere ist Zeitverschwendung. Wir haben nichts davon in der Hand. Also genieß einfach dein Leben.«

Ich atme noch einmal tief ein. »Und du bist dir absolut sicher, dass meine Gefühle normal sind?«

»Na ja, ich weiß nicht, ob sie *normal* sind. Was ist schon normal? Ich kann dir nur sagen, dass es mir genauso geht. Aber ich habe beschlossen, diese Gefühle zu ignorieren und das Leben zu genießen. Im Gegensatz zu dir, Mister ›Ich suche unter jedem Stein nach meinem Unglück‹.«

Bevor ich antworten kann, ertönt Musik aus den Außenlautsprechern. Es ist »Love Cats« von The Cure.

Sarah kommt durch die Schiebetür nach draußen, sie hat einen Pulli über ihre sexy Kurven gelegt. »Hey, Josh Faraday!«

»Hey, Sarah Cruz!«

»Ich habe eine Nachricht von deiner Frau für dich.« Sie zeigt in die Luft und will damit offensichtlich andeuten, dass die Nachricht für Josh in dem Lied versteckt ist.

Jonas

Ich reibe meine Augen und versuche, jeden Hinweis auf meine emotionale Unterhaltung mit Josh zu beseitigen.
»Hey, Baby«, sage ich.
»Hallo, Liebster. Also, Josh, hast du die geheimnisvolle Nachricht in dem Lied schon erkannt?«
Josh grinst. »Ich liebe diesen Song.«
Da er offensichtlich nicht versteht, was dahintersteckt, blickt ihn Sarah finster an. »Ach, komm schon, Josh. Ich dachte, *du* wärst der intelligente Zwilling. ›Love Cats‹? *Liebe Kat?*«
»Ah.«
»Du Dummkopf.«
»Ich Dummkopf«, stimmt er ihr zu.
»Obwohl ihr Gesicht im Moment die Farbe von Kermit dem Frosch hat, verlangt das Wilde-Partygirl mit Bindestrich nach der sofortigen Anwesenheit ihres Playboys im Haus – damit du Kat *lieben* kannst, wenn du verstehst, was ich meine.« Sie zwinkert mir zu und schnalzt mit der Zunge, als würde sie ein Pferd antreiben.
Joshs Gesicht wird feuerrot.
Sarah hält eine neue Flasche mit Seifenblasen in die Höhe. »Gracie, willst du mit Onkel Jo Jo und mir Seifenblasen machen, während sich Daddy und Mommy im Haus *lieben?*«
»Gracie liebt Mommy.«
Josh kniet sich vor Gracie auf den Boden und kann die

Vorfreude in seiner Stimme kaum verbergen. »Gracie, du bleibst hier draußen bei Onkel Jo Jo und Tante Sarah, okay?«

»Okay, Daddy.«

»Ich liebe dich, Gracie.«

»Gracie liebt Daddy.«

Er küsst sie auf die Wange, wuschelt ihr durchs Haar und rennt dann Richtung Terrassentür, ohne sich noch einmal umzudrehen.

»Lauf und fühl dich frei, Josh Faraday«, ruft Sarah ihm hinterher.

»Beeil dich«, rufe ich. »Das Essen ist fertig, und ich habe Hunger.«

Sarah wirft mir einen vorwurfsvollen Blick zu. »Pass auf, was du sagst, Jonas Faraday. Ich kann nicht glauben, dass ausgerechnet *du* zu deinem eigenen Bruder gesagt hast, er solle sich mit seiner Frau beeilen. Blasphemie.«

Ich zucke mit den Schultern. »Was soll's? Ich habe Hunger.«

Josh öffnet die Glasschiebetür und dreht sich noch einmal zu uns um. »Danke, Sarah Cruz!«, ruft er. »Du bist meine absolute Lieblingsperson auf der ganzen Welt. Und du, fick dich, Onkel Jo Jo. Du bist ein Idiot!« Damit verschwindet er im Innern des Hauses.

»Fick-ich, Onkie Jo Jo«, murmelt Gracie und dreht sich im Kreis. »Fick-iiiich. I-oot.«

Sarah schlägt sich die Hände vors Gesicht.

»O Shit«, sage ich. »Kat wird uns umbringen.«

»Uns? *Dich*. Sie wird *dich* umbringen«, erwidert Sarah.

»*Mich*? Auf keinen Fall. Das war Josh.«

»Fick-iiich!«, brüllt Gracie und wirbelt herum.

»Na ja, das dürfte Kat nicht überraschen. Was hat sie erwartet, wenn sie ein Kind von einem verrückten Faraday bekommt?«, sagt Sarah. »Kat kriegt nur, was sie verdient.«

Ich muss lachen. »Genau.«

»I-oot!«, singt Gracie jetzt laut.

»Eigentlich geschieht es den beiden nur recht. Schließlich haben sie Gracie beigebracht, mich Onkel Jo Jo zu nennen. Ich sollte ihr im Gegenzug die Wörter Hurensohn und Arschloch beibringen.«

»Pst, Jonas«, sagt Sarah und wirft einen Blick auf Gracie. »Da musst du drüberstehen, Baby«, flüstert sie. »Denk an dein Karma.«

»Wie recht du doch hast.«

»Seifenbaaasen?«, fragt Gracie und zieht an Sarahs Kleid. »Tantie Sa-ah?«

»Darauf kannst du dich verlassen. Onkel Jo Jo, willst du mit mir und Little G hier Seifenblasen machen?« Sie lacht. »Hey, wir klingen wie ein Rap-Trio. Onkel Jo Jo, Little G und OAM.« Sarah versucht, eine Gangsta-Pose nachzuahmen. »Yo.«

»Ich habe schon ein neues Internetvideo von dir vor Augen.«

Sarah lacht und schlingt ihre Arme um meinen Hals. »O Gott, ich liebe dich, Onkel Jo Jo.«

Ich ziehe sie an mich heran. »Nein. Nenn mich nicht so. Nicht du.«

Sie umarmt mich und küsst mich auf den Hals. »Ich liebe dich, mein süßer *Jonas*.«

»Hast du die Ärztin angerufen?«

»Ja. Sie schiebt mich morgen früh gleich als Erste dazwischen. Um acht Uhr. Sie hat gesagt, ich soll sie anrufen, falls ich heute Nacht noch irgendwelche Schmerzen habe oder mich unwohl fühle. Aber meine Beschreibungen haben sich für sie nicht ungewöhnlich angehört. Mir geht es gut. Ein leichtes Ziehen, aber okay.«

Ich atme tief ein. »Sag mir, wenn du wieder Schmerzen hast.«

»Das werde ich.«

»Onkie Jo Jo, Seifenbaaasen?«, fragt Gracie und berührt dabei mein Knie.

Sarah lacht. »Komm schon, Onkel Jo Jo. Dieses Mädchen hier war mehr als geduldig.« Sie entzieht sich meiner Umarmung, um mit Gracie auf den Rasen zu gehen. »Okay, Gracie, lass uns Seifenblasen machen.« Ich sehe Sarah dabei zu, wie sie die Seifenblasenflasche öffnet und den Stab hineinsteckt. »Hast du dich gut mit deinem Bruder unterhalten?«

»Ja.«

Sarah bläst eine Reihe Seifenblasen in die Luft und entlockt Gracie damit ein vergnügtes Quietschen. Sofort jagt die Kleine den Blasen hinterher.

»Um ehrlich zu sein, habe ich mir ein bisschen Sorgen gemacht, Baby«, sage ich schließlich. »Josh hat mich beruhigt.«

Sarah blickt mich innig an. »Ach ja?«

»Ja.«

Ihr gesamter Körper entspannt sich sichtlich. »Gut.« Sie schürzt ihre wundervollen Lippen und bläst noch einmal eine Reihe Seifenblasen für Gracie, die wiederum vor Freude jauchzend über den Rasen rennt. »Was hat dir denn Sorgen bereitet, Liebling?«

»Der übliche Jonas-Scheiß.«

Sie beißt sich auf die Lippe. »Du machst dir Sorgen um die Babys?«

»Ja«, sage ich.

»Das habe ich mir schon gedacht. Was hat er zu dir gesagt? Was hat dir geholfen?«

»Er hat mich einen Dummkopf genannt.«

Sie lacht. »Dieser Mann ist so unglaublich klug.«

»Es wird dich vielleicht überraschen, aber manchmal versinke ich so tief in meinen Gedanken, dass es schon fast ungesund ist.«

Sie lächelt mich mitfühlend an. Aber ihr Schweigen sagt mir, dass sie dieses kleine Detail über mich bereits weiß.

»Ich denke ständig, dass ich einzigartige Qualen erleide – dass etwas mit mir nicht stimmt, weißt du, nur weil ich halt *ich* bin.«

Sie nickt. Sie weiß es.

»Ich nehme an, mit meiner Vergangenheit ist es manchmal schwer, zwischen normal und total gestört zu unterscheiden.«

»Das kann ich mir vorstellen. Selbst für mich ist das manchmal schwer.«

»Ich denke einfach immer, dass meine Gefühle krankhaft sind, dass ich irgendeine posttraumatische Belastungsstörung habe. Und dann komme ich mir in meiner Anomalität so allein und krank vor – und die Gedanken in meinem Kopf beginnen, sich wie eine Spirale zu drehen.«

Sie hört mir aufmerksam zu. Sie macht zwar noch ein paar Seifenblasen für Gracie, aber ihr Blick ist auf mich gerichtet.

»Josh hat mich erkennen lassen, dass ich über meinen Schatten springen und aufhören muss, so ein Riesenweichei zu sein.«

»Du bist kein Weichei.«

»Mehr Seifenbaaasen!«, verlangt Gracie.

»Oh, Entschuldigung, Kleines.« Sarah macht noch mehr Seifenblasen, und Gracie rennt ihnen quietschend hinterher. Sarah dreht sich wieder zu mir um, ihr Gesicht ist feuerrot. »Du bist kein Weichei, Jonas«, flüstert sie. »Du bist ein Tier. Ich bin richtig beleidigt, dass du das über dich selbst sagst. Männer dürfen keine Gefühle haben? Oder Angst oder Schmerz oder Zweifel zeigen? Geht es darum?«, spottet sie. »Du bist echt. Du bist ein Mensch. Du hast Gefühle, weil du kein eindimensionaler Held in einem Actionfilm oder einer romantischen Komödie bist. Du bist keine dumme Fantasie, du bist aus Fleisch und Blut und Knochen.« Sie deutet mit dem Kinn auf mich. »Und du hast Eier. Riesige Eier.« Keine Frage, sie ist richtig in Fahrt. »Du bist ein Wahnsinnstyp und ein Sexgott und ein Hengst. Du hast ein großes Herz, bist großzügig und ehrlich und authentisch. Baby, du bist genau so, wie ein Mann sein sollte, sogar noch besser – verpackt in einem großen, atemberaubenden Paket. Du bist nicht die Karikatur eines Mannes, du bist ein echter Mann aus Fleisch und Blut.« Sie schnappt nach Luft. »Ein lebendes, atmendes, wunderbares Tier von einem Mann. Das meine ich genau so, wie ich es sage, und jeder, der etwas anderes behauptet, muss sich vor mir rechtfertigen. Sogar du.«

Heilige Scheiße, ich habe das Gefühl, mein Herz bleibt stehen. Ich liebe es, wenn mein Baby sich in Rage redet, besonders wenn sie dabei so etwas Wunderbares wie das hier von sich gibt.

»Also nenn dich nie wieder selbst ein Weichei«, sagt sie jetzt ruhig. »Oder ich werde dir in den Arsch treten wie eine richtige Latina – und das ist etwas, das du nicht erleben möchtest.« Und als ob sie mir nicht gerade den unglaublichsten Vortrag gehalten hätte, den eine Frau einem Mann halten kann, macht sie noch eine Reihe Seifenblasen für Gracie.

Ich beiße mir auf die Lippe. »Bitte tritt mir nicht in den Arsch wie eine Latina.«

»Du hast es in der Hand.«

Mittlerweile habe ich eine gigantische Erektion. Ich beuge mich zu Sarah und flüstere ihr ins Ohr: »Gracie ist gerade so eine Spielverderberin.«

Sarah bricht in Gelächter aus. »Willkommen in unserer Zukunft.«

»So etwas Ähnliches hat Josh auch zu mir gesagt.«

Gracie langt nach der Seifenblasenflasche, aber Sarah hält ihre kleine Hand fest.

»Ich helfe dir dabei, Kleines«, sagt Sarah. Sie taucht den Plastikstab für Gracie in die Flasche. »Okay, hier hast du ihn. Forme deine Lippen so – nein, nicht so, Baby.« Sarah muss lachen, als sie sieht, wie Gracie ihre Lippen so zu formen versucht, dass sie pusten kann. »Du bist so unglaublich süß, weißt du das, du kleines Äffchen?« Sie hält den Stab in die Luft. »Und jetzt puste.«

»Gracie will Flasche.«

»Nein, du kannst die Flasche nicht halten, Little G. Deine Mommy hat mir diese Flasche gegeben, weil sie sich schon gedacht hat, dass dein Daddy dir bereits erlaubt hat, die andere auszuleeren.«

»Wow. Vielleicht ist doch etwas dran an dieser mütterlichen Intuition«, sage ich.

Gracie versucht, Sarah die Flasche aus der Hand zu nehmen, aber Sarah hält sie hoch, sodass die Kleine nicht drankommt. »*No, monita.* Du kannst die Flasche nicht halten. Hier, nimm den Stab.«

Gracie beginnt zu quengeln und stampft mit den Füßen auf den Boden.

»Gütiger Gott«, sagt Sarah. »Sie ist ihrer Mutter so ähnlich, dass es beängstigend ist. *No, bebe. No es para ti.*«

Gracie greift wieder nach der Flasche.

»*No, no, no, pequañita. No.*«

»Gracie will Flasche.«

»*No.*«

Gracie versucht erneut, sich die Flasche zu schnappen.

»*Jeupucha culo.* Das reicht.«

»Oh, oh, Gracie«, sage ich. »Lauf, so schnell du kannst. Tante Sarah flucht auf Spanisch.«

Sarah blickt Gracie streng in die Augen. »*No tócala. Me entiendes, sobrina?*«

Gracie nickt und scheint genauso hypnotisiert von Sarah zu sein, wie ich es bin.

»*Muy bien, amor*«, sagt Sarah zu Gracie. »*Ahorita, dame un besito.*« Sarah beugt sich zu Gracie hinunter, damit die ihr ein Küsschen geben kann, und Gracie gehorcht. »*Buena chi-*

quitita.« Sarah blickt mich mit hochgezogenen Augenbrauen an. »Und so, mein Liebster, machen es die Latinas.«

»Das arme Mädchen hatte nicht den Hauch einer Chance.«

»Wir lassen uns von niemandem verarschen, egal, wie klein und süß er auch sein mag.« Sie blickt mich von der Seite her an. »Oder wie groß und gut aussehend und muskelbepackt.«

Ich atme lautstark aus. Mein Penis pocht. Diese Frau macht mich fertig. »Stell die Seifenblasenflasche ab«, sage ich bestimmt.

Sie stellt die Flasche auf den Tisch und kommt zu mir.

»Gracie, magst du noch einmal nach dem Häschen sehen, das dahinten bei den Steinen lebt?«, frage ich. »Ich glaube, ich habe gerade gesehen, wie es seinen Kopf herausgestreckt und nach dir geschaut hat.«

Gracie tapst zu den Steinen hinüber und ist jetzt außer Hörweite.

Ich lege meine Hände an Sarahs Wangen. »Du bist die Göttin und die Muse, Sarah Cruz Faraday.« Ich ziehe sie an mich heran und gebe ihr einen innigen Kuss, während ich ihr an den Hintern fasse. Zurzeit muss ich meinen Arm dafür ziemlich ausstrecken, aber die Anstrengung lohnt sich. »Ich liebe diesen Hintern«, sage ich, greife fest zu und reibe meinen steifen Penis an ihr.

»Mein Hintern liebt dich auch.«

»Danke«, flüstere ich.

»Für meinen Hintern?«

»Dafür, dass du mir immer in *meinen* Hintern trittst, wenn ich es brauche.«

Sie zuckt mit den Schultern. »Ich liebe dich von ganzem Herzen. Und das ist es, was Liebe ausmacht – jemandem in den Hintern zu treten, wenn er es braucht.«

»Gib mich nicht auf«, flüstere ich.

»Niemals. Du gehörst zu mir.«

»Gut. Denn wenn du jemals versuchen solltest, mich zu verlassen, werde ich dich finden und dich schreiend und um dich tretend zurückbringen, dich in unserem Schlafzimmer einsperren und alle Fenster und Türen verriegeln.«

Ihre Augen leuchten auf. »Uuh.« Sie presst sich fester an meinen Penis. »Ich liebe es, wenn du so bedrohliche Sachen sagst.«

Ich muss lachen. »Mein Baby liebt es etwas verrückt, ja?«

»Worauf du einen lassen kannst.«

Ich küsse sie erneut.

»Ich wünschte, wir könnten das tun, was Kat und Josh in diesem Moment tun«, sagt sie keuchend. »Ich kann nicht aufhören, an diese Box mit Spielzeug zu denken, die du mir geschenkt hast.«

»Das wird ein Spaß«, sage ich. »Ich habe auch daran gedacht.«

»Ach so, *daran* hast du also gedacht, als du vorhin wie ein Serienmörder geguckt hast?«

»Na ja, kommt drauf an, welchen Moment du meinst.«

Sie lacht.

»Ich würde sagen, von den zwanzig Momenten, in denen ich heute wie ein Serienmörder geguckt habe, habe ich öfters daran gedacht, dir diese Handschellen anzulegen.«

Mit leicht erröteten Wangen wirft sie Gracie einen Blick zu, bevor sie sich wieder zu mir dreht. »Und ich dachte schon, du guckst so, weil du dir Sorgen um die Babys machst.«

»Nun ja, die anderen fünfzehn Male habe ich mir Sorgen um die Babys gemacht.«

»Bitte hör auf, dir Sorgen zu machen, Süßer. Alles wird gut werden. Das verspreche ich.«

Ich nicke, obwohl ich mir nicht sicher bin, ob ich ihr das glaube.

»Und diese ganze Handschellensache macht dir wirklich nichts aus?«, fragt sie. Ihr Blick wandert erneut zu Gracie.

»Willst du es mir wieder ausreden?«

»Auf gar keinen Fall. Ich bin nur etwas überrascht, wenn man bedenkt, wie du in der Vergangenheit darüber gesprochen hast.«

Ich zucke mit den Schultern. »Von der Liebe berührt, wird jeder zum Perversen.«

Sie schenkt mir ein breites Lächeln. »Hm. Lautet so das Zitat? Ich hätte schwören können, Platon hätte irgendetwas gesagt wie: ›Von der Liebe berührt, wird jeder zum *Dichter*.‹«

Sie rümpft ihre Nase.

»Ich glaube, exakt lautet es so: ›Von der Liebe berührt, will jeder Mann seine Frau mit Handschellen ans Bett fesseln und ihr das Gehirn rausvögeln.‹«

»O Mann, dieser Platon hat wirklich für jede Situation das passende Zitat.«

»Höre ich da eine gewisse Langeweile meinem Platon gegenüber heraus?«

Sie berührt meinen linken Unterarm und fährt mit ihren Fingerspitzen über das eintätowierte Liebesbekenntnis an sie. »Nein, Baby. Niemals. Platon ist mein Kumpel. Ich mag alles und jeden, der dir hilft, Jonas.«

»So ungefähr hat Josh es auch ausgedrückt.«

»Dein Bruder ist ein kluger Mann.« Sie grinst. »Und mächtig.«

»Er hat seine Momente. Weißt du, was ich beschlossen habe?«

»Was?«

»Ich werde nicht mehr so viel nachdenken.«

»Ha!«

»Nein, im Ernst. Ich will einfach mein Leben genießen – genau so, wie Josh es gesagt hat. Ich werde mich nur auf mein Glück konzentrieren. Zum Teufel mit allem anderen.«

Sie atmet so laut aus, als hätte sie unter Wasser die Luft angehalten. Ihre Augen schimmern.

»Ein Mann kann sich selbst ins Unheil denken, wenn er nicht aufpasst.«

Sie wischt sich über die Augen. »Platon?«

»Nein, Jonas Faraday.«

»Verflixt, es wird immer schwerer, euch beide voneinander zu unterscheiden.«

Ich ziehe sie eng an mich. »Wenn du und die Babys die Geburt überstanden haben, werde ich dir die beste sexuelle Erfahrung deines Lebens bereiten. Es wird Jonas' und Sarahs fucktastisches Abenteuer. Thailand 2.0. Größer, besser, härter. Eine ganz neue Erfahrung.«

Sie schaut erneut zu Gracie rüber, und als sie sich sicher ist, dass ihre Nichte fröhlich mit einem Ball spielt, richtet sie ihre Aufmerksamkeit wieder auf mich.

»Willst du wissen, wie die Regeln für dieses fucktastische Abenteuer lauten?«, frage ich.

»Natürlich.«

»Erstens: Ich werde tun, was immer ich auch tun will.«

»Kommt mir bekannt vor.«

»Und zweitens: Ich werde tun, was immer ich auch tun will.«

Sie schnappt nach Luft und ist sichtbar erregt.

Ich streiche mit meinen Lippen über ihren Kieferknochen bis hin zum Ohr. »Eine weitere Runde köstlicher Vorfreude, Baby.« Sie sieht jetzt genauso aus wie damals, als ich sie in Belize vor der Höhle geküsst habe. Ich will sie hier und jetzt auf dem Rasen nehmen. »Dein großkotziges, selbstgefälliges Arschloch ist zurück, Baby«, flüstere ich. »Und zwar mit aller Macht.«

Sarah

Jonas kommt nur mit einem Handtuch um die Hüfte aus dem Badezimmer. Sein Körper ist genauso muskulös und wohlgeformt wie immer. Von diesem Anblick werde ich nie genug bekommen. Er ist einfach ein Kunstwerk.

Er reißt sich das Handtuch vom Leib, wirft es durch den ganzen Raum und gewährt mir damit einen Blick auf das, was ich so liebe. Dann gibt er einen animalischen Laut von sich und lässt die Muskeln in seinen Armen und seiner Brust tanzen.

»Wow«, sage ich. »Hallo, unglaublicher Hulk Jonas.«

»Ich würde dich am liebsten rannehmen, bis du den Verstand verlierst.«

Mein Herz macht einen Sprung. »Tu es.«

Er kriecht aufs Bett und beugt sich mit angespannten Muskeln über mich. »Oh, was ich alles mit dir tun will.«

»Tu es.«

»Nein.« Er gibt mir einen Kuss auf die Nase.

»Nur dieses eine Mal. Ich sag es auch keinem.«

»Nein.«

»Doch.«

»Ich hab es dir doch bereits erklärt, Sarah. Wenn ich so mit dir schlafe, wie ich es gerne täte, und du dadurch vorzeitige Wehen bekommst, dann könnte ich mir das nie verzeihen. Willst du das?«

»Nein, natürlich nicht.«

»Das dachte ich mir.« Er beißt mir in den Hals und tut so, als wäre er ein Raubtier, das mich zerfleischen will.

»Jonas!«, quietsche ich.

Er gibt einen tiefen Laut von sich. »Nur noch sechs Wochen, dann gehörst du ganz mir.«

»Du weißt aber schon, dass nach der Geburt, na ja, erst mal alles verheilen muss.«

»Vergiss es. Sobald die Babys draußen sind, werde ich in jedes Loch eindringen, das ich kriegen kann. Damit wirst du dich abfinden müssen.«

»Jonas!«

Er lacht und leckt mir übers Gesicht.

Ich wische mir die Wange ab und blicke ihn empört an. »Ein weiterer Grußkartentext von Jonas Faraday: Liebling, sobald die Babys draußen sind, werde ich in jedes Loch eindringen, das ich kriegen kann, egal, wie mitgenommen du noch von der Geburt unserer Kinder bist. Alles Liebe zum Valentinstag.«

Er lacht aus vollstem Herzen und schleckt mir erneut übers Gesicht.

»Du bist wirklich der Meister des Valentinstagsbullshits, weißt du das?«

»Ja, das weiß ich.« Er seufzt selbstverliebt. »Ein bisschen Musik, um in Stimmung zu kommen, Mrs Faraday?«

»Das wäre wundervoll, mein Herr.« Mein Herz rast. Er ist wie verwandelt. O mein Gott, ich könnte vor Erleichterung in Ohnmacht fallen.

Er steht auf und geht zum Computer, wählt einen Song aus und kommt dann mit einem teuflischen Grinsen wieder zu mir zurück. Ich bin mir nicht sicher, was dieses fiese Grinsen zu bedeuten hat. Wird er etwas *Fucktastisches* für mich spielen und mir damit sagen, dass er alle Vorsicht in den Wind schießen und mich rannehmen wird, bis mir Hören und Sehen vergeht? Das bezweifle ich. Oder hat mein Wahnsinnsehemann ein Lied ausgewählt, zu dem er seine geliebte schwangere Frau wieder einmal romantisch und zärtlich lieben kann, wie es die Ärztin befohlen hat?

Das Lied beginnt – es ist »The One Who Loves You The Most« von Brett Dennen. Ein wunderschönes, aufrichtiges Liebeslied, das ich sehr, sehr gern mag. Und sofort weiß ich, welche Art von Liebe mir heute Abend bevorsteht. Wieder einmal.

Jonas schlüpft neben mir ins Bett, und sein steifer Penis reckt sich mir entgegen.

»Hi, Ehemann«, sage ich. »Und hallo auch an deinen Ständer. Der ist ja heute Abend wirklich enorm, Baby. Manometer.«

»Ein großes Hallo von uns beiden, geliebte Frau.«

»Ich glaube, dein Penis ist schon wieder gewachsen.«

»Mindestens zehn Zentimeter. Weil du so verdammt heiß bist.«

»Mindestens.«

»Wie geht es dir heute Abend, geliebte Gattin?«

»Mir geht's gut.«

»Du siehst erschöpft aus.«

»Das bin ich auch.«

»Sag mir, was du hast, liebste Sarah. Erzähl mir alles.«

»Also gut, meine Füße sind geschwollen, mein Rücken tut weh, und ich bin so breit wie ein Haus.«

»Du bist nicht so breit wie ein Haus.« Er berührt meinen prallen Bauch. »Du bist so breit wie ein außergewöhnlich großes Apartment.«

»Wow, du weißt wirklich, wie man einer Frau Komplimente macht.«

»Ja, das habe ich schon oft gehört.« Er grinst. »Ganz, ganz oft. Natürlich bevor du auf der Bildfläche erschienen bist und mir den Kopf verdreht hast.« Er zwinkert mir zu.

»Du Frauenflüsterer, du.«

»Stimmt, ich bin ein Frauenflüsterer. Das sagen sie alle. Und bei meinen unzähligen Erlebnissen mit den vielen, vielen, vielen, vielen –«

»Ich hab's verstanden, Jonas.«

Er lacht. »... mit den vielen, vielen Frauen habe ich etwas herausgefunden.«

»Na, jetzt bin ich aber gespannt.«

»Ich weiß endlich, wann Frauen unbedingt mit einem Kerl ins Bett gehen wollen.«

»Wann?«

»Wenn er ihnen sagt, dass sie so breit wie ein außergewöhnlich großes Apartment sind.«

Ich muss gleichzeitig lachen und aufstöhnen.

»Zu unserer beider Glück mag ich zufällig Frauen, die so breit sind wie ein außergewöhnlich großes Apartment. Was mein enormer Ständer beweist.« Er streichelt über meinen Bauch und kuschelt sich an mich. »Weißt du, dass ich schon seit unserer Unterhaltung im Garten scharf auf dich bin? Das war echt geil. Hast du jemals in deinem Leben so einen großen Ständer gesehen?« Er hebt die Decke hoch.

Es ist keine Absicht, aber ich muss gähnen.

»Wow.«

Ich kann mir ein Lachen nicht verkneifen. »Tut mir leid.«

»Mein Penis hat im Laufe der Zeit unzählige Reaktionen hervorgerufen – von Ehrfurcht und Bewunderung bis hin zu Beängstigung und Schock. Aber das ist das erste Mal, dass jemand bei seinem Anblick *gähnt*.«

»Es tut mir wirklich leid, Baby. Ich bin heute Abend nur so schrecklich müde«, sage ich.

Sanft berührt er mein Gesicht. »Muss ich mir Sorgen machen?«

»Nein. Wahrscheinlich hat mich Gracie heute einfach geschafft.«

»Sie ist so ein rechthaberisches kleines Ding – genau wie ihre Tante.«

»Schneller, Onkel Jo Jo!«, sage ich lachend. »Onkie Jo Jo da-kaun!«

»Stopp!«

Ich kichere. »Aber es ist so lustig.«

»Es ist nicht lustig.« Er küsst mich auf den Hals und stupst mir mit seiner Erektion in die Seite.

Total erledigt atme ich aus. »Ich kann mir gar nicht vorstellen, wie anstrengend es erst sein wird, jeden Tag *zwei* kleinen Kindern hinterherzulaufen.«

»Na ja, wir werden uns auf jeden Fall eine Nanny holen.«

Darüber haben wir nie gesprochen. Bis jetzt hat sich Jonas – sehr zu meinem Leidwesen – immer geweigert, bei unserer Zukunft ins Detail zu gehen. »Ach ja?«, sage ich. Ich werfe ihm einen prüfenden Blick zu, um herauszufinden, ob er einen Scherz macht, aber er wirkt absolut ernst.

»Natürlich. Und eine Nachtschwester. Zumindest im ersten Jahr.«

Puh, er meint es tatsächlich ernst. »Du bist schon ein lustiger Kerl, weißt du das?«, sage ich.

»Warum? Was ist so lustig daran?«

»Wir brauchen keine Nachtschwester. Wer sind wir denn? Die Kennedys?«

»Wovon redest du? Jeder normale Mensch, der sich mit Zwillingen eine Nanny und eine Nachtschwester leisten kann, tut es. Warum sollten wir unnötig leiden?«

»*Leiden?* Sich um seine eigenen Kinder zu kümmern fällt nicht unter *leiden*, Jonas.« Ich kann die Empörung in meiner Stimme nicht verbergen.

»Das habe ich nicht gemeint.« Er atmet tief ein und aus. Offenbar versucht er, seine Gedanken zu ordnen. »Josh hat mich nur nachdenklich gemacht, das ist alles.« Er hält inne und überlegt anscheinend, wie er sich am besten ausdrücken soll. Er blickt mich ernst an. »Josh und ich hatten Mariela«, sagt er leise. »Und wir haben sie geliebt. Das heißt aber nicht, dass unsere Mom keine großartige Mutter war.«

Das versetzt mir einen Stich ins Herz.

»Es ist nicht falsch, sich Hilfe ins Haus zu holen – und mehr Menschen, die man lieben kann. Nicht im Geringsten.«

Ich beiße mir auf die Lippe. Ich weiß nicht, was ich sagen soll. In Momenten wie diesen werde ich daran erinnert, dass Jonas und ich komplett verschiedene Kindheiten hatten.

Jetzt ändert er seine Taktik. »Du hast Gracie doch heute gesehen. Sie war ein richtiger kleiner Wirbelwind. Hast du mitbekommen, wie sie ihre Kekse auf dem ganzen Boden verteilt hat? Stell dir nur mal vor, wir haben *zwei* kleine Wirbelwinde, die durchs Haus stürmen.«

»Das wird der pure Wahnsinn.«

»Also, warum sollten wir uns keine Hilfe holen?«

Ich seufze. Ich bin mir nicht sicher, was ich davon halte, aber ich weiß, dass ich das nicht jetzt herausfinden muss.

»Wir werden auch eine Haushälterin brauchen, die bei uns wohnt«, fährt Jonas unbeirrt fort.

»Ach, wirklich?«

»Ja, da gibt es keine Diskussion.«

»Der Häuptling hat gesprochen?«

»Ja. Was dieses Thema angeht, ja. Ich brauche eine ordentliche Umgebung.«

Ich muss lachen. »Na, dann viel Glück, wenn die Babys erst mal auf der Welt sind.«

Jonas blickt mich ernst an.

»Okay, Liebling«, fahre ich fort. »Darüber werde ich mich nicht mit dir streiten. Ich bin nicht scharf auf Hausarbeit, besonders nicht, wenn es um deine speziellen Bedürfnisse geht.«

»Okay. Gut.« Seine Miene hellt sich auf. »Auf jeden Fall

also eine Haushälterin und eine Nanny. Über die Nachtschwester wird noch verhandelt.«

»Ach, wir befinden uns hier inmitten von Verhandlungen? Das war mir nicht bewusst. Und übrigens, die Nanny ist auch noch nicht sicher. Darüber müssen wir erst noch reden. Und solange wir in Verhandlung stehen, hätte ich gerne einen persönlichen Butler für mich – denn ich werde jemanden brauchen, der mir jederzeit den Hintern abwischt.«

Er verdreht die Augen. »Ich will nur, dass du so wenig Stress wie möglich hast, glücklich bist und mit deinem Ehemann ins Bett gehen kannst, wann immer du möchtest.«

»Ach, darum geht es hier also.«

»Darum geht es immer, Baby. *Immer.*«

»Jonas, ich habe dir schon hundertmal gesagt, dass Sex mit dir für mich wie Atmen, Essen oder Pinkeln ist – ein Grundbedürfnis.«

»Na ja, ich habe nur von einer Person meines Vertrauens gehört, dass es eine größere Herausforderung sein wird, heißen Sex zu haben, wenn Babys auf der Bildfläche erscheinen.«

»Natürlich wird es das. Wir müssen viel aufgeben, aber wir bekommen auch etwas zurück. Und das ist sogar noch besser. Wir schaffen das schon, das verspreche ich.«

»Das will ich dir auch geraten haben.«

»Wenn der Tag je kommen sollte, an dem ich nicht mehr jede Nacht mit dir schlafen will, dann kannst du von mir aus eine Nanny und eine Nachtschwester und eine Haushälterin und auch noch einen Sextherapeuten anstellen – jeden, der nötig ist, um meine Lust wieder anzukurbeln. Bitte. Ich liebe unser Sexleben nämlich genauso sehr wie du, glaub mir. Vielleicht sogar noch mehr.«

Er ist einen Moment lang still. »Ich will nur nicht, dass wir *uns* verlieren, wenn die Babys da sind.«

»Ich weiß.« Zärtlich berühre ich seine Wange. »Das will ich auch nicht. Und das wird auch nicht passieren.«

»Ich will nicht eines dieser Paare werden, das nur noch Energie für seine Kinder und deren Unternehmungen hat und bei dem es Sex bloß noch samstagabends in der Missionarsstellung gibt.«

»Das werden wir nicht. Josh und Kat sind auch nicht so geworden.«

»Vielleicht könnten wir einmal in der Woche über Nacht wegfahren?«

»Wie bei einem Date?«

»Ja, nur über Nacht. So könnte ich dich wenigstens einmal in der Woche dazu bringen, animalische Laute von dir zu geben, ohne dass wir uns Gedanken darüber machen müssen, dass die Kinder aufwachen.«

»Oder die Nanny oder die Nachtschwester oder der Butler.«

»Oder jeder Nachbar im Umkreis von einem Kilometer.«

Ich muss lachen. »Wir werden das Kind schon schaukeln, mein Liebster. Wir müssen nicht jetzt schon ins kleinste Detail gehen. Es wird alles gut werden. Wir schreiben gemeinsam die schönste Liebesgeschichte aller Zeiten, schon vergessen? Und das werden wir immer tun. Wir werden es schaffen.«

Er drückt seine Erektion gegen meinen Hüftknochen. »Ich will hoffen, dass wir es schaffen. Du machst mich nämlich wahnsinnig an, Sarah. Ich kann es nicht in Worte fassen.«

»Ach, wirklich?«

»Ja, wirklich.«

»Sogar in diesem Zustand?«

»Besonders in diesem Zustand. Ich habe dir doch gesagt, dass ich eine Vorliebe für Frauen habe, die so breit sind wie außergewöhnlich große Apartments.«

»Na, da habe ich ja Glück gehabt, was?«, sage ich.

»Das ist kein Glück, das ist Wahnsinn.«

»Erzähl mir mehr von deinen Plänen für unsere Zukunft,

geliebter Ehemann. Es hört sich so an, als hättest du dir schon viele Gedanken gemacht.«
»Das habe ich.«
»Wer hätte das gedacht.«
Er zuckt mit den Schultern.
»Weißt du, ich ziehe es wirklich vor, dass du mit mir über das redest, was du denkst, anstatt dich aufzuführen wie ein verrückter Höhlenmensch.«
»Glaub mir, du willst nicht immer wissen, was in meinem Kopf vor sich geht. Du würdest vor Anstrengung sterben, wenn du auch nur einen einzigen Tag in meinem Kopf verbringen müsstest.«
»Lieber sterbe ich vor Anstrengung als vor Einsamkeit.«
Er blickt mich besorgt an. »Du warst einsam?«
Ich zucke mit den Schultern. »Na ja, manchmal schon. Ein Leben mit dir – vor allem, wenn du eine deiner Launen hast – kann schon hin und wieder einsam sein. Ich versuche, dir deinen Freiraum zu lassen, und warte darauf, dass du dich mir von selbst öffnest, aber manchmal kommt es mir so vor, als würdest du einfach verschwinden. Und das macht mich ein bisschen einsam.«
Er sieht mich gequält an. »Wow.« Er beißt sich auf die Lippe. »Das tut mir wirklich leid.«
»Ist schon okay, Baby. Ich liebe dich. So bist du nun mal. So warst du schon immer. Ich habe das verstanden. Und ich habe gelernt abzuwarten. Es lohnt sich immer.«
Er atmet tief ein und aus. Seine Lippen bewegen sich, aber er sagt nichts.
»Gott, meine Füße sind so kalt«, sage ich schließlich. »Sie fühlen sich an wie Eiswürfel.«
»O nein«, sagt er. »Streck sie zu mir. Ich werde sie dir wärmen, Baby.«
Ich rolle mich, so gut es geht, zusammen, und er reibt meine Füße mit seinen warmen Händen.

»Besser?«

»Ja«, sage ich. »Danke, Liebster.«

»Gern geschehen. Obwohl ich dir wider besseres Wissen die Füße wärme.«

»Warum das denn?«

»Weil ich zufällig auf Frauen stehe, die so breit sind wie ein riesig großes Apartment *und* eiskalte Füße haben.«

Kichernd presse ich meine kalten Füße an seine warme Hüfte, und er zuckt zurück.

»Hilfe, Sarah! Tu das nicht. Sie sind eiskalt!« Er springt auf, wühlt in einer Schublade herum und kommt mit einem Paar dicker Wollsocken zurück. Dann greift er unter die Decke und zieht die Socken über meine Füße.

Als er wieder zu mir unter die Decke kriecht, ist seine Haut auch kalt.

»Oje, du hast deine eigene Wärme für mich geopfert. Lass mich dich wärmen, Baby«, sage ich. »Rutsch näher.«

Das tut er.

Ich umarme ihn und fahre mit meinen Händen durch sein Haar. »Und jetzt erzähl mir mehr von deinen Plänen für unsere vierköpfige Faraday-Familie«, sage ich. »Es hört sich so an, als hättest du schon jede Menge Pläne.«

Er zuckt mit den Schultern.

»Ach, komm schon, Liebster. Ich höre dir zu. Erzähl mir alles. Wichtig oder unwichtig. Ernsthaft oder dumm. Ich würde dafür sterben, jeden Gedanken zu kennen, der in diesem wunderbaren Kopf umhergeht.«

»Also …«

»Ja?«

Er rutscht noch näher an mich heran und legt seinen kräftigen Arm um mich. Ich spüre, wie sein Körper neben mir wieder wärmer wird. »Ich habe mir gedacht, dass wir uns vielleicht einen Hund holen könnten, wenn die Kinder zwei oder drei Jahre alt sind.«

Ich kann mir ein Lachen nicht verkneifen. »Einen Hund? Das ist das Letzte, was ich erwartet hätte.«
»Jedes Kind sollte einen Hund haben.«
Ich schenke ihm ein breites Grinsen. »Ach, wirklich? Diese Regel ist mir neu.«
»Ist aber so.«
»Hattest du einen Hund?«
»Nein.« Er hält kurz inne. »Du?«, fragt er.
»Nein.«
»Siehst du, glückliche, normale Kinder haben einen Hund. Das habe ich im Fernsehen gesehen.«
Ich muss erneut lachen.
»Ich *wirke* nur wie ein Serienmörder, weißt du. In Wirklichkeit habe ich nicht das geringste Bedürfnis, einem pelzigen Lebewesen etwas anzutun. Ich bin eigentlich ganz nett.«
»Aber Hunde bringen Schmutz ins Haus, Baby. Sie bringen deine ordentliche Umgebung durcheinander.«
»Deshalb auch die Haushälterin.«
»Aha. Und plötzlich ergibt alles einen Sinn.«
Er grinst. »Mein Wahnsinn hat immer Methode.«
Ich fahre erneut mit meinen Fingern durch sein Haar. »Welchen Hund sollten wir uns denn holen, um unseren Familienfilm perfekt zu machen, Liebster?«
»Ich weiß nicht.«
»Einen Malteser namens Kiki?«
»Auf keinen Fall!«
»Ach, komm schon. Du musst zugeben, das wäre wahnsinnig komisch.«
»So komisch das auch sein mag, ich sage niemals Ja zu einem Malteser namens Kiki.«
»Einen Dalmatiner?«
»Wir sind doch keine Feuerwehrleute.«
»Einen braunen Labrador?«
»Zu offensichtlich.«

»Jonas, du solltest dich besser beeilen mit deiner Entscheidung. Wir haben nur noch zwei oder drei Jahre und dürfen keine Zeit verschwenden.«

Er wirft mir einen gespielt verärgerten Blick zu.

Ich muss lachen. »Was hast du sonst noch für uns geplant, Superdad?« Ich küsse ihn aufs Kinn. »Erzähl mir jedes Detail. Ich liebe es, dir dabei zuzuhören.« Ich strecke meine Arme aus und streichle seinen muskulösen Rücken.

Einen Moment lang scheint er in Gedanken versunken zu sein. »Hm ...«

»Ja?«

»An den Wochenenden werden wir mit den Kindern campen und wandern gehen. Ein Kind schnalle ich mir auf den Rücken und das andere vor die Brust, und dann geht's los. Sobald sie laufen können, werden wir ihnen zeigen, wie man wandert und klettert. Wir werden eine moderne Familie Robinson sein.«

Mein Herz macht einen Sprung. »O Jonas.«

»Was?«

»Ich schmelze gerade dahin.«

»Warum? Hast du schon immer davon geträumt, eine moderne Familie Robinson zu sein?«

»Nein, ich schmelze dahin, weil du so unglaublich süß bist. Du bist einfach ... süß.«

Er verdreht die Augen.

»Das bist du wirklich. Süß.«

»Nein, verdammt.« Er beugt sich über mich und beißt in meinen Nippel. So fest, dass ich aufschreie. »Süße Männer wollen mit ihren Ehefrauen nicht auf diese Weise schlafen, auf die ich jetzt gerne mit dir schlafen würde.« Er fährt mit seiner Hand zwischen meine Beine, findet sein Ziel und dringt mit seinen Fingern in meine feuchte Öffnung ein.

Ich schnappe nach Luft.

Er streichelt mich, bis ich aufstöhne, und dann dringt er

ohne Vorwarnung mit seinem harten Penis langsam und tief in mich ein. Dabei küsst er meinen Hals. »Süße Männer wollen ihre Frauen nicht nehmen, bis sie den Verstand verlieren«, flüstert er mir ins Ohr und dringt tiefer und tiefer in mich ein, sodass mir fast die Luft wegbleibt. »Würde ein süßer Mann jede Nacht davon träumen, die süße Pussy seiner Frau zu lecken?«, sagt er, und seine warmen Lippen streifen mein Ohr, während seine Finger meine Klit massieren.

Ich bringe keinen Ton heraus. Ich schließe die Augen und lasse mich von den Bewegungen seines Körpers und seiner Finger, von dem überzeugten Flüstern an meinem Ohr davontragen. In Gedanken sehe ich uns mit zwei Kleinkindern, die an Jonas' muskulösem Körper hängen, und einem Boston Terrier namens Buster an der Leine durch die Gegend wandern. Ich stelle mir Jonas mit unseren zwei kleinen Jungen im Pool vor, stelle mir vor, wie seine starken Arme die beiden an der Wasseroberfläche halten, während ich sie fotografiere. Seine Finger versprühen ihren Zauber. Er gleitet in genau der richtigen Geschwindigkeit und mit genau dem richtigen Druck rein und raus. Er flüstert mir Dinge ins Ohr, die mein Herz rasen und meinen Kitzler zucken lassen.

Und trotzdem.

Irgendetwas stimmt nicht mit mir. Ich kann es fühlen. Mir tut alles weh, und das nicht auf sexuelle Weise. Ich bin so unglaublich *müde* – war ich jemals in meinem Leben schon so müde? Ich fühle mich einfach nicht gut. Zum ersten Mal fühle ich mich nicht wohl genug, um mich mit Jonas meiner Lust hinzugeben, egal, wie sehr ich es auch will. Ich fühle mich überhaupt nicht gut.

Sarah

Jonas scheint zu spüren, dass irgendetwas anders ist als sonst, denn er zieht seinen Penis aus mir heraus und legt seinen Kopf zwischen meine Beine, um mich zu lecken. Anscheinend ist er fest entschlossen, mich zum Orgasmus zu bringen.

»Nicht, Baby«, flüstere ich. Ich lege meine Hand an seine Schulter, um ihn zu stoppen.

Er hört unsicher auf.

»Das wird heute Nacht nicht funktionieren.« Ich schüttle meinen Kopf. »Es tut mir leid – ich fühle mich einfach nicht so gut.«

Jetzt wirkt er sichtlich alarmiert. Er rutscht wieder nach oben und nimmt mein Gesicht in seine Hände. »Du fühlst dich nicht gut genug dafür, von mir geleckt zu werden?« Jetzt ist er im wahrsten Sinne des Wortes sprachlos.

»Ich bin im achten Monat schwanger mit Zwillingen«, sage ich. Ich versuche, dabei zu lächeln, aber es gelingt mir nicht ganz. »Keine Panik. Das ist kein Ausblick auf unsere Zukunft, versprochen.«

Er sieht mich besorgt an. »Du siehst blass aus, Sarah.«

»Ich bin nur müde.«

»Hast du Schmerzen?«

»Nein, keine Schmerzen. Es zwickt bloß überall. Wir sprechen gleich morgen früh mit der Ärztin darüber. Und jetzt komm schon, ich will dich wieder in mir spüren.«

Er verdreht die Augen. »Ich bin vielleicht ein Arschloch, aber *so* ein Bastard bin ich nun auch wieder nicht.« Er streckt sich neben mir aus und blickt mir tief in die Augen. »Ich komme nicht, wenn du nicht kommst, erinnerst du dich?«

Ich grinse. Diesen Satz musste er schon sehr lange nicht mehr zu mir sagen.

Am liebsten würde ich meine Beine um seinen starken Körper schlingen und ihn wieder in mich drücken, aber mir fehlt die Kraft dazu. Vielleicht sollte ich mich stattdessen über ihn beugen und ihm einen blasen? Ich bin mir sicher, er hätte nichts dagegen. Aber auch dafür fehlt mir die Energie. Ich fühle mich schwer wie Blei und kann meine Augen kaum noch offen halten.

Er zieht mich zu sich heran. »Bist du dir sicher, dass es dir gut geht?«

»Ich bin mir sicher. Ich bin nur müde.«

Es folgt ein schweigsamer Moment.

»Ganz sicher?«

»Ganz sicher.«

Er atmet hörbar aus. »Wie würdest du sie nennen?«, fragt er leise und streichelt über meinen Rücken.

»Hm?«

»Wenn wir zwei Jungen kriegen, wie würdest du sie nennen?«

Plötzlich bin ich wieder hellwach. Nach all den Monaten, in denen Jonas sich zurückgezogen hat, werde ich nicht zulassen, dass ein bisschen Müdigkeit mich dieser magischen Unterhaltung mit meinem Ehemann beraubt. »Jeremiah und Jack«, flüstere ich leise.

Er lächelt.

Manometer, er ist so ein gut aussehender Mann.

»Welcher von beiden ist das verrückte Äffchen?«, fragt er.

»Jeremiah.«

Sein Grinsen wird breiter. »Das habe ich mir gedacht. Jeremiah klingt schon so verrückt.«

Mein Herz macht einen Luftsprung. Mir war gar nicht bewusst, wie sehr ich mich danach gesehnt habe, mit Jonas so zu reden. Mein Herz fühlt sich an, als würde es jeden Moment zerspringen. »Die beiden Namen sind aber nur Vorschläge«, sage ich. »Ich bin offen für alles, was dir durch den Kopf geht.«

»Nein, nein«, sagt er. »Die Namen sind perfekt.« Er zieht scharf die Luft ein, sagt aber nichts.

»Was?«, frage ich.

»Was, wenn es Mädchen werden?«

»Ich denke wirklich, wir bekommen Jungs.«

»Ich weiß, dass du das tust, du kleine Besserwisserin. Aber was, wenn du unrecht hast – was natürlich ganz und gar unmöglich ist, schließlich bist du Sarah Cruz –, wie würdest du die Mädchen dann nennen?«

Ich verspüre das plötzliche Bedürfnis, vor Freude und Erleichterung zu weinen. Aber ich reiße mich zusammen. Ich kann nicht glauben, dass Jonas endlich – *endlich* – so mit mir redet. Warum er sich gerade diesen Moment dafür ausgesucht hat, bleibt mir allerdings ein Rätsel. Die Müdigkeit übermannt mich fast. Aber bei Jonas nehme ich das, was ich kriegen kann. Immer.

»Komm schon, ich weiß, dass du darüber nachgedacht hast«, verlangt er.

Er hat recht – das habe ich. Aber nur am Anfang. Als ich erst einmal zu der Überzeugung gelangt war, dass es Jungs werden, habe ich schnell aufgehört, von Mädchennamen zu träumen. Warum sollte ich mir Babys vorstellen, die ich nie im Arm halten werde? »Die Sache ist die, ich habe zwei Babys in mir, richtig? Ich will mir einfach kein anderes Zwillingspärchen vorstellen. Ich will nicht enttäuscht sein, wenn ich dann nicht alle vier haben kann.«

Er schnappt laut nach Luft. »O mein Gott, wir sind uns so ähnlich.«

»Was?«, sage ich.

Er atmet tief ein und aus. »Bei mir ist es … es geht mir genauso.«

»Wie meinst du das?«

Er hält einen Moment lang inne. »Ich hatte eine Vision. Ich weiß nicht, wie ich es sonst nennen sollte. Es war fast wie eine Vorhersehung.« Er hält wieder inne.

Ich warte.

»Ich habe dich mit zwei kleinen Mädchen gesehen. Du hast ihnen eine Gutenachtgeschichte auf Spanisch vorgelesen. Sie hatten dein Haar und deine Augen und deine Haut.« Seine Stimme bebt vor Emotionen.

Ich nehme sein Gesicht in meine Hände. »O Jonas. Was immer auch passiert, es wird perfekt. Du wirst ein großartiger Vater sein, egal, ob wir am Ende Jungs oder Mädchen haben werden. Das Einzige, was zählt, ist, dass wir zusammen sind – dass wir eine Familie sind.«

»Und du wirst die beste Mutter sein, Baby.« Er zieht mich zu sich heran und küsst mich zärtlich.

»Lass uns morgen das Geschlecht der Babys herausfinden«, sage ich. »Dann wissen wir es endgültig und haben noch ein paar Wochen Zeit, uns daran zu gewöhnen. Egal, wer von uns beiden recht hat.«

Er nickt. »Okay, gut.« Er gibt mir einen Kuss auf die Nase. »Keine Ratespielchen mehr.«

»Du wirst froh sein, wenn wir es wissen, das verspreche ich dir. Hey, vielleicht wird es ja ein Mädchen und ein Junge.«

Er dreht sich um und blickt auf den Wecker auf dem Nachttisch. »Um wie viel Uhr hast du deinen Termin?«

»Acht Uhr.«

»Neun Stunden.« Er seufzt.

»Geduld«, sage ich.

Jonas schnaubt verächtlich. »Nicht gerade meine Stärke.«
»Ich weiß.« Ich küsse ihn auf die Wange. »Also, mein süßer Jonas. Jetzt bist du an der Reihe. Welche Mädchennamen hast du dir überlegt?«
»Ich habe mir keine überlegt.«
»Du hast doch gerade gesagt, du hattest eine Vision von zwei kleinen Mädchen.«
»Ja, aber ich weiß ihre Namen nicht.«
»Komm schon, jetzt bist du dran. Ich habe dir meine Namen auch gesagt.«
Er holt tief Luft. »Also ...« Auf seiner Unterlippe kauend, hält er inne. »Ich hätte meine Tochter gerne Grace genannt.« Er zuckt mit den Schultern. »Aber Josh ist mir zuvorgekommen, also ist das vom Tisch.«
Das bricht mir fast das Herz. Natürlich hätte Jonas seine Tochter gern nach seiner verstorbenen Mutter benannt. »O Jonas«, sage ich.
»Nein, ist schon gut. Gracie ist das perfekte Mädchen, um den Namen meiner Mutter zu tragen.« Er schluckt heftig und lenkt dann vom Thema ab. »Sag du mir, an welche Namen du gedacht hast. Ich weiß, dass du dir welche überlegt hast – du warst in deinem ganzen Leben noch nie unvorbereitet.«
»Nun ja, ich war vollkommen unvorbereitet auf dich.«
»Keine Frau könnte je auf einen einzigartigen Frauenflüsterer wie mich vorbereitet sein.«
»Das stimmt.«
»Der einzigartige Frauenflüsterer, dessen Erektion ein Gähnen hervorruft, um genau zu sein«, fügt Jonas hinzu.
»O Mann, sei nachsichtig mit mir. Ich bin so breit wie ein Haus.«
»Wie ein außergewöhnlich großes Apartment. Und jetzt lass schon deine Namen hören«, sagt er. »Keine Verzögerungstaktiken mehr.«

Ich hole tief Luft. »Eigentlich weiß ich die Mädchennamen schon seit meiner Kindheit.«

»Seit du ein Kind warst? Wow, das klingt jetzt aber gar nicht verrückt oder so.«

»Es ist nicht verrückt. Viele Mädchen denken über Babynamen nach.«

»Nein, tun sie nicht. Kein Kind tut das. Du bist verrückt.«

»Doch, tun sie. Mädchen tun so etwas. Während sie mit Barbies oder Puppen spielen und davon träumen, Justin Timberlake oder Harry Styles zu heiraten. Da bin ich nicht die Einzige.«

Er schüttelt den Kopf. »Frauen sind einfach unendlich faszinierende Wesen.«

»Ich nehme an, mit ›unendlich faszinierend‹ meinst du ›absolut wundervoll‹?«

»Natürlich.« Er saugt genüsslich an meinem Ohr. »Immer.« Er streicht mit seiner Hand über meinen Po. »Ich liebe diesen Hintern.« Dann schnaubt er mir ins Ohr. »Und jetzt verrate mir endlich die Namen. Ich bewundere währenddessen deinen Hintern.«

»Marisol und Luna«, sage ich. »Aber wir würden sie Sol und Luna nennen.«

»Die Sonne und der Mond.«

»*Claro que sí*. Weil meine beiden Mädchen *todo mi mundo* wären. Meine ganze Welt.«

»Das gefällt mir.« Er zieht mich zu sich und gibt mir einen Kuss. »*Todo mi mundo*«, sagt er leise, und ich weiß, dass er mich meint.

»Gefallen dir die Namen?«, frage ich.

»Ja. Sie sind perfekt. Richtig poetisch.«

Ich bekomme einen Kloß im Hals. »Ich weiß, es hört sich verrückt an, aber ich liebe sie alle. Jeremiah und Jack. Sol und Luna. Es kommt mir so vor, als wären sie alle ein Teil von mir – was natürlich unmöglich ist.«

»Du hast deine Seele bereits mit ihnen in deiner Traumwelt geteilt. Deine Seele braucht sie nicht in der realen Welt, um sie zu lieben.« Er blickt mich mitfühlend an. »Das erinnert mich an etwas, das Aristoteles über die Liebe gesagt hat.« Plötzlich verdunkelt sich sein Blick. »Du siehst wirklich müde aus, Baby.«

»Das hat Aristoteles über die Liebe gesagt? Kein Wunder, dass Platon dein Favorit ist. Aristoteles ist ein Idiot.«

»Ich bin so froh, dass wir morgen früh gleich zum Arzt gehen. Ich mache mir wirklich Sorgen.«

»Ich bin nur müde.«

»Haben sich die Babys in den letzten Minuten bewegt?«

»Sie haben sich beide vor ein paar Sekunden bewegt.«

»Gut.« Er atmet erleichtert aus und reibt sich mit beiden Händen das Gesicht. »*Fuck*«, murmelt er leise. »Ich werde das nicht überleben.«

Ich lege meinen Kopf auf seine Brust und schiebe mir ein Kissen unter den Bauch. »Ich kann es kaum erwarten, mit dem Wandgemälde im Kinderzimmer zu beginnen«, sage ich, aber das Wort »Kinderzimmer« ist nur noch ein undeutliches Gemurmel. Ich kann richtig fühlen, wie ich in einen tiefen Schlaf drifte.

»Schlaf jetzt, Baby«, flüstert er und streichelt meinen Rücken.

»Mm.«

»*Todo mi mundo*«, sagt er leise, und seine Brust hebt und senkt sich unter meinem Kopf, während seine Finger über mein Rückgrat gleiten.

Seine nackte Brust an meiner Wange fühlt sich an wie ein Teil meines eigenen Körpers. »Jonas?«

»Hm?« Er streichelt mein Haar.

Sein Herzschlag unter meinem Ohr wiegt mich in den Schlaf. »Was hat er über die Liebe gesagt?«

»Hm?«

»Aristoteles?«, flüstere ich kaum hörbar. Mein Herz schlägt jetzt im gleichen Rhythmus wie seines.

»›Liebe besteht aus einer einzelnen Seele, die zwei Körper bewohnt‹«, flüstert er.

Sein Herz schlägt im Einklang mit meinem. Dunkelheit überkommt mich. »Hm«, sage ich leise. »Das ist …«

Jonas

Ich werde aus dem Schlaf gerissen. Es ist mitten in der Nacht.

»O mein Gott«, sagt Sarah. Etwas an ihrem Tonfall lässt mich erschaudern.

Ich setze mich mit pochendem Herzen aufrecht hin und taste nach ihr. Ich spüre warme Feuchtigkeit neben mir im Bett. Hat sie eine Tasse heißen Tee verschüttet? »Sarah?«

Sarah schnappt nach Luft. »O mein Gott. O mein Gott. Jonas!«

Was zum Teufel ist hier so nass? Ich mache die Lampe auf dem Nachttisch an, und als ich mich wieder umdrehe, sehe ich Sarah zusammengekrümmt auf blutigen Bettlaken liegen. Sie bebt. Mir zerspringt das Herz in der Brust. Unsere weißen Laken sind dunkelrot. »O mein Gott, Sarah«, presse ich hervor.

Blut auf den Laken.

Sarah blickt an sich hinunter und sieht das Blut zwischen ihren Beinen hervorströmen. Dann stößt sie einen herzzerreißenden Schrei aus.

Ich suche nach meinem Handy, mein Herz schlägt wie verrückt.

Blut auf den Laken.

»9-1-1. Was haben Sie für einen Notfall?«

Sarahs Schreie hallen in meinem Ohr.

»Wir brauchen einen Krankenwagen«, stoße ich hervor. Ich nenne die Adresse.

»Was für einen Notfall haben Sie?«

Sarah ist total panisch. »Bitte, lieber Gott, nein«, schreit sie. »Nein, nein, nein!«

Ich atme tief ein. *Blut auf den Laken.* Ich kann keinen klaren Gedanken mehr fassen. *Blut auf den Laken.* »Meine Frau – da ist Blut«, hasple ich. »Blut auf den Laken. So viel Blut.« Meine Stimme klingt fremd. »Sie ist meine *Frau!*«

Blut auf den Laken.

Sarah schluchzt unkontrolliert.

»Halte durch, Baby«, sage ich und greife nach ihrer Hand.

»Jonas«, weint Sarah. »Die Babys.« Sie heult laut auf.

Blut auf dem Teppich.

»Ich schicke einen Krankenwagen zu Ihnen, Sir. Wie heißen Sie?«

Blut auf den weißen Fliesen. »Halte durch, Baby. Sie kommen gleich.«

»Wie heißen Sie, Sir?«

»Jonas Faraday. Bitte beeilen Sie sich.«

»Wie heißt Ihre Frau?«

Blut auf den Laken.

»Halte durch, Sarah. Sie kommen.«

»Ihre Frau heißt Sarah?«

Sarah kreischt etwas Unzusammenhängendes.

»Sie kommen, Sarah. Jeden Moment.«

»Heißt Ihre Frau Sarah?«

»Ja. Sarah Faraday. Bitte, bitte beeilen Sie sich. Es ist ein Notfall. Da ist so viel Blut. O mein Gott, nein.« Eine Flut an Gefühlen droht mich zu überrollen, aber ich reiße mich zusammen. *Blut auf den Laken. Blut auf dem Teppich. Blut auf den weißen Fliesen.* Der Kreis meines Lebens hat sich geschlossen. So hat alles angefangen. Und jetzt wird es so enden.

»Die Babys, Jonas. Die Babys. Bitte, lieber Gott, nein!«

»Was ist mit Ihrer Frau passiert?«, fragt die Stimme am Telefon. »Warum ist Blut auf den Laken?«

Weil sich alles, was ich berühre, in Blut verwandelt.
»Sie ist schwanger.« Ich unterdrücke ein Schluchzen. »Mit Zwillingen.« Ein weiteres Schluchzen. »Bitte beeilen Sie sich.«

»Jonas, ist Blut auf den Laken, weil Ihre Frau Wehen hat oder weil sie sich irgendwie verletzt hat?«

Sarah stößt einen weiteren schmerzerfüllten Schrei aus.

»Ich bin bei dir, Baby.« Ich drücke Sarahs Hand. »Ich ... ich weiß nicht. Sarah, hast du Wehen?«

»Ich weiß es nicht«, schluchzt sie mit weit aufgerissenen Augen. »Ich weiß es nicht!«

»Wir wissen nicht, was los ist. Überall auf dem Bett ist Blut – so viel Blut. Wir haben geschlafen, und dann, o mein Gott, da ist so viel Blut, und es hört nicht auf –«

»Okay, ich verstehe. Hilfe ist unterwegs. Sagen Sie Ihrer Frau, dass gleich Hilfe kommt. Sagen Sie ihr, dass sie versuchen soll, ruhig zu bleiben.«

Blut auf den Laken. Blut auf dem Teppich. Blut auf den Fliesen. Blut auf dem Laken.

Ein Schluchzen entweicht meinem Mund. Ich kann es nicht zurückhalten. Es muss raus.

»Jonas«, sagt die Stimme streng. »Hören Sie mir zu. Sie müssen ruhig bleiben, für Sarah. Verstehen Sie das?«

Ich antworte nicht. Sarah schreit. Ich kann nicht mehr atmen. Ich kann nicht reden. Ich starre auf das Bett. Die Blutlache unter Sarahs Hüften wird immer größer. Es sprudelt regelrecht aus ihr heraus. Ihre Oberschenkel sind mit glitschiger, roter Flüssigkeit beschmiert. Das Laken ist schon völlig durchnässt.

»Sagen Sie Sarah, dass Hilfe unterwegs ist«, sagt die Stimme wieder. »Jonas, sagen Sie ihr das jetzt.«

»Hilfe ist unterwegs«, rufe ich Sarah zu. Ich halte ihre Hand fester, aber sie erwidert den Druck nicht. Ihre Augen sind geschlossen.

»Die Babys«, wimmert Sarah. Sie wird leise und ruhig.

»Ich höre eine Sirene«, sage ich ins Telefon, und mein Herz macht einen Sprung. »Sie sind ganz nah.« Ich drücke erneut Sarahs Hand, aber sie reagiert nicht. »Sie kommen, Baby.«

»Rette die Babys«, sagt Sarah. Ihre Augen sind immer noch geschlossen. Sie zuckt nicht mehr. Ihr Gesicht ist totenblass.

»Sarah? O mein Gott! Sarah?«

Langsam öffnet sie ihre Augen und blickt mich ruhig an. »Sag ihnen, sie sollen die Babys retten.«

Ich öffne meinen Mund, um ihr zu antworten, aber es kommt nichts heraus. Meine Kehle ist wie zugeschnürt. Mir dreht sich der Magen um. Ich schirme das Telefon mit meiner Hand ab und drehe mich von Sarah weg. »Ich kann ohne Sarah nicht leben«, flüstere ich erbittert ins Telefon. »Sagen Sie ihnen, dass sie Sarah retten müssen, koste es, was es wolle.«

»Jonas, sie werden für jeden von Ihnen alles Menschenmögliche tun«, sagt die Stimme am Telefon.

»Nein, nein, Sie verstehen nicht. Sie müssen ihnen sagen, dass ich ohne meine Frau nicht leben kann. Stellen Sie sicher, dass sie das verstehen. *Ich kann ohne Sarah nicht leben. Ohne Sarah ist nichts mehr von Bedeutung. Sie ist mein Ein und Alles.*«

Die Stimme am Telefon hält inne. »Jonas, sie werden alles tun, was in ihrer Macht –«

»Hören Sie mir zu«, rufe ich. »Ich kann ohne sie nicht leben!« Ich schluchze erneut. »Sagen Sie ihnen, dass sie sie retten müssen«, schreie ich. Ich umfasse das Telefon mit weißen Knöcheln, Tränen strömen über meine Wangen. »Sagen Sie ihnen, dass sie Sarah retten müssen, koste es, was es wolle!«

Jonas

»Blutdruck liegt bei neunzig zu fünfzig«, sagt der Notarzt. Er hält eine Sauerstoffmaske über Sarahs Gesicht. Ein weiterer Sanitäter beugt sich über sie und befestigt eine Infusionsflasche an ihrem Arm. Sie umringen sie, nehmen sie in Beschlag, lassen mich außen vor. Ich sitze zu ihren Füßen, klammere mich an ihre Knöchel und bebe nur so vor Angst und Verzweiflung. Das hier kann nicht wirklich passieren. Bestimmt wache ich jede Minute auf und liege warm und ruhig neben Sarah in unserem Bett. Ich umarme sie, ziehe sie an mich heran und sage ihr, dass ich sie liebe, und sie fährt mit ihren Händen durch mein Haar.

Sarah murmelt etwas, das so klingt wie: »Jonas.«

Ich beuge mich über ihr Gesicht. Ihre Augen sind vor Schreck weit aufgerissen. Sie ist blass – verdammt, sie ist so blass. Als sie das letzte Mal so ausgesehen hat, lag sie auf dem Fußboden einer öffentlichen Toilette.

Eine Träne rinnt ihr aus dem Augenwinkel die Schläfe hinab. Ihre Zähne klappern.

»Ich bin hier, Baby«, sage ich. Ich drücke ihre Hand.

»Die Babys.« Ihre Worte werden durch die Sauerstoffmaske gedämpft, aber ich weiß genau, was sie sagt. Ein Schluchzen fährt durch ihren ganzen Körper.

»Lehnen Sie sich etwas zurück, Sir.«

Ich beuge mich vor und bin nur noch einen Zentimeter von ihrem Gesicht entfernt. »Alles wird gut.«

»Die Babys«, wimmert sie. Ihr Gesicht verzerrt sich zu einer gequälten Fratze. »Die Babys, Jonas.« Sie bricht in Tränen aus. »Die Babys.« Sie ist total aufgewühlt.

»Lehnen Sie sich zurück, Sir. *Jetzt.*«

»Alles wird gut, Sarah.« Ich unterdrücke ein Schluchzen.

Sie zieht die Sauerstoffmaske herunter. Ihre Augen treten aus den Höhlen hervor. »Jonas, die Babys. Sag es ihnen.«

»Nein.« Mein ganzer Körper zittert. »Nein, Sarah.«

»Koste es, was es wolle …«

»Nein.« Ich unterdrücke ein weiteres Schluchzen.

»Versprich es mir.«

Ich greife nach ihrer Hand und drücke sie – aber ich verspreche nichts. Ich gebe niemals Versprechen, die ich nicht einzuhalten gedenke. Ihre Hand wird schlaff in meiner.

»Puls fällt«, sagt der Sanitäter neben mir. »Lehnen Sie sich jetzt zurück«, brüllt er mich an.

Ich lehne mich zurück und starre auf Sarahs bewusstlosen Körper vor mir. Blut strömt zwischen ihren Beinen hervor auf die Liege. Ihre Beine sind über und über mit Blut bedeckt, bis zu ihren Füßen herunter. Sogar ihre Socken – die Wollsocken, die ich ihr angezogen habe, damit sie warme Füße bekommt – sind dunkelrot vor Blut.

»Sarah?«, spricht der Sanitäter sie an, aber sie antwortet nicht. »Sarah? Bleiben Sie bei mir, Sarah«, sagt er.

Er beugt sich über sie, direkt über ihren Mund. Ich kann nicht sagen, ob sie mit ihm spricht oder ob er nach Atemgeräuschen lauscht.

Ich zittere unkontrolliert.

Die Türen gehen auf. Die Sanitäter schieben Sarahs Trage aus dem Krankenwagen, und sofort wird sie von einer Meute Menschen in Kitteln umringt.

Einer der Sanitäter schreit einem Mann ganz vorne alle möglichen Informationen zu. Ein reger Wortaustausch findet statt, aber ich verstehe nicht, was sie sagen.

»Hypovolämischer Schock«, sagt einer, als sie sie wegbringen.

»Verdacht auf Abbruch«, sagt ein anderer.

Ich springe aus dem Krankenwagen und renne der Meute hinterher. Mein Herz droht zu zerspringen, während sie Sarah durch den langen Gang schieben. Ich bewege mich wie automatisch. Meine Beine gehören nicht mehr zu mir. Ich bin mir vage bewusst, dass ich Sarahs Namen rufe, während ich renne, aber ich kann nichts dagegen tun.

»Zwillinge«, höre ich jemanden sagen.

»Transfusion«, sagt ein anderer. »Bewusstlos.«

»Narkosefacharzt.«

»Abbruch.«

»Sofort.«

»… den Ehemann hier weg.«

Mein Herz schlägt wie wild. Ich kann kaum noch atmen.

Sie schieben sie durch eine Schwingtür, und ich versuche, ihr zu folgen.

»Sir, Sie müssen draußen warten.« Eine kleine Frau in weißem Kittel stemmt ihre Hand gegen meine Brust.

»Ich muss zu ihr.« Ich bewege mich in Richtung Tür, aber sie hält mich am Arm fest und stellt sich mir in den Weg.

»Mr Faraday, Ihre Frau hat eine große Menge Blut verloren. Sie hatte wahrscheinlich eine Plazentaablösung. Bei der Menge an Blut, die sie verloren hat, besteht kein Zweifel daran, dass wir die Babys sofort holen müssen.«

»Was?«

»Die Babys müssen sofort raus. Sie ist in den OP gebracht worden und bekommt jetzt einen Notkaiserschnitt. Das Leben Ihrer Frau und Ihrer Babys steht auf dem Spiel, wir müssen die Babys sofort holen.«

»Aber …« Ich schüttle verwirrt meinen Kopf. »Jetzt?«

»Die Menge an Blut, die Ihre Frau verloren hat, bereitet uns große Sorgen. Es gibt keine andere Möglichkeit.«

Ein Schluchzen bahnt sich seinen Weg an die Oberfläche. »Sagen Sie ihnen, sie müssen meine Frau retten.«

»Die Ärzte tun alles, was in ihrer Macht steht. Wir geben Ihnen sofort Bescheid, wenn sich ihr Zustand stabilisiert.« Die Frau im Kittel zeigt den Gang hinunter. »Dort hinten links ist ein Wartebereich. Wir halten Sie auf dem Laufenden.«

Ich bin außer mir. »Aber ich muss bei ihr bleiben. Sie ist meine *Frau*. Ich muss sie beschützen.«

»Sie setzen sie jetzt unter Vollnarkose. Sie können nicht mit in den OP.«

Ein Schauer läuft mir über den Rücken. Ich habe plötzlich eine kristallklare Vorhersehung: Sarah wird nie wieder aufwachen. O mein Gott, ich werde Sarah nie wieder lebend sehen. Habe ich ihr heute Nacht gesagt, dass ich sie liebe? Ich kann mich nicht mehr daran erinnern, ob ich exakt diese Worte verwendet habe. Ich glaube nicht.

Sarah.

Mein Herz zerbricht in meiner Brust.

»Der Arzt wird zu Ihnen kommen, sobald wir etwas Neues wissen. Ich weiß, das ist jetzt sehr schwer, Mr Faraday. Sie müssen einfach ... bitte. Bitte setzen Sie sich einfach. Wir sprechen so bald wie möglich mit Ihnen.«

Ein weiteres Schluchzen bahnt sich seinen Weg nach oben, aber ich unterdrücke es. »Wir hätten am Morgen einen Termin bei der Ärztin gehabt«, sage ich wie betäubt. »Um acht. Weil ich mir solche Sorgen gemacht habe.«

Die Frau im Kittel geht auf eine Krankenschwester zu. »Shannon? Können Sie Mr Faraday bitte in den Wartebereich bringen? Ich denke, er braucht jemanden, der ihm den Weg zeigt.«

Die Krankenschwester kommt zu uns und legt ihre Hand auf meinen Unterarm.

Ich blicke auf ihre Hand hinab. Sie ist sehr schlank. Sie

wirkt winzig an meinem Arm. Diese Frau ist höchstens halb so groß wie ich. Ich könnte sie ohne Weiteres beiseiteschubsen, durch die Schwingtür rennen, meine Sarah finden und ein letztes Mal ihre warme Hand halten. Ich könnte ihr sagen, dass ich sie liebe – vielleicht würde sie es noch hören. Vielleicht ist es noch nicht zu spät für sie, es ein letztes Mal zu hören. O mein Gott. Sie ist meine Frau, und ich habe geschworen, sie immer zu lieben. Bis dass der Tod uns scheidet. Und auch noch danach. Und genau das werde ich tun.

»Kommen Sie, Mr Faraday. Ich setze mich für eine Weile neben Sie«, sagt die Krankenschwester. Sie zieht mich am Arm, und ich lasse mich von der Schwingtür wegführen. »Gibt es jemanden, den Sie anrufen können?«

Meine Knie sind weich wie Butter – die Beine, die mich tragen, gehören gar nicht zu mir. Vielleicht habe ich ja einen Albtraum? Bitte, lieber Gott, bitte. Ich muss einen Albtraum haben. Das hier passiert nicht wirklich. Es ist nur ein sehr lebendiger Albtraum, das ist alles. Noch ein paar Minuten, und dann wache ich in unserem warmen, trockenen Bett neben Sarah auf. Ich werde sie fest an mich ziehen und ihren Duft einatmen, und sie wird mit ihrer Hand durch mein Haar fahren, während sie mir dabei zuhört, wie ich über einen verdammten Welpen rede.

Ich muss wieder schluchzen, und die Krankenschwester verstärkt ihren Griff um meinen Arm.

Wenn der Arzt herauskommt, um mir zu sagen, dass Sarah tot ist, dann weiß ich genau, was zu tun ist. Ich werde durch die Eingangstür des Krankenhauses stürmen, auf die Schnellstraße nebenan rennen und mich in den rauschenden Verkehr stürzen. Vielleicht habe ich ja Glück, und ein großer Laster kommt genau im richtigen Moment vorbei. Oder vielleicht springe ich auch von der nächsten Brücke? Welche Brücke zum Teufel wäre das? O Shit. Es ist die, von der ich mich mit dem Auto gestürzt habe, um dem Wahnsinn zu entkommen. Das wird nicht funktionieren. Aber es ist egal, wie ich es mache, Hauptsache, ich mache es. »Niemand weiß, was der Tod ist, ob er nicht für den Menschen das größte ist unter allen Gütern.« Hat das nicht Platon gesagt? Ich denke, ja. Und er hatte recht.

Die Krankenschwester drückt mich in einen Stuhl. Ich zittere wie Espenlaub. Meine Zähne klappern. Ich habe Sarah nicht gesagt, dass ich sie liebe. Dessen bin ich mir jetzt sicher. Ich habe ihr Socken angezogen und irgendetwas von einem Hund gefaselt, aber ich habe nicht gesagt »Ich liebe dich«.

Ich lege die Hände über mein Gesicht und beuge mich nach vorn. Ich habe mich nicht verabschiedet. Ich hatte keine Chance, auf Wiedersehen zu sagen. Und jetzt ist sie ganz allein dadrinnen. Und sie weiß nicht, was ich fühle.

»Brauchen Sie Wasser?«, fragt mich die Krankenschwester. Sie legt ihre Hand auf meinen Rücken und bewegt sie auf und ab. Ich kann nicht aufhören zu zittern. Meine Zähne machen ein unglaublich lautes Geräusch, wenn sie aufeinanderschlagen.

Es muss schnell gehen und effektiv sein, das ist die Hauptsache. Ich werde warten, bis ein Bus kommt, und dann einfach in letzter Sekunde vom Bordstein treten. So einfach ist das.

»Gibt es jemanden, den Sie anrufen können?«, sagt die Krankenschwester. »Ein Familienmitglied?«

Ich nicke und hole mein Handy hervor. Ich drücke auf die Kurzwahltaste für Josh.

»Jonas?« Er klingt, als hätte ich ihn aufgeweckt.

Ich sage kein Wort. Das Klappern meiner Zähne ist das einzige Geräusch, das ich von mir gebe.

»Jonas? Was ist los?«

Ich schluchze auf.

»Jonas? Was ist passiert?«

»Sie lassen mich nicht zu ihr, Josh. Ich muss hier draußen sitzen und warten.«

»Wo bist du?«

»Blut auf den Laken, Josh.« Meine Stimme bricht. »Schon wieder.«

»Blut? Was? Meinst du Sarah?« Plötzlich schwingt Panik in seiner Stimme mit. Er schnappt hörbar nach Luft. »Jonas, bist du im Krankenhaus?«

»Blut an ihren *Socken*.« Ich wimmere etwas Unzusammenhängendes. »Überall auf ihren Socken. Sie hatte kalte Füße.«

»Welches Krankenhaus, Jonas?«

Ich vergrabe mein Gesicht in den Händen. Ich kann mein Schluchzen nicht kontrollieren. Es bricht aus mir heraus wie aus sprudelnden Geysiren.

Die Krankenschwester nimmt mir das Telefon aus der Hand und redet leise mit Josh. *Blut auf den Laken. Blut auf den Fliesen. Blut auf dem Teppich. Blut auf den Laken. Blut an ihren Socken. Blut auf den Laken. Blut auf den Laken. Blut auf den Laken.* Ich werde dem nie entkommen. Ich habe es versucht, aber ich war ein Idiot zu glauben, dass ich es könnte. Es ist mein Schicksal.

Ich spüre, wie das Handy wieder an mein Ohr gepresst wird. Ich hebe die Hand und halte das Telefon fest.

»Ich komme, Jonas, okay?«, sagt Josh in mein Ohr.

Ich seufze.

»Hörst du mich?«, fragt Josh. »Ich komme jetzt.«

Ich antworte nicht.

»Jonas?«

»Ich höre dich.«

»Ich bin auf dem Weg. Setz dich aufrecht hin.«

»Ich weiß nicht, ob ich ihr gesagt habe, dass ich sie liebe, Josh – ich denke nicht, dass ich es getan habe. Und jetzt ist sie ganz alleine dadrinnen.«

»Mach deine Musik an, Jonas. Hörst du mich? Mach dir Musik an, bis ich komme. Mach es jetzt.«

»Ihre Socken waren blutgetränkt, Josh. Sie trieften nur so vor Blut.«

»Mach jetzt nichts anderes, als Musik zu hören, verstehst du mich? Nichts anderes. Und geh nirgendwohin. Denk an nichts. Hör einfach nur Musik.«

Ich murmle eine Antwort.

»Denk nicht an das Schlimmste, Jonas. Stell dir nicht vor, dich von einer Brücke zu stürzen.« Seine Stimme bricht. »Gib nicht nach. Geh nicht nach draußen. Hör einfach nur Musik, mach die Augen zu, atme ruhig und denke an nichts anderes als an die Musik. Sarah wird es schaffen. Und eure Babys auch.« Er ringt um Worte. »Sie ist schließlich Sarah Cruz, Jonas. Sie ist die verdammte Sarah Cruz.« Seine Stimme bricht. Eine lange Pause entsteht. Ich höre, wie er tief einatmet. »Du musst jetzt stark sein für Sarah. Verstehst du mich, Jonas? Du bist jetzt Ehemann und Vater. Das bedeutet, dass du dich zusammenreißen musst. Sarah und deine Babys zählen auf dich.«

Ich fühle mich, als hätte er mir gerade mit einem Kantholz ins Gesicht geschlagen. Ich versuche zu antworten, weiß aber nicht, ob es mir gelingt.

»Du musst jetzt ein Tier sein für Sarah und deine Babys. Hörst du mich? Du musst dich zusammenreißen. Also tu es.«

»Okay.«

»Hast du das verstanden?«

»Ja.«

»Okay. Mach die Musik an.«

»Okay.«

»Tu es jetzt. Ich bin gleich da.«

»Okay. Komm schnell, Josh. Ich brauche dich.«

»Ich bin unterwegs.«

Ich murmle etwas und lege auf.

»Kommt er?«, fragt die Krankenschwester.

Ich habe ganz vergessen, dass die Krankenschwester neben mir sitzt. Ich hole tief Luft und reiße mich zusammen. »Ja. Mein Bruder. Josh. Er kommt immer, wenn überall Blut ist. Jedes Mal.«

Die Krankenschwester hält inne und sieht einen Moment lang verwirrt aus. »Ist es okay, wenn Sie hier alleine sitzen, bis Ihr Bruder kommt?«, fragt sie. »Oder wollen Sie, dass ich bleibe?«

Ich halte mein Handy hoch. »Ich muss mich jetzt zusammenreißen. Ich werde Musik hören. Ich bin ein Tier.«

»Okay. Ich bin gleich dort hinter dem Tresen, wenn Sie mich brauchen. Die verantwortliche Krankenschwester wird zu Ihnen kommen, sobald es etwas Neues gibt.« Sie legt ihre Hand auf meine. »Mr Faraday, ich weiß, dass die Ärzte für Ihre Frau und Ihre Babys alles tun, was in ihrer Macht steht.«

Meine Frau und meine Babys. Meine Brust zieht sich zusammen. Sie werden alles für meine Frau und meine Babys tun. Weil ich jetzt Ehemann und Vater bin. Das war ich wenigstens. Für einen kurzen, leuchtenden Moment war ich Ehemann und Vater. Aber nun nicht mehr. Nun bin ich allein.

Wieder.

Ganz allein.

Ich schluchze erneut.

Sie tätschelt meine Hand und steht auf.

Ich scrolle durch meine Musikbibliothek auf dem Handy, kann mich aber nicht entscheiden. Welches Lied könnte auch schon sagen, was in einem Moment wie diesem gesagt werden muss? Gibt es ein Lied mit dem Titel »Ich will nicht mehr aufwachen, wenn sie nicht neben mir liegt«? Wo ist der verdammte Song mit diesem Titel?

»Unsere vierköpfige Faraday-Familie«, hat Sarah gesagt. Und ich habe es sie sagen lassen. Ich habe sogar gelächelt, als sie es gesagt hat. Und dann habe ich mir ebenfalls unsere Zukunft ausgemalt. »Ein Kind schnalle ich mir auf den Rücken und das andere vor die Brust«, habe ich gesagt, obwohl ich wusste, dass es nie passieren wird. Warum zum Teufel habe ich das gesagt? Und warum habe ich Sarah nach den Babynamen gefragt? Es wäre so viel einfacher gewesen, wenn ich die Namen meiner toten Babys niemals gehört hätte.

Ich scrolle weiter durch die Songs, ohne innezuhalten. Es gibt keinen Song auf der Welt, der das ausdrückt, was ich gerade fühle. Gibt es ein Lied mit dem Titel »Ich weiß nicht, wie ich atmen soll, wenn du nicht an meiner Seite bist«? Wo ist dieses verfluchte Lied? »Vielleicht könnten wir einmal in der Woche über Nacht wegfahren. So könnte ich dich wenigstens einmal in der Woche dazu bringen, animalische Laute von dir zu geben, ohne dass wir uns Gedanken darüber machen müssen, dass die Kinder aufwachen«, habe ich zu ihr gesagt und mich damit selbst belogen.

Die Songtitel verschwimmen vor meinen Augen. Es gibt kein Lied, das sagt, was ich sagen will.

»Ich habe mir gedacht, dass wir uns vielleicht einen Hund holen könnten, wenn die Kinder zwei oder drei Jahre alt sind«, habe ich zu ihr gesagt, obwohl ich tief in mir drinnen wusste, dass die Babys niemals zwei oder drei Jahre alt werden würden. »Über eine Haushälterin wird nicht diskutiert«, habe ich gesagt, als ob es irgendetwas auf dieser Welt gäbe, über das man nicht diskutieren könnte. Als ob meine Babys so lange leben würden, dass sie Kekse auf dem Fußboden zerbröseln könnten. Als ob eine ordentliche Umgebung jemals wichtig gewesen wäre, verdammt noch mal.

Plötzlich halte ich inne. Ich blicke auf den perfekten Song – den Song, der genau das sagt, was gesagt werden muss. »I'll Follow You into the Dark« – »Ich werde dir in die Dunkelheit folgen« – von Death Cab for Cutie.

Meine Finger zittern, als ich auf Play drücke und das Handy an mein Ohr halte.

In der Sekunde, in der der Sänger einsetzt, schließe ich meine Augen und lehne mich zurück.

Dieses Lied drückt genau das aus, was ich fühle. Dieses Lied sagt es für mich mit jedem Wort und jeder Note und jedem Gitarrenton. Dieser Song ist die Wahrheit.

Denn ich schwöre bei Gott, wenn Sarah in die Dunkelheit geht – und ich weiß, dass sie das tun wird, wenn sie es nicht schon getan hat –, wenn sie ohne mich in den Abgrund springt und nie mehr zu mir zurückkommt – so wie es jeder tut, weil sich alles in Blut verwandelt, was ich berühre –, wenn Sarah also in die Dunkelheit geht, dann werde ich ihr dorthin folgen. Koste es, was es wolle. Ende der verdammten Geschichte.

Jonas

»Mr Faraday?«

Ich stehe auf, genau wie Josh. Das war's. Sie werden mir sagen, dass Sarah tot ist. Meine Knie werden schwach. Ich halte mich an Joshs Schulter fest, und er greift nach meinem Arm.

»Ihre Babys sind auf der Welt – sie wurden sofort auf die Neugeborenenintensivstation gebracht.«

»Geht es ihnen gut?«, fragt Josh. Er drückt meinen Arm.

Ich kriege keine Luft mehr.

»Sie sind am Leben und werden auf die Neugeborenenintensivstation gebracht. Das ist alles, was ich weiß. Bei so einem enormen Blutverlust der Mutter ist anzunehmen, dass sie anämisch sind und unter Schock stehen – und wahrscheinlich brauchen ihre Lungen noch Unterstützung. Die Ärzte auf der Station werden sich um sie kümmern und alles Notwendige veranlassen. Wenn sich ihr Zustand erst einmal stabilisiert hat, werden die Ärzte Ihnen sofort mehr sagen.«

Ich werde von tausend Gefühlen auf einmal überwältigt. Ich bringe kein Wort heraus.

»Und Sarah?«, fragt Josh und spricht damit genau das aus, was ich nicht sagen kann. Josh drückt erneut meinen Arm, dieses Mal so fest, dass ich bestimmt einen blauen Fleck bekommen werde.

Mein Herz schlägt wie wild in meiner Brust. Ich schließe die Augen und bereite mich auf das vor, was die Krankenschwester gleich sagen wird. Meine Beine fühlen sich an wie Brei. In meinem Kopf dreht sich alles.

»Sie wird immer noch operiert«, sagt die Krankenschwester. »Wir können noch nichts sagen.«

»Aber sie ist noch …?«, beginnt Josh.

»Ja. Sie wird operiert.«

Ich öffne die Augen und atme tief ein und aus.

»Die Ärzte tun alles, um die Blutung zu stoppen, der Blutverlust muss unter Kontrolle gebracht werden. Die Situation ist sehr ernst, aber die Ärzte geben ihr Bestes.«

Josh legt seinen Arm um meine Schultern. »Sie wird es schaffen«, murmelt er.

»Mr Faraday, Ihre Frau hatte eine vorzeitige Plazentaablösung. Und jetzt befindet sie sich in einem Zustand, den man DIC nennt. Das bedeutet, dass sie so stark geblutet hat, dass ihr Körper das eigene Blut nicht mehr gerinnen kann. Das kommt oft vor bei Plazentaablösungen und ist sehr gefährlich. Die Ärzte tun alles, was in ihrer Macht steht.«

»Aber sie wird es schaffen«, sagt Josh. Es ist eine Feststellung, keine Frage.

»Wir werden Sie benachrichtigen, sobald es etwas Neues gibt.«

»Aber letzten Endes wird es ihr wieder gut gehen, richtig?«, fragt Josh gepresst.

Ich lasse mich auf den Stuhl fallen und vergrabe mein Gesicht in den Händen.

»Sie tun alles, was sie können«, wiederholt die Krankenschwester, ohne auf Joshs Frage einzugehen. »Sobald die Ärzte sie stabilisiert haben, wird einer von ihnen herauskommen und Ihnen alles erklären.«

Josh setzt sich neben mich und legt seinen Arm um mich. Ich lehne mich an ihn, das Gesicht immer noch in den Händen begraben. »Sie wird es schaffen«, murmelt er und drückt meine Schulter.

»Ihre Frau wird noch ein paar Stunden im OP sein«, sagt die Krankenschwester. »Soll ich Sie zur Neugeborenenintensivstation bringen, damit Sie Ihre Babys sehen können? Ich habe gerade das Okay dafür bekommen.«

»Ja«, sagt Josh und steht von seinem Stuhl auf. »Natürlich.«

Ich nehme die Hände von meinem Gesicht und blicke zur Krankenschwester hoch. Sie sieht mich aufrichtig mitfühlend an. Ich blicke ausdruckslos zu Josh. Ich weiß nicht, ob ich mich bewegen kann. Ich weiß nicht, ob ich gut genug funktioniere, um etwas anderes zu tun, als hier zu sitzen. Ich muss hierbleiben, nur für den Fall, dass Sarah mich braucht.

»Komm schon, Jonas«, sagt Josh. »Du bist Vater. Du musst deine Babys kennenlernen.«

Ich weiß, was ich jetzt sagen sollte. Ich kenne die richtige Antwort – die normale Antwort. Aber wenn ich ehrlich bin, ist mir im Moment außer Sarah alles egal, sogar meine Babys.

Joshs Handy vibriert in seiner Hosentasche. »Moment.« Er zieht es heraus und schaut aufs Display. »Kats Mutter ist gerade bei uns angekommen, um auf Gracie aufzupassen. Kat ist mit Sarahs Mutter auf dem Weg hierher.«

Ich gebe keine Antwort. Mich interessiert nichts und niemand – außer Sarah.

Josh zieht mich am Arm. »Komm schon, Jonas. Wir gehen zu deinen Babys.«

»Hat Ihnen schon jemand das Geschlecht verraten?«, fragt die Krankenschwester.

»Nein«, antwortet Josh.

Die Krankenschwester lächelt, aber ihr Blick ist voller Mitleid. »Mädchen«, sagt sie. »Sie haben zwei kleine Mädchen, Mr Faraday. Jedes etwa zwei Kilo schwer.«

Jonas

Meine Babys – meine Töchter – liegen in zwei Brutkästen aus Plexiglas. Ihre kleinen Körper sind an Monitore angeschlossen. An ihren Mündern hängen Beatmungsgeräte.

»Ich wusste nicht, dass ein menschliches Wesen so klein sein kann«, sagt Josh.

Ich kann nicht verarbeiten, was ich gerade sehe.

»Ich glaube, Gracie wog damals ungefähr vier Kilo«, sagt Josh. »Im Vergleich zu diesen beiden hier hat Gracie ausgesehen wie Godzilla.«

Ich öffne den Mund, um zu antworten, aber nichts kommt heraus. Mein Gehirn kann die Bedeutung dieser kleinen rosa Lebewesen vor mir nicht begreifen.

»Gracie hätte eines deiner Babys als Mitternachtssnack verspeist«, fährt Josh fort.

Ich bin zu hypnotisiert von ihren kleinen Fingern und Zehen, um zu antworten.

»Gracie essen Baby!«, sagt Josh und imitiert Gracies Stimme. »Mann, sie sehen nicht einmal real aus«, redet er weiter. »Sie sehen aus wie kleine, animierte Puppen.«

Er hat recht. Das tun sie.

»Entschuldigung«, sagt Josh zu der Krankenschwester hinter uns. »Wer hat die Fernbedienung für diese Puppen?«

»Er sitzt hinter dem Vorhang dort drüben«, sagt die Krankenschwester und deutet in eine Richtung. Sie schenkt ihm ein strahlendes Lächeln, wie alle Frauen es tun.

»Ich wusste es«, sagt Josh. »Sagen Sie ihm, er macht einen guten Job. Diese Puppen sehen sehr echt aus.«

Die Krankenschwester lacht.

Baby A vor mir strampelt wie wild. Baby B im Brutkasten vor Josh liegt ganz ruhig und still da. Beide Mädchen tragen rosa Mützen und haben Windeln an, die ungefähr drei Nummern zu groß für ihre winzigen Körper sind.

Ich strecke Baby A meinen Zeigefinger hin. Ihre Hand ist so klein, dass sie kaum meine Fingerspitze umfassen kann. Als ich ihre weiche Haut an meiner spüre, überkommt mich ein gewaltiger Beschützerinstinkt. »Hi, Luna«, sage ich leise. Zur Antwort bewegt sie Arme und Beine. »Bist du das verrückte Äffchen, das auf Mommys Nerven Zumba getanzt hat?«

»Luna?«, fragt Josh.

Ich nicke.

Josh beißt sich auf die Lippe. »Ja, sie ist definitiv das verrückte Äffchen«, sagt er. »Schau sie dir nur an – sie ist wie du.«

Ich kann nicht anders, ich muss lächeln.

»Und wer ist das hier?«, fragt Josh und deutet auf das ruhige Baby im Brutkasten vor ihm.

»Marisol«, sage ich – und wie auf Knopfdruck hebt sie ihren kleinen Arm, als wolle sie »Hier!« sagen. Ich muss lachen. »Aber Sarah meinte, wir werden sie Sol nennen. Weil unsere Töchter für uns die ganze Welt bedeuten werden – sie sind unsere Sonne und unser Mond.« Mir kommen die Tränen. Ich atme tief ein und dränge sie zurück.

»Kleiner Sonnenschein«, sagt Josh leise und streichelt über Marisols winziges Beinchen. »Kleine Miss Sunshine Faraday.«

Schon wieder kann ich ein Lächeln nicht unterdrücken. »Kleine Miss Sunshine Faraday«, wiederhole ich. Ich könnte mir keinen besseren Namen für sie vorstellen.

Josh seufzt laut. »Also, jetzt ist es offiziell. Die Faraday-Männer sind in der Minderheit. Ich stelle mir gerade dich, mich und Onkel William auf einer verlassenen Insel umgeben von einem endlosen Meer aus Östrogen vor.«

Ich grinse. Ich hätte nicht gedacht, dass ich meine Mundwinkel noch nach oben ziehen kann, aber offensichtlich geht es.

»Ich sehe jede Menge Rosa und Purpurrot in unserer Zukunft.«

»Nein, nicht Purpurrot«, sage ich sofort. »Diese Farbe ist in meinem Haus strengstens verboten.«

»Ach ja, das hätte ich fast vergessen.« Er schmunzelt. »Du Perversling.« Es entsteht eine lange Pause, in der er Marisols Arm streichelt. »Sieht so aus, als müssten wir noch ein Paar rosa Glitzerschuhe kaufen, oder?«

Luna strampelt wie wild, als ob sie ihn verstanden hätte.

»Rosa Glitzie-Schuhe!«, sagt Josh und tut so, als würde er für Luna sprechen. »Yippiee!«

Ich muss schon wieder grinsen.

»Um uns ist es geschehen, Mann«, sagt Josh.

Ich blicke auf Luna hinab, und das Herz in meiner Brust droht zu zerreißen. O mein Gott, ist das Schmerz, oder ist das Freude? Was auch immer es sein mag, es ist ein überwältigendes Gefühl.

»Ich liebe sie jetzt schon«, sage ich leise. »Mehr, als ich es mir hätte vorstellen können.«

Josh grinst mich schief an. »Willkommen in der Vaterschaft, Bro. Ist das nicht ein Riesenspaß?«

»O ja, bis jetzt ist die Vaterschaft ein Mordsspaß.« Ich berühre Lunas Zehen, und sie zuckt zusammen. Und ganz plötzlich habe ich das dringende Bedürfnis, ihren winzigen Körper an meine Brust zu drücken. »Wann dürfen wir sie halten?«, frage ich die Krankenschwester im Raum.

»Sobald sie keine Beatmungsgeräte mehr brauchen. Hoffentlich schon in ein paar Tagen – vielleicht sogar bereits morgen. Ihre Lungen entwickeln sich ziemlich gut.«

»Ja, das hat uns der Arzt auch schon gesagt«, merkt Josh an. »Das sind tolle Neuigkeiten.« Josh blickt auf Marisol hinab. »Du und deine kleine Schwester, ihr seid Kämpferinnen, stimmt's, Kleine Miss Sunshine?«

»Tausch den Platz mit mir, Josh. Ich will nicht, dass unser Sonnenschein denkt, dass ich sie nicht genauso lieb habe.«

Er nickt, und wir tauschen unsere Plätze an den Brutkästen.

»Hi, Baby«, sage ich und streichle über Marisols weiche Füße. »Kleine Miss Sunshine.« Sie streckt sich unter meiner Berührung, und mein Herz macht einen Sprung – genau wie bei Luna.

»Hi, Luna«, flüstert Josh und legt seine große Hand auf ihre winzige Brust. »Schön, dich kennenzulernen, verrücktes Äffchen. Ich bin dein Onkel Josh.«

»O nein«, sage ich. »Auge um Auge. Ich werde ihnen beibringen, dich Onkel Joshie-Woshie oder so zu nennen.«

»Nein, verdammt.«

»Ja, verdammt. Du Bastard.«

Die Schwester hinter uns räuspert sich.

»Oh, Verzeihung«, sage ich.

»Sie werden das sowieso nicht sagen können. Es wird sich anhören wie Onkel Tschwsch.«

»O nein, wir werden jeden Tag mit ihnen üben, bis sie es können«, widerspreche ich. In der Sekunde, in der diese fantastischen Worte meinen Mund verlassen, zieht sich meine Brust zusammen, als hätte mir jemand eine rostige Klinge reingesteckt. Warum lasse ich es zu, dass ich mir eine Zukunft mit Sarah ausmale, in der wir unseren Kindern beibringen, Josh Onkel Joshie-Woshie zu nennen? Ich muss schlucken, kann aber die Tränen nicht zurückhalten.

Sarah.

»Sie wird es schaffen«, sagt Josh, als hätte er meine Gedanken gelesen. »Sarah ist die stärkste Person, die ich kenne.«

Ich blinzle die Tränen weg. »Wenn sie nicht durchkommt ...«, flüstere ich, kann den Satz aber nicht beenden.

Joshs Kiefer spannt sich an. »Sie wird durchkommen.«

»Aber wenn sie *nicht* ...«

»Stopp.«

»Josh, wenn sie nicht durchkommt ...«, beharre ich.

Josh schüttelt energisch seinen Kopf.

»... dann gehe ich mit ihr.«

Josh muss sichtbar schlucken. Wortlos beugt er sich über Luna und berührt nacheinander all ihre Finger. »Jonas, das ist definitiv keine Option mehr für dich«, sagt er, ohne mich anzusehen. »Für den Rest deines Lebens nicht.«

Ich schaue erst Marisol und dann Luna an und versuche zu verarbeiten, was Josh gerade gesagt hat. Und mit einer plötzlichen Klarheit weiß ich, dass er recht hat. Ich bin *Vater*. Diese kleinen Wesen gehören zu mir. Für immer. Es gibt kein Zurück mehr. Ich kann sie nicht im Stich lassen.

Fuck. Plötzlich kommt es mir so vor, als stünde ich an einer Gabelung meines Lebens. Werde ich der Vater sein, der sich das Gehirn wegschießt, während sein Kind ihm unten ein Truthahnsandwich macht? Oder werde ich der Vater sein, der für seine kleinen Mädchen jeden Berg bezwingt und jeden Drachen besiegt – auch wenn der Berg er selbst ist?

Josh scheint direkt in mein Inneres zu blicken. Er zieht eine Augenbraue nach oben und will offensichtlich wissen, ob ich die Situation verstehe und akzeptiere.

Ich nicke.

Josh kommt einen Schritt näher und legt seine Hand auf meine Schulter. »Du bist damit nicht allein. Ich bin bei dir.«

»Ich liebe sie«, sage ich einfach.

Josh legt seinen Arm um mich. »Ich weiß«, sagt er mit zitternder Stimme. »Ich liebe sie auch.«

»Ich weiß nicht, wie ich ohne sie leben kann«, presse ich hervor.

»Das musst du nicht.«

»Sie ist mein Ein und Alles.«

»Sie wird durchkommen, Jonas – ich weiß, dass sie es schafft. Sie ist Sarah Cruz, verdammt noch mal.« Sein Körper zittert heftig, während er versucht, seine Gefühle in Schach zu halten.

»Es ist zu schwer«, sage ich. »Es ist einfach zu schwer für mich.«

»Das ist für jeden zu schwer. Nicht nur für dich.«

Ich murmle etwas Unverständliches an seiner Wange, und Josh drückt mich fester.

»Du musst daran glauben, Jonas«, flüstert er mir ins Ohr. »Gott würde uns Sarah nicht wegnehmen. So grausam kann er auf keinen Fall sein.« Seine Stimme bebt. »Nicht *noch einmal*.«

Sarah

Ich befinde mich im Innern einer riesigen Höhle am Rande eines tosenden Wasserfalls und blicke in die Dunkelheit unter mir. Warmer Regen fällt auf mich herab und bedeckt meine Haut, meine Haare und meine Kleidung. Hätte ich keine Stirnlampe am Helm, wäre ich von undurchdringlicher Dunkelheit umgeben.

Ich kann mich nicht bewegen.

Ich kann nicht sprechen.

Ich habe Schmerzen.

Ist diese regnerische Höhle eine Metapher für mein eigenes Ableben? Ein Konstrukt meines Gehirns, um den Tod für mich begreiflich zu machen? Wow, das wäre ja wirklich poetisch – und auch ziemlich traurig, muss ich sagen. Aber nein, ich glaube nicht, dass ich tot bin, denn jeder Zentimeter meines Körpers schmerzt unsäglich. *Juepucha culo.*

Mein Kopf brummt. Und was ist das für ein fürchterlicher Schmerz in meinem Unterleib? Heilige Scheiße. Wenn das der Tod ist, dann bin ich wirklich sauer, schließlich hieß es immer, dass man im Tod nur noch ewige Ruhe verspürt.

Der Regen wird stärker. Meine Zähne klappern.

Ich blicke an mir hinab.

Ich halte meine Söhne, in jedem Arm einen, von Kopf bis Fuß eingewickelt in blaue Decken. Ich schaue sie an, aber der Schein der Stirnlampe dringt kaum durch den Regen, und ich kann ihre Gesichter nicht erkennen. Moment mal.

Sollten meine Babys nicht immer noch in meinem Bauch sein?

Ich blicke nach unten. Die Steine unter meinen nackten Füßen bröckeln und fallen in die Dunkelheit hinab. Ich trete zurück und versuche, festeren Boden zu finden, aber der steinige Abgrund bewegt sich.

Ich recke das Kinn und lasse den warmen Regen auf mein Gesicht prasseln.

Halt. Wie kann es im Innern einer Höhle regnen?

Ich strecke die Zunge heraus. Der Regen schmeckt salzig. Und metallisch. Plötzlich dringt der Geruch von Blut in meine Nase. Diese Erkenntnis lässt mich zusammenzucken, und ich versuche, den Schein der Lampe nur noch auf die Bündel in meinen Armen zu richten. Das Licht erhellt eine dunkelrote Decke in meinem rechten Arm – dann auch in meinem linken. Nasses, bösartiges Blut tropft von den Bündeln zu Boden und lässt mich würgen. Da ist überall Blut. An mir, an meinen Babys. Es tropft auf die Felsen um mich herum. Ich will schreien, aber kein Laut kommt aus meinem Mund.

Mein Magen zieht sich zusammen. Ich muss meine Babys vor diesem Blut retten. Ich blicke auf das dunkle Wasser unter mir, und meine Knie zittern unkontrolliert. Da geht es richtig tief hinunter. Das kann ich nicht. Ich bin nicht bereit dazu. Auf keinen Fall.

»Sarah«, sagt eine beruhigende Stimme neben mir. »Ich bin bei dir.«

Jonas.

»Du schaffst das, Baby. Ich bin bei dir.«

Ein schwacher Lichtschein erhellt das Wasser unter mir. »Hier«, erklingt Jonas' Stimme von unten, beruhigend und zuversichtlich. Seine Hand ragt aus dem Wasser heraus. »Ich bin hier, Sarah.«

»Jonas«, versuche ich zu sagen, aber meine Stimme gehorcht mir nicht. Tränen strömen über meine blutverschmierten Wangen.

»Mein geliebtes Baby«, sagt Jonas leise in mein Ohr. Ich kann seine Nase an meiner Wange fühlen.

»Jonas«, keuche ich und schließe die Augen.

Moment. Wie kann ich Jonas' Stimme so dicht an meinem Ohr hören und seine Nase an meiner Wange fühlen, wenn er da unten im Wasser ist? Ich spähe zu dem schwachen Lichtschein hinab, und ja, seine Hand ragt aus dem Wasser.

»Ich bin hier«, flüstert Jonas wieder leise in mein Ohr. Seine Hand umfasst meine. »Verlass mich nicht, Sarah. Ich brauche dich.«

Mein geliebter Jonas braucht mich? Dann ist alles klar. Ich atme tief ein, drücke meine Babys fest an mich und springe von der Klippe.

Sofort versinke ich in kalter Dunkelheit. Ich schlage wie wild mit den Armen um mich, um wieder an die Oberfläche zu gelangen, und als ich das tue, verliere ich meine Babys. Ich versuche zu schreien, während sie von mir wegtreiben, aber es kommt kein Ton heraus. Pechschwarzes Wasser strömt in meinen Mund und meine Kehle. Aber gerade als ich denke, das war's, packen mich zwei starke Arme und ziehen mich nach oben. Immer weiter nach oben, bis mein Kopf die Wasseroberfläche durchbricht.

»Jonas«, schreie ich und schnappe nach Luft. »Die Babys!«

Ich öffne meine Augen. »*Die Babys!*« Aber kein Wort kommt aus meinem Mund. Meine Stimme gehorcht mir nicht.

Ich bin in einem dunklen Krankenhauszimmer. Jonas sitzt neben meinem Bett und hat seine starken Arme um mich gelegt. Seine Finger sind mit meinen verwoben. Überall an mir hängen Schläuche. Ich habe solche Schmerzen. Und Jonas ist so atemberaubend schön.

Jonas lächelt mich mit Tränen in den Augen an. »Sarah«, sagt er überwältigt. »Gott sei Dank.« Er zittert vor Erleichterung. »Ich habe mir solche Sorgen gemacht.«

Ich fasse mir an den Bauch. »Die Babys«, sage ich – oder versuche es zumindest. Ich bringe einfach keinen Ton heraus.

»Sie sind auf der Neugeborenenintensivstation«, sagt Jonas leise. Er versteht mich auch ohne Worte. Sanft streichelt er über mein Gesicht. »Zwei kleine Mädchen.« Er wischt mir die Tränen aus den Augen. »Und sie sehen aus wie du.«

Plötzlich überkommt mich pure Liebe, aber ich kann meine Augen nicht offen halten. Die Schmerzen sind zu stark. Ich bin zu müde. Ich habe mich noch nie zuvor so müde gefühlt. Ich drifte davon. Ich greife nach Jonas und versuche, mich an ihm festzuhalten, versuche, bei ihm im Licht zu bleiben – hat er gerade gesagt, dass wir zwei Töchter haben? –, aber ich bin zu schwach, um der Dunkelheit zu entfliehen.

»Sarah?«, flüstert Jonas mit bebender Stimme. »Baby?« Er schnappt nach Luft. »Sarah? Ich liebe dich, Sarah. Sarah?« Seine Stimme bricht. »O Sarah. Baby. Ich liebe dich so sehr. Hörst du mich? *Ich liebe dich.*«

Seine gedämpfte Stimme durchdringt für den Bruchteil einer Sekunde die Dunkelheit, aber dann bin ich wieder komplett von Schwärze umgeben.

Sarah

Ich stehe mit Jonas am Rande eines Highways in Belize.

»Als Mitglied des Jonas-Faraday-Clubs«, sagt er und lächelt mich schüchtern an, »brauchst du natürlich auch ein Armband.« Er bindet ein buntes Freundschaftsarmband um mein Handgelenk.

»Oh, na klar!«, sage ich lachend. »Damit jeder meine freakigen sexuellen Präferenzen sofort erkennt.« Ich blicke auf das Armband an meinem Handgelenk. »Kein Purpur für mich?«

»Nein, du Dummkopf – und zu mir würde es genauso wenig passen. Wir tragen eine brandneue Farbkombination – eine, die nur für uns designt wurde.« Er hält sein Handgelenk an meines. »Siehst du: Wir passen perfekt zusammen!« Er beugt sich zu mir und küsst mich. »Weil du wie für mich gemacht bist, Sarah Cruz.«

Ich lächle ihn an. »Und du bist wie für mich gemacht, Jonas Faraday.«

»Bitte, bitte, verlass mich nicht.«

Ich spüre überall Schmerzen. Verflixt, woher kommen diese teuflischen Schmerzen?

»S-A-R-A-H«, sagt Jonas und lenkt mich von den Schmerzen ab. Er gibt der Verkäuferin hinter dem Tresen einen Platinarmreif. »S-A-R-A-H«, wiederholt er.

Die Frau hinter dem Tresen nickt. »Und was ist mit Ihnen, Miss?«, fragt sie mich.

Ich bin einen Moment lang orientierungslos. Ich blicke mich in dem Schmuckgeschäft um und sehe dann wieder zu der Verkäuferin. »Ähm.«

»Sag es, Baby«, drängt mich Jonas. »Du weißt, was du sagen musst.«

Shit, ich fühle mich so schlecht.

»Baby«, sagt Jonas. »Denk an unsere Liebe. Lass sie dich zurück zu mir bringen.«

Ich nehme einen tiefen Atemzug. »J-O-N-A-S«, sage ich und reiche der Dame den Platinarmreif, der plötzlich in meiner Hand liegt. Ich drehe mich zu Jonas um, und der Schmerz in meinem Körper wird übermächtig. »Jonas, was auch immer von jetzt an geschieht: Wenn ich gehen muss, dann sollst du wissen, dass ich dich immer von ganzem Herzen und aus tiefster Seele geliebt habe.«

»Das ist nicht das, was du sagen musst«, erwidert Jonas fast panisch. »Sag, was du sagen musst.«

»Entschuldigung.« Ich runzle die Stirn und versuche, mich zu erinnern. Ich blicke auf meine Hände hinab. Wo ist mein Ehering? O nein. Ich nehme ihn niemals ab. Wo ist er?

»Sarah?«

»Es tut mir leid. Ich kann mich nicht daran erinnern, was ich sagen muss.«

»Unsere Armbänder müssen perfekt zusammenpassen, weil wir das auch tun. Basta«, sagt Jonas. Er strahlt mich förmlich an. »Das musst du sagen. Und dann reckst du dein Kinn wie ein kleiner Trotzkopf.«

»Ach ja, richtig.«

Er legt seine Finger unter mein Kinn. »Wir müssen diese Erinnerungen wieder auffrischen, Liebes. Wenn du daran denkst, wenn dein Gehirn sie wieder zum Leben erweckt, dann bringen sie dich zu mir zurück. Das weiß ich genau.«

Ich schmelze dahin unter seinem Lächeln. Manometer, er

ist so ein gut aussehender Mann. »Okay, ich gebe mein Bestes.«

»Braves Mädchen. Und jetzt sag deinen Text«, erwidert er leise.

»Unsere Armbänder müssen perfekt zusammenpassen, weil wir das auch tun. Basta.« Ich recke mein Kinn.

»Da ist ja mein kleiner Trotzkopf!« Er lacht und umarmt mich stürmisch. »O Gott, ich liebe dich, Sarah Cruz.« Ich spüre, wie seine Hand meine umfasst. »Bleib bei mir, Liebes. Verlass mich niemals. Ich bin bei dir.«

»Hast du das damals gesagt?«, frage ich. »Daran kann ich mich gar nicht erinnern.«

»Bitte, bitte, komm zurück zu mir«, flüstert er leise in mein Ohr. Seine Finger streicheln über meine Wange. »Bitte, bitte, Baby.« Es klingt, als würde er weinen. »Ich liebe dich.«

»Das hast du nicht gesagt, Jonas.« Meine Augen füllen sich mit Tränen. Mist. Ich kann mich nicht daran erinnern, was er sagen müsste. Die Dunkelheit zerrt an mir, versucht, mich zu locken. Ich kann nicht mehr klar denken.

Er drückt meine Hand. »Ich liebe dich«, flüstert er. »Bleib bei mir, Baby.«

»Ich weiß nicht, ob ich das kann.«

»Du musst.«

»Ich weiß nicht, ob das meine Entscheidung ist.«

»Natürlich ist das deine Entscheidung«, sagt Jonas. »Wessen Entscheidung sollte es sonst sein?«

»Na ja, du weißt schon. Gottes Entscheidung.«

»Scheiß auf Gott.«

»*Jonas*. Das darfst du nicht sagen.« Ich blicke mich um und habe Angst, jemand könnte ihn gehört haben.

»Ich sage es gern noch einmal. Scheiß auf Gott. Was mich betrifft, hat sich Gott mein ganzes Leben lang wie ein Arschloch benommen. Und ich habe die Nase voll davon.« Er ist jetzt richtig wütend. »Also scheiß drauf. Ich bin jetzt Gott. Ich treffe die Entscheidungen. Und meine erste Amtshandlung wird sein, dass meine geliebte Sarah wieder zu mir zurückkommt.«

»So funktioniert das nicht, mein Lieber«, sage ich streng. »Und jetzt mal im Ernst, so kannst du nicht über Gott reden. Du bringst uns in große Schwierigkeiten. Nimm es zurück.«

Er atmet laut ein und aus. »Hör einfach auf, so kompliziert zu sein, und tu ein einziges Mal in deinem Leben das, was ich dir sage, Sarah.« Ich spüre seine Hand an meiner Wange und seine Lippen an meinem Ohr. »Bleib bei mir, Sarah«, keucht er. »Bitte.«

Eine leichte Brise streicht mir durchs Haar. Die Luft riecht salzig. Ich blicke mich um.

Ich stehe an einem weißen Sandstrand. Noch nie habe ich ein so türkises Meer gesehen. Jonas kniet vor mir und hält eine kleine Box mit einem Ring nach oben.

»Es hat nie eine Liebe wie die unsere gegeben. Und es wird auch nie wieder eine solche Liebe geben!«, sagt er und strahlt mich an. »Du und ich schreiben gemeinsam die schönste Liebesgeschichte aller Zeiten. Unsere Liebe ist so rein und wahrhaftig, dass die Götter einfach auf unserer Seite sein *müssen*.« Er beißt sich auf seine wundervollen Lippen und lächelt. »Baby, deine Liebe macht mich ganz.«

Ich gehe auch auf die Knie und werfe meine Arme um seinen Hals. »Ja!«

»Ja?«

»Ja, Baby, ja!« Ich kann mir die Tränen nicht verkneifen. »Für immer und ewig, ja. Egal, ob ich lebe oder tot bin, ich werde immer dir gehören, Jonas. Ich bin Mitglied im Jonas-Faraday-Club, für alle Zeiten.«

Er lehnt sich zurück, und ich sehe Panik in seinen Augen aufblitzen. »Das hast du nicht gesagt, Sarah. Verdammt noch mal. Du hast nicht gesagt ›egal, ob ich lebe oder tot bin«.« Seine Lippen beben. »Du sagst einfach nur Ja.« Ganz offensichtlich kämpft er mit den Tränen. »Du hast nichts anderes gesagt als Ja.«

Ich nicke. »Es tut mir leid, Jonas.« Ich berühre seine Brust. »*Ja.*«

Er steckt mir den Diamantring an den Finger und nimmt mein Gesicht in seine Hände. »Verlass mich niemals, Sarah.«

»Ich versuche es.«

Ich senke meinen Blick. Ich halte einen großen Plastikbecher in der Hand, der mit etwas gefüllt ist, das aussieht wie Limonade. Am Finger trage ich meinen Ehering – Gott sei Dank. Und mein Platinarmreif mit Jonas' eingraviertem Namen liegt auch um mein Handgelenk. Puh, die Welt ist wieder in Ordnung.

Sambamusik ertönt. Ich drehe mich nach links und sehe Jonas, der an einem großen Becher nippt und seinen atemberaubenden Hintern zum ansteckenden Rhythmus der Musik bewegt. Auch an seinem Handgelenk befindet sich wie immer der Platinarmreif. Okay, alles ist gut.

Ich sehe mich um. Schöne, brasilianische Menschen. Palmen. Warme, sinnliche Luft.

Ah, ich erinnere mich an diesen Ort – Rio de Janeiro. Jonas und ich sind während meines zweiten Studienjahres zum Karneval hier. Und wir trinken Caipirinhas, bis wir weder unsere Gesichter noch unsere Zehen spüren können. O ja, das tun wir. Ein Hoch auf taube Gesichter und Zehen!

Jonas legt seine Arme um mich und fummelt leidenschaftlich an meinem Hintern herum. »Dein Arsch sollte heiliggesprochen werden«, flüstert er in mein Ohr und reibt seinen steifen Schwanz an mir. Dann wirft er seinen Kopf zurück und heult auf wie ein Wolf.

Ich breche in schallendes Gelächter aus. Ich liebe den betrunkenen Jonas!

Vor dieser Reise hätte ich meine Hand dafür ins Feuer gelegt, dass keine Version von Jonas meinen Hintern mehr lieben könnte als der betrunkene Jonas. Aber hier in Brasilien habe ich einen ganz neuen Jonas entdeckt, den karnevaltrunkenen Jonas. Und der verehrt meinen Hintern noch mehr, als ich es mir je hätte träumen lassen. Ist ja auch kein Wunder, die Karnevalsparade, die Jonas und ich soeben angeschaut haben, war ein Paradies für Arschfetischisten. Manometer, waren da viele wunderschöne Hintern zu sehen.

Natürlich hatte die Parade noch weit mehr zu bieten als brasilianische Pobacken – es gab spektakuläre Wagen, Musiker, Federn, Pailletten und Tänzer. Aber so aufregend das alles auch gewesen sein mag, nichts hat mich so feucht gemacht wie diese atemberaubenden, brasilianischen Hinterteile. Und wenn diese sich drehenden weiblichen Allerwertesten *mich* schon so heiß gemacht haben, dann kann ich mir kaum vorstellen, wie hart das beste Stück meines Ehemanns jetzt ist.

Genau vor uns hält ein Taxi, aus dem ein paar (extrem gut aussehende) Menschen aussteigen, und Jonas packt mich am Arm. Energisch schiebt er mich durch die Autotür. »Auf geht's, Baby«, sagt er und drückt meine Pobacken. »Das Vorspiel ist vorbei.«

In der Sekunde, in der wir durch die Tür unseres gemieteten Bungalows stolpern, zieht mich der karnevalbetrunkene Jonas auf die vom Mondschein erhellte Terrasse mit Blick auf den Strand, drückt mich an das Geländer, zieht mein Shirt nach oben und meine Shorts nach unten und beißt mir so fest in den Hintern, dass mich der köstliche Schmerz für einen Moment nach Luft schnappen lässt. Einen Augenblick später dringt er mit seinem steifen Schwanz erstaunlich hart in mein feuchtes Loch ein – so hart, dass meine Knie nachgeben und ich laut aufstöhne. Auf diese Art packt Jonas die Dinge normalerweise nicht an. Das hier ist pure animalische Kraft, so richtig schmutzig, und Gott steh mir bei, es gefällt mir. Er drückt seinen enormen Penis (Manometer, ist das Ding gewachsen?) wieder und wieder an meinen G-Punkt, während er jeden Zentimeter meines Körpers betatscht, als würde er einen Schwerverbrecher filzen. Es dauert nicht lange, bis sich mein Körper von innen her zusammenzieht. Das ist kein gewöhnlicher Orgasmus, nein. Der hier kommt aus meinem tiefsten Inneren. Was ist das? Ich habe noch nie zuvor so einen Orgasmus gehabt. Mein ganzer Körper zuckt, nicht nur die Bereiche um meine Klit herum.

In einiger Entfernung gehen Menschen im Mondschein am Strand spazieren, aber Jonas ist es vollkommen egal, ob uns jemand auf unserer dunklen Terrasse sieht oder hört – und mir ebenfalls. Er packt mich an den Haaren und zieht meinen Kopf zurück, stöhnt mir ins Ohr, während er sich in mir bewegt, mich leicht in den Hals beißt und meine Brüste knetet. Und immer wieder flüstert er mir zu, dass er mich nehmen wird, bis ich den Verstand verliere. Dabei reihe ich innerlich unzusammenhängende Silben aneinander, die, grob übersetzt, so etwas bedeuten könnten wie: »Nimm mich so richtig ran.«

Als ich erneut zum Höhepunkt komme, ist Jonas noch nicht so weit. Wie immer verleiht der Alkohol meinem geilen Ehemann übermenschliches Durchhaltevermögen, was mir nur recht sein kann. Nach einer gefühlten Ewigkeit zieht er seinen Penis aus mir heraus, dreht mich ruppig um, legt seine Hände um mein Gesicht und zischt: »Ich liebe es, dich so richtig ranzunehmen, Sarah!« Und dann packt er mich ohne Vorwarnung, wirft mich über seine breite Schulter, sodass mein nackter Hintern für alle Welt sichtbar ist, und trägt mich ins Innere des Bungalows.

Er wirft mich bäuchlings aufs Bett, reißt mir die Klamotten vollständig vom Leib und schlägt mir so fest auf den nackten Hintern, dass ich kurz keine Luft mehr bekomme. Dann knetet und leckt er jeden Millimeter meiner Pobacken, während er stöhnend und keuchend die Vorzüge meines Allerwertesten lobt.

In den letzten zwei Jahren haben Jonas und ich schon jede Form von oralem und vaginalem Sex gehabt. Sollte es etwas auf Gottes grüner Erde geben, das einen Penis, eine Vagina und zwei Münder beinhaltet und das ich noch nicht kenne, dann gebe ich auf. Doch trotz dieser sexuellen Experimentierfreude hat Jonas mich überraschenderweise noch kein einziges Mal dazu gedrängt, Analsex zu haben. Und da ich es ihm auch nie vorgeschlagen habe, ist es bisher einfach nicht passiert. Aber jetzt, in diesem Moment, komme ich mir vor wie ein Luder – ein Luder, das von Kopf bis Fuß nichts mehr spürt.

»Tu es, Baby«, stöhne ich.

Er leckt meine Pobacken und steckt seine Finger in meine Ritze.

»Jonas«, keuche ich. »Tu es.«

Ohne ein weiteres Wort steht er auf und geht zu seinem Koffer an der Wand.

Ich beiße mir auf die Lippe, um ein Gespür dafür zu bekommen, wie betrunken ich wirklich bin. Ja, ich bin total betrunken. Ich fühle meine Lippe nicht mehr, und das ist auch gut so, denn plötzlich bin ich nervös, weil ich nicht weiß, was für ein fürchterlicher Schmerz mich erwartet.

Ich höre, wie Jonas in seinem Koffer herumkramt, und weiß, dass er eine Tube Gleitgel rausholt. Der Mann verreist nie ohne das Zeug. Als er zurückkommt, gleiten seine Finger, ohne zu zögern, in meinen Hintern.

»Entspann dich, Baby«, flüstert er, während seine schmierigen Finger sich in mir bewegen. »Du wirst es lieben.«

Mein Atem geht plötzlich schneller. Jeder Muskel in meinem Körper ist angespannt, aber mein Kitzler pocht auch erwartungsvoll. Vielleicht ist mein Körper dafür letzten Endes doch nicht gemacht?

»Entspann dich«, sagt Jonas noch einmal und fährt mit seinen Fingern raus und rein. »Du wirst heftiger kommen als jemals zuvor, Baby. Vertrau mir.«

Plötzlich frage ich mich, wann ich das letzte Mal richtig auf Toilette gewesen bin. Was, wenn ich jetzt muss? »Kacke«, platze ich heraus.

Er lacht. »*Entspann dich.*« Er streichelt mir über den Rücken, beugt sich über mich und flüstert mir ins Ohr: »Entspann dich, Baby.«

Ich atme tief ein.

Ich spüre, wie er auf mich klettert, um mich zu besteigen. Seine Finger dringen wieder von hinten in mich ein – und dann, o Gott, ja, es besteht kein Zweifel daran, was gerade passiert ist. Er ist drinnen. Ja. Dieser Mann ist gerade von hinten in mich eingedrungen. Shit, was geschieht da mit mir? Mein Mann hat einen verdammt großen Penis. Bis jetzt war ich mir seiner gesamten Größe noch nie wirklich bewusst.

Jonas stöhnt laut auf und genießt offensichtlich das Gefühl, das mein enger Hintern in ihm hervorruft. Und auch wenn ich mir noch nicht ganz sicher bin, ob mein Körper mitmacht oder nicht, lässt diese unverfälschte Form von Lust mich an Stellen zucken, von denen ich bisher nicht wusste, dass sie auch Muskeln haben.

»Okay?«, fragt er mich keuchend. Er bewegt sich sachte, aber ich spüre dennoch jeden Zentimeter von ihm.

Ich bringe kein Wort heraus. Stattdessen klammere ich mich an die Bettdecke und versuche herauszufinden, ob es ein gutes oder schlechtes Gefühl ist, das ich gerade erlebe. Himmel, das ist eine ganz neue Erfahrung.

Er bewegt sich leicht zur Seite, und sein steifer Penis findet plötzlich meinen G-Punkt aus einem Winkel, den ich zuvor noch nicht kannte.

Ich stöhne laut auf.

»Tu ich dir weh?«, presst er hervor.

»Nein«, sage ich nach Luft schnappend. »Gut. O mein Gott, gut!«

Er greift unter meinen Körper, um meine Klit zu massieren, und da ist es um mich geschehen. Nach ein paar Minuten dualer Stimulation erlebe ich den intensivsten Höhepunkt meines Lebens, genau wie er es versprochen hat. Mein Körper scheint überall auf einmal zu explodieren, und das so intensiv, dass ich nicht sagen kann, ob ich die totale Ekstase erlebe oder durch den siebten Höllenkreis geschleift werde. Dieses Gefühl ist einfach übermenschlich. Grausam. Vernichtend. Absolut umwerfend. Ich bin so überwältigt, dass ich in Tränen ausbreche.

Jonas zieht sich sofort aus mir zurück. »Habe ich dir wehgetan?« Seine Stimme klingt abgehackt.

Ich schüttle den Kopf und murmle: »Alles gut.«

Er kniet sich neben mir aufs Bett und sieht mich besorgt an. »Warum weinst du?«

Mir fehlen die richtigen Worte. Ich schüttle erneut den Kopf. Ich weiß nicht, warum ich weine, also kann ich es ihm auch nicht erklären.

»Sarah, sprich mit mir. Weinst du vor Freude oder vor Schmerzen?«

Ich wende meinen Kopf, um ihn anzusehen, und lege betrunken meine Wange aufs Kissen. Ich nicke.

»Gut oder schlecht?«

Ich lächle durch meine Tränen hindurch. »Gut.«

Er streckt seine Faust in die Höhe. »Ja, ich wusste es.«

»Und jetzt bist du dran«, sage ich. »Kümmern wir uns um dich.«

»Oh, ich hatte meinen Spaß, Baby, und zwar nicht zu knapp – zusammen mit dir.« Er lacht. »Als du gekommen bist, hast du meinen Penis so fest zusammengedrückt, dass ich wie eine Rakete abgegangen bin, die dir vorne wieder aus dem Mund gekommen ist.«

»Jonas!«

Er lacht übermütig.

»Mann, das war sogar für dich ziemlich krass.« Ich verdrehe die Augen. »Nur weil ein Mädchen sich von hinten von dir nehmen lässt, heißt das nicht, dass sie nicht trotzdem wie eine Lady behandelt werden möchte.«

Er seufzt zufrieden und lässt sich neben mich fallen. »Hier in Rio ist es verdammt super.« Eine lange Pause entsteht. »Herrgott, bin ich betrunken.« Er blickt mich aus halb geschlossenen Augen an und schürzt seine Lippen, als wäre er ein Kugelfisch, der mir einen Luftkuss gibt. »Sarah«, flüstert er. Er macht noch mal einen Kussmund. »Mein geliebtes Baby. Ich. Bin. Betrunken.« Es folgt eine weitere Pause. Er schweigt so lang, dass ich mir nicht sicher bin, ob er eingeschlafen ist oder nur seinen betrunkenen, tief greifenden Gedanken nachhängt. Eine Minute vergeht. Hm, anscheinend ist die Party vorbei. Okay. Er muss eingeschlafen sein. Na schön, das war interessant. Ich schließe die Augen. Gute Nacht.

»Und rate mal, was ich noch bin!«, sagt er plötzlich, als hätte es überhaupt keine Pause in unserer Unterhaltung gegeben.

Ich öffne die Augen und sehe ihn müde an.

»Rate mal, was ich noch bin, meine geliebte Sarah.« Er grinst mich frech an.

»Ähm.« Ich verziehe den Mund. »Abgesehen von was?«

»Abgesehen davon, dass ich betrunken bin.«

»Oh. Wunderbar?«

»Ja, das sowieso. Ich bin schließlich Jonas Faraday. Die Frauen flehen mich an, mit ihnen zu schlafen, weil ich so traurige Augen und sinnliche Lippen habe und weil ich einfach weiß, was Frauen wollen.« Er formt seine Lippen schon wieder zu einem Kussmund. »Aber rate, was noch.«

»Blöd?«

»Niemals.«

»Unheimlich?«
»Immer. Aber was noch, meine bezaubernde Aufnahmeassistentin?«
Ich muss grinsen. So nennt er mich wirklich nur, wenn er betrunken ist. Und das kommt nicht allzu oft vor. »Gefühlvoll?«
»Du bist eine schlechte Raterin. Das nervt mich langsam, weißt du das?«
Ich zucke mit den Schultern. »O Mann, ich habe keine Ahnung. Oder warte – du bist betrunken!«
Er holt tief Luft. »Das habe ich als Allererstes gesagt, du Dummerchen. Die Frage war, was *noch*, Blödmann.«
Ich breche in schallendes Gelächter aus. Er macht es mir nach.
»Du darfst deine Frau nicht ›Blödmann‹ nennen, Jonas. Einen Verbindungsbruder vielleicht, aber nicht deine Frau.«
»Ich war in keiner Verbindung.«
»Okay, dann eben deinen Bruder.«
»Ja, Josh war in einer Verbindung. Er weiß halt, wie man sich Freunde macht und Leute dazu bringt, einen zu mögen.«
Ich muss wieder lachen. »Nein. Ich meine, du solltest deinen *Bruder* Blödmann nennen, nicht deine Frau. Und überhaupt, du weißt auch, wie man sich Freunde macht und die Leute dazu bringt, einen zu mögen.«
»Nein, das weiß ich nicht. Die einzige Person, die ich dazu gebracht habe, mich zu mögen, warst du, Blödmann.«
»Du lenkst vom Thema ab, und das lautet: Du solltest deinen Bruder Blödmann nennen und nicht deine Frau.«
»Mein Gott, Sarah. Erwähne nicht dauernd meinen Bruder, wenn ich scharf auf dich bin. Das ist ein richtiger Stimmungskiller.«
»Was zum Teufel …? Du hast doch damit angefangen, wie leicht dein Bruder Freunde findet.«

»Habe ich das?«
»Ja, Blödmann, das hast du.«
»Oh.«
Wir lachen beide mehrere Minuten lang wie kleine Kinder und nennen uns immer wieder »Blödmann«. Keine Ahnung, ob wir wirklich lustig sind, aber im Moment finden wir uns höchst amüsant. Nachdem wir uns schließlich beruhigt haben, entsteht wieder eine lange Pause. Noch mehr tiefgründige Gedanken, nehme ich an. Ich lege meinen Arm über seine breite Brust und schließe die Augen. O Mann, wie sehr ich meinen betrunkenen Ehemann mit seinem guten, alten Schwanz liebe. Ich seufze zufrieden. Ich hoffe, mein Hintern tut mir am nächsten Morgen nicht allzu weh, aber falls doch, dann war es das wert. Gute Nacht.

»Weißt du, was ich noch bin?«, fragt Jonas wieder wie aus heiterem Himmel.

Ich öffne meine Augen, so gut es geht. »Betrunken?«
»Das ist korrekt. Aber was *noch*?«
»Komm schon, Jonas, jetzt sag es einfach.«
Er richtet sich auf und grinst mich an. »Ich bin *hungrig*.«
Bevor ich begreife, was er damit meint, dreht er meinen tauben Körper auf den Rücken, spreizt meine Beine weit auseinander und leckt mich gierig – für, ähm, ungefähr fünfundvierzig Sekunden. Dann lässt er plötzlich seinen betrunkenen Körper mit einem lauten Grunzen neben mich aufs Bett fallen und schläft sofort ein.

Jonas

Eine Krankenschwester betritt das Zimmer. »Mr Faraday?«

Meine Finger sind mit Sarahs Fingern verflochten, und mein Kopf ruht neben ihr auf dem Bett. Ich blicke nicht auf.

»Mr Faraday?«, flüstert die Krankenschwester erneut. »Mrs Cruz möchte wissen, ob sie Sie ablösen kann.«

Auf der chirurgischen Intensivstation ist immer nur ein Besucher erlaubt – ohne Ausnahmen. Und auch wenn ich weiß, dass es nur fair ist, Gloria ebenfalls ein bisschen Zeit bei ihrer bewusstlosen Tochter verbringen zu lassen, will ich mein Baby ganz für mich allein haben. Ich war die letzten zwei Tage fast durchgehend bei Sarah, habe ihre Hand gehalten, ihr ins Ohr geflüstert, ihre Wange gestreichelt. Ich habe meinen Platz an ihrem Bett nur ab und zu für ein paar Stunden geräumt, um Gloria oder Kat zu ihr zu lassen. Und währenddessen bin ich sofort auf die Neugeborenenintensivstation gegangen, um meine Babys zu besuchen. Ich habe seit zwei Tagen nicht mehr richtig gegessen oder länger als fünfzehn Minuten am Stück geschlafen.

»Verlass mich nicht«, flüstere ich Sarah leise ins Ohr und streiche mit der freien Hand über ihre Wange. Es ist derselbe Satz, den ich seit zwei Tagen wieder und wieder zu ihr sage. Ich hoffe, dass der Klang meiner Stimme sie vielleicht zu mir zurückbringt, dass meine Stimme eine Rettungsleine ist, die sie aus der Dunkelheit zu mir zieht. Gestern schien das fast der Fall zu sein, als sie kurz ihre Augen geöffnet und mich direkt angeschaut hat.

»Ich liebe dich, Sarah«, flüstere ich. »Ich bin bei dir und warte auf dich, Baby. Bitte, bitte, komm zurück zu mir.« Ich streichle erneut über ihre Wange.

»Soll ich Mrs Cruz sagen, dass jetzt kein guter Zeitpunkt ist?«, fragt die Krankenschwester und runzelt besorgt die Stirn.

Ich beuge mich vor und küsse Sarah sanft auf die Lippen. Sie macht keinen Mucks. »Nein, es ist okay«, sage ich. »Ich werde noch einmal nach den Babys schauen. Gloria kann hereinkommen.«

Ich bin überrascht, Henn und seine Freundin Hannah im Wartezimmer neben Josh und Kat vorzufinden. Henn steht auf und breitet seine Arme aus, als wolle er mich umarmen.

»Hey, Jonas. Es tut mir so leid, Mann.«

Plötzlich strömt Adrenalin durch meinen Körper. »Henn, komm mit mir«, sage ich schnell und marschiere den Gang entlang. Ich schiebe ihn hastig in ein leeres Untersuchungszimmer und drehe mich zu ihm herum. »Was wissen wir?«, fahre ich ihn an.

»Über was?«, fragt Henn.

»Gab es irgendwelche Aktivitäten?«

»Oh. Du meinst den Club? Ähm. Nein. Ich habe das Ganze nach wie vor genau im Blick. Und es gibt immer noch keinerlei Anzeichen für irgendwelche Aktivitäten.« Er zuckt mit den Schultern. »Aber deshalb bin ich nicht hergekommen. Hannah und ich sind nur hier, um unsere Unterstützung anzubieten –«

»Eine milliardenschwere Organisation löst sich nicht einfach so in Luft auf«, sage ich und raufe mir die Haare. »Du und ich, wir wissen beide, dass sie sich wie Phönix aus der Asche erheben werden, und wir müssen darauf vorbereitet sein, sie zu vernichten, wenn es so weit ist.«

Henn schüttelt seinen Kopf. »In dem Moment, in dem mir irgendetwas Ungewöhnliches auffällt, lasse ich es dich wissen, Boss. Ich bin immer noch in Kontakt mit Special Agent Eric in Washington, und er sagt das Gleiche –«

»Wir müssen präventive Maßnahmen ergreifen. Selbst wenn nur noch die Glut übrig ist, müssen wir sie im Keim ersticken.«

»Hey, Jungs.« Josh hat das Untersuchungszimmer betreten. Seine Stimme klingt angespannt. »Was ist los, Jonas?« Er stellt sich dicht neben mich.

Ich knirsche mit den Zähnen. »Ich rede mit Henn.«

»Über den Club?«

Ich antworte nicht.

»Jonas macht sich ein bisschen Sorgen«, sagt Henn.

Josh starrt mich an. »Das ist das Letzte, worüber du dir im Moment Sorgen machen solltest, Bro.«

»Ach, wirklich?«, rufe ich plötzlich laut. »Worüber sollte ich mir denn dann Sorgen machen, Josh? Über die Tatsache, dass ich am Rande eines totalen Nervenzusammenbruchs stehe und es nichts gibt, was ich dagegen tun kann?«

Josh atmet laut aus. »Jonas, ich weiß, das alles ist sehr stressig. Aber auf deinen Schultern lastet schon genug – auch ohne dass du dir über den –«

Ich hole aus und schlage ihm fest gegen die Brust. Er stolpert völlig unvorbereitet zurück. Ich gehe auf ihn zu und will … ich weiß nicht, was ich will. Mit den Fäusten auf ihn einschlagen? Ihn verprügeln? Ich weiß nur, dass ich jemanden oder etwas schlagen muss, und Josh, der herablassende Arsch, wäre jetzt genau der Richtige.

»Was zum Teufel …?«, sagt Josh ungläubig.

Ich nähere mich ihm noch ein Stück, aber Josh hat sich schnell wieder unter Kontrolle und stößt mich zurück. Ziemlich fest.

Wir beginnen, uns zu raufen, doch da stellt sich Henn

zwischen uns und breitet seine Arme aus. »Hey!«, ruft er mit aufgerissenen Augen. »Was soll denn das, verdammt? *Magic Mike* auf Steroiden?«

Ich höre meinen Puls schlagen.

»Fass mich nicht noch einmal an«, sagt Josh und funkelt mich böse an. »Oder ich schwöre bei Gott, ich zerschlage dir dein hübsches Gesicht.« Er spannt seinen Unterkiefer an.

Ich weiß, dass ich bei Josh eine Grenze überschritten habe – so etwas in der Art habe ich noch nie zuvor getan –, aber ich kann nicht mehr zurück. Ich starre ihn an, schlage mir auf die Brust und beuge kampfbereit meine Arme.

»Das ist jetzt aber wirklich klischeehaft, ihr Idioten«, sagt Henn. »Schaut uns nur an, wir sind lächerlich gut aussehende Typen mit Muskeln. Wenn wir gestresst sind, verlieren wir die Kontrolle und machen uns gegenseitig fertig. Yeah! Schaut uns an! Wir sind ja so *alpha!*« Er schüttelt den Kopf. »Wie wäre es denn, wenn die gequälten Helden mit ihren inneren Dämonen mal etwas Unerwartetes tun würden? Zum Beispiel, sich wie vernünftige Erwachsene aufführen? Wäre das nicht total verrückt?«

Josh und ich starren Henn beide lange an, aber dann kann Josh nicht mehr und bricht in schallendes Gelächter aus, was mich total aufregt.

»Schaut mich an! Ich bin ja so alpha!«, sagt Josh und imitiert Henn mit wedelnden Armen. Er muss wieder lachen. »Ich bin ein gequälter Held. Uah!«

»Stimmt doch, oder?«, sagt Henn kichernd. »Schaut euch meine großen Muskeln an. Sind sie nicht riesig? Ich bin so stark. Ich bin so sexy. Ich benehme mich unmöglich, weil ich so viel emotionalen Ballast mit mir herumschleppe, aber jeder verzeiht mir, weil ich so verdammt gut aussehe. Uah!«

Josh und Henn lachen sich bestimmt zwei Minuten lang kaputt. Als Henn schließlich bemerkt, dass ich das nicht im Geringsten lustig finde, wendet er sich mir ernst zu. »Jonas,

Mann. Ich habe die Situation im Blick, versprochen. Es gibt nichts, was wir im Moment tun können, selbst wenn wir es wollten. Es gibt einfach niemanden, auf den wir es absehen könnten. Wenn sich irgendetwas tut, dann bist du der Erste, der davon erfährt, das verspreche ich dir. Und wenn wir irgendetwas unternehmen müssen, dann bin ich mit von der Partie, was es auch sein mag. Da wird nicht lange gefackelt.«

»Siehst du, Bro?«, sagt Josh. »Hör auf dieses Genie. Es ist kein Nervenzusammenbruch nötig. Zumindest jetzt noch nicht.«

Ich antworte nicht.

Josh holt tief Luft. »Bist du jetzt fertig damit, dich wie ein Idiot aufzuführen? Zumindest für eine Weile? Ich muss nämlich wissen, ob ich dir den Rücken zudrehen kann, ohne dass du mich von hinten angreifst.«

Es dauert ein bisschen, bevor ich antworte. »Nein, ich bin nicht fertig damit, mich wie ein Idiot aufzuführen, und wenn ich du wäre, dann würde ich mir definitiv nicht den Rücken zudrehen.«

Josh grinst und zeigt mir den Mittelfinger.

Ich wiederhole die Geste.

»Ihr seid doch Neandertaler«, sagt Henn kopfschüttelnd.

»Sind wir das?«, fragt Josh. »Dafür ist Jonas verantwortlich. Er ist derjenige, der keinen vernünftigen Satz formulieren kann, wenn er sauer ist. Im Vergleich zu ihm bin ich sehr fortschrittlich.«

Plötzlich brennen meine Augen. Ich wische mit dem Handrücken darüber.

Josh blickt mich mitfühlend an. »Bro, hör mir zu. Das ist mehr, als jeder vernünftige Mann ertragen könnte, okay? Und da du nicht ganz so vernünftig bist, weiß nur Gott allein, wie du das alles schaffst. Aber du musst dich zusammenreißen, Bro. Im Ernst, reiß dich zusammen.«

»Ich glaube, ich verliere den Verstand.« Ich reibe mir wieder die Augen. In meinem Hals bildet sich ein großer Klumpen.

»Wie geht es ihr?«, fragt Henn leise.

Ich hole tief Luft. »Durch den enormen Blutverlust leidet sie am sogenannten DIC. Und offensichtlich ist das etwas sehr Ernstes. In den letzten zwei Tagen war sie abwechselnd ohnmächtig und bei Bewusstsein. Meistens war sie ohnmächtig.« Tränen treten mir in die Augen, aber ich will verdammt sein, wenn ich schon wieder wie ein kleines Mädchen heule. Als ich allein neben Sarahs bewusstlosem Körper saß, habe ich den Tränen freien Lauf gelassen, wie schon so oft in meinem Leben. Und ich bin fertig damit. Ich kann nicht mehr weinen. Besonders nicht vor anderen. »Der Arzt sagt, die Chancen stehen fünfzig zu fünfzig«, fahre ich fort, als ich die Kontrolle über meine Stimme wiedererlangt habe. Ich räuspere mich. »Es könnte so oder so ausgehen.«

Henn blickt mich gequält an. »Sarah ist eine Kämpferin, Mann. Sie wird es schaffen.«

Ich nicke.

»Hey, Jonas«, sagt Josh. »Bringen wir Henn doch zu Sunny und Luna. Bis jetzt denken meine Nichten wahrscheinlich, dass ich ihr Vater bin – was sie bestimmt ganz toll finden –, aber ich glaube, wir sollten ihnen die schlechten Neuigkeiten überbringen.«

Plötzlich packt mich die Verzweiflung. Ich bedecke mein Gesicht mit den Händen. Wenn ich Sarah verliere, wie kann ich dann weiterleben? Geschweige denn ganz alleine auf zwei kleine Mädchen aufpassen? Werde ich daran zerbrechen wie mein Vater? Werde ich unterbewusst die beiden Babys für Sarahs Tod verantwortlich machen? Oder schlimmer noch, *eines* von ihnen? Werde ich genauso wie mein verdammter Vater?

Josh legt mir eine Hand auf die Schulter. »Du bist nicht allein, Jonas. Du denkst immer, dass du ganz allein bist. Hör auf damit. Das wird langsam langweilig.«

Ich nicke.

»Wir stecken da alle mit drin, vergiss das nicht«, fährt er fort. »Henn, Kat und ich waren in jeder einzelnen Bank, um das ganze Geld zu überweisen, erinnerst du dich?«

»Ja«, stimmt Henn ihm zu. »Und wir haben uns dabei alle gemeinsam in die Hosen gemacht.«

Josh drückt meine Schulter. »Wir *alle* lieben Sarah.«

»Ich liebe dieses Mädchen. Sie ist mein George Clooney«, bestätigt Henn.

»Ach, übrigens«, fügt Josh hinzu. »Es tut mir leid, wenn ich damit eure Gefühle verletze, aber ich liebe Sarah mehr, als ich euch liebe.«

»Das Gleiche gilt für mich«, sagt Henn. »Viel, viel mehr.«

Ich muss grinsen.

»Ich mache keine Scherze«, sagt Josh. »Ich liebe Sarah mehr, als ich dich liebe.«

Mein Grinsen wird breiter.

»Siehst du, du Esel?«, sagt Josh. »Du bist nicht allein. Was bedeutet, dass du damit aufhören kannst, deinen weisen, mächtigen Bruder zu verprügeln.«

Ich hole tief Luft und nicke.

»Rede einfach mit mir, wenn es dir schlecht geht. *Benutze deine Stimme*, Jonas.«

Ich schmunzle. »Reden hilft dabei, die Gefühle rauszulassen.«

»Genau«, sagt Josh. Er wirft mir ein strahlendes Lächeln zu.

Ich reibe mir das Gesicht. »Ich saß die letzten zwei Tage meistens alleine mit meinen Gedanken bei Sarah im Zimmer. Ich denke, das hat sich etwas auf meinen Verstand ausgewirkt. Tut mir leid, Jungs.«

»Alles in Ordnung.« Josh legt seinen Arm um mich. »Wir verstehen dich, Bro. Immer.«

»Darauf kannst du dich verlassen«, sagt Henn.

»Bist du bereit, Onkel Henny seinen beiden bezaubernden Nichten vorzustellen?«, fragt Josh. »Sie haben meine Töchter – ich meine, meine Nichten – gerade von den Beatmungsgeräten genommen. Und es geht ihnen hervorragend. Du solltest ab und zu mal auf dein Handy schauen.«

»Wow. Das ist fantastisch.« Ich werfe Henn einen entschuldigenden Blick zu. »Danke, dass du gekommen bist, Henn«, sage ich leise. »Ich habe dir noch nicht einmal dafür gedankt.«

»Du hättest mich nicht davon abhalten können hierherzukommen, selbst wenn du es gewollt hättest. Na ja, es sei denn, du wärst so auf mich losgegangen wie auf Josh. Dann wäre ich weggeblieben.«

Ich ziehe eine Grimasse. »Entschuldigung, Josh.«

»Dafür bin ich doch da, das ist der Sinn meines Lebens. Aber mach den Fehler nicht noch einmal. Das nächste Mal prügle ich dich bewusstlos.«

»Du könntest mich niemals bewusstlos prügeln.«

»Ich hoffe für dich, dass du recht hast.«

Ich grinse. Ich könnte Josh zehnmal stärker verprügeln als er mich, und das wissen wir beide.

»Also ist alles wieder in Ordnung?«, fragt Josh und gibt mir einen Klaps auf die Wange. »Fertig damit, über unsere verdammten Gefühle zu reden?«

»Das nennt ihr über eure verdammten Gefühle reden?«, fragt Henn.

»Alles wieder in Ordnung.«

»Gut.« Josh gibt mir noch einen Klaps auf die Wange, dieses Mal einen ziemlich harten. »Okay, Leute, dann lasst es uns machen wie Männer und es hinter uns bringen.«

Ich nicke.

Josh schlägt sich fest ins Gesicht, und das Geräusch hallt durch das kleine Untersuchungszimmer. »Auf geht's zur Neugeborenenintensivstation.«

»Okay, ihr Arschlöcher«, sage ich und atme erleichtert ein und aus. »Auf geht's zur Neugeborenenintensivstation.« Ich hole tief Luft und schlage mir genauso fest ins Gesicht wie Josh gerade eben. »Lasst uns den Mädchen die fantastische Neuigkeit überbringen, dass Josh nicht ihr Vater ist.«

Henn sieht uns an, als wären wir total verrückt geworden.

»Komm schon, Onkel Henny«, sagt Josh. »Schlag dir endlich ins Gesicht, damit wir zu den Babys gehen können.«

»Ich soll mir ins Gesicht schlagen?«

»Ja.«

»Ich würde es ja wirklich tun, Männer, aber die Sache ist die, ich bin nicht so ein emotionales Wrack wie ihr beiden.«

»Hm«, sagt Josh. »Das tut mir leid für dich. Alle coolen Kinder sind nämlich emotionale Wracks.«

»Ach ja?«

»Ja.«

»Und das sagst du mir erst jetzt?«, fragt Henn. »Du hättest mir jahrelange Qualen auf dem College ersparen können, wenn du mir das früher erzählt hättest.«

Josh lacht. »Okay, du Blödmann«, sagt er. »Genug über deine Gefühle geredet. Bring es hinter dich.«

Henn verdreht die Augen und schlägt sich dann so fest ins Gesicht, dass sogar ich lachen muss. »Ah«, sagt Henn mit feuerroten Wangen. »Wow, ihr hattet recht. Das ist um einiges besser, als über seine Gefühle zu reden. Ich komme mir jetzt so cool vor.«

»Siehst du?«, sagt Josh. »Ich hab's dir doch gesagt.«

»Also, ihr Neandertaler«, sagt Henn. »Bringt mich zu den beiden hübschen Faraday-Mädels. Irgendjemand muss ihnen die schlechte Nachricht überbringen, dass nicht alle Männer auf der Welt aussehen wie der verfluchte Channing Tatum.«

Sarah

Meine Gedanken irren in der Dunkelheit umher und versuchen, die Stofffetzen zusammenzubringen, aus denen »die Liebesgeschichte von Jonas und Sarah« – oder, wie Jonas sie immer nennt, »die schönste Liebesgeschichte aller Zeiten« – gemacht ist. Der wesentliche Teil unserer Sarah-und-Jonas-Decke besteht aus den kleinen, einfachen Momenten, den Tagen und Nächten, die wir glücklich zusammen in Seattle verbracht haben. Wir haben gemeinsam gegessen, über dieses und jenes geredet, einen Film geschaut und sind zusammen joggen gegangen. Und natürlich hatten wir Sex. Sehr viel Sex. Aber daneben sind auch einige exotische Fetzen in unsere Decke eingenäht. Costa Rica zum Beispiel, wo ich es geschafft habe, einen wilden Affen mit einem Stück Wassermelone auf meine Schulter zu locken, und Jonas sich deswegen fast ins Hemd gemacht hätte. Und Roatan Island, wo Jonas mich zum ersten Mal in meinem Leben zum Tauchen mitgenommen hat und wo ich mir fast die ganze Zeit in den Neoprenanzug gepinkelt habe, aus Angst, ich könnte von einem Hai gefressen werden – sehr zum Vergnügen von Jonas. Sydney. Toronto. Tokio. Rom. Fidschi. Barcelona. Jeder neue Ort war voll unfassbarer Abenteuer, voller Sehenswürdigkeiten und Lachen und Unterhaltungen über alles Mögliche. Und ja, natürlich auch voller Sex.

Meine Gedanken schwirren umher, auf und ab, im Kreis herum. Sie drehen sich wie ein Raubvogel, der seine Beute erspäht, um jeden Fetzen Erinnerung. Und plötzlich haben sie etwas gefunden. Ich blicke nach unten. Vor mir steht ein goldumrandeter Teller mit irgendwelchen Meeresfrüchten. Ich werfe einen Blick auf Jonas. Er sitzt mir gegenüber am Tisch und nimmt einen Bissen von etwas, das auch nach Meeresfrüchten aussieht. Vielleicht sind es Garnelen. Ich blicke aus dem Fenster und sehe die glitzernden Lichter einer verblüffenden Skyline am Nachthimmel. Ja, jetzt kann ich mich wieder an diese atemberaubende Aussicht erinnern – Alt trifft auf Neu. Thailand.

Ich nehme einen Bissen von meinem Oktopus. »Das ist wirklich sehr, sehr gut«, sage ich, »aber ich glaube, diese kleinen gebratenen Schweinedinger heute auf dem Wang-Lang-Markt waren sogar noch besser – dieses Schweinefleisch ist mir auf der Zunge zergangen.«

»O ja, das Schweinefleisch war unglaublich«, stimmt Jonas mir zu. Er nimmt einen weiteren großen Bissen von seinem Essen. »Aber das hier ist auch ziemlich gut. Probier mal.« Er lässt eine große Garnele in einer cremigen Sauce auf meinen Teller fallen.

»Mmh«, sage ich kauend. »Lecker.« Ich trinke einen Schluck Champagner. »Trotzdem würde ich diese Schweinedinger vorziehen.«

»Noch ein Grund, warum ich dich so liebe, Baby. Ich habe die einzige Frau auf der Welt geheiratet, die lieber an einem Imbissstand auf einem thailändischen Marktplatz isst als in einem Fünf-Sterne-Restaurant.«

»Moment, ich habe nur gesagt, dass mir das Schweinefleisch besser geschmeckt hat als diese Meeresfrüchte hier. Es war keine Rede davon, dass ich eine einfache Imbissbude generell dem Komfort eines Fünf-Sterne-Restaurants vorziehe. Vor allem dann nicht, wenn ich vier Tage lang wie ein Vagabund in Mae Do gelebt habe.«

»Ich fand es toll, mit dir in Mae Do klettern zu gehen.«

»Das fand ich natürlich auch toll. Aber nach vier Tagen unter freiem Himmel hat sich die heiße Dusche schon verdammt gut angefühlt.«

Er grinst mich lasziv an. »O ja, das war die heißeste heiße Dusche in meinem ganzen Leben.«

»Stimmt.« Schon bei der bloßen Erinnerung daran, wie Jonas und ich letzte Nacht unter der Dusche miteinander geschlafen haben, fängt meine Klit an zu pochen. Seine schimmernden Muskeln in dem dampfenden Wasser, sein unstillbarer Hunger nach mir.

Er beißt sich auf die Lippe. »Noch ein Glas Champagner für mein schmutziges Mädchen?«

»Danke, Sir. Das wäre entzückend.«

»Du weißt, ich liebe es, wenn du das schmutzige Mädchen in dir zum Spielen rauslässt.«

Ich muss lachen. »Dann wirst du heute Nacht dein blaues Wunder erleben. Ich werde mich nämlich total betrinken, und das schmutzige Mädchen in mir wird Amok laufen.«

»Ach ja?« Er bedeutet dem Kellner, mein Champagnerglas neu aufzufüllen. »Feiern wir deinen Abschluss, mein geliebtes Baby?«

Ich nicke. »Auf jeden Fall. Und wir betäuben die Angst vor dem Ergebnis der Großen Juristischen Staatsprüfung. Wenn ich die nicht bestanden habe, dann ...«

»O Sarah, natürlich hast du sie bestanden. Da geht es nicht um exzellente Leistungen, sondern um Kompetenz. Einige der dümmsten Menschen, die ich kenne, sind Anwälte. Du hast auf jeden Fall bestanden.«

»Ich hoffe, du hast recht.«

»Habe ich.« Jonas schenkt mir ein umwerfendes Lächeln, und ich schmelze förmlich dahin.

Der Kellner füllt mein Glas wieder auf, und ich nehme einen Schluck. »Danke, dass du mich hierhergebracht hast, Jonas.«

»Das Vergnügen ist ganz meinerseits.«
»Bangkok gefällt dir also?«
»Ich hätte es nie für möglich gehalten, aber ja, ich liebe es.«

»Ich kann gar nicht glauben, dass ihr, Josh und du, bei eurer letzten Reise nach Thailand nicht wenigstens eine Nacht in Bangkok verbracht habt.«

»Doch, doch, Josh ist ohne mich nach Bangkok gereist. Nachdem wir ein paar Tage lang auf dem Crazy Horse klettern waren, brauchte er eine andere Art von Spaß. Oder vielleicht brauchte er auch nur etwas Zeit ohne mich.« Er lacht. »Er hat ein paar Freunde nach Bangkok einfliegen lassen, um mit ihnen zu feiern. Ich bin währenddessen in Mae Do geblieben, war klettern und habe mir einige Höhlen angesehen. Danach habe ich mich mit Josh und seinen Freunden in Kambodscha getroffen, glaube ich.«

»Hast du gerade gesagt, Josh habe ein paar Freunde nach Bangkok *einfliegen* lassen?«

»Ja. Das war typisch Josh – vor allem zur damaligen Zeit. Für ihn hat Geld nie eine Rolle gespielt. Du darfst nicht vergessen, dass er gerade erst die Hälfte von Dads Firma geerbt hatte. Ein Achtzehnjähriger mit Hundert Millionen Dollar auf dem Konto denkt nicht lange darüber nach, ob er seine Freunde um die halbe Welt fliegen lassen sollte, damit sie mit ihm feiern.« Er nimmt noch einen Bissen von seinem Essen und blickt einen Moment lang gedankenverloren vor sich hin. »Ich weiß, Josh und ich scheinen zwar total gegensätzlich zu sein, aber wir sind uns ähnlicher, als man annehmen möchte. Er tut, was er tun muss, um mit allem fertigzuwerden. Genau wie ich.«

Ich lasse das einen Moment lang wortlos sacken. Vielleicht hat Jonas recht damit. »Und was hat der achtzehnjährige Jonas gemacht, als er plötzlich so viel Geld geerbt hat?«, frage ich schließlich. »Ich kann mir nicht vorstellen, dass du deine Freunde um die halbe Welt hast fliegen lassen, damit sie mit dir feiern.«

Er lacht. »Nein. Für eine solche Tortur müsste man mich bezahlen.«

Ich muss ebenfalls lachen.

Er zuckt mit den Schultern. »Und außerdem hatte ich mit achtzehn gar keine Freunde. Selbst wenn ich welche hätte einfliegen lassen wollen, wäre es nicht gegangen.«

Mein Herz zieht sich in der Brust zusammen. Gott, wie ich diesen Mann liebe. »Wofür hast du dann dein Geld ausgegeben?«, frage ich.

Er zuckt wieder mit den Schultern. »Eigentlich für gar nichts.«

»Ach, komm schon, Baby. Du hast plötzlich so viel Geld gehabt und dir nichts davon gekauft?«

Er zuckt ein weiteres Mal mit den Schultern. »Ich habe mir eine neue Kletterausrüstung gekauft, meine Schulgebühren bezahlt und so weiter. Nichts Aufregendes. Nicht so wie Josh.« Er lacht und schüttelt den Kopf, als würde er sich an eine von Joshs Eskapaden erinnern.

»Du warst ein Teenager mit hundert Millionen Dollar auf dem Konto und hast dir nichts gegönnt?«

»Na ja, ich bin gereist. Für mich hat Geld immer bedeutet, dass ich ständig neue Orte entdecken kann. Es ging mir nie darum, mir nutzlose Dinge zu kaufen.« Er beißt sich auf die Lippe und grinst mich dann breit an. »Bis auf eine Ausnahme.«

»Ja?«

»Eine verrückte Sache.«

Ich warte gespannt.

»Ein Gemälde.«

Ich muss bis über beide Ohren grinsen. Das ist Jonas' ›verrückte Sache‹?

Er seufzt und blickt wehmütig vor sich hin. Und plötzlich

weiß ich, welches Gemälde er meinen muss, auch wenn wir nie zuvor darüber geredet haben: das Gemälde, das in unserem Schlafzimmer hängt. Das muss es sein – es ist ganz anders als die übrigen Kunstwerke von Jonas, die überall im Haus verteilt sind. Die sind alle sehr modern und maskulin. Als ich Jonas einmal gefragt habe, ob es ein Original oder bloß ein Druck aus einem Möbelhaus sei, hat er nur gelacht und mir den Namen des Künstlers genannt. Natürlich bin ich sofort knallrot geworden, als ich mich daran erinnert habe, den Namen schon mal im Kunstunterricht gehört zu haben.

Damals habe ich angenommen, dass er das Gemälde als eine Art Investition oder auf das Drängen eines angesagten Innenausstatters hin gekauft hat. Aber nun geht mir plötzlich ein Licht auf. Das Gemälde bedeutet Jonas etwas. Natürlich tut es das. Es ist die impressionistische Darstellung einer wunderschönen blonden Frau, die auf einer Blumenwiese sitzt und scheinbar von innen heraus von einem himmlischen Licht angestrahlt wird. Das muss Jonas' Mutter sein. Warum ist mir das nicht schon früher aufgefallen? Ich hatte das Gemälde einfach als Deko- oder Sammlerstück von reichen Menschen abgetan.

»Ist es das Gemälde in unserem Schlafzimmer?«, frage ich.

Sein Gesicht hellt sich auf. »Ja. Woher weißt du das?«

Ich muss grinsen. »Weil ich dich kenne.«

Er beißt sich wieder auf die Lippen. »Ich habe es in Paris gesehen und mir gedacht: Das ist die pure Verkörperung von Schönheit. Es war überragend.« Seine Augen funkeln bei dem Gedanken daran. »Ich wollte es unbedingt haben, es hat richtig wehgetan. Aber es war so unverschämt teuer, so viel Geld hätte nur ein begeisterter Kunstsammler oder ein Museum dafür ausgegeben. Ich konnte diese Ausgabe nicht vor mir rechtfertigen. Außerdem war es nicht normal für einen achtzehnjährigen Jungen, so etwas zu wollen, und es war untypisch für mich, überhaupt nicht mein Stil. Also habe ich versucht, es zu vergessen. Aber ich musste immer wieder an dieses Gemälde denken, Tag und Nacht, wochenlang.« Er zuckt mit den Schultern. »Schließlich bin ich nach Paris zurückgeflogen und habe das verdammte Ding gekauft. Für meinen Seelenfrieden, nehme ich an.«

Dieser Kerl bricht mir das Herz. Sich wochenlang nach diesem Gemälde zu sehnen, wie andere Achtzehnjährige sich nach einer Playstation oder einem Motorrad sehnen, und schließlich dem innersten Verlangen nachzugeben, das ist typisch Jonas. Das ist er, wie er leibt und lebt.

»Du bist ein wunderschönes, heißes Tier von einem Mann, weißt du das?«, sage ich und beuge mich über den Tisch. Hitze schießt mir durch den Körper und sammelt sich zwischen meinen Beinen. »Weißt du, was ich wünschte, Baby?«, sage ich erregt. »Ich wünschte, ich könnte mit meinem jetzigen Körper in der Zeit zurückreisen, den achtzehnjährigen Jonas Faraday ausfindig machen und ihm seine Unschuld nehmen.«

Ein Strahlen legt sich auf sein Gesicht. »Du ahnst nicht, wie mich das anmacht.« Er grinst mich schief an. »Allein der Gedanke daran, dass ich als Achtzehnjähriger von dir entjungfert werde, ist so heiß.« Er schnappt nach Luft und ist sichtlich erregt. »Natürlich ist es gut, dass du das nicht wirklich tun kannst. Die Göttin und Muse hätte den armen, achtzehnjährigen Jonas für die weibliche Nachwelt total ruiniert.«

Ich grinse ihn frech an. »Liebling, wenn du mit deinem jetzigen Körper in der Zeit zurückreisen würdest, um meine jugendliche Jungfräulichkeit zu stehlen, würdest du mich für all die Frauen nach dir ruinieren. Alles Gute zum Valentinstag!«

Jonas muss lachen.

»Ich sage es dir immer wieder, deine wahre Bestimmung im Leben ist das Schreiben von Valentinstagskarten, Jonas Faraday. Vergiss deine Firma und die blöde Kletterei. Grußkarten sind dein Schicksal.«

»Ich werde mich bewerben, sobald wir wieder zu Hause sind.« Seine Augen funkeln.

O Gott, ich liebe ihn so. Nein, das ist mehr als Liebe. Was ich für Jonas empfinde, ist mehr als dieses winzige, zu oft benutzte Wort. Ich weiß nur nicht, wie ich es nennen soll. Ich beuge mich zu ihm. »*Wahnsinn*«, sage ich, und mein Herz schlägt wie wild.

»Wahnsinn«, erwidert er.

Eine lange Pause entsteht, in der wir uns tief in die Augen schauen und uns förmlich verschlingen. Ich hätte niemals gedacht, dass mein Leben mal so eine Wendung nehmen würde. Am liebsten würde ich mich jeden Tag zwicken. »Also, was wollen wir heute Abend machen, mein geiler Ehemann? Ich denke, wir statten den weltberühmten Nachtclubs von Bangkok einen Besuch ab und gönnen dem schmutzigen Mädchen in mir seinen Spaß.«

Er stöhnt auf. »Lieber lasse ich mich in eines der weltbekannten Gefängnisse von Thailand sperren. Ich dachte eher, wir gehen zurück in unsere Suite und lassen dein schmutziges Mädchen die Jungfräulichkeit meines achtzehnjährigen Ichs stehlen.«

»Jonas, du bist manchmal so ein Spielverderber. Lass uns feiern gehen und Bangkok unsicher machen. Lass mein schmutziges Mädchen ihren Hintern unter Laserscheinwerfern bewegen, und wenn wir dann heimkommen, darf sie deinem achtzehnjährigen Ich seine Unschuld stehlen.«

»Ich sage, wir gehen gleich in die Suite, drehen die Musik auf und knipsen das Licht an und aus. Dann ist es genau wie in einem Nachtclub, nur lustiger.«

»Ach, komm schon, alter Mann. Heute Nacht kann ich

zum vielleicht einzigen Mal in meinem Leben richtig durchdrehen. Und du willst, dass ich diese Nacht in einem Hotelzimmer verbringe?«

»Warum solltest du nur heute Nacht durchdrehen können?«

»Weil ich zum ersten Mal in meinem Leben für einen winzigen Moment im Lauf der Zeit völlig sorgenfrei bin. Ich bin endlich keine Studentin mehr, die ihren Noten und Stipendien hinterherlaufen muss. Aber sobald wir wieder zu Hause sind, fange ich meinen neuen Job an. Diese eine Woche hier mit dir in Thailand ist also meine einzige Chance, komplett durchzudrehen, ohne mir irgendwelche Gedanken machen zu müssen.«

Er verzieht das Gesicht.

»Komm schon, Baby. Lass uns für eine Nacht ein bisschen Josh und Kitty Kat spielen.«

»Du willst so tun, als würden wir bis zum Hals in dreckigen Windeln und Babyspucke stecken?«

Ich verdrehe die Augen. »Okay, ich meine, lass uns die Version von Josh und Kat spielen, die es vor Gracie gab.«

»Nicht einmal die beiden wären gerne diese ehemaligen Versionen ihrer selbst.«

»Ach komm, das stimmt nicht. Ich habe noch nie in meinem Leben zwei verliebtere Menschen mit einem Baby gesehen.«

Jonas lächelt wehmütig. »Kat ist eine erstaunlich gute Mutter. Das hätte ich niemals gedacht.«

»Ich weiß, sie ist eine Bärenmutter.«

»Und Josh wurde dafür geboren, Vater zu sein. Er macht das großartig.« Er hält kurz inne, als wolle er noch etwas sagen, entschließt sich dann aber dagegen.

»Jonas, du wirst eines Tages auch ein großartiger Vater sein«, sage ich. »Der beste.«

Seine Wangen erröten. »Wo wir gerade über Josh reden, er

hat mir geschrieben, als du dich unter der Dusche von dem erholt hast, was ich mit dir gemacht habe.« Er grinst.

»Ach ja? Wie läuft es in Babyhausen? Schläft Gracie jetzt besser?«

»Weiß ich nicht. Das hat er nicht gesagt. Aber er hat mir ein Foto geschickt.« Er zieht sein Handy aus der Hosentasche und zeigt mir ein zuckersüßes Bild von der drei Monate alten Gracie, die jetzt schon ein Ebenbild von Kat ist.

»Schau dir diese Bäckchen an!«, sage ich. »O Mann, dieses Foto lässt mein Herz hüpfen.«

»Ach ja? Auf was für eine Weise lässt es dein Herz hüpfen?«

»Was meinst du damit? Es lässt eben mein Herz hüpfen.«

»Ich meine, lässt es dein Herz hüpfen, weil sie so süß ist, oder aus einem anderen Grund?«

Plötzlich geht mein Puls schneller. Was will er denn damit andeuten? »Welchen Grund sollte es denn noch geben, mein Liebster?«

»Na ja.« Er schluckt. »Es könnte doch sein, dass dein Herz zu einem kleinen Teil auch deswegen hüpft, weil du selbst ein Baby haben möchtest.«

Wow. Ich wusste, dass Jonas theoretisch eines Tages Kinder haben will, genau wie ich, aber keiner von uns hat es bis jetzt besonders eilig damit gehabt. Ich bin gerade erst mit meinem Jurastudium fertig geworden, letzte Woche war die große Staatsprüfung. Ich werde jetzt erst mal als Anwältin arbeiten und mit meiner Mutter zusammen anderen Frauen helfen – das war schon immer mein Traum. Ein Baby ist das Letzte, was mir momentan vorschwebt. »Ich bin mir ziemlich sicher, es hüpft nur deshalb vor Freude, weil ich so eine unglaublich süße Nichte habe. Zumindest im Moment«, sage ich langsam.

Zu meiner großen Überraschung wirkt Jonas enttäuscht.

Er nimmt einen Schluck von seinem Drink und blickt auf die Lichter der Stadt unter uns.

»Ich habe gerade erst meine Abschlussprüfung gemacht, Baby«, sage ich fast entschuldigend. »Nach vielen Jahren harter Arbeit werde ich endlich Anwältin sein. Endlich kann ich anfangen, für Gloria's House zu arbeiten – darauf habe ich so lange gewartet.« Ich muss schlucken. Warum wirkt er so enttäuscht?

Er nickt.

»Jonas, bist du ...?«, setze ich an. »Willst du sagen, dass du *jetzt* eine Familie gründen willst? Ich meine, jetzt sofort?«

»Nein, natürlich nicht.« Er verzieht seine wunderschönen Lippen zu einem Schmollmund.

Ich atme tief ein und aus.

»Obwohl, vielleicht.«

Mir fällt die Kinnlade herunter.

Er lacht. »Du solltest dein Gesicht sehen.«

Ich schließe den Mund wieder.

»Ach, ich weiß nicht, Baby«, sagt er. Er fährt sich mit den Fingern durch sein Haar. »Wenn ich Josh und Kat mit Gracie sehe und wenn ich merke, wie sehr ich dieses spuckende, pupsende, heulende kleine Lebewesen jetzt schon liebe ... ich hätte nicht gedacht, dass ich jemanden so lieben könnte wie Gracie.« Er zuckt mit den Schultern. »Sie bringt mich dazu, eine Mini-Sarah mit dir machen zu wollen.«

»Wow.« Er schafft es immer wieder, mich zu überraschen. »Ist das dein Ernst?«, frage ich. »Du bist absolut bereit?«

»Ich bin bereit, wenn du es bist.«

»Wirklich?«, sage ich ungläubig. »Wann immer ich es bin?«

Er nickt.

»Und wenn ich sagen würde *heute Nacht?* Ich meine, wenn ich sagen würde: ›Lass uns heute Nacht ein Baby machen, während ich deinem achtzehnjährigen Ich die Unschuld stehle‹, würdest du dann Ja sagen?« Ich kichere. Jetzt habe ich seinen Bluff durchschaut.

»Auf jeden Fall«, sagt Jonas, und – o mein Gott – er klingt dabei todernst.

»Ich bin aber heute Nacht noch nicht bereit dazu, Jonas«, sage ich, während mir das Herz in die Hose rutscht. »Ich wollte dir nur Angst einjagen.«

Er zuckt mit den Schultern. »Ich habe keine Angst. Lass mich wissen, wann du bereit bist.«

Ich starre ihn erneut mit offenem Mund an.

Er holt tief Luft. »Ich war nie zuvor Teil einer Familie, Sarah. Wenn ich Josh und Kat mit Gracie sehe, wird mir klar, wie gerne ich das wäre.«

Das Herz schlägt mir bis zum Hals. Ich nehme einen großen Schluck von meinem Champagner. »Wow«, sage ich schließlich. »Es fühlt sich an, als würden meine Eierstöcke gerade explodieren.«

Jonas muss lachen.

»Manometer, Baby. In mir werden gerade wie am Fließband Eier produziert«, sage ich. »Da muss irgendein grundlegender Überlebensinstinkt eingesetzt haben – ein begehrenswerter Mann hat mich auserwählt, seinen Samen auszutragen, und meine Eierstöcke lassen die Eier wie Popcorn herausspringen.«

»Du bist diejenige, die Grußkarten schreiben sollte«, sagt Jonas. »›Baby, du hast meine Eierstöcke soeben in eine Popcornmaschine verwandelt. Alles Gute zum Valentinstag.‹«

Wir brechen beide in schallendes Gelächter aus. Ich weiß nicht, ob es wirklich so lustig ist oder ob wir einfach zu viel getrunken haben oder ob wir nur aufgeregt und nervös sind wegen dieser neuen Offenbarung. Aber für ein paar Minuten können wir weder reden noch essen, wir müssen einfach zu heftig lachen. Als wir uns wieder beruhigt haben, bedeutet Jonas dem Kellner, mir ein weiteres Glas Champagner einzuschenken. »Trink, schmutziges Mädchen«, sagt er. »Wenn wir heute Nacht schon kein Baby machen, dann können wir wenigstens so richtig wilden, betrunkenen Sex haben.«

»Ja, Sir. Rio 2.0. Los geht's!« Gehorsam nehme ich einen Schluck von meinem Champagner. »Also, hat Josh noch etwas geschrieben, oder hat er dir nur das Foto von Gracie geschickt?«

»Er wollte mir eigentlich bloß sagen, dass sein Kumpel Reed gerade in Bangkok ist. Erinnerst du dich an Reed von Joshs und Kats Hochzeit?«

Ob ich mich an Reed von Joshs und Kats Hochzeit erinnere?! Ha! Jede Frau auf dieser Hochzeit zwischen acht und achtzig, verheiratet oder Single, taub, stumm oder blind, erinnert sich an diesen Traumtypen. Aber so sage ich das natürlich nicht meinem Ehemann. Ich bin schließlich keine Sadistin – oder eine komplette Vollidiotin. »Der mit dem Plattenlabel?«, frage ich stattdessen wie nebenbei und nehme einen Bissen von meinem Oktopus.

»Ja. Einer seiner Künstler hat wohl gerade ein Musikvideo in Thailand gedreht.«

»Wow, cool.«

»Ja, sie haben heute Abend irgendeine wichtige Promo-Veranstaltung. Nur für VIPs.«

»Oh.« Ich nehme einen weiteren Bissen. »Reed scheint ja ein cooler Typ zu sein.«

Jetzt isst auch Jonas weiter. »Ja, er ist ein guter Kerl. Und du kannst damit aufhören, so zu tun, als fändest du ihn nicht total heiß. Jeder Frau, die Reed begegnet, läuft das Wasser im Mund zusammen. Das habe ich schon oft genug mit eigenen Augen gesehen.«

Ich muss lachen. »Mir ist seine körperliche Erscheinung gar nicht aufgefallen. Ich fand es nur nett, mit ihm über Musik zu reden.«

Jonas lacht. »Josh ist schon seit dem College mit Reed befreundet, und glaub mir, die beiden zusammen waren pures Gift für die Frauen. Er war einer der Typen, die Josh nach Bangkok hat einfliegen lassen. Ich konnte ihn beim Kajakfahren in Kambodscha ein bisschen besser kennenlernen.«

»Oh, das hört sich nach Spaß an.«

»Okay, setz es auf deine Liste, meine Hübsche.«

Ich muss grinsen. Das meint Jonas wörtlich. Er hat mir befohlen, eine Liste mit allem, was ich noch sehen und erleben will, anzufertigen, und geschworen, dass er jeden Punkt auf dieser Liste für mich abhaken wird, bis wir beide sterben.

»Wie dem auch sei«, sagt Jonas und trinkt einen Schluck, »Josh hat Reed gebeten, unsere Namen auf die Liste zu setzen.«

»Die Liste?«

»Die Gästeliste für diese VIP-Promo-Veranstaltung heute Abend«, sagt Jonas. »Sie findet in irgend so einem superangesagten Nachtclub statt.«

Ich lasse meine Gabel auf den Teller fallen. »Jonas Faraday! Du hast die ganze Zeit mit mir gespielt. Ha!«, rufe ich aus. »Warum zum Teufel sitzen wir dann noch hier, Baby? Lass uns gehen!«

Jonas blickt mich entgeistert an. »Warte kurz, Baby. Ich habe nicht mit dir gespielt. Überhaupt nicht.«

»Hast du nicht?«

»Nein. Ich will nicht auf diese blöde Party gehen. Ich hatte eigentlich gehofft, wir könnten nach dem Abendessen einfach zurück aufs Zimmer gehen und –«

»Jonas. Nein! Wir werden uns in Bangkok nicht wie Sexeinsiedler verkriechen, wenn unsere Namen auf der VIP-Gästeliste eines angesagten Nachtclubs stehen!«

Er verdreht seufzend die Augen.

Ich reibe mir übers Gesicht. »Ach, komm schon, mein introvertierter Jonas Faraday. Ich schwöre bei Gott, ich liebe dich. Ich vergöttere dich. Aber Baby, ich bin gerade vier Tage lang über Felsen und durch Höhlen mit dir geklettert. Natürlich habe ich jede Sekunde davon genossen, doch jetzt ist es an der Zeit, die Hüften zu schwingen.« Ich quietsche vor Freude. »Komm schon, Geliebter. Lass uns Bangkok unsicher machen.« Ich hüpfe auf meinem Stuhl auf und ab und klatsche in die Hände.

Er lacht. »Heißt das, du willst da hingehen?«

Jetzt muss ich lachen.

Er blickt unbehaglich in den Abendhimmel.

O Gott, der arme Kerl. Jonas zu fragen, ob er mit auf eine VIP-Party kommt, ist, wie einen Fisch darum zu bitten, auf einen Baum zu klettern, wie er immer so schön sagt. Aber ich kann nicht anders. Ehrlich gesagt, will ich so gerne auf diese Party gehen, dass mir das Unbehagen meines Mannes egal ist – nur dieses eine Mal. »Baby, die Staatsprüfung war die Hölle«, versuche ich, mein Anliegen zu verteidigen. »Und vorher musste ich monatelang dafür lernen. Und das Jurastudium hat drei harte Jahre gedauert. Außerdem hatte ich währenddessen *zwei* Nebenjobs.« Gespielt verzweifelt lege ich den Handrücken an meine Stirn. »Und ich musste jeden Tag zur Uni bergauf laufen – sowohl auf dem Hin- als auch auf dem Rückweg.«

Er grinst, sein Widerstand scheint zu schmelzen.

»Komm schon, Liebster. Spring über deinen Schatten. Hab ein bisschen Spaß mit deiner kleinen, dummen, betrunkenen Frau.«

Er seufzt. Und sein Blick lässt mein Herz schmelzen.

O mein süßer, geliebter Jonas. Mein süßer, komplizierter, introvertierter, wunderschöner Jonas. Ich stoße einen langen Seufzer hervor. Na gut, einen Versuch war es wert. Warum sollte ich den Mann meiner Träume zu etwas zwingen, das er hasst? Ich kann mir ja auch Schlimmeres vorstellen, als mit dem schärfsten Mann auf Erden eine Nacht in einer Luxussuite in Bangkok zu verbringen. »Weißt du was?«, sage ich und lächle ihn mitfühlend an. »Vergiss es. Ich verbringe lieber eine Nacht mit dem schärfsten Mann der Welt, als in einen thailändischen Nachtclub zu gehen.«

Er entspannt sich sichtlich. »Danke. Dafür bekommst du auch den Orgasmus deines Lebens.« Er zwinkert mir zu.

»Wie immer.« Ich schenke ihm ein strahlendes Lächeln.

Wir nehmen beide ein paar Bissen, nippen an unseren Gläsern und blicken für einen Moment auf die Skyline.

»Nur so aus Neugier«, sage ich schließlich. »Wer ist denn dieser Starmusiker, mit dem Reed heute feiert?«

»Niemand Berühmtes. Ich habe noch nie von ihm gehört.«

»Wie heißt er?«

Er blickt auf sein Handy und liest mir den Namen vor.

»Heilige Scheiße!«, rufe ich aus und lasse meine Gabel erneut auf den Teller fallen.

»Hast du schon von ihm gehört?«, fragt Jonas verwundert.

»*Jeupucha culo!* Natürlich habe ich schon von ihm *gehört*! Er ist momentan *der* Star am Hip-Hop-Himmel. Er ist an der Spitze der Charts!«

Jonas lacht.

»O Jonas, er ist gerade total berühmt. Er hat diesen Riesenhit – diesen Song, ›Crash‹. Kennst du den? Er läuft zurzeit ständig im Radio.«

Jonas schüttelt den Kopf.

»Doch, komm schon, du kennst ihn. *Crash into me with that thang, back it up and do it again.* Klingelt da was?«

»Nein, sorry. Du weißt doch, dass ich nicht so auf Hip-Hop stehe.«

»Baby, ich singe das Lied immer in der Dusche. Ich kriege es einfach nicht aus meinem Kopf. Sie spielen es immer in meinem Spinningkurs.«

Er zuckt mit den Schultern.

»Vor ein paar Wochen hat er es erst bei *Saturday Night Live* gesungen. Er ist dieser weiße Rapper, den jeder den ›neuen Eminem‹ nennt. Aber er kann tatsächlich singen, und er sieht immer fröhlich aus.«

Jonas schüttelt wieder den Kopf.

»O mein Gott. Spielt er heute Abend ›Crash‹?«

»Weiß ich nicht. Josh hat gemeint, er tritt hier mit einer thailändischen Rap-Gruppe auf – dass so etwas überhaupt existiert! Sie haben wohl zusammen etwas aufgenommen, und das geben sie heute Abend zum Besten.«

Ich schreie auf. »Ist es Thaitanium?«

»Ist was Thaitanium?«

»Heißt die Rap-Gruppe, mit der er zusammengearbeitet hat, Thaitanium?«

Jonas lacht. »Woher zum Teufel kennst du auch nur den Namen einer thailändischen Hip-Hop-Gruppe?«

»Du wärst schockiert, wenn du wüsstest, was alles in meinem Kopf vorgeht.«

»Aha. Also, ich weiß es nicht, ich habe nicht nach dem Namen der thailändischen Band gefragt – niemand außer dir würde nach dem Namen einer thailändischen Hip-Hop-Band fragen.«

Mein ganzer Körper steht unter Strom. »Das ist so cool.« Ich zittere vor Aufregung. »Komm schon, Baby. Ich weiß, dass du den Song schon tausendmal gehört hast.« Ich singe ihm den unglaublich guten Refrain von »Crash« vor, und Jonas schüttelt wieder den Kopf. »Komm schon, er läuft zurzeit in jedem Werbespot – auch in dem von Nike. Du kennst doch die Werbung mit diesem bekannten Basketballspieler?«

»Meinst du LeBron James?«

»Ja! Er läuft in dem Spot mit LeBron James.«

»Nein.«

Meine Wangen glühen. Ich komme mir vor wie ein verliebter Teenager. »Jonas, du musst deinen musikalischen Horizont wirklich erweitern.«

»Und das aus dem Mund der Frau, die jedes One-Direction-Album besitzt.«

»Hey, sag nichts gegen One Direction – es bricht mir immer noch das Herz, dass Zayn die Band verlassen hat.«

Er lacht.

»Okay, mein sexy Ehemann. Planänderung«, sage ich und recke mein Kinn. »Wir gehen zurück ins Zimmer, haben dort wilden animalischen Sex – ganz nach deinen Wünschen, mein Gebieter –«

»Wie immer.«

»Genau, wie immer. Und dann stürzen wir uns ins Nachtleben von Bangkok, um zu feiern wie Josh und Kat. Was meinst du?«

»Ich sage: Bitte, lieber Gott, nein.«

»Jonas, mein geliebter Jonas.« Ich greife unter dem Tisch nach seiner Hand. »O du Liebe meines Lebens, ich würde für dich sterben, ich würde dir meine Niere geben. Und ja, ich werde definitiv in naher Zukunft deine wunderbaren Babys austragen, aber bitte, Jonas, ich kann nicht in einem Hotelzimmer abhängen, wenn wir eine Einladung zu einer Party mit dem angesagtesten Hip-Hop-Star auf dem ganzen Planeten haben. Sein Song ist mein verdammter *Klingelton*.« Ich ziehe das Handy aus meiner Tasche, scrolle durch meine Einstellungen und drücke auf den Klingelton – und schon ertönt der mitreißende Refrain von »Crash«.

Jonas runzelt die Stirn.

»Er. Ist. Mein. Klingelton.« Ich will gar nicht wissen, wie weit ich meine Augen aufgerissen habe.

Jonas nickt langsam. »Okay, Baby. Es scheint, als würden wir heute Abend in einen Nachtclub gehen.«

Ich kreische vor Freude. »Danke, Jonas. Und danke, lieber Gott!«

Sarah

Es sieht aus, als hätte jemand einen Nachtclub in Las Vegas mit asiatischer Deko geschmückt, ihn anschließend in einen Mixer mit Thai-Techno-Hip-Hop-Musik gesteckt und die höchste Stufe eingestellt. Und dann ist der Mixer explodiert. Wahnsinn, beim Anblick dieses Clubs wird mir ganz schwindelig. Vielleicht beschert mir aber auch all der Champagner dieses seltsame Gefühl von Reisekrankheit – Manometer, in meinem Körper befindet sich gerade eine Menge Alkohol. Oder es ist die Tatsache, dass gerade einer der größten Stars der Popmusik zu mir herübergekommen ist, höflich gefragt hat, ob der Platz neben mir auf der Couch besetzt ist, und sich dann tatsächlich hingesetzt hat, als ich wortlos und mit offenem Mund den Kopf geschüttelt habe. Wahnsinn!

»Ich bin Will«, sagt er freundlich und streckt mir seine Hand entgegen.

Ich weiß bereits, dass sein richtiger Name William ist (dank einer hektischen Recherche auf meinem Handy während der Taxifahrt zum Club), aber ich bin überrascht, dass er sich mir mit diesem Namen vorstellt, anstatt seinen Künstlernamen zu benutzen. Laut Wikipedia ist der vierundzwanzigjährige William »2Real« Riley Rapper, Sänger, Songwriter und Musiker, der in einem Vorort von Long Beach, Kalifornien, aufwuchs und stark von verschiedenen Künstlern wie House of Pain, Sublime, Run D.M.C., den Beastie Boys, Johnny Cash und – zu meiner großen Überraschung – von Jonas'

Lieblingsband Rx Bandits (ebenfalls aus Long Beach) beeinflusst wurde. Aber wenn man sich den einzigartigen und mitreißenden Musikstil dieses Mannes anhört, überrascht einen seine unorthodoxe Liste an musikalischen Einflüssen gar nicht mehr.

»Nett, dich kennenzulernen, Will«, sage ich mit zitternder Stimme und schüttle seine Hand. »Ich bin Sarah Faraday.« Bis jetzt habe ich es geschafft, nicht vor Freude zu quietschen. Oder habe ich vor Freude gequietscht? O Shit. Ich räuspere mich. »Mein Schwager ist seit dem College mit Reed befreundet – Josh Faraday?«

»O ja«, sagt Will. »Josh Faraday.« Er grinst, als würde er sich an etwas Amüsantes erinnern. »Ich liebe diesen Kerl. Er hat mir erst kürzlich einen großen Gefallen getan.«

»Wenn ich jedes Mal einen Dollar kriegen würde, wenn jemand sagt, dass Josh ihm einen großen Gefallen getan hat, dann hätte ich einen Stapel voller Geldscheine, der mir bis über den Kopf reicht.«

»Und du bist Joshs Schwester?«

»Nein, seine Schwägerin«, sage ich. »Joshs Bruder ist mein Ehemann.« Ich deute auf Jonas, der ein paar Meter weiter weg steht und mit Reed redet. Wir sitzen auf einem speziellen VIP-Balkon mit Blick auf den ganzen Club. »Dort drüben. Jonas Faraday.« Auch nach so langer Zeit bekomme ich noch immer weiche Knie, wenn ich die Wörter »Jonas« und »mein Ehemann« in einem Satz verwende.

Es entsteht eine kurze Pause, in der Mr Hip-Hop Jonas begutachtet und sich dann wieder mir zuwendet. »Er sieht seinem Bruder sehr ähnlich.«

»Ja, sie sind Zwillinge – zweieiige –, aber glaub mir, sie haben total unterschiedliche Persönlichkeiten«, sage ich. Unsere Unterhaltung gerät ins Stocken, und ich merke, wie surreal diese Situation gerade ist: Ich rede mit dem Kerl, dessen Lied mein verdammter Klingelton ist. »Ich fand dich spitze bei *Saturday Night Live*«, rufe ich aus und kann meine Aufregung nicht länger verbergen. »Ich liebe deine Musik.«

»Danke«, antwortet er. Mehr sagt er nicht. Die Unterhaltung schläft ein. Ich würde ihm am liebsten die Arme um den Hals werfen und kreischen »Du bist so geil!«, aber ich kann gerade noch widerstehen.

Okay. Seine knappe Antwort auf mein Kompliment zeigt deutlich, dass ich mit dem Gequassel aufhören oder meinen Mund am besten ganz schließen und den armen Mann weiterziehen lassen sollte, damit er einen anderen Fan mit seiner schillernden Anwesenheit beglücken kann. Aber ganz offensichtlich habe ich keine Kontrolle mehr über meinen Mund. »›Crash‹ ist mein Klingelton«, entfährt es mir, und ich hole mein Handy hervor, als müsste ich es beweisen. »Ich liebe diesen Song. Hast du ihn geschrieben?«

»Ja, das habe ich. Zusammen mit einem anderen Typen – einem Freund von mir. Wir haben zusammengearbeitet.«

»Wow. Das ist so cool. Es ist so ein toller Song. So intelligent. Ganz anders als alle anderen Lieder. Kein Wunder, dass er zum Riesenhit wurde. Ich wette, du kriegst dafür einen Grammy. Ich kann ihn auswendig.« O Gott, jemand sollte mich knebeln. Ich plappere nur Unsinn. »In meinem Spinningkurs spielen sie das Lied rauf und runter«, fahre ich fort und bringe den armen Kerl damit wahrscheinlich dazu, sich gleich vom Balkon zu stürzen. »Ich singe immer mit, während ich in die Pedale trete.« Zu meinem Entsetzen imitiere ich jetzt mit meinen Beinen Tretbewegungen, um zu demonstrieren, dass ich über Spinningkurse rede. »Man könnte fast sagen, ich bin ein Spin-Rapper.« Das war einfach nur strohdumm. Hilfe. »Ein Weltklasse-Spin-Rapper«, fahre ich fort. Meine Güte. Nein. Jetzt sollte ich wirklich langsam in meinem Sitz versinken.

Will beugt sich zu mir und denkt offensichtlich, dass er mich wegen der lauten Musik falsch verstanden hat. »Du bist ein Weltklasse – *was?* Hast du gerade gesagt, du bist ein Weltklasse-Badmintonspieler?«

Ich breche in Gelächter aus. »Nein, auch wenn es viel cooler gewesen wäre, das zu sagen. Ich habe gesagt, ich bin ein Weltklasse-Spin-Rapper – weil ich während meiner Spinningkurse immer zu deinem Lied rappe.« Ich verdrehe die Augen. »Aber eigentlich bin ich einfach nur ein Riesenvollidiot, Will. Ignorier mich bitte. Mein Humor lässt zu wünschen übrig, wenn ich aufgeregt oder nervös bin – und im Moment bin ich beides.«

»Warum bist du nervös?«

Ich deute auf ihn, als wäre das Erklärung genug.

»Ich bin mindestens ein genauso großer Vollidiot wie du, glaub mir.«

»Unmöglich.«

»Doch, bin ich. Frag mich irgendetwas. Du wirst schon sehen.«

»Wirklich? Irgendetwas?«

Er nickt.

»Also dann, okay. Eine Sache würde mich interessieren.« Ich grinse. »Du hast im Moment unglaublichen Erfolg – die Art Erfolg, von der die meisten anderen Künstler nur träumen können. Ist der Erfolg wirklich so, wie du ihn dir vorgestellt hast? Ich meine, hat dich irgendetwas an deinem Erfolg überrascht oder dich vielleicht sogar enttäuscht?«

Er zieht die Augenbrauen nach oben. »Sind wir jetzt also fertig mit Small Talk?«

»O mein Gott«, jammere ich. »Hast du das nicht mit ›irgendetwas fragen‹ gemeint?«

Er wirft seinen Kopf in den Nacken und lacht. »Ich dachte, du fragst mich jetzt so was wie: Wie kommst du auf deine Texte? Oder: Was ist dein Lieblingstitel auf deinem neuen Album? Fragen, die ich im Schlaf beantworten könnte. Ich wusste ja nicht, dass ich hier neben Oprah sitze.«

»Es tut mir so leid«, sage ich reumütig. »Ich bin so schlecht im Small Talk, vor allem wenn ich betrunken bin. Bitte verzeih mir. Ich habe dir ja gesagt, ich bin ein Vollidiot.« Ich schüttle meinen Kopf, als würde ich wie wild eine Tafel wischen.

»Noch mal von vorne. Also, Will, wie kommst du auf deine Texte? Was ist dein Lieblingssong auf deinem neuen Album?«

Er muss wieder lachen. »Nein, nein. Du hast mich falsch verstanden. Ich *hasse* Small Talk. Alles gut.«

»Es ist schon eine Weile her, dass ich meine Small-Talk-Künste auspacken musste. Ich habe sie nicht mehr gebraucht, seit ich verheiratet bin. Mein Mann hasst Small Talk auch. Wahrscheinlich bin ich deshalb etwas eingerostet.«

»Wie lange seid ihr schon verheiratet?«

»Zwei Jahre.«

»Also noch so gut wie frisch vermählt.«

Ich grinse von einem Ohr zum anderen. »Diese zwei Jahre vergingen wie im Flug. Es fühlt sich an, als hätten wir erst gestern ›Ja, ich will‹ gesagt.«

»Also, ist die Ehe wirklich so, wie du sie dir vorgestellt hast? Oder hat dich etwas daran vielleicht sogar enttäuscht?«

Ich lache und nippe an meinem Drink.

»Das würde ich wirklich gerne wissen. Wie ist die Ehe für dich?«

»Oh, du meinst es ernst.«

»Ja.«

»Ich dachte, du wolltest den Spieß einfach nur umdrehen, du Klugscheißer.«

»Nun ja, ich bin ein Klugscheißer. So reagiere ich, wenn ich nervös und aufgeregt bin.« Er schmunzelt.

Ich grinse ihn an. Es ist keine Überraschung, dass dieser Mann ein Star ist. Er hat ein Wahnsinnscharisma. »Also, Sir, diese Frage ist leicht zu beantworten: Die Ehe mit dem unverschämt gut aussehenden Jonas Faraday übersteigt meine Erwartungen bei Weitem. Ich bin noch kein einziges Mal enttäuscht worden. Er passt perfekt zu mir, und ich bin die glücklichste Frau der Welt.« Ich neige meinen betrunkenen Kopf näher zu Will, um sicherzugehen, dass er mich über die laute Musik hinweg auch hört. Oh, er trägt ein tolles Parfüm. »Ich bin richtig abhängig von meinem Wahnsinnsehemann, wenn du die Wahrheit wissen willst«, sage ich. Ich spüre, wie meine Wangen erröten, als ich daran denke, wie sehr Jonas mich anmacht. »Dieser Typ ist einfach der Hammer.«

Wills Miene hellt sich bei meinem glückseligen Anblick auf. »Wow«, sagt er.

Ich nicke und nehme noch einen Schluck von meinem Getränk. »Ja. Jonas ist mein wahr gewordener Traum. So isses.« O Gott. Ich zucke regelrecht zusammen bei meiner Wortwahl.

Aber Will scheint meine mangelnde Sprachkompetenz nicht zu stören. »Ich habe noch nie zuvor eine Frau so über ihren Mann sprechen hören.«

»Noch nie?«

»Nicht einmal annähernd.«

»Also, dann tut mir jede Frau, mit der du geredet hast, richtig leid.«

»Eigentlich meinte ich vor allem meine Freundin – mittlerweile meine Exfreundin. Ich sollte dir also leidtun und nicht sie.« Er nippt an seinem Glas.

»Oh«, sage ich bestürzt. »Das tut mir leid.«

»Ist schon in Ordnung. Es ist gut so, wie es ist. Ich kriege momentan in meinem Terminplan sowieso keine Freundin unter.« Er zuckt mit den Schultern und nimmt noch einen Schluck von seinem Drink.

»Wie heißt sie?«

»Carmen.« Plötzlich breitet sich ein Grinsen auf seinem hübschen Gesicht aus. Er deutet auf mich, als würde er eine unausgesprochene Frage beantworten. »Ja, ich stand schon immer auf dunklere Mädchen.«

Ich erröte.

»Du bist eine Latina, stimmt's?«

»*Sí. Colombiana.*«

»Das habe ich mir gedacht.« Er verdreht die Augen. »Ich habe einen bestimmten Typ – und du entsprichst ihm genau. Zum Glück bist du verheiratet.« Er grinst und nippt noch einmal an seinem Getränk.

»Danke. Das schmeichelt mir sehr. Aber ja, ich bin verheiratet, mit Leib und Seele.«

»Ja, das hast du ziemlich deutlich rübergebracht.« Er schmunzelt.

»Wenn du willst, dass ich gehe, damit du mit jemand anderem reden kannst – du weißt schon, mit einer Latina, die heute Nacht auch wirklich mit dir schlafen würde –, dann wäre ich nicht beleidigt, versprochen.«

Er lacht. »Danke für das Angebot, aber mir geht's gut. Ich genieße die Unterhaltung mit Oprah 2.0.«

»Ha! Das wirst du nicht mehr sagen, nachdem ich meine nächste Frage gestellt habe. Ich muss dich zum Weinen bringen, oder das ganze Interview ist ein Flop.«

Er muss schon wieder lachen. »Leg los. Ich komm damit klar.«

»Was ist mit Carmen passiert? Wurde eure Beziehung Opfer deines gigantischen Erfolgs, oder hat sich das Ende schon vorher angebahnt?«

Er lacht. »Wow. Bei Oprah gibt es wirklich keinen Small Talk.«

Ich zucke mit den Schultern. »Ich habe dich gewarnt. Ich bin schlecht im Small Talk.«

»Fragst du mich als Nächstes über meine Kindheit aus?«

Ich versuche, Oprahs Stimme zu imitieren. »Will, was

war das schlimmste Erlebnis deiner Kindheit? Und wie hat es dich zu der Person gemacht, die du heute bist?«

Er tut so, als würde er zu schluchzen beginnen, und wir müssen beide lachen.

Ich klatsche in die Hände, als wäre meine Arbeit hier erledigt.

Er nimmt noch einen Schluck von seinem Drink. »Du solltest das wirklich zu deinem Beruf machen – du bist gut darin.«

»Ich habe aber gerade erst die Große Juristische Staatsprüfung in Seattle abgelegt.«

»Eine Anwältin?« Er schüttelt den Kopf. »Warum überrascht mich das nicht?«

»Ich mochte es schon immer, Fragen zu stellen. Dingen auf den Grund zu gehen. Sachen herauszufinden. Ich bin ein neugieriges Mädchen, vor allem wenn ich betrunken bin.« Ich hebe mein Glas, und er stößt mit mir an.

»Neugierig, wie?«

Ich nicke. »*Neugierig.*« Ich kann mir ein Grinsen nicht verkneifen.

Wills Augen funkeln. »Vor allem wenn du betrunken bist?«

Ich nicke erneut. »Vor allem wenn ich betrunken bin. Und im Moment bin ich sturzbetrunken.«

»Na dann, lass uns doch weitermachen.« Er winkt die Kellnerin herbei und bestellt mir noch ein Glas Champagner, dazu ein Bier und sechs Shots. »Ich habe deinem Mann gerade einen großen Gefallen getan – sag ihm, er kann mir morgen dafür danken.« Er zwinkert mir zu. »Also, erzähl mir mehr über deine Spin-Rapper-Fähigkeiten, Oprah. Wann hast du dieses Talent zum ersten Mal entdeckt?«

Ich muss lachen. »Es ist wohl kaum ein Talent. Ich bin nur eine Weltklasse-Spin-Rapperin, wenn es um ›Crash‹ geht. Ich liebe dieses Lied einfach. Ich höre es ständig. Es ist total mitreißend und intelligent. Die musikalische Komposition ist so anders – richtig bahnbrechend. Unerwartete Instrumente, unerwartete Rhythmen. Und es ist lustig. Dem kann ich einfach nicht widerstehen.«

»Danke.«

»Gern geschehen. Ich danke dir für so ein fantastisches Lied. Es wird ein echter Klassiker werden, Will. Erinnere dich an meine Worte, wenn du ganz oben zwischen all den anderen Musikgrößen bist.«

Er kippt den Rest seines Drinks hinunter. »Jetzt aber genug mit der Schmeichelei. Kommen wir zu wichtigeren Themen. Wie lautet dein Künstlername? Es muss etwas Fetziges sein.«

Ich blicke zu Jonas hinüber. Reed redet mit ihm – und Jonas' hübscher Miene nach zu urteilen, muss Reed etwas sehr Interessantes sagen. Ich will gerade wieder wegsehen, als sich Jonas zu mir umdreht und mir ein umwerfendes Lächeln schenkt. Gott, dieser Mann lässt mein Herz schneller schlagen – und mein Höschen augenblicklich feucht werden.

»Hm?«, sage ich und wende mich wieder Will zu.

»Eine Weltklasse-Spin-Rapperin kann nicht ›Sarah Faraday‹ heißen. Du brauchst einen Namen mit einer gewissen Attitüde.«

»O ja, mein Rapper-Name.« Ich rutsche auf meinem Platz hin und her. Wenn ich mich nicht irre, hat mir mein Mann gerade diesen Blick zugeworfen, der besagt, dass er mich mit Haut und Haaren verschlingen möchte. »Hm. Ich weiß nicht.«

»M. C. Oprah?«

»Ich hätte eine Unterlassungsaufforderung von Oprahs Anwaltsteam im Briefkasten, noch bevor ich ›Streckt eure Hände in die Luft‹ sagen könnte.«

Er lacht. »Da spricht die Anwältin in dir. M. C. Großmaul?«

»Genau.« Ich schüttle meinen Kopf. »Das klingt, als wäre ich ein totaler Volldepp. Warum nicht gleich M. C. Volldepp?«
Er muss lachen.
»O Mann«, sage ich und lege mir die Hand auf den Mund. »Ich bin ein totaler Volldepp, oder?«
Er bricht in schallendes Gelächter aus. »Nein, nein, überhaupt nicht. Nicht im Geringsten.«
»Gott sei Dank. Das würdest du mir sagen, oder?«
»Natürlich würde ich das. Dafür sind Freunde doch da. Und du würdest es mir sagen, oder?«
»Aber klar. Das machen Freunde so, Will.«
»Gut. Denn wir Weltklasse-Rapper müssen zusammenhalten«, sagt er.
Ich kichere.
Wir stoßen wieder mit unseren Gläsern an.
Ein Kerl nähert sich Will, offensichtlich ein Fan. Will schüttelt seine Hand und beugt sich für ein Selfie mit dem Mann nach vorne. Ich komme mir plötzlich vor wie das fünfte Rad am Wagen. Ich werfe einen Blick zu Jonas, aber der ist immer noch vertieft in seine Unterhaltung mit Reed. Sollte ich aufstehen und zu ihm gehen? Damit dieser Kerl hier auch ein bisschen Zeit mit Mr Superstar verbringen kann?
»Danke, Mann«, sagt Will. »Aber ich habe gerade etwas Wichtiges zu tun.« Er deutet auf mich, als wäre ich das Wichtige, das er zu tun hat, und meine Wangen erröten. Der Kerl von meinem Klingelton will, dass dieser Typ hier geht, damit er weiter mit *mir* reden kann? Ich kann es wirklich kaum fassen.
Sobald der Kerl wieder weg ist, tauscht Will einen Blick mit einem riesigen schwarzen Typen, der auf der anderen Seite des Balkons steht. Manometer, ist der Kerl groß! Dagegen sieht mein muskulöser Ehemann aus wie ein kleines Kind.

Der Kerl nickt und nähert sich uns, lässt uns dabei aber immer noch genügend Privatsphäre.

»Okay, Oprah«, sagt Will. »Zurück zu deinem Künstlernamen.«

»Oh. In Ordnung.«

»Überleg es dir gut. Das ist eine sehr wichtige Entscheidung.«

»Vielleicht die wichtigste in meinem Leben?«

Wir kratzen uns beide einen Augenblick lang am Kopf und denken intensiv nach.

»Es muss ein guter Name sein. Du bist schließlich Weltklasse.«

»Mann, das weiß ich. Glaub mir, ich weiß das. Aber mein Gehirn ist wie leer gefegt. Hey, du bist doch der coole Rapper mit dem Nummer-eins-Hit, der bald einen Grammy gewinnt – du müsstest tausend geniale Einfälle haben. Komm schon.«

»Vergiss es. Du bist diejenige, die gerade ihr Jurastudium abgeschlossen hat. Der geniale Einfall ist deine Aufgabe. Und ich suhle mich dann in deinem Ruhm. So funktioniert das im Musikbusiness, Oprah.«

Ich muss lachen. »Da fällt mir eine weitere Frage ein.«

»O nein. Keine Fragen mehr, die mich zum Weinen bringen.« Er lacht. »Aber eines verspreche ich dir: Wenn ich einen totalen Nervenzusammenbruch habe, was bestimmt im nächsten Jahr oder so passieren wird, bekommst du die Rechte an einem Exklusivinterview. Okay?«

»Abgemacht.«

Wir lächeln uns an.

»Hey«, sagt er. »Ich glaube, ich habe einen genialen Einfall. Faraday ist der Nachname deines Mannes, stimmt's?«

Ich nicke.

»Wie lautet dein Mädchenname?«

»Cruz.«

»Wow. Das ist doch mal ein Name für eine Latina. Damit kann ich arbeiten. *Cruz.* Das ist pure Latinaenergie. Wie wäre es mit der Ein-Wort-Schiene? Eminem. Usher. Kanye. Jay-Z. *Cruz.*«

»2Real«, erinnere ich ihn an seinen eigenen Platz in der Popmusik.

Er schmunzelt.

»Moment mal«, sage ich. »Ich hab's. Wie wäre es mit OAM Cruz?«

»OAM Cruz? Was bedeutet OAM?«

»Ach, nichts Besonderes. Ist egal, aber glaub mir, es ist perfekt – megagangstamäßig.«

»Nur so ein Tipp: ›Mega‹ und ›gangsta‹ passen nicht wirklich zusammen, wenn du ein richtiger Gangsta sein willst.«

»Superdoof?«

»Superdoof.«

Ich zucke mit den Achseln. »Das zieht sich durch mein ganzes Leben.«

Er lacht.

»Ich denke wirklich, dass es der perfekte Name ist, Will. OAM Cruz. Ich habe schon ein *OAM*-Tattoo. Ich muss nur noch ein ›Cruz‹ davorsetzen, dann bin ich ein Megagangsta.« Ich mache mit den Händen eine Bewegung, die so etwas wie das geheime Zeichen meiner Gang darstellen soll, aber eher aussieht wie die Handbewegung eines Jazzkomponisten.

Er lacht. »Wow. Das war *megagangstamäßig.*«

Ich muss ebenfalls lachen.

»Also, komm schon, was heißt OAM?«

»Das sag ich dir nicht.« Ich nippe an meinem Drink.

»Aber du hast ein Tattoo mit den Buchstaben OAM?«

Ich nicke.

Er mustert mich unverhohlen von oben bis unten. »Wo ist es?«

»An einer Stelle, die nur mein Ehemann jemals zu Gesicht bekommen wird.« Ich zwinkere ihm zu.
Seine Augen strahlen. »O Mann. Irgendetwas sagt mir, dass dein Mann ein verdammter Glückspilz ist.«
»Das ist er.«
Er grinst. »Komm schon. Du musst mir sagen, was OAM bedeutet.«
Ich schüttle den Kopf.
»Wenn du es dir hast tätowieren lassen, dann muss es sehr wichtig für dich sein.«
»Das ist es.«
»Aha, jetzt hast du meine volle Aufmerksamkeit.«
Ich winke ab, als wäre es nicht von Bedeutung.
»O nein, du winkst jetzt nicht einfach ab. Du musst es mir sagen. Ich verspreche, ich erzähle es niemandem. Wir sind Freunde, schon vergessen?«
Ich schüttle meinen Kopf und trinke einen Schluck Champagner.
»Ach, komm schon, Cruz. Von Weltklasse-Rapper zu Weltklasse-Rapper.«
»Es ist zu persönlich.«
»Jetzt hast du mich echt neugierig gemacht, Cruz. Tu mir das nicht an.«
Ich schüttle erneut meinen Kopf.
Er rollt seinen Hemdsärmel nach oben wie ein Mann auf einer Mission. »Schau dir das an. Siehst du das?« Er deutet auf das Tattoo einer kunstvollen Blume auf seinem Arm. »Das ist die Lieblingsblume meiner Mutter. Ich habe sie mir tätowieren lassen, damit ich meiner Mutter immer Blumen kaufen kann, egal, wann oder wo ich sie sehe.« Jetzt krempelt er den anderen Ärmel hoch. »Und siehst du das?« Er zeigt auf einen Drachen mit einem riesigen Herzen. »Damals auf der Highschool haben meine Freundin und ich uns die gleichen Herzen tätowieren lassen. Ich dachte, es wäre

für immer.« Er grinst. »Aber dann hat sie mit meinem besten Freund geschlafen, und das war's dann – zur Tarnung habe ich den Drachen außenrum tätowieren lassen.« Er lacht. »Willst du noch mehr sehen?« Er fängt an, sein Hemd aufzuknöpfen. Offensichtlich will er mir ein Tattoo auf seiner Brut zeigen.

»Nein. Stopp. Du musst dich nicht ausziehen.«

Er wirft mir einen schelmischen Blick zu. »Ich würde dir auch das Tattoo auf meinem Arsch zeigen, wenn dich das davon überzeugen könnte, mir zu sagen, was ich wissen will.«

»Nein, bitte nicht. Ich wüsste nicht, wie ich meinem Ehemann erklären sollte, warum du deine Hose ausgezogen hast.« Ich muss lachen.

Er holt tief Luft. »Shit, na gut. Ich werde deine Frage beantworten. Wird dich das überzeugen?«

Ich zucke mit den Schultern und weiß nicht, was ich sagen soll.

Er kreuzt seine Beine, als säße er in einer Talkshow. »Also gut, Oprah, mein plötzlicher Erfolg war ziemlich spektakulär, danke der Nachfrage«, beginnt er. »Ich habe Geld, Frauen, Ruhm, Reisen und mehr Gras, als ein Mann sich je wünschen könnte.« Er grinst. »Verdammt geil. Und trotzdem bin ich, ehrlich gesagt, manchmal auch verzweifelt und einsam. Ich habe meine Freundin betrogen und sie verloren – aus gutem Grund. Ich konnte der Versuchung nicht widerstehen, und jetzt trete ich mir dafür jeden einzelnen Tag in den Arsch. Ich habe ein sehr spezielles Mädchen verloren – ein Mädchen, das mich voll und ganz verstanden und zu mir gestanden hat. Ich habe es total versaut, aber ich kann nichts mehr dagegen tun.« Er nimmt einen großen Schluck von seinem Drink. »Außerdem nerven mich diese ganzen Unterhaltungen mit Fremden, die ich zurzeit führen muss – bis auf die Unterhaltung mit dir, Oprah. Es ist nichts als Small Talk und Arschkriecherei. Die Leute wollen bloß Selfies mit dir machen, um sie auf Instagram zu posten. Und das nervt ziemlich schnell ziemlich gewaltig, glaub mir.« Er trinkt noch einen großen Schluck. »Okay, das war's. Ich habe dir mein Herz ausgeschüttet. Ich habe dir meine Seele offenbart. Jetzt bist du an der Reihe – wofür zum Teufel steht OAM?«

Die Kellnerin kehrt mit unseren bestellten Getränken zurück. Will nimmt einen Shot vom Tablett und gibt ihn mir, dann nimmt er zwei für sich selbst. »Bereit, OAM?«

Ich nicke, und wir kippen unsere Shots auf ex hinunter.

Will bietet mir einen der übrig gebliebenen Shots auf dem Tablett an, aber ich winke ab. Also nimmt er das Glas und stürzt den Inhalt ebenfalls in einem Zug hinunter. Er reicht mir mein Champagnerglas und stellt sein Bierglas und die letzten Shots vor uns auf den Tisch.

Ich blicke zu Jonas hinüber und sehe, dass er mich beobachtet. Keine Ahnung, wie lange schon. Er hebt sein Glas ganz, ganz langsam, als wolle er fragen, ob es mir gut geht. Ich hebe mein Champagnerglas ebenfalls, und er lächelt milde. Ich bedeute ihm, dass alles in Ordnung ist, woraufhin er sich langsam wieder zu Reed umdreht. Seine Augen funkeln.

»Jetzt erzähl es mir schon«, sagt Will. »Oder ich zwinge dich, noch einen Shot zu trinken.«

»Oh, du *zwingst* mich, noch einen Shot zu trinken? Wie darf ich mir das denn bitte schön vorstellen?«

»Schlechte Wortwahl. Ich *biete* dir noch einen Shot *an*.«

»Hm. Du bist es gewohnt, alles zu bekommen, was du willst, stimmt's, Mr Hip-Hop-Star?«

»Mittlerweile? Ja. Alles, was ich will. So ziemlich alles, ja.«

Ich mache ein trauriges Gesicht. »Außer Carmen.«

»Uh, willst du, dass ich wieder weine?«

»Ja. Ich bin etwas sadistisch veranlagt.«

»Außer Carmen, das ist richtig«, sagt er. »Und außer dem Geheimnis von OAM. Das ist eine viel größere Tragödie, als

Carmen verloren zu haben.« Er blickt mich mit traurigen Augen an.

»Ah, trauriger Will.«

»Sehr, sehr trauriger Will.« Jetzt blickt er sogar noch trauriger drein. O Mann, dieser Typ ist atemberaubend.

»Herrgott noch mal, hör bitte auf«, sage ich und hebe abwehrend die Hände. »Ich stehe auf Männer mit traurigen Augen. Da musst du nur meinen Göttergatten fragen. Okay, ich erzähl es dir.«

Seine Miene hellt sich augenblicklich auf.

»Aber es bleibt unser kleines Geheimnis, okay?«

Er sieht mich mit breitem Grinsen an. »Auf jeden Fall, das verspreche ich.« Er legt die Hand auf sein Herz. Ich halte kurz inne. Was zum Teufel mache ich denn jetzt? »Du versprichst mir, dass du *niemandem* davon erzählst?«

Er legt seine Hand noch einmal auf sein Herz.

»Ich meine es ernst, Will.«

»Ich auch. Versprochen. Du kannst dich auf mein Wort verlassen.«

»Okay.« Ich beiße mir auf die Lippen. Jetzt habe ich definitiv seine ungeteilte Aufmerksamkeit. Ich flüstere ihm direkt ins Ohr: »Orgasma die Allmächtige.«

Er lehnt sich zurück und blickt mich total schockiert an. »Willst du mich jetzt verarschen?«

»Nein, ich will dich nicht verarschen, Mister. Das bedeutet OAM. Orgasma die Allmächtige. *Boom Shaka Laka.*« Ich leere mein ganzes Glas Champagner in einem Zug.

»Heilige Scheiße. Das hatte ich nicht erwartet. Du willst mir also erzählen, dass du ein verstecktes Tattoo hast – vielleicht sogar in deinem *Geheimen Garten* –, auf dem ›Orgasma die Allmächtige‹ steht?«

»Nein, das Tattoo lautet nur OAM. Aber dafür steht es, ja.«

Er schaut mit leuchtenden Augen von mir zu Jonas und

wieder zurück. »Jetzt bin ich neidisch auf deinen Ehemann. *Fuck.*«

Ich zucke mit den Schultern. »Er beschwert sich nicht.«

»Heilige Scheiße, ich brauche einen Shot.« Er reicht mir ebenfalls einen, und wir stoßen an und leeren die Gläser.

»Warum bist du Orgasma die Allmächtige?«, fragt er mit einem Funkeln in den Augen. »Bitte sag mir, du nennst dich aus dem Grund, den ich vermute, so.«

»Was vermutest du denn?«

»Dass Orgasmen deine Supermacht sind oder so.«

Ich spüre, wie ich feuerrot werde.

Er klatscht in die Hände und johlt laut auf. »Ich habe den Nagel auf den Kopf getroffen, stimmt's?«

Ich presse meine Lippen zusammen, und meine Wangen glühen.

Er lacht. »Ach, komm schon, OAM, jetzt sei nicht so. Erzähl mir den Rest.« Er beugt sich zu mir und grinst mich an. »Wenn du mir nicht freiwillig alles erzählst, was ich wissen will, dann werde ich dir so lange Shots spendieren, bis du es tust.«

Ich kann mir ein Grinsen nicht verkneifen.

»Komm schon, Cruz. Ich weiß, dass du mir die ganze Geschichte erzählen willst. Wir sind doch beste Freunde, richtig?«

Ich verdrehe die Augen und schnappe nach Luft. »Bevor ich meinen Mann kennengelernt habe, hatte ich noch nie einen Orgasmus. Und dann habe ich Jonas getroffen, und er hat mir gezeigt, was ich verpasst habe.«

»Ach, komm schon. Du hattest noch nie einen Orgasmus, bevor du deinen Ehemann kennengelernt hast?«

»Nein, keinen einzigen.«

»Nicht einmal während du masturbiert hast?«

Ich schüttle den Kopf. »Also, dank Jonas, dem Mann meiner Träume, wurde ich zu Orgasma der Allmächtigen – einer orgastischen Superheldin. Allmächtig auf ganz neue Art und Weise. Ende der Geschichte.«

»Aber du hast vor Jonas schon mit anderen Männern geschlafen, oder?«

»Ja, mit einigen.«

»Und es hat *nie* geklappt?«

»Nicht ein Mal.«

»Wie viele Kerle haben es versucht und nicht geschafft?«

»Kannst du mir bitte noch mal erklären, warum ich hier in einem Nachtclub in Bangkok sitze, sturzbetrunken, und meine komplette Sexgeschichte dem Typen erzähle, der im Moment den geilsten Song der Welt singt?«

»Nicht hinterfragen. So ist es einfach. Wie viele waren es vor deinem Mann?«

»Fünf«, antworte ich. »Drei feste Freunde und zwei One-Night-Stands, als ich betrunken war.«

»Und du bist mit keinem von ihnen gekommen?«

Ich schüttle den Kopf. »Nie.«

»Aber haben sie es versucht? Ich meine, du weißt schon, haben sie ihr Bestes gegeben? Haben sie dich da angefasst, wo es wichtig ist? Haben sie es zumindest *versucht*?«

Ich zucke mit den Schultern. »Ja, sie haben es versucht, sie haben ihr Bestes gegeben, nehme ich an. Aber sosehr sie sich auch angestrengt haben, es ist nicht passiert. Oft habe ich einen Orgasmus vorgetäuscht, also haben sie wahrscheinlich sogar geglaubt, dass ich gekommen bin. Im Nachhinein betrachtet, war das natürlich blöd von mir. Aber dann trat ja mein magischer Frauenflüsterer in mein Leben und hat alles verändert.«

»Dein magischer Frauenflüsterer?« Er lacht.

»Oh.« Ich lege mir die Hand auf den Mund. »Das hätte ich wirklich nicht sagen sollen. Ich bin so betrunken. Bitte tu so, als hätte ich das nie gesagt. Ich muss jetzt unbedingt aufhören zu reden.«

»Nein, nein, nicht aufhören zu reden. Ich bin verschwiegen wie ein Grab, OAM. Versprochen.«

»Danke.«

»Ist es deinem Mann beim ersten Mal gelungen?«

Ich schüttle meinen Kopf.

»Beim zweiten Mal?«

Wieder verneine ich.

»Wow, was für ein hartnäckiger Bastard.«

»Mein Mann glaubt an sexuelle Exzellenz. An *Sexzellenz*, wie er es nennt.«

»Ich werd verrückt.« Er schüttelt einen Moment lang glücklich den Kopf. »Das nehme ich für meinen nächsten Song. Darf ich es verwenden?«

»Von mir aus. Fühl dich frei, mein Freund. Hm. Ich könnte das vielleicht für eine Grußkarte verwenden.«

»Was?«

»Egal. Betrunkenes Geschwätz.«

Er lacht. »Das ist Wahnsinn.« Er rutscht auf seinem Platz hin und her, anscheinend hat er unglaublich viel Spaß. »Also, was hat Jonas getan, dass es bei dir geklappt hat?«

Ich beiße mir auf die Unterlippe. Das ist keine normale Konversation. Darüber habe ich noch nicht einmal mit Kat geredet. Dieser Megasuperstar ist die letzte Person auf Erden, von der ich gedacht hätte, dass ich sie einmal im Leben treffen, geschweige denn mit ihr auch nur fünf Minuten reden würde, und schon gar nicht über dieses Thema. Wie sind wir eigentlich überhaupt darauf gekommen?

»Ach, komm schon, OAM. Hat er Tricks aus *Fifty Shades of Grey* angewandt? Hat er herausgefunden, dass du gerne ausgepeitscht oder mit dem Paddel versohlt wirst oder etwas in der Art?«

»Nein, nichts dergleichen. Keine Hilfsmittel. Jonas hat etwas gegen Hilfsmittel. Er benutzt nur, was Gott ihm gegeben hat, und das benutzt er gut. Er hat mich einfach nur ... geknackt. Oder besser gesagt, er hat mir geholfen, mich selbst zu knacken.«

Wills Augen funkeln. »Das ist wirklich, wirklich süß.«

»Danke.«

»Aber es ist ganz großer Blödsinn.«

Ich bin fassungslos. »Nein, das ist kein Blödsinn.« Ich recke mein Kinn. »Das ist die reine Wahrheit.«

»Na gut, okay. Kein Blödsinn. Ich meine nur, es ist nicht spezifisch genug, um die Wahrheit zu sein. Es ist die Art von Blödsinn, die man redet, wenn man nicht die ganze Wahrheit erzählen will. Die Wahrheit liegt im Detail.«

Ich nicke. Da hat er recht.

»Erzähl mir Details, OAM. Details.« Er klatscht aufgeregt in die Hände. »Was genau hat Mr Sexzellenz gemacht, das anders war als alles, was die anderen davor probiert haben? Warum konntest du mit ihm einen Orgasmus haben und mit den anderen nicht?«

Ich werfe einen Blick zu Jonas rüber, und sofort strömt Hitze durch meinen ganzen Körper. »Warum interessiert dich das so, Will? Ich denke, du hast gerade die Grenze zu einem Territorium überschritten, das nicht deines ist.«

Er schnaubt. »Wähle willkürlich hundert Männer aus – oder eine Million Männer –, und jeder Einzelne von ihnen, ohne Ausnahme, wird genau wissen wollen, was ich dich jetzt frage: Was hat dieser Teufelskerl mit dir gemacht, dass du zum Höhepunkt gekommen bist? Wenn er über den Orgasmus von Frauen etwas weiß, das ich nicht weiß, dann will ich das auf der Stelle hören.«

Ich zucke mit den Schultern. »Er ist einfach nur talentiert. Oder besser gesagt, er hat eine Begabung.«

»Nein, nein. Jetzt komm mir nicht mit so einem Mist, OAM. Wir sind zu gute Freunde, als dass du mich damit abspeisen könntest.«

Ich muss lachen.

»Du hattest Sex mit fünf Männern und bist nie zum Höhepunkt gekommen, und dann taucht dieser Kerl auf, und du gehst ab wie eine Rakete? War es sein Aussehen? Ich kann von hier aus sehen, dass er kein hässlicher Typ ist.«

Ich blicke wieder zu Jonas hinüber und seufze. »Ja, er sieht verdammt gut aus, stimmt's? Aber nein, das war es nicht.«

»Okay, was war es dann? Ich will Details. Das ist die interessanteste Unterhaltung, die ich seit Langem geführt habe. Ich brauche nur noch eine Tüte Popcorn, dann ist das hier besser, als die *Avengers* anzuschauen.«

»Sorry, Will. Ich habe dir bereits genug erzählt. Ich bin mit dem Mann meiner Träume verheiratet, und er hat mich durchschaut – emotional, körperlich und seelisch. Er liebt mich mehr als sein Leben, und mir Lust zu bereiten ist seine oberste Priorität. Ende vom Lied. Okay, und jetzt zurück zu dir. Was genau am Erfolg war am härtesten für dich? Jetzt, da du erreicht hast, wovon du wahrscheinlich geträumt hast, wie sieht der nächste Schritt aus? Verspürst du als Künstler, der so weit gekommen ist wie du, die Verpflichtung, den Erwartungen deiner Fans gerecht zu werden, oder konzentrierst du dich auf deine eigene künstlerische Erfüllung?«

Er lacht aus vollem Hals. »O nein, OAM. Von jetzt an stelle ich hier die Fragen, nicht umgekehrt.«

»Nein, ich habe dir erzählt, was ich dir erzählen wollte. Mehr gibt es nicht. Und jetzt hör auf, so pervers zu sein, und bestell uns noch ein paar Drinks, Mr Superneugierig. Meine Begeisterung lässt langsam nach.«

Er muss wieder lachen. »Du bist ein starkes Mädchen. Du lässt dir nichts gefallen, oder?«

»Wie schon gesagt, ich bin eine Latina. Sich etwas gefallen zu lassen stimmt nicht mit meiner Molekularstruktur überein.« Ich mache eine Bewegung, als würde ich meinen Mund verschließen. »Genug jetzt mit dem betrunkenen Plappermaul. Die Aufregung um deinen Ruhm hat sich gelegt, und jetzt bist du bloß noch ein reicher, charismatischer Kerl, der mich persönliche Dinge fragt, die ihn nichts angehen.«

»Wow. OAM Cruz hat soeben die Regeln festgelegt.«

Ich lache.

Will blickt zu Jonas. »Er ist wirklich ein großer Glückspilz.«

»Nein, ich bin die Glückliche«, sage ich. »Glaub mir.«

In dem Moment, in dem Will mit mir anstößt und mich offiziell auf den Namen OAM Cruz tauft, kommen Reed und Jonas zu uns rüber. Jonas beugt sich dicht zu mir. »Alles in Ordnung, Baby?«, fragt er. Sein Blick ist so intensiv. Verführerisch.

Ich nicke. Bei diesem Blick stellen sich mir alle Nackenhärchen auf.

Reed zieht Will zur Seite, um ihm etwas ins Ohr zu flüstern, und Jonas nimmt sofort den frei gewordenen Platz neben mir ein. »Du hast sehr lange mit diesem Kerl geredet«, sagt Jonas und legt seinen Arm um mich. Ich spüre seine Muskeln. »Über was habt ihr zwei denn so lange gesprochen?«

»Ach Gott, über viele Dinge. Über Josh, über Tattoos, darüber, dass er immer noch seiner Exfreundin Carmen nachtrauert. Über die Tatsache, dass ich mit dem besten Mann auf Erden verheiratet bin. Ich weiß nicht. Über alles und nichts.«

»Du kommst mir ziemlich betrunken vor«, sagt Jonas. »Geht es dir gut?«

Ich recke meine Daumen. »Absolut fantastisch, Baby. Ich habe wirklich Spaß. Und ich habe es dir ja gesagt – ich bin auf einer Mission. Ich will heute Abend total durchdrehen. So weit, so gut.«

Will tippt Jonas auf die Schulter und streckt ihm seine Hand entgegen. »Hey, Mann. Schön, dich kennenzulernen. Ich bin Will. Sarah hat mir gerade von dir erzählt.«

»Freut mich«, sagt Jonas und schüttelt Wills Hand. »Gratulation zu allem.«

»Danke.« Will deutet auf mich. »Diese Frau hier lässt sich nichts gefallen.«

»Das hast du schon herausgefunden?« Jonas grinst mich an. »Ja, sie tritt mir ganz schön fest in den Hintern, wenn ich es brauche.«

»Ich bin mir sicher, das fühlt sich richtig gut an.«

Jonas sieht mich an und versucht herauszufinden, was Will damit meinen könnte. »Ja, immer«, antwortet er schließlich. Er schaut mich mit zusammengekniffenen Augen an.

»Also, Leute, ich muss in ein paar Minuten einige Songs da unten singen. Wollt ihr vom VIP-Bereich vor der Bühne aus zuschauen?«

»Na klar!«, rufe ich und springe aufgeregt von der Couch auf. Als ich zu Jonas blicke, wird mir allerdings sofort klar, dass wir nicht derselben Meinung sind. Ich seufze. Was habe ich denn auch erwartet? Meinen süßen Jonas zu fragen, ob er sich mit mir in eine Menschenmenge stellt, um eine Hip-Hop-Show anzusehen, ist ... wie einen Fisch darum zu bitten, auf einen Baum zu klettern, genau. »Aber eigentlich«, rudere ich zurück, »denke ich, dass Jonas und ich uns deinen Auftritt lieber von hier oben aus ansehen. Da sind weniger Leute.«

Jonas drückt meine Hand. »Nein, Baby. Geh schon, hab Spaß. Hey, Reed«, sagt er. »Könntest du Sarah mit nach unten in den VIP-Bereich nehmen? Und auf sie aufpassen?«

»Klar, kein Problem. Sarah kann sich die Show auch mit uns von der Bühnenseite aus ansehen. Barry wird auch dabei sein. Wir passen gut auf sie auf.« Er deutet auf den großen schwarzen Kerl mit den breiten Oberarmen, der während meiner Unterhaltung mit Will Wache gehalten hat.

»Bring sie nur gesund und munter wieder zu mir zurück, okay? Sie ist unersetzlich«, sagt Jonas und drückt meine Hand.

Ich kann nicht anders, als vor Freude zu quietschen.

»Ich bringe sie zurück auf den Balkon, sobald Wills Show vorbei ist«, versichert Reed Jonas. »Versprochen.«

»Aber wirklich, Reed«, sagt Jonas. »Hier ist es sehr voll. Bleib bei ihr, okay?«

»Klar, mach dir keine Sorgen.«

Ich werfe die Arme um Jonas' Hals und küsse ihn leidenschaftlich. »Ich bin so aufgeregt. Danke, dass du mich hierhergebracht hast.«

»Viel Spaß, Baby. Aber pass auf dich auf. Und mach keine Dummheiten.«

»In Ordnung, Baby. Ich liebe dich, Jonas Faraday.«

Sarah

Die thailändische Hip-Hop-Band, mit der Will einen neuen Song aufgenommen hat, heißt Time's Up. Für das amerikanische Publikum *Thai*me's Up geschrieben (sehr clever!). Alle fünf Jungs von Thaime's Up springen auf der Bühne herum und rappen abgehackte Silben und Geräusche vor sich hin, die mir absolut nichts sagen (ganz im Gegensatz zum kreischenden thailändischen Publikum). Will steht genau vor Reed, Barry und mir an der Seite der Bühne und wartet geduldig auf seinen Einsatz, um den Laden zum Beben zu bringen.

»Das ist ihr größter Hit«, sagt Reed mir ins Ohr. »Diese Jungs sind total angesagt in Thailand.«

Ich nicke. Die Reaktion des Publikums macht das absolut deutlich.

Ich habe mir noch nie ein Konzert vom Bühnenrand aus angeschaut, und ich muss sagen, es ist definitiv der beste Platz. Ich sehe die Musiker zwar nur von der Seite oder von hinten, bekomme sie dafür aber hautnah mit. Und gleichzeitig kann ich die Menschen im Publikum dabei beobachten, wie *sie* die Show genießen. Das ist ziemlich cool. Der musikalische Genuss wird durch die vielen begeisterten Gesichtsausdrücke noch viel besser.

Ich blicke nach oben zum Balkon und erkenne unter den wenigen Menschen dort sofort die muskulösen Umrisse von Jonas. Ich winke ihm hinter Wills Schulter hervor zu, und er winkt zurück und lächelt mir zu. Außer ihm sind fast alle aus dem VIP-Bereich mit hinuntergegangen, um das Konzert aus nächster Nähe zu erleben. Aber ich bin mir sicher, Jonas ist das ganz recht so.

Das Lied ist zu Ende, und eines der Bandmitglieder sagt etwas in sein Mikrofon. Die Menge grölt und klatscht begeistert in die Hände.

Neue Bässe klingen an, und das Publikum explodiert förmlich, weil es den nächsten Song erkannt hat. Einer der Thai-Jungs brüllt »2Real!« in sein Mikrofon, und Wills Körper vor mir bläst sich richtig auf. Er verwandelt sich in den stolzen Rapper, den die Welt erwartet. Als der thailändische Rapper ein zweites Mal »2Real!« in sein Mikrofon brüllt, prescht Will unter hämmernden Rhythmen auf die Bühne – und das Publikum dreht komplett durch.

Ich erkenne den Song nicht – wahrscheinlich wurde er in den Staaten noch nicht veröffentlicht, wenn das überhaupt je geschieht, aber ich liebe ihn schon jetzt. Vielleicht zieht mich aber auch nur Wills Vorstellung völlig in Bann. Dieser Kerl ist einfach eine Wucht. Will rappt auf Englisch, die Hip-Hop-Band auf Thailändisch – das Ganze wird von einem mitreißenden Beat voller unüblicher Sirenenklänge und heftigen Bassrhythmen untermalt. Das Ergebnis ist erstklassige, asiatisch beeinflusste Musik in meinen Ohren. Während der ersten Hälfte des Liedes kann ich meinen Blick nicht von der Bühne losreißen, geschweige denn damit aufhören, mich wie wild zum Rhythmus zu bewegen. Aber dann habe ich plötzlich das dringende Bedürfnis, diesen fantastischen Moment mit Jonas zu teilen. Ich löse meinen Blick von den sechs Männern, die auf der Bühne herumspringen, und schaue hoch zum Balkon, in der Hoffnung, dass Jonas die Musik genauso sehr genießt wie ich.

Wow, Jonas bewegt sich überhaupt nicht zu der Musik, nicht das kleinste bisschen. Er steht stocksteif da und starrt mich an. Sogar von hier unten kann ich erkennen, dass er mich mit den Augen förmlich verschlingt. Anscheinend habe ich etwas getan – was, das weiß ich nicht –, das meinen süßen Jonas in Jonas den Weißen Hai verwandelt hat.

Das Lied ist zu Ende, und das Publikum schreit vor Begeisterung.

»Seid ihr bereit für ›Crash‹?«, brüllt Will in die Menge, und der vertraute Klang von Wills großem Hit dröhnt aus den Lautsprechern.

Jede Peron im Club, mich eingeschlossen, dreht plötzlich total durch. Ich juble, springe, wackle mit dem Hintern – ich bin eine tanzende Marionette, genau wie alle anderen unter diesem bebenden Dach. Das ist der absolute Wahnsinn!

Will beginnt, die mittlerweile omnipräsenten Worte seines Songs zu rappen, und ich singe sofort Wort für Wort mit – genau wie ich es immer in meinem Spinningkurs mache. Und im Auto. Und unter der Dusche. Und beim Laufen. Dieses Lied ist mein Lebenselixier!

Als Will den Höhepunkt des Liedes erreicht hat, stimmen die Rapper von Thaime's Up zusammen mit dem Publikum ein.

Der Song ist einfach wahnsinnig mitreißend. Richtig ansteckend. Und mit so vielen Menschen mitzusingen, noch dazu in Thailand, macht mich überglücklich. Nur Musik kann die Menschen auf der ganzen Welt so miteinander vereinen. O mein Gott, ich komme mir vor, als wäre mir eine illegale Substanz verabreicht worden. Das ist die göttliche Idee der Euphorie.

Das Lied bewegt sich auf sein pulsierendes Finale zu, aber Will stoppt kurz vor dem letzten Akkord, was einen krassen Gegensatz bildet zu der Radioversion, die ich kenne. »Sehr gut, Leute. Lass die Musik weiterlaufen, DJ«, sagt er und wendet sich dem Mischpult zu. Er lässt die Musik einen Augenblick lang auf sich wirken und stolziert dabei über die

Bühne, immer im Kontakt zum Publikum. Die Menge johlt und klatscht bei jedem seiner Ausrufe begeistert mit. »Hey, Leute, gefällt euch der Song?«, fragt er das Publikum, das kreischend antwortet. »Danke, dass ihr ihn auf Platz eins gebracht habt.« Wieder ohrenbetäubendes Geschrei. »Wisst ihr was? Ich habe eine besondere Überraschung für euch heute Abend.« Alle kreischen vor Aufregung. Will wartet noch kurz, und die Spannung steigt. »Wir haben heute Abend einen besonderen Gast unter uns.« Er blickt über seine Schulter in meine Richtung, und als sich unsere Blicke treffen, grinst er breit.

Ich kriege eine Gänsehaut. O nein. *Nein.*

»Wir haben heute Abend eine Weltklasse-Spin-Rapperin unter uns, Leute«, sagt er, und mir rutscht das Herz in die Hose. Heilige Scheiße. Nein, nein, nein.

Die Leute kreischen vor Begeisterung – anscheinend sind sie viel zu betrunken oder high, um zu hinterfragen, was zum Teufel eine Weltklasse-Spin-Rapperin ist. Ein paar Menschen aus der ersten Reihe holen ihre Handys hervor und beginnen erwartungsvoll zu filmen.

»Ja, ihr habt richtig gehört, Leute – wir haben eine Weltklasse-Spin-Rapperin unter uns –, und das ist etwas, was man nur einmal im Leben erlebt.«

Ich lege mir die Hand über den Mund. Meine Wangen glühen förmlich.

»Diese Weltklasse-Spin-Rapperin kam den ganzen Weg aus Seattle hierher, nur um für euch heute Abend zu singen.«

Das Publikum explodiert vor Begeisterung. Noch mehr Handys werden in die Luft gehalten.

O du lieber Gott im Himmel. Nein. Ich schüttle wie wild den Kopf, als wäre er eine Wetterfahne mitten in einem Tornado. Nein, nein, nein. Nein.

»Einen Riesenapplaus für …«

O nein. Mir wird schlecht. *Nein.*

»O ... A ... M ... *Cruz!*«

Das Publikum applaudiert wie wahnsinnig.

Will dreht sich um und deutet auf mich. Sein Gesicht strahlt richtig.

Ich schüttle entgeistert den Kopf.

Will geht lachend auf mich zu und streckt seine Arme aus. »Komm schon, OAM«, brüllt er ins Mikrofon. Er wendet sich ans Publikum. »Wir müssen sie alle davon überzeugen, auf die Bühne zu kommen, Leute. OAM! OAM!« Die Menge macht sofort mit und brüllt die Silben, die Will ihr vorgibt. Ich kann mir allerdings nicht vorstellen, dass auch nur ein Viertel der Leute versteht, was zum Teufel sie da rufen.

»Komm schon, OAM.« Er streckt mir die Hand hin.

Ich spüre Reeds Hand auf meiner Schulter. »Lass ihn jetzt nicht hängen«, sagt er mir ins Ohr – und sein Tonfall macht deutlich, dass ich keine andere Wahl habe.

Ich hole tief Luft, gehe auf die Bühne und greife nach Wills Hand.

Das Publikum schreit bei meinem Anblick begeistert auf.

Als Will mich zur Mitte der Bühne führt, werfe ich einen Blick zum Balkon hinauf und hoffe verzweifelt, Jonas' beruhigendes Gesicht zu sehen. Aber die Scheinwerfer strahlen direkt in meine Augen und blenden mich. Außer den schwitzenden, schreienden Menschen, die aus der ersten Reihe zu mir aufblicken und ihre Handys in die Höhe halten, kann ich nichts sehen.

»Das ist OAM Cruz, Leute!«

Die Menge johlt.

»Wenn ihr den Song kennt, dann rappt mit ihr zusammen – helft ihr ein bisschen«, sagt Will zum Publikum. Er reicht mir ein Mikrofon und flüstert mir ins Ohr: »Erste Strophe. Warte auf mein Zeichen.« Er hält einen Augenblick lang inne, offensichtlich wartet er auf eine bestimmte Stelle im Lied. »Okay, los geht's. Eins, zwei. Eins-zwei-drei-vier.«

Ohne auch nur darüber nachzudenken, beginne ich, das Lied zu rappen. Manometer, ich bin eine rappende Vollidiotin. Nichts kann mich aufhalten. Ich bin wie auf Autopilot geschaltet. Verdammt, ich hab's drauf, Leute. Ich habe bei diesem Lied schon so oft mitgesungen, und dank des Champagners und Wodkas strömen die Worte jetzt nur so aus mir heraus. Sie verlassen nicht bloß meinen Mund, sie fliegen förmlich über meine Lippen. Ganz so, als wäre ich dafür gemacht. Ich. Bin. O.A.M.Cruz! *Bam!*

Will und die Jungs von Thaime's Up stimmen beim Refrain mit ein, und als die zweite Strophe beginnt, singen Will und ich abwechselnd, als hätten wir dieses Duett schon jahrelang geprobt.

Ich schiele wieder zum Balkon hinauf, ich möchte so gern ein ermutigendes Lächeln von Jonas entdecken, aber es ist sinnlos – ich kann wegen der verflixten Scheinwerfer immer noch nichts sehen.

O mein Gott, das ist einer der Top-Ten-Momente meines Lebens. Ich habe mich noch nie so high gefühlt, es sei denn, Jonas hat mich in ungeahnte Höhen katapultiert. Ich wusste nicht einmal, dass ich ohne Jonas' magische Berührung überhaupt zu dieser Art von Gefühlen fähig bin. Das ist einfach unglaublich. Ich fühle mich, als hätte ich einen seelischen Orgasmus.

Als das Lied zu Ende ist, applaudiert das Publikum wie verrückt, und die Thai-Jungs verbeugen sich. Will nimmt meine Hand und reißt sie nach oben. »Einen Riesenapplaus für OAM Cruz!« Die Menge johlt, und ich lache glücklich. Zu behaupten, ich hätte Spaß, wäre eine maßlose Untertreibung.

Ich will Richtung Reed und Barry von der Bühne gehen, aber Will packt mich am Arm. »Du kommst mit mir, OAM.«

Er zieht mich zur gegenüberliegenden Seite der Bühne, und alle sieben Rapper – ich bin jetzt nämlich auch einer! – verlassen zusammen durch eine private Hintertür die Bühne.

Innerhalb weniger Sekunden befinde ich mich hinter einer verschlossenen Tür in einem Privatzimmer, wahrscheinlich einer Garderobe. Einer der Thai-Jungs wirbelt mich herum, während alle sich abklatschen, umarmen und vor Begeisterung jubeln. Irgendjemand reicht mir eine offene Flasche mit Alkohol und erwartet anscheinend von mir, dass ich einen Schluck trinke. Und das mache ich auch – einen großen Schluck. Es schmeckt wie Benzin. Aber was soll's, ich nehme trotzdem noch einen zweiten großen Schluck, schließlich bin ich total verrückt. Dann reiche ich die Flasche weiter.

Eines der Bandmitglieder kommt auf mich zu und küsst mich auf die Wange. »Fantastisch!«, sagt er.

»Danke«, murmle ich, aber er wartet meine Antwort gar nicht ab. Er ist bereits weitergegangen, um Will zu umarmen.

»Das war der Hammer!«, sagt Will und drückt mich, nachdem der Thailänder ihn wieder losgelassen hat. »Wir haben hier eine Weltklasse-Spin-Rapperin, Leute!«

Die Thai-Jungs johlen. Ich fühle mich, als würde ich schweben. Ich werfe meine Arme um Will und drücke ihn fest. »Vielen, vielen Dank. Das war einer der aufregendsten Momente meines Lebens.«

Er küsst mich auf die Wange. »Du hast es geschafft, OAM.« Er zieht sich lachend aus unserer Umarmung zurück. »Ich dachte, ich gebe dir das Mikro für vielleicht fünf Sekunden und entlasse dich dann wieder von der Bühne.« Er bricht in schallendes Gelächter aus. »Aber du hast gerockt, Mädchen. Du warst der absolute Wahnsinn!«

Plötzlich steigt mir der unverwechselbare Geruch von Haschisch in die Nase. Ich blicke mich in dem winzigen Raum um und sehe, wie einer der Thais eine große Rauchwolke ausstößt und den Joint dann an seinen Bandkollegen weiterreicht.

»Gib mir das Ding«, sagt Will. Er nimmt einen tiefen Zug und bietet mir den Joint an.

»Nein danke«, sage ich und winke ab. »Haschisch macht bloß nur müde.«

»Dieses Zeug hier nicht.« Er lacht. »Dieses Zeug verhilft dir zum besten Sex deines Lebens.« Er bietet ihn mir wieder an.

»Ist das reines Haschisch? Nicht mit irgendwas gestreckt?«

»Ja, nur Haschisch – gutes Zeug. Du wirst dich danach so gut fühlen, OAM. Wenn du dieses Zeug geraucht hast, musst du dir drei neue Buchstaben für dein Tattoo ausdenken.«

Ich nehme den Joint und ziehe fest daran.

»Tiefer«, sagt Will. »Du musst einen tiefen Zug nehmen, so tief du kannst, und es dann in deiner Lunge halten.«

Ich nehme noch einen tiefen Zug, fange aber sofort an zu husten. Das ist das zweite Mal, dass ich kiffe – das erste Mal war auf einer Collegeparty mit Kat –, und ich bin offensichtlich nicht gut darin.

»Nein, nein. Lass dir Zeit. Halte den Rauch drei Sekunden lang in deiner Lunge«, sagt Will. »Nicht im Hals – in der Lunge. Noch ein Versuch. Ganz, ganz fest ziehen und dann halten, bis du bis drei gezählt hast.«

Ich folge seinen Anweisungen und – o mein Gott. Mein Körper reagiert sofort auf das Zeug. »Verdammte Scheiße«, sage ich und blase den Rauch aus. »Ich komme mir vor, als wäre ich in eine riesige Kuscheldecke eingewickelt.« Ich muss lachen.

»Warte nur, bis dein magischer Frauenflüsterer es dir heute Nacht besorgt. Du denkst, du bist Orgasma die Allmächtige?« Er lacht. »Du wirst dich wundern.«

Ich kann nicht antworten. Wow. Das fühlt sich erstaun-

lich an, als wäre ich mit Helium gefüllt. Und mit Hormonen. Manometer. Das ist echt erste Sahne.
»Nimm noch einen Zug«, fordert Will mich auf, und ich gehorche.
»Wow«, sage ich und nehme gleich noch einen dritten Zug.
»Geht's dir gut?«
Ich nicke.
»Hey, Chakrii«, sagt Will zu einem der thailändischen Rapper. »Hast du noch mehr von dem Ecstasy von letzter Nacht?«
Der Junge nickt. »Ja.«
»Gib bitte OAM ein paar Pillen, okay?«
Chakrii langt in seine Tasche, zieht einen kleinen Beutel mit weißen Tabletten heraus und gibt zwei davon Will.
»Haben du und dein Mann es je auf Ecstasy getrieben?«, fragt mich Will und streckt mir seine Handfläche mit den zwei weißen Pillen hin.
Ich schüttle den Kopf. Wahnsinn, das Haschisch macht sich echt bemerkbar. Ich will sofort mit Jonas ins Bett kriechen und ihn von oben bis unten ablecken. »Ich habe noch nie Drogen genommen, nur einmal gekifft«, sage ich. »Und danach bin ich einfach nur eingeschlafen.« Mein Gehirn wird ganz langsam. Ich fühle mich plötzlich so entspannt. Ich würde mich jetzt wirklich am liebsten in eine Decke kuscheln.
»Du glaubst nicht, wie gut sich der Sex anfühlen wird, wenn du dieses Haschisch mit Ecstasy kombinierst.« Er nimmt meine Hand und legt mir die zwei weißen Pillen so vorsichtig hinein, als wären sie ein kleines Küken. »Das ist mein Geschenk für dich und deinen Mann heute Nacht. Genieß es, Orgasma.«
Ich gebe ihm die Pillen wieder zurück. »Ich will nicht sterben.«

Will lacht. »Du wirst nicht sterben. Das ist kein Zeug, das man auf der Highschool bekommt. Das ist pures MDMA. Ich habe es gestern Abend erst genommen. Fantastisches Zeug. Hab einfach deinen Spaß.«

Mein Gehirn ist jetzt so langsam wie das eines Chihuahuas. »Ich will nicht in Thailand sterben, Will.«

»Sarah, du wirst nicht sterben. Wenn Ecstasy rein ist und nicht mit irgendeinem anderen Scheiß gestreckt, dann ist es total ungefährlich. Es wird dir einfach nur zum besten Orgasmus deines Lebens verhelfen. Einer Nacht voller Ekstase.« Er grinst. »Dein Ehemann wird mir danken.«

»Jonas allein verhilft mir schon zu purer Ekstase. Das Höchste, was der Mensch erreichen kann.« Der letzte Teil des Satzes klingt in meinen Ohren plötzlich lustig. »Mensch erreichen«, sage ich erneut, einfach weil es so eine komische Aneinanderreihung von Silben ist. »Mennnsch.Eeerreiii.chennn.«

Will schüttelt den Kopf. »Dein Mann hat dir zu deinem ersten Orgasmus verholfen, also weißt du nicht, was noch alles möglich ist. Aber glaub mir, es ist noch vieles möglich – und dieses Zeug hier wird es dir zeigen.« Er zwinkert mir zu. »Mein Geschenk an euch beide.«

»Mennnsch.Eeerreiii.chennn«, stammle ich.

Er lacht. »Gern geschehen.«

Sarah

»Fantastische Show, Will.« Reed umarmt Will und klopft ihm stürmisch auf den Rücken. »Mann, ist das Publikum abgegangen. Das müssen wir auf jeden Fall nächsten Monat in meinem Club in Vegas wiederholen.« Reed dreht sich zu mir um. »Du musst mitkommen und in Vegas noch mal so eine Show abziehen, OAM Cruz.« Er wirft seinen Kopf in den Nacken und lacht. »Das war hammergeil!«

Ich antworte nicht. Ich bin zu sehr damit beschäftigt, Reeds Haare zu bewundern und zu denken: Wow, sehen die weich aus.

Reed umarmt jedes Mitglied von Thaime's Up und klatscht alle ab. Ich richte meine Aufmerksamkeit auf die Lichter, die von der Decke hängen. »Wundervoll«, sage ich laut, auch wenn mir keiner zuhört. »Sooo hübsch.«

Reed legt seinen Arm um meine Schulter. »Hattest du Spaß da oben, Sarah?«

Ich nicke. Reed ist so hübsch. Und auch so ein lieber Kerl. Seine Zähne sind strahlend weiß.

»Es hat ausgesehen, als hättest du einen Mordsspaß gehabt«, sagt Reed. »Du hast die Bude gerockt, OAM Cruz.«

»Du bist so ein lieber Kerl, Reed«, sage ich und lege meine Wange an seine Schulter. »Es tut mir leid, dass ich dir das nicht schon vorher gesagt habe.«

Er lacht. »Für was steht eigentlich OAM?«

Ruckartig nehme ich meinen Kopf von Reeds Schulter

und schaue Will an. Dabei verziehe ich das Gesicht zu einer Grimasse, ganz so, als wäre ich eine Zeichentrickfigur, die gerade von einer Lokomotive überfahren wird.

Will bricht in schallendes Gelächter aus und bedeutet mir mit einer Handbewegung, dass sein Mund verschlossen ist. Er zwinkert mir zu.

Erleichtert lasse ich meinen Kopf wieder an Reeds Schulter sinken. Will ist mein Freund. Er würde mein Geheimnis niemals verraten. Deshalb ist er mein Freund. O Gott, fühlt es sich gut an, mit Reed zu kuscheln. Reed ist auch mein Freund. »Kuscheln«, sage ich laut. »Kuuuhuuuscheln.«

»Ich habe ein Video von der ganzen Show auf meinem Handy«, sagt Reed. »Ich habe es bereits Josh geschickt. Er kann sich gerade bestimmt nicht mehr halten vor Lachen. Ich wünschte, er hätte das live miterlebt. Fantastisch!«

»Oh, ich bin mir sicher, jemand hat es bereits auf YouTube gestellt«, sagt Will. »Unsere OAM Cruz macht bestimmt schon im Netz die Runde. Merkt euch meine Worte.«

»Zweifellos«, sagt Reed lachend. »O Mann, das war der Hammer!«

Reeds Zähne sind nicht nur weiß, sie sind auch so gerade. Ich berühre den Ärmel seines Shirts. Der Stoff fühlt sich unter meinen Fingern so unglaublich weich an. »Weich«, flüstere ich.

»OAM Cruz *is in the house!*«, brüllt Will, und alle lachen und stoßen an und halten ihre Flaschen nach oben.

Ich kuschle mich noch enger an Reed heran. »Ich mag dich wirklich, Reed.« Ich drücke mein Gesicht an seine Brust, als wäre ich eine Katze, die ihre Krallen in einen Kratzbaum schlägt. »Ich will nur mit dir kuscheln, Reed. Kuscheln. Kuuuuscheln. Reeeeeed.«

Reed dreht seinen Kopf plötzlich in Wills Richtung. »O fuck, Will. *Nein.*«

Will lacht.

»Du hast ihr *Ecstasy* gegeben?!«

Will kann sich nicht mehr halten vor Lachen.

»O Shit«, sagt Reed. »Verdammt, Will. Scheiße, Mann. Ich habe Jonas versprochen, dass ich auf sie aufpasse. Er wird ausrasten.« Reed nimmt mich an die Hand. »Komm schon, Sarah. Jonas wartet auf dem Balkon auf dich. Die Kuschelzeit ist vorbei. Ich muss dich zu deinem Mann bringen.«

»Jonas«, schnurre ich. »Jonas ist mein Ehemann. Ich liebe ihn so sehr. Er ist so wunderschön, innen wie außen. Joooonaaaas. Er ist der Mann meiner Träume. Habe ich euch das schon erzählt? Er sorgt dafür, dass es mir sooo gut geht.«

»Du bist so ein Arschloch, Will.«

Will kann nicht aufhören zu lachen.

»Ich werde Jonas sagen, wie sehr ich ihn liebe. Und dann werde ich sein Haar berühren.«

Reed zieht mich Richtung Zimmertür, und in dem Moment, in dem er sie öffnet, sehe ich Jonas davorstehen. Er flippt gerade aus wie ein Wahnsinniger.

»Du kannst da nicht rein«, sagt Barry und verschränkt seine dicken Arme vor der Brust. »Reed holt sie, du musst dich gedulden.«

»Von wegen ich muss mich *gedulden!*«

»Jonas«, sage ich und renne auf ihn zu. Ich werfe ihm die Arme um den Hals und presse meinen geilen Körper gegen seinen. Ich rechne fast damit, dass er mit mir verschmilzt und mich leidenschaftlich küsst – und hoffe, dass er mir gleich hier und jetzt die Klamotten vom Leib reißt, egal, wer uns dabei zusieht. Aber er steht nur stocksteif da und sieht mich kalt an. Anscheinend ist er sehr verärgert. »Hast du mich rappen sehen, Baby?« Ich kichere und beschließe, die offensichtlichen Signale seines steifen Körpers zu ignorieren. »Ich bin eine Weltklasse-Spin-Rapperin! Yo!«

Jonas knirscht mit den Zähnen. »Lass uns gehen.« Er nimmt meine Hand und will mich fortziehen.

»Warte, wir müssen uns noch von Reed und Will verabschieden.«

»Barry, sagst du Reed bitte, dass wir gegangen sind?«, sagt Jonas kurz angebunden und zieht mich, ohne eine Antwort abzuwarten, ruppig davon.

»Was ist mit Will?«

Jonas blickt mich aus seinen kalten Augen an. »Ich denke, du hast bereits genug zu Will gesagt.« Er packt mich fest am Arm. »Komm jetzt.«

Jonas zieht mich durch die Menge, als wäre ich eine Stoffpuppe. Unaufhaltsam bewegt er sich auf die Eingangstüren des Clubs zu. Aber wir kommen nur langsam voran, denn es ist verdammt eng. Außerdem halten uns immer wieder hübsche Leute auf, die mich abklatschen oder mich umarmen oder ein Foto mit mir machen wollen. »Nein, tut mir leid. Nein«, sagt Jonas immer wieder. »Nein, wir müssen gehen.«

Ich finde, er ist beinahe etwas gemein zu diesen Leuten. Sie wollen doch nur ein bisschen nett sein zu OAM Cruz, und ich wünschte, ich könnte diese Nettigkeit zurückgeben. Alles, was ich im Moment will, ist jede Menge hübsche thailändische Menschen und australische Touristen (oder sind es Kiwis?) zu umarmen, sie zu küssen und ihnen vielleicht sogar über ihre weichen Haare zu streicheln. Sie haben alle so schimmerndes Haar. Und diese Lichter. Die Lichter sind so wunderschön. Unglaublich. Oh, und ich will die Jacke von diesem Typen berühren. Ich strecke meinen Arm aus und berühre sie. Oh, sie ist so weich.

»Foto?«, fragt jemand.

»Ja«, schnurre ich.

Jonas zieht fest an mir. »Nein.«

»Baby«, sage ich. »Warte kurz, damit ich meine treuen Fans umarmen kann.«

»Nein.«

»Dann lass uns wenigstens kurz auf der Toilette verschwinden, damit ich dir einen blasen kann.« Ich kichere.

Jonas hält nicht inne. »Das ist weder der richtige Zeitpunkt noch der richtige Ort, Sarah«, sagt er mit einer Stimme, die kalt wie Eis ist.

O Mann. Wir sind gerade definitiv nicht auf einer Wellenlänge. »Ich will dich so sehr, Jonas P. Faraday. Ich will deinen nackten Körper berühren und mit meinen Händen durch dein Haar fahren und mich mit dir in einem großen Federhaufen herumrollen«, sage ich freudestrahlend.

Jonas bleibt abrupt stehen und starrt mich an. Sein Mund steht vor Überraschung weit offen. »Sarah, hast du was genommen?«, flüstert er.

Ich kichere und lege mir die Hand auf den Mund.

»Herrgott noch mal, Sarah.« Er blickt kurz um sich. »Du hast was genommen!«

Ich nicke und beiße mir auf die Lippen.

»*Fuck*«, sagt er. Er sieht aus, als würde er gleich jemanden umbringen. »Sag kein Wort mehr, bis wir sicher in unserem Hotelzimmer sind. Hast du mich verstanden? Kein beschissenes Wort.«

»Wort.«

»Sarah, verflucht.«

»Okay, okay. Aber was, wenn ich sage, dass ich mir die Kleider vom Leib reißen, mich von unten bis oben an dir reiben und mich nackt auf dein Gesicht setzen will?«

Er packt mich an den Schultern. »Sarah. Das ist kein Scherz. Sag kein einziges Wort mehr. Nicht hier. Nicht im Taxi. Nicht in der Hotellobby. Kein einziges Wort, bis wir sicher in unserem Hotelzimmer sind – hast du das verstanden?«

Ich berühre sein Gesicht. »Du bist so wunderschön, Jonas P. Faraday. Du bist wie ein griechischer Gott – habe ich dir das jemals gesagt? Ich liebe dich so sehr – jetzt noch mehr als vorher.«

Er packt mich grob am Handgelenk und zieht meine Hand von seinem Gesicht. Dann beugt er sich zu mir herunter. »Wir sind erledigt, wenn uns jemand aufhält. Das ist Thailand, Sarah. Ich werde es nicht noch einmal sagen: Halt jetzt die Klappe.« Er schäumt vor Wut.

Ich nicke. Er ist so sexy, wenn er wütend ist.

Er packt mich fest und zieht mich Richtung Ausgang. Dabei stößt er winzige Thailänder zur Seite, die ihm im Weg stehen.

Mein Gehirn weiß, dass er wütend auf mich ist, aber ich kann trotzdem nichts anderes als pure Freude empfinden. Auf dieser Bühne zu stehen war die göttliche Idee von Euphorie – und jetzt gehe ich zurück in mein Hotelzimmer mit dem Mann, den ich mehr liebe als mein Leben, um mit ihm Liebe zu machen und seine Haut zu berühren. O Mann, diese Nacht ist einfach fantastisch. So habe ich mich noch nie zuvor gefühlt. So sorgenlos. So rein. So *böse*. Es fühlt sich atemberaubend an.

Jonas zieht mich immer weiter, seine angespannten Muskeln weisen mir den Weg. Manometer, er ist so heiß. Ich will meinen nackten Körper über seine nackte Haut rollen, seine Eier lecken, ihm einen blasen und auf seinem Gesicht sitzen. Und dann will ich mit ihm durch einen Blätterhaufen tanzen und »Dancing Queen« singen. Und dann will ich mich in seinen Schoß kuscheln, und er soll mir »Take Me to Church« vorsingen, natürlich falsch, versteht sich. O Gott, ich bin das glücklichste Mädchen auf der ganzen Welt. Mein Mann liebt mich, und ich liebe ihn. Ich schmelze dahin. Genug gesagt. Aber ich habe noch nicht genug gesagt. Nicht im Geringsten. »Schmelzen«, sage ich laut, und mein ganzer Körper wird schlaff, während Jonas mich durch die Menge zieht. »Schmelzen.« Ich lache. »Dahiiinschmeeeelzeeen.«

Jonas hält an und legt seine Hand über meinen Mund. »Stopp«, sagt er. »Ich warne dich. Halt die Klappe.«

Ich schüttle meinen Kopf. Oder hätte ich nicken sollen? Was hat er noch gleich gesagt?

Ich nicke und halte den Daumen meiner freien Hand nach oben. *Ich werde ein braves Mädchen sein.*

Und mein Daumen sagt die Wahrheit. Ich werde ein sehr braves Mädchen sein. Von jetzt an.

Jawohl, ich bin ein sehr braves Mädchen, als Jonas mich durch die Türen des Clubs in die warme Nacht hinausschiebt. Und ich benehme mich ganz ausgezeichnet, als er neben mir auf dem Gehsteig steht und versucht, uns in dieser verrückten Stadt ein Taxi heranzuwinken. Und ich bin eine beispiellos wohlerzogene Dame, als er mich grob auf den Rücksitz des Taxis schiebt (obwohl ich zugeben muss, dass ich sehr enttäuscht darüber bin, dass er mir dabei nicht in den Hintern kneift). Aber als wir erst einmal sicher im Taxi sitzen, entspannt sich mein ganzer Körper, und ich verschmelze mit dem Rücksitz. »O Mann, ich fühle mich –«

»Sch ...« Jonas erwürgt mich fast mit seinem Finger und bringt mich sofort zum Schweigen. Ich kichere und beginne, an seinem Finger zu lutschen. Er sieht aus, als würde er gleich vor Wut explodieren, aber er nimmt seinen Finger nicht aus meinem Mund – was mich nur noch mehr kichern lässt. Also lutsche ich einfach weiter.

Jonas wirft mir einen bitterbösen Blick zu, aber das ist mir egal. Denn wenn eine erwachsene Frau auf dem Rücksitz eines Taxis in Bangkok am Finger eines Mannes lutscht und ihn das nicht zum Grinsen bringt, dann sollte dieser Mann wirklich eine Pille nehmen, die ihn runterbringt.

Das Auto hält vor unserem Luxushotel, und Jonas zieht seinen Finger aus meinem Mund. Ich will etwas sagen, aber er bedeckt sofort mit seiner Handfläche meine Lippen und schüttelt den Kopf. Ich soll still sein. Ich zwinkere ihm zu, und er funkelt mich wütend an.

Als wir endlich in unserem Hotelzimmer sind, schließt

Jonas die Tür mit einem lauten Knall, dreht sich auf dem Absatz um und starrt mich an. Seine Augen glühen vor Zorn. Oh, oh, so hat er mich erst einmal angesehen: als ich mich damals in Las Vegas bei Max und Oksana nicht an den Plan gehalten habe.

»Mann, Jonas«, sage ich. »Du siehst aus, als würdest du –«

»Bist du denn von allen guten Geistern verlassen?«, brüllt er mich an. »Ich bin so wütend auf dich, dass ich dir lieber nicht zu nahe komme.« Er verschränkt die Arme vor seiner muskulösen Brust und zittert vor Wut.

»Oh«, schnurre ich und werde immer erregter. »Du bist gerade so heiß, Baby. Schau, wie sich dein Bizeps bewegt. Wow.« Plötzlich fängt meine Klit an zu pochen.

»Was hast du genommen?«

Ich beiße mir auf die Lippe. »Ähm …«

»Sarah, was hast du genommen, verdammt?«

»Hm … Zunächst einmal habe ich ziemlich viel Champagner getrunken – dank meines supersüßen Ehemanns.« Ich zwinkere ihm zu, aber er scheint das nicht im Geringsten lustig zu finden. Ich räuspere mich. »Dann hatte ich im Club noch ein paar weitere Gläser Champagner und ein paar Shots. Und dann war ich OAM Cruz, was du bestimmt mitgekriegt hast. Und ich habe den Laden gerockt, Mann. Juhu! *Crash into me with that thang, yo, yo; back it up and do it again.*« Ich wackle mit meinem Hintern, als wäre ich eine Background-Tänzerin von Beyoncé, aber Jonas' Miene ist immer noch wie versteinert. Ich muss lachen. Er ist so dumm. »War das nicht absolut geil, Baby?«

Jonas gestikuliert wild. »Was hast du genommen, verdammt noch mal?«

»Hey, du gestikulierst ja, Baby«, sage ich. »*Ges-ti-ku-lie-ren.* Klingt fast so gut wie *kursieren*. *Ges-ti-ku-lie-ren*«, sage ich und lasse das Wort auf meiner Zunge zergehen, als wäre es sehr, sehr schmutzig. »Oh, jetzt weiß ich. *Kuuumquaaat.*«

»Sarah, du bist ja nicht mehr ganz bei Trost. Konzentrier dich.«

Ich konzentriere mich auf sein hübsches Gesicht. »Okay, ich konzentriere mich.«

»Hast du gekifft?«

»O ja, danke der Nachfrage. Ich habe mit meinen Homies in der Garderobe ein bisschen gekifft, denn so machen wir Rapper das nach einer Show. Und dann habe ich eine winzig kleine Zauberpille genommen – etwas, was ich nie zuvor in meinem Leben getan habe, weißt du, denn normalerweise bin ich ein sehr, sehr braves Mädchen.« Ich grinse ihn an. »Und jetzt will das böse Mädchen in mir dich berühren und dir einen blasen.« Ich strecke meine Zunge heraus.

Jonas sieht mich ernsthaft verstört an. »*Fuck*. Hast du *Ecstasy* genommen?«

Ich nicke und komme näher. »Ja, Sir, Baby-Sir. Das Höchste, was der Mensch erreichen kann.« Ich fahre mit den Händen durch sein Haar. »So haben es die Griechen definiert. *Ekstase*.«

Er zieht meine Hände aus seinem Haar und drückt sie an meine Seite. »Was zum Teufel ist los mit dir, Sarah?«

Ich lache. »Ich weiß es nicht.«

»Das ist überhaupt nicht lustig. Wer hat dir das Zeug gegeben, verflucht? War es Will?«

Ich nicke und kichere. »Will ist mein neuer bester Freund.«

»Das ist wirklich nicht lustig, Sarah. *Überhaupt nicht*.«

Ich nehme die zweite weiße Pille aus meiner Tasche. »Vielleicht würdest du es auch lustig finden, wenn du die hier nimmst.«

»O mein Gott.« Jonas reißt mir die Pille aus der Hand und geht schnurstracks ins Badezimmer. Ich höre die Toilettenspülung. Er stürmt zurück ins Zimmer. »Bist du wahnsinnig geworden?«

Ich zucke mit den Schultern. »Gut möglich.«

»Wer bist du, zum Teufel noch mal? Und was hast du mit meiner Frau gemacht?«

Ich muss lachen. »Ich bin Sarah Faraday, Baby. Deine treue und liebende Ehefrau. Für immer.« Ich grinse ihn an.

»Hast du noch mehr?«

Ich schüttle den Kopf.

»Gar nichts?«

»Nichts, außer Liebe für dich.«

»Er hat dir nicht noch etwas gegeben?«

Ich schüttle meinen Kopf. Oder sollte ich nicken? Nein, ich bin mir ziemlich sicher, dass Kopfschütteln jetzt die richtige Reaktion ist.

»Er hat dir nichts in deine Taschen gesteckt?«

Ich schüttle erneut den Kopf und versuche, mir ein Grinsen zu verkneifen.

»Ist irgendwas in deiner Handtasche?«

»Nichts, Jonas.« Ich gehe auf ihn zu. »Ich will dich einfach nur berühren.« Ich fahre wieder mit meinen Händen durch sein Haar. »So weich«, sage ich. »Wunderschön. Ich will, dass du mit deinem weichen Haar über meine Nippel streichst, okay, Baby? Reib deinen Kopf an meinen Nippeln und …«

Er packt mich grob an den Handgelenken. »Ich kann nicht glauben, dass du das getan hast. Wir sind in Thailand, verdammt. Sarah, was hast du dir dabei gedacht? Von allen Orten auf der Welt suchst du dir Thailand aus, um dich aufzuführen wie eine totale Vollidiotin. *Thailand!*«

Ich zucke mit den Schultern. »Sieht so aus.«

»Shit, hör mir zu.« Er schüttelt seinen Kopf. »Ich kann nicht glauben, dass das gerade passiert.«

Ich lache und fasse ihm wieder ins Gesicht. »Ich will dich nur berühren, Jonas …«

»Stopp. Nein.« Er packt mich erneut an den Handgelenken. »Verstehst du eigentlich, was hätte passieren können?

Die Cops in Thailand sind alle korrupt, sie halten immer Ausschau nach einem Opfer, besonders einem westlichen.«

Gott, seine Lippen sind so wunderschön, wenn er spricht.

»Sie können dich aus jedem x-beliebigen Grund aufhalten und einen Pinkeltest von dir verlangen.«

Wie ist es nur möglich, dass er sogar noch besser aussieht als an dem Tag, an dem wir uns kennenlernten?

Er lässt meine Handgelenke los, und ich berühre sofort wieder sein Gesicht.

»Hör auf damit, Sarah.« Er packt mich erneut. »Hör mir zu. Wenn ein Urintest positiv ist, bist du geliefert – komplett in der Gewalt der Polizisten. Sie können jede Menge Geld von dir verlangen. Sie können dich in den Knast stecken, so lange sie wollen. Sie können mit dir machen, was immer sie wollen.« Er lässt meine Handgelenke wieder los. »Und du weißt nie, wer den Bullen was steckt – Taxifahrer, Hotelangestellte –, du kannst es nicht wissen.«

Mann, er ist ein wahres Kunstwerk. Ich berühre sein Gesicht. Dieser Mann macht mich so glücklich. Ich liebe ihn so sehr. Ich berühre seine wunderschönen Lippen, während er mir etwas über Taxifahrer und Hotelangestellte erzählt – was er genau sagt, weiß ich nicht.

Er zieht meine Hände aus seinem Gesicht. »Willst du fünf Jahre lang in einem thailändischen Knast hocken, Sarah?«

Ich habe die ganze Zeit zugeschaut, wie sich sein wunderschöner Mund bewegt, aber die Worte, die herauskamen, habe ich nicht verstanden. Und plötzlich herrscht Stille. Seine Lippen bewegen sich nicht mehr. Wartet er auf irgendeine Antwort von mir?

»Also?«, sagt er schließlich.

Oh, hm. Anscheinend erwartet er tatsächlich eine Antwort. Ich nicke.

Sein Gesichtsausdruck wird hart wie Stein.

Ups, das war wohl die falsche Antwort. Ich schüttle den Kopf.

Jonas blickt zur Decke. »Nie im Leben hätte ich gedacht, dass von all den Menschen auf der Welt gerade du so etwas verdammt Dummes tust.« Er schüttelt wieder seinen Kopf. »Mit wem bin ich denn verheiratet? Mit Miley Cyrus?!«

»Will hat mir gesagt, die Pille würde mir zum besten Orgasmus meines Lebens verhelfen, und ich –«

»*Wie bitte?*«, brüllt er. Er macht ein Geräusch, das mich an einen ausbrechenden Vulkan erinnert. »Dieses Arschloch hat mit dir über Orgasmen geredet?«

O wow, seine Wangen glühen.

Ich nicke und schüttle dann den Kopf, weil ich mich nicht erinnern kann, was die richtige Antwort ist. Über was haben wir noch gleich geredet?

»Will hat dir also einen umwerfenden Orgasmus versprochen, wie?« Er bebt vor Zorn.

Heilige Scheiße, wenn mich nicht Jonas, sondern ein anderer Mann so ansehen würde, dann würde ich jetzt schützend meine Arme hochreißen, damit er mir nicht mitten ins Gesicht schlägt.

Er atmet tief ein und versucht offensichtlich, seine Wut unter Kontrolle zu bringen. Die Vena jugularis externa an seinem Hals (die ich dank eines bestimmten ukrainischen Messerstechers in der Unitoilette sehr gut identifizieren kann) pocht wie verrückt.

»Du bist so hübsch, Jonas, vor allem wenn du wütend bist«, sage ich. »Ich liebe dich so sehr.« Ich beginne damit, seine Hose aufzuknöpfen. »Ich werde dir den besten Blowjob deines Lebens geben und mich dafür entschuldigen, dass ich heute Nacht so ein böses Mädchen war.«

Er packt mich unsanft an den Schultern. »Hör auf, Sarah. Lass es sein. Hör mir zu.«

Ich nicke.

»Ich weiß überhaupt nicht, wo ich anfangen soll. Hörst du mir bitte einen Augenblick lang zu?«

Ich nicke wieder, aber meine Hände wandern erneut an seiner Jeans herunter.

Er packt meine Handgelenke. »Stopp.«

Ich nicke.

Er lässt mich wieder los, und sofort fasse ich ihm ins Gesicht. »Du bist so wunderschön, Jonas.«

Er schiebt meine Hände weg. So grob hat er mich noch nie zuvor angefasst. Es macht mich wahnsinnig an. »Hör auf damit, Sarah. Das ist nicht lustig.«

Aber ich will nicht aufhören. Alles, was ich will, ist ihn berühren, berühren, berühren. Ich fasse ihm ins Gesicht.

»Herrgott im Himmel.« Er reißt meine Hände aus seinem Gesicht und geht ins Badezimmer, um einen Moment später mit dem Gürtel eines Bademantels zurückzukommen. Mit einem lauten Stöhnen wirft er mich aufs Bett, zieht meine Hände über meinen Kopf, und bevor ich weiß, wie mir geschieht, fesselt er mich ans Kopfende. »Du wirst mir jetzt *zuhören*.«

Mein Körper explodiert förmlich vor Verlangen. Wow, tief in mir drinnen steht alles in Flammen. »O Jonas«, sage ich und versuche, mich gegen die Fesseln an meinen Handgelenken zu wehren. Ich keuche und rekle mich unter seinem schweren Körper, und plötzlich überkommt mich wie aus dem Nichts ein Orgasmus. Ich schließe die Augen und stöhne, bis diese ungeheure Lust zwischen meinen Beinen wieder abnimmt. Als ich meine Augen öffne, blickt mich Jonas schockiert, aber doch voller Begierde an.

»Ich hatte gerade einen kleinen Orgasmus«, sage ich grinsend. »Herrlich.«

Sein Atem geht schneller. Und auf einmal spüre ich, wie sein Schwanz steif wird.

Ich strecke ihm meinen Unterleib entgegen und berühre

damit die harte Stelle in seiner Hose. »Sei morgen sauer auf mich, Baby. Lass die Gefühle, die ich heute habe, nicht verstreichen. Es fühlt sich einfach zu gut an. Nimm mich jetzt, bevor es aufhört zu wirken. Komm schon.« Ich reibe meinen Unterkörper an ihm, und meine Handgelenke zerren an den Fesseln.

Er hat jetzt wieder diesen Blick eines Raubtiers, und ich weiß, dass er mich am liebsten so richtig rannehmen würde. Aber ganz offensichtlich ist er auch sehr wütend auf mich. Sehr, sehr wütend.

»Tu es, Jonas. Tu, was immer du willst. *Tu es.*« Ich zerre an den Fesseln und räkle mich auf dem Bett.

Er schnappt nach Luft und schließt die Augen. »*Fuck.*« Er steht vom Bett auf und greift nach seinem Laptop. Nach ein paar Sekunden ertönt »Psycho« von Muse.

»Das ist es«, dränge ich ihn. »Lass deiner Wut freien Lauf, Baby.« Ich winde und krümme mich unter ihm.

Er reißt sich das T-Shirt vom Leib und wirft es auf den Boden. »Er hat dich ›OAM‹ genannt, Sarah. Vor der ganzen, verdammten Welt.« Seine Stimme klingt so eindringlich wie noch nie – und das will was heißen. »Was hast du ihm erzählt, verflucht noch mal?«

Ich beiße mir auf die Lippe. Mein Mann ist eifersüchtig. Das ist so heiß, so männlich, und alles, was ich will, ist seine Hose aufmachen und seinen steifen Penis in meinen Mund nehmen. Ich schüttle den Kopf und versuche, meine Gedanken zu ordnen. »Ich habe ihm erzählt, dass ich eine Spin-Rapperin bin. Und dass mein Name OAM Cruz sein sollte.«

»Das ist alles?«

Ich nicke.

»Ich habe vom Balkon aus gesehen, wie er dich angeschaut hat, Sarah.«

Er öffnet seine Jeans, und seine Schwanz springt förmlich heraus, die Spitze ist schon ganz feucht.

»Jonas, dein Anblick macht mich wahnsinnig. Ich bin gerade so empfindlich. Bitte, Baby.«

Er zieht seine Jeans und seine Unterhose aus. O mein Gott, sein nackter Körper ist einfach wundervoll. Seine Muskeln zucken. Sein Penis ist hart wie Stein.

Aber er setzt sich nicht wieder auf mich. Er steht nur da, nackt, und lässt mich nach ihm lechzen.

»Ich wusste, er würde durch den Raum laufen und sich neben dich setzen. Ich wusste es. Du warst für ihn wie das Licht für einen Nachtfalter. Ich habe mich gefragt: Was würde ein normaler Kerl jetzt tun? Hm, er würde wahrscheinlich hier stehen bleiben, sein Bier trinken und so tun, als wäre nichts dabei, dass irgend so ein Vollidiot von einem Hip-Hop-Star seine Frau angräbt.« Er öffnet meine Jeans und zieht sie grob über meine Hüften.

Ich hebe meinen Po an, um ihm zu helfen. »Jonas«, keuche ich. »Ich bin so scharf auf dich.«

Er reißt mir den Stringtanga vom Leib. »Aber weißt du was? Es hat sich herausgestellt, dass ich kein normaler Kerl bin.« Jetzt sieht er mich an wie ein Wahnsinniger. Er dringt mit seinem Finger in mich ein und legt ihn dann an seinen Mund.

Ich zittere.

Seine Stimme ist leise. »Ich wollte ihn umbringen, als er sich neben dich gesetzt hat.« Er klettert auf mich und reißt meine Bluse auf, wobei ein paar Knöpfe abfallen. »Ich wollte ihn umbringen, als er dir einen Drink bestellt hat.«

»Baby, ich bin so heiß.«

Er knirscht mit den Zähnen, als er unter meinen Rücken greift und meinen BH aufmacht. »Und vor allem wollte ich ihn umbringen, als er dich angesehen hat, als wolle er mit dir ins Bett.«

»Jonas.«

Er hebt den BH von meinen Brüsten, aber wegen meiner

gefesselten Arme kann er ihn mir nicht komplett ausziehen.
»Aber ich habe mir selbst eingeredet: Es ist okay. Sarah ermutigt ihn nicht. Nicht meine wunderbare Sarah. Auf gar keinen Fall. Sie ist einfach sie selbst, wunderschön und lustig. Sie flirtet ein bisschen. Aber sie wird ihn auf keinen Fall zu etwas ermutigen.«

Ich stöhne vor Verlangen. Ich kann mir nicht helfen, im Moment macht mich alles total an.

Er presst seine Lippen zusammen. »Und dann hat dich dieser Bastard ›OAM‹ genannt.«

Mir rutscht das Herz in die Hose, dorthin, wo gleichzeitig meine Klit pocht.

Seine Wut verwandelt sich vor meinen Augen in Schmerz. »Du hast ihm etwas Heiliges verraten, etwas, das nur für dich und mich bestimmt war.«

Ich schnappe nach Luft, plötzlich überkommt mich Panik. »Wir haben einen Rapper-Namen für mich gesucht – weil ich eine Weltklasse-Spin-Rapperin bin.« Ich halte inne. Das hört sich jetzt noch lahmer an als in dem Moment, in dem ich es zu Will gesagt habe. »Also habe ich ihm erzählt, dass ich ein OAM-Tattoo habe und jetzt nur noch ein ›Cruz‹ davorsetzen müsse, dann wäre ich, du weißt schon, megagangstamäßig.«

»Du hast ihm von deinem Tattoo erzählt?«

O Shit.

Jetzt sieht er noch wütender aus.

Er fragt mit zittriger Stimme: »Und das ist alles, was du ihm erzählt hast? Dass du ein OAM-Tattoo hast und dass OAM Cruz dein Rapper-Name sein sollte?«

»Das ist alles, Baby«, sage ich. Puh. Er scheint sich etwas zu beruhigen. »Und jetzt nimm mich. Ich bin schon total feucht.«

Er holt tief Luft. »Das ist wirklich alles, was du ihm erzählt hast?«

»Das ist alles. *Bitte*. Ich bin so heiß.«

Er dringt mit seinen Fingern in mich ein, und ich stöhne auf. »Du hast ihm nicht erzählt, was OAM bedeutet?«

Ich versteife mich. Shit.

»*Fuck!*«, brüllt er. Er springt auf und läuft durchs Zimmer. Dabei rauft er sich die Haare. »Das hast du ihm auch erzählt?«

Ich wimmere vor mich hin.

Der Muse-Song steuert auf seinen Höhepunkt zu. Jonas' Bewegungen im Zimmer sehen gequält und abgehackt aus. Ich komme mir vor, als würde ich eine Popoper mit dem Titel »Psycho« anschauen und Jonas wäre der Hauptdarsteller. Und das macht mich unglaublich an.

»Es tut mir leid, Jonas. Es ist mir einfach so rausgerutscht.«

»Orgasma die Allmächtige ist dir *einfach so rausgerutscht*?«

»Weil ich davon geschwärmt habe, wie wundervoll du bist, was du für mich getan hast, wie du mich geknackt hast, und –«

»*Was?*«, schreit er. So zornig habe ich ihn noch nie gesehen. »Du hast ihm erzählt, *warum* du Orgasma die Allmächtige bist?«

O verdammt. Es folgt eine lange Pause. Warum habe ich nur das Gefühl, dass über mir ein riesiges Damoklesschwert hängt?

»Du hast diesem Arschloch die ganze Geschichte erzählt? Du hast ihm erzählt, wie ich meinen kleinen Mount Everest erklommen habe?«

Ich atme hörbar ein und wimmere erneut. »Ja.«

Das war's. Er ist außer sich, so zornig, dass er sich krampfhaft zusammenzieht. Er springt rasend vor Wut im Zimmer herum, seine Füße berühren kaum mehr den Boden. Vielleicht bin ich nur high, aber es sieht so aus, als würde er tatsächlich die Wände hochgehen. »Was hast du dir dabei gedacht, einem anderen Mann davon zu erzählen?« Seine Stimme bebt. Seine Brust hebt und senkt sich, als wäre er gerade einen Marathon gelaufen. »Warum zum Teufel hast du das getan?«

Ich antworte nicht. Ich weiß nicht, wie ich ihm erklären soll, dass in meiner Unterhaltung mit Will eines zum anderen geführt hat. Aber ich bin mir sicher, es war nicht halb so schlimm, wie Jonas es sich vorstellt. Und Will hat mir versprochen, es niemandem zu erzählen. Und ich bin mir sicher, dass ich Will immer und immer wieder gesagt habe, wie sehr ich meinen wunderbaren Ehemann liebe. Natürlich habe ich das. Denn das ist alles, woran ich immer denke. Weil es die Wahrheit ist.

Er blinzelt mich an. »Wolltest du ihn scharf machen? Ist es das?«

O Shit. Er sieht jetzt aus wie ein Axtmörder. »Nein, natürlich nicht.«

Er klettert wieder ins Bett zurück, setzt sich auf mich und packt grob mein Gesicht. Sein Penis durchbohrt mich regelrecht – die feuchte Spitze pikst mir in den Bauch. Ich bin total außer mir vor Erregung. »Die Art, wie ich dir gezeigt habe, wozu dein Körper imstande ist, die Art, wie ich dich verehrt und dich ins Licht außerhalb der Höhle geführt habe – wortwörtlich und im übertragenen Sinn –, die Art, wie ich dich verschlungen, geleckt, geschmeckt habe, die Art, wie ich deinen Geschmack förmlich in mir aufsauge, die Art, wie deine Augen sich weiten, wenn du diesen ganz bestimmten Laut von dir gibst – das ist alles nur für mich und für niemand anderen. *Für niemand anderen.*«

In meinem Schritt pocht es so heftig, als würde mich jemand von innen heraus mit einem Presslufthammer bearbeiten. Mein süßer Jonas ist im Moment richtig furchteinflößend. Und ich *liebe* es.

»Du bist meine Erlösung. Meine Religion. Mein *Leben*. Ich

werde dich nicht mit einem anderen Mann teilen. Nicht einmal in seiner verdammten Fantasie!«

Mein Kitzler pocht gnadenlos. »Jonas, bitte. Ich bin deine dir ergebene Frau. Ich habe nur ein loses Mundwerk, aber das heißt nicht, dass mein Herz nicht einzig und allein dir gehört.«

Er dringt wieder mit seinen Fingern in mich ein – oder ist es seine ganze Faust? –, und ich stöhne laut auf. »Du darfst das Wort ›Orgasmus‹ nie wieder in der Gegenwart anderer Männer verwenden, verstanden? *Nie wieder.*«

Sein Finger oder seine Faust oder was auch immer er da in mich hineinsteckt, bereitet mir ungeheure Lust. Himmel, es ist kaum noch zu ertragen. Ich nicke und schnappe nach Luft.

»Ich bin der einzige Mann, der je gesehen hat, wie du aussiehst, wenn du kommst.« Er knirscht mit den Zähnen. »Ich bin der Einzige, der diesen ganz bestimmten Laut je gehört hat. Diese Dinge sind für *mich* bestimmt und *nur* für mich. Für immer. Denn ich habe Orgasma die Allmächtige zum Leben erweckt.«

Ich versuche, erneut zu nicken, aber ich schaffe es nicht. Ich stoße einen animalischen Laut aus, als mich aus meinem tiefsten Innern ein Orgasmus überkommt, der scheinbar eine halbe Ewigkeit andauert. Ich werde fast ohnmächtig vor Lust. »O mein Gott«, keuche ich. »*Jonas.*«

»Du warst in der Dunkelheit gestrandet, und ich habe dich ins Licht geführt.« Seine Finger berühren meinen Kitzler, und ich stöhne wieder laut auf. »Ich war es, der dir zum ersten Mal die pure Ekstase gezeigt hat – und dafür habe ich keine verfluchte Pille gebraucht.« Er fletscht seine Zähne.

Ich gebe ein gepresstes Geräusch von mir, als mich noch ein Orgasmus überkommt.

»Ich bin dein Gott, hörst du mich? Ich bin derjenige, der dich gemacht hat. Ich habe dich *erschaffen*. Und das habe ich mit meinen bloßen Händen, meinem Körper und meiner Seele geschafft, nicht mit irgendeiner chemischen Substanz.« Er spuckt die Worte förmlich aus. »Dieses Arschloch. Ich sollte ihn umbringen.« Ein Schatten legt sich über sein Gesicht, und ich bin mir plötzlich nicht mehr sicher, ob das alles nur so dahergesagt ist.

Ich nicke verwirrt. Aber dann schüttle ich schnell den Kopf. Nein, nicht umbringen. Umbringen ist schlecht. *Ja. Diese Finger sind gut. So unglaublich gut.*

»Du hast diesem Bastard heute Nacht ein Stück von dir selbst gegeben, Sarah. Du hast vielleicht gedacht, es sei nur ein kleines Stück, ein Stück, das du teilen kannst – aber es war nicht an dir, es herzugeben.«

»Jonas –«

»Es war auch ein Teil von mir, Sarah. Und jetzt hole ich es mir zurück.«

Um ehrlich zu sein, macht er mir ein kleines bisschen Angst. Ich ziehe an meinen Fesseln, will ihn unbedingt berühren, ihn beruhigen, aber die Fesseln sind zu fest. Seine Finger bearbeiten mich grob. Ich stöhne vor Verlangen.

»Heute Nacht bin ich dein Gott, Sarah. Und glaub mir, ich bin kein gnädiger Gott.« Seine Augen funkeln. »Ich bin ein verdammt rachsüchtiger Gott.«

Mein ganzer Körper versteift sich und beginnt dann so heftig zu zucken, dass ich den Eindruck habe, meine gefesselten Arme werden aus ihren Gelenken gerissen. O Mann, er ist gnadenlos. Und trotzdem ist es so unglaublich gut.

Jonas beginnt, meinen G-Punkt und meine Klit gleichzeitig zu massieren. Das hat er natürlich schon öfter getan, aber noch nie so. Das hier ist purer Wahnsinn. Ich bin im Delirium. Es fühlt sich an wie Schmerz. Ich will mich zurückziehen, mein Körper kann so nicht weitermachen – diese Lust ist zu intensiv. Ich brauche eine Pause. »Ich kann nicht mehr«, rufe ich.

Aber Jonas genehmigt mir keine Unterbrechung. Nach ein paar Minuten krabbelt er zwischen meine Beine und nimmt seine Zunge und Zähne zur Hilfe, wodurch er eine schier übermenschliche Mischung an Gefühlen in mir hervorruft. Manometer, so hat er mich noch nie verschlungen. Er tut das nicht für mich, er macht das, weil er förmlich am Verhungern ist, und es fühlt sich so gut an, dass ich laut aufkeuche. Fast im selben Moment überkommt mich ein seltsamer Druck, etwas, das ich noch nie zuvor gespürt habe.

»Ich muss pieseln«, sage ich. »Stopp, Jonas. O Gott, ich werde pieseln.« Mein ganzer Körper zuckt. Hier stimmt etwas nicht. Er hat mich zu weit getrieben. Ich verliere die Kontrolle über meine Blase und werde ihm ins Gesicht pinkeln. »Ich muss aufhören«, rufe ich.

Sein Gesicht hellt sich auf. »Mach weiter, Baby. Lass es laufen.« Er ist sichtlich aufgeregt, während er mich weiter wie ein Dämon verschlingt. »Drück, so fest du kannst.«

Ich schüttle meinen Kopf und ziehe meine Muskeln zusammen, weil ich Angst davor habe, meine Blase könnte platzen.

»Baby, mach weiter. Halt es nicht zurück. Das ist es. Du wirst ejakulieren.«

»Was?«

»O Mann, Baby, ja. Du wirst abspritzen. Lass es geschehen.« Seine Stimme zittert. »Lass dich gehen, ich werde es auflecken. Jetzt, Baby. Denk nicht darüber nach. Tu, was ich sage.«

Ich schüttle den Kopf. Nein.

»Schließ deine Augen und drück, so fest du kannst. Jetzt.«

Ich schüttle den Kopf und verkrampfe mich weiter. »Ich kann nicht«, stöhne ich.

Er ignoriert mich und stimuliert mich mit neuem Elan weiter. Aber ich kämpfe dagegen an. Auf gar keinen Fall werde ich über sein ganzes Gesicht pinkeln, egal, was er sagt, egal, wie high ich bin. Auf gar keinen Fall. Ich verkrampfe mich mit aller Kraft.

»Tu es jetzt. Du gehörst mir. Ich befehle es dir. Jetzt.«

»Ich kann nicht.«

Er keucht vor Anstrengung – oder vielleicht vor Erregung – und zieht sich zurück. »Verdammt, du steckst in großen Schwierigkeiten.«

Er setzt sich hin und streckt mir seine Erektion entgegen. Plötzlich hebt er meine Beine in Richtung meines Kopfes und dringt mit voller Wucht in mich ein.

Ich stöhne auf bei diesem plötzlichen und sehr, sehr tiefen Stoß.

»Wir brauchen keine künstliche Ekstase«, sagt er und stößt immer wieder zu. Verdammt, er nimmt mich ohne Gnade. »Denn wir haben die wahre Ekstase!«

Ich kann nicht reden. O mein Gott. So hart hat er mich noch nie genommen. Das ist beinahe brutal. Und trotzdem fühlt es sich so verdammt gut an.

Endlich überkommt meinen Körper ein Orgasmus, an dem ich fast zerbreche und der mich plötzlich zum Weinen bringt. Aber Jonas dringt immer weiter in mich ein, auch als ich nur noch zucke und mich unter ihm winde. Als mein Körper sich endlich entspannt, bin ich nur noch ein zittriges Häufchen Elend. Instinktiv will ich mir die Tränen wegwischen und ziehe an den Fesseln, aber sie sind zu fest. O Shit. Mein Kopf fällt zur Seite, meine Wange liegt auf meinem Arm, während Jonas gnadenlos immer weiter und tiefer in mich eindringt.

Plötzlich legt sich ein seltsamer Ausdruck auf sein Gesicht. Beinahe so etwas wie Schrecken. Er hält inne, seine Augen sind weit aufgerissen und funkeln. Schnell greift er ans Kopfende und macht meine Fesseln los. Augenblicklich rolle ich mich zusammen, reibe meine Handgelenke und wische mir die Tränen weg.

»Sarah«, sagt er mit angespannter Stimme.
Ich kann nicht antworten.
»Baby.«
Er hebt meinen tauben Körper hoch und setzt sich auf die Bettkante. Mich positioniert er auf seinem steifen Schwanz. Ich lege meine Beine um seine Hüften und lasse meine verschwitzte Wange auf seine schimmernde Schulter sinken, aber mehr kann ich nicht tun. Ich kann nicht sprechen. Ich kann mich nicht bewegen. Ich kann nicht denken.

Jonas bewegt sich erneut in mir und erledigt die Arbeit für uns beide, da ich anscheinend gerade keine Kontrolle mehr über meine Muskeln habe.

Als er meinen Körper dazu bringt, sich an ihm zu reiben, hebe ich meinen Kopf von seiner Schulter und blicke ihm in die Augen. Mein Körper bewegt sich zusammen mit seinem. Der Zorn, den ich vor wenigen Minuten noch in seinem Blick gesehen habe, ist unheimlichem Schmerz gewichen.

O Mann, ich habe es heute Nacht versaut. Ich habe meinem wunderbaren, geliebten Jonas wehgetan. Ich habe eine Grenze überschritten, von der ich nicht einmal wusste, dass es sie gibt. Ich bin auf eine Landmine getreten, und sie ist losgegangen – über meinem süßen Jonas explodiert.

Jonas beißt die Zähne zusammen und packt meinen Hintern. So zwingt er mich, meine Klit an seiner Erektion zu reiben. Schweiß tropft von unseren Brüsten.

»Jonas«, keuche ich.
Er antwortet nicht.
Ich berühre seine Brust, und mir kommen unaufhaltsam die Tränen. »Vergib mir.«

Er bewegt sich in mir, rein und raus. Sein steifer Penis streift dabei immer wieder über meine Klit.

»Es tut mir so leid«, sage ich und merke, wie Panik in mir aufsteigt.

Er sagt nichts. Er nimmt mich einfach immer weiter, ruhig wie ein Heckenschütze. Er reibt seinen Schwanz in genau dem richtigen Winkel an meinem Kitzler, steuert mich auf einen erneuten Orgasmus zu. Nach ein paar Minuten erzittere ich unter dem nächsten Höhepunkt, und als ich komme, schließt er langsam seine Augen und wird von einer tiefen Erlösung durchgerüttelt.

Als er seine Augen wieder öffnet, schaut er mich mit einem Blick an, der mir den Atem stocken lässt. Aber er sagt immer noch nichts.

»Ich liebe dich, Jonas«, sage ich mit pochendem Herzen. »Bitte, bitte, verzeih mir.«

»Meine wunderbare Sarah«, sagt er schließlich und bricht endlich sein quälendes Schweigen. Er nimmt mein Gesicht in seine starken Hände. »Das nächste Mal, wenn du auch nur daran *denkst*, einen anderen Mann in unseren heiligen Kokon zu lassen, in meine *Kirche*, selbst wenn es nur in seiner Vorstellung der Fall sein sollte, selbst wenn es dir wie harmloses Flirten vorkommen sollte, als etwas, das jede andere normale Frau in einer normalen Ehe tun würde, dann will ich, dass du dich selbst fragst, ob die Bestätigung, die du bekommst, weil ein anderer Mann mit dir ins Bett will, es wert ist, deinen labilen Ehemann sprichwörtlich über die verdammte Klippe springen zu lassen.«

Sarah

Ich fühle seine Finger über meine Wange streichen.
Mir tut alles weh.
Mein Kopf pocht.
Mein Bauch schmerzt.
Argh.
»Sarah«, flüstert er.
Ich kann mich nicht daran erinnern, wo ich bin. Warum tut mir alles weh? O Gott, bin ich wieder mit einem Messer angegriffen worden? Wo bin ich?
Seine Finger sind mit meinen verflochten. Ich will einfach nur in der Dunkelheit bleiben und für immer schlafen, aber die Finger seiner anderen Hand streichen über meine Wange und holen mich zurück zu ihm, zurück ins Licht.
Bin ich im Krankenhaus? Ich fühle mich, als wäre ich dem Tode nahe.
Langsam öffne ich meine Augen.
»Hey«, sagt er leise. Er sitzt auf einem Stuhl neben dem Bett und sieht mich an.
»Jonas.« Ich versuche, mich aufzusetzen, schaffe es aber nicht. Ich fühle mich zu schwach, zu krank, um mich zu bewegen. Mein Bauch tut mir so unglaublich weh.
Er streicht mir das Haar aus dem Gesicht. »Wie fühlst du dich?«
»Als ob ich sterben müsste.« Mir dreht sich der Magen um, und ich stolpere ins Badezimmer. Ich schaffe es gerade

noch bis zur Toilette, bevor ich jeden Rest Champagner und Wodka und Benzin und Haschisch und Ecstasy aus meinem Körper befördere. O Mann, ich fühle mich so schlecht. Ich habe nicht einmal mehr die Kraft, zurück ins Bett zu kriechen, also tue ich das Undenkbare: Ich lege mich auf die Badezimmerfliesen, auf den Boden eines Hotelbadezimmers, und schließe die Augen. Ich bin so fertig.

Er beugt sich über mich. »Hast du vor, hier deine Zelte aufzuschlagen und ein bisschen zu bleiben?«

»Mir tut alles weh«, murmle ich in die Fliesen.

»Geschieht dir recht, du Blödmann.«

»Ich weiß.«

Er nimmt mich in seine starken Arme und trägt mich zurück ins Bett. Einen Moment später legt er einen kalten, nassen Waschlappen auf meine Stirn. »Hier«, sagt er. Er gibt mir vier Tabletten. »Ibuprofen. Nimm sie.« Eine Wasserflasche wird an meine Lippen gepresst. Er sitzt neben mir auf dem Bett. »Ich habe unseren Flug umgebucht. Ich dachte mir, du kannst heute wahrscheinlich nicht fliegen. Wir fliegen morgen früh.«

»Danke«, stöhne ich.

»Was tut dir am meisten weh?«

»Mein Kopf.«

Er atmet hörbar aus. »O Sarah.« Er beugt sich über mich und küsst mich auf die Stirn. »Ein *besito* für dein Aua.«

Ich wimmere. »Mein Bauch tut auch weh.«

Er zieht mein Shirt nach oben und küsst mich sanft auf den Bauchnabel.

Ich stöhne auf. »Mein Herz.«

Er küsst mich auf die Brust und gibt mir dann jeweils ein Küsschen auf meine Nippel.

»Meine Nippel tun mir nicht weh«, sage ich.

»Deine Nippel habe ich meinetwegen geküsst.«

Ich atme tief ein und aus. »Ich hab's versaut«, sage ich.

Er schiebt mein Shirt wieder runter. »Ja, das hast du.« Er atmet ebenfalls tief ein und aus. »Ich habe letzte Nacht keine Sekunde geschlafen – ich konnte nicht damit aufhören, alles wieder und wieder in meinem Kopf durchzugehen.« Seine Halsadern treten hervor. »Ich denke, jetzt weiß ich endlich, was ich dir sagen will.«

Oh, oh. Seiner Miene nach zu urteilen, ist es nichts Gutes. Ich hole tief Luft – teils, um meinen Magen zu beruhigen, und teils, um mich darauf vorzubereiten, was er gleich sagen wird.

Jonas streichelt mir kurz über die Wange und sieht mich still an. »Die letzte Nacht war eine solche Freakshow, dass ich lange nicht wusste, wie ich anfangen soll.« Er hält einen Augenblick lang inne. »Sarah, wenn ich sage, dass ich dich mehr liebe als mein Leben, wenn ich sage, dass ich dich *verehre*, dass du meine *Religion* bist, dann sind das nicht nur Worte für mich. Ich denke, du verstehst das Ausmaß meiner Gefühle für dich nicht.« Er muss schlucken. »Aber du musst begreifen, dass du nicht mit mir spielen kannst.«

Das Herz rutscht mir in die Hose.

»Als du damals in deiner Blutlache in der Unitoilette lagst«, sagt er leise, »da hatte ich so große Schmerzen wie noch nie in meinem ganzen Leben. Und das meine ich ernst.« Er lässt das für einen Moment sacken. »Ich wusste, dass ich es körperlich nicht überleben würde, dich zu verlieren. Und die letzte Nacht hat das alles wieder in mir zum Vorschein gebracht. Ich dachte, ich könnte dich verlieren.«

»O Jonas. Du wirst mich nicht verlieren. Das ist lächerlich.«

»Es ist nicht lächerlich. Das versuche ich ja, dir zu erklären. Meine Gefühle für dich sind nicht lächerlich.«

»Ich habe nicht gesagt, dass deine Gefühle lächerlich sind. Aber wenn du die Unterhaltung zwischen Will und mir gehört hättest, dann, denke ich, hättest du erkannt, dass –«

»Nein. Davon rede ich jetzt nicht. Ich rede von etwas Größerem. Hör mir einfach zu, okay?«

Ich nicke.

»Letzte Nacht lief ich Gefahr, dich auf mehrere Arten zu verlieren – auf so viele Arten.« Er fährt mit der Hand durch sein Haar. »O Gott. Ich weiß nicht, wo ich anfangen soll.« Er holt tief Luft. »Erstens bin ich nicht scharf darauf, die nächsten Jahrzehnte damit zu verbringen, meine dumme Frau aus einem thailändischen Gefängnis herauszuholen. Danke vielmals.«

Ich nicke. »Ich war eine Idiotin.«

»Ja, das warst du. Eine Riesenvollidiotin. Und das ist nur der Anfang der Misere.«

Ich schließe die Augen. »Ich mache meine Augen zu, während du redest, okay, Baby? Ich schlafe nicht und ignoriere dich auch nicht, versprochen. Aber es tut zu sehr weh, die Augen offen zu halten.«

»Ach, Sarah, du Dummkopf.« Er seufzt. »Ich werde deine Schläfen massieren, Baby.« Er legt sich neben mich aufs Bett, lehnt seine Stirn gegen meine und fängt an, meinen Kopf zu massieren.

Ich schnurre fast vor Wohlbehagen.

»Ist das gut?«

»Sehr gut.«

»Du bist so ein großer Dummkopf«, sagt er leise.

»Ich weiß. Der größte Dummkopf auf Gottes Erden.« Ich stöhne auf, weil es so guttut, seine Finger auf meinem Kopf und meinen Schläfen zu spüren. »O mein Gott, danke.«

»Du bist eine kleine tickende Zeitbombe, weißt du das? Das warst du immer schon, vom ersten Tag an. Neunundneunzig Prozent der Zeit die korrekte kleine Madame, die sich an alle Regeln hält, aber dann kommt plötzlich dieses eine Prozent zum Vorschein – und *bam* –, du verwandelst dich in Miley Cyrus.«

Ich muss lachen. »Können wir uns darauf einigen, dass wir unseren zukünftigen Kindern nie im Leben davon erzählen werden, dass ihre Mami in einem Nachtclub in Bangkok gesoffen, Haschisch geraucht und mit einem weltbekannten Rapper Ecstasy genommen hat?«

»Ja, ich denke, wir können uns darauf einigen, dass wir das unseren Kindern nicht erzählen werden.«

Seine Finger auf meinem Kopf bewirken Wunder. »Du bist so gut darin«, sage ich leise. »Danke.«

»Bitte erklär mir, was du dir dabei gedacht hast.«

»Ich habe keine Ahnung. Ich nehme an, das schmutzige Mädchen in mir hat die Oberhand gewonnen.«

»O nein, mach bitte nicht das schmutzige Mädchen in dir dafür verantwortlich. Sie hat richtig Klasse gegen das, was du dir letzte Nacht geleistet hast.«

Ich lache, auch wenn mein Kopf dabei wehtut.

»Was zum Teufel war das, Sarah?«

»Ich weiß es nicht. Ich weiß es ehrlich nicht.«

»Versuch es.«

»Ich habe dir ja schon beim Abendessen erzählt, dass ich so richtig durchdrehen will.« Ich hole tief Luft.

»Herzlichen Glückwunsch, das ist dir gelungen.«

Ich stöhne auf.

Jonas macht eine kurze Pause, bevor er weiterspricht. »Wir haben es nicht eilig, eine Familie zu gründen«, sagt er endlich. »Ich habe ja nicht gewusst, dass dich dieser Gedanke in Lindsay Lohan verwandeln würde.«

»Jonas, unser Gespräch über eine mögliche Familie hat mich nicht in Lindsay Lohan verwandelt. Ich liebe den Gedanken, mit dir eine Familie zu gründen. Aber ich frage mich, wofür ich so viele Jahre hart arbeite und lerne und davon träume, den Frauen in Gloria's House zu helfen, wenn ich dann nach Hause komme und Babys in die Welt setze, bevor ich überhaupt mein Prüfungsergebnis habe. Denn ich kenne mich, Jonas. Wenn ich erst einmal Mutter bin, werde ich meine ganze Zeit dafür aufwenden, zumindest, solange die Kinder noch sehr klein sind. Und das bedeutet, ich lasse eine Menge Leute im Stich.«

»Sarah, hör auf, so viel zu denken. Tu einfach, was sich richtig anfühlt. Vor allem deine Mutter würde es verstehen, wenn du Kinder bekommen willst. Und jetzt, da Gloria's House von Climb and Conquer gesponsert wird, befinden sie sich in einer komplett anderen Situation als damals, als du angefangen hast, davon zu träumen, dort zu arbeiten. Sie könnten zehn Sarahs einstellen, wenn sie es wirklich wollten. Bau keine imaginären Stromzäune um dich herum. Wenn du ein Baby mit mir haben willst, dann lass es uns tun. Wenn du noch nicht bereit dazu bist, dann warten wir. Hier geht es um uns, um das, was wir wollen, was wir fühlen – und um nichts anderes.«

Ich bin plötzlich ganz aufgeregt. Er hat absolut recht. Mein Herz macht einen Sprung. »Ich denke, wir sollten es versuchen, sobald ich beim Sex nicht mehr kotzen muss.«

Aber er scheint von dem Vorschlag nicht im Geringsten so angetan zu sein, wie ich dachte. Habe ich nicht gerade eben zu ihm gesagt, dass ich sofort versuchen will, mit ihm ein Baby zu machen?

»Ich sag dir was, Miley. Warte erst einmal dein Prüfungsergebnis ab, arbeite ein paar Monate und finde dich selbst. Danach bin ich für jede Entscheidung, die du triffst, bereit. Heute ist nicht der richtige Tag dafür. Spontaner Sex ist das eine, aber es ist etwas ganz anderes, ein spontanes Baby zu bekommen.«

Ich bin sprachlos. Denkt er tatsächlich, dass ich versuche, mich für mein schlechtes Benehmen letzte Nacht zu entschuldigen, indem ich ihm vorschlage, ein Baby zu machen?

Er bewegt seine Hand von meinem Kopf in den Nacken. »Fühlt sich das gut an?«

Ich schnurre wie ein Kätzchen. »O ja, Baby. Du kannst das so gut.«

Er schmiegt seine Nase an mich. »Es jagt mir immer einen Riesenschrecken ein, wenn sich herausstellt, dass ich der Vernünftige von uns beiden bin.« Er schüttelt seinen Kopf, scheint aber nicht verärgert, sondern eher amüsiert zu sein. »Du bist manchmal so eine Pfeife, Sarah.«

»Ich weiß.« Ich schnappe nach Luft. »So etwas werde ich nie wieder tun, das verspreche ich.«

»Das will ich dir auch geraten haben.«

»Nie wieder.«

»Bei Drogen weißt du nie, was du nimmst. Diese Pille hätte alles sein können – oder mit irgendwas gestreckt. Dir hätte irgendetwas Schlimmes passieren können.«

»Ich weiß. Es tut mir leid.«

»Wenn du ab und zu mal die Kontrolle verlieren willst, dann betrink dich. Alkohol ist regulierbar. Du weißt genau, was du zu dir nimmst und wie dein Körper darauf reagiert.«

»Ich brauche jetzt keine Moralpredigt. Ich habe es verstanden. Und es wird nie wieder passieren.«

»Gut. Dann kommen wir zum nächsten Punkt, den du so richtig verschissen hast.«

»Yippie!«

Er denkt einen Augenblick lang nach. »Was weißt du über Judo?«

»Judo? Ähm, ich weiß, dass es eine Kampfkunst ist. Nur mit den Händen. Das weiß ich darüber.«

»Judo ist eine der wenigen Kampfkünste, bei der definiert ist, dass keine Waffen jeglicher Art verwendet werden dürfen. Es geht allein um zwei Gegner, die sich nur mit der Kraft der Balance, Stärke und Bewegung bezwingen. Das bedeutet, dass die menschliche Kraft und Stärke in ihrer reinsten Form genutzt wird.« Er massiert mir weiter den Nacken, während er redet. »Für mich ist Sex eine Form von Judo – und es ist meine Lebensaufgabe, den schwarzen Gürtel zu erlangen.«

O Mann, mein lieber Ehemann und seine Metaphern. Ich nicke.

»Würde ein Judokämpfer eine Pistole benutzen, um seinen Gegner zu besiegen?«

Es entsteht eine lange Pause. Oh, er wartet auf eine Antwort von mir? »Nein«, sage ich schließlich. »Würde er nicht.«

»Nein, würde er nicht. Würde ein Judomeister auf den Kopf seines Gegners mit einem Baseballschläger eindreschen?«

»Auf gar keinen Fall.«

»Auf gar keinen Fall. Weil jegliche Waffen gegen den Grundsatz dieser Kampfkunst sind – sie sind ein Angriff auf die *Reinheit* dieser Kunst.«

Ich nicke.

»Sarah, ich will, dass deine Orgasmen von *mir* kommen, und zwar nur von mir – von meinem Penis, meinen Fingern, meiner Zunge. Meiner Stimme. Von der Kraft der Balance, der Stärke und der Bewegung. Und nicht von einer verdammten kleinen weißen Pille.« Sein Blick sprüht Funken. »Und Gott sei Dank ist es mir nicht gelungen, dich letzte Nacht, während du auf Ecstasy warst, zum ersten Mal zum Ejakulieren zu bringen. Wenn du eine ganz neue Erfahrung gemacht hättest, den besten Orgasmus deines Lebens erlebt hättest – womit könnte ich mich da rühmen? Wie könnte ich es von da an jemals besser machen?«

Ich zucke mit den Schultern.

»Ich will, dass du *Sexzellenz* durch meine Kraft, meine Balance und meine Bewegungen erfährst und durch nichts anderes. Wie ein wahrer Judomeister. Ich will dich mit meinen bloßen Händen bezwingen.«

O Mann. Sogar mit meinem flauen Magen und den stechenden Kopfschmerzen macht Jonas mich heiß.

»Letzte Nacht hast du mich meiner Kunst, meiner größten Leidenschaft beraubt.« Seine Augen funkeln. »Du hast meinen Lieblingsberg auf ein niedrigeres Level herabgesetzt.«

Dieser Mann überrascht mich immer wieder. »Es tut mir leid«, sage ich schlicht. »O Gott, mein Kopf tut weh.«

Er holt tief und langsam Luft. »Und jetzt kommen wir zum nächsten Punkt auf der Liste, was letzte Nacht alles schiefgelaufen ist.«

Ich atme tief ein. »Okay.«

»Du hast diesem Arschloch etwas erzählt, das nur du und ich jemals wissen sollten.«

Das Herz rutscht mir wieder in die Hose. Vor diesem Punkt hatte ich am meisten Angst.

»Dein OAM-Tattoo – und dessen tiefere Bedeutung – ist unser kleines Geheimnis. Das sollte zwischen uns beiden bleiben.« Er starrt mich an. »Du hast einen anderen Mann in den Kokon gelassen, der nur für uns beide bestimmt war.«

Mein ganzer Körper zuckt vor Scham zusammen. »Jonas, bitte glaub mir, es gab nicht eine einzige Minute letzte Nacht, in der ich dir nicht voll und ganz ergeben und treu gewesen bin. Nicht eine einzige Minute.«

»Daran zweifle ich auch nicht.«

Ich atme erleichtert aus.

»Anscheinend verstehst du etwas Wichtiges über mich nicht.« Er verzieht seinen Mund. »Die Intensität meiner Gefühle für dich ist nicht normal. Aber ich kann dich nur auf diese Art und Weise lieben. Das bin ich. Das ist, wie ich liebe. Daran gibt es nichts zu rütteln. Nimm es, oder lass es.«

»Ich nehme es.«

»Ganz egal, wie harmlos oder unverfänglich oder *normal* du es findest, mit einem anderen Mann zu flirten, ich kann damit nicht umgehen. Ich bin nicht normal. Ich kann damit einfach nicht umgehen. Und vor allem kann ich nicht damit umgehen, dass du mit einem anderen Mann darüber redest, was wir beide im Jonas-Faraday-Club machen.«

»Jonas«, fange ich an, weiß aber nicht, was ich sagen soll.

»Wenn normale Frauen in normalen Ehen mit anderen Männern über Sex und Orgasmen reden und es sowohl ihnen als auch ihren Männern absolut nichts bedeutet, dann schön für sie. Aber so funktioniert unsere Ehe nicht. Denn *ich* bin der Ehemann in dieser Ehe – Jonas Faraday –, und ich kann damit verdammt noch mal nicht umgehen.« Er presst die Lippen zusammen. »Wenn ich daran denke, dass dieser Bastard einen Steifen bekommen hat, während er dir dabei zugehört hat, wie du über deinen ersten Orgasmus redest, wenn ich daran denke, dass er dir einen besseren Orgasmus versprochen hat, als ich ihn dir jemals geben kann, dann würde ich ihn am liebsten umbringen. Und das ist nicht nur so dahergesagt.«

Puh.

»Sarah, ich liebe dich auf eine Art und Weise, die die sterbliche Liebe übersteigt. Und letzte Nacht habe ich erkannt, dass mich das total verwundbar macht. Du musst diese wichtige Tatsache verstehen und respektieren – denn wenn du das nicht tust, wenn du meine Liebe nicht mit Sorgfalt behandelst, dann könnte mich das auf eine sehr, sehr dunkle Seite führen.«

Mein Herz springt fast aus meiner Brust.

»Die Art, wie ich dich liebe, bedeutet, dass du die Macht hast, mich zu zerstören, und ich kann nichts dagegen tun.« Er schnappt nach Luft. »Du könntest mich komplett zerstören, auch wenn du denkst, dass du nur ein bisschen Spaß mit einem Hip-Hop-Megastar hast. Und mit dieser Tatsache musst du respektvoll umgehen.«

»O Jonas.« Ich habe das Gefühl, gleich in Tränen auszubrechen. »Es tut mir so leid. Ich werde dir nie, nie wieder wehtun. Ich habe es nicht verstanden. Aber jetzt verstehe ich es. Es tut mir wirklich leid. Ich war ein Idiot. Bitte, bitte verzeih mir.«

»Ich weiß, dass du es nicht verstanden hast. Das ist offensichtlich.« Seine Stimme zittert. »Deshalb erkläre ich es dir ja auch.« Seine Halsmuskeln pulsieren wieder.

»Es tut mir leid.«

»Okay.« Er fährt sich mit der Hand durchs Haar und schüttelt sich. »Da ist noch eine letzte Sache.«

Mir wird ganz übel. »Okay«, sage ich ruhig, aber innerlich zittere ich. Ich kann nicht glauben, was für einen Schaden ich angerichtet habe. Ich hatte ja keine Ahnung, wie die Ereignisse der letzten Nacht bei Jonas ankommen. Und jetzt, da ich es weiß, ergibt alles einen Sinn – vor allem wenn man bedenkt, wer er ist und wie er denkt.

»Keine Sorge, Baby. Der nächste Punkt ist nichts Schlimmes. Es ist etwas, das ich dir fairerweise gestehen muss.«

»Ein Geständnis?«

»Na ja, eher ein Zugeständnis.« Er grinst. »Ich muss zugeben, du warst letzte Nacht da unten auf der Bühne der absolute Hammer«, sagt er. »Einfach fantastisch. Und verdammt sexy. Obwohl ich fuchsteufelswild war und Wills Mord geplant habe, hast du mich total angemacht.«

Ich atme erleichtert aus und grinse breit. »Wirklich?«

»Wirklich. Jede einzelne Person in dem Club hat sich Hals über Kopf in dich verliebt, OAM Cruz, mich eingeschlossen, schon wieder.«

»O Mann, Gott sei Dank.« Erleichterung strömt durch jede Faser meines Körpers. »Ich hatte so viel Spaß, Jonas. Ich war auf Wolke sieben.«

»Das habe ich gesehen. Jeder hat es gesehen. Es war magisch, dir dabei zuzusehen, wie viel Spaß du hattest.«

»Reed hat gesagt, er hat Josh ein Video von dem Ganzen geschickt. Kannst du Josh bitten, es dir zu schicken? Ich würde es unglaublich gerne sehen.«

»Du musst nicht auf Reeds Video warten. Jemand aus dem Publikum hat es bereits auf YouTube gestellt.«

»Wirklich?«

Er steht auf, um seinen Laptop von dem kleinen Schreibtisch auf der anderen Seite des Zimmers zu holen. »Ich habe es mir heute Morgen angeschaut – es hat schon über eine Million Klicks.« Er bringt seinen Laptop zum Bett, öffnet ihn und klickt sofort auf einen Videolink. »Heilige Scheiße, Sarah. Es sind schon weit über *vier* Millionen Klicks. O mein Gott. Vor ein paar Stunden war es noch eine Million.«

»Manometer!«

Jonas drückt auf Play, und ich quietsche bei meinem Anblick. Ich hüpfe auf der Bühne herum, als gehöre mir der Club. Ist das peinlich! Ich halte mir die Augen zu, und Jonas lacht.

Als das Video zu Ende ist, nimmt Jonas meine Hände von meinem Gesicht und quält mich, indem er wieder auf Play drückt. Und dann noch mal. Und noch mal. Und als wir es das vierte Mal gesehen haben, muss ich zugeben, dass es mir gar nicht mehr peinlich ist. Eigentlich bin ich sogar ziemlich stolz auf mich. Ich habe den Laden wirklich gerockt. Zumindest war ich sehr unterhaltsam. Beim sechsten Mal brechen Jonas und ich gemeinsam in schallendes Gelächter aus, und die ganze Anspannung zwischen uns ist verflogen.

Jonas stellt den Computer ab und küsst mich. »OAM Cruz.« Er schüttelt seinen Kopf und grinst. »Du bist echt einzigartig, ein Original.«

Ich lache. »Danke.«

»Meine Frau, der Hip-Hop-Star.« Er schüttelt erneut seinen Kopf. »Unglaublich.«

Ich muss wieder lachen.

Er nimmt mein Gesicht in seine Hände. »Lass mich nur nie im Stich, Sarah. Okay? Erinnere dich immer an diese zwei Dinge aus unserem Gespräch: Erstens, sage Nein zu

Drogen, und zweitens, vergiss nie, dass du das Herz deines empfindsamen und eifersüchtigen und unnormal dir ergebenen Ehemannes in deiner Hand hältst. Geh bitte sehr, sehr vorsichtig damit um.«

Ich verschmelze auf dem Bett förmlich mit ihm. »Ich verstehe. Ich werde nie, nie wieder etwas tun, das dir wehtut, mein Liebster. Das verspreche ich. Ich habe es vorher nicht ganz verstanden, aber jetzt tue ich es.«

Er atmet auf.

Ich bedecke sein Gesicht mit sanften Küssen, so wie er es gerne hat, und als ich meinen Kopf zurückziehe, schaut er mich aus traurigen Augen erleichtert an. »Da ist etwas, an das auch du dich aus dieser Unterhaltung immer erinnern musst, Jonas«, sage ich. »Etwas, das du anscheinend nicht ganz verstehst.«

Er runzelt die Stirn und wartet darauf, dass ich es ihm erkläre.

»Meine Liebe für dich ist auch nicht *normal*, Jonas.« Ich blicke in seine wunderschönen Augen. »Du bist mein Ein und Alles – meine Sonne und mein Mond und meine Sterne. *Todo mi mundo.* Ich liebe dich mit einer Wucht und einer Tiefe und einem Ausmaß, das die sterbliche Liebe ebenfalls übersteigt.« Ich halte inne. »Und das bedeutet, du besitzt auch die Macht, mich zu zerstören, Jonas – mit einem einzigen Blick dieser wunderschönen, traurigen Augen. Mit einem einzigen Wort. Du hast mich komplett in deiner Hand, Baby. Glaub mir.«

Er blinzelt langsam und wird anscheinend von seinen Gefühlen übermannt. »Wahnsinn«, sagt er schließlich.

Ich beiße mir auf die Lippe. »Wahnsinn.«

Er nickt.

»Es gibt etwas, was ich heute tun möchte, mein geliebter Ehemann. Etwas, das ich dir geben möchte, damit du weißt, dass ich deine Worte sehr gut verstanden habe.«

»Hat es etwas mit einem großen Federhaufen zu tun?«
Wir müssen beide lachen.
»Nein. Es hat etwas mit einem neuen Tattoo für mich zu tun. Direkt auf meinen Pobacken.«
»Oh.« Er runzelt die Stirn. »Und was soll das für ein Tattoo werden?«
»Das ist eine Überraschung. Die einzige Frage ist, ob dir deine *albóndigas* auch mit etwas Tinte gefallen – denn als rechtmäßiger Eigentümer muss ich dich das fragen.«
»Also los, tu es.«
»Gut. Dann such du doch bitte schon mal nach einem seriösen Tätowierer, während ich unter die Dusche hüpfe und mir die Kotze aus dem Haar wasche.«
»Das hört sich nach einem Plan an.«
Ich stehe langsam auf und bewege meinen schmerzenden, pochenden Körper Richtung Badezimmer. Kurz bevor ich die Tür erreiche, ertönt ein Lied aus Jonas' Laptop. »Why'd You Only Call Me When You're High« von den Arctic Monkeys.
Ich drehe mich zu Jonas herum, und er grinst mich besserwisserisch an.
»Clever«, sage ich.
Er kriegt sich nicht mehr ein vor Lachen.
»Ich liebe dich, Jonas«, sage ich, und mein ganzer Körper entspannt sich erleichtert. Gott sei Dank kann er schon wieder über letzte Nacht lachen. *Gott sei Dank.* »Und es tut mir so, so leid, dass ich dir wehgetan habe. Das wird niemals wieder geschehen.«
Er lächelt mich an. »Ich weiß, dass du mir nicht absichtlich wehgetan hast, mein geliebtes Baby. Ich verzeihe dir. Voll und ganz. Ich liebe dich.«
Ich lächle zurück.
»Okay, genug über unsere verdammten Gefühle geredet. Geh und wasch dir die Kotze aus dem Haar, Frau. Du widerst mich an.«

Ich halte einen Moment lang inne und blicke in sein hübsches Gesicht. Dann schlage ich mir hart auf die Wange, was Jonas überrascht auflachen lässt. Ich drehe mich um und schiebe meinen geschundenen Hintern ins Badezimmer.

Sarah

»Daddy?«

»Ja, Gracie«, sagt Kat und hält ihre zwölf Monate alte Tochter höher in die Luft, damit sie besser in den Ankunftsbereich des Flughafenterminals schauen kann. »Daddy wird gleich hier sein. Er kommt genau hier raus.« Sie deutet auf ein nahe gelegenes Gate. »Genau wie Onkel Jo Jo.«

»Onkie Jo Jo?«

»Ja.«

Ich blicke auf die Flughafen-App auf meinem Handy. »Hier steht, dass ihr Flug vor zwei Minuten gelandet ist.«

Kat quietscht vor Aufregung.

»Daddy, Daddy, Daddy«, plappert Gracie vor sich hin.

»Gleich, Gracie«, sage ich und halte Kat meinen Arm vor die Nase.

»Schau mal, Kat, ich habe Gänsehaut.«

»Genau wie ich. Die drei Wochen ohne Josh haben sich angefühlt wie drei Jahre.«

»Gott sei Dank gab es dich und Gracie. Ohne euch hätte ich das nicht überlebt.«

Vor drei Wochen sind Josh und Jonas mit einem Journalisten vom *Climbing Magazine*, der einen Bericht über die Jungs und ihr schnell wachsendes Unternehmen schreiben wird, zur peruanischen Cordillera Blanca aufgebrochen. Ohne Kat und Gracie wäre ich schon wenige Tage nach Jonas' Abreise verschrumpelt und vor Einsamkeit gestorben.

Nur ein paar Stunden nachdem die beiden zum Flughafen gefahren waren, habe ich Jonas bereits so vermisst, dass ich einen Koffer gepackt habe, zu Joshs und Kats Haus gefahren bin und an ihrer Tür geklingelt habe. »Rette mich vor mir selbst«, habe ich gefleht, als Kat die Tür geöffnet und mein erbärmliches Gesicht gesehen hat.

»Juhu, wir machen eine Pyjamaparty!«, hat Kat gesagt.

Am ersten Abend unserer verlängerten Übernachtungsparty haben Kat, Gracie und ich uns in Kats riesiges Bett gekuschelt und Filme geschaut. (*Frozen*, als Gracie noch wach war, und *Magic Mike*, als Gracie bereits geschlafen hat). Am nächsten Morgen bin ich aufgewacht mit Gracies Arm über meiner Brust. Ihre Schmolllippen hatte sie gegen meine Wange gepresst. Ich will das auch, habe ich plötzlich und zu meiner eigenen Überraschung gedacht.

Am zweiten Abend der Faraday-Girls-Pyjamaparty hat mir Gracie ein Buch gegeben, das ich ihr zum Einschlafen vorlesen sollte, und hat etwas gemurmelt, das sich anhörte wie: Tantie Sarah lesen. Mein Herz ist in meiner Brust aufgegangen wie eine Blüte im Frühling. Ich will das auch, habe ich mir gedacht. Aber ich habe dieses Verlangen darauf geschoben, dass ich Jonas so sehr vermisste. Das musste es sein. Oder? Alles, wovon ich geträumt hatte, war, in Gloria's House zu arbeiten, dachte ich, und ich will dort definitiv noch ein paar Jahre länger arbeiten, bevor ich überhaupt darüber nachdenke, eine Familie zu gründen.

Aber als ich am nächsten Morgen aufgewacht bin und Gracies schlafendes Gesicht nur wenige Zentimeter von meinem entfernt gesehen habe, ist mein Herz geschmolzen wie ein Stück Butter in der Mikrowelle. Ich will das auch, habe ich wieder gedacht. Ich habe versucht, diesen Gedanken zu verdrängen, aber es ist mir nicht gelungen. Am siebten Tag von Jonas' Abwesenheit fiel mir auf dem Weg zur Arbeit ein, dass ich den Abend zuvor vergessen hatte, eine neue Pillenpackung zu öffnen. Doch anstatt umzukehren, um noch nachträglich eine Antibabypille zu nehmen, oder besorgt zu sein, habe ich einfach nur das Auto eingeparkt und bin in mein Büro gegangen – ruhig und glücklich bei dem Gedanken, dass eines meiner Eier sich in sehr naher Zukunft aus meinen Eierstöcken befreien und sich mit einem von Jonas' lächerlich gut aussehenden Spermien verbinden könnte.

In diesem Moment wusste ich mit absoluter Klarheit, dass ich nicht mehr verhüten wollte. Im Gegenteil, ich wollte nichts mehr, als ein wunderschönes, wertvolles, Salsa- und Platon-infiziertes Faraday-Baby zu machen. Seit dieser Erkenntnis vor dreizehn Tagen hat sich die Flamme des Verlangens nach einem Baby in einen rasenden Waldbrand verwandelt.

Ich muss zugeben, dass dieser Waldbrand in mir auch nur Geilheit sein könnte. Denn es ist schon so lange her. Diese drei Wochen sind die längste Zeit ohne Sex, die wir je hatten, und im Moment glüht eine enorme sexuelle Hitze in mir. Gestern Nacht konnte ich mich sogar selbst zum Höhepunkt bringen, ganz ohne Jonas – das habe ich noch nie zuvor geschafft. Ich habe mich selbst berührt und an Jonas' steifen Penis gedacht, der voller Erregung in mich eindringt und tief in mir drinnen abspritzt. O mein Gott, der Gedanke daran, dass sich eines von Jonas' Megaspermien in eines meiner *huevitos* einnistet, bringt mich fast zu einem mentalen Höhepunkt.

Kat zittert vor Aufregung und blickt auf ihre Uhr. »In dem Augenblick, in dem Josh und ich zu Hause ankommen, werde ich über ihn herfallen wie Jack the Ripper über eine Londoner Nutte.«

Ich muss lachen und schiele zu der Tür, durch die die beiden jeden Moment kommen müssten. »Und ich werde über Jonas herfallen wie ein Schwarzbär über einen Camper mit einer Tüte Chips.«

Kat kichert. »Ich werde über Josh herfallen wie das Glück über einen Glücksbringer.«

»Wie ein Junkie über seinen nächsten Schuss.«

Kat lacht. »Du bist so lustig.«

»Du lustig«, wiederholt Gracie, und Kat und ich müssen laut lachen.

»Ich lustig«, stimme ich ihr zu. »Wie recht du doch hast, Gracie.«

»Ich werde über Josh herfallen wie ein Pfadfindermädchen über seine Kekse«, sagt Kat.

»Der war gut. Ich werde über Jonas herfallen wie Sonnencreme über einen Albino.«

Kat bricht in schallendes Gelächter aus. »Oh, der war sehr gut. Du kommst echt immer mit den verrücktesten Sachen an.«

»Das liegt daran, dass ich verrückt bin.«

»Ja, das bist du wirklich.«

»Du gibst also auf?«

»Das hättest du wohl gern.« Sie denkt einen Moment lang nach. »Ich werde über Josh herfallen wie eine Speedo-Badehose über Michael Phelps.«

Ich muss so laut lachen, dass ich Kat und Gracie anstecke.

»Der ist schwer zu überbieten«, sage ich.

»Gibst du auf?«

»Auf keinen Fall.« Ich beiße mir auf die Lippe und überlege. »Ich werde über Jonas herfallen wie E. T. über das Telefon?«

»Nett – aber nicht annähernd so gut wie Michael Phelps in der Badehose.«

»Du hast recht.« Ich beiße mir wieder auf die Lippe. »Hm. Ich werde über Jonas herfallen wie ein Pokemon-T-Shirt über einen Schüler.«

Kat lacht. »Du lustig.«

»Ich lustig. Schlägt ein Pokemon-T-Shirt Michael Phelps' Badehose?«

»Vielleicht. Aber nur um Haaresbreite.«

Ich strecke Gracie meine Hand entgegen. »Gib mir fünf, kleine Gracie. Tante Sarah hat deiner Mama *wieder einmal* in ihren hübschen Hintern getreten.«

»Du hast mir nicht in den Hintern getreten. Ich sagte, *um Haaresbreite*. Und selbst da bin ich mir nicht so sicher.«

Gracie legt ihre kleine Hand auf meine, und ich küsse sie.

»Es scheint, als müssten Josh und Jonas sich heute Abend auf was gefasst machen«, sagt Kat. »Drei Wochen sind eine lange Zeit.«

»Ohne dich und Gracie hätte ich es wirklich nicht überlebt.«

»Daddy?«, fragt Gracie.

»Ja, er kommt gleich durch diese Tür, Süße. Jeden Moment.« Kat dreht sich zu mir um. »Heiliger Bimbam, mein Höschen steht in Flammen.«

Ich muss lachen. Kats Ausdrucksweise amüsiert mich immer wieder. »Meines auch.«

»Daddy!«, ruft Gracie und deutet mit ihrem pummeligen Ärmchen auf das Tor. Und tatsächlich – das sind sie. Die Faraday-Zwillinge – beide in Muskelshirts, mit Bigfoot-Bärten und einem breiten Grinsen im Gesicht.

Ich laufe vor Freude jubelnd auf Jonas zu, und er lässt seinen Rucksack fallen wie eine heiße Kartoffel. Ich renne ihn fast über den Haufen. Ich schlinge meine Arme um seinen Hals und meine Beine um seine Hüfte und beginne damit, sein wunderschönes, bärtiges Gesicht abzuknutschen.

»Sarah«, sagt er und küsst mich genauso leidenschaftlich wie ich ihn. »*Baby.*«

Er hält mich an meinem Hintern fest, presst seinen harten Penis gegen meinen Unterleib und küsst mich, als hätte ich ihn gerade aus dem Ozean gerettet. Seine Zunge schmeckt köstlich, sein Bart fühlt sich göttlich an meinem Gesicht an, sein Duft ist verführerisch. Und vor allem seine Erektion lässt mich vor Aufregung quietschen. Ich ziehe stöhnend an seinem Haar und presse mich leidenschaftlich an ihn. Ich habe noch nie in meinem ganzen Leben einen Kuss so genossen. Ich atme diesen Mann förmlich ein. Ich will ihn verschlingen, ihn überfallen, ihn von Kopf bis Fuß auffressen. »Ich habe dich so vermisst«, flüstere ich und reibe meinen Körper an seinem, während ich mit den Händen durch sein Haar fahre und mich an ihn drücke, als würde ich versuchen, mit ihm zu verschmelzen.

»Ich werde dich nie wieder alleine lassen«, flüstert Jonas.

»Aber war es schön?« Ich bedecke sein wunderhübsches Gesicht mit Küssen.

»Ja, es war unglaublich.« Seine Hände drücken begierig meinen Po.

»Mann, wie habe ich diesen Hintern vermisst.«

Ich vergrabe mein Gesicht in seiner Halsbeuge und atme seinen unverkennbaren Duft ein. »War das Klettern gut?«

»Ja, fantastisch. Eine ganz neue Erfahrung. Richtig spirituell. O Sarah.«

Er küsst mich wieder leidenschaftlich, und ich presse mich mit aller Kraft an ihn.

»Der Bart gefällt mir«, sage ich, fahre mit den Fingern über sein Kinn und ziehe an seinem Bart. »Du sexy Tier.«

Er reibt seinen Bart an meinem Kinn. »Wir werden damit noch viel Spaß haben, bevor ich ihn abrasiere.«

Ich fahre mit den Händen durch sein Haar und zittere vor Erregung. »Ja, bitte.«

»Onkie Jo Jo?«

Jonas und ich unterbrechen sofort unser Geplänkel und grinsen uns an.

Irgendwie schaffen wir es, unsere Körper voneinander zu lösen, und Jonas nimmt Gracie mit einem lauten Heuler auf den Arm. Er reibt seinen Bart an ihrer weichen Wange, was sie zum Quietschen bringt. Mein Herz schmilzt regelrecht, als ich sehe, wie spielerisch er mit ihr umgeht. Gott, wie sehr ich diesen Mann liebe. Ich kann es gar nicht mehr erwarten, ihn eines Tages auch mit *unserem* Baby spielen zu sehen.

Irgendjemand berührt mich an der Schulter. »Hey, Sarah«, sagt Josh und breitet seine Arme aus.

»Willkommen zu Hause, Josh«, sage ich und umarme ihn.

Er drückt mich fest. »Solltest du jemals an Jonas' Gefühlen für dich zweifeln«, flüstert er mir ins Ohr, »dann bitte mich einfach, dir davon zu berichten, was er während unserer Reise alles Wunderbares über dich erzählt hat – nonstop, drei Wochen lang jeden verdammten Tag.«

Ich muss lachen. »O Josh, ich habe dich vermisst.«

Wir holen das Gepäck der beiden und gehen zu Kats Range Rover. Josh, Kat und Gracie laufen vor uns Arm in Arm über den Parkplatz, Jonas und ich eng umschlungen hinterher.

»Zu Hause habe ich eine Überraschung für dich«, sage ich leise und schmiege mich fest an ihn.

Er flüstert mir ins Ohr: »Ich hoffe, es hat etwas damit zu tun, dass du auf meinem Bart sitzt.« Er grinst.

Als wir bei Kats Auto angekommen sind, stellt Jonas seinen Rucksack auf dem Boden ab, nimmt mein Gesicht in seine Hände und küsst mich so leidenschaftlich auf den Mund, dass mir fast das Herz stehen bleibt.

»Gib mir deinen Rucksack, Bro«, sagt Josh nach einem langen Augenblick, in dem der Kuss sich von einem »Ich bin froh, wieder zu Hause zu sein«-Kuss in einen »Ich will mit dir ins Bett, sobald wir zu Hause sind«-Kuss verwandelt hat. Ich höre, wie sich der Kofferraum öffnet. »Gib mir den Rucksack, Jonas.«

Aber Jonas und ich ignorieren Josh völlig, denn ein solcher Kuss passiert nicht alle Tage. Meine Klit explodiert förmlich. Meine Nippel sind hart. Jonas könnte mir hier und jetzt das Höschen runterziehen und ohne das geringste Anzeichen von Widerstand in mich eindringen, so feucht bin ich.

Ich höre ein Räuspern neben uns und dann, wie der Kofferraum geschlossen wird. »Hey, Jonas«, sagt Josh in einem Tonfall, der uns aufblicken lässt.

Jonas und ich wechseln einen Blick und schauen dann zu Josh.

»Du bist nicht der Einzige, der es nicht mehr erwarten kann, mit seiner wunderschönen Frau zu schlafen. Und jetzt steig ins Auto, du Arschloch.«

»Ausdrucksweise, Baby«, sagt Kat aus dem Auto heraus. Sie beugt sich gerade über den Rücksitz und schnallt Gracie an.

»Steig in das *verdammte* Auto, du *verdammtes* Arschloch«, flüstert Josh, damit Kat es nicht hören kann. »Und zwar dalli, wenn ich bitten darf. Denn ich will nach Hause und mit meiner *verdammt* geilen Frau ins Bett, *verdammt noch mal*.«

Als Kat Gracie angeschnallt hat, steigen Jonas und ich links und rechts von ihr auf die Rücksitze. Wir können die Augen nicht voneinander lassen und atmen schwer.

In dem Moment, in dem wir uns angeschnallt haben, greift Jonas über Gracie hinweg und berührt mit seinen Fingerspitzen meinen nackten Oberarm. Allein das Gefühl, wie seine Haut über meine streicht, verursacht mir eine Gänsehaut und lässt mich fast in Flammen aufgehen.

»Also, wie war das jetzt?«, sagt Kat vom Beifahrersitz aus zu Josh. »Ihr seid nicht auf den größten Berg geklettert?«

»Baby, natürlich sind wir das. Denkst du, wir fliegen den langen Weg nach Peru, um dann auf irgendeinen Hügel zu klettern?«

Kat lacht. »Nein, eigentlich nicht. Aber ...«

»Ich habe dir doch vor unserer Abreise alles über unsere Pläne erzählt, Baby. Das Basislager war in Huarez. Von dort sind wir auf den Ishinca geklettert, einen der kleineren Gipfel, damit wir uns ein paar Tage lang an die Höhe gewöhnen konnten. Und *dann*, als wir uns akklimatisiert hatten, haben wir den Huascarán bestiegen ...«

Ich kann nicht mehr zuhören. Ich kann mich nicht konzentrieren. Mein Kitzler pocht zu heftig. Ich kann an nichts anderes mehr denken als an Sex, Sex, Sex. Ganz sicher werde ich mir in naher Zukunft auch Videos anschauen und mich wissbegierig über Fotos beugen und alle möglichen ernst gemeinten Fragen über die Klettertour stellen. Und ich werde bestimmt von jedem kleinsten Detail mächtig beeindruckt sein, aber nicht jetzt. Denn jetzt in diesem Moment geht mir nur ein einziger Gedanke durch den Kopf. Ich will mit meinem süßen Jonas ein Baby machen – und die Betonung in diesem Satz liegt auf *machen*. O mein Gott, ich will die ganze Nacht lang ein Baby mit meinem sexy Ehemann machen, immer und immer wieder, bis mein Körper nicht mehr kann und ich über und über mit Schweiß und seinem Sperma bedeckt bin. O ja, das will ich.

Die Frage ist nur, ob Jonas mit diesem Plan einverstanden ist. Ich weiß, dass er natürlich damit einverstanden sein wird, dass ich »über und über mit seinem Sperma bedeckt« bin. Aber wird er von der Idee eines Babys noch genauso begeistert sein wie damals in Thailand?

Jonas streichelt mit seinen Fingerspitzen über meine Wange, und ich fange sofort wieder vor Erregung zu zittern an.

Jonas leckt sich über die Lippen. »Du wirst nachher so heftig kommen«, flüstert er über Gracies schlafenden Körper hinweg.

»Ja, bitte«, gebe ich zurück und nicke wie eine Marionette.

Jonas grinst mich frech an, entblößt seine perfekten weißen Zähne und macht eine anzügliche Bewegung mit seiner Zunge. Dabei verschlingt er mich förmlich mit seinem Blick und gibt mir einen Vorgeschmack auf das, was mich später erwartet.

»Ja, bitte«, entfährt es mir lauter, als ich eigentlich wollte.

Er grinst mich so süß an, wie ich es zuvor noch nie gesehen habe.

»Bitte«, wiederhole ich leise. »Sobald wie nur irgendwie möglich.«

Josh macht das Radio an, und plötzlich dringen die Klänge von »Crash« durchs Auto. »Hey, OAM Cruz ...«, fängt Josh an.

»Mach das aus!«, rufen Jonas und ich gleichzeitig, dann sehen wir uns an und müssen beide lachen.

Sarah

Als Josh und Kat aus unserer Einfahrt fahren und mit Sicherheit ebenfalls so schnell wie möglich nach Hause kommen wollen, um es wie die Karnickel zu treiben, rennen Jonas und ich zur Eingangstür unseres Hauses und hecheln dabei wie tollwütige Hunde. Wir schaffen es gerade so durch die Tür, bevor Jonas seinen riesigen Rucksack auf den Boden fallen lässt, wie ein Gorilla brüllt und damit anfängt, mir die Klamotten vom Leib zu reißen, als stünden sie in Flammen.

Nachdem er mein Kleid energisch durch den Gang geschmissen hat, zerrt er an meinem Stringtanga, zieht mir den BH aus und drückt mich so fest gegen die Eingangstür, dass mir die Luft wegbleibt. Bevor ich auch nur den Versuch unternehmen kann, ihn ebenfalls auszuziehen, stecken seine Finger schon tief in mir drin und berühren diesen speziellen Punkt, der mich in den Wahnsinn treibt. Seine Lippen verschlingen mich begierig, und mit seiner freien Hand drückt er meinen Hintern. »O mein Gott, wie ich diesen Hintern liebe«, sagt er. »Ich habe von diesem Hintern geträumt.« Er beugt sich nach unten und vergräbt sein Gesicht zwischen meinen Brüsten wie ein kleines Kind in der Keksdose. Er presst seine Nase fest in mein Dekolleté. »Ich würde dich am liebsten auffressen.« Er saugt fest an einem meiner Nippel. »O ja, danke, Gott. Danke. Ich werde dich nie wieder alleine lassen, Sarah.«

Seine Erregung ist total ansteckend, nach nur zwei Minuten kommen schon seltsame Geräusche aus meinem Mund.

Jonas' Hand reißt sich von meinem Hintern los, und er öffnet seine Jeans. Ich fasse nach unten, um ihm zu helfen, und als seine riesige Erektion herausspringt, quietsche ich vor Freude auf.

»Der Springteufel«, sage ich und streiche mit meinem Finger über seinen herrlich feuchten Penis.

»Der funktioniert nur in deiner Gegenwart.«

Ich muss lachen. Bei dem Scherz muss ich immer lachen.

Er leckt an meinem Hals und spreizt meine Beine mit seinem muskulösen Oberschenkel auseinander, um sich in die richtige Position zu bringen.

O Gott. Ich muss ihm sagen, dass ich seit fast zwei Wochen nicht mehr verhüte. Mist, das wollte ich ihm eigentlich auf eine romantischere Art und Weise beibringen.

»Es gibt etwas, das ich dir zuerst noch zeigen muss«, keuche ich.

»Zeig es mir später.« Er zieht seine Jeans weiter nach unten und nimmt seine Finger aus meinem Loch, offensichtlich, um sie gegen seinen Penis einzutauschen.

»Jonas, warte«, keuche ich, und mein Schritt pocht. Ich hatte vor, Jonas auf eine unvergessliche Art und Weise von meinen Babyplänen zu erzählen – wie in einer Julia-Roberts-Romanze. Ich wollte damit nicht rausrücken müssen, während ich gegen unsere Eingangstür gepresst werde. »Schlafzimmer.«

»Später«, sagt er. Und im selben Moment dringt er so fest und tief in mich ein, dass es mir den Atem raubt.

Ich stöhne – genau wie er – laut auf vor Erregung. O Mann, ich habe das Gefühl, es ist eine Ewigkeit her, dass ich Jonas' Penis in mir gespürt, seinen männlichen Duft gerochen und seinen wunderschönen, leidenschaftlichen Gesichtsausdruck gesehen habe. Wow, das fühlt sich unglaublich an. Mein Kitzler pocht so heftig, und alles zieht sich zusammen.

»Warte«, keuche ich erneut, als ich wieder einen klaren Gedanken fassen kann. »Ich muss dir etwas zeigen.«

»Gleich. In zehn Minuten bin ich dafür bereit, versprochen.«

So viel also zu meiner romantischen Enthüllung. Der Mann geht gleich ab wie eine Rakete. »Ich habe vor zwei Wochen die Pille abgesetzt«, bringe ich keuchend hervor. Julia Roberts hin oder her, ich muss ihn schließlich über meine Pläne informieren. »Meine Eier können jederzeit befruchtet werden, Jonas.«

Er küsst mich leidenschaftlich und zieht meine Hüften noch fester an sich. Immer tiefer dringt er in mich ein, seine Leidenschaft wird gleich überkochen.

»Hast du mich gehört?«, frage ich nach Luft ringend.

»Ja.«

»Und?«

»Du fühlst dich so unglaublich gut an.«

»Hast du mich gehört?«

»Ja.«

»Du willst ein Baby machen?« O mein Gott, diese Worte lassen jeden Muskel in mir vibrieren. Um Jonas' Schwanz herum zieht sich alles in mir zusammen.

»Ja, verdammt.«

Anscheinend ist das die vernünftigste Konversation, die wir gerade über die wichtigste Entscheidung unseres Lebens hinbekommen. Denn jetzt beginnt Jonas, wie ein Besessener mit mir zu schlafen. Ich schließe die Augen und verliere mich selbst in der Lust, die meinen Körper überkommt. Ich konzentriere mich auf Jonas' steifen Penis, der rein- und rausgleitet, auf die Spitze, die immer wieder einen Punkt tief in mir drinnen berührt, von dem ich vor gar nicht allzu langer Zeit noch überhaupt nicht wusste, dass er existiert. Ich schlinge meine Beine um seine Hüften und reibe meinen Körper an ihm. Dabei positioniere ich mich so, dass sein Penis genau im richtigen Winkel in mich eindringt, und das ist alles, was es braucht. Ich bin wie losgelöst, wie Jonas sagen würde. Ich berühre seine harten Muskeln und fahre mit den Händen durch sein Haar. Ich lasse zu, dass mein Verstand aussetzt und ich mich voll und ganz diesem überwältigenden Gefühl hingeben kann, das mein Körper in diesem Moment erfährt.

»Du fühlst dich so gut an«, sagt Jonas und küsst mich auf den Hals. »Ich bin fast wahnsinnig geworden. Eines Nachts musste ich mich von der Gruppe wegschleichen, um mir einen runterzuholen, während ich an dich dachte.«

Das war's. Ich kann nicht mehr. Ich verliere die Kontrolle.

»Ja, Baby«, sagt er. »Lass dich gehen. Sei laut für mich.«

Wie auf Kommando stöhne ich hingebungsvoll. Alles an diesem Moment fühlt sich unglaublich an.

»Du bist eine Symphonie, Baby. Das schönste Geräusch auf der ganzen Welt. Mann, wie ich diesen Laut vermisst habe.«

Als meine Zuckungen langsam abebben und ich wieder leiser werde, überrascht es mich zu sehen, dass er sich noch zurückhalten konnte.

»Spring auf«, sagt er.

Ich werfe meine Arme um seinen Hals und lasse mich von ihm durchs Haus tragen, während mein Körper auf seinem riesigen Penis thront. Er legt mich auf der Couch ab, zieht meinen Hintern bis zur Sitzkante, kniet vor mir auf dem Boden nieder und beginnt, mit seinem Bart an den Innenseiten meiner Oberschenkel entlangzufahren. Er atmet ein und stöhnt. »O Gott, ich habe diesen köstlichen Duft so vermisst«, sagt er. »Mir läuft das Wasser im Mund zusammen.«

Ich zittere. »Ich habe mich selbst berührt, als du weg warst, Jonas.«

»Wirklich?« Jonas weiß, dass das nie mein Spezialgebiet war.

»Ich bin gekommen, während ich mir vorgestellt habe, dass du in mich eindringst und dein Sperma aus mir heraustropft.«

»Shit. Das ist so geil«, murmelt er. Er reibt sein bärtiges Kinn an meinem Schritt, während er mich mit seinen Fingern bearbeitet. »Ich habe jede Nacht davon geträumt, dich zu verschlingen. Jede Nacht habe ich davon geträumt, dass dein Körpersaft mir über den Bart und das Gesicht läuft. Eines Nachts, gegen Ende unserer Reise, hatte ich tatsächlich einen feuchten Traum. Das ist mir nicht mehr passiert, seit ich ein Teenager war.«

Jetzt tut mir meine Klit richtig weh vor Verlangen. »Bitte, Jonas, ich kann nicht mehr länger warten.«

»Ist mir ein Vergnügen.« Er beugt sich nach vorne und beginnt, mich zu lecken. Uns beiden entfährt gleichzeitig ein lautes Stöhnen. Ich weiß, warum *ich* so stöhne, aber es erstaunt mich immer wieder zu sehen, dass Jonas in der Sekunde, in der seine Zunge mich berührt, mindestens genauso angetörnt ist wie ich. Innerhalb weniger Minuten zuckt mein Körper wie wahnsinnig, mich erfasst eine Welle der Lust. Als ich gekommen bin, dreht er mich um und gibt mir einen Klaps auf den tätowierten Hintern.

»Meiner«, sagt er. Er beugt sich herunter und beißt mich. »*Meiner.*«

»*Siempre.*« Für immer.

Er nimmt meinen schlaffen Körper hoch und wirft ihn sich über die Schulter. »Und jetzt ins Schlafzimmer, meine Dame – zum Hauptgang.« Er geht durch das Haus, während mein Kopf an seinem breiten Rücken herunterbaumelt.

Ich starre auf seinen muskulösen Hintern, der sich unter mir bewegt. »Schüttle ihn für mich, Baby«, sage ich.

Er wackelt mit dem Hintern.

»Yippie!«

Er bringt mich ins Schlafzimmer und legt mich sanft auf dem Bett ab. Sein steifer Schwanz zeigt in meine Richtung. »Mach eine Brücke für mich, Baby«, sagt er.

»Eine Brücke?«

»Eine Brücke.« Seine Brust hebt und senkt sich vor Erregung. »Wir machen jetzt etwas, das man ›den Bogen‹ nennt.« Er fährt sich mit der Zunge über die Lippen. »Ich habe davon geträumt, während ich weg war.«

»Was ist das?«

»Das wirst du schon sehen.«

Im Laufe der letzten zweieinhalb Jahre habe ich gelernt, Jonas' Anweisungen zu befolgen, wenn es um Sexstellungen geht, und ich habe es nicht ein Mal bereut. Aber im Moment fühle ich mich wie eine weich gekochte Nudel. Und wie zum Teufel soll ich mit Gliedmaßen aus Pasta eine Brücke schaffen?

»Tu, was ich dir sage, Sarah«, sagt er. »Nur ein Mal in deinem Leben.« Er grinst. »Mach eine Brücke auf dem Bett. Hopp, hopp.«

»Denkst du nicht, dass diese Stellung nach zwei heftigen Orgasmen ein bisschen zu ambitioniert ist? Ich glaube, ich brauche eine kleine Pause. Warum machen wir nicht etwas Standardmäßiges und sehen zu, dass du auf deine Kosten kommst? Du weißt schon, wie normale Leute.«

»Hüte deine Zunge, Orgasma. In dir steckt noch mindestens ein heftiger Orgasmus, und der gehört mir.« Seine Augen funkeln.

»Denkst du?«

»Das weiß ich. Er gehört mir. Ich will ihn.«

»Okay.« Ich nehme einen tiefen Atemzug. »Ich werde es versuchen.«

»Danke. Und übrigens, an uns ist nichts normal. Und das gefällt mir.«

Ich bringe mich in Position. »Meinst du so?« Ich mache auf dem Bett eine perfekte Brücke, wie eine Turnerin. Mein Kopf hängt herunter, meine Handflächen und Fußsohlen stehen flach auf dem Bett, und mein Becken ist Richtung Decke gestreckt.

»Wow, das ist nicht genau das, was ich meinte – aber es sieht verdammt sexy aus.« Er lehnt sich zurück und bewundert mich einen Moment lang. »Schau dich nur an. So würde ich dich am liebsten noch einmal lecken, bevor wir mit dem Hauptakt weitermachen.«

»Großer Gott, Jonas. Nein. Kein Lecken mehr. Zeit für den Hauptgang. Ich sterbe vor Verlangen nach dir.«

Er bewundert weiter meinen gebogenen Körper und gibt lustvolle, laszive Töne von sich. Langsam beginne ich vor Anstrengung zu zittern. »Jonas P. Faraday!«, rufe ich. »Los jetzt! Nicht einmal Orgasma die Allmächtige kann ewig in dieser Stellung ausharren.«

Er muss lachen. »Sorry, Orgasma. Du siehst nur so sexy aus. Warte noch kurz.« Er kriecht mit dem Gesicht unter meinen erhobenen Hintern und beißt in meine tätowierte Pobacke.

Ich kreische auf.

»Nur ein kleiner Appetithappen.« Er lacht erneut und kommt wieder unter mir hervor. »Okay, tut mir leid. Ich wurde abgelenkt. Jetzt leg deine Schultern aufs Bett, aber streck deine Beine, deinen Rücken und deinen Po weiterhin in die Luft.«

»Hä?«

Er wiederholt seine Anweisung und hilft mir dabei, meinen Körper in Position zu bringen. »So in etwa. Das ist gut, ja.«

»Okay?«

»Perfekt. O Mann, das sieht so geil aus.« Er beugt sich vor und reibt seinen Bart zwischen meinen Beinen. »Du törnst mich dermaßen an, Sarah!«

»Jonas. Im Ernst, ich kann mich so nicht mehr lange halten.«

»Tut mir leid. Okay. Leg deine Arme auf die Seite, um deinen Körper zu stabilisieren.«

»Um meinen Körper zu *stabilisieren?* Was hast du mit mir vor?«

Er kniet sich direkt zwischen meinen Beinen aufs Bett, sodass sein Penis auf gleicher Höhe mit meinem erhobenen Becken ist. »Das wirst du jetzt herausfinden.« Er dringt mit einem Finger in mich ein, um sein Ziel zu finden, und stößt dann – ohne Vorwarnung – mit seinem Penis zu. Dabei zieht er mein Becken zu sich heran.

»Wow! Ja!«, sage ich, und mein Körper bewegt sich sofort im Rhythmus mit Jonas. »Das fühlt sich gut an. Ich liebe es.«

»Es ist so ähnlich wie ›der Schmetterling‹«, sagt er. »Nur mit einem wichtigen Unterschied – einem Pluspunkt.«

Er dirigiert meinen Körper in langsame, sexy Bewegungen, ganz im Einklang mit sich selbst. »Gefällt dir das?«

»Sehr gut.«

Wir machen einige Minuten so weiter, und mein Körper beginnt zu zucken und sich zusammenzuziehen.

»Was ist der Pluspunkt?«, frage ich, während meine Lust immer größer wird.

Er zieht einen Mundwinkel nach oben, als hätte er ein großes Geheimnis. Er leckt sich über die Lippen. »Bist du bereit, wilde animalische Laute von dir zu geben, Baby?«, fragt er.

Bis jetzt hat Jonas mein erhobenes Becken mit beiden Händen gehalten, aber jetzt berührt er mich mit einer Hand am Kitzler und fängt an, ihn zu massieren – während er plötzlich noch fester und tiefer in mich eindringt. O Gott! Das ist *die* Art, ein Baby zu machen. Ich kann überhaupt nicht beschreiben, wie gut sich das anfühlt. Es dauert keine Minute, da zuckt mein ganzer Körper unkontrolliert, und mir bricht kalter Schweiß aus. Ich habe am ganzen Körper Gänsehaut.

»Genug«, sage ich.

Aber Jonas dringt noch tiefer in mich ein und reibt meine Klit noch fester mit seinen Fingern.

Mir entfährt ein animalischer Laut, als meine Beine unter mir nachgeben und ich aufs Bett falle. Dieser Orgasmus nimmt meinen gesamten Körper ein. »Ich kann nicht mehr«, keuche ich, als ich mich langsam wieder beruhigt habe. »Ich bin fertig.« Schweiß rinnt mir den Rücken hinab. Ich wische mir über die Schläfe, und meine Hand ist klitschnass.

Jonas' Augen funkeln. »Kurz vor dem Orgasmus, hattest du da das Gefühl, pinkeln zu müssen?« Sein steifer Penis sieht aus, als ginge er gleich ab wie eine Rakete.

Ich nicke.

»Hast du einen fast unangenehmen Druck verspürt?«

Ich nicke erneut. »Ich musste mich zusammenreißen. Es tut mir leid. Das war zu viel für mich.«

Er schnappt aufgeregt nach Luft. »Okay, wenn du das noch einmal fühlst, dann will ich, dass du loslässt, verstanden? Du musst das unangenehme Gefühl ignorieren und so fest drücken, als würdest du versuchen zu pieseln.«

Ich schüttle den Kopf. »Nein, du verstehst das nicht. Ich hätte nicht drücken können, selbst wenn ich es versucht hätte. Es war zu intensiv. Auf keinen Fall.«

»Nein, Baby. Du musst dich selbst trainieren, es auszuhalten. Wenn du es schaffst, diesen Moment des Unbehagens zu überstehen, dann wirst du eine ungeheure Lust verspüren – eine ganz neue Form der Lust, anders als alles, was du bisher erlebt hast. Etwas absolut Unglaubliches. Du musst dich nur dazu zwingen, gegen deinen Instinkt zu handeln.«

»Liebling, ich werde dich nicht auf dem Bett anpinkeln, ganz egal, was du sagst.«

Er grinst. »Du wirst nicht *pinkeln*. Du wirst *ejakulieren*. Über mich. Und ich werde es auflecken.«

Ich verziehe das Gesicht.

Er lacht. »Sagen wir, selbst wenn du pieseln würdest, was soll's? Wenn ich dich dazu bringen könnte, dass du die Kontrolle über deine Körperfunktionen verlierst, dann wäre ich ein verdammter Gott. Es wäre eine Win-win-Situation.«

Ich runzle die Stirn. »Das ist ekelhaft.«

»Nichts daran ist ekelhaft. Es gibt keine Grenzen, wenn es um deinen Körper und deine Lust geht. Verstehst du das nicht?« Er ist plötzlich ganz aufgeregt. »Dich über die Grenze zu stoßen, dich auf ein neues Level der Lust zu befördern, dir jede neue Entwicklungsphase als Orgasma die Allmächtige zu ermöglichen, dafür lebe ich, Baby. Du bist mein Kunstwerk. Mein *Magnum Opus*.« Er schaudert.

»Du liebst das wirklich, stimmt's?«

»Ich lebe dafür.«

Ich hole tief Luft. »Okay. Ich werde es versuchen. Aber ich kann dir nichts versprechen.«

»Sex erfordert Übung, genau wie jede andere körperliche Aktivität. Du musst deine Muskeln trainieren. Du musst deinen Verstand trainieren. Und dann wird dein Körper auf ganze neue Art und Weise reagieren.« Er beißt leicht in meinen Nippel und ist sichtlich erregt.

Ich kann es mir nicht verkneifen, das Gesicht zu verziehen. »Ich bin mir wirklich nicht sicher, ob ich dir das geben kann, was du willst. Ich bin mir nicht einmal sicher, ob ich es dir geben *will*.« Ich verziehe erneut das Gesicht.

Er berührt meine Wange und küsst mich. »Es gibt nichts, was du tun könntest, um mich zu entmutigen. Wirklich gar nichts.«

Ich hole tief Luft.

»Überlass es einfach mir. Du sollst nicht denken, wenn ich mit dir schlafe. Du sollst dich gut fühlen und dich total der Lust hingeben.«

Ich schüttle den Kopf. »Ich weiß nicht, ob ich mich so gehen lassen kann, wie du es beschrieben hast. Wenn ich an einen bestimmten Punkt gelange, fühlt es sich so gut an, dass es fast wehtut, und dann muss ich mich zusammenziehen. Ich weiß nicht, wie ich es anders beschreiben soll.«

»Du kannst es. Lass dich darauf ein. Der Körper hat keine Knöpfe wie ein Süßigkeitenautomat. Es braucht Übung, Hingabe und auch ein gewisses Maß an Furchtlosigkeit.« Er kuschelt sich neben mich und streicht mir übers Haar, während sein steifer Penis in meinen Oberschenkel pikst. »Als wir die ersten Male miteinander geschlafen haben, waren deine Orgasmen klitoral, erinnerst du dich? Ich glaube, so ungefähr sechs Monate lang, oder?«

Ich nicke.

»Und mit der Zeit, mit ganz, ganz viel Übung, haben wir es geschafft, deinen G-Punkt für dich arbeiten zu lassen, und du hast auch vaginale Orgasmen bekommen. Weißt du noch? Das hat nicht einfach so geklappt. Wir mussten daran arbeiten. Wir mussten deinen G-Punkt trainieren, ihn zum Leben erwecken und dich durch dein unangenehmes Gefühl vorantreiben. Und dann wurde dein ganzer Körper mit einbezogen. Und trainiert. Und jetzt gehört dein G-Punkt voll und ganz dir.«

Er redet sich richtig in Rage. Er ist wirklich mit ganzem Herzen dabei. Und ich muss zugeben, als er es zum ersten Mal geschafft hat, diesen seltsamen Punkt in meinem Innern zu stimulieren, als ich mich endlich genug habe gehen lassen, um vaginale Orgasmen zu bekommen, vor allem während des Geschlechtsverkehrs selbst, hat sich alles total verändert. Es war anders als alles, was ich mir je vorgestellt habe. Ich empfand zehnmal mehr Lust, und es war stärker als beim klitoralen Orgasmus.

»Erinnerst du dich an den Druck, den du verspürt hast, als wir die ersten Male an den G-Punkt-Orgasmen gearbeitet haben – wie viel du zunächst mental durchmachen musstest? Du hast dich am Anfang immer wieder zurückgezogen.«

Ich nicke. Er hat recht.

»Aber du hast es geschafft. Und dann denk an das erste Mal zurück, als du deine Klit *und* deinen G-Punkt gemeinsam für dich nutzen konntest.«

Ich nicke wieder.

»Es war wie eine Droge, richtig?«

»Wie die beste Droge der Welt.«

»Also, glaub mir, Baby. Wie stehen an einer Gabelung. Es ist Zeit für eine neue Grenze.«

Ich hole tief Luft. »Okay. Ich werde es versuchen.«

Er streichelt mir durchs Haar. »Du bist mein Mount Everest. Ich will dich erklimmen – bis zum höchsten Gipfel. Und ich will, dass *du* dich erklimmst.«

Ich beiße mir auf die Lippe.

»Aber das heben wir uns fürs nächste Mal auf, okay? Und für die Male danach. Wir versuchen es, bis wir es geschafft haben. Keine Sorge. Kein Druck, okay?«

»Okay.«

»Aber jetzt will ich, dass du dich auf den Rücken legst. Ich werde dir zeigen, wie sehr ich dich liebe – was zum Teufel?« Irgendetwas hat ihn plötzlich abgelenkt. Er blickt quer durchs Zimmer zu einem kleinen Tisch und sieht, was ich Nettes arrangiert habe. Die Babymetapher, die ich mir für meinen Metaphern liebenden Ehemann ausgedacht habe.

Er deutet auf den Tisch. »Ist das dein Ernst?« Er muss lachen. »Du bist wirklich total verrückt.«

Ich schaue ebenfalls hin und breche in schallendes Gelächter aus. Ja, es ist wirklich total verrückt, jetzt, wo ich es mit seinen Augen sehe. Es sollte eigentlich lustig sein. Etwas, das man nicht vergisst. Niedlich. Aber ja, eigentlich ist es total verrückt.

»Sarah, du bist wahnsinnig. Im Ernst.«

»»Es gibt kein großes Genie ohne einen Schuss Wahnsinn««, sage ich.

»Du zitierst Aristoteles, um *das* hier zu rechtfertigen?« Er deutet noch mal mit dem Finger darauf. »Was genau soll das eigentlich sein? Eine Schüssel mit hart gekochten Eiern, ein Fischglas voller … was zum Teufel sind das für Dinger?«
»Kaulquappen.«
»*Kaulquappen?* Und was ist das da?«
»Das sind rosa und blaue Marshmellow-Küken. Piep.«
Er sieht mich an wie die Patientin einer Irrenanstalt.
Ich lache. »Verstehst du es denn nicht? *Ei* plus *Sperma* ergibt *Babyküken*«, sage ich. »Das ist eine *Metapher*.« Ich wedle mit der Hand durch die Luft.
Er langt sich mit den Fingerspitzen an die Stirn, als hätte er plötzlich starke Kopfschmerzen. »Weil ja jeder weiß, dass hart gekochte Eier, Kaulquappen und Marshmellows die besten Aphrodisiaka der Welt sind. O mein Gott. Ich bin mit einer Wahnsinnigen verheiratet.«
Ich muss lachen. »O bitte, du bist viel verrückter als ich.«
»Das ist es, was du und Josh und meine Therapeuten, was ihr mir all die Jahre weismachen wolltet, aber jetzt erkenne ich, dass *ihr* diejenigen seid, die total durchgeknallt sind. Verglichen mit euch, bin ich vollkommen klar bei Verstand.«
Ich kichere. »Das ist eine große Geste, Baby. Ich weiß doch, wie sehr du große Gesten und Metaphern liebst.«
»Baby, ich liebe *coole* Gesten. *Intelligente* Metaphern. *Poetische* Metaphern. Keine lahmen, seltsamen Metaphern.«
»Das ist nicht lahm. Das ist lustig. Vielleicht ein bisschen verrückt.« Ich schnippe mir das Haar aus der Stirn. »Aber vor allem süß. Du weißt schon, ein bisschen Julia-Roberts-mäßig.«
Er reagiert überhaupt nicht.
»Ja? Nein? Was?«
Er schüttelt seinen Kopf.
»Was? Was denkst du gerade? Lass mich nicht so ratlos dastehen.«

Er kann sich ein breites Grinsen nicht mehr verkneifen. Er küsst mich auf die Stirn, als wäre ich ein junger Welpe, und nimmt dann mein Gesicht in seine Hände. »Ich denke, dass ich dich mehr liebe als mein Leben. Ich denke, dass ich verdammt heiß auf dich bin. Und ich denke, dass du die großen Gesten und Metaphern in Zukunft mir überlassen solltest, du Wahnsinnige.«

»Mein Gott.« Ich verziehe die Mundwinkel. »In meinem Kopf schien es eine richtig nette Idee zu sein.«

Wir brechen beide in schallendes Gelächter aus.

»Mann, ich liebe dich, Sarah.« Er küsst mich.

»Nun, das ist gut. Denn du wirst ein Baby mit mir machen. Bist du immer noch angetörnt, jetzt, wo du meine Metapher gesehen hast?«

»Ja!« Er lacht. »Wie es aussieht, habe ich einen Eier-Kaulquappen-Marshmellow-Fetisch. Ich hätte es dir schon früher sagen müssen, aber es war mir zu peinlich.«

»Zu peinlich, es deiner bezaubernden Aufnahmeassistentin zu erzählen? Ich habe schon von schlimmeren Fetischen gelesen, Baby. Da war dieser Kerl, der wollte, dass sich die Frauen ihm *ergeben*, damit er *Gott* sein kann.« Ich verdrehe die Augen. »Das war vielleicht ein eingebildetes Arschloch, sag ich dir.«

Er grinst.

»Okay.« Ich schnappe nach Luft. »Zeit, ein Baby zu machen?«

»Ja, verdammt. Zeit, ein Baby zu machen.«

»Coolio Iglesias.«

Er lacht. »Leg dich auf den Rücken.«

»Warte einen Moment. Sag deinem Penis, dass er sich noch ein bisschen gedulden soll. Ich habe einen Song ausgesucht.«

»Mach ›Radioactive‹ von Imagine Dragons an. Denn dieser Penis hier ist *radioaktiv*, Baby. Er ist *nuklear*.«

»Nein, ich habe etwas anderes. Etwas Perfektes.«
»Aber beeil dich. Ich bin mehr als bereit.«
»Ich beeile mich schon. Gedulde dich noch ein bisschen. Oder besser gesagt, dein Penis soll sich gedulden.«

Ich werfe ihm einen Blick zu, und dieser freche Hund hält seinen Penis in der Hand wie einen Feuerwehrschlauch und grinst mich an.

»Da werd ich gleich ganz neidisch auf deine Hände«, sage ich.

»Gut.« Er streichelt sich selbst. »Beeil dich einfach.«
»Ein Genie soll man nicht hetzen.«
»Kein Hip-Hop«, entfährt es ihm. »Ich werde auf gar keinen Fall zu Hip-Hop ein Baby machen. Ganz gleich, wie sexy du bist – oder mit wie vielen Kaulquappen und Marshmellows du mich verführen willst.«

»O Mann, Jonas. Ich will, dass du kommst, nicht, dass du kotzt.« Ich scrolle durch die Playlist auf meinem Laptop und suche nach dem Lied, das ich ihm schon lange unbedingt vorspielen will – nach dem Lied, das ich unentwegt gehört habe, während er weg war. Endlich finde ich es. »Okay. Bereit, großer Junge?«

Er nickt.

»I Knew I Loved You« von Savage Garden ertönt aus den Lautsprechern, und augenblicklich werden wir beide ernst.

»Das kenne ich nicht«, sagt er leise. Er hört eine Minute lang zu. »Ich liebe es.«

»Hör genau zu, mein Liebster.« Das Herz droht mir zu zerspringen. Es ist eine meiner Lieblingsbeschäftigungen, meinem geliebten Jonas musikalische Geschenke zu machen. Und das hier fühlt sich an wie das größte musikalische Geschenk, das ich ihm je gemacht habe.

Er sitzt still da und hört einfach nur zu.

Ich krabble aufs Bett zurück, lege mich hin und warte auf ihn.

Jedes Wort in diesem Lied trifft auf Jonas und mich zu, und es anzuhören, während ich seinen muskulösen, harten, nackten Körper bewundere, verleiht mir ein einzigartiges Gefühl.

Nach einem Moment legt er sich auf mich und beginnt damit, sanft mit seinen Fingern über meine Hüfte zu streichen. »Danke«, sagt er.

»Gern geschehen.«

Seine Finger gleiten sanft über meinen Hüftknochen. »Machen wir das jetzt wirklich?«

Ich nicke. »Ja.«

Er küsst mein OAM-Tattoo. »Ich hatte noch nie zuvor ungeschützten Sex.« Er küsst meinen Hüftknochen. »Ich dachte immer, ein schlimmeres Schicksal als der Tod selbst würde mich ereilen, wenn ich mich bis in alle Ewigkeit an irgendeine Frau binden würde, die mir nichts bedeutet.«

Ich beiße mir auf die Lippen. In meinem Schritt pocht es mittlerweile gnadenlos.

»Und jetzt liege ich hier und wünschte, ich hätte mehr als eine Ewigkeit, in der ich an dich gebunden bin.«

Mein Herz macht einen Sprung. »Wunderbar. Hast du deine Bewerbung als Grußkartendichter schon abgeschickt?«

»Es steht auf meiner Liste ganz oben.« Er berührt mich zwischen den Beinen.

»Ich liebe dich so sehr, Jonas.«

»Ich liebe dich, Baby.« Sein harter Penis zuckt. Er verschlingt mich mit seinem Blick. Er legt meine Waden auf seine Schultern. Als er sich vorbeugt, drückt er meine Oberschenkel fest gegen meine Brust. »Ich wurde geboren, dich zu lieben, Sarah Faraday«, sagt er und dringt tief in mich ein.

Ich berühre sein Gesicht und bin plötzlich überwältigt von Gefühlen und Lust.

»Mein süßer Jonas«, sage ich keuchend. »*Todo mi mundo.*«

Jonas

Ich streichle Sarahs bewusstloses Gesicht und überlege, was ich ihr noch erzählen könnte. Ich blicke auf die Monitore rund um ihr Krankenhausbett und suche nach einer Inspiration, aber ich finde nichts. »Mal schauen, Baby. Hm. Über was sollen wir jetzt reden?«

Das Lied, das aus den Lautsprechern meines Computers dringt, ist »Sky Full of Stars« von Coldplay. Das Lied habe ich in den letzten Tagen fast durchgehend gehört – nachdem ich mich selbst dazu zwingen konnte, diesen Song von Death Cab for Cutie auszuschalten, in dem es darum geht, Sarah in die Dunkelheit zu folgen. Das Lied hat mich dazu inspiriert, vor zwei Tagen, als ich fast den Verstand verlor, zu einem Tätowierer zu gehen. Es ist das Lied, das laufen soll, wenn Sarah endlich aufwacht und mich anlächelt. Wenn sie das jemals wieder tut. Der Arzt hat gesagt, Sarah könne jederzeit zurückkommen oder auch gar nicht mehr. Auf jeden Fall habe ich mich nicht getraut, die Musik auszumachen. Oder Sarah länger als nötig allein zu lassen.

Aber irgendwann kann ich nicht mehr, das spüre ich. Ich bin sowohl emotional als auch körperlich am Ende. Ich war noch nie in meinem ganzen Leben so müde. Ich kann nicht mehr klar denken. Und mein ganzer Körper ist taub und steif und tut weh. Aber verflucht will ich sein, wenn ich mich auf eine Matte auf den Boden lege, wenn Sarah ihre Augen öffnet und nach meinem Gesicht sucht. Oder schlimmer noch:

wenn ich in dem Moment, in dem sie mich für immer verlässt, nicht an ihrer Seite bin.

So oder so will ich hier sitzen und ihre Hand halten.

So oder so.

Auf der Intensivstation ist immer nur ein Besucher erlaubt, ohne Ausnahme. Und egal, was passiert, wenn einer dieser Momente eintritt, welcher es auch sei, dann werde ich dieser Besucher sein.

Also sitze ich hier. Und höre mir diesen Coldplay-Song an. Und spreche mit meiner Frau. Und drücke ihre Hand. Tag für Tag, Nacht für Nacht. Seit vier Tagen befindet sich Sarah jetzt schon in diesem tiefen, komaähnlichen Schlaf. Ihr Blutdruck ist gefährlich niedrig, ihr Puls erschreckend langsam. Ihr Körper versucht immer noch, diesen wahnsinnigen Blutverlust und die Komplikationen, unter denen sie nach dieser ersten schrecklichen Nacht gelitten hat, zu verarbeiten. Das war die schlimmste Nacht meines Lebens.

Blut auf den Laken.

In den vergangenen Tagen hat sie mehrmals ihre Augen geöffnet – hat sogar kurz mit mir geredet –, und jedes Mal ist mir vor Freude und Erleichterung fast das Herz stehen geblieben. Aber jedes Mal ist sie auch ganz schnell wieder weg gewesen, und ich war verzweifelter als zuvor, weil ich dachte, ich hätte gerade Sarahs letzte Worte gehört.

»Ich weiß wirklich nicht mehr, was ich dir noch erzählen soll, Baby«, sage ich leise und halte ihre Hand. »Ich werde ein ganzes Jahr lang kein Wort mehr sagen, wenn du endlich aufgewacht bist. Ich habe nichts mehr zu sagen.«

Ich habe Sarah alles über Sunny und Luna erzählt – darüber, wie wunderschön sie sind und wie sehr sie ihrer Mutter ähneln. Darüber, wie unterschiedlich ihre Persönlichkeiten jetzt bereits sind. Darüber, wie sie mich wieder an Gott glauben lassen. Ich habe ihr von meinen Zukunftsplänen mit Climb und Conquer erzählt, warum auch immer – ich nehme an, ich wollte einfach nur die Stille füllen. Denn eigentlich ist alles andere im Moment egal. Ich habe ihr von jeder einzelnen meiner glücklichen Kindheitserinnerungen erzählt (was nicht lange gedauert hat), darunter auch die Geschichte, wie meine Mutter und ich auf mein Drängen hin für Joshs Geburtstag Kuchen gebacken haben, weil ich nicht verstanden habe, dass Josh und ich am selben Tag Geburtstag haben.

Ich habe Sarah erzählt, wie Mom, Dad, Josh und ich zusammen den Weihnachtsbaum geschmückt haben, nicht den im großen Eingangsbereich des Hauses (dieser Baum war nur dazu gedacht, die Besucher zu beeindrucken), sondern den kleineren in unserem Wohnzimmer. Den einen, der nur für uns gedacht war. Ich habe ihr erzählt, wie Mom mit voller Inbrunst Weihnachtslieder gesungen hat, während wir den Baum geschmückt haben, und wie sie Josh und mich den Schmuck hat basteln lassen. Wir durften ihn aufhängen, wo wir wollten – auch wenn wir keine Ahnung davon hatten. Ich habe ein Foto von dem besagten Baum – Josh und ich stehen in unseren Schlafanzügen davor, und der ganze Schmuck hängt nur an den unteren Zweigen.

Ich habe in den letzten vier Tagen so tief in meinen Erinnerungen gegraben, dass ich ihr sogar erzählt habe, wie mein Vater und Onkel William mich und Josh mit zum Fliegenfischen nach Montana genommen haben, als wir neun Jahre alt waren. Wir hatten tatsächlich eine tolle Zeit miteinander – eine Erinnerung, von der ich nicht einmal mehr wusste, dass ich sie noch habe.

»Verdammt, Baby«, sage ich leise. »Erwartest du wirklich von mir, dass ich diese Unterhaltung für uns beide führe?« Ich fahre mir mit der Hand durchs Haar und atme tief ein und aus. »Ich habe mich immer darauf verlassen, dass du mich zum Reden bringst.«

Ihre Mundwinkel zucken.

Ich halte die Luft an. »Bitte komm zurück zu mir, Baby.« Ich berühre wohl zum hundertsten Mal heute ihre Wange. »Ich liebe dich so sehr. Ich brauche dich.«

Ihre Augenlider bewegen sich.

»Sarah?«

Sie röchelt.

»Sarah?«

Sarahs Augen öffnen sich flatternd.

Das Herz rutscht mir in die Hose. »Sarah?«

»Jonas«, sagt sie leise.

»*Sarah*.« Mein Puls dröhnt so laut in meinen Ohren, dass ich befürchte, Sarahs Stimme nicht zu hören, wenn sie wieder spricht. Ich versuche, leise und beruhigend zu klingen. »Hey, Baby.«

»Die Babys?«

»Zwei kleine Mädchen.« Ich habe ihr das schon vorher erzählt. O mein Gott, wie mein Herz pocht. »Und sie sind wunderschön.«

Ein schwaches Lächeln huscht über ihr Gesicht. »Geht es ihnen gut?«

Ich nicke. »Sunny und Luna.«

»Sunny?«

Bisher ist sie noch nie so lange bei mir geblieben. Und sie hat noch nie so viel mit mir geredet. Mein Herz rast. »Ja. Dank Josh. Aus Marisol wurde Sunshine, und dann hat Josh angefangen, sie Sunny zu nennen, und das ist geblieben. Und jetzt nennt sie jeder so. Sogar deine Mutter. Sie ist einfach ... Sunny.«

Sie zieht einen Mundwinkel nach oben.

»Es ist Joshs Schuld. Er hat das angerichtet.«

Sarah grinst. Gott, sie ist so blass. »Es gefällt mir.«

»Es passt zu ihr wie die Faust aufs Auge – warte nur, bis du sie siehst. Sie ist ein kleiner Sonnenschein. Und Luna ist jetzt schon urkomisch.«

»Gesund?« Ihre Stimme ist nur ein leises Flüstern.

Ich greife nach ihrer Hand und küsse sie. Dann lehne ich mich über sie und küsse sie auf den Mund. »Ja. Winzig, aber gesund. Sie sind gerade von den Beatmungsgeräten genommen worden. Sie atmen sehr gut alleine.«

Sie atmet erleichtert auf.

Ich küsse sie erneut auf den Mund. »Sarah, ich liebe dich so sehr. Ich habe mir solche Sorgen gemacht.« Meine Stimme bricht, und ich muss schlucken, um nicht die Beherrschung zu verlieren.

»Die Babys werden also wieder gesund?«

»Ja, sie werden wieder gesund. Genau wie du.« Eine weitere Welle an Gefühlen droht mich zu überrollen, aber ich unterdrücke sie.

»Ist Luna unser verrücktes Äffchen?«

Ich nicke. »Ja.« Ich beiße mir auf die Lippe. »Sie ist mein kleines Ebenbild. Ich werde mich bei ihr entschuldigen, wenn sie älter ist.«

Sie lächelt.

Plötzlich treten mir Tränen in die Augen. Mist. Das wollte ich nicht.

»Jonas.« Sie schließt ihre Augen. Ganz offensichtlich ist sie sehr müde.

Ich kann mich nicht mehr zurückhalten. Ich lege meinen Kopf auf ihre Brust und ziehe sie fest an mich.

Sie fährt mir mit den Händen durchs Haar.

»Verlass mich nicht«, flüstere ich verzweifelt.

Sie gibt ein gurrendes Geräusch von sich.

»Du wirst wieder gesund«, sage ich. Aber ich bin mir nicht sicher, ob ich Sarah oder mir gut zureden will.

Eine Krankenschwester stürmt ins Zimmer und beginnt sofort damit, Sarahs Vitalfunktionen zu überprüfen. Ich stehe auf und laufe im Zimmer herum, gleichermaßen erfüllt von Hoffnung und unglaublicher Furcht. Bleibt sie dieses

Mal wirklich bei mir? Oder spreche ich zum letzten Mal mit meiner Frau?

»Kann ich die Babys sehen?«, fragt Sarah die Krankenschwester.

»Sobald die Ärztin ihr Einverständnis gibt. Sie müssen bestimmt noch einen Tag im Bett bleiben, da bin ich mir sicher.«

Sarah nickt.

»Wollen Sie nicht in der Zwischenzeit Ihre Mutter aus dem Wartezimmer zu sich kommen lassen? Sie bittet schon seit einer ganzen Weile darum, mit Jonas den Platz tauschen zu dürfen.« Sie wirft mir einen tadelnden Blick zu.

Plötzlich habe ich das krasseste Déjà-vu meines Lebens. Genau das ist schon einmal passiert – und ich weiß, was als Nächstes kommen wird. Gloria wird ins Zimmer stürmen, sich schluchzend auf Sarah werfen und sie dann plötzlich in ihr Auto packen, damit sie sich bei ihr erholen kann – ohne auch nur ein einziges Mal zu mir zurückzublicken.

»Nein«, sagt Sarah zu der Krankenschwester und lässt mich nicht aus den Augen. »Ich will meinen Jonas.« Sie hält inne. »Meinen süßen Jonas.« Ihr Gesichtsausdruck wird ganz weich. »Meine Mutter kann warten.«

Das Herz springt mir fast aus der Brust. Ich weiß, dass ich etwas antworten sollte wie: »Ist schon in Ordnung, Sarah. Lass deine Mutter dich sehen.« Aber ich sage nichts. Ich sage kein Wort.

Sarahs Mundwinkel zucken, und sie streckt ihre Hand aus, um mich näher heranzuziehen.

»Wäre es möglich, dass wir ein paar Minuten alleine sein könnten?«, frage ich die Krankenschwester.

»Na ja, die Ärztin ist schon unterwegs«, sagt sie und schaut auf die Uhr. »Sie will sie bestimmt sofort sehen.«

»Nur zwei Minuten? Eine Minute? Eine halbe Minute?«

Die Krankenschwester lächelt. »Okay. Das kann ich einrichten. Zwei Minuten.« Sie blickt Sarah an. »Ihre Vitalfunktionen sind sehr viel besser geworden, Sarah. Ein wirklich gutes Zeichen.«

In der Sekunde, in der die Krankenschwester das Zimmer verlässt, küsse ich jeden Zentimeter von Sarahs Gesicht. »Ich muss dir etwas zeigen«, murmle ich.

Sie blickt mich erwartungsvoll an. O Gott, sie sieht so müde aus.

Wortlos stehe ich auf und ziehe mein T-Shirt aus, um mein neues Tattoo zu entblößen.

»Wow«, sagt sie. Sie betrachtet das Tattoo auf meiner Brust, meiner Schulter, meinem Bizeps für einen langen Augenblick mit weit geöffneten Augen. »Wow«, sagt sie einfach nur.

Ich starre sie an, und meine Brust hebt und senkt sich heftig.

Es entsteht eine lange Pause, in der die Klänge des Coldplay-Songs das Zimmer erfüllen und ihr genau sagen, was ich fühle – und was mein Tattoo bedeutet.

»Näher«, flüstert sie.

Ich setze mich auf die Bettkante, und Adrenalin strömt durch meinen Körper.

Sarah berührt mein Tattoo mit ihren Fingerspitzen, und meine Haut ist wie elektrisiert unter ihrer Berührung. Ich schließe die Augen, während ihre Finger langsam mein ganzes Tattoo nachzeichnen – beginnend an meinem Herzen, über meine linke Schulter wandernd und dann runter zu meinem Bizeps. Sie streichelt einen langen Moment über die Wölbung meines Arms und berührt jeden Stern, der darauf tätowiert ist.

»Wunderschön«, sagt sie. Ihre Finger kehren zu meiner Brust zurück, wo sie die Sonne und den Mond berühren, die über meinem Herzen tätowiert sind. »Sunny und Luna«, sagt sie und lächelt schwach.

Ich halte inne und warte darauf, dass sie noch mehr sagt – warte darauf, dass sie einen Kommentar zu der Sternengalaxie abgibt, über die Coldplay in diesem Moment singen, die Sternengalaxie, die sich auf meinem Körper ausbreitet. Aber sie blickt einfach nur ehrfürchtig auf die Sonne und den Mond.

Versteht sie es denn nicht? Nicht einmal mit dem Lied, das es ihr erklärt?

Ich fasse nach ihrer Hand, küsse sie und drücke sie dann fest an meine nackte Brust, direkt über meinem Herzen. »Die Sonne und der Mond und die *Sterne*. Die Sonne und der Mond sind von einem *Sternenhimmel* umgeben, Baby – und das bist *du*. Weil du mein Universum bist.« Ich führe ihre Hand über die frisch gestochenen Sterne, die von meiner Brust bis zu meiner Schulter reichen. »*Du* bist der Sternenhimmel, Sarah. Du bist die Galaxie.« Ich führe ihre Hand meinen Bizeps hinunter und lasse ihre Finger jeden Stern berühren, der ihren Namen flüstert. »Hör auf den Text dieses Liedes, Baby. Du bist mein *Ein und Alles*.«

Jonas

Genau hiervon habe ich seit dem Moment, in dem ich meine Töchter vor fünf Tagen zum ersten Mal sah, geträumt. Sarah und ich sitzen da und halten unsere Babys. Ich drücke die winzige nackte Luna an meine Brust, genau über mein neues Tattoo, und Sarah sitzt in ihrem Rollstuhl nur wenige Zentimeter von mir entfernt und singt »You Are My Sunshine«, während sie die winzige nackte Sunny an ihre Brust drückt. Über den beiden liegt bloß eine weiche Decke.

Ich wünschte, ich könnte diesen Moment für immer und ewig einfrieren.

Sarah hört auf zu singen und lächelt mich mit Tränen in den Augen an. »Das ist wundervoll.«

»Du bist eine viel hübschere Mami als Josh«, sage ich.

Sie wischt sich die Augen. »Oh, ich weiß nicht. Josh ist wirklich sehr, sehr hübsch.«

»Lass ihn das nicht hören. Sein Ego ist schon groß genug.«

»Er war oft hier, oder?«

Ich nicke. »Er hat praktisch hier gewohnt, zusammen mit deiner Mutter. Ich bin mir sicher, die Mädchen denken, ihre Eltern sind Josh und Gloria.«

»Meine Mutter war gestern Abend nicht so gut drauf, oder?«

Kurz nachdem ich Sarah gestern mein neues Tattoo gezeigt habe, ist sie wieder eingeschlafen – und ich dachte,

Gloria würde mir eine Axt in den Rücken rammen, weil ich sie nicht zu ihrer Tochter gelassen habe, während sie bei vollem Bewusstsein war. Aber zu meinem Glück ist Sarah drei Stunden später wieder aufgewacht und war sogar noch munterer als zuvor. Sie hatte wieder Farbe im Gesicht. Da war jedem klar, dass sie sich auf dem Weg der Besserung befand.

»Deine Mutter hat noch stärker geweint als nach dem Zwischenfall in der Unitoilette. Dabei dachte ich damals, mehr ginge wirklich nicht.«

Sarah zuckt mit den Schultern. »Diese Frau ist eben sehr leidenschaftlich.«

Es entsteht eine kurze Pause, während Sarah und ich mit unseren beiden Babys schmusen.

»Was ist denn mit den Zweitnamen? Hast du das schon entschieden?«, fragt Sarah.

»Nein, ich wollte auf dich warten. Was denkst du?«

Sie legt ihre Stirn in Falten. »Vielleicht Sunshine Glory – nach meiner Mutter? Ein totaler Hippie-Name, aber das passt zu Seattle.«

»Deine Mutter wird noch viel schlimmer heulen, wenn sie das erfährt, da bin ich mir sicher. Und Luna?«

»Das ist einfach. Luna Graciela. Nach deiner Mutter.«

Ich beiße mir auf die Lippe und nicke. Sie hat recht. Das ist einfach.

»Ging es dir gut, Jonas? Ich meine, ich weiß, dass es dir nicht gut ging. Aber ging es dir richtig schlecht, während ich bewusstlos war?«

Natürlich ging es mir richtig schlecht – schlechter, als sie es sich vorstellen kann –, aber das muss sie nicht wissen. »Ja, es ging mir gut. Ich hatte die Mädchen. Sie haben mir geholfen, stark zu sein.« Jetzt, wo ich es laut ausgesprochen habe, denke ich, dass es die Wahrheit ist.

Sie nickt. »Bist du oft hierhergekommen?«

Ich schüttle meinen Kopf. »Nicht annähernd so oft wie

Josh und Kat und deine Mutter. Ich saß wahrscheinlich ungefähr zweiundzwanzig Stunden am Tag an deiner Seite.«

Sie sieht mich mitfühlend an.

»Sie lassen immer nur einen Besucher auf die Intensivstation, also musste ich ab und zu meinen Platz für deine Mutter oder Kat frei machen. Und dann bin ich mit Josh hierhergegangen. Oder zum Tätowierer auf der anderen Straßenseite.« Ich grinse.

Sie blickt Luna an, die sich wie ein kleiner Ball auf meiner Brust zusammengerollt hat – direkt über der Sonne und dem Mond auf meiner Haut. »Du bist ein erstaunlicher Mensch, Jonas. Jeder andere Mann würde an dem zerbrechen, was du durchgemacht hast.«

Ich halte kurz inne. »Ich *bin* zerbrochen.«

»Nein, bist du nicht. Du warst nur angeknackst. Und genau das bewundere ich. Du zerbrichst nie. Du bist so stark.« Sie beißt sich auf die Lippe. »Und süß. Und gut.« Sie sieht mich voller Gefühl an. »Alles, was ich je wollte, war, dich glücklich zu machen, Jonas – dein Leben *einfacher* zu machen.« Tränen steigen ihr in die Augen. »Ich wollte diese unglaubliche Traurigkeit in deinen Augen auslöschen.«

»Das hast du getan.«

Sie kann nicht antworten, so überwältigt ist sie von ihren Gefühlen.

»Siehst du?« Ich reiße meine Augen weit auf. »Glückliche Augen. Solange du gesund und an meiner Seite bist und es den Mädchen gut geht, werde ich nie wieder traurige Augen haben. Das verspreche ich.«

Ihr Gesicht wird ganz rot vor Anstrengung. Sie versucht mit aller Kraft, ihre Gefühle in Schach zu halten. »Ich wünschte nur, das Leben wäre nicht immer so hart zu dir.«

Ich seufze. »Für die wirklich wertvollen Dinge im Leben muss man immer kämpfen.«

»Platon?«

»Nein, Josh Faraday.«

Sie schmunzelt. »Dein Bruder ist wirklich ein weiser und mächtiger Mann, richtig?«

»Sch … Du kannst nie wissen, wann er um die Ecke kommt.«

Sie wird wieder ernst. »Dir geht es also gut? Du willst nicht über irgendetwas reden?«

Ich blicke auf Luna hinab. »Mir geht es gut.«

»Es gibt nichts, was du verarbeiten musst? Aus dem Kopf kriegen willst? Diese Nacht muss schrecklich für dich gewesen sein.«

Ich hole tief Luft und schüttle den Kopf. »Ich will nie wieder über diese Nacht nachdenken – außer um mich selbst daran zu erinnern, dass ich der glücklichste Mensch auf Erden bin. Falls ich jemals dumm genug sein sollte, daran erinnert werden zu müssen.«

Sie nickt und blickt ihrerseits auf Sunny in ihren Armen hinab.

Ein Kloß formt sich in meinem Hals, aber ich schlucke ihn hinunter.

Ich dachte, ich wüsste bereits, was Liebe ist.

Ich dachte, ich wüsste bereits, was Glück bedeutet.

Ich war ein verdammter Idiot.

»Lass uns tauschen, Liebling«, sagt Sarah. »Ich will Luna auch mal halten.«

Ich rufe eine Krankenschwester zu uns, damit sie uns hilft.

Dann lehne ich mich im Stuhl zurück und drücke Sunny an meine nackte Brust.

»Gracie hat sich nie so angefühlt«, sagt Sarah. »Gracie hat sich immer angefühlt wie ein Mensch. Diese beiden hier fühlen sich an wie Äffchen. Wirklich. Wie Äffchen ohne Haare.« Sie berührt Lunas Kopf. »Uu-uu, aa-aa«, sagt sie leise.

Ich runzle die Stirn. »Was soll das denn?«

»Ich spreche in ihrer Muttersprache mit ihr.« Sie grinst.

Der Kloß in meinem Hals kommt wieder hoch, aber ich schlucke ihn erneut runter. Das hier ist die ultimative Form von Glück, die göttliche Idee der Liebe.

»Was denkst du gerade, mein Liebster? Dein Gesichtsausdruck ist unbezahlbar.«

Ich beiße mir auf die Lippe. Ich kann meine Gedanken gerade nicht in Worte fassen.

»Mann, ich wäre jetzt zu gern in deinem Kopf, Jonas. Ich wette, dadrinnen geht es ab wie am Nationalfeiertag – verflucht philosophisch.«

»Hey, achte auf deine Sprache.«

»Sorry.«

»Ich bin mir sicher, Kat wird uns beide schon auf die richtige Spur bringen.«

»Wer hätte gedacht, dass das Partygirl mal so eine Spielverderberin werden würde? Weißt du, was sie mir mal erzählt hat? Dass sie und Josh *vier* Kinder haben wollen.«

»Vier?«

»Ja. Verrückt, nicht wahr? Solange ich Kat kenne, hat sie immer gesagt, sie will keine Kinder. Und jetzt schau sie dir an. Sie ist eine kotzende Babybrutmaschine.«

Wir sind beide einen Augenblick lang still.

»Du weißt nie, was das Leben für dich bereithält«, sage ich schließlich.

»Das ist wahr«, sagt Sarah. Sie wirft einen Blick auf Luna an ihrer Brust. »Ich spüre, wie dieser überwältigende Mutterinstinkt bei mir einsetzt. Es ist ein verrücktes Gefühl. Wenn jemand meinen zwei kleinen Babyäffchen wehtun wollte, würde Mamabär demjenigen so schnell den Arsch aufreißen und ihm wie eine Latina in den Hintern treten, dass er nicht einmal mehr die Zeit hätte, die ganzen vermischten Metaphern in diesem Satz zu erkennen.«

Ich muss lachen.

Sie seufzt. »O Jonas. Nie im Leben hätte ich damals gedacht, dass deine anzügliche Bewerbung uns einmal hierhin führen würde.«

Ich grinse sie an.

»Was denkst du gerade, Liebling? Dein Gesicht sieht so atemberaubend aus.«

Ich halte kurz inne und überlege. Seit wir uns hingesetzt haben, um mit unseren Babys zu schmusen, sind mir tausend Gedanken durch den Kopf gegangen. Aber ich glaube, ich kann sie eigentlich ganz gut zusammenfassen. »Ich denke: Ich bin so glücklich.«

Sarah schenkt mir ein umwerfendes Lächeln. »Das ist alles, was ein Mensch sich wünschen kann.«

Jonas

Ich drücke Sarahs Hand. »Okay, kein Problem«, sage ich zu Dr. Johnston, auch wenn ich am liebsten schreien würde: Dumme Kuh!

Wir sitzen in einem Krankenhausraum und holen uns letzte Instruktionen von Dr. Johnston, bevor Sarah entlassen wird. Und die gute Ärztin hat gerade eine Atombombe platzen lassen: Im Hause Faraday soll es für sechs bis acht Wochen keinen Sex geben.

»Es besteht die Gefahr einer Infektion«, erklärt sie weiter. »Und natürlich muss innerlich noch alles abheilen.«

»Okay, verstanden«, sagt Sarah.

Ich blicke zu Sarah und erwarte, dass sie mich genauso schockiert ansieht, wie ich mich fühle, aber das tut sie nicht. Sie schaut einfach weiterhin zu Dr. Johnston, als würden wir eine normale Unterhaltung über das Wetter führen.

»Okay«, sagt die Ärztin und wirft einen Blick in Sarahs medizinische Akte. »Was die Schmerzmittel betrifft, wie vertragen Sie das Vicodin? Wollen Sie –«

»Entschuldigung, Doktor«, unterbreche ich sie. »Können wir kurz noch einmal auf das vorherige Thema zu sprechen kommen?«

Die Ärztin runzelt die Stirn. »Natürlich.«

»Als Sie sagten, kein Sex, wie meinten Sie das? Könnten Sie ein bisschen spezifischer werden?«

Eine kurze Pause entsteht.

»Kein Geschlechtsverkehr.«
»Keine Penetration?«
»Richtig.«
»In jeglicher Hinsicht?«
Die Ärztin nickt.
»Finger eingeschlossen?«
»*Jonas*«, sagt Sarah leise, und ihr Gesicht wird knallrot.
Die Ärztin öffnet ihren Mund, erwidert zunächst aber nichts. »Korrekt. Keine Penetration, in jeglicher Hinsicht.«
»Aber Oralsex ist in Ordnung?«
»*Jonas.*«
»Was? Wir sind doch alle erwachsene Menschen, richtig, Doktor? Ich will nur ganz genau wissen, was erlaubt ist und was nicht. Ich muss doch auf mein Baby aufpassen und sie gleichzeitig glücklich machen.«
Die Ärztin tut ihr Bestes, um Professionalität zu wahren, aber ich sehe, wie ihre Wangen erröten. »Jonas«, sagt sie und räuspert sich. »Ich muss ehrlich sagen, dass mir diese Frage noch niemand gestellt hat.« Sie versucht verzweifelt, ein Lächeln zu unterdrücken. »Aus medizinischer Hinsicht spricht nichts gegen Oralsex – es besteht kein Risiko einer Komplikation –, aber Sie müssen wissen, dass Sarah die nächsten sechs, sieben Wochen da unten ziemlich heftig bluten wird, also ...«
Ich starre Dr. Johnston völlig unbeeindruckt an und warte darauf, dass sie ihren Satz zu Ende spricht. Als sie nicht fortfährt, wird mir plötzlich klar, dass jeder normale Mann sechs bis acht Wochen warten würde, bis er wieder Oralsex mit seiner wahnsinnig heißen Frau hat – selbst wenn es die einzige Art von Sex ist, die in dieser Zeit erlaubt ist. Hm. Verhält sich wirklich jeder durchschnittliche Mann so? Falls ja, dann tun sie mir alle leid, diese Weicheier.
»Also«, sagt die Ärztin schließlich und unterbricht die unangenehme Stille. »Ich denke, das bleibt Ihnen überlas-

sen. Medizinisch gesehen, spricht nichts dagegen, wenn Sie es wirklich wollen.«

»Ausgezeichnet«, sage ich erleichtert. »Zum Glück habe ich gefragt.«

Ich will ihr zuzwinkern, widerstehe aber dem Drang. Ich mag zwar ein Arschloch sein, aber ich bin kein totaler Vollidiot. Ich blicke zu Sarah und erwarte, dass wir einen geheimen, feierlichen Blick miteinander tauschen, doch sie bedeckt ihr Gesicht mit den Händen und ist offensichtlich peinlich berührt.

Dr. Johnston lacht. »Kommen Sie schon, Sarah. An Ihrer Stelle würde ich mich als sehr glückliche Frau bezeichnen.«

Jonas

Zwei Wochen ohne jegliche Form von Sex
(außer, man bezeichnet Selbstbefriedigung als Sex)
oder
O mein Gott!

Es ist mitten in der Nacht.

Sarah stöhnt neben mir im Bett auf.

Ich bin sofort hellwach, schweißgebadet von einem feuchten Traum. »Sarah?« Mein Herz rast. »Geht es dir gut?«

»Mir geht's gut«, sagt sie. »Ich muss nur abpumpen. Meine Brüste sind steinhart. Autsch.«

Erleichterung überkommt mich. Sarah geht es von Tag zu Tag besser, seit wir vor zwei Wochen das Krankenhaus verlassen haben, aber ich halte immer noch die Luft an, wenn sie auch nur das kleinste Anzeichen von Unwohlsein zeigt.

Sarah macht die Lampe auf ihrem Nachttisch an und blickt in dem dämmrigen Licht an sich hinunter. »O mein Gott.« Die Vorderseite ihres weißen Nachthemds ist klatschnass und klebt an ihrer Brust, was mich in den Genuss kommen lässt, ihre dunklen, harten Nippel durch den Stoff hindurch zu sehen.

O Mann, ist das scharf. Das sollte ich vielleicht nicht denken, aber ich kann nichts dagegen tun.

Der Geruch von Muttermilch steigt mir in die Nase.

Ich fühle mich wie ein Hai, der Blut riecht.

»Ich hole dir deine Pumpe«, sage ich und stehe auf.

»Danke, Liebster. Ich denke, ich habe sie beim Sessel in der Ecke liegen lassen.«

Ich hole die Pumpe und gehe zum Bett zurück, halte dann aber inne.

»Was?«

»Ich habe nur nachgedacht«, sage ich mit funkelnden Augen.

»Was?«

Ich grinse.

»Jonas Faraday«, sagt sie. »Nein.«

Ich öffne meinen Mund, um etwas zu sagen.

»Nein, Jonas. Auf gar keinen Fall.«

Ich reiche ihr, bis über beide Ohren grinsend, die Pumpe und krieche wieder zu ihr ins Bett.

»Du bist so verdorben«, sagt sie.

»Ja, das bin ich. Aber das ist nichts Neues. Also, was soll's? Es wäre verdammt geil.«

»Nicht geil. Freudianisch. Total verrückt. In manchen Staaten wahrscheinlich sogar verboten. Das kann ich nicht.«

»Oh, ich denke schon, dass du das kannst.«

»Du weißt, dass ich liebend gerne Ja zu dir sage, Baby, aber nicht dieses Mal.«

»Ich will doch nur wissen, wie es schmeckt – nur ein einziges Mal.«

»Dann nimm einen Schluck aus einer der zwei Flaschen, wenn ich fertig bin.«

»Nein, ich will wissen, wie es sich anfühlt, eine warme Flüssigkeit direkt aus deinem Körper zu saugen – einen Saft zu probieren, der von deinem Körper produziert wird, direkt von der Quelle.« Ich erschaudere richtig und bin plötzlich total angetörnt.

Sie blickt mich an, als wäre ich wahnsinnig.

»Was? Was ist so verrückt daran? Ich will deinen Nippel

in meinem Mund spüren, daran saugen und eine warme, süße Flüssigkeit schmecken – absolut normal.« Ich zittere erneut. »O Mann, ich kriege einen Ständer.«

»Du bist nicht normal.«

»Und auch das ist nichts Neues.«

»Trotzdem, es tut mir leid, dich zu enttäuschen, aber ich werde nicht meinen Ehemann stillen.«

»Ich will nicht *gestillt* werden. Das ist kein Rollenspiel. Ich bin ein erwachsener Mann, der am Nippel seiner Frau lange und fest saugen will und dabei eine süße Überraschung bekommen möchte. Das ist ein sexueller Akt, Baby, durch und durch. Vor allem, wenn man bedenkt, wie begrenzt unsere Möglichkeiten noch für weitere *vier Wochen* sind.«

»Wenn Milch mit im Spiel ist, ist es kein sexueller Akt. Wenn Milch aus einer Brustwarze kommt, weil man daran saugt, dann nennt man das Stillen.«

»Nein, auch wenn am Ende des Akts eine warme, süße Überraschung auf mich wartet, ist es nichtsdestotrotz ein sexueller Akt.«

»Nein, es hat absolut nichts Sexuelles an sich, wenn du Milch aus der Brust deiner Frau saugst.«

»Das ist einfach falsch. Wusstest du, das Oxytocin, das Hormon, das während eines Orgasmus freigesetzt wird, genau dasselbe Hormon ist, das beim Stillen freigesetzt wird? Zufall? Ich denke nicht. ›Die Natur macht nichts umsonst.‹«

»Platon?«

»Aristoteles.«

»Ah.«

»Zweifle nicht an Aristoteles, Sarah. Oder an Gott. Er muss einen guten Grund gehabt haben, warum er das Stillen zu einer Art Orgasmus gemacht hat.«

Sarah blickt auf ihre Brust und verzieht das Gesicht – plötzlich läuft Milch aus einer ihrer Brüste. »Schau, was du angerichtet hast, Jonas P. Faraday, nur weil du das Wort ›Orgasmus‹ gesagt hast.« Vollkommen außer sich, deutet sie auf sich selbst. »Verflucht seist du.« Sie öffnet ihr klatschnasses Nachthemd, holt ihre riesigen Brüste mit den aufreizend dunklen Nippeln heraus und hält sie an die Pumpe. »Akzeptier es einfach – du wirst deinen Willen nicht bekommen.« Sie reckt ihr Kinn. »Daran kannst du jetzt knabbern.«

Ich kann mir ein Lachen nicht verkneifen. Ich liebe es, wenn mein Baby aufgebracht und frech ist.

Ich stütze meinen Kopf auf meinen Ellbogen und beobachte sie fasziniert. »Das ist so cool«, sage ich. »Deine übersprudelnden Brüste faszinieren mich total.«

Sie drückt auf den Knopf der Pumpe, verdreht währenddessen ihre Augen, und plötzlich entspannt sich ihr ganzer Körper sichtbar – genau wie nach einem Orgasmus. In dem Moment, in dem die Milch aus ihrer Brust in die Flasche schießt, stöhnt sie erleichtert und glücklich auf.

Mein Penis zuckt. Dasselbe Geräusch macht Sarah, wenn ich nach langem Vorspiel in sie eindringe. »So geil«, sage ich.

»Du bist wahnsinnig. Das ist nicht *geil*. Ich werde gemolken wie eine Kuh. *Muh.* Möchten Sie etwas Milch in Ihren Kaffee, Sir? *Muuuh.*«

»Nein, es ist geil, glaub mir. Du bist eine Göttin. Mutter Erde. Ich liebe es.« Mein Penis hört gar nicht mehr auf zu pochen.

»Du bist doch krank.«

»Weißt du was? Du musst unbedingt deine blöden Verklemmungen loswerden. Sie schränken dich bloß ein.«

»Meine blöden Verklemmungen? Jonas, wenn wir hundert Leute auf der Straße fragen würden, was sie darüber denken, dann würden sie alle sagen, dass du total verrückt, wenn nicht sogar ekelhaft bist.«

»Gut, dass wir keine hundert Leute auf der Straße fragen. Mir ist es egal, was die anderen denken, wenn es uns antörnt.«

»Genau das ist der Punkt. Es törnt nicht *uns* an, sondern *dich*.«

Es entsteht eine lange Pause.

Oh.

Fuck.

Ich habe immer angenommen, dass sie alles, was mich anmacht, genauso antörnt. Shit, wenn sie es nicht geil findet, dann macht es mich auch nicht an.

Sie verzieht ihre Mundwinkel. »Auch wenn es mich immer antörnt, dich anzumachen«, ergänzt sie und atmet resigniert aus.

Ich grinse sie breit an.

Sie scheint tatsächlich für einen Moment darüber nachzudenken. »Nein«, sagt sie schließlich. »Das kann ich nicht.«

»Ach, komm schon, Baby, mach dir nicht so viele Gedanken darüber, was normal ist. Wen interessiert das schon? Ich muss wissen, wie du schmeckst. Bei dieser Haut wette ich, dass du nach dem besten Latte Macchiato schmeckst, den es gibt. Oder vielleicht nach einem Karamell-Macchiato.«

Sie muss ein Grinsen unterdrücken.

»Komm schon, Baby, nur ein einziges Mal.«

Sie holt tief Luft und blickt mich plötzlich total müde an. Sie schließt ihre Augen und hält die Pumpe immer noch an ihre Brust.

Da wird mir plötzlich bewusst, was für ein Arschloch ich bin. Sie ist total fertig. Sie nimmt Schmerzmittel. Sie hat ihren schmerzenden Körper jeden Tag ins Krankenhaus geschleppt, seit wir daheim sind, um ihre Babys besuchen zu können. Herrgott, sie *blutet* immer noch. »Weißt du was?«, sage ich. »Diese Unterhaltung heben wir uns für ein anderes Mal auf. Ich laufe schließlich nicht weg, genauso wenig wie deine monströsen, Milch erzeugenden Brüste.«

Sie öffnet ihre Augen und blickt auf ihren Busen. »Sie sind wirklich riesig. Sie brauchen schon fast ihre eigene Postleitzahl, so groß sind sie.« Sie lächelt mich matt an. Ja, sie ist wirklich total fertig.

Ich rutsche näher an sie heran und streichle ihre Wange. »Brauchst du etwas, Baby? Irgendetwas?«

»Etwas Wasser, bitte.«

»Kommt sofort.«

»Und vielleicht ein paar Kekse?«

Ich grinse sie an. »Kekse sind auf dem Weg.«

»Mit etwas Milch zum Eintauchen?«

»Kein Problem, Baby.«

»Danke.« Sie schließt ihre Augen wieder. Sie sieht fast so aus, als würde sie gleich wegdämmern.

Ich ziehe ihr Nachthemd nach oben und küsse sie sanft auf ihre Kaiserschnittnarbe. Sie fährt mit ihrer Hand durch mein Haar, und sofort reagiert mein Penis auf ihre Berührung.

»Ich liebe dich, Jonas«, sagt sie leise.

Ich küsse jeden Zentimeter ihrer Narbe, bevor ich mich auf den Weg in die Küche mache. »Ich liebe dich auch, Sarah.« Ich schaue ihr in die Augen. »Mehr, als du es dir jemals vorstellen kannst.«

Jonas

»Hier, bitte sehr, Baby«, sage ich, als ich aus der Küche zurückkomme. Sarahs Hände sind mit der Milchpumpe beschäftigt, also stelle ich das Wasser, die Milch und die Kekse neben ihr auf den Nachttisch.

»Danke«, sagt sie leise. O Mann, sie sieht wirklich erschöpft aus.

Ich setze mich zurück aufs Bett und bin ganz fasziniert davon, wie schnell sich die beiden Flaschen mit Sarahs cremiger Milch füllen.

»Um wie viel Uhr wirst du morgen im Krankenhaus sein?«, frage ich sie.

»Meine Mutter holt mich hier um zehn Uhr ab.«

»Dann komme ich so gegen halb elf. Ich habe noch ein Morgenmeeting. Es geht um neue Fitnessstudios.«

»Großartig.« Sie macht die Augen wieder zu und scheint einzuschlafen.

Ich beobachte sie einen Augenblick lang und bewundere die Rundung ihrer Lippen, die Form ihrer Nase und ihre weiche Haut. Sie bewegt sich im Bett, und einer ihrer straffen Oberschenkel schaut unter ihrem kurzen Nachthemd hervor. Ich strecke meine Hand aus und berühre ihn. Dabei atme ich tief und zittrig ein, während mein Penis schon wieder hart wird.

Ihre Augen sind geschlossen. Die Milchpumpe macht ihre Arbeit. Sie ist ganz offensichtlich eingeschlafen.

Ich stehe auf und gehe in Richtung Badezimmer.
»Was tust du?«, fragt sie leise.
»Ich nehme schnell eine Dusche«, sage ich.
»Jetzt?« Sie blickt auf die Uhr. Es ist kurz nach drei.
»Ja«, sage ich. »Jetzt.« Ich drehe mich um und deute auf meinen pochenden, steifen Penis unter meinen Shorts.
»Oh.« Sie lächelt. »Habt Spaß, ihr zwei.«
»Ich kann mich keine fünf Minuten in deiner Gegenwart aufhalten, ohne angetörnt zu sein.«
Sie deutet auf ihre Brüste unter der Pumpe. »Wer könnte es dir schon übel nehmen?«
Ich gehe zu ihr zurück und küsse sie auf die Stirn. »Du bist die Göttin und die Muse, Sarah Cruz. Jeder Zentimeter von dir törnt mich an.« Ich küsse sanft ihre Lippen. »Jeder einzelne, köstliche Tropfen von dir bringt mich zum Lodern.«
Sie grinst. »Mach mir so viele Komplimente, wie du willst, aber ich werde dich nicht stillen.«
Ich schmunzle, küsse sie erneut und gehe dann in Richtung Badezimmer, um meinen pulsierenden Penis zu erlösen.
»Wackle mit dem Po für mich, Baby«, ruft sie mir nach.
Ich wackle für sie mit dem Po, kurz bevor ich im Badezimmer verschwinde.
»Yippie!«, ruft sie mir aus dem Schlafzimmer hinterher.
Unter der Dusche drehe ich das Wasser so heiß auf, dass ich es gerade noch aushalten kann, und reibe mich mit Duschgel ein.
Shit, ich will an Sarahs Brüsten saugen und sie auf eine ganz neue Art und Weise schmecken. Es besteht kein Zweifel daran, dass ich einen Ödipuskomplex habe, aber was soll's? Das ist mir egal, es gibt Schlimmeres. Viel Schlimmeres. O Mann, ich will an diesen wunderschönen Nippeln saugen und eine süße Überraschung erleben.
Ich wasche mir die Haare und lasse das heiße Wasser über meinen Körper laufen.

Wenn ich verdorben und abgefuckt bin, wenn dies eine Art Fetisch ist, den andere Männer nicht haben, dann ist mir das egal. Scheiß drauf. Ich liebe den Geschmack dieser Frau. Und wenn es einen ganz neuen Geschmack an ihr gibt – vor allem wenn dieser Geschmack aus einem dunklen, harten Nippel an der Spitze ihrer prallen, herrlichen Brust kommt –, dann will ich ihn schmecken. Auf jeden Fall. *Fuck*, mein Schwanz wird immer härter.

Ich greife nach unten und atme erleichtert aus bei meiner eigenen Berührung.

Sarah.

Sie ist zu Hause. Sie ist in Sicherheit. Gott sei Dank.

Und sie ist so heiß. Heißer als je zuvor. Ein verdammter Botticelli.

O Mann, diese olivfarbene Haut auf meinen weißen Laken raubt mir jedes Mal den Atem.

Ich reibe meinen Penis und lasse meinen Gedanken freien Lauf.

Ich beginne, mir vorzustellen, was ich mir immer vorstelle, wenn ich mich selbst befriedige. Sarahs Mund an meinem Penis. Sarahs harten Nippel in meinem Mund. Sarah auf meinem Gesicht sitzend, ihre süße Pussy in meinem Mund. Sarah, wie sie ihr »Oh-Gesicht« macht, dieses sexy Gesicht, das sie erst seit Kurzem macht, seit ich endlich herausgefunden habe, wie ich sie gleichzeitig zum vaginalen und klitoralen Orgasmus bringen kann. Verdammt, das war ein großartiger Tag. O ja, ich bin gleich so weit. Das machen zwei Wochen ohne Sex aus einem Typen.

Ich denke an Sarahs tätowierte Pobacke. *Propiedad de Jonas Faraday* steht darauf. *Eigentum von Jonas Faraday.* Ja, verflucht, o ja, das ist gut. Fick dich, Will – Sarah gehört mir. Du willst meine Frau vögeln? Vergiss es, Arschloch. Du willst meiner Frau den besten Orgasmus ihres Lebens bescheren? Das ist mein Job – meine *Religion*, du Bastard. Meine *Kunst*.

Mein Penis schmerzt schon regelrecht, ich bin kurz vorm Höhepunkt. *Ja. Ich komme gleich.*

Jetzt erscheint die Fantasie vor meinem inneren Auge, die mich immer über die Kante stößt – Sarah in den Fängen der intensivsten und größten Lust, die sie je erlebt hat. Sie kämpft nicht mehr dagegen an, lässt es heraus, anstatt es zurückzuhalten, und ejakuliert heftig in mein Gesicht. O ja. Sie ejakuliert und spritzt ihren warmen, süßen Körpersaft über mein ganzes Gesicht – und dann lecke ich ihn auf.

Eine gewaltige Welle der Lust überrollt mich, und ich komme ziemlich heftig.

Fuck.

Ich erschaudere wie bei einem Nachbeben. Und dann noch einmal.

Wow.

Ich stehe mit meiner Stirn an die Fliesen gelehnt da und lasse das Wasser lange Zeit über meinen Rücken laufen.

Ich will das. Ich will es so sehr, dass ich ihren köstlichen Körpersaft fast schmecken kann. Ich lecke mir die Lippen und stelle mir den Geschmack von Sahne vor. Ich will es, und ich werde es bekommen, koste es, was es wolle.

Warum zum Teufel kann ich meinen kleinen Mount Everest nicht zum Ejakulieren bringen? Es gibt keinen körperlichen Grund dafür – jede Frau, Sarah eingeschlossen, hat die entsprechende anatomische Voraussetzung. Das ist eine Tatsache. Und es liegt auch nicht an mir, ich habe schon viele Frauen zum Ejakulieren gebracht.

Was bedeutet, dass es reine Kopfsache ist. Sarahs Körper ist dafür gemacht, genau wie jeder andere – ich muss sie nur knacken.

Wieder einmal.

Es liegt allein an ihren selbst auferlegten Grenzen. Ich muss ihr nur beibringen, dass es okay ist. Dass es nichts gibt, was mich abtörnen könnte. Genau darauf habe ich die letzten drei Jahre langsam, aber sicher hingearbeitet – und ich habe es geschafft, sie in ungeahnte sexuelle Höhen zu befördern. Ich muss es bloß noch einmal schaffen. Ich muss ihre Blockaden lösen.

Sie ist bereit dafür, das weiß ich. Sie steht am Rande eines neuen Abgrunds. Direkt an der Kante. Ich muss nur noch herausfinden, wie ich sie dazu bringen kann zu springen.

Ich habe noch gut vier Wochen, bis ich wieder mit ihr schlafen kann. Vielleicht dauert es sogar noch ein bisschen länger, bis sie wieder Orgasma die Allmächtige ist. Bis dahin muss ich einfach geduldig mit ihr sein. Sie muss verstehen, wie sehr ich mich nach ihr verzehre, ganz egal, was sie tut. Ich öffne meinen Mund und lasse das heiße Wasser hineinlaufen. Dann trinke ich einen großen Schluck und stelle mir vor, es wäre Sarahs Körperflüssigkeit.

Ich muss mit etwas ganz Neuem kommen, das ist alles. Etwas, das sie noch nie zuvor erlebt hat. Wie Aristoteles einst sagte: »Wir sind, was wir wiederholt tun. Daher ist Exzellenz kein einmaliger Akt, sondern Gewohnheit.« Ich muss sie von ihren Gewohnheiten befreien. Ich muss sie auf ganz neue Art und Weise stimulieren, ich muss neue Fantasien in ihren Kopf bekommen, ich muss sie dazu bringen, neue sexuelle Muskeln zu trainieren, bis sie alle miteinander verflochten sind – so wie ich es beim Training immer mache. Ja, das ist es. Eine ganz neue Art sexueller Stimulation, um eine ganz neue Form von Reaktionen hervorzurufen.

Plötzlich geht mir ein Licht auf.

Ich muss auch mich selbst von meinen Gewohnheiten befreien.

Shit.

Ich drehe das Wasser ab und schnappe mir ein Handtuch.

Die Schachtel.

Shit, die Schachtel. Die habe ich ganz vergessen.

Ja.

Die Schachtel wird uns beiden helfen. Ich werfe das Handtuch in den Wäschekorb und sehe mir meinen nackten Körper im Spiegel an. Vielleicht ist Sarah nicht die Einzige, die neue sexuelle Muskeln trainieren muss. »Wir sind, was wir wiederholt tun. Daher ist Exzellenz kein einmaliger Akt, sondern Gewohnheit.« Vielleicht spricht Aristoteles damit gar nicht zu Sarah. Vielleicht spricht er zu *mir*. Vielleicht ist es an der Zeit, dass *ich* mich verändere, um ein ganz neues Level der Exzellenz zu erreichen. Vielleicht muss ich ein für alle Mal den ganzen Ballast hinter mir lassen.

Ich hole tief Luft und starre mich im Spiegel an.

Ich war noch nie besser in Form als jetzt. In den letzten paar Wochen muss ich einige Kilos abgenommen haben. Kein Wunder, ich habe auch eine ganze Woche lang kaum etwas gegessen.

Ich blicke auf die Sternengalaxie, die meine Brust, meine Schulter und meinen Oberarm bedeckt.

Sarah.

Meine Abhängigkeit von ihr ist nicht geringer geworden seit Tag eins. Im Gegenteil, sie ist mittlerweile sogar noch größer geworden. Wie kann das sein? Ich verzehre mich nicht nur nach dieser Frau. Ich begehre sie nicht nur. Ich *verhungere* ohne sie. Mehr denn je. Ich schließe die Augen und atme tief ein und aus. Wie zum Teufel soll ich noch vier verdammte Wochen warten?

Mein Penis zuckt schon wieder.

Fuck.

Ich gehe zurück unter die Dusche, drehe das heiße Wasser auf und hole mir erneut einen runter. O Gott, das werden lange vier Wochen.

Jonas

Drei Wochen ohne Sex

Ich sitze am Küchentisch, esse etwas Hüttenkäse und schaue mir auf dem Laptop einen Porno an. Sarah und ich haben die Babys den ganzen Vormittag lang im Krankenhaus besucht, so wie jeden Tag, seit Sarah wieder zu Hause ist. Und jetzt nimmt Sarah mit Kat zusammen an einem Schwangerschafts-Yogakurs teil (auch wenn von den beiden nur Kat schwanger ist).

Als ich mich an meinen Rechner gesetzt habe, wollte ich zuerst nur so viel wie möglich über Bondage herausfinden. Sowohl *wie* man es macht, als auch *warum* sich so viele *normale* Leute dazu hingezogen fühlen. Aber meine Recherche ist etwas abgeschweift. Es scheint so, als würde Bondage oft Hand in Hand gehen mit sexuellen Schmerzerlebnissen, und das ist einfach nicht mein Ding. Ich kann mir beim besten Willen nicht vorstellen, mit Peitschen, Paddeln oder anderen Dingen Schmerz in unser Schlafzimmer zu bringen. Also hat sich meine Recherche auf die Psychologie der Dominanz und Unterwerfung ausgeweitet. Und das ist etwas, das mein Interesse weckt. Ich mag den Gedanken, dass ich Sarah körperlich total in der Hand habe und sie an einem Punkt ist, an dem sie keinen persönlichen Willen mehr ausdrücken kann. Dieser Gedanke törnt mich richtig an.

Schnell hat mich ein Videoklick zum anderen geführt.

Von Videos, in denen Frauen mit riesigen Dildos im Hintern vor Lust fast den Verstand verlieren, zu Videos mit Titeln wie *Heiße Frauen beim Abspritzen!* Da hat sich dann mein schlaffer Penis in Stahl verwandelt.

Ich nehme einen großen Bissen von meinem Hüttenkäse und starre auf das wilde Rumgevögel auf meinem Bildschirm. Dieses spezielle Video habe ich angeklickt, weil es den Titel *Sie spritzt so richtig ab, Leute!* trägt. Aber es hat sich als nutzlos herausgestellt. Die Stellung, in der die Frau und der Mann es miteinander treiben, würde ihren G-Punkt nie und nimmer genug stimulieren, um sie zum Höhepunkt zu bringen, geschweige denn zum Ejakulieren – außer der Penis dieses Mannes wäre gebogen wie ein Brecheisen. Oder die Frau könnte allein mithilfe ihrer Gedanken so heftig kommen, dass sie ejakuliert (was zwar faszinierend wäre, mir aber in Sarahs Fall rein gar nichts nützt). Ganz im Ernst, das, was ich da auf dem Bildschirm sehe, würde bei neunzig Prozent der Frauen nicht funktionieren und schon gar nicht bei meinem kleinen Mount Everest. Blödsinn.

Aber warum überrascht mich das? Die Pornoindustrie ist im Großen und Ganzen einfach nur dumm. Sie propagiert doch nur den Mythos, dass eine Frau dazu in der Lage sein sollte, während des Geschlechtsverkehrs einen Orgasmus zu bekommen, auch wenn sie in einer Seitenstraße wie eine Nutte auf Koks durchgenommen wird. Was wiederum die Männer dazu ermutigt, ihre Frauen nachlässig zu vögeln, wodurch die Frauen auf den blöden Gedanken gebracht werden, dass mit ihnen etwas nicht stimmt, was dazu führt, dass sie den Orgasmus vortäuschen und der Kreislauf des unbefriedigenden Geschlechtsverkehrs wieder geschlossen wird. Alles ein ganz großer Mist. Ich bin immer wieder überrascht, wie wenig die Welt doch vom Sex versteht.

Ich schließe das Video wieder und scrolle durch die anderen Suchergebnisse auf der Seite. Ein Video mit dem Titel

Wie du deine Frau zum Ejakulieren bringst – und zwar jedes Mal zieht meine Aufmerksamkeit auf sich. Ich klicke es an und warte, während es geladen wird.

Meine Recherche hat ergeben, dass die meisten Frauen, die nie zuvor ejakuliert haben, es zum ersten Mal während ihrer Schwangerschaft oder nach der Geburt geschafft haben. Offensichtlich hat es bei Sarah während der Schwangerschaft nicht geklappt (obwohl ich mich frage, ob es hätte klappen können, wenn uns nicht eingebläut worden wäre, dass wir es nicht zu wild treiben sollen), aber ich hoffe, dass wir diese letzte Grenze überschreiten, sobald wir wieder grünes Licht für Sex haben. Vielleicht hat die Erfahrung, neues Leben zu gebären, in Sarahs Körper ja eine ungeahnte Kraft freigesetzt – oder sie vielleicht einfach nur anfälliger dafür gemacht, es laufen zu lassen.

Das Video ist geladen, und ein sehr durchschnittlich aussehender Typ erscheint auf dem Bildschirm. »Hey, Leute«, sagt er und grinst breit in die Kamera. »Wollt ihr eure Frauen zum Ejakulieren bringen?«

»Ja, verdammt«, sage ich laut.

»Und wollt ihr das jedes Mal schaffen, wie bei einem Uhrwerk?«

»Danke der Nachfrage. Ja, bitte.«

»Also, durch jahrelanges Training und Experimentieren habe ich eine Methode entdeckt, wie ich jede Frau jedes Mal zum Ejakulieren bringe, ohne Ausnahme. Es hat Jahre gedauert, diese Technik zu perfektionieren, aber ich habe es geschafft. Und jetzt werde ich euch mein Geheimnis verraten. Klickt einfach auf den Videolink da unten, und folgt Schritt für Schritt den Anweisungen – Paypal und Kreditkarten werden akzeptiert. Schon bald werdet ihr auf einem guten Weg sein, eure Frauen auf diese Art und Weise zu befriedigen.«

Mein Bauchgefühl sagt mir, dass dieser Kerl einen Haufen Scheiße redet, aber ich kann nicht widerstehen. Ich klicke auf den Paypal-Link, zahle meine hundert Dollar und klicke dann sofort auf das neue Video, das auf dem Bildschirm erscheint.

»Hey, Leute. Danke, schön, dass ihr dabei seid«, sagt Mr »Ich bringe jede Frau zum Abspritzen« in die Kamera. »In diesem Video werde ich euch genau zeigen, wie man *jede* Frau zum Abspritzen bringt, egal, wer sie ist – egal, ob sie darin schon Erfahrung hat oder ein Neuling auf diesem Gebiet ist. Es ist sogar total egal, ob eure Frau schon jemals zuvor einen Orgasmus hatte – denn mit meiner Technik, richtig angewendet, werdet ihr sie zum Explodieren bringen. Und ich meine wirklich jede Frau. Jedes Mal. Ohne Ausnahme.« Er zwinkert in die Kamera.

»Komm zum Punkt, Arschloch«, sage ich laut.

»Und wisst ihr was? Ich werde es euch nicht nur erklären, ich werde es euch an drei *echten* Frauen demonstrieren, damit ihr *genau* seht, wie es funktioniert.«

»Blödsinn«, entfährt es mir. Aber ich schaue weiter zu.

»Doch bevor wir zu den echten Frauen kommen, werde ich euch die Technik anhand dieses Modells erklären.«

Mr »Ich bringe jede Frau zum Abspritzen« holt eine Gummivagina hervor und fängt damit an, sie mit seinen Fingern zu bearbeiten, während er uns alles über seine todsichere Methode erzählt. Ein paarmal spule ich das Video zurück und lasse es mir noch mal erklären. Was er sagt, klingt lächerlich einfach, ist aber unendlich variierbar, je nach Physiologie der Frau. Und ich bin mir nicht ganz sicher, inwiefern sich diese Technik von der Art unterscheidet, wie ich Frauen – mittlerweile nur noch Sarah – durch Stimulation des G-Punkts zum vaginalen Höhepunkt bringe. Was zum Teufel ist an dieser Technik so anders, dass sie zu einem Ganzkörperorgasmus führt? Das ist mir nicht klar. Vielleicht ist es eher ein Gefühl als ein schrittweises Vorgehen?

»Ihr müsst wirklich *fühlen*, was ihr dadrinnen sucht«, sagt er und bestätigt das, was ich mir gedacht habe. »Ich kann es euch nicht ganz genau erklären – man muss es einfach immer wieder versuchen.«

Aha. Er redet also totalen Blödsinn. Und er weiß, dass ihn niemand dafür belangen kann, denn jeder Kerl, der es mit dieser Technik nicht schafft, wird annehmen, dass er es einfach noch öfter versuchen muss. Dummkopf.

»Bleibt einfach am Ball«, fährt Mr »Ich bringe jede Frau zum Abspritzen« fort. »Und schon bald werdet ihr es auf Kommando tun können.«

»Hm«, sage ich laut und bin total skeptisch.

Jetzt gesellt sich eine Frau zu ihm, die vom Aussehen her in einer weitaus höheren Liga spielt als er.

»Leute, das ist Carla.«

»Hi«, sagt Carla und winkt lächelnd in die Kamera.

Ich frage mich, wie viel dieser Kerl Carla gezahlt hat, um hier mitzumachen.

»Hast du schon jemals ejakuliert, Carla?«

Sie schüttelt den Kopf. »Nein.«

Ich glaube ihr kein Wort.

»Willst du es denn?«

»Auf jeden Fall.« Sie grinst in die Kamera. »Welche Frau würde das nicht wollen?«

Ich verziehe meine Mundwinkel. Na, meine zum Beispiel.

»Dann lass uns loslegen«, sagt Mr Ejakulation persönlich.

Carla zieht sich aus, während der Mann komplett bekleidet bleibt. Dann setzen sich beide zusammen aufs Bett.

Mr Ejakulation dreht sich wieder zur Kamera. »Ich werde euch jetzt Schritt für Schritt alles zeigen, was ich euch eben erklärt habe. Aber zuerst werde ich sie küssen und ihre Haut sanft berühren, damit sie sich nach mir verzehrt. Wenn sie feucht und begierig und bereit ist, werde ich sie so fingern, wie ich es euch vor einer Minute erklärt habe.« Er hält seine

Hand nach oben. »Noch mal zur Wiederholung. Ich benutze meinen Mittel- und Zeigefinger an dem Punkt, von dem ich euch erzählt habe. Ich werde diesen Punkt verführerisch streicheln – ungefähr so.« Er demonstriert die Bewegung in der Luft. Dann dreht er sich zu Carla um. »Bereit, um über das ganze Bett zu spritzen, Carla?«

»Ich denke schon.« Sie lächelt verlegen.

Mr Ejakulation fängt an, Carla zu küssen, während er langsam ihre Arme, ihren nackten Rücken und ihr Gesicht streichelt. Die Nippel der Frau werden sichtlich hart unter der Stimulation. Ich kann fast durch den Bildschirm riechen, wie sie feucht wird. Vielleicht ist sie auch einfach nur eine verdammt gute Schauspielerin.

Nach ein paar Minuten hört Mr Ejakulation auf, Carla zu küssen, und blickt in die Kamera. »Hört zu, Männer. Frauen brauchen wirklich ein Vorspiel – und das nicht zu knapp. Ihr könnt nicht einfach eure Hand in sie reinstecken und erwarten, dass sie bereit für euch ist. Ein Tipp: Frauen reagieren besonders gut auf Küsse.« Er zwinkert erneut in die Kamera.

Ich verdrehe die Augen. Gibt es da draußen wirklich einen Mann, dem man das noch erklären muss? Ich sollte diesen Scheiß wirklich ausschalten. Aber ich tue es nicht. Ich kann nicht. Meine Augen bewegen sich nicht weg vom Bildschirm. Ich muss einfach sehen, ob Carla ejakuliert oder nicht.

Nachdem er ihren nackten Oberkörper und ihre Nippel noch ein bisschen länger geküsst und gestreichelt hat, dringt der Typ endlich mit seiner Hand in Carla ein und bringt sie zum Stöhnen. Nach ungefähr dreißig Sekunden drückt sie ihren Rücken durch und spritzt so viel Körperflüssigkeit aus ihrem Loch, als hätte er ihr einen Feuerwehrschlauch hineingesteckt und ihn ganz aufgedreht.

»Heilige Scheiße«, sage ich laut und beuge mich über den Bildschirm.

»O mein Gott«, keucht Carla und scheint ehrlich schockiert zu sein von dem gewaltigen Strom Flüssigkeit, der aus ihrem Körper kommt.

Mr Ejakulation blickt in die Kamera und grinst frech. »So einfach geht das, Jungs. Jedes verdammte Mal.«

Carla sieht den Typen an und dann in die Kamera. »Himmel«, sagt sie leise und strahlt. »Unglaublich.«

»Willst du noch mal, Süße?«, fragt er sie.

Carla nickt energisch.

Und er tut es noch mal. Innerhalb einer Minute. Herr im Himmel.

Okay, das ist einfach unmöglich. Offensichtlich ist das alles gestellt. Ein Fake. Ich meine, es ist offensichtlich, dass Carla vor meinen Augen abgespritzt hat *(zweimal!)* – ich denke nicht, dass das so etwas wie ein digitaler Spezialeffekt war –, aber es ist unmöglich ihr erstes Mal gewesen. Auf keinen Fall. Anscheinend gehört diese Frau zu den wenigen, die so mühelos ejakulieren, wie sie niesen. Diese Frau muss ihre Paraurethraldrüse so beschwören können wie ein Schlangenbeschwörer seine Kobra.

»Das war ziemlich cool, oder?«, sagt Mr Ejakulation. Er ist jetzt wieder allein auf dem Bildschirm zu sehen. »Und zu hundert Prozent echt. Ich wette, ein paar von euch denken, dass ich bescheiße, stimmt's? Ihr denkt vielleicht, dass Carla ein Pornostar ist und mit Ejakulieren ihren Lebensunterhalt verdient oder so.« Er kichert. »*Falsch.* Was ich euch da eben gezeigt habe, hat Carla zum ersten Mal erlebt, es sei denn, sie hat mich angelogen. Aber auch das wäre egal. Denn das hier funktioniert bei jeder Frau, egal, wer sie ist – egal, ob es ihr hundertstes oder ihr erstes Mal ist. Die einzige Voraussetzung ist, dass die Frau so richtig angetörnt ist. Und es ist natürlich hilfreich, wenn sie selbst auch wirklich ejakulieren will. Ich meine, ihr könnt eure Hand natürlich nicht einfach in irgendeine alte Dame im Supermarkt stecken und sie zum Abspritzen bringen.«

Ich zucke zusammen. O Gott.

»Ihr solltet versuchen, euer Mädchen so richtig heiß zu machen, bevor ihr probiert, sie zum Ejakulieren zu bringen. Wie ich schon sagte, spart nicht am Vorspiel. Aber wenn ihr erst einmal eine willige Frau habt, die richtig angetörnt ist, dann verspreche ich euch, dass es bei jedem von euch funktioniert, Männer. Jedes Mal.« Er klatscht in die Hände. »Okay, für alle Zweifler da draußen. Ich werde meine Technik jetzt noch an zwei weiteren Damen demonstrieren. Beide haben noch nie zuvor abgespritzt.«

Wenn mein Haus in diesem Moment in Flammen stehen würde, wäre es mir egal. Es würde gnadenlos abbrennen, so dringend will ich das hier sehen.

Frau Nummer zwei kommt. Sie ist älter als Carla. Attraktiv auf eine elegante Art und Weise. Ich hätte nie von einer Frau wie ihr erwartet, dass sie in einem solchen Video mitspielt. Sie sieht aus wie eine gut bezahlte Anwältin oder so. Sie zieht ihr Kleid aus – verdammt, ihr Körper ist heiß, wer hätte das geahnt? –, und die beiden setzen sich aufs Bett, um das gleiche Spiel zu spielen wie gerade eben Carla. Und auch dieses Mal bricht die Pussy der Frau innerhalb weniger Minuten direkt vor meinen Augen wie ein Vulkan aus.

Heilige Scheiße.

Weiter geht's mit Frau Nummer drei. Und auch sie geht ab wie eine Rakete.

Ich raufe mir die Haare. Was weiß dieser kleine Bastard, das ich nicht weiß? *Was*, zum Teufel?

Mit zittrigen Händen hole ich mein Handy aus der Tasche.

Henn geht nach einem Klingeln ran. »Yo.«

»Ich will, dass du jemanden für mich ausfindig machst«, sage ich. »Jetzt sofort.«

»Hallo, Jonas. Mir geht es gut. Danke der Nachfrage. Wie geht es dir?«

»Es ist ein Kerl von YouTube. Ich schicke dir den Link zu seinem Video. Du musst dafür zahlen.«

»Ein Bezahlvideo?« Er lacht. »Ist das etwa ein Pornovideo, Jonas?«

»Ich habe dir den Link gerade gemailt. Schau dir einfach das Video an und finde den Kerl für mich.«

»Also gut. Warte einen Moment. Ich habe deine Mail gerade bekommen.« Es entsteht eine lange Pause, während Henn offensichtlich den Link öffnet. »Oh«, sagt er. »Wow. Das mit dem Porno war eigentlich nur Spaß. Heilige Scheiße, Jonas. Das ist ja *wirklich* ein Porno.«

»Ja, und jetzt finde den Kerl für mich. So schnell wie möglich.«

»Verdammt, Jonas. Warum zum Henker?«

»Finde ihn einfach.«

»Warte kurz.« Ich höre das Video im Hintergrund laufen.

»Kannst du ihn jetzt ausfindig machen oder nicht?«, frage ich nach einer Minute.

»Natürlich. Er ist schließlich auf YouTube und zeigt sein Gesicht, während er den Kerlen erzählt, wie man eine Frau zum Ejakulieren bringt. Dieser Typ ist ein Held unter den Männern. Wahrscheinlich hat er schon eine riesige Anhängerschaft – die Abspritzenden Amazonen. Eine Armee von Ejakulatorinnen.«

Ich muss lachen.

»Ich bin mir sicher, es ist total einfach, ihn ausfindig zu machen. Du bräuchtest mich wahrscheinlich nicht einmal dafür.«

»Ich habe nicht die Zeit, diesen Kerl ausfindig zu machen. Dafür bezahle ich dich lieber.«

»Ha! Ich werde doch kein Geld dafür nehmen, dass ich diesen Kerl für dich finde.« Er kichert. »Ich sollte *dich* dafür bezahlen, dass du mir dieses Video geschickt hast. Das hat mir den Tag gerettet. Und Hannahs Nacht. *Zwinker*.« Er lacht.

Ich antworte nicht. Ich will nicht mit Henn reden, während ich einen Steifen habe. Das ist irgendwie unnatürlich.

Eine lange Pause entsteht. Ich kann durch die Leitung hindurch hören, wie das Video weiterläuft.

»Oh, hallo, Hübsche«, sagt Henn. Anscheinend ist Carla gerade auf seinem Bildschirm erschienen. »Willst du auch, dass ich das Mädchen für dich ausfindig mache?«

»Natürlich nicht das Mädchen. Herrgott, Henn, nur den Kerl.«

»Ich hab ja nur gefragt.«

»Solange ich lebe, werde ich dich nicht darum bitten, ein Mädchen für mich ausfindig zu machen, du Arschloch. Ich bin verheiratet.«

»Ist ja gut. War nur eine Frage. Ich dachte, vielleicht hätten die beiden Geld von dir unterschlagen oder so. Ich wusste ja nicht, dass es *streng vertraulich* ist.«

»Meine Frau hat gerade meine Zwillingstöchter auf die Welt gebracht. Und du denkst, ich durchforste das Internet, um einen Pornostar zum Vögeln zu finden?«

»Nein, nicht zum Vögeln. Offensichtlich, um sie zum Ejakulieren zu bringen.«

»Henn, solange ich lebe, werde ich dich nie darum bitten …«

»Das war nur *Spaß*, Jonas. Entspann dich, Mann. Du reagierst über.«

Ich halte inne. Ich glaube, Henn hat recht. Ich reagiere wahrscheinlich etwas über. Mist. Vielleicht bin ich durch den dreiwöchigen Sexentzug etwas durcheinander. Ich reiße mich zusammen. »Okay. Also, ich brauche die Telefonnummer von dem Kerl. Ich will ihm ein paar Fragen stellen.«

»Ja, das will ich auch.«

»Finde ihn einfach.«

»Ich komme mir gerade vor wie ein Spion. Das ist ja der absolute Wahnsinn. Wow!« Plötzlich brüllt Henn regelrecht ins Telefon. »Verdammte Scheiße!« Wahrscheinlich hat Carla ihren Saft gerade über das ganze Bett gespritzt. Henn lacht. »Jonas, das war fantastisch!«

Ich antworte nicht.

»Das nenne ich Unterhaltung. Ist das heiß!«

»Okay, bist du dran?«

»O ja, ich bin dran. Das ist definitiv ein guter Job. Dafür nehme ich kein Geld.«

»Großartig. Danke.«

»Hey, ist das eine Art Dankeschön für Sarah, weil sie deine Babys auf die Welt gebracht hat?« Er lacht. »Die meisten Kerle schenken ihren Frauen dann nämlich Schmuck, weißt du?«

»Darauf werde ich nicht antworten.«

Henn bricht in schallendes Gelächter aus.

Ich werde nachdenklich. »Die meisten Kerle schenken ihren Frauen nach der Geburt Schmuck?«, frage ich schließlich leise, und das Herz springt mir fast aus der Brust. »Daran habe ich nicht einmal gedacht.«

»Ja, das muss dir wohl entgangen sein, weil du damit beschäftigt gewesen bist, dir um deine Familie Sorgen zu machen, die fast gestorben wäre.« Ich kann immer noch das Video im Hintergrund hören. »Shit, Nummer zwei kommt auf die Bühne. O Mann, dieser Kerl ist unglaublich.« Er kichert. »Wie geht es Sarah und den Babys überhaupt?«

»Ziemlich gut. Sarah fühlt sich immer noch etwas matt, aber ...«

»Aber sie wird sich bald sehr viel besser fühlen. *Bam!*«

»Halt deinen Mund, Henn. Du redest über meine Frau.«

»Tut mir leid.« Sofort verschwindet jeglicher Anflug von Spaß aus Henns Stimme. »Wie geht es den Babys?«

»Gut. Sie sollten in drei Wochen oder so nach Hause kommen. Wir müssen noch warten, bis sich ihre Lungen vollständig entwickelt haben. Das ist normal bei Frühchen, nehme ich an. Sie werden ganz gesund. Ich kann nicht glauben, wie groß sie bereits sind.«

»Schick mir ein Foto.«

»Okay, warte kurz.« Ich suche ein gutes Foto auf meinem Handy.

»Frau Nummer zwei hat auch soeben das Bett klatschnass gemacht.«

Ich finde ein wirklich nettes Foto von den Mädchen und schicke es Henn. »Gesendet.«

»Cool. Ich hab's.« Henn betrachtet das Foto anscheinend einen Moment lang. »Wow, sie sind so süß, Mann. Sie haben so viel zugenommen, seit ich sie gesehen habe. Sie sehen jetzt wirklich aus wie Menschen und nicht mehr wie Rosinen.«

»Danke.«

»Hey, Hannah und ich wollen in ein paar Monaten, wenn Josh und Kat ihr zweites Kind haben, nach Seattle kommen.«

»Hast du gehört, dass es ein Junge wird?«, frage ich.

»Ja. Sie haben mich angerufen. Kat ist total ausgeflippt, weil sie die ganze Zeit über einen Penis in sich hat. Und Josh hat nur gemeint: ›Das ist doch nichts Neues.‹«

Wir müssen beide lachen.

»Aber ich will deine beiden Mädchen auch unbedingt sehen, okay? Sie werden bis dahin bestimmt riesig sein. Ah, jetzt kommt Frau Nummer drei auf die Bühne.«

»Du und Hannah, ihr könnt bei uns übernachten, wenn ihr nicht ins Hotel wollt.«

»Cool, danke. Ich sage Hannah, dass sie einen Termin festlegen soll – gleich nachdem ich sie zum Abspritzen gebracht habe, versteht sich.« Er lacht.

»Natürlich.« Ich kann mir ebenfalls ein Lachen nicht verkneifen. Was für eine extrem lächerliche Konversation. »Also gut, Henn, ich muss los. Danke noch mal.«

»Ja, ich muss auch los. Ich stecke mitten in einem supergeheimen Auftrag. Du würdest Augen machen.«

»Regierung?«

»Na klar. Diese Typen lieben mich. Sie denken, ich bin ein Genie.«

»Das bist du ja auch.«

»Danke für die Blumen. Außerdem muss ich mir noch einen Porno im Internet ansehen. Ich bin mir sicher, das musst du auch ...«

»Natürlich nicht. Ich muss arbeiten. Ich bin ein respektiertes Mitglied der Gesellschaft, falls du das noch nicht gewusst hast.«

»Ja, ich habe den Artikel in diesem Magazin über euch zwei gelesen. Den über Peru. Total krass. Du hast ausgesehen wie Thor, Mann.«

»Danke, aber das ist ja schon eine Weile her.«

»Na ja, ich habe ihn erst vor Kurzem entdeckt. Ich habe Josh gesagt, sie haben dich viel heißer aussehen lassen als ihn, und er hat mir dafür fast die Zähne ausgeschlagen.«

»Der arme Josh. Er ist so daran gewöhnt, dass Kat ihn wegen seiner sexuellen Ausstrahlung anlügt. Er weiß einfach nicht, wie er mit der Wahrheit umgehen soll, wenn er sie hört.«

»Ich erzähl ihm, dass du das gesagt hast.«

»Mach das, bitte.«

Wir müssen noch einmal lachen.

»Wir hören uns, Bruder«, sage ich. Wow, was zum Teufel war das denn? Ich habe Henn noch nie zuvor »Bruder« genannt. Noch nicht einmal Josh spreche ich so an. Es ist mir einfach rausgerutscht.

»Also ...«, sagt Henn. »Heißt das, du fragst mich gar nicht nach Neuigkeiten über den Club?«

Sofort verfliegt meine gute Laune. »Gibt es denn welche?«

»Nein.«

Ich atme erleichtert aus.

»Ich bin nur baff, dass du mich gar nicht danach gefragt

hast. Das ist wohl das, was die Psychologen ›Fortschritt‹ nennen, großer Junge.« Er lacht, aber ich stimme nicht mit ein.

»Was ist mit Special Agent Eric? Hattest du in letzter Zeit Kontakt zu ihm?«

»Ja, ich habe vor ein paar Tagen wegen eines anderen Projekts mit ihm gesprochen – ich arbeite für den Laden gerade an verschiedenen Dingen, weil ich ein Genie bin, wie ich bereits erwähnte.«

»Was hat er gesagt, Henn?«

»Er sagte, dass alles ruhig sei – zumindest was den Club angeht. Anscheinend ist Eric auf der Karriereleiter nach oben geklettert und mittlerweile ein richtig hohes Tier beim FBI. Er muss also jetzt ziemlich viele Bad Boys jagen. Aber nicht vom Club.«

»Und Oksana ist absolut kaltgestellt? Sie sitzt jeden Tag in ihrer Gefängniszelle und macht Sudoku?«

»Diese lästigen ukrainischen Separatisten versuchen anscheinend immer noch alles, um den russischen Arsch ihrer Mami aus dem Knast zu kriegen – du musst nur die Schlagzeilen lesen. So, wie ich das sehe, ist Oksana sogar aus dem Gefängnis heraus noch eine Zuhälterin. Einmal Zuhälter, immer Zuhälter. Aber es gibt keinerlei Hinweise darauf, dass sie sich an uns rächen wollen. Es ist alles in Ordnung.«

»Wie viel Espresso hast du heute eigentlich getrunken, Henn?«

»Ungefähr acht Tassen.«

»Ja, das hört man. Du musst mit dem Zeug aufhören, Henn. Im Ernst.«

Ich sehe ihn förmlich mit den Schultern zucken.

»Du sagst mir, wenn sich etwas tut, richtig?«

»Auf jeden Fall.«

»Und du hast weiterhin ein Auge auf die Sache, richtig?«

»Natürlich. Ihr seid meine Familie. Bei meiner Familie verstehe ich keinen Spaß.«

»Danke, Henn.«
»Ist doch klar, großer Junge.«
»Okay. Wir hören uns.«
»Ja, wir hören uns. Ach, Jonas?«
»Was?«
»Viel Erfolg beim Ejakulieren.«
Ich lache mich fast tot. »Danke, dir auch, Henn.«
»Ach, und Jonas?«
»*Was?*«
»Mit Diamanten machst du nie etwas falsch.«

Sobald wir aufgelegt haben, schaue ich mir das Video noch einmal von vorne an. Als es vorbei ist, stehe ich vom Küchentisch auf und muss aufpassen, dass mein gigantischer Ständer dabei nicht an die Unterkante des Tisches stößt. Ich gehe ohne Umwege unter die Dusche und mache schon auf dem Weg meine Hose auf.

Jonas

Vier Wochen ohne Sex
(abgesehen von Selbstbefriedigung natürlich)
oder
O mein Gott, das ist die reinste Folter!

Sarah stöhnt leise neben mir im Bett.
Ich reiße die Augen auf. Starker Regen trommelt auf das Haus. Es ist mitten in der Nacht.
»Sarah?«
Ich kann dieses Stöhnen nicht genau deuten. Hat sie Schmerzen?
»Sarah?«, sage ich und berühre sie. Meine Augen haben sich noch nicht an die Dunkelheit gewöhnt. »Baby?«
Ihre Hand streicht über meine nackte Brust und berührt dann den Saum meiner Unterhose, genau über meinem Penis. »Jonas«, flüstert sie leise. »Ja.«
O Gott sei Dank. Ich kenne diesen Ton in der Stimme meines Babys. Das klingt nach purer Erregung – und das bedeutet, dass dieses Stöhnen, das sie gerade von sich gegeben hat, das Ergebnis eines feuchten Traums war. Halleluja. In den Wochen nach der Geburt war Sarahs Sexualtrieb mausetot (was vollkommen verständlich ist). Heißt das, ihr Körper erwacht langsam wieder zu neuem Leben?
Ich kuschle mich im warmen Bett fest an sie und presse meine Erektion an ihren Körper, während ich sie leiden-

schaftlich auf den Mund küsse. »Jonas«, murmelt sie, drückt sich ebenfalls an mich und erwidert den Kuss.

Ich drehe sie auf den Rücken, schiebe ihr Nachthemd nach oben und den riesigen Omaschlüpfer mit der riesigen Einlage darin nach unten. Ich weiß, dass ich noch nicht mit meinem Penis oder meinen Fingern in sie eindringen darf, das hat die Ärztin verboten, aber die Ärztin hat auch selbst gesagt, dass meine Zunge erlaubt ist. Und das ist genau das, was ich jetzt vorhabe.

Sarahs Körper versteift sich. »Nein, Jonas. Ich blute immer noch.«

»Sch«, sage ich beruhigend und ziehe ihr die Unterhose über die Hüften. O Gott, mein Schwanz ist bereits mehr als bereit für sie. »Entspann dich, Baby.«

»Nein, hör mir zu. Warte. Ich blute wirklich stark.« Sie legt ihre Hand auf meine und hält mich einen Augenblick lang davon ab, ihre Unterhose noch weiter nach unten zu schieben.

Wortlos stehe ich auf und gehe Richtung Badezimmer.

»Was machst du?«

Ich antworte nicht. Es gibt nichts zu bereden. Sie hat keine Wahl. Ich werde sie befriedigen. Jetzt. Komme, was wolle. Sogar Blut.

Ich habe tatsächlich noch nie eine Pussy in blutendem Zustand geleckt. Dies wird das erste Mal sein. Bei den Frauen vor Sarah ist es überraschenderweise nicht häufig vorgekommen, dass ich während ihrer Tage mit ihnen Sex hatte. Und wenn es so war, dann habe ich es vermieden, sie zu lecken – vielleicht wegen meiner langen Vorgeschichte mit Blut. Bei Sarah wäre ich zwar mehr als bereit gewesen, aber sie hat es immer abgewehrt. Sie hat gemeint, das sei zu ekelhaft. Und ich habe sie nie gedrängt. Warum sollte ich auch? Wir hatten trotzdem immer Sex während ihrer Periode, und Sarah war nie abgeneigt, mir einen zu blasen. Vor allem nicht wenn sie mich ablenken wollte. Also war es nicht schwer für mich, sie während dieser Zeit nicht zu lecken. Aber dieses Mal haben wir keine andere Wahl. Ich werde sie lecken, koste es, was es wolle. Ich werde mir mein Abzeichen als roter Pirat verdienen – und zwar jetzt.

Ich hole ein paar Handtücher aus dem Badezimmerregal und gehe zurück ins Schlafzimmer. Auf dem Weg stelle ich auf meinem Laptop »Sky Full of Stars« von Coldplay an. Seit ich Sarah dieses Lied im Krankenhaus vorgespielt habe, sehne ich mich danach, es zur atemberaubenden Hintergrundmusik für einen wahnsinnigen Orgasmus für sie zu machen. O Mann, mein Penis zuckt schon beim Gedanken daran, sie zu diesem Lied zum Stöhnen zu bringen, vor Freude.

Ich krieche wieder zurück ins Bett, singe den Song mit und lege ihr die dicken Handtücher unter die Hüften.

»Jonas«, flüstert sie. Anscheinend ist sie sich nicht ganz sicher.

»Sch«, sage ich. »Nicht reden.«

Sie holt skeptisch Luft – aber sie redet nicht, wie ich es ihr befohlen habe.

Ich küsse sie leidenschaftlich und fahre mit meinen Fingern über ihr Brustbein.

»Entspann dich einfach.« Meine Finger gleiten über ihre harten Nippel. Über ihrem linken befindet sich ein kleiner feuchter Fleck auf dem Nachthemd. Mein Penis zuckt erneut.

Ich bringe sie in eine aufrechte Position, ziehe ihr das Nachthemd aus und positioniere ihren nackten Körper im Mondlicht.

Heilige Scheiße, sie ist wirklich ein Kunstwerk. Mutter Erde. Demeter. Ich lege sie auf den Rücken und küsse sanft ihre Kaiserschnittnarbe. »*Besitos* für dein Aua«, sage ich.

Sie holt wieder tief Luft und versucht offenbar, sich zu entspannen.

Ich küsse die verblasste Narbe über ihren Rippen, die einzig sichtbare Erinnerung an das, was diese Bastarde aus dem Club ihr damals in der Unitoilette angetan haben.

»*Besitos* für dein Aua«, sage ich noch einmal.

Sie zittert richtig.

Ich arbeite mich von ihren Rippen zu ihren prallen, tropfenden Brüsten hinauf, und es kommt mir so vor, als wäre ihre Haut mit einer dünnen Schicht süßer Sahne bedeckt. Ich muss mich zusammenreißen, um nicht fest an ihren Nippeln zu saugen. Alles zu seiner Zeit. Ich ziehe wieder an ihrer Unterhose, diesmal stärker.

Sie drückt mir ihren Rücken entgegen. »Jonas«, beginnt sie – und es ist nicht klar, ob sie mich damit aufhalten oder ermutigen will.

»Sch«, sage ich. »Entspann dich. Das macht mich an.«

Als ich sie von ihrer Unterhose befreit habe, drücke ich ihre weichen Oberschenkel auseinander, und der unverkennbare Geruch von Sarah, der Geruch, von dem ich jede Nacht träume, steigt mir in die Nase. Aber dieses Mal ist der köstliche Duft mit etwas Neuem vermischt – mit dem Geruch, den ich vermeide, seit ich denken kann.

Und trotzdem. Jetzt macht es mir nichts aus. Überhaupt nichts. Ich bin einfach nur total angetörnt und bereit, sie zu lecken. Ich fasse sanft zwischen ihre Beine und berühre ihren Kitzler. Er fühlt sich hart und glitschig an meinen Fingerspitzen an. Und feucht. Verdammt feucht.

Sarah stöhnt leise auf unter meiner Berührung. »Jonas.«

Normalerweise würde ich sie jetzt auf den Mund küssen, während ich ihren magischen G-Punkt in ihrem Innern massiere. Aber ich darf ihren G-Punkt nicht berühren. Anweisung der Ärztin. Keine Penetration, auch nicht mit den Fingern, hat die Ärztin gesagt. Na gut. Ich beuge mich nach unten und lecke in einem langen Zug über ihre Pussy, was sie laut aufstöhnen lässt.

Ich spüre eine dicke und schleimige Feuchtigkeit an meiner Zunge, anders als sonst. Und auch der Geschmack ist anders – salzig und süß und etwas metallisch. Es schmeckt eigentlich gar nicht so schlecht – irgendwie animalisch.

Sie streckt sich mir entgegen, und es ist um mich geschehen. Ich bin voll und ganz dabei.

A steht für Sarahs wunderwollen Arsch.

A steht für den *atemberaubenden* Hintern, der mir gehört. *Propiedad de Jonas Faraday*, sagt ihr Hintern. Verdammt richtig.

A ... A ... A.

Fick dich, Will, du *Arschloch* – oder sollte ich dich 2Real nennen, du kleiner Bastard? Sarah gehört mir und niemandem sonst.

A ... A ... A, sagt meine Zunge zu Sarah. Ich bin ein Arschloch, und sie liebt es.

Ich berühre meinen Penis und beginne, ihn zu reiben, während ich sie lecke. O ja, das ist gut.

B ... B ... B.

B steht für mein Baby.

»Jonas«, keucht Sarah. Sie windet sich schon unter mir.

C steht für Cunnilingus, meine Lieblingsbeschäftigung heute Nacht. Und ganz offenbar tut dem auch das Blut keinen Abbruch. Es schmeckt nämlich ganz hervorragend.

Sarah spreizt ihre Oberschenkel noch mehr und stöhnt.

Der Songtext von Coldplay beflügelt mich. O ja, C ... C ... C. C steht für Coldplay.

D ... D ... D. »Du bist *der Mann meiner Träume*« hat sie schon tausendmal zu mir gesagt. Das ist verdammt richtig, Baby. Das bin ich.

E ... E ... E. Denn du bist mein *Ein und Alles*, Sarah.

Sarah gibt diesen ganz bestimmten Laut von sich, den ich so liebe. Ich greife nach ihren Hüften und ziehe sie zu mir heran. Sie spreizt ihre Beine noch mehr, stöhnt laut auf und krallt sich in meine Haare.

Ich reibe meinen Penis immer stärker, während ich sie weiter lecke.

Sie war noch nie zuvor so feucht oder hat so süß geschmeckt. Ich kann fühlen, wie die Feuchtigkeit aus ihr herauskommt und meine Lippen, mein Kinn und meine Wangen bedeckt. Ich komme mir vor wie ein Löwe, der seine Beute verschlingt. Und das törnt mich unglaublich an.

F ... F ... F.

Ich will dich *ficken*, Sarah *Faraday*. O Gott, wie sehr ich dich *ficken* will. Die ganze Nacht lang, ja.

G ... G ... G.

Du bist die *Göttin* und die Muse, Sarah Cruz.

O wow, mein Baby liebt das G heute Nacht aber besonders. Ein neuer Lieblingsbuchstabe.

Ich reibe meinen Penis immer weiter und lecke sie energisch.

G ... G ... G.

Du bist die Sterne in meiner *Galaxie*. O ja, Baby. Komm schon. G ... G ... G. Du bist *gigantisch*, Baby. Einfach *geil*.

Ich gebe ihr auch ein paar kleine g's, denn es fühlt sich so *gut* an, und meine Göttin und Muse hat nichts anderes verdient.

Sarah schnappt nach Luft und versteift sich – und zwei Sekunden später, noch bevor ich überhaupt über das H nachdenken kann, zieht sich ihr Loch und alles drum herum zusammen.

Ich stöhne auf und reibe meinen Penis noch fester, während ihr Körper zuckt. Ich schlürfe alles von ihr auf und vergrabe meine Zunge noch tiefer in ihr, so tief es nur geht. Meine Nase, mein Kinn und meine Lippen sind über und über bedeckt mit ihrem Blut und ihrer Körperflüssigkeit. Ich vergrabe mein Gesicht immer tiefer und tiefer in ihr, verschlinge und lecke sie, als ob es kein Morgen gäbe. Sie kommt um mich herum zum Höhepunkt.

Ich werde von ihrem Blut getauft.
Ich bin neu geboren.
H ... H ... H.
Weil ich heute Nacht *hungrig* bin, Baby. Und so verdammt *hart*.

Ich lecke sie immer weiter, während sie zuckt, etwas, das ich sonst nicht tue. Normalerweise würde ich jetzt mit einem lauten Stöhnen in sie eindringen, aber heute Nacht steht das nicht zur Debatte. Also kann ich genauso gut weitermachen.

Ich ziehe mit der Zunge meine Kreise, immer und immer wieder, stöhne in ihr Innerstes und ziehe ihren Körper grob an mein Gesicht. Währenddessen hört meine Hand nicht auf, meinen Penis zu reiben.

I ... I ... I.
Ich liebe dich, Baby. O Gott, wie sehr ich sie liebe.
J steht für ...
»Jonas«, ruft sie, als sich bei ihrem zweiten Orgasmus alles zusammenzieht. »Jonas, *ja.*« Ich stecke meine Finger zwischen ihre Pobacken, um den Orgasmus in ihrem Anus zu spüren – und mein Penis zuckt zusammen bei diesem Gefühl.

Ich krieche an ihr hoch und küsse sie leidenschaftlich. Sie empfängt meine Lippen hungrig und fährt mir mit der Hand durchs Haar, während sie sich unter mir krümmt.

Unter anderen Umständen hätte ich sie mir jetzt so richtig vorgenommen, natürlich hätte ich das, und zwar so fest und so hart, dass wir bei ihrem dritten Mal zusammen gekommen wären. Aber wie gesagt, das steht heute nicht zur Debatte. Also mache ich weiter.

Ich berühre ihre Klit, während ich ihre Lippen förmlich mit meinem Mund verschlinge. Ich drohe zu explodieren, als ich spüre, wie hart und glitschig und geschwollen ihr Kitzler ist. Ich umkreise ihn wieder und wieder mit der Fingerspitze. Gleichzeitig wandern meine Lippen von ihrem Mund zu ihrem Hals und ihrem Schlüsselbein und schließlich zu ihrer angeschwollenen Brust. Der Geruch ihrer Milch lässt mich fast ohnmächtig werden. Ich umkreise für einen kurzen Moment mit meiner Zunge ihren harten Nippel, kann aber nicht mehr länger widerstehen. Ohne Vorwarnung nehme ich ihren Nippel in den Mund und sauge an ihm, als wollte ich ihn von ihrer Brust lösen – währenddessen massiere ich mit meiner Fingerspitze immer weiter ihren harten Kitzler. Als mir eine warme, süße Flüssigkeit in den Mund spritzt, zieht sich alles in mir zusammen, und Sarah stöhnt so laut auf, dass ich in jedem anderen Moment gedacht hätte, sie erleide schreckliche Schmerzen.

Sarah stöhnt jetzt aus vollem Halse und zuckt wild. Ihre Pussy fängt plötzlich unter meinen Fingerspitzen zu zittern an.

»Manometer«, sagt sie gepresst. »O mein Gott.«

Das ist jetzt der dritte Orgasmus, wenn ich richtig gezählt habe. Trotzdem ist es noch nicht genug.

Ich nehme ihren anderen Nippel in den Mund und sauge auch daran, so fest ich kann. Sie stöhnt laut auf, als erneut die warme Milch in meinen Mund fließt.

Ich bin so heiß. Ich bin im Himmel.

Blut auf den Laken.

Ja, Blut auf den Laken. Und auf meinen Lippen und meiner Nase und meinem Kinn und meiner Zunge.

Mich überkommt das verzweifelte Verlangen, in sie einzudringen und sie so fest und hart ranzunehmen, dass sie animalische Laute von sich gibt. Aber da das einfach nicht geht, krieche ich wieder zwischen ihre Beine und dringe, so weit es geht, mit meiner Zunge in sie ein. Ich verschlinge sie bei lebendigem Leibe, sauge an ihr, verzehre sie, lecke die dicke süße Flüssigkeit auf, die jeden Zentimeter von ihr bedeckt – und dabei hole ich mir kräftig einen runter.

Sie fängt wieder an zu zittern und gibt einen wilden Laut

von sich. Dann zuckt sie noch ein letztes Mal unter lautem Stöhnen heftig zusammen.

Ich blicke von ihren Beinen auf. Meine Brust hebt und senkt sich im Rhythmus meiner Handbewegungen an meinem Penis.

Ich verliere den Verstand. Ich bin kein Mensch mehr. Ich bin ein Tier in der Wildnis. Ein Hai. Ein Löwe. O Gott, ich bin ein Wahnsinniger. *Und es gefällt mir.* Alles an diesem Moment törnt mich an, und es ist mir scheißegal, ob das normal ist oder nicht.

Ich stehe auf und hebe sie hoch. Adrenalin schießt mir durch den Körper. Ich bin frei. Nichts schränkt mich mehr ein. Blut auf den Laken. Blut auf den Fliesen. Blut auf dem Boden. Es macht mir nichts mehr aus. Verdammtes Blut. Blut in meinem Mund und auf meinen Lippen. Ja.

Ich trage sie ins Badezimmer, mache das Licht an und drehe mich zum Spiegel. Wir sind beide von oben bis unten mit ihrem Blut bedeckt, von unseren Nasenspitzen bis zu unseren Hüften – als hätte ein Maler unsere Haut als Leinwand benutzt.

»Heilige …«, sagt sie und starrt auf unser grausiges Spiegelbild.

Ich antworte nicht. Ich starre uns ebenfalls nur an. Mein Penis pulsiert.

Blut auf den Laken.

Blut auf meinen Lippen.

Blut auf meiner Zunge.

Sarah berührt meine nackte Brust und beißt mir in die Schulter. »Du bist so ein sexy Tier, Jonas Faraday. Heilige Scheiße.«

Ich kann meinen Blick nicht vom Spiegel losreißen.

Blut an meinem Kinn.

Blut auf meiner Nase.

Blut, verdammt.

Sie hat recht. Ich bin ein Tier. Ein wildes Tier. Mein Penis ist meine Massenvernichtungswaffe. Meine Lippen sind mit ihrem Blut und ihrer Milch und ihren köstlichen Körpersäften bedeckt. Meine Brust ist durch meine Religion markiert und mit dem Blut meines rechtmäßigen Kampfes bedeckt.

Ich fletsche die Zähne, und mein Penis zuckt wie wild bei meinem eigenen Anblick. Ich war noch nie in meinem Leben so angetörnt. Ich bin ein Hai. Nein, ich bin ein Megalodon. Ich bin dazu veranlagt, zu essen und zu vögeln. Mehr nicht.

Mein ganzes Leben lang hat mich dieses Blut verfolgt und mich machtlos gemacht. Seit dem Alter von sieben Jahren hat mich das Blut in einen erbärmlichen Feigling verwandelt. Aber jetzt verfolge ich das Blut. Ich habe das Blut zu meiner Sklavin gemacht. Ja, das habe ich.

Ich greife nach ihrer Hand und drücke sie auf meine nackte Brust, genau auf den Sternenhimmel, der meine Haut verziert, genau auf das klebrige Blut. »Verstehst du es jetzt?«, sage ich mit bebender Stimme und pochendem Penis. Ich führe ihre Fingerspitze durch einen langen Blutstreifen über meinem linken Nippel. »Ich will jeden Zentimeter von dir, Sarah, jeden verdammten Tropfen – koste es, was es wolle.«

Sie sieht mich mit funkelnden Augen an.

»Nichts steht mehr zwischen uns. Keine dunklen Orte. Keine Geheimnisse. Kein Raum für Zweifel. Wir sind eins. Dein Körper ist meiner. Dein Schmerz ist meiner. Deine Lust ist meine. Dein Blut ist meins.«

Sie nickt.

»Liebe besteht aus einer einzelnen Seele, die zwei Körper bewohnt«, zitiere ich Aristoteles.

Sie nickt erneut, und ihr Blick sprüht Funken.

O Mann, ich will mit dieser Frau schlafen. Aber wie es das Schicksal will, kann ich das heute Nacht nicht machen. Oder in naher Zukunft. Alles, was ich tun kann, ist sie unter die Dusche zu stellen, sie ins Bett zu bringen und mir dann selbst unter dem heißen Wasser einen runterzuholen. *Schon wieder.* Zum ungefähr zwanzigsten Mal, seit wir aus dem Krankenhaus zurück sind.

Ich trage sie unter die Dusche, drehe das heiße Wasser auf und greife nach dem Duschgel. Aber Sarah hat eine andere Idee. Natürlich hat sie das. Denn sie ist Sarah Cruz. Orgasma die Allmächtige. OAM Cruz. Wortlos gleitet sie aus meinen Armen, kniet sich vor mir auf den Boden und nimmt meinen harten Penis komplett in ihren Mund.

Halleluja. Sie ist zurück.

Augenblicklich verwandle ich mich wieder in ein wildes Tier, ziehe an ihren Haaren und bewege meinen Penis in ihrem hungrigen Mund. O Mann, so habe ich ihn ihr noch nie in den Mund gesteckt, aber an ihrer Reaktion erkenne ich, dass sie damit zurechtkommt.

Ich blicke nach unten, und alles, was ich sehe, löst in mir den dringlichen Wunsch aus, in ihrem begierigen Mund zu kommen. Mein Penis dringt wieder und wieder in ihren Mund ein. Hellrotes Blut fließt aus ihrem knienden Körper und verläuft auf den Marmorfliesen bis zum Abfluss. Ihre olivfarbene Haut glänzt unter dem heißen Wasser. Ihre geschwollenen Brüste und die harten Nippel hüpfen sanft zu den Bewegungen ihres Kopfes. O ja. Ich dringe tiefer in ihren Mund ein und kann mich kaum noch zurückhalten. Es ist schon sehr lange her, dass ich dieses Gefühl genießen durfte. Das ist so gut.

Ich ziehe grob an ihrem Haar und fasse sie härter an, als ich es sollte, stecke meinen Penis tiefer in ihren Mund, als ich es je zuvor getan habe.

Aber sie stöhnt vor Lust. Als ich endlich in ihrem Mund ausbreche wie ein Vulkan und so laut stöhne, wie ich kann, saugt Sarah an mir wie eine Verbindungsstudentin an einer Bier-Bong. Selbst als ich schon gekommen bin, hört sie nicht auf damit, ganz so, als wollte sie auch noch den letzten Tropfen aus mir herausholen.

Als sie endlich fertig ist, lehne ich mich an die Wand der Dusche und muss mich erst mal sammeln. »Heilige Scheiße«, sage ich mit bebender Brust. »Das war fantastisch, Baby.«

Ich blicke zu ihr herunter und bin zu überwältigt, um noch etwas zu sagen.

Sie lächelt mich an, sagt aber auch nichts.

Wir schauen uns beide einen Moment lang an, während das heiße Wasser über uns fließt und das Blut zwischen ihren Beinen immer noch über den Boden der Dusche strömt.

Blut auf den Laken.

Blut auf dem Boden.

Blut auf den Fliesen.

Blut in meinem Mund.

Blut auf meiner Zunge.

Blut auf meinem Kinn.

Blut auf meinem ganzen Körper – über der Sonne und dem Mond und den Sternen, die meine ewige Hingabe an Sarah und unsere neue Familie symbolisieren.

Blut, verdammt.

Blut.

Ich werde plötzlich von einer Welle der Erleichterung erfasst. Ich fühle mich völlig frei. Die ganze Zeit dachte ich, Sarah wäre diejenige, die sich von etwas lösen muss. Aber für mich galt das auch. Und jetzt bin ich frei.

Ich lecke mir über die Lippen.

Sie blinzelt mich langsam an und blickt mir tief in die Augen. Sie stellt sich hin. »*Hoy en adelante, renaces*«, flüstert sie.

Ich packe ihren Nacken und ziehe sie zu mir heran. »*Hoy en adelante, renazco*«, erwidere ich und küsse sie. »Genau wie du, Baby.«

»*Hoy en adelante, renacemos*«, sagt sie mit zitternder Brust. *Wir wurden heute neugeboren.*

Ich nicke. »Ja.« Ich streichle ihr Gesicht. »Ich liebe es verrückt, Baby. Ich liebe es abgefuckt. Nichts kann mir jemals wieder Angst machen. Nichts wird mich jemals wieder davon abhalten, das zu bekommen, was ich will. Nie wieder.« Ohne ihre Antwort abzuwarten, beuge ich mich herunter und sauge lang und fest an ihrer Brust, wodurch sie weiche Knie bekommt. Dann hocke ich mich wieder einmal vor meinen Lieblingsaltar.

Blut tropft aus ihrem Schritt. Es vermischt sich mit dem dampfenden Wasser aus der Dusche. Und in diesem Moment habe ich das Gefühl, noch nie in meinem ganzen Leben etwas so Heißes gesehen zu haben. Ich nehme ihren wunderbaren Hintern in meine Hände, nähere mich der Pussy, die mir gehört, der Pussy, die mir die größte Freude meines Lebens bereitet hat, und mache mich auf zur zweiten Runde meines absoluten Lieblingsspiels.

Jonas

Fünf Wochen ohne Sex
oder
Lieber Gott, erhöre meine Gebete

»Hallo?«

»Ja, hi. Spricht da Sam?«

»Wer ist da?«

»Mein Name ist Jonas. Ich habe dein Video auf YouTube gesehen. Ich würde gerne wissen, ob ich dir ein paar Fragen dazu stellen darf.«

Er überlegt kurz. »Ähm ... ja klar. Für hundert Dollar.«

Ich widerstehe dem Drang, ihn als Arschloch zu beschimpfen und aufzulegen. »Wirklich?«

»Wirklich.«

»Willst du das Geld, bevor oder nachdem wir gesprochen haben?«

»Davor.« Er gibt mir seine Paypal-Adresse und sagt, er bleibe am Telefon, während ich bezahle. Was für ein Blödmann. »Okay, hast du es?«, frage ich, nachdem ich auf *Bezahlen* geklickt habe.

»Ja. Okay, was willst du wissen?«

»Du schaffst es wirklich jedes Mal, eine Frau zum Ejakulieren zu bringen?«

»Nun, jedes Mal, wenn ich es will, ja. Manchmal will ich auch nicht.«

»Warum willst du manchmal nicht?«

»Wenn wir zum Beispiel auf der Couch eines Freundes liegen, will ich nicht. Oder wenn wir in einer öffentlichen Toilette sind. Oder an irgendeinem anderen Ort, wo es nicht so prickelnd wäre, hinterher so viel Körperflüssigkeit wieder aufzuwischen.«

Ich denke kurz darüber nach. Das ist mir noch nie in den Sinn gekommen.

»Oder wenn die Frau einfach nicht will. Es ist ziemlich intensiv, besonders wenn die Frau es nicht gewöhnt ist. Einige Mädchen machen es zum ersten Mal und werden süchtig danach. Andere machen es und flippen irgendwie aus. Es kommt darauf an. Wenn sie es nicht wollen, zwinge ich sie nicht dazu.«

»Was meinst du damit, sie flippen aus?«

»Ich weiß nicht. Manche Frauen haben da eine Blockade. Es ekelt sie wohl an, denke ich.«

»Aber jede Frau könnte ejakulieren?«

»Zweifellos. Bei den meisten geht es sogar recht einfach.«

»Hattest du jemals eine richtig harte Nuss zu knacken?«

»Klar.«

»Aber du hast sie geknackt?«

»Natürlich. Jedes Mal.«

»Wie?«

»Ich bin drangeblieben. Sie muss den Kopf freihaben. Und dann, *bam*. Dann drücke ich den Schalter.«

Ich halte inne. Interessant. »Was schätzt du, wie viele Frauen sind hart zu knacken?«

»Du meinst, in Prozentpunkten ausgedrückt?«

»Ja.«

»Hm. Eine von zehn Frauen wird leicht ejakulieren können, so wie die Frauen in dem Video. Sie wird keine Probleme damit haben. Eine von ihnen wird eine wirklich, wirklich harte Nuss sein – aber diese Frauen machen eigentlich am meisten Spaß. Ich liebe Herausforderungen. Und der Rest liegt irgendwo dazwischen. Eins, zwei, drei – abspritzen.«

»Was meinst du mit eins, zwei, drei?«

»Das, was ich in dem Video erklärt habe.«

»Erklär es mir noch einmal.«

Er tut es, und zwar bis ins kleinste Detail.

Ich stelle ihm ein paar präzise Fragen, und er beantwortet sie mir.

»Aber inwiefern unterscheidet sich deine Methode von der Stimulation ihres G-Punkts? Ich weiß genau, wie es sich anfühlt, wenn sie einen vaginalen Orgasmus bekommt, weil ich ihren G-Punkt streichle. Was muss ich anders machen, um sie zum Ejakulieren zu kriegen?«

»Also, wenn du schon weißt, wie du eine Frau durch die Stimulation ihres G-Punkts zum Orgasmus bringen kannst, dann sollte der Rest ein Kinderspiel für dich sein.«

»Im Ernst?«

»Ja, die meisten Männer wissen nicht einmal, wie sie den G-Punkt finden können.«

»Wirklich?«

»Ja, alles Amateure.«

Wir müssen beide lachen.

»Also, wenn ich spüre, wie der G-Punkt größer wird, du weißt schon, wenn es sich so anfühlt, als würde er sich aufblasen wie ein Ballon ...«, setze ich an.

»Ja, ich *liebe* das.«

»Unglaublich, nicht wahr?«

»Das Beste.«

»Okay, wenn er also anschwillt, was muss ich dann tun, damit sie nicht nur einen vaginalen Orgasmus bekommt, sondern abspritzt?«, frage ich.

Er erklärt den feinen Unterschied und beschreibt mir, was man tief im Innern der Frau spüren muss – er nennt es den magischen Auslöser zum Ejakulieren. Außerdem gibt es noch ein *Geräusch*, auf das ich achten muss und das mir zeigt, dass die Frau bereit ist. »Du spürst also diese Drüse, diese Art Sehne zwischen deinem Mittel- und Ringfinger, und dann musst du sie nur noch ... ich weiß nicht ... melken«, sagt er.

»Sie melken?«

»Es hört sich widerlich an, aber ja. Das ist die Bewegung, die du in diesem Moment an der Paraurethraldrüse durchführst. Runter, dann rein und dann hoch. Halte sie zwischen deinen Fingern, und wenn du spürst, dass sich die Drüse mit Flüssigkeit füllt, und du das Geräusch hörst, dann fahre noch einmal runter. Melke sie.«

Ich kann nicht glauben, dass ich Sarah *melken* soll. »Okay«, sage ich. »Lass uns über die eine Frau sprechen, die eine richtig harte Nuss ist. Die eine, bei der es mehr braucht als eins, zwei, drei, melken.«

»Okay.«

»Was genau muss man bei dieser Frau machen?«

»Das ist kompliziert. Du musst irgendwie ihren Kopf freikriegen. Es ist nichts Körperliches. Es ist genau das Gleiche, eins, zwei, drei, nur dauert es viel länger.«

»Gibt es denn auch vier, fünf und sechs?«

»Das hängt von den Frauen ab.«

»Was sind die Variablen?«

»Verdammt, Mann. Die Variablen?«

»Was kann man noch tun, wenn eins, zwei, drei nicht funktioniert?«

»Du musst ihren Kopf einfach komplett freibekommen, wie ich schon sagte. So eine Frau denkt zu viel nach. Sie ist unsicher. Hat Angst. Ich weiß nicht. Sie muss das überwinden, was es auch sein mag.«

»Wie machst du das? Was ist deine Strategie?«

»Du musst sie lahmlegen. Sie überraschen. Sie mit dem Vorspiel um den Verstand bringen. Ein bisschen mit ihr spielen.«

»Die Schockmethode?«

»Ja, die Schockmethode. Und du musst sie reizen. Das ist auch gut. Ach, und noch etwas. Sie darf vorher nicht schon mehrere Orgasmen gehabt haben, Mann. Es muss sich alles in ihr aufstauen, damit sie sich nicht mehr unter Kontrolle hat, wenn es schließlich so weit ist. Wenn du das machst, hat sie gar keine andere Wahl mehr, als abzuspritzen.«

»Woher weißt du, wie das funktioniert?«

»Ich mache das schon sehr lange, Mann.«

»Wie lange?«

»Beim ersten Mal ist es zufällig passiert, da war ich neunzehn. Und es war echt krass. Ich habe darüber nachgedacht, was ich getan habe, bin im Geiste noch einmal jede Bewegung durchgegangen und habe es erneut probiert. Genau so, wie ich es beim ersten Mal gemacht habe, und es hat wieder funktioniert. Beim nächsten Mädchen, mit dem ich im Bett war, habe ich es ebenfalls versucht, und es hat wieder geklappt. Aber dann, beim vierten Mal, hat es plötzlich nicht mehr funktioniert. Ich musste es bestimmt ein halbes Dutzend Mal probieren, bis ich herausgefunden habe, dass ihr Punkt ein bisschen weiter hinten lag. Aber dann, *bam*. Ich habe sie geknackt. Da hat es bei mir *klick* gemacht. Ich habe mir gedacht, dass es so etwas wie ein magischer Knopf sein muss. Von da an wurde es meine Mission – ich habe es ein Jahr lang mal mit, mal ohne Erfolg probiert, aber danach hat es immer geklappt, wenn ich es wollte.«

»Bei wie vielen Frauen hast du es schon getan?«

»Hm. Bei ein paar Hundert, nehme ich an.«

»Willst du mich verarschen?«

»Nein. Ich tue das, seit ich neunzehn bin. Jetzt bin ich vierzig, Mann.«

»Und du hast im Ernst ein paar Hundert Frauen zum Ejakulieren gebracht?«

»Ja.«

»Alle auf Kommando?«

»Nein, einige gingen ab, ohne dass ich etwas tun musste. Sie waren einfach so gepolt. Aber bei den meisten habe ich nachgeholfen, ja.«

Ich bin sprachlos. Der Kerl sieht nicht besonders gut aus. Wie zum Teufel hat er in seinem Leben so viele Frauen rumgekriegt?

»Bist du noch dran?«, fragt Sam. »Sind wir fertig, Mann? Ich will jetzt einen durchziehen.«

»Warte kurz, ich bin noch nicht fertig.«

»Du stellst viele Fragen, Mann. Ich denke, das reicht für hundert Dollar.«

Am liebsten würde ich ihm sagen, dass er mich mal kann.

»Noch mal hundert Dollar?«

»Ja.«

»Moment.« Ich bezahle erneut.

»Ich hab's.«

»Wie hast du es geschafft, so viele Frauen davon zu überzeugen, mit dir zu schlafen?«, frage ich. »Ich meine, du siehst ja nicht gerade aus wie das Model eines Fitnessmagazins.«

»Aber du, oder was?!«, schnaubt er.

Ich grinse in mich hinein.

»Es ist ganz einfach. Du musst nicht unbedingt ein Muskelprotz sein, um Frauen rumzukriegen. Du musst nur wissen, wie du sie richtig nimmst. Mundpropaganda kann dir zu einer Menge Frauen verhelfen.«

»Ach ja?«

»Ja. Wenn du also nicht sonderlich gut aussiehst, dann gib die Hoffnung nicht auf.«

»Danke, Mann, das weiß ich zu schätzen.«

»Kein Problem.«

»Und so war es bei dir? Mundpropaganda?«

»Ja. Man hat sich herumerzählt, was ich kann, und plötzlich standen die Frauen Schlange. Ich übertreibe nicht. Irgendeine Freundin sagt zum Beispiel zu mir: ›Ich habe meiner Freundin Ashley von dir erzählt und ihr gesagt, was du kannst. Sie will, dass du es ihr zeigst. Machst du das?‹ Und dann sage ich: ›Klar, warum nicht. Sag Ashley, dass ich es mache, wenn sie es wirklich will.‹ Oder ich habe ein Date mit einer Frau, und sie sagt: ›Ich steh einfach nicht so auf dich, Sam, tut mir leid.‹ Dann sage ich: ›Danke für die Info. Aber bevor du gehst, solltest du wissen, dass ich jede Frau auf Kommando zum Ejakulieren bringen kann.‹ Und mindestens die Hälfte der Frauen sagt dann: ›Ach ja? Beweis es, du Angeber.‹ Und schon habe ich sie geknackt. Es ist wirklich ein praktisches Talent, das sage ich dir. Ein ganz netter Zaubertrick.«

»Das ist es, was ich eigentlich von dir wissen will, Sam. Ist es für dich ein Zaubertrick, drückst du einfach auf diesen magischen Knopf in einer Frau, und sie ejakuliert? Oder ist diese Form von Orgasmus bei den jeweiligen Frauen die Krönung der sexuellen Lust – der absolute Höhepunkt der weiblichen sexuellen Erfahrung?«

»Hä?«

Ich überlege kurz, wie ich mich verständlich machen soll. »Befriedigst du ihre tiefsten Bedürfnisse und setzt die ultimative Lust bei ihnen frei, oder löst du einfach nur eine unfreiwillige Reaktion bei ihnen aus?«

Es entsteht eine lange Pause. »Worin liegt der Unterschied?«

Worin liegt der Unterschied? Ist dieser Typ geistig zurückgeblieben? Ich weiß nicht, wie ich es ihm noch besser erklären soll. »Wenn du eine Frau zum Ejakulieren bringst, macht sie es dann, weil es eine unfreiwillige und unvermeidbare Reaktion ihres Körpers auf deine Berührung ist – so ähnlich wie beim Arzt, wenn er auf dein Knie haut und dein Bein hochgeht? In anderen Worten, melkst du sie wirklich? Oder katapultierst du diese Frauen in die größte Ekstase, die sie je erlebt haben, und sie lassen sich auf eine ganz neue Art und Weise fallen und explodieren förmlich mit Körpersaft?«

»Ich bin mir nicht sicher, ob ich dir folgen kann.«

Ich seufze laut auf. »Sam, bescherst du diesen Frauen den besten Orgasmus ihres Lebens, oder drückst du einfach nur einen Knopf, der Flüssigkeit aus ihnen rausspritzen lässt?«

Es entsteht wieder eine lange Pause, die mir alles sagt, was ich wissen muss. Dieser Kerl melkt die Frauen wirklich einfach nur, nichts weiter. Es hat nichts mit Exzellenz oder Verlangen oder unendlicher Ekstase zu tun. Es ist nicht im Mindesten das Höchste, was der Mensch erreichen kann. Es ist nicht seine *Kunst*.

Was für ein Versager.

Und was für ein Arschloch.

»Also, ich denke … von beidem etwas«, sagt er. Aber ich glaube nicht, dass er den Unterschied wirklich versteht.

»Hast du eine Frau schon mal beim Geschlechtsverkehr zum Abspritzen gebracht – indem du ihren G-Punkt mit deinem Penis im genau richtigen Winkel berührt hast? Oder hast du es schon mal geschafft, während du sie zwanzig Minuten lang geleckt hast? Oder bearbeitest du sie einfach drei Minuten lang mit den Fingern, und das war's?«

»Nun ja, es ist auch schon mal beim Geschlechtsverkehr und beim Oralsex passiert, sicher. Aber meistens ist es nur die Fingerarbeit. Und immer sehr schnell, ja. *Bam*. Ich brauche dafür keine zwanzig Minuten, Mann. Außer sie ist eine echt harte Nuss.«

»Und diese Frauen explodieren, weil du sie mit deinen Fingern an genau der richtigen Stelle berührst – nicht weil du ihnen ein ganz neues Level der Lust vor Augen führst?«

»Was soll die Scheiße? Ein ganz neues Level der Lust?« Er kichert.

»Das ist eine philosophische Frage«, antworte ich sachlich, und mein Puls geht schneller.«Sie definiert das Ziel des Verlangens. Möglicherweise willst du, dass deine Partnerin ejakuliert, weil der bloße Akt des Ejakulierens die lustvollste Stimulation ist, die eine Frau erfahren kann. Das würde bedeuten, dass du ihr mithilfe des Abspritzens die ultimative weibliche Erfahrung bescheren würdest, egal, ob du drei oder dreißig Minuten dafür benötigst. Oder das Gegenteil ist der Fall. Dann ist das Ejakulieren nur ein Nebenprodukt davon, dass die Frau das Höchste erlebt, was der Mensch erreichen kann, die physische Manifestation der Ekstase, wenn du so willst. In anderen Worten, das Ejakulieren bestätigt dir, dass du sie in die höchstmögliche Ekstase versetzt hast – ihr das ultimative Erlebnis beschert hast. Das göttlich Ursprüngliche. Und dann gibt es natürlich noch eine dritte Option: Das Ejakulieren ist nichts weiter als ein Zaubertrick, eine unfreiwillige Reaktion des Körpers auf die Stimulation ihrer Paraurethraldrüse. Das Ganze ist nichts anderes, als eine Kuh zu melken.«

Ruhe.

»Verstehst du, was ich dich fragen will? Das ist wirklich wichtig.«

Er antwortet lange nicht. »Mann«, sagt er schließlich. »Ich bringe Frauen zum Ejakulieren, weil ich es *kann*. So einfach ist das.«

Jonas

Sechs Wochen ohne Sex

»Ich wünschte, dieser Kerl würde etwas schneller fahren«, murmle ich leise zu Josh und starre auf den Fahrer. Ich schaue auf die Uhr.

Josh lacht. »Wie hält sie das nur aus mit dir?«

»Wer? Sarah?«

»Ja, Sarah. Ich könnte nie mit dir verheiratet sein. Du bist der ungeduldigste Mann auf Erden. Entspann dich doch einfach ab und zu mal.«

»Tja, da du nicht mit mir verheiratet bist, musst du dir um mich auch keine Gedanken machen.«

Josh bricht in schallendes Gelächter aus. »Klar, Jonas. Ich muss mir um dich keine Gedanken machen. Ha!«

Ich antworte nicht.

»Und überhaupt, wenn ich so darüber nachdenke, dann sind wir so gut wie verheiratet, nur halt ohne Sex. Schließlich sehe ich dich jeden verdammten Tag. Und Climb and Conquer ist unser Baby.«

»Zunächst einmal gibt es so etwas wie eine Ehe ohne Sex nicht, Josh. Das nennt man Freundschaft. Oder eine Geschäftspartnerschaft.«

»Oder Bruderschaft.«

Ich verdrehe die Augen. »Ja, natürlich. Und außerdem ist es gar nicht so schlimm, mit mir verheiratet zu sein, glaub mir. Ich bin vielleicht ein Arschloch, aber ich habe auch meine guten Seiten.«

Er lacht. »Das hoffe ich. Sonst wäre Sarah eine ziemliche Masochistin. Und ich muss zugeben, sogar ohne Sex warst du mir immer ein ziemlich guter Ehemann, Jonas.«

»Warum willst du immer eine Reaktion von mir provozieren?«

»Weil du mir immer eine gibst.«

»Fick dich.«

»Siehst du?«

Ich werfe ihm einen bitterbösen Blick zu.

»Denkst du nicht, dass du mir ein guter Ehemann bist, Bro? Ich finde, das bist du.«

»Hör auf damit, ich muss gleich kotzen.«

Josh lacht.

Ich schaue erneut auf die Uhr. »Ich hoffe, Sarah ist schon daheim. Sie könnte auch im Krankenhaus sein und die Babys besuchen. Wenn sie nicht zu Hause ist, dann bekomme ich einen Nervenzusammenbruch, während ich auf sie warte.«

»Dann schreib ihr doch. Schreib: ›Ich hoffe für dich, dass du zu Hause bist, wenn ich heimkomme, damit ich dich bespringen kann. Sonst setzt es was.‹«

Ich ziehe mein Handy heraus. »Genau das werde ich ihr schreiben.«

»O ja, das ist bestimmt genau das, was sie lesen möchte. Kat wäre begeistert.«

»Nein, glaub mir, so eine Nachricht würde Sarah gefallen.«

»Ah, sie steht also auf Neandertalergetue, wie?«

Ich grinse.

Josh verzieht das Gesicht. »Nett.«

Ich schreibe Sarah eine Nachricht.

Josh und ich sind sicher gelandet. Wir sind auf dem Weg vom

Flughafen nach Hause. Ich denke, ich bin in dreißig Minuten oder so daheim. Nachdem wir Josh abgesetzt haben.

Juhu!, schreibt Sarah zurück. Willkommen daheim! Ist das Meeting gut gelaufen, Mr Mogul?

Ja, sehr gut, schreibe ich. *Wir haben uns ziemlich schnell geeinigt. Der Preis ist gut, die Zahlen auch. Ihre Lage passt super zu unseren bestehenden Fitnessstudios. Perfekter Deal.*

Wow! Mr Schickimicki hat wieder zugeschlagen! Bedeutet das, wir werden reich?

Ich muss laut lachen. *Ja, Baby,* tippe ich. *Wir werden in Geld schwimmen.*

Gott sei Dank. Denn du weißt ja, ich habe dich nur wegen deines Geldes geheiratet.

Weiß ich.

Wie viele Studios kommen noch dazu?

Zwanzig. Wir müssen sie noch umbauen und die Namen ändern etc. Ich denke, in drei Monaten sind wir damit fertig.

Gratuliere, Baby! Du bist so raffiniert. Lass uns heute Abend Champagner trinken, um das zu feiern. Ich werde pumpen und pumpen.

O Baby, du weißt, dass ich es liebe, wenn du so redest.

Pumpen und pumpen. Pumpen und pumpen. Pumpen und puuuuuumpen.

Hör auf, mich anzumachen. Sonst spritze ich noch ab, während ich hier neben meinem Bruder sitze.

Ich kann nicht anders. Du weißt doch, dass es mich antörnt, wenn du so erfolgreich bist.

Was glaubst du, warum ich immer weitermache?

Noch mehr Studios? Ich spritze gleich selber ab.

Ich muss wieder laut lachen. Ich wollte eigentlich vorschlagen, dass wir telefonieren, anstatt zu schreiben, aber jetzt ist klar, dass wir diese spezielle Unterhaltung nicht führen können, wenn Josh neben mir sitzt.

O mein Gott, schreibe ich. *Das ist es, was dich endlich für* mich zum Ejakulieren bringt? Mehr Fitnessstudios? Na gut, dann weiß ich ja jetzt Bescheid. Ich werde jede Kletterhalle auf der ganzen Welt für dich kaufen, Baby.

Juhu!

Wo wir gerade beim Thema sind, weißt du, was heute für ein Tag ist, Sarah?

Natürlich weiß ich das. Ich bin heute Morgen aus dem Bett aufgestanden und habe gerufen: SECHS WOCHEN!!! WOW! Es ist Zeit für richtig guten SEX!!!!!!! JUHUUUUU!!!!!!

O Mann, wie ich diese Frau liebe. *Heißt das, du fühlst dich gut?*

Ich halte den Atem an, während ich auf *Senden* drücke. Gott steh mir bei, wenn sie noch nicht bereit ist.

Ach, jetzt machst du dir plötzlich Sorgen um mich? Ich kann mich erinnern, dass ein gewisser Ehemann einmal zu mir gesagt hat, er werde in jedes Loch eindringen, sobald die Babys draußen seien.

Ich schaue grinsend das Display an. *Das habe ich gesagt?*

Und wie du das gesagt hast.

Nun ja, das war mein geiles Arschloch-Ich, das so gesprochen hat. Dein süßer Ehemann hat es bereits für dich verprügelt.

Ich mag dein geiles Arschloch-Ich.

Gut. Denn es hat einen großen Schwanz, der bereit ist, in jedes Loch einzudringen. Wirklich in jedes.

Herrlich. Ich bin bereit für einen großen Schwanz. Aber im Ernst, du musst sehr, sehr vorsichtig sein. Ich bin noch nicht wieder ganz die Alte.

Keine Sorge. Das ist mir egal, Hauptsache, wir tun es endlich wieder. Wenn ich auch nur noch einen Tag länger darauf warten muss, mit dir zu schlafen, dann kann ich meinen Schwanz als tödliche Waffe registrieren lassen.

»Mann, das ist eine ziemlich lange Konversation«, sagt Josh.

Ich reiße den Kopf hoch. Was zum Teufel macht Josh hier? Verdammt, Josh.

»Bitte sag mir, dass du dir mit Sarah nicht die ganze Zeit schmutzige Sachen geschrieben hast, während du neben mir sitzt, du Perversling.«

»*Nein*. Sarah erzählt mir von den Mädchen.«

»Ach ja? Wie geht es ihnen?«

»Es geht ihnen gut.«

Hey, Josh fragt nach den Mädchen, tippe ich schnell. *Wie geht es ihnen?*

Sehr witzig! Josh fragt? Es kam dir wohl nicht in den Sinn, selber nach ihnen zu fragen, was?

Baby, ich denke an die Mädchen, nachdem ich mit meiner wunderbaren Frau geschlafen habe. Aber jetzt, wo du es sagst: Wie geht es ihnen?

Wunderbar. Du wirst sie nach diesen drei Tagen kaum wiedererkennen.

Hat der Arzt gesagt, wann sie nach Hause kommen dürfen?

Vielleicht nächste Woche.

Ich blicke vom Handy auf. »Sarah schreibt, die Mädchen dürfen vielleicht nächste Woche nach Hause«, sage ich zu Josh.

»Sehr gut.«

»Sie sagt, wir werden sie nach diesen drei Tagen kaum wiedererkennen.«

»Das glaube ich«, sagt Josh. »Sag Sarah liebe Grüße von mir.«

Josh lässt dir Grüße ausrichten, tippe ich. *Aber vergiss Josh. Lass uns lieber darüber reden, wie ich mit meinem riesigen Schwanz in dich eindringen werde.* Ich blicke zu Josh. »Grüße zurück und Gratulation zu den neuen Studios.«

»Sag ihr danke.«

Verdammter Josh. *Also, Baby,* tippe ich. *Mein Schwanz ist mindestens zehn Zentimeter gewachsen, seit ich weg war.*

Dann ist er ja jetzt wirklich eine eingetragene Massenvernichtungswaffe!
Ja!
Kabumm! Was ist denn da gerade in die Scheune eingeschlagen, Jimmy? War das ein Geschoss? Eine Rakete? Eine Bombe? Ist das der Dritte Weltkrieg? Nein, Tommy, das war Jonas Faradays riesiger Schwanz. Er hat sich bestimmt gerade auf der anderen Seite des Landes in Seattle im Bett umgedreht.
Ich lache. *Du lustig.*
Ich lustig.
Okay, du hast mich abgelenkt. Wie immer. Ich wollte dir eigentlich nur schreiben, dass es was setzt, wenn du nicht mit gespreizten Beinen zu Hause im Bett liegst und mich erwartest, meine Liebe.
Es setzt was? Hahaha!
Ja, DANN SETZT ES WAS!!!
Hört sich verlockend an, aber ich bin gerade im Krankenhaus und singe den kleinen Menschlein, die (dank deines großen Schwanzes) vor Kurzem aus mir herausgerutscht sind, Lieder vor.
O verdammt. Du bist nicht daheim? Panisch blicke ich aus dem Fenster, um zu sehen, wo genau wir sind. Shit.
Korrekt. Ich kümmere mich um deine Kinder und überschütte sie mit mütterlicher Liebe.
Wie schnell kannst du zu Hause sein?
Nicht so schnell. Nachdem ich die Mädchen besucht habe, muss ich noch etwas Milch abpumpen, um sie für die Nacht hierzulassen.
»Entschuldigen Sie«, sage ich zum Fahrer. »Ich möchte, dass Sie zum Krankenhaus fahren anstatt zu mir nach Hause. Neues Ziel.«
»Klar, kein Problem.«
»Sarah ist im Krankenhaus?«, fragt Josh.
»Ja.«

»Du wirst also ein guter Vater sein und zuerst deinen Töchtern Hallo sagen?«

»Ja. Denn ich bin wirklich ein sehr guter Vater.«

»Hm.«

»Das bin ich. Ich werde meinen wundervollen Babys Hallo sagen und meiner wundervollen Frau zur Begrüßung einen Kuss geben. Wie es ein guter Vater und Ehemann eben so tut. Denn meine Töchter sind alles, was mir gerade durch den Kopf geht.«

Josh lacht. »Ich weiß genau, dass du über eine Abstellkammer im Krankenhaus nachdenkst.«

Ich grinse ihn schief an, antworte aber nicht.

»Du kannst mir nichts vormachen Mr ›Ich bin dem Club für ein Jahr beigetreten‹.«

Ich muss wieder grinsen. »Sechs Wochen sind eine lange Zeit, Mann.«

»Amen.«

»Musstet ihr auch sechs Wochen warten, nachdem Gracie geboren wurde?«

»Na ja.« Er grinst. »Wir hätten sechs Wochen warten *sollen*.«

»Aber ihr habt es nicht?«

»Komm schon, wer könnte denn sechs ganze Wochen warten?«

»Du meinst, ich habe sechs verdammte Wochen lang gewartet, und es war gar nicht notwendig?«

»Nein, das sage ich nicht. Das war eine ganz andere Situation. Kat ging es gut, und sie war schon lange vor den sechs Wochen wieder bereit.«

»Du hast dir also gedacht, dass du es besser weißt als die Ärzte, wie?«

»Natürlich. Ich bin weise und mächtig.« Er zwinkert mir zu. »Ich weiß es besser als jeder andere. Und zwar alles. Hast du das noch nicht gewusst?«

»Wie lange habt ihr denn gewartet?«

»Bis wir wieder richtig Sex hatten?« Er überlegt kurz. »Vier Wochen vielleicht. Doch ich kann mich vage daran erinnern, dass sich Kat schon nach drei Wochen wieder viel, viel besser gefühlt hat und dass ich nur allzu gerne mitgemacht habe.« Er grinst mich an. »Aber weißt du«, fährt Josh fort. »Kats Entbindung lässt sich nicht ansatzweise vergleichen mit Sarahs Entbindung, also war es bestimmt besser, dass ihr gewartet habt.«

»O Shit!«, rufe ich aus. »Ich habe vergessen, Sarah zu schreiben, dass ich auf dem Weg zu ihr bin.« Ich tippe schnell einen kurzen Text. *Hey, Baby, ich komme direkt zu dir ins Krankenhaus, anstatt nach Hause zu fahren. Bleib dort. Rühr dich nicht von der Stelle.*

Juhu!, schreibt sie.

Rühr dich nicht von der Stelle.

Jawohl, Sir. Juhu!

Wenn du dich von der Stelle rührst, bekommst du es mit mir zu tun.

Jawohl, Sir. Ich habe große Angst vor dir, also werde ich mich nicht von der Stelle rühren.

Ich grinse das Handy an.

Hey, ich habe zu Hause übrigens eine Überraschung für dich, schreibt Sarah.

Hat es was mit Kaulquappen oder Marshmellow-Küken zu tun?

Das wirst du schon sehen.

Sie schickt mir ein Herz-Emoji, einen Apfel und einen Augapfel. *Du bist der Apfel meines Auges, mein süßer Jonas.*

Ich muss lachen und suche hektisch nach einem Knochen-Emoji, finde aber keines. Was soll's. *O meine wunderbare Sarah*, tippe ich. *Du bist der Knochen in meinem Penis.*

Ach, wie süß.

Und ich will mit dir ins Bett!!!!!, tippe ich wie wild.

Wow. Das sind aber viele Ausrufezeichen, Sir!!!!!!!!!!
Ich schicke ihr eine lächerlich lange Reihe an Ausrufezeichen, um ihr meinen Standpunkt zu verdeutlichen.
!!!!!!!!!!!!!!!!!!!!!!!!!!!, schreibt Sarah zurück.
LOL.
ICH LIEBE AUSRUFEZEICHEN!!!!!!!!!!!!!!!!!!!, schreibt Sarah.
UND ALLES IN GROSSBUCHSTABEN!!!!!!!!
Das sind keine Ausrufezeichen!!!!!!, schreibe ich.
Nein?!!!!!!! Was denn dann?!!!!!!
Penis-Emojis!!!
LOL. Du hast nur ein Ei?
Ich breche in schallendes Gelächter aus. *Das passiert, wenn ich versuche, lustig zu sein.*
Nein, der Versuch war gut, Liebling. Mach einfach weiter, und bald hast du den Dreh raus. Bleib hartnäckig! Sie schickt mir ein zwinkerndes Emoji. Und im Übrigen verstehe ich schon, was du mir sagen willst. Du bist bereit für wilden Sex! UND DAS BIN ICH AUCH. O MEIN GOTT. ICH BIN SO WAS VON BEREIT, BABY!!!
ICH AUCH!!! GROSSBUCHSTABEN-BEREIT!!!
WENN ICH EINEN PENIS HÄTTE, WÜRDE ER JEDEN MOMENT EXPLODIEREN!!!! Diese blöde Autokorrektur macht mich übrigens wahnsinnig. Anscheinend kennt sie die Hälfte unserer Wörter nicht.
Verdammte Autokorrektur!
»Hast du Spaß?«, fragt Josh wie aus dem Nichts.
Ich blicke von meinem Handy auf.
Josh sieht mich an, wie er es immer tut, wenn er sich innerlich über mich lustig macht. »Du kicherst wie ein Teenie auf einem Justin-Bieber-Konzert.«
»Solltest du nicht irgendetwas Sinnbefreites tun, wie zum Beispiel ein Selfie auf Instagram zu posten?«, frage ich. »Sichergehen, dass all deine Anhänger wissen, dass du Haferflocken zum Frühstück hattest?«

Josh verdreht die Augen und blickt wieder auf sein Handy.
Vielen Dank auch, Sarah. Danke, jetzt sitze ich hier neben Josh und habe einen Steifen.

Und ich sitze total angetörnt auf meinem Stuhl und halte Sunny im Arm. Das habe ich auch dir zu verdanken!

Du schreibst die ganze Zeit, während du Sunny im Arm hast?

Nein, zeitweise hatte ich auch Luna im Arm. Ich bin jetzt eine Mutter, Mann. Multitasking heißt das Zauberwort. Dieses Mal schickt sie mir ein Emoji von einem Muskelarm. Und hey, keine Sorge. Die kleinen Äffchen können noch nicht lesen. Wir sind also sicher. Sie fügt noch einen Affen-Emoji und ein Buch hinzu.

Ich muss wieder laut lachen. *Die armen Kinder. Du weißt schon, dass wir sie fürchterlich verderben, oder?!*

Warum? Weil Mommy und Daddy die ganze Zeit nur an SEX in GROSSBUCHSTABEN denken?

Ich muss wieder lachen. *Ja.*

Das werden die Mädchen schon verkraften. Was denken die denn, wie sie auf die Welt gekommen sind?

Ich kann es kaum erwarten, in deinen Hintern zu beißen, bevor ich dich vernasche. Ich werde mich keine fünf Minuten zusammenreißen können, nachdem ich dich wiedergesehen habe.

Ja, bitte. Hey, wo wir gerade davon sprechen, ich habe gestern aufgehört zu bluten. Juhu! Sie schickt mir ein lachendes Smiley, klatschende Hände und einen Partyhut.

Gratuliere. Aber das hätte mich auch nicht abgehalten.

Ja, dessen bin ich mir bewusst. Sie fügt einen hochroten Kopf hinzu.

Ich lache erneut. *Geht es dir gut?*

Ja, mir geht es gut. Müde, aber gut. Daumen-hoch-Emoji.

Übernimm dich nicht.

Werde ich nicht. Ich werde es langsam angehen lassen, gleich nachdem ich mit meinem Ehemann geschlafen habe. Sie schickt mir einen Penisknochen.

Wo zum Teufel hat sie den gefunden? *Emoji-Hexe*, tippe ich.
Wir haben alle unsere Talente.
Trägst du einen Rock?, schreibe ich.
Ja.
Gut. Zieh dein Höschen aus, bevor ich komme. Auf mein Kommando geht's los.
Mach ich. Und du hältst deinen Monsterschwanz besser bereit, großer Junge. Ich bin schon wahnsinnig feucht.
Mein Schwanz ist schon seit sechs Wochen bereit.
Okay, ich werde einfach hier stehen bleiben, ohne Unterhose, und mit gespreizten Beinen auf dich warten, während mir die Körpersäfte am Oberschenkel runterlaufen.
Du bist so sexy.
Joshs Handy klingelt, und er geht ran.
»Hey, Henn. Wie geht's?« Josh hört eine Minute lang zu. »Super! Gratuliere! Hey, Henn hat Hannah gerade gefragt, ob sie ihn heiraten will. Sie hat Ja gesagt.«
»Toll«, sage ich. Ich schreibe Sarah schnell eine Nachricht. *Henn und Hannah haben sich verlobt.*
Yippie!, schreibt Sarah zurück. Und schickt mir einen Diamantring. **Hey, jetzt sind sie »Hennah«! Sag ihnen herzliche Glückwünsche von mir.**
Ich klopfe Josh aufs Knie. »Sarah gratuliert den beiden und hat sie ›Hennah‹ getauft.«
Josh lacht und leitet meine Nachricht an Henn weiter.
Wie lautet unser Pärchenname?, tippe ich. »*Jorah*«?
Wie wäre es mit »Sanas«?, schreibt sie. **Das bedeutet auf Spanisch »gesund«.** Sie schickt mir ein Smiley mit Mundschutz und zwei betende Hände hinterher. **Dreimal auf Holz, richtig?**
Amen.
Hey, Sunny ist gerade wach geworden. Ich muss aufhören. Wir sehen uns gleich, Sarah. Ich liebe dich.

Ich liebe dich auch, Jonas. Herzchen-Emoji.
Mach dich bereit, rangenommen zu werden.
Verstanden. Sie schickt mir ein Smiley mit gefletschten Zähnen, das aussieht, als hätte es Angst.

»Sir«, sagt Josh zum Fahrer. »Scheint so, als könnten Sie mich auch am Krankenhaus absetzen. Kein Zwischenstopp nötig.«

»Was?«, rufe ich erschrocken und blicke von meinem Handy auf.

Josh hält sein Telefon in die Höhe. »Ich habe gerade erfahren, dass Kat und Gracie auf dem Weg zu den Babys sind, um ihnen einen Besuch abzustatten. Sie wollen Sarah überraschen und sie zum Essen einladen.« Er bricht in schallendes Gelächter aus.

»Nein«, keuche ich. »Sag Kat, dass sie umkehren soll. Sag ihr, sie soll nicht kommen.«

»Bro, ich werde die kleine Gracie nicht davon abhalten, ihre Cousinen zu sehen, nur damit Onkel Jo Jo Tante Sarah in einer Abstellkammer vernaschen kann. Du wirst wohl warten müssen, bis ihr zu Hause seid.«

»Gracie kann ihre Cousinen noch ihr ganzes Leben lang besuchen. Sag Kat, dass sie umkehren soll.«

»Nein.«

Ich greife nach Joshs Telefon, aber er zieht es weg und steckt es in seine Tasche. »Sieht so aus, als würden wir fünf Faradays heute Abend zusammen essen gehen. Eine große glückliche Familie.«

Ich blicke an die Decke der Limousine auf der Suche nach Beherrschung, die ich dort sicher nicht finden werde.

»Hey, wenn ich es schaffe, noch eine Stunde länger darauf zu warten, mit meiner wunderbaren Frau allein zu sein, dann schaffst du das sicherlich auch.«

»Du kannst unsere Situationen ja wohl kaum miteinander vergleichen, Josh. Du warst drei Tage von Kat getrennt.

Ich habe sechs verdammte Wochen darauf gewartet. Unsere Situationen miteinander zu vergleichen ist, als würdest du eine normale Erkältung mit Krebs gleichsetzen.«

»Nein, drei Tage von Kat getrennt zu sein ist keine normale Erkältung – das ist mindestens die Grippe. Vielleicht sogar eine Bronchitis.«

Ich sehe finster aus dem Fenster.

»Armer Jonas.«

»Rede mich nicht an.«

Josh lacht. »Das Leben ist ungerecht, Bro.« Eine lange Pause entsteht, in der wir beide aus unseren Fenstern schauen. »Wir sind schon Glückspilze, nicht wahr?«, sagt Josh schließlich.

Ich bin zwar sauer auf ihn, aber die Wahrheit kann ich trotzdem nicht leugnen, wenn ich sie höre. »Auf jeden Fall«, antworte ich. Ich werfe ihm einen kurzen Blick zu, und angesichts unseres Glücks müssen wir beide grinsen.

»Außerdem geht es gar nicht nur um die drei Tage, die ich von Kat getrennt bin«, sagt Josh, und schon bin ich wieder sauer auf ihn. »Es geht um weitaus mehr. Meine Frau hat erst vor ein paar Wochen aufgehört, ständig zu kotzen, und in nicht allzu ferner Zukunft wird mein kleiner Sohn auf der Welt sein, der uns mit seiner unendlichen Niedlichkeit, seinem Gespucke und Geschrei und mit seinem Bedürfnis, gestillt zu werden, wieder davon abhalten wird, miteinander zu schlafen. Das heißt, ich habe nur ein kleines Zeitfenster, in dem ich ein einigermaßen normales Sexleben genießen kann. Du solltest dich geehrt fühlen, dass ich überhaupt eine Minute meiner kostbaren Zeit mit dir verbringe.«

Shit, meine Babys sollen nächste Woche nach Hause kommen. Heißt das, die kommende Woche ist mein einziges Zeitfenster für ein »normales« Sexleben?

Josh lacht. »Armer Jonas.« Er legt mir die Hand auf die Schulter. »Ich nehme an, du musst dich heute einfach noch ein bisschen länger wie ein Homo sapiens verhalten. Sorry, Bro. Ich weiß, das ist hart für dich.«

Ich schmolle vor mich hin und blicke wieder aus dem Autofenster.

»Du bist so unterhaltsam, Jonas. Weißt du das? Du amüsierst mich immer wieder.«

Josh grinst fröhlich vor sich hin und blickt dann wieder auf sein Handy, wahrscheinlich, um sich Twitter oder Instagram oder irgendeinem anderen bedeutungslosen Quatsch zu widmen.

Ich sehe auf meine Uhr. Wir müssten in etwa fünfzehn Minuten am Krankenhaus sein.

Mist, ich habe das Gefühl, ich explodiere gleich.

Und zwar nicht im übertragenen Sinne.

O mein Gott.

Jonas

Als Josh und ich im Krankenhaus ankommen, finden wir uns inmitten einer lustigen Faraday-Girls-Party wieder. Sarah sitzt in einem Schaukelstuhl und hält die kleine Sunny. Gracie sitzt daneben in einem anderen Schaukelstuhl und hält Luna mit Kats Hilfe. Ihre rosa Glitzerschuhe reichen kaum über den Rand des Stuhls. Und sogar Gloria ist hier – warum zum Teufel? –, macht Fotos und befiehlt jedem zu lächeln.

Alle vier kichern und quietschen und plappern vor sich hin. Vor allem Gracies Bemerkungen würde ich entzückend finden, wenn ich nicht gerade sexuell so frustriert wäre. O mein Gott, ich liebe jede dieser Frauen, das tue ich wirklich, alle auf ihre Weise, aber ich hatte eine andere Party im Sinn, als ich die Limousine zum Krankenhaus beordert habe.

Josh steuert sofort auf Kat und Gracie zu, aber ich bleibe wie versteinert im Türrahmen stehen. Ich brauche noch einen Moment. Ich war nicht darauf vorbereitet, jetzt den fröhlichen Familienmenschen zu spielen. Ich habe damit gerechnet, meine Frau in einer Abstellkammer zu vernaschen, bis sie meinen Namen ruft.

Sarah schenkt mir ein umwerfendes Lächeln. »Hallo, Liebster. Ich bin so froh, dass du wieder da bist.«

Sie hat richtig Farbe im Gesicht – eine willkommene Abwechslung nach den letzten sechs Wochen – und sogar ein verschmitztes Funkeln in den Augen. »Kat hat mich damit überrascht, dass sie Gracie *und* meine Mutter mitgenommen hat, um die Babys zu besuchen«, sagt Sarah und dreht grinsend eine Haarsträhne um ihren Finger. »Ist das nicht *toll?*«

»*Toll*«, sage ich. »Absolut *wunderbar.*«

Sarah unterdrückt ein Lachen.

Ich gehe auf sie zu und bemerke plötzlich, dass sie das weiße Kleid trägt, das ich ihr in Belize gekauft habe. »Du trägst ja das Kleid«, sage ich und muss daran denken, wie das Kleid zerknittert auf dem Boden unseres Baumhauses lag. Ich beuge mich zu ihr hinab und küsse sie.

»Heute ist ein besonderer Tag«, flüstert sie. »Eine weitere Runde köstlicher Vorfreude.«

Ich will ihr schon ins Ohr flüstern, dass sie mich in der nächsten Abstellkammer treffen soll, da werde ich von Kat und Gloria umarmt, von der kleinen Gracie geküsst und von Gloria dazu verdonnert, für die Fotos zu posieren – und es ist glasklar, dass aus einem geheimen Techtelmechtel mit Sarah hier im Krankenhaus nichts wird.

»Nimm Sunny, Liebster«, sagt Sarah. »Sie hat ihren Vater vermisst.«

Ich nehme Sarah die kleine Sunny aus dem Arm, und in der Sekunde, in der ich das tue, vergesse ich total, warum ich mich ursprünglich ins Krankenhaus habe bringen lassen. »Hi, Sunshine«, sage ich und setze mich in einen Schaukelstuhl neben Sarah. »Wow, sie ist so groß geworden in den letzten drei Tagen.«

»Ja, nicht wahr? Beide«, sagt Sarah. »Sind sie nicht unglaublich? Sie wachsen so schnell.«

Ich schaue zu Luna auf Gracies Schoß. »Sie sind so hübsch. Sie sind die hübschesten Babys, die die Welt je gesehen hat – mit Ausnahme von Gracie natürlich.« Ich zwinkere Gracie zu, und sie versucht zurückzuzwinkern, indem sie beide Augen übertrieben zudrückt.

»Zwei richtig kleine Kämpferinnen«, sagt Josh. »Nichts

anderes habe ich von deinen Nachkommen erwartet, Onkel Jo Jo.«

»Was denkst du über deine Cousinen, Gracie?«, fragt Sarah. »Sind sie nicht zum Knuddeln?«

Gracie nickt.

»Sag es für mich, Gracie«, fordert Sarah. »Zum Knuddeln.«

»Zum Kuddeln.«

Sarah kichert. »Du enttäuscht mich nie, meine süße Gracie. Du lustig.«

Gracie reckt stolz ihre Brust. »Ich lustig.«

Alle lachen. Bisher hatte Gracie nie gewusst, was sie auf diesen Familienscherz antworten soll.

»Ich lustig«, sagt Gracie erneut. Offensichtlich hat sie die Reaktion genossen, die sie beim ersten Mal bekommen hat. Und natürlich lachen wir auch noch ein zweites Mal.

»Ist Luna nicht winzig?«, fragt Sarah Gracie. »Du warst auch mal so klein, und jetzt bist du so ein großes Mädchen.«

Gracie nickt. »Cousie Luna Baby, Gracie goßes Mädchen.«

»Das stimmt, *mamacita*«, sagt Sarah. »Da hast du ganz recht. Du bist jetzt der große Zampano – *la Zampanota*.«

Gloria kichert. »O Sarah.« Anscheinend hat Sarah sogar auf Spanisch einen Sarah-ismus erfunden.

Sie lacht. »Das kann man nicht wirklich übersetzen, stimmt's?«

Gloria schüttelt ihren Kopf und lacht immer noch. »Nein, überhaupt nicht.«

»Hunger, Mommy«, sagt Gracie. »Gracie essen.«

»Essen? Jetzt?«

»Ja, mit Tante Sarah.«

»Das hast du jetzt davon, Sarah«, tadelt mich Kat. »Nein, Liebling, keine Süßigkeiten mehr. Wir gehen gleich alle in ein Restaurant zum Essen.«

Gracie sieht so aus, als würde sie lautstark protestieren wollen.

»Hey, kleine Gracie«, sage ich und strahle sie an. »Willst du jetzt Sunny halten?«

Gracies Gesicht hellt sich wieder auf. »Sunniiieeeeee«, quietscht sie und ist sofort von dem Essensthema abgelenkt. Keine Ahnung, wie sie überhaupt darauf gekommen ist.

»Oh, du bist gut«, sagt Kat zu mir.

Ich nehme Luna von Gracies Schoß und gebe ihr dafür Sunny, und sofort ist sie damit beschäftigt, ihre neue Babypuppe zu knuddeln und zu knutschen.

»Hi, verrücktes Äffchen«, flüstere ich Luna zu und küsse sie auf ihr kleines Köpfchen. »Ich habe dich vermisst, meine Kleine. Weißt du, dass ich dich bis zum Mond und wieder zurück lieb habe?« Ich blicke auf, um einen Kommentar darüber abzugeben, wie sehr Luna Sarah ähnelt. Da treffen sich Sarahs und meine Blicke, und Sarah hat feuchte Augen.

Ich lächle sie an, und das Herz springt mir fast aus der Brust vor Freude. Und plötzlich habe ich keine Ahnung mehr, warum ich überhaupt so schlecht gelaunt gewesen bin, als ich das Krankenhaus betreten habe.

Jonas

»Willst du Pizza oder Chicken Nuggets?«, fragt Kat Gracie.
»Piizzaaa«, sagt Gracie strahlend.
»Pizza, *bitte*«, korrigiert Kat sie.
»Piizzaaa, bitte.«
»Danke für deine guten Manieren.«
Verflucht, ich bin wieder schlecht gelaunt. Und das ist noch untertrieben.

Wir sechs spielen eine große glückliche Familie. Aber es ist sechs Wochen her, dass ich das letzte Mal mit meiner Frau geschlafen habe, und anstatt sofort mit ihr ins Bett zu gehen, sitze ich hier in einem Kettenrestaurant mit meinem Bruder, meiner Schwiegermutter, meiner Schwägerin und meiner Nichte.

Seit wir in diesem Tiefkühlrestaurant angekommen sind – einem Restaurant mit Kindermenüs! –, habe ich versucht, Sarah für einen Quickie auf die Toilette zu ziehen, aber ihre Mutter hat sie nicht aus ihren Fängen gelassen. Ständig wollte sie irgendetwas von ihr. Und als Gloria Sarah endlich in Ruhe gelassen hat, wollte Gracie plötzlich nur bei ihrer Tante sein und nahm sie komplett in Beschlag. Also blieb mir keine andere Wahl, als mich mit den anderen an den Tisch zu setzen – Gracie zwischen Sarah und mir, weil sie an ihr klebt wie eine Klette.

»Oh, das ist aber hübsch«, sagt Sarah und meint damit Gracies Gekritzel auf der Kinderspeisekarte. »Gibst du mir einen Bissen von deiner Pizza ab, wenn sie kommt, Gracie?«, fragt Sarah und streichelt über Gracies Haar. »Ich bestelle mir einen Salat, aber ich habe große Lust auf einen Bissen von deiner Pizza. Lecker.«

Gracie nickt. Sie ist schwer mit ihrem Meisterwerk beschäftigt. »Mm.«

»Danke, Baby.«

»Gracie kein Baby.«

»Oh, das habe ich ganz vergessen. Du bist ja jetzt ein großes Mädchen.«

»Gracie goße Schwester.«

»Da hast du recht.«

»Bist du schon aufgeregt, deinen kleinen Bruder in ein paar Monaten kennenzulernen, Gracie?«, fragt Gloria.

Gracie grinst bis über beide Ohren und nickt. »Jack.«

Sarah blickt sofort erfreut zu Josh und Kat. »Ihr habt euch für meinen Vorschlag entschieden?«

»So viel also zum Thema Überraschungen«, sagt Kat. »Danke, Gracie.«

Gracie grinst ihre Mutter strahlend an, sie kann den Sarkasmus in ihrer Stimme noch nicht verstehen.

»Ach, komm schon, Kat. Überraschungen sind in dieser Familie nicht erlaubt«, sagt Sarah. Sie quietscht vor Freude. »Ich bin ja so aufgeregt. *Jack Faraday*. Das ist einfach großartig.«

»Jack Faraday«, wiederholt Josh stolz. »Ja, *das* ist ein Name. Das wird ein Kerl, der den Scotch unverdünnt trinkt.«

»Das wird ein Kerl, der weiß, wo der Hammer hängt«, fügt Kat hinzu.

»Jack Faraday braucht keinen Schraubenschlüssel«, sagt Josh. »Er benutzt seine Zähne.«

»Wenn Jack Faraday die Grenze zu einem anderen Land überquert, lassen sie sein Gesicht sofort auf ihre Währung drucken«, sagt Sarah, und alle lachen.

»Der Papst bittet Jack Faraday, ihm sein Wasser zu segnen«, sagt Josh.

»Wenn das Murmeltier im Februar aus seinem Loch kriecht, fragt es Jack Faraday, was es tun soll«, sagt Kat.

»Die Schwerkraft bittet Jack Faraday um Erlaubnis«, sagt Sarah.

Wir lachen jetzt alle ziemlich laut, sogar ich.

»Wenn Jack Faraday sich den Hintern abwischt, schreibt ihm das Toilettenpapier eine Dankeskarte«, sagt Josh, und wir können uns nicht mehr halten vor Lachen. Sogar Gloria reibt sich die Augen und hält sich den Bauch.

»Nachdem Jack Faraday die Virgin Islands besucht hat, benennen sie sie offiziell um ... in schlicht: die *Islands*«, fügt Sarah hinzu und zieht bedeutungsvoll die Augenbrauen hoch. Da machen wir uns alle vor Lachen fast in die Hose.

»Moment«, sagt Kat geziert. »Als Jack Faradays Mutter kann ich euch sagen, dass Jack sich allen Frauen gegenüber wie ein wahrer Gentleman verhalten wird.«

Daraufhin müssen wir alle nur noch mehr lachen.

»O Mann, das war schon lustig gemeint, aber es war auch mein Ernst.«

Sarah greift zu Kat hinüber und berührt ihren Bauch. »Mach dir nichts vor, Kitty Kat. Mit dem Playboy und dem Wilden-Partygirl mit Bindestrich als Eltern ist diesem Jungen sein Schicksal genetisch vorgegeben. Er wird ein absoluter Frauenheld werden.«

Kat zuckt mit den Schultern. »Ja, wahrscheinlich.«

»Auf jeden Fall«, sagt Josh. »Bis er das richtige Mädchen trifft, versteht sich.« Er zwinkert Kat zu.

»Ah«, sagt Kat. »Du versuchst wohl, für heute Nacht zu punkten, Playboy. Das ist dir gelungen.«

Gloria bedeckt ihr Gesicht mit den Händen, wird rot und schüttelt den Kopf.

»Oh, tut mir leid, Gloria«, sagt Kat und fängt zu kichern

an. »Aber du weißt schon, dass ich auch irgendwie schwanger geworden bin, oder?«

Gloria lacht.

»Okay, hier ist einer für dich, Kitty Kat«, sagt Sarah. »Wenn Jack Faraday eine Frau nur anschaut, wird sie schon schwanger.«

»Mit Vierlingen«, ergänzt Kat.

Wir müssen alle wieder lachen.

»Oh, ich habe auch einen«, sagt Gloria. »Wenn Jack Faraday die Queen besucht, macht sie einen Knicks vor *ihm*.«

»Der war gut, Gloria«, sagt Josh und schlägt mit ihr ein. »Jetzt weiß ich, wo OAM Cruz ihr Talent herhat.«

Sarah und ich tauschen einen Blick aus. Was zum Teufel, denkt Josh, bedeutet OAM?

Gloria kichert. »O wartet, ich habe noch einen: Jack Faradays Einkaufslisten werden Bestseller.«

»Wow, Mom«, sagt Sarah. »Du hast einen Lauf.«

Gloria kichert und hat offensichtlich großen Spaß.

O Mann, sogar Glorias Witze kommen hier an? Im Ernst, ich liebe diese Frau, aber sie ist nicht unbedingt komisch. Normalerweise mache ich bei einem solchen Schlagabtausch nicht mit, weil ich mit Sicherheit immer an vierter Stelle stehe, wenn es darum geht, lustig zu sein. Sie lachen zwar immer alle über das, was ich sage, aber eigentlich nie, wenn ich wirklich versuche, lustig zu sein. Doch jetzt habe ich auch einen Guten, denke ich. Und wenn sogar Gloria es schafft, sie zum Lachen zu bringen, dann schaffe ich das auch.

»Die Ärzte haben versucht, Jack Faraday zu beschneiden, aber ihre Skalpelle sind dabei abgebrochen«, sage ich, und jeder bricht in hysterisches Gelächter aus – Gloria und Gracie eingeschlossen (auch wenn es mir bei Gracie ein Rätsel ist, warum sie das tut).

»Das war ja richtig lustig, Jonas«, sagt Josh schließlich und grinst immer noch. »*Richtig* lustig. Wow, *absichtlicher*

Humor von Jonas Patrick Faraday.« Er blickt aus dem Fenster. »Regnet es jetzt gleich Frösche?«

Ich muss lachen.

»Es sieht so aus, als würden wir doch noch einen Homo sapiens aus dir machen, Bro.«

Ich grinse von einem Ohr zum anderen. »Die Chancen stehen fifty-fifty.«

»O Mann, das war wirklich lustig, Jonas«, sagt Kat und wischt sich die Tränen aus den Augen. »Ich habe mir gerade ein bisschen in die Hose gemacht.«

»Ich mir auch«, sagt Sarah. »Und nicht nur ein bisschen.«

»Willkommen in der Mutterschaft«, sagt Gloria, und alle drei Frauen beginnen eine angeregte Unterhaltung darüber, wie sie sich jedes Mal beim Niesen, Lachen oder Hüpfen in die Hose machen.

»Bekommt dieser legendäre Jack Faraday auch einen zweiten Namen?«, fragt Sarah. »Jack William Faraday, vielleicht?«

Josh blickt zu Kat hinüber, als ob er sie um Erlaubnis bitten würde, und sie nickt zustimmend.

»Also, im Grunde«, sagt Josh und grinst mich mit wissendem Blick an, »wird mein Tier von einem Sohn den noblen Namen Jack *Jonas* Faraday tragen.« Er funkelt mich verschmitzt an. »Und *das* wird ein Kerl, der für einen den größten Berg erklimmen und den schlimmsten Drachen erlegen wird. In jeglicher Hinsicht ein Tier von einem Mann. Und gerade habe ich erfahren, dass er sogar manchmal lustig sein kann. *Absichtlich.*«

Mein Puls rast. Mir fehlen die Worte, also nicke ich nur. Ich bin total überwältigt.

Sarah nimmt meine Hand und drückt sie. »Wow, Leute. Das ist wirklich eine große Ehre.« Sie sieht genauso aus, wie ich mich gerade fühle.

»Danke«, bringe ich hervor. »Das ist … danke.«

Josh grinst mich breit an. »Nichts zu danken, Bruder. Wir wären sehr glücklich, wenn unser kleiner Junge auch nur annähernd so wird wie sein Onkel Jo Jo der tanzende Clown.«

»Hey, das ist dein Einsatz, Gracie«, sagt Sarah. »Sag es: Onkel Jo Jo der tanzende Clown.«

»Onkie Jo Jo tansendeeee kaun.«

»Wow, Gracie. Du wirst ja immer besser. Kat, gib dem Mädchen einen Keks.«

»Oh, ein Keks, Mommy!«, kreischt Gracie und hüpft auf ihrem Platz auf und ab.

»Danke auch, Sarah«, sagt Kat. »Nein, Liebes. Kein Keks vor der Pizza und dem Brokkoli.« Kat schüttelt ihren Kopf über Sarah. »Ich kann es gar nicht erwarten, dir das in naher Zukunft heimzuzahlen, und zwar doppelt.«

Sarah strahlt. »Ich kann es auch nicht erwarten.«

»Vielleicht werde ich aber auch gnädig mit dir sein, schließlich hast du uns den Namen geliefert. Wir hätten uns wahrscheinlich nie für einen Namen entscheiden können, weil der gnädige Herr hier jeden guten Vorschlag von mir abgelehnt hat.«

»O ja, *Remy*. Was für ein guter Vorschlag.«

»Mir gefällt Remy«, sagt Kat.

»Mir auch«, stimmt Sarah ihr zu.

»Aber natürlich finde ich Jack viel besser«, sagt Kat. Und schon erzählt uns Kat ganz genau, wie sie und Josh sich nicht auf einen Namen einigen konnten, bis Sarah vor ein paar Tagen mit zwei fantastischen Vorschlägen um die Ecke gekommen ist: Jack und Jeremiah.

Ich werfe Sarah einen überraschten Blick zu, und sie beißt sich auf die Lippen. Ich wusste gar nicht, dass sie ihre geliebten Jungennamen an Kat und Josh weitergegeben hat, und die Erkenntnis trifft mich wie ein Schlag. Natürlich haben wir keine Verwendung mehr für die Jungennamen, die sich Sarah ausgesucht hat – die Ärztin hat uns nämlich gesagt, die Chancen, dass Sarah noch einmal schwanger wird, seien gleich null. Und auch wenn es so das Beste ist – allein beim Gedanken an eine erneute Schwangerschaft von Sarah fallen mir die Haare aus –, hat es mir trotzdem das Herz gebrochen, zu sehen, wie Sarah bei der Nachricht der Ärztin in Tränen ausgebrochen ist.

»Hey, wenigstens kannst du einem Faraday-Jungen den Namen geben«, flüstere ich ihr zu und drücke ihre Hand. Sie nickt und lächelt mich gezwungen an.

Gott, wie ich diese Frau liebe. Mein Herz verzehrt sich plötzlich nach ihr.

Ich tippe Gracie auf den Kopf. »Gracie-Maus, könntest du dich vielleicht auf die andere Seite von Tante Sarah setzen? Zu deiner Mommy? Ich will Tante Sarah ein bisschen knuddeln.«

Gracie kriecht über Sarahs Schoß und lässt sich neben Kats immer größer werdenden Bauch auf die Bank plumpsen.

Sofort drücke ich meinen Körper so eng wie möglich an Sarahs. Dabei lege ich ihre Beine unter dem Tisch über meine Oberschenkel.

Sarah lächelt mich an und legt ihre Wange an meine Schulter. »Hallo, Liebster.«

»Hi«, sage ich, lege einen Arm um ihre Schultern und fasse mit der freien Hand nach ihrem Oberschenkel.

Sie legt ihre Hand an meine Brust und verschmilzt praktisch mit mir. »Du riechst so gut, Baby. O Mann, wie ich dich vermisst habe.« Ihre Hand wandert an meiner Brust entlang und fährt langsam zu dem Tattoo an der Innenseite meines Unterarms – und von einer Sekunde zur anderen verwandelt sich das Klopfen in meinem Herzen in ein Pochen in meinem Penis.

Ich nehme am Rande wahr, dass Gloria etwas über die Namensgebung von Babys in der Latinokultur erzählt. Ich rutsche auf meinem Platz hin und her, um den plötzlichen

Druck auf meinem Schwanz loszuwerden, aber es funktioniert nicht. Ich liebe Sarahs Mutter, wirklich, doch im Moment ist es mir scheißegal, wie man Babys in Lateinamerika nennt.

Ganz langsam bewege ich meine Hand von Sarahs Oberschenkel hinab zum Saum ihres weißen Kleides. Als sie begreift, was ich vorhabe, blickt sie mich erschrocken an.

Ich grinse.

Sie beißt sich auf die Lippen.

»Ja, das ist wie bei der väterlichen Seite meiner Familie«, sagt Kat. »Ich denke, sie haben den Namen Edwin als Zweitnamen über vier Generationen lang an die Jungs weitergegeben.«

Ich fahre mit meinen Fingern unter Sarahs Kleid und taste mich dann den ganzen Weg über ihren nackten Oberschenkel zurück. Dabei berühre ich mit meinen Fingerspitzen flüchtig die weichen Innenseiten ihrer Oberschenkel.

Meine Finger wandern immer weiter nach oben.

Bis ... *Ja*.

Am Ziel angekommen.

Mein Penis pocht.

Meine wundervolle Frau hat keine Unterwäsche an, genau wie ich es ihr befohlen habe.

Braves Mädchen.

»Aber ich habe gesagt, mein Sohn wird niemals *Edwin* als Zweitnamen bekommen, egal, wie viele Generationen ...«

Meine Finger gleiten Sarahs süße Pussy hinauf und streifen leicht über ihren Kitzler. Sie ist feucht. Mein Schwanz beginnt in der Hose zu wachsen. Meine Finger ziehen ihre Kreise um Sarahs harte Klit. Sie zittert genauso wie ich. O Gott, wie sehr ich es vermisst habe, in diese Frau einzudringen.

»Das Leben ist schon hart genug, auch wenn man nicht Edwin auf seinem Führerschein stehen hat ...«

Als meine Finger in Sarahs feuchtes Loch eindringen, entfährt ihr ein leises Stöhnen, das sie schnell mit einem Husten überdeckt. Heilige Scheiße, sechs Wochen lang durfte ich mit nichts in meine Frau eindringen, und das Gefühl, wie sie sich um meine Finger herum zusammenzieht, lässt meinen Schwanz nach all dieser Zeit in Windeseile steinhart werden.

Sarahs Erregung ist deutlich zu spüren. Sie drückt unter dem Tisch meinen Oberschenkel – blickt aber die ganze Zeit zu Kat und nickt, als ob sie aufmerksam zuhören würde. Verdammt, sie ist gut.

Sarahs Schritt wird immer feuchter und feuchter unter meiner Berührung. Herrlich. Ich fahre mit dem Finger unentwegt vor und zurück, dann verharre ich eine Weile lang auf ihrem Kitzler – und plötzlich berührt Sarah meinen steifen Schwanz. Sie drückt ihn.

Ich schaue sie an und sehe, dass sie feuerrote Wangen hat.

Ich grinse. Das macht Spaß.

Josh lacht und fängt an, irgendetwas zu erzählen – ich glaube, eine Geschichte von unserem Geschäftsausflug nach San Diego. Bla, bla, bla.

»Es war so lustig …«, sagt Josh. »Jonas saß nur da und hat alle Zahlen und Schätzungen zunichtegemacht, mit denen der Kerl angekommen ist …«

Was auch immer Josh da gerade erzählt, es ist mir egal. Ich habe im Moment nur eines im Kopf.

Sarah spreizt ihre Oberschenkel immer weiter und drückt mir ihre Hüften entgegen. Begeistert mache ich damit weiter, die Finger rauf und runter, raus und rein zu bewegen. Wieder landet meine Fingerspitze auf ihrer Klit, und jetzt beginne ich, sie ernsthaft zu massieren.

Ein seltsamer Laut dringt aus Sarahs Mund.

Ihre Klit pulsiert.

Mein Penis zuckt.

O Gott, ich muss diese Frau vernaschen.

»Stimmt's, Jonas?«, fragt Josh mich plötzlich.

»Stimmt, Josh«, antworte ich sofort, ohne zu wissen, wobei ich ihm gerade zugestimmt habe. Aber es ist mir auch egal.

Ich fahre damit fort, Sarah unter dem Tisch mit meinen Fingern zu bearbeiten, dringe tief in sie ein, stimuliere ihren G-Punkt und genieße das Gefühl, wie sich dieses versteckte Nervenbündel auf mein Kommando hin wie ein Wasserball füllt. *Fuck*, ich kann nicht länger warten. Mein Penis pocht jetzt richtig schmerzhaft. Wenn wir alleine wären, wäre ich schon längst in ihr und würde sie nehmen, bis sie animalische Laute von sich gibt.

Plötzlich zieht Sarah ihren Körper von mir zurück. Oh, sie ist nah dran. Ich bin wie ein Hai, der Blut riecht. Ich drücke sie wieder an mich, lasse ihren Hintern direkt neben mich gleiten, dringe mit dem Finger erneut in sie ein und mache damit weiter, ihren G-Punkt mit meinen Fingerspitzen zu massieren.

»Oh«, sagt Sarah und krümmt ihren Körper auf meiner Hand. Sie bedeckt ihren Mund mit der Hand und senkt ihren Kopf.

Ich wollte noch nie so sehr mit Sarah schlafen wie in diesem Moment. Ich bin so erregt, dass es fast wehtut. Für den Bruchteil einer Sekunde stelle ich mir vor, wie es wäre, die Technik von Mr »Ich bringe jede Frau zum Abspritzen« jetzt und hier auszuprobieren. Und obwohl ich total erregt bin, muss ich mir ein Lachen verkneifen bei dem Gedanken daran, dass die arme Sarah hier zum ersten Mal ejakuliert – über ihre Mutter. Während sie in einem Kettenrestaurant sitzt. Neben ihrer Nichte.

Wie aus dem Nichts streiche ich jetzt wieder mit der Fingerspitze über Sarahs Klit, und obwohl es nur eine leichte Bewegung ist, sehe ich an ihrer Reaktion, dass es ihr sehr, sehr gut gefällt. Nachdem ich ihre Klit ungefähr fünfzehn

Sekunden lang massiert habe, stemmt Sarah ihre Ellbogen auf den Tisch, bedeckt ihr Gesicht mit beiden Händen und macht ein seltsames Geräusch, mit dem sie offensichtlich ein Stöhnen übertönt.

»Sarah?«, fragt Gloria. »Ist dir schlecht?«

Sarah antwortet nicht.

»Sarah?«, fragt Gloria wieder und ist anscheinend zutiefst beunruhigt.

Sarah schüttelt ihren Kopf und bringt kein Wort heraus.

»Sarah, was ist los?«

»Mir geht's gut«, sagt sie mit zitternder Stimme. Sie nimmt die Hände wieder vom Gesicht. »Mir geht's gut, Mom. Mir wurde nur plötzlich so heiß.« Sie keucht leise, und sie zittert. »Es geht mir wieder gut.«

Ich höre nicht auf. Das ist zu geil, um jetzt damit aufzuhören.

Sarah knallt ihre Faust auf den Tisch. »Mir geht's gut«, sagt sie mit zusammengebissenen Zähnen. »*Ja.*«

»Hast du das Gefühl, dass du dich übergeben musst?«, fragt Gloria sie und blickt jetzt wirklich besorgt drein. »Du siehst aus, als müsstest du dich übergeben.«

»Tante Sarah übagebeeen.«

»Nein, mir geht's gut«, sagt Sarah mit bebender Stimme.

Unter dem Tisch mache ich gnadenlos weiter. Wie ein Sniper. Wie der Gott des Alten Testaments – ein rachsüchtiger Gott. Ich weiß nicht, warum es mich so anmacht, Sarah direkt vor den Augen unserer Familie zum Höhepunkt zu bringen – in einem Restaurant mit verdammten Kindermenüs –, aber es ist so. Es macht mich wahnsinnig an.

»Bist du dir sicher, *querida*?«, fragt Gloria. »Du siehst überhaupt nicht gut aus.«

Sarah nickt. »Ja«, sagt sie mit erstickter Stimme. »Ja. Ich bin mir sicher. *Ja.*«

»Okay«, sagt Gloria. Sie blickt Sarah noch einen Moment lang skeptisch an, dann wendet sie ihre Aufmerksamkeit Gracie zu. »Wie schmeckt deine Pizza, *querida*? Ist sie lecker?«

Ich beuge mich zu Sarah und flüstere ihr ins Ohr: »Ich will mit dir schlafen, sofort.« Und mehr braucht es nicht, um sie über die Klippe zu stoßen. Wie eine Tür, die bei einem Sturm auf- und zugeschlagen wird, zieht sich ihr süßes Loch plötzlich zusammen, und ihre Körperflüssigkeit rinnt mir über die Finger.

Und trotzdem schafft sie es irgendwie, mucksmäuschenstill zu bleiben – bis zum bitteren Ende, als sie laut nach Luft schnappt und wieder die Aufmerksamkeit ihrer Mutter auf sich zieht.

»O mein Gott, Sarah. Du schwitzt ja, Liebling. Ich denke, wir sollten dich ins Krankenhaus bringen. Irgendetwas stimmt nicht.«

Sarah blickt eine gefühlte Ewigkeit auf den Tisch hinunter. Schließlich hebt sie langsam den Kopf und wischt sich über die Stirn. »Nein, mir … mir geht's gut, Mom. Ich glaube, ich muss nur …« Sarah holt tief Luft. »Ich glaube, ich muss nur mal kurz auf die Toilette, um … um mir etwas kaltes Wasser ins Gesicht zu spritzen.« Sie zittert sichtlich. »Mir ist nur ein wenig schlecht.«

»Ich komme mit, Baby«, sage ich. »Ich helfe dir.«

Sarah blickt mich an und nickt energisch. »Ja, *bitte*. Ja. Danke, Jonas. Ja. Sofort. Sehr gute Idee. *Ja*.«

Ich ziehe meine Finger aus ihr heraus und stecke sie ganz, ganz langsam in meinen Mund, während Sarah jede meiner Bewegungen mit ihren Augen verfolgt. »Komm, Baby, sehen wir zu, dass es dir besser geht.«

Noch einmal geht ein Ruck durch Sarahs Körper, und sie drückt schmerzvoll meinen Oberschenkel. »Kat, du und Gracie, könntet ihr uns bitte kurz rauslassen?«

»Klar, Liebes.« Sie wirft Sarah einen Blick zu, der keinen Zweifel daran lässt, dass sie genau weiß, was Sarah und ich auf der Toilette vorhaben.

»Sei nicht dumm, *mi hija*«, sagt Gloria und steht auf. »Jonas kann nicht mit dir auf die Damentoilette – ich werde dir helfen.«

Sarah blickt mich hilfesuchend an, aber mir fällt auch nichts ein.

»Komm schon, Liebes. Du siehst nicht gut aus. Komm mit mir.«

»Nein, mir geht es eigentlich schon wieder besser«, sagt Sarah plötzlich. »Alles in Ordnung. Ich muss nicht mehr auf die Toilette.« Sie nimmt einen Eiswürfel aus ihrem Wasserglas und reibt damit über ihre Stirn. »Siehst du? Mehr brauche ich nicht. Ein bisschen kaltes Wasser, und schon geht's wieder. Wow. Das war komisch. Es überkam mich ganz plötzlich. Aber jetzt geht's mir wieder gut.«

»Glaubst du, dass du Fieber hast?«

Sarah schüttelt ihren Kopf.

Gloria setzt sich langsam wieder hin, ist aber scheinbar immer noch nicht ganz überzeugt. Ich muss fast lachen über den herrlichen Ausdruck in ihrem Gesicht.

»Du mutest dir einfach zu viel zu«, sagt Gloria mitfühlend. »Das ist das Problem.«

Sarah seufzt laut, und ihr Körper entspannt sich neben mir. »Denkst du?«

»Natürlich. Du musst erkennen, dass du nicht mehr so weitermachen kannst wie zuvor. Dein Körper steckt immer noch mitten im Heilungsprozess, und außerdem produziert er Milch für die Babys. Das kostet eine Menge Energie. Du musst dich ausruhen. Hör auf deinen Körper, und gib ihm genau das, was er braucht.«

Sarah hat während des Vortrags ihrer Mutter die ganze Zeit über meine Hand gedrückt. »Weißt du was, Mom? Danke für den Tipp. Genau das werde ich tun – ich werde meinem Körper das geben, was er braucht.«

»Willst du mich nur beruhigen, *mi hija*, oder wirst du wirklich auf meinen Rat hören?«

»Mom, ich schwöre dir, dass ich deinen Rat befolgen werde, sobald wir dieses Restaurant verlassen haben und ich zu Hause angekommen bin.« Sarah wirft mir einen verschwörerischen Blick zu, sodass ich meine Hand über den Mund legen muss, um nicht laut loszuprusten.

»Ich muss Pipi«, ruft Gracie plötzlich. »Mommy, ich muss Pipi!«

Kat strahlt übers ganze Gesicht. »Du willst Pipi auf der Toilette machen, Gracie? Braves Mädchen. Warte kurz.« Kat beeilt sich, Gracie und sich selbst von der Bank zu hieven, aber mit ihrem dicken Bauch geht es viel zu langsam.

Gloria steht auf und streckt ihre Arme aus. »Gib mir Gracie über den Tisch hinweg. Ich renne mit ihr auf die Toilette.«

Ich beuge mich über Sarah und greife nach dem Kind, als würde es in Flammen stehen. Dann werfe ich Gracie praktisch in Glorias Arme, und sie rennt sofort mit ihr Richtung Toilette.

»O mein Gott, ist das aufregend«, sagt Kat und blickt Gloria und Gracie nach. »Wenn Gracie keine Windeln mehr brauchen würde, wenn Jack auf die Welt kommt, dann wäre ich die glücklichste Mama der Welt.«

»Aufs Töpfchentraining!«, sagt Josh und hält sein Bier hoch.

»Prost!«, sagt Kat und stößt mit ihrem Wasserglas an.

Ich stoße mit meinem Bierglas an Kats Glas und sage: »Prost!«

»Komm schon, OAM Cruz«, sagt Josh und hält Sarah sein Bier entgegen. Sarah hebt ihr Glas, wirkt aber immer noch abgelenkt vor lauter Erregung.

»Hey, Josh«, sage ich. »Tu mir einen Gefallen, und hör

auf, Sarah die ganze Zeit OAM zu nennen, okay? Du weißt ja noch nicht einmal, was es bedeutet.«

»Natürlich weiß ich, was OAM bedeutet – darum sage ich es ja die ganze Zeit«, sagt Josh. »Will hat Reed damals in Thailand erzählt, was es bedeutet, und Reed hat es mir erzählt.« Josh zwinkert Sarah zu. »Ich finde es super!«

Sarah fällt die Kinnlade herunter, genau wie mir. *Hurensohn.* Ich werde diesem Stück Scheiße von 2Real die Zähne dafür ausschlagen, dass er Sarahs Geheimnis ausgeplaudert hat. Klar, Sarah hat Will ihr Geheimnis verraten. Aber sie war sturzbetrunken und stand unter dem Bann eines Megastars, dessen Song ihr Klingelton ist. Wenn ich es mir recht überlege, trifft sie gar keine Schuld. Aber dieses Stück Scheiße? Ich kann nicht fassen, dass er so wenig Respekt vor Sarah hatte, dass er sofort ihr Geheimnis …

»Objekt eines anderen Mackers«, sagt Josh langsam und reißt mich aus meinen wütenden Gedanken. Josh lacht. »Das ist wirklich verdammt komisch.«

Mein Mund steht sperrangelweit offen.

»Ich weiß nicht, warum du so ein Theater deswegen machst, Bro«, fährt Josh fort. »Ich meine, was ist schon dabei, dass Will sie so genannt hat, weil er auf sie stand? Das ist doch ein indirektes Kompliment an *dich*.« Er hebt sein Glas. »Macker.«

Sarah

Meine Mutter ist süß.
Meine Mutter ist lieb.
Meine Mutter macht sich Sorgen und kümmert sich um mich.
Ich liebe sie. Ich liebe sie. Ich liebe sie.
Daran muss ich mich selbst erinnern, damit ich sie jetzt nicht erwürge. Nach dem Abendessen hat sich meine Mutter solche Sorgen um mich gemacht, dass sie darauf bestanden hat, mit Jonas und mir mit zu uns nach Hause zu fahren, obwohl Kat diejenige war, die sie abgeholt und ins Krankenhaus gebracht hat, verdammt. Und ganz egal, wie sehr ich ihr auch versichert habe, dass es mir gut geht und dass sich Jonas um mich kümmern wird – so wie er es immer tut und immer tun wird, *weil er mein Ehemann ist, Mom!* –, sie hat sich nicht davon abbringen lassen. Herr im Himmel. Jetzt weiß ich, wie es sich anfühlen muss, mit mir verheiratet zu sein. Mit einer Latina hat man es wirklich nicht leicht.

»Schlüpf jetzt aus diesem Kleid, und zieh dir einen Schlafanzug an«, sagt Mom, als wir das Haus betreten.

»Nein, Mom«, sage ich, weil ich nicht einsehe, dass ich mein verführerisches Kleid aus Belize angezogen habe, damit meine *Mutter* es mir jetzt vom Körper reißt. Verdammt noch mal. *Jeupucha culo.*

»Na gut, dann mach ich dir einen Tee. Und wo ist euer Fieberthermometer? Ich will deine Temperatur messen.«

»O mein Gott, Mom. Mir geht es *gut*.« Ich setze mich auf die Couch. »Bitte. Du hättest nicht mit herkommen müssen. Jonas wird sich heute besonders gut um mich kümmern – wie er es immer tut.«

»Das weiß ich. Aber er ist gerade erst von einer wichtigen Geschäftsreise zurückgekommen. Lass ihn sich doch selbst ein wenig ausruhen, während ich dafür sorge, dass es dir gut geht.«

»Mom, ich werde jetzt nur noch Milch abpumpen und dann ins Bett gehen.«

»Gut, du pumpst ab, während ich dir einen Tee mache und das Thermometer suche. Und dann bringe ich dich ins Bett. Ich werde heute Nacht nicht ruhig schlafen können, wenn ich nicht sicher sein kann, dass du genügend Ruhe bekommst.«

Wo zum Teufel ist bloß Jonas? Warum lässt er mich mit diesem Drachen von einer Übermutter allein? Sobald sich der Gedanke in meinem Kopf geformt hat, steht Jonas auch schon neben mir und reicht mir mit einem Funkeln in den Augen die Milchpumpe.

»Danke, Liebster«, sage ich.

Er nickt und geht wortlos davon.

Ich kann mir vorstellen, was er meiner Mutter gegenüber gerade für Mordgelüste haben muss. Ich habe sie nämlich selbst.

Jonas verschwindet aus dem Zimmer, und ich kann es ihm nicht verdenken. Dieser Mann will Sex. Sex, Sex, Sex. Genau wie ich. O Mann, genau wie ich. Ich will im Moment nichts anderes. Das heißt, gleich nachdem ich ihm etwas gezeigt habe. Etwas Unglaubliches. Etwas, das ich für ihn gemacht habe, während er auf Geschäftsreise war. Etwas, das ich ihm nicht zeigen kann, während meine verrückte Mutter hier ist. Gütiger Gott.

Fünfundsiebzig sexlose Minuten nachdem Jonas und ich mit meiner Mutter im Schlepptau nach Hause gekommen sind, tritt Jonas erneut durch die Eingangstür. Er hat gerade meine Mutter nach Hause gefahren. Ich sitze immer noch auf der Couch, auf der meine Mutter mich zurückgelassen hat, bin gerade mit dem Abpumpen fertig geworden und trinke den Kamillentee, den sie mir unbedingt machen musste. Jonas holt sein Handy aus der Tasche und macht »Radioactive« von Imagine Dragons an.

»Zeit für Sex, Baby«, ruft er und kommt auf mich zu. Dabei öffnet er seine Hose und hat einen Ausdruck purer Lust im Gesicht. »Sex, Sex, Sex.«

Ich stehe von der Couch auf und halte meine Hand nach oben. »Warte noch kurz. Ich muss dir erst etwas zeigen.«

»Haha.« Er zieht mich an sich, küsst mich auf den Hals und pikst mich mit seinem harten Penis in die Hüfte.

»Das meine ich ernst. Es gibt etwas, das ich dir zuerst zeigen muss. Es dauert nur zwei Minuten.«

»Das Einzige, was ich jetzt sehen will, ist das Innere deiner Pussy.« Er zieht an meinem Kleid.

»Ich habe eine Überraschung für dich, Baby. Ich muss es dir unbedingt zeigen.«

»Die einzige Überraschung, die ich haben will, ist deine Pussy, die meinen radioaktiven Penis umschließt. *Jetzt.*« Er packt mich am Hintern.

»Baby, bitte. Es dauert nur zwei Minuten. Komm schon.« Ich nehme seine Hand und ziehe ihn in Richtung Kinderzimmer.

Er holt tief Luft. »Ist das dein Ernst?«

»Absolut. Bitte. Du wirst es nicht bereuen. Komm schon. Es ist eine tolle Überraschung.«

Er atmet laut aus und gibt auf. Er nimmt sein Handy und schaltet das Lied aus. »In Momenten wie diesen frage ich mich manchmal, ob du mich überhaupt liebst.«

Ich muss lachen. »Das tue ich, Baby. Von ganzem Herzen. Komm schon.« Ich nehme ihn an der Hand und führe ihn durch das Haus zum Kinderzimmer – und plötzlich habe ich tausend Schmetterlinge im Bauch. Ich habe in den letzten drei Tagen fast ohne Unterbrechung an dieser Überraschung gearbeitet. Und die ganze Zeit habe ich mir innerlich seinen Gesichtsausdruck beim Anblick der Überraschung vorgestellt.

»Führst du mich in unser Schlafzimmer?«

Ich schüttle den Kopf.

»Ins Kinderzimmer?«, fragt Jonas.

Ich antworte nicht, aber es ist das einzige andere Zimmer, zu dem dieser Gang noch führt.

»Oh, hast du das Wandgemälde endlich fertig gemacht?«

»Hör auf zu raten. Folge mir einfach.«

Wir gehen den Flur entlang.

»Oh, oh. Hast du dir eine große Geste für mich überlegt, Sarah Faraday?«

»Vielleicht.«

»Was habe ich dir gesagt?«

»Dass ich dir die großen Gesten und Metaphern überlassen soll.«

»Das ist richtig.«

»Einige Frauen hören einfach nicht zu.«

»Besserwisserische Frauen.«

Wir stehen jetzt genau vor der Kinderzimmertür. Ich zittere vor Aufregung. »Bereit?«, frage ich und lege meine Hand auf die Türklinke.

Er wirft mir einen Blick zu, der mir bedeutet, dass ich mich beeilen soll.

Ich hole tief Luft, öffne die Tür und führe die Liebe meines Lebens in das Zimmer.

Jonas

Ich weiß nicht, wie mein Baby es geschafft hat, aber sie hat es geschafft. Ich denke nicht mehr an meinen pochenden Penis – nicht im Geringsten. Ich bin zu überwältigt von dem Klopfen meines Herzens. Ich bin fassungslos. Ehrfürchtig starre ich auf das, was sich vor meinen Augen ausbreitet. Die lila Wände des Kinderzimmers sind mit funkelnden Sternen bedeckt. Ein riesiger Mond und eine gelbe Sonne, beide breit grinsend, schmücken die zwei gegenüberliegenden Ecken des Zimmers, und an allen vier Wänden prangen in bunten Farben Bilder. Ich kann mich nicht auf ein einzelnes Bild konzentrieren. Ich bin zu überwältigt von der schieren Masse an Eindrücken.

Sarah drückt meine Hand und deutet auf drei Phrasen, die unter der Decke an drei Wänden geschrieben stehen: »*Liebe ist die Sehnsucht nach der Ganzheit ... und das Streben nach der Ganzheit ... wird Liebe genannt.*«

Ich kriege am ganzen Körper Gänsehaut.

Sarah berührt meinen Unterarm und streicht über mein Tattoo, das genau dieselben Worte trägt. »Du und ich schreiben gemeinsam die schönste Liebesgeschichte aller Zeiten«, flüstert sie.

Ich nicke und bringe kein Wort heraus. Ich bin ganz benommen.

Sarah dreht mich herum und zeigt hoch, ganz oben an die vierte Wand.

Du bist die göttliche Idee deiner Selbst, steht da. *Und diese Familie ist die göttliche Idee der Liebe.*

»Sarah«, sage ich leise, aber mir fehlen die Worte, um meine Gefühle auszudrücken.

Sarah dreht mich wieder herum und richtet meine Aufmerksamkeit auf ein gemaltes Bild an der Wand vor uns.

Da ist ein großes blaues, zotteliges Monster mit einem riesigen Auge und einem frechen Grinsen, das sich auf seine breite Brust klopft. Es steht auf einem mit Blumen bewachsenen Hügel neben einem kleineren gelben Monster mit langen Wimpern, roten Lippen und einem bemerkenswert großen Hintern. Zwei kleine weibliche Monster mit bunten Schleifen auf ihren zotteligen Köpfen tollen um sie herum durch die Blumenwiese.

Ich starre Sarah mit offenem Mund an.

»Wir sind eine Familie von Tieren«, sagt Sarah schlicht. »Und unser Anführer ist unser geliebtes Daddy-Tier. Der einzig Wahre.«

Ich schüttle den Kopf und suche immer noch nach Worten.

Sie kichert und zeigt auf die nächste Wand.

Ein muskulöser Ritter sitzt in glänzender Rüstung auf einem kräftigen weißen Ross. Eine dunkelhaarige Königin in einem flatternden weißen Kleid sitzt hinter dem Ritter, schmiegt sich eng an ihn und presst ihre Wange an seinen breiten Rücken, während ihr kleine rosa Herzchen aus der Brust fliegen. Daneben sitzen zwei dunkelhaarige Prinzessinnen in flatternden rosa und gelben Kleidern auf ihren eigenen braunen Ponys.

»Du bist mein Ritter in glänzender Rüstung, Jonas«, sagt Sarah.

Sie deutet nach links, und mein Blick folgt ihrer Hand.

Ich sehe eine Cartoonversion von mir mit lächerlichen He-Man-Muskeln, gelocktem Prinzenhaar und einem Kinn, das dreimal größer ist als mein echtes (hoffe ich zumindest). Die Cartoonversion von mir trägt kein Oberteil und sitzt in der typischen Denkerpose da. Ums Handgelenk trage ich einen Platinarmreif, und in den Händen halte ich ein Buch mit einem großen roten Herzen auf der Titelseite. Zwei kleine Babys liegen in meinen muskulösen Armen, und eine Cartoonversion von Sarah mit wehendem Haar liegt zu meinen Füßen und schaut mich schmachtend an. Über ihrer Brust steigen kleine Herzen in die Luft, und ihr Handgelenk ziert ebenfalls ein Platinarmreif.

»Sarah«, sage ich total überwältigt. »Das ist atemberaubend.«

»Du liest mir vor, Baby – du *lehrst* mich, was wahre Liebe ist.«

»O nein, Baby, das sollte andersherum sein.«

Sie schüttelt ihren Kopf, grinst mich an und deutet auf eine andere Wand. Auf dem nächsten Bild sehe ich mehr oder weniger wie ich selbst aus. Keine glänzende Rüstung, kein weißes Pferd, kein Haar wie ein Traumprinz, keine übertriebenen Muskeln. Ich trage ein schlichtes weißes T-Shirt, lächle den Betrachter an und stehe auf einer Wolke. Sarah steht in der Ferne hinter mir auf einer anderen Wolke, sieht mich an und hält ein Baby auf jedem Arm. Und wieder steigen kleine Herzchen von ihrer Brust aus in den Sternenhimmel.

»Warum stehe ich auf einer Wolke?«, frage ich. »Ist das das Leben nach dem Tod?«

Sie lacht. »Das ist das vollkommene Reich. Du bist die göttliche Idee, genau so, wie du bist.« Sie zuckt mit den Schultern. »Und du bist auch der Mann meiner Träume.«

Meine Brust zieht sich zusammen. Das ist zu viel. Ich komme näher, um sie zu küssen, aber sie hält erneut ihre Hand nach oben.

»Eines noch, *mi amor*. Wir sind fast fertig, versprochen.«

Sie deutet auf die Wand hinter uns, und wir drehen uns um.

Die Wand ist mit einem großen verschneiten Berg verziert, auf dessen Gipfel unsere kleine Familie thront. Ich halte Sarahs Hand und strecke sie triumphierend in den Himmel. Unsere dunkelhaarigen kleinen Mädchen stehen neben uns und halten unsere Hände. Rosa und rote Herzen fliegen über unseren Köpfen nach oben und vermischen sich mit den Sternen.

»Wir erklettern und erobern alles zusammen«, sagt Sarah andächtig. Sie seufzt. »Das Höchste, was der Mensch erreichen kann, Jonas.«

Mir wird einen Moment lang ganz schwindlig. Ich kann keine Sekunde länger darauf warten, Liebe mit dieser wundervollen Frau zu machen.

»Sarah«, sage ich. Aber ich finde keine Worte.

Ich ziehe ihr weißes Kleid nach oben, und sie hebt die Arme. Ihr ganzer Körper zittert vor Erregung.

In den letzten sechs Wochen habe ich nur daran gedacht, meinen Schwanz in Sarah zu stecken und sie mir so richtig vorzunehmen. Aber nachdem sie mir dieses Geschenk gemacht hat, will ich nichts anderes, als vor ihr auf die Knie zu sinken und ihren Altar zu verehren. Ich werfe Sarahs Kleid auf den Boden, reiße mir die eigenen Klamotten vom Leib und knie mich vor sie.

»Danke«, sage ich keuchend, bevor ich sie an meinen Mund ziehe.

Zum ersten Mal seit zwei Wochen schmecke ich Sarahs natürlichen Geschmack, ganz ohne Blut, und ich muss zugeben, es ist ziemlich erfrischend, wieder zu den Ursprüngen zurückzukehren. Ihr Geruch ist betörend. Ihr Geschmack ist göttlich. Und ihre Klit ist hart und feucht und pulsiert unter meiner Zunge, so wie ich es gerne mag. Ich bin sofort total erregt.

Nach ein paar Minuten, in denen ich sie mit meiner Zunge verwöhne, dringe ich mit meinen Fingern in sie ein und finde dieses Nervenbündel, das ich so liebe. Aber dieses Mal, als ich meine Finger so bewege wie Sam, der Meister des Ejakulierens, fühle ich etwas, das mir noch nie zuvor aufgefallen ist. Die Sehne, von der mir Sam erzählt hat. Heilige Scheiße. Da ist sie. Genau in der Mitte von Sarahs G-Punkt. Genau da, wo der kleine Bastard gesagt hat, dass sie ist. Ich kann es nicht glauben. Wie konnte ich nicht begreifen, was ich da fühle? Wie konnte ich die Wichtigkeit nicht verstehen?

Ich schließe meine zwei Finger fest um diese kleine Sehne und streichle sie ein paarmal. Und sofort spüre ich, wie sie darauf reagiert. Die Sehne wird größer. Ich mache es noch mal. Und noch mal. Und noch mal. Bis ich ein leises Rauschen tief in ihr drinnen höre, genau wie Sam es beschrieben hat. Wow, das ist Wahnsinn. Der Kerl hat tatsächlich keinen Mist erzählt.

Ich fahre mit meinen Fingern hoch und runter und streife dann nur noch nach unten, als würde ich eine Zahnpastatube ausdrücken – genau wie Sam es gesagt hat. Und plötzlich – *bam* – schießt eine warme Flüssigkeit aus Sarahs Loch und regnet auf mich herab, als hätte jemand den Wasserhahn aufgedreht.

»O mein Gott, Jonas!«, ruft Sarah und fällt zurück. »Heilige Scheiße! Habe ich dich gerade angepieselt?«

Ich lache freudestrahlend. »Nein, Baby«, sage ich. »Du hast ejakuliert.« Ich lecke mir über die Lippen und bin total aufgeregt, weil sie mit Sarahs Körperflüssigkeit bedeckt sind. »Du hast es geschafft.«

»Was habe ich geschafft?«, ruft sie. »Was hast du mit mir gemacht?«

»Ich habe dich zum Abspritzen gebracht, Baby.« Ich grinse sie an. »Über mein ganzes Gesicht.« Ich lecke mir erneut über die Lippen und lache. »Das war Wahnsinn.«

Es entsteht eine lange Pause, in der Sarah verarbeitet, was da gerade passiert ist.

»Wie hat es sich angefühlt?«, frage ich.

»Als hättest du meinen Schritt mit einem Elektroschocker bearbeitet.«

»Hat es dir gefallen?«

»Nein, nicht besonders.«

»Es hat sich nicht gut angefühlt?«

»Gut ist nicht das richtige Wort für das, was gerade passiert ist.«

»Überhaupt nicht gut?«

»Du hast einen bestimmten Punkt berührt, und ich habe total die Kontrolle über … ich weiß nicht, wie ich es erklären soll. Es war, als hätte ich die Kontrolle über meine Blase verloren, nur dass es nicht meine Blase war. Es war unangenehm, und dann hat sich der Druck gelöst. Aber es war nicht wie ein Orgasmus. Es ist einfach passiert. Als hättest du es erzwungen.«

»Willst du es noch einmal machen?«

»Nein, ich will nur, du weißt schon, ganz normal kommen. Wie immer. Mit einem echten Orgasmus.« Ihre Brust bebt. Ihre Augen sind weit aufgerissen. »Herrgott, Jonas. Du hast mich gerade dazu gebracht, über den ganzen Teppich im Zimmer meiner Babys zu ejakulieren!«

Ich breche in schallendes Gelächter aus.

»Das ist nicht lustig! Jetzt muss ich die Teppiche noch reinigen lassen, bevor die Babys nach Hause kommen!«

Ich muss noch stärker lachen.

»Warum lachst du?«

»Weil du lustig bist.«

»Ich bin nicht lustig. *Das* ist nicht lustig. Jedes Mal, wenn ich von jetzt an diesen Raum betrete, werde ich daran denken müssen, wie ich auf die Teppiche der Babys gespritzt habe.«

Ich muss so laut lachen, dass ich nicht mehr aufrecht stehen kann. Ich halte mir die Seiten und versuche, das Lachen zu unterdrücken. Aber es geht nicht.

»Jonas, das ist nicht lustig. Was hast du mit mir gemacht? Hast du mich mit irgendeinem Taser bearbeitet?« Sie nimmt meine beiden Hände und untersucht sie.

O Mann. Ich kann nicht aufhören zu lachen. Sie denkt wirklich, dass ich einen Elektroschocker in meinen Händen verstecke?

Sie blickt meine leeren Hände erstaunt an.

»Das ist so geil, Baby«, sage ich, als ich mich wieder ein bisschen beherrschen kann. »So verdammt geil.«

»Aber es hat sich nicht gut angefühlt, sondern einfach *unvermeidbar*. Als wäre ich ein Süßigkeitenautomat, du hättest einen Knopf gedrückt und die Bonbons wären herausgekommen.«

»Lass es uns noch mal machen.«

»Was? *Nein.*«

Ich bin total erregt. »Komm schon, Baby. Lass es uns noch mal tun.«

»Nein«, sagt sie wieder. Sie blickt mich schockiert an. »Bist du dir sicher, dass es kein Urin war?«

»Es ist kein Urin. Glaub mir.« Ich fahre mit meinem Finger durch die Körperflüssigkeit auf dem Boden und stecke ihn in meinen Mund. »Kein Urin.«

Sie kniet sich hin und riecht an dem nassen Teppich.

»Probier es«, sage ich. »Es ist kein Urin.«

Langsam fährt sie mit ihrem Finger durch die Flüssigkeit und steckt ihn zögerlich in ihren Mund. Sie macht ein Gesicht, als wolle sie sagen, dass noch etwas Salz fehlt, aber dann blickt sie wieder zu mir und verzieht das Gesicht. »Jonas, du bist ja voll davon.«

Ich lecke mir wieder über die Lippen. »Ich habe nie etwas Köstlicheres geschmeckt.« Ich berühre meinen Schwanz und beginne, ihn zu reiben. »So geil. Komm schon, Baby, lass es uns noch mal machen.«

»Wow, das hat dir wirklich gefallen, oder?«

Ich nicke, lecke mir über die Lippen und reibe meinen Penis.

»Oh«, sagt sie, steht auf und leckt mir übers Gesicht. Mein Penis zuckt. »Deine Begeisterung ist ansteckend.«

»Du bist so heiß. Lass es uns noch mal tun.« Sie übernimmt einen Moment lang das Streicheln meines Schwanzes, und meine Knie werden weich. »O mein Gott, Baby. Wenn du so weitermachst, werde ich gleich über dir kommen.«

Sie hört auf, anscheinend ist sie entschlossen, mich noch nicht zu erlösen.

»Findest du es gar nicht seltsam, dass wir das im Kinderzimmer tun?«, fragt sie.

»Überhaupt nicht.«

Sie lacht. »Wir sind so verdorben.«

»Ich mag uns.«

»Ich auch.« Sie seufzt. »Okay. Noch ein Mal. Aber wenn es nicht gut ist, dann war's das, dann machen wir weiter.«

Ich johle triumphierend auf. »Okay, leg dich hin, Liebste. Es ist Zeit zum Ejakulieren. Und danach ist Zeit für Geschlechtsverkehr.« Ich recke meine Faust in die Luft.

Sie lacht und legt sich hin.

»Warte kurz.« Ich verlasse das Zimmer und komme mit Handtüchern wieder zurück. Sie hebt ihre Hüften, und ich lege die Handtücher unter sie. »Bist du bereit, mich von oben bis unten anzuspritzen, Baby?«

Sie verzieht das Gesicht. »Bitte sag das nicht so. Das hört sich ekelhaft an.«

»Es ist nicht ekelhaft. Du musst aufhören, dir das einzureden. Nichts ist ekelhaft. Es ist alles in bester Ordnung. Und ganz, ganz natürlich. Hör auf, so negativ zu denken. Du bringst deinem Gehirn nur bei zu urteilen.«

Sie verdreht die Augen.
»Du bist prüde.«
»Ich bin nicht *prüde*.«
»Doch, bist du. Ich weiß nicht, warum, aber du bist prüde. Doch wir werden deinen Körper schon daran gewöhnen. Mach dir keine Sorgen, Baby.«
Sie seufzt.
»Okay, Baby, entspann dich.« Ich berühre sie zwischen den Beinen, und sie verkrampft sich. »Einfach entspannen, Baby.«
»Ich bin nervös. Das hat sich so komisch angefühlt.«
»Sch, nicht nachdenken. Konzentrier dich einfach darauf, wie gut sich meine Finger in dir anfühlen.« Ich lecke sie wieder ausgiebig, und ihr Körper zeigt wie immer Reaktionen.

Ich fahre fort, sie zu streicheln und zu lecken, und als ich spüre, wie ihre Erregung größer wird, dringe ich mit dem Mittel- und dem Ringfinger tief in sie ein, so wie Sam es mir erklärt hat. Heilige Scheiße, da ist sie wieder, direkt zwischen meinen Fingern – diese kleine Sehne hinter ihrem G-Punkt. Mein Penis zuckt erwartungsvoll. Warum habe ich diesen speziellen Punkt in ihr noch nie zuvor bemerkt? Egal, jetzt spüre ich ihn und weiß genau, was ich damit machen muss.

Ich streiche mit den Fingern nach unten und dann wieder nach oben. Diese Bewegung wäre mir im Leben nicht eingefallen, wenn ich sie nicht von Sam, dem Ejakulationsguru, erklärt bekommen hätte. Ich fahre so lange damit fort, bis ich wieder dieses leise Rauschen in ihr höre. Es funktioniert tatsächlich wie auf Kommando. Ich streiche noch einmal nach unten, und peng.

Sie spritzt über meine ganze Hand wie ein Geysir – noch viel heftiger als Carla in Sams Video. Wahnsinn.
»Scheiße!«, ruft Sarah. »Was zum Teufel?« Sie setzt sich aufrecht hin. »Wie machst du das?«
»Verdammt, Baby.« Ich lache überglücklich. »Du kannst es!«

»Aber ...« Sie blickt mich ungläubig an. »Was?«
»Du hast gerade noch einmal ejakuliert.«
»Bist du dir sicher, dass es kein Urin ist?«
Ich lecke an meiner Hand. »Kein Urin. Definitiv Körpersaft.« Ich biete ihr meine Hand an, und als sie daran leckt, zuckt mein Penis wieder wie verrückt.

Sie sieht mich entsetzt an. »*Das* ist ejakulieren? Es hat sich nicht einmal gut angefühlt. Es fühlt sich an ... ich weiß nicht. Es war keine Ekstase, Jonas. Es war nicht intensiv genug. Es war, als hättest du einen Knopf an einem Automaten gedrückt, und der hat etwas ausgespuckt.« Sie blinzelt mich an. »Warum grinst du so?«

»Weil du abspritzen kannst, Baby.« Ich lache laut auf und lecke einen großen Spritzer von meinen Knöcheln.

»Das kann es nicht gewesen sein. Du drückst irgendeinen seltsamen Knopf in mir, und etwas kommt heraus? Das ist doch krank.«

Ich muss lachen. »Wen interessiert es, ob es krank ist? Das ist ein riesiger Durchbruch – absolut fantastisch.«

»Warum ist das ein Durchbruch? Du hast einen Knopf gedrückt. Ich habe nichts dazu beigetragen.«

»Aber jetzt weißt du, dass du es kannst – du weißt, wie es sich anfühlt. Wir haben deinem Körper gezeigt, was er zu tun hat. Und jetzt, da dein Körper es weiß, wird er es auch von ganz alleine tun. Und wenn er es schließlich alleine tut, wird es sich für dich fantastisch anfühlen. So werden wir dich in die größte Ekstase versetzen, die du je erlebt hast.«

Sie sieht mich besorgt an.

»Mann, war das geil«, sage ich.

»Vielleicht für dich. Das nächste Mal lässt du mich bitte selbst dahin kommen«, sagt sie. »Okay? Ich mag es nicht, so die Kontrolle zu verlieren.«

Ich lache.

»Das meine ich ernst. Versprich mir, dass du diesen Knopf

nicht mehr drücken wirst. Lass meinen Körper das selbst erledigen, wenn es sein soll.«

Ich grinse. »Okay, Baby. Nächstes Mal drücke ich keinen Knopf mehr. Das wird das größtmögliche Lusterlebnis. Das Höchste, was der Mensch erreichen kann. O Mann, ich kann es kaum erwarten zu sehen, wie du es ganz alleine schaffst. Das wird der Wahnsinn.«

»Warum guckst du jetzt so gefährlich?«

»Weil ich gefährliche Gedanken habe«, sage ich und drücke ihren Rücken auf den Boden.

»Versprich mir, dass du es nicht wieder tun wirst. Versprich, dass du es auf natürliche Weise geschehen lässt, wenn es dazu kommen sollte.«

»Ich verspreche es. Und jetzt sei leise. Diese Riesenmenge Körpersaft aus dir rausspritzen zu sehen, hat mich total angemacht. Ich stehe kurz vor der Explosion.«

»Warte noch kurz. Erzähl mir erst, wie du herausgefunden hast, wie das geht.«

»Leise jetzt. Nicht mehr reden. Es ist Zeit für Sex. Es ist sechs verdammte Wochen her, und mein Schwanz kann nicht eine Sekunde länger warten.«

Sarah

»Danke, lieber Gott«, sagt Jonas. »Danke, danke, danke.« Er rollt von mir runter und legt sich auf den Rücken. Seine Brust bebt noch immer von dem unglaublich guten Sex, den wir gerade hatten. »Sechs Wochen sind eine verdammt lange Zeit, wenn man auf die Frau wartet, die man liebt.«

»Ja, und jetzt stell dir mal vor, du wartest sechs lange Wochen darauf, mit einer Frau zu schlafen, die du nur halbwegs tolerierst.«

»Ja, verdammt. Das waren die längsten sechs Wochen meines ganzen Lebens, verdammt.«

»Das sind aber viele ›verdammts‹, mein Freund.«

»Ja, verdammt.«

Wir liegen auf dem Boden des Kinderzimmers und blicken auf die Szenen unseres Familienlebens – unsere nackten, verschwitzten Körper sind miteinander verflochten.

»Wann bist du wieder so richtig geil geworden?«, fragt Jonas.

Ich runzle die Stirn und denke nach. »Vor zwei Wochen ungefähr. Und es überkam mich wie aus dem Nichts.«

Er lacht. »Geht es dir wieder gut da unten? Alles in Ordnung?«

Ich grinse. Ich liebe es, wenn Jonas den Ausdruck »da unten« verwendet. »Ja, mir geht es gut. Wunderbar, ehrlich gesagt. Es hat sich fantastisch angefühlt. Alles funktioniert wieder.«

»Sehr gut.«

»Dr. Johnston hat gemeint, es könne ein langer Weg zurück zur Normalität werden und ich solle mir keine Sorgen machen, wenn es sich für ein paar Monate nicht so gut wie sonst anfühlt, aber dem Sex gerade eben nach zu urteilen, ist es wohl eher ein kleiner *Trampelpfad* zurück zur Normalität.«

Er lacht. »Ausgezeichnet.« Es folgt eine kurze Pause. Er nimmt meine Hand. »Danke, Sarah.«

»O nein, ich danke dir. Ich habe es mindestens so sehr genossen wie du.« Ich kichere.

»Nein, danke für das Wandgemälde.« Er deutet auf die Wände um uns herum. »Jetzt, wo ich mir die Details ansehe, ist es sogar noch schöner, als ich vorhin gedacht habe.«

»O Mann, ich habe mich so darauf gefreut, es dir zu zeigen. Ich bin fast geplatzt vor Aufregung.«

»Hast du es ganz alleine gemacht?«

»Nein. Nicht einmal Michelangelo hätte das alles hier in drei Tagen malen können. Ich habe alles entworfen und dann zwei Künstler angeheuert. Ich habe die ganzen Details übernommen, die anderen beiden die groben Formen.«

»Ich liebe den Gedanken, dass unsere Mädchen umgeben von diesen Worten und Bildern aufwachsen werden.«

»Ich würde sagen, wir nehmen diesen Raum als Kinderzimmer, bis die beiden älter werden und ihr eigenes Zimmer haben wollen. Dann können wir ein Spielzimmer oder eine Bibliothek daraus machen.«

»Das ist eine gute Idee.« Er strahlt mich mit funkelnden Augen an. »Unsere Mädchen haben so ein Glück, dich als Mutter zu haben, Sarah.«

Ich drücke seine Hand. »Sie haben Glück, einen Vater wie dich zu haben.«

Er schüttelt ungläubig seinen Kopf. »Ich kann mir gar nicht vorstellen, wie das für sie sein muss. Du weißt schon, eine Mutter *und* einen Vater zu haben.«

Ich zucke mit den Schultern. »Das kann ich mir auch nicht vorstellen.«

»Und nicht nur eine Mutter und einen Vater, sondern eine Mutter und einen Vater, die verrückt nacheinander sind. Das ist schon ziemlich cool.«

»Denkst du, deine Eltern haben sich auch so geliebt wie wir?«

»Natürlich nicht. Niemand liebt sich so, wie wir es tun. Du und ich schreiben die schönste Liebesgeschichte aller Zeiten.«

Ich grinse. Ich liebe es, wenn er das sagt. »Aber denkst du, deine Eltern hatten wenigstens eine Liebesgeschichte?«

Er überlegt einen Augenblick. »Keine Ahnung. Ich war zu jung, um das zu begreifen. Ich weiß, mein Vater hat meine Mutter nach seinen Möglichkeiten geliebt, aber ich habe mich oft gefragt, wie zum Teufel sie *ihn* lieben konnte.« Er verzieht den Mund, und es sieht so aus, als würde sich ein Gedanke in seinem komplizierten Gehirn formen. »Aber vielleicht ... hm. Vielleicht war er ein anderer Mann, als sie noch gelebt hat? Vielleicht war sie seine Göttin und seine Muse, so wie du es für mich bist?« Plötzlich versteift sich sein ganzer Körper. »Heilige Scheiße.«

»Was?«

»Ich habe gerade etwas begriffen – o mein Gott.«

»Was?«

Er setzt sich hin. »Ich bin er.«

Es folgt eine lange Pause. Ich warte darauf, dass er fortfährt, aber das tut er nicht.

»Jonas? Was redest du denn da, Liebster?«

»Ich sage, dass ich wie mein verdammter Vater bin – das Einzige, was zwischen mir und ihm steht, bist *du*.«

Ich bin total entgeistert. »Du bist überhaupt nicht wie dein Vater, Jonas. Nicht im Geringsten.«

Er gestikuliert wild mit den Händen, und die Erkenntnis

trifft ihn wie ein Schlag. »O mein Gott, Sarah. Doch, das bin ich.« Er reibt sich sein Gesicht. »Ich habe gerade begriffen, dass meine Mutter für meinen Vater das getan hat, was du für mich tust. Sie hat ihn *gerettet*. Sie hat ihn *erlöst*.« Ich kann förmlich sehen, wie sich seine Gedanken überschlagen. »Als er sie verloren hat, ist er wieder der geworden, der er vorher war. Wenn meine Mutter nicht gestorben wäre, wer weiß, was für ein Mann mein Vater dann geworden wäre? Was für ein Vater er für Josh und mich gewesen wäre?«

Ich bekomme eine Gänsehaut. »Du bist nicht wie er, Jonas«, sage ich bestimmt. »Du bist nicht in der Lage, jemandem Gewalt anzutun – egal, unter welchen Umständen. Das kannst du einfach nicht.«

»Wenn dir etwas geschehen würde, dann – das garantiere ich dir – würde jeder das über mich sagen, was ich gerade über meinen Vater gesagt habe: Ich kann mir nicht vorstellen, wie zum Teufel sie ihn lieben konnte.«

»Hör auf damit. Hör einfach auf. Du spinnst ja, Jonas.«

Er sieht mich mit wirrem Blick an.

Ich recke mein Kinn. »Du bist überhaupt nicht wie er, Jonas.«

Er holt tief Luft, und sein ganzer Körper entspannt sich sichtlich. Er legt sich wieder zurück und strahlt eine ungeheure Hitze aus.

Wir starren lange Zeit still auf die Wände.

»Du bist ihr so ähnlich«, sagt er leise.

Das hat er noch nie zuvor zu mir gesagt. Ich weiß, dass es das größte Kompliment ist, das er mir geben kann.

Er verschränkt seine Finger mit meinen, und wir liegen ein paar Minuten lang nur da und schauen uns die Bilder an.

»Danke, dass du mich gerettet hast, Sarah.«

Ich berühre sanft das Tattoo auf seiner Brust. »Wir haben uns gegenseitig gerettet, Baby.«

Er zieht mich an sich, und wir schauen weiter die Bilder um uns herum an.

»Mein Kinn ist nicht wirklich so groß, oder?«, sagt er schließlich und unterbricht die Stille.

Ich kichere. »Nein.«

»Gott sei Dank. Und warum habe ich auf diesem Bild nur ein Auge?« Er deutet auf das Bild, das ihn als zotteliges, blaues Monster darstellt. »Du und die Mädchen, ihr habt zwei Augen. Warum bin ich der einzige Verrückte in dieser Familie, der nur ein Auge hat?«

Ich fange an, das Lied aus der Sesamstraße zu singen, in dem es heißt, dass nichts wie das andere ist, und er lacht herzlich.

»Eigentlich habe ich mir nur gedacht, dass ein einäugiges Monster ein bisschen dümmer aussieht. Ich musste dafür sorgen, dass alle Monster etwas dümmlich aussehen, damit die Mädchen keine Albträume davon bekommen.«

»Ich dachte schon, das wäre vielleicht eine versteckte Andeutung auf mein ›einäugiges Monster‹?«

»Nein, Jonas. Das ist das Zimmer unserer Babys. Du bist die einzige Person auf der Welt, die so etwas denken könnte.«

Er lacht und sieht sich wieder im Raum um. »Wow«, sagt er schließlich. »Da stehen ja Zitate zwischen den Sternen.«

»Ja.«

»Warum ist mir das vorher nicht aufgefallen?«

»Wenn man nicht genau hinsieht, wirken sie wie Strudel in der Galaxie, besonders bei dämmrigem Licht.«

»Das ist so cool.«

»Ja, oder? Es ist wirklich gut geworden.«

»›Wir dürfen nie die unendliche Hoffnung verlieren‹«, sagt er und liest eines der Zitate zwischen den Sternen vor. »Das hast du schon immer gemocht.«

»Ja. Martin Luther King Jr.«

»›Die Hoffnung ist der Traum des Wachenden‹«, fährt Jonas fort und liest das Zitat von Aristoteles vor.

»Ein knallharter Battle-Rap der Geschichte!«, sage ich und beziehe mich damit auf das, was ich bei einem unserer ersten E-Mail-Austausche über die zwei Zitate gesagt habe.

Jonas lacht. »Damals habe ich mir zum ersten Mal gedacht, dass du keine normale Frau bist.«

»Da erst? Nicht schon, als ich dir die allererste Mail geschrieben habe?«

»Stimmt. Eigentlich habe ich von dem Moment an, in dem ich den Betreff deiner Mail gelesen habe, gewusst, dass du anders bist als alle anderen Frauen.« Er seufzt. »Meine bezaubernde Aufnahmeassistentin.«

»Du warst so unwiderstehlich, Jonas.« Ich seufze. »Mein brutal ehrlicher Mr Faraday. O mein Gott. Diese traurigen Augen. Diese Tattoos auf deinen Unterarmen. Diese freche Einstellung. Diese Bauchmuskeln. Manometer, du warst die Personifikation von purem Sex.«

»Ich *war* die Personifikation von purem Sex?« Er deutet auf sein Sixpack und grinst mich frech an. »An mir ist nichts Vergangenheit, Baby.« Er fasst sich an die Eier. »Das hier ist alles hundertprozentige Gegenwart.«

Ich weiß, dass er Witze macht, und ich weiß auch, dass mein Timing etwas seltsam ist, wenn man bedenkt, dass Jonas sich gerade an die Eier fasst, aber plötzlich werde ich überwältigt von Sentimentalität. Ich kann nicht glauben, dass diese verdammte Bewerbung vor dreieinhalb Jahren in meinem Posteingang gelandet ist und zu diesem Moment hier geführt hat – jetzt bin ich seine Ehefrau und die Mutter seiner Kinder. Teil einer Familie. Ich muss schlucken.

»Sarah?«

Ich berühre Jonas' wunderschönes Gesicht. »Du bist die Liebe meines Lebens, Jonas Faraday.«

Er beißt sich auf die Lippen, offenbar ist er überrascht von meiner plötzlichen Ernsthaftigkeit.

Mein Herz beginnt zu rasen. »Du drückst dich immer so wunderbar aus, und ich weiß nie, wie ich meine tiefen Gefühle für dich beschreiben soll.«

Er deutet auf die Zimmerwände. »Ich denke, du hast deine Gefühle ziemlich gut zum Ausdruck gebracht.« Er zieht mich an sich und küsst mich leidenschaftlich. Sobald seine Zunge in meinen Mund gleitet, steht mein ganzer Körper unter Strom.

Ich lege meine Stirn auf seine Brust, direkt auf die Sonne und den Mond. »Lies mir noch ein paar Zitate vor, Liebling.«

Er streicht mit seinen Fingerspitzen einen Moment lang über meinen nackten Rücken. »›Mut ist eine Art von Erlösung‹«, sagt er leise. »Planen wir, unsere Töchter zu Soldatinnen zu erziehen?«

»Wir planen, sie zu Tieren zu erziehen. Kleinen Faraday-Tieren, die es draufhaben.«

»Amen.«

»Ja.«

Seine Finger gleiten über meinen Hintern. Meine Haut ist wie elektrisiert, und in meinem Schritt pocht es.

»Ah, da ist ein gutes: ›Manchmal sind die Fragen kompliziert und die Antworten simpel.‹ Von wem ist das?«

»Dr. Seuss.«

Er lacht. »Das gefällt mir. Ich dachte, du sagst jetzt Gandhi oder so.«

»Nein, Gandhi ist da drüben.« Ich deute auf die Stelle.

»›Wo Liebe wächst, gedeiht Leben.‹ Das ist auch gut, ja. Auf Gandhi kann man sich halt verlassen.«

»Ja, dieser Gandhi war schon ein cleverer Klugscheißer.« Jonas lacht. »Du lustig.«

»Ich lustig.«

»›Das Beste, woran man sich im Leben festhalten kann, ist

einander'«, sagt er und zitiert einen anderen Satz. »Der ist auch gut. Wer hat das gesagt?«

»Audrey Hepburn.«

»Wirklich?«

»Ja.«

»Wow, das ist ja eine ziemlich vielschichtige Sammlung von Philosophen da an den Wänden.«

»Ich habe mir gedacht, es ist an der Zeit, Platon und Aristoteles ein bisschen den Rücken zu stärken – vielleicht eine etwas frischere Perspektive einzubringen.«

»Platon, Aristoteles und Audrey Hepburn.«

»Willst du damit andeuten, dass Audrey nicht an diese Wand zu deinen Kumpels gehört?«

»Auf gar keinen Fall.«

»Gut, denn diese Frau ist der Hammer.«

»Zweifellos.« Er zieht mich an sich. »Ich habe eine Frage, Mrs Faraday. Willst du diese ganze Leidenschaft in dir dafür verwenden, die spektakuläre Audrey Hepburn zu verteidigen, oder willst du sie dafür verwenden, auf spektakuläre Weise mit deinem geilen Ehemann zu schlafen?« Er drückt sich an mich, und es ist offensichtlich, dass er für die zweite Option ist.

»Hm. Ich denke, ich nehme Nummer zwei.«

Jonas verstellt seine Stimme, als wäre er der Moderator einer Quizshow. »Die Antwort lautet: fünfeinhalb Meter.«

Ich presse meinen Finger auf die Spitze seines steifen Schwanzes und mache ein piepsendes Geräusch. »Wie lang ist Jonas Faradays Penis?«

»Das ist korrekt, Mrs Faraday. Was gewinnt die Frau, Johnny? – Nun, Alex, Mrs Faraday gewinnt ... eine brandneue Waschmaschine mit Trockner.«

»Juhu!«

Wir müssen beide lachen.

»Obwohl, eigentlich«, sagt Jonas, »wirst du diese brandneue Waschmaschine mit Trockner in nächster Zeit gar nicht brauchen. Ich wollte es dir schon die ganze Zeit erzählen: Ich habe eine Haushälterin engagiert. Sie wird in ein paar Wochen bei uns anfangen.«

»Was? Du meinst eine, die bei uns wohnt?«

»Ja. In unserem Haus.« Er hält kurz inne. »Sie wird unsere Haushälterin und Nanny sein.«

Ich setze mich auf. »Du hast eine *Nanny* eingestellt?«

»Darüber haben wir doch gesprochen, erinnerst du dich?«

»Ja, und ich habe Nein gesagt.«

»Nein, du hast gesagt: ›Wir werden sehen.‹«

»Was so viel bedeutet wie nein.«

»Woher soll ich das denn wissen?« Er grinst und versucht offenbar, mich mit seinem Charme zu betören, aber ich blicke ihn finster an. Er holt tief Luft. »Sie ist Marielas Cousine. Rosario. Sie kommt aus Venezuela. Ich habe heute Morgen den ganzen Papierkram erledigt. Sie wird in zwei Wochen hier sein.«

»Und das erzählst du mir erst jetzt?«

Er setzt sich ebenfalls auf und atmet tief ein. »Sarah, jetzt flipp nicht gleich aus. Du lagst in einem Krankenhausbett. Ich dachte, du stirbst. Ich habe Panik bekommen und Mariela angerufen.«

Meine Stimme wird sanfter. »Oh.« Es zerbricht mir das Herz, wenn ich daran denke, was Jonas erdulden musste, während ich bewusstlos in meinem Krankenhausbett lag.

Jonas' Gesicht ist jetzt knallrot. Er sieht wirklich verärgert aus. »Wie zum Teufel sollte ich mich gleichzeitig um zwei Neugeborene kümmern *und* eine Firma leiten?«

Ich berühre seine Wange. »Ich verstehe. Es ist okay, ich verstehe dich.«

Er blickt mich gestresst an. »Wie hätte ich das schaffen sollen, Sarah?«

»Ich verstehe dich, Baby. Aber jetzt geht es mir gut, Liebster – wir brauchen keine Hilfe mehr. Wir schaffen das, nur du und ich.«

Er verdreht die Augen.

»Warum verdrehst du die Augen?«

»Weil du so stur bist. Ich versuche, uns das Leben einfacher zu machen, und du bestehst die ganze Zeit darauf, alles ganz alleine zu schaffen.«

»Ich fände es einfach komisch, wenn eine andere Frau mit uns im Haus lebt und sich um meine Kinder kümmert.«

»Das ist überhaupt nicht komisch.«

»Doch, das ist es. Meine Mutter hatte nie Hilfe, von niemandem. Ich bin nur mit meiner Mutter aufgewachsen, wir waren wie zwei Musketiere. Und deshalb stehen wir uns heute auch so nah, weil wir nur uns beide hatten.«

»Machst du dir darüber Sorgen? Dass die Babys keine Bindung zu dir aufbauen könnten, weil Rosario hier ist, um uns zu helfen?« Er streichelt mir übers Haar. »Baby, niemand kann je eine Mutter ersetzen.« Er nimmt mein Gesicht in seine großen Hände. »Das kann ich aus eigener Erfahrung sagen.«

Ganz langsam wird mein Widerstand geringer. Ich könnte mir vorstellen, dass ich bei diesem Thema vielleicht ein bisschen stur bin, aber ich bin mir nicht sicher. Ich war noch nie eine Mutter. Und ich war mit Sicherheit noch nie eine *wohlhabende Mutter*. Ich beiße mir auf die Lippe.

Er schenkt mir sein umwerfendstes Lächeln. »Wie wäre es damit? Wir einigen uns darauf, dass Rosario als Haushälterin bei uns lebt?« Er streicht mit seinen Fingerspitzen über meinen ganzen Arm. »Sie hilft uns beim Kochen und Saubermachen. Und das ist alles. Okay? Ob sie dir auch manchmal mit den Babys helfen soll, bleibt voll und ganz dir überlassen. Das entscheidest du einfach, wie du willst.«

Hm, auf einmal hört sich das Ganze gar nicht mehr so blöd an. »Nun ja«, sage ich. »Können wir ihr ein Zimmer auf der anderen Seite des Hauses geben, damit sie nicht hört, wie laut ich bin?«

»Natürlich, Baby.«

»Warum grinst du mich so an?«

»Weil jeder im Umfeld eines Kilometers dich laut und deutlich hören kann, wenn du abgehst. Wo wir gerade davon reden ...« Seine Finger gleiten zwischen meine Beine und erzeugen eine Gänsehaut auf meinem ganzen Körper. »Ich denke, es ist Zeit für wilden animalischen Sex mit meiner kleinen MILF.«

»Oh, ich bin eine Mutter, mit der du gerne ins Bett möchtest?«

»Natürlich bist du das.«

»Ja, ich wollte schon immer eine MILF sein. Das ist so cool.«

Er küsst mich leidenschaftlich und dringt mit seinen Fingern in mich ein. »Obwohl, eigentlich bist du eher eine MIGF.«

»Eine MIGF?«

Er spreizt meine Beine und positioniert seinen Penis direkt dazwischen. »Eine *Mom I'm Gonna Fuck*, eine Mom, mit der ich ins Bett gehen *werde*. Und zwar jetzt sofort.«

Sarah

Jonas und ich sind gerade aus dem Krankenhaus heimgekommen und stehen jetzt vor unserer Haustür, jeder ein Baby im Arm. Babys, die wir ganz alleine gemacht haben, indem wir unsere intimsten Körperteile miteinander verbunden und unsere Hüften ein paarmal vor und zurück bewegt haben. *Voilà*. So einfach ist das.

»So, und was machen wir jetzt?«, fragt Jonas.

»Ich denke ... wir leben einfach unser Leben weiter? Außer dass wir es jetzt mit zwei Babys im Schlepptau leben?«

Jonas blickt auf seine Uhr. »Um wie viel Uhr müssen wir sie zum Verleih zurückbringen?«

Ich lache. »Um Mitternacht.«

»Gut. Dann haben wir ja noch Zeit.«

»Zeit wofür?«

»Zeit, uns vor sie zu setzen, sie stundenlang anzustarren und sie zu bewundern. Ich weiß nicht, was wir sonst tun sollten.«

»Ich auch nicht.«

Wir setzen uns auf die Couch, starren sie an und bewundern sie.

Sunny fängt an zu quengeln, also hole ich meine Brust heraus und stecke sie ihr in den Mund. Sie beginnt, glücklich zu saugen. »Das war ja einfach«, sage ich. Ich grinse. »Denn du weißt ja, ich bin eine Mutter.«

Wir müssen beide lachen.

»Du bist eine *Mutter*.«

»Und du bist ein *Vater*.«

Wir lachen wieder.

»Wir sind *Eltern*«, sage ich. »*Entschuldigen Sie, junges Fräulein. Sind Ihre Eltern zu Hause? – Ja, Sir.* Und dann holt sie uns.«

Wir lachen erneut.

»Was für ein Abenteuer«, sagt Jonas.

»Aber wirklich.« Ich blicke auf Sunny an meiner Brust. »Du machst es mir echt einfach, Kind.« Ich blicke wieder zu Jonas. Er starrt mich mit einem Gesichtsausdruck an, den ich nicht deuten kann. »Was denkst du?«

Er grinst mich schief an.

»Was soll dieses schiefe Grinsen bedeuten?«

»Es bedeutet, dass ich total ausflippe.«

Ich lache auf. Damit hatte ich nicht gerechnet. »Du musst nicht ausflippen. Wir schaffen das.«

»Wir sind jetzt eine vierköpfige Familie, Sarah. Für immer. Es gibt kein Zurück mehr.« Er schüttelt den Kopf. »Das ist Wahnsinn, verda... äh ... der pure Wahnsinn, meine ich.«

Ich muss grinsen. Jonas Faraday achtet auf seine Wortwahl. Und das nicht, weil er Josh nachäffen will.

Er schenkt mir ein umwerfendes Lächeln. »Wollen wir ein bisschen Musik hören?«

»Gute Idee.«

Er zieht sein Handy aus der Tasche, sucht ein paar Sekunden und drückt dann auf eine Taste. Aus den Lautsprechern ertönt »Thinking Out Loud« von Ed Sheeran.

Wir sitzen einen Augenblick lang nur da, hören der Musik zu und starren entweder die Babys oder uns an.

»Wann kommt deine Mutter?«, fragt Jonas.

Ich sehe auf die Uhr. »In ein paar Stunden. Sie hat gesagt, sie schläft die ganze Woche bei uns, wenn wir wollen.« Ich blicke wieder zu Sunny, die friedlich an meiner Brust nuckelt, dann zu Luna, die ruhig in den muskulösen Armen ihres Vaters schläft. »Aber wenn ich mir das so anschaue, muss sie überhaupt nicht über Nacht bleiben. Dieses Elternsein scheint ein Kinderspiel zu werden.«

Sarah

»Die Kacke ist am Dampfen«, sage ich und gebe Jonas eine schreiende Sunny. Ich nehme Luna in den Arm, die sich die Lunge aus dem Hals schreit, und setze mich in einen Sessel, um sie zu stillen. O mein Gott, meine Kinder schreien stereo. Ich bin voller Adrenalin, total übermüdet, erschöpft von der Milchproduktion und überwältigt von dem körperlichen Bedürfnis, meine hysterischen kleinen Äffchen zu beruhigen.

»Sch, Baby«, sage ich zu Luna, die wie wild an meinem Stillnachthemd zieht, mir dabei aber fast aus den Händen fällt. »Du benimmst dich wie eine Verrückte, Kleine. Luna die Verrückte.« Ich fummle an meinem Still-BH herum und versuche, dem armen Kind zu geben, was es will, aber anscheinend sind meine Finger nicht so flink wie sonst, wenn mir zwei kleine Menschen in Maximallautstärke ins Ohr brüllen.

»Wann hat Sunny zuletzt getrunken?«, fragt Jonas und klopft auf Sunnys Rücken, während er mit ihr auf und ab geht. »Hat sie vielleicht Hunger?«

»Ich habe sie erst vor einer Stunde gestillt. Vielleicht hat sie Blähungen? Versuch, ein Bäuerchen aus ihr herauszubekommen.«

Lunas Schreie werden immer lauter und machen mich ganz wahnsinnig. Endlich schaffe ich es, meine Brust freizulegen, aber noch bevor wir anfangen können, spritzt die Milch förmlich aus meinem Nippel.

»Wow, Zirkustricks«, sagt Jonas. »Du stehst wirklich auf Abspritzen im Kinderzimmer, was?«

»Das ist nicht lustig, Jonas.« Ich werfe ihm einen bösen Blick zu. »Das hier ist der Weltuntergang, du Blödmann.«

Jonas lacht, meine Gehässigkeit lässt ihn völlig kalt. Zum Glück.

Ich biete Luna meine Brust an, aber sie ist so außer sich, dass sie es nicht schafft, sich so weit zu beruhigen, dass sie daran saugen kann. Sie wirft ihren Kopf nach hinten und brüllt mit bebenden Nasenflügeln. »Ach, komm schon, *mamacita*. Bitte.«

»Vielleicht braucht Lu nur eine frische Windel?«

»Nein, sie hat definitiv Hunger.«

»Warum weinst du denn, Sunshine?«, sagt Jonas beruhigend und legt Sunny auf den Wickeltisch. »Wow! Ich glaube, ich weiß, warum Sunny so brüllt. Heilige Scheiße, im wahrsten Sinne des Wortes.«

Meine Mutter erscheint verschlafen im Türrahmen. »Wie kann ich euch helfen, *queridos*?« Die arme Frau schläft praktisch im Stehen.

»Danke, Mom. Es geht schon. Geh wieder schlafen, das nächste Mal stehst du dann anstelle von Jonas auf.«

»Ich brauche keinen Schlaf, Baby«, sagt Jonas. »Ich bin ein Droide, schon vergessen?«

»Aber du musst morgen zur Arbeit.«

»Ach, das ist schon okay. Mein Boss ist ein echt cooler Kerl.« Er zwinkert mir zu.

Gott, ich liebe diesen Mann.

»Liebes, ich bin hier, um zu helfen«, sagt meine Mutter. »Gib mir was zu tun.«

»Danke, Gloria«, sagt Jonas. »Könntest du mir einen Schlafanzug aus der Schublade geben? Sunny ist wie eine Granate explodiert. Sie hat bestimmt die Hälfte ihres Körpergewichts verloren.«

»Hier, bitte«, sagt meine Mutter und reicht ihm den Schlafanzug.

Plötzlich schreien die Babys im perfekten Einklang. Wie das Schreien im Urwald. Ich beginne zu lachen. Aber es ist das Lachen einer Frau, die kurz vor einem Nervenzusammenbruch steht und gleich in Tränen ausbricht. Ich versuche, Luna erneut an meine Brust zu legen, doch sie kann sich nicht konzentrieren. »Sch, Baby«, sage ich leise zu Luna. »Komm schon. Hier. Sch ...«

»Soll ich eine Flasche warm machen?«, bietet meine Mutter an.

»Ja, das wäre gut. Sunny wird sowieso bald Hunger bekommen, also brauchen wir sie auf jeden Fall.«

»Wie wäre es, wenn du den Wickeldienst übernimmst, Gloria?«, sagt Jonas. »Und ich kümmere mich um die Flasche.«

Meine Mutter tritt zu Sunny an den Wickeltisch, und Jonas sprintet aus dem Zimmer wie ein Gefangener auf der Flucht.

»Feigling!«, rufe ich ihm hinterher.

»Tut mir leid – nein, tut es nicht!«, ruft er und verschwindet schnell im Gang.

»Dieser Mann ist absolut furchtlos«, sage ich. »Außer wenn es um Babykacke geht.«

Meine Mutter kichert. »Wenn du diese Windel hier sehen könntest, würdest du ihn verstehen.«

»Oh, ich bin mir sicher, ich habe schon die eine oder andere Windel gesehen.«

Endlich bekommt Luna meine Brustwarze zu fassen und beginnt, wie wild daran zu saugen. Die Milch schießt ihr in den Mund. »Gott sei Dank«, murmle ich und lasse mich im Sessel zurückfallen.

Meine Mutter sitzt mit Sunny im Schaukelstuhl gegenüber. Sie steckt ihren kleinen Finger in Sunnys Mund, und sofort beginnt Sunny, daran zu nuckeln. Und plötzlich ist es still.

Wir blicken uns an und genießen die Ruhe.

»Manometer. Habe ich in Wahrheit achtzig Babys auf die Welt gebracht und es bloß nicht gemerkt? Was bin ich – eine Wasserschildkröte? Das ist der reinste Wahnsinn.«

Meine Mutter kichert. »Es wird leichter, das verspreche ich dir.«

Bei diesen beruhigenden Worten steigen mir die Tränen in die Augen.

»Ach, Sarah.« Sie wirft mir einen mitfühlenden Blick zu. »Ich bleibe bei euch, bis Rosario nächste Woche kommt, okay? Mach dir keine Sorgen, *mi hija*. Die ersten Wochen sind die schlimmsten.«

Ich seufze erleichtert auf. »Danke, Mom.«

Meine Mutter unterdrückt offensichtlich ein Lachen. »Bist du denn allmählich auch der Ansicht, dass Rosario dir ab und zu mit den Babys helfen könnte? Oder bist du immer noch der Meinung, dass du es ganz alleine schaffst?«

Ich schaue sie an. Ihre Stimme klingt so freundlich, dabei bezeichnet sie mich eigentlich als Idiotin. »Vielleicht«, antworte ich und versuche, ein neutrales Gesicht zu machen.

Meine Mutter schüttelt den Kopf. »Jonas hat recht. Du kannst manchmal so stur sein.«

Ich verdrehe die Augen. »Lass das bloß nicht Jonas hören. Ich bin so müde und schlecht gelaunt, dass er es nicht überleben würde, wenn er zu mir sagt: Ich hab's dir doch gesagt.«

»Nun ja, er hat es dir ja auch gesagt.«

Ich verziehe meine Mundwinkel. »Das weiß ich. Danke.«

»Er ist so ein guter Mann, Sarah.«

»Ich weiß. Der beste.« Mir steigen schon wieder Tränen in die Augen. Warum bin ich in letzter Zeit nur so nah am Wasser gebaut? »Ich bin wirklich glücklich, das weißt du, oder?«, sage ich und wische mir die Tränen aus den Augen. »Ich weiß nicht, warum ich ständig weinen muss.«

»Ach, Liebes.« Sie seufzt. »Schau mal, niemand spricht

je darüber. Aber eine Mutter zu sein ist wirklich hart. Es ist eine ziemliche Umstellung. Du darfst überwältigt und müde und sogar manchmal ein bisschen traurig sein.«

Verdammt. Sie hat gerade jedes einzelne Gefühl beschrieben, das ich in der Woche, seit die Babys zu Hause sind, verspürt habe. Gefühle, die in mir die Frage aufgeworfen haben, was zum Teufel nicht mit mir stimmt. Ich habe alles, wovon ich je geträumt habe, und sogar noch mehr – warum also fühle ich mich, als müsste ich jeden Moment losheulen?

»Danke, Mom.« Ich reibe mir erneut die Augen. »Ja, ich denke, ich bin einfach überwältigt.«

»Das ist absolut natürlich«, sagt meine Mutter entschieden. »Niemand kann sich über Nacht daran gewöhnen, ein Baby zu haben. Ganz zu schweigen von Zwillingen.«

Ich muss schlucken. »Mom, ich denke, ich werde nicht wieder arbeiten.«

Sie wirkt nicht im Geringsten überrascht. »Das weiß ich, Liebes.«

»Das weißt du?«

»Natürlich.«

»Aber *du* hast immer gearbeitet.«

»Weil ich es musste. Ich hatte keine andere Wahl. Aber du hast die Wahl – du hast unendlich viele Wahlmöglichkeiten. Folge einfach deinem Herzen, Liebes. Lass dich von der Wahrheit leiten.«

Ich halte inne und lasse die Worte meiner Mutter sacken. »Danke, Mom. Ich werde das an die Wand schreiben, gleich neben die Weisheiten von Gandhi und Audrey Hepburn.«

Meine Mutter lächelt.

»Ich dachte, du würdest sauer auf mich sein«, sage ich leise.

»Warum denn? Weil du zu Hause bei deinen Babys bleiben willst?«, fragt meine Mutter. »O Sarah. Du hast mich total falsch verstanden. Ich kämpfe jeden Tag für Frauen, weil ich will, dass sie Wahlmöglichkeiten haben. Ich will, dass sie sein können, wer sie wollen, was immer das auch bedeutet. Und das gilt natürlich auch für meine Tochter.« Sie sieht mich mitfühlend an. »*Querida*, du hast Möglichkeiten und Ressourcen und einen Ehemann, von dem die meisten Frauen nur träumen können. Du hast die Chance herauszufinden, wer du bist und was du willst, und danach zu leben. Vergib diese wertvolle Möglichkeit nicht, indem du versuchst, eine Person zu sein, von der du denkst, dass sie den Erwartungen anderer Menschen entspricht. Selbst wenn dieser andere Mensch deine Mutter ist.«

Die ganze Anspannung, die ich in der letzten Woche verspürt habe, fällt von mir ab. »Danke, Mom.«

Sie nickt. »Sarah, du bist meine Tochter. Das, was ich mir im Leben am meisten wünsche, ist, dass du glücklich bist – was immer Glück für dich auch bedeutet. Du bist die Einzige, die weiß, was Glück für dich bedeutet.«

Ich schaue auf Luna, die zufrieden trinkt, und eine Welle mütterlicher Liebe überrollt mich. Wenn ich in ihr kleines ruhiges Gesicht blicke, wenn ich sehe, wie sie warm und sicher in meinen Armen liegt, dann weiß ich genau, was Glück für mich bedeutet – es ist an die Wände dieses Zimmers gemalt.

Als Jonas mit einer Flasche in der Hand zurückkommt, schunkeln meine Mutter und ich zwei ruhige, zufriedene Babys im Arm. »Wow«, sagt Jonas leise. »Sieht so aus, als sollte ich das Zimmer öfter verlassen.« Er gibt mir die Flasche. »Was habt ihr mit ihnen gemacht? Sie unter Drogen gesetzt?«

»Nein, wir haben nur getan, was Latinas so tun«, sage ich.

Meine Mutter lacht.

»Erstaunlich.«

»Was habe ich dir gesagt, Jonas? Elternsein wird ein Kinderspiel.«

Jonas

Sunny lacht aus vollem Hals.

»Mach das noch mal, Baby«, quietscht Sarah und hält ihr iPhone in die Luft. »Ich will es dieses Mal aufnehmen.«

Ich mache einen weiteren Liegestütz und küsse Sunnys Nase unter mir. Wie auf Kommando fängt Sunny zu kichern an.

»O mein Gott, das ist herrlich. Warte«, sagt Sarah und hebt Luna von der Decke neben uns hoch. Ich verharre in der Stellung über Sunny und schneide Grimassen, während ich darauf warte, was Sarah vorhat.

Sarah legt Luna bäuchlings auf meinen nackten Rücken. »Okay, Daddy«, sagt Sarah und hält ihr iPhone hoch. »Noch einmal, bitte.«

Ich mache erneut einen Liegestütz, küsse Sunny unter mir, und sie bricht in schallendes Gelächter aus. Als ich wieder hochkomme, fängt Luna auf meinem Rücken zu kichern an. Ich wiederhole es, dieses Mal etwas schneller, und beide Mädchen quietschen vor Freude. Ich mache es wieder. Und wieder. Jedes Mal mit dem gleichen Ergebnis. Kichern und Quietschen und fröhliches Gurgeln rund um mich herum. Hoch und runter, hoch und runter – egal, in welche Richtung ich mich bewege, es macht ihnen einen Riesenspaß. O Mann, meine Babys lachen so heftig, dass ich Angst habe, sie pieseln sich gleich an.

Bald muss auch ich so sehr lachen, dass ich nicht mehr

weitermachen kann. »Nimm Lu«, presse ich hervor. »Ich kann nicht mehr.«

Sarah nimmt Lu von meinem Rücken und kann sich selbst kaum halten vor Lachen. Sie legt Luna direkt neben ihre kichernde Schwester.

»Bin ich lustig?«, frage ich die Mädchen, und sie kichern.

»Du solltest Baby-Comedy machen«, sagt Sarah. »Scheinbar hast du Talent.«

»Ja, zumindest finden das Sunny und Luna Faraday.«

»Und Sarah Faraday. Ich finde dich auch total lustig.«

»Ja, aber du findest mich auch lustig, wenn ich gar nicht lustig sein will.«

Sarah zuckt mit den Schultern. »Auch wieder wahr.«

Ich mache erneut einen Liegestütz, aber dieses Mal puste ich auf Sunnys Bauch, und sie quietscht vor Freude. Ich mache das Gleiche bei Luna, aber sie blickt mich an, als käme ich vom Mars.

Sarah und ich brechen in schallendes Gelächter aus.

Ich setze mich neben meine Babys und Sarah auf den Boden und halte mir, genau wie Sarah, den Bauch vor Lachen.

»Ich habe Seitenstechen«, keucht sie. »Das war köstlich. Sie hat dich angesehen, als wärst du ein Außerirdischer.«

Ich wische mir über die Augen. »O mein Gott«, sage ich und schnappe nach Luft. »Sie ist so witzig.«

Sunny kichert schon wieder.

»So lustig«, sage ich leise zu ihr. »So verdammt lustig.«

»Nicht, Jonas. Bald sind sie alt genug, um dir nachzuplappern.«

»Ach, komm schon, davon sind wir noch meilenweit entfernt. Lass mich noch ein bisschen länger meinen Spaß haben.« Ich schneide eine Grimasse für Sunny. »So verdammt lustig.«

»Jonas«, sagt Sarah, aber sie findet es ganz offensichtlich genauso lustig wie ich.

»Worüber lachst du, Sunshine?«, frage ich. »Denkst du auch, dass dein Daddy ein kompletter Vollidiot ist? So wie Luna es tut?«

Sie kichert wieder.

»Fragst du dich nicht, was sie gerade denkt?«, will ich von Sarah wissen.

»Oh, sie überlegt sich zweifellos Witze für ihre Comedy-Tour«, sagt Sarah. Sie nimmt Sunny auf ihren Schoß und hält sie wie eine Bauchrednerpuppe. »Sind Mommys nicht komisch? Meine Mutter zum Beispiel ... *Ich bitte euch.*«

Ich muss lachen.

»Ihr denkt, eure Mutter ist peinlich?«, fährt Sarah mit ihrer fröhlichen Sunny-Stimme fort und zieht an einem unsichtbaren Faden an Sunnys Hinterkopf. »Also, *meine* Mommy riecht an meinem Hintern – in der *Öffentlichkeit.*«

»Bravo«, sage ich. Ich nehme Luna und halte sie ebenfalls wie meine Bauchrednerpuppe auf meinem Schoß. »Klopf, klopf«, sage ich mit der gelangweilten intellektuellen Stimme, die wir immer für Luna benutzen.

»Wer ist da?«, fragt Sarah im fröhlichen Sunny-Singsang.

»Ein Riesen...«, sage ich.

Sarah lacht. »Ein Riesen was?«

»Ein Riesenhaufen Babykacke in meiner Windel.«

Sarah bricht in schallendes Gelächter aus.

»Was dachtest du denn, was ich sagen würde?«, frage ich. »Ich bin ein Baby. Ich kenne noch keine Schimpfwörter.«

»Das ist nur eine Frage der Zeit, Schwesterchen – bei einem Daddy wie unserem«, sagt Sarah. »Schon ziemlich bald wirst du unserem Daddy erzählen, wie *verdammt* lustig er ist.«

Ich kann nicht antworten vor lauter Lachen.

»Hey, Luna!«, sagt Sarah und zieht an dem imaginären Faden an Sunnys Hinterkopf.

»Ja, Sunny?«, frage ich und beuge Lunas Kopf zu ihrer Schwester, als würde sie ein Geheimnis hören wollen.

»Willst du einen Witz hören, Schwesterchen?«

Ich nehme Lunas Hand, lege sie an ihren Mund und mache ein Geräusch, als ob sie gähnen würde. »Wahrscheinlich schon. Aber bitte beeil dich, ich muss in ein paar Minuten ein Seminar über Entwicklungschancen und Armutsbekämpfung durch Mikrofinanzierung halten.«

Sarah kriegt sich eine Minute lang nicht mehr ein vor Lachen. Dann antwortet sie wieder mit Sunnys Stimme: »Was sagt das Baby nach dem Stillen?«

»Was sagt es?«, frage ich für Luna und lasse sie so gelangweilt wie möglich klingen.

Sarah kann nicht mehr weiterreden. Sie muss zu sehr lachen.

Ich sitze da und schaue sie an, während ihr vor Lachen die Tränen kommen. Schließlich reißt sie sich zusammen. »Was sagt das Baby nach dem Stillen?«, wiederholt sie und lacht immer noch.

»*Was?*«, sage ich mit meiner Luna-Stimme. »Sag es mir endlich, meine Güte.«

»Nichts! Überhaupt nichts. Das Baby spukt und pupst und schläft dann an Mommys Brüsten ein. Der absolute Wahnsinn!«

»Und *darauf* habe ich zehn Minuten gewartet?«

Sarah nickt und kann schon wieder nicht sprechen.

»Du bist so doof, Sarah Faraday.«

Sarah strahlt mich an. »Danke gleichfalls, Baby.«

Ich wende mich Luna zu. »Wie können wir diesen banalen Humor nur tolerieren, Daddy?«, frage ich mit Lunas intellektueller Stimme. »Ich weiß es nicht«, antworte ich mit meiner eigenen tiefen Stimme. »Das ist unter unserem Niveau.« Ich drehe Luna um und bewege ihren Kopf, als würde sie mich von oben bis unten mustern. »Moment mal«, sage ich mit Lunas Stimme. »Die ganze Zeit dachte ich, ich säße auf dem Schoß des Menschen mit den köstlichen Brüsten!

Was soll das? Setz mich sofort zu der mit den großen Brüsten!«

Sarah und ich brechen in hysterisches Gelächter aus.

»O mein Gott«, sagt Sarah. »Mir tut alles weh.« Sie holt tief Luft und versucht, sich zusammenzureißen. »Ach, komm schon, Lu«, sagt sie mit Sunnys Stimme und deutet mit Sunnys Hand auf mich. »Dieser große Berg ohne Titties da drüben ist unser süßer Daddy. Er hat zwar keine Brüste, das mag sein, aber er hat große starke Muskeln. Und ein Herz so groß wie der Grand Canyon. Oh, und außerdem ist er ein total schlauer und kluger Geschäftsmann – er war sogar schon auf einem wichtigen Zeitschriftencover oder so. Also gib ihm wenigstens eine Chance.«

»Können Muskeln mich satt kriegen, du Dummerchen?«, frage ich mit Lunas Stimme. Ich halte inne, damit Sarah Sunnys kleinen rosa Mund sanft zu einem schockierten »O« formen kann. »Und kann mir ein Herz, so groß wie der Grand Canyon, dabei helfen, eine Masterarbeit über den affektiven Ansatz in der multilingualen chinesisch-kanadischen Literatur zu schreiben?«

Lachend bewegt Sarah Sunnys Kopf nach rechts und links, als würde sie ihn beschämt schütteln. »Nein, wahrscheinlich nicht, Schwesterchen. Tut mir leid, verzeih mir.«

»Das habe ich mir gedacht«, sage ich besserwisserisch. »Jetzt reiß dich zusammen, Sunny. Ich bin es leid, immer für dich mitdenken zu müssen.« Ich drehe Lunas Kopf wieder zu mir. »Und jetzt zu *dir*. Ich war wirklich außerordentlich geduldig, was deine offensichtliche Dummheit und deine milchfreien Nippel angeht, aber jetzt setz mich endlich zu der mit den großen Brüsten, um Gottes willen!«

Sarah brüllt vor Lachen, und ich stimme mit ein. Das bringt natürlich auch Sunny wieder zum Lachen. Wir haben alle einen Riesenspaß. Und sogar Luna lächelt und kichert ein bisschen. Ein ganz kleines bisschen.

»Gut zu wissen, dass ich mit jemandem verheiratet bin, der genauso verrückt ist wie ich«, sagt Sarah.
»Also, wenn das verrückt ist, dann will ich niemals normal sein«, erwidere ich.
»Ich könnte das den ganzen Tag lang machen.«
»Ich denke, wir haben es den ganzen Tag lang gemacht«, sage ich. Ich blicke auf die Uhr. »Ja, so ziemlich den ganzen Tag lang.«
»Hatten wir heute nicht etwas Produktives vor?«, fragt Sarah. »Sollten wir nicht irgendwo hingehen?«
»Ja, eigentlich sollten wir auf eine Spendenveranstaltung für ein Kinderkrankenhaus gehen.« Ich zucke mit den Schultern. »Aber was soll's? Ich verdreifache meine Spende einfach. Ich bin lieber hier mit den drei Frauen, die ich liebe, und mache den ganzen Tag lang Quatsch, als mir einen Smoking anzuziehen und Small Talk zu halten.«
Sunny fängt plötzlich wieder zu kichern an, was uns erneut lachen lässt. Und plötzlich fällt auch Luna mit ein.
»Da ist es ja«, sagt Sarah. »So schwer zu kriegen, aber so verdammt ehrlich, wenn es endlich kommt.«
»Mir tut der arme Kerl jetzt schon leid, der eines Tages versucht, Lunas Herz zu erobern«, sage ich. »Das wird ein hartes Stück Arbeit.«
»Willst du mich verarschen? Die Kerle werden hinter Luna her sein, als gäbe es etwas umsonst. Soweit ich weiß, lieben Männer Herausforderungen.« Sie zwinkert mir zu.
»Jeder Mann, der etwas auf sich hält, zumindest.«
Sarah zieht eine leichte Grimasse, und Sunny fängt sofort wieder zu kichern an. »Und dann haben wir hier unseren kleinen Sonnenschein mit einem Herzen aus Gold. Sie wird ihre Liebe in die Luft werfen wie Konfetti.« Sarah zieht ein Gesicht. »Und ihr Herz wird in tausend kleine Stücke zerbrechen.«
Ich komme mir plötzlich so vor, als hätte mir jemand in

den Bauch geboxt. »Warum sagst du so etwas? Allein der Gedanke, dass jemand Sunny das Herz bricht, bringt mich dazu, denjenigen zusammenschlagen zu wollen, wer immer es auch ist.«

»Wen?«

»Na, das Arschloch, das das unschuldige kleine Herz meiner Tochter zerbricht.«

»Ach, Jonas.« Sie schüttelt den Kopf. »Unsere beiden Töchter werden gebrochene Herzen haben. Das ist unvermeidbar.«

»Warum ist das unvermeidbar?«

»Weil die zukünftigen Jonas und Josh Faradays dieser Welt auch da draußen sein werden. Und sie werden eine Menge Herzen brechen, bevor sie sich endlich selbst gefunden haben. So ist das nun mal.«

Ich denke kurz nach. »Vielleicht werden Sunny und Lu ja auch die Mädchen sein, die den zukünftigen Jonas und Josh Faradays dabei helfen, sich endlich selbst zu finden?«

»Vielleicht.«

Ich blicke auf Sunnys lachendes Gesicht. »Ich werde diese Arschlöcher umbringen.«

Sarah lacht. »Ich stelle mir gerade einen armen sechzehnjährigen Kerl vor, der Sunny zum Kino abholen will und sich in die Hosen macht, wenn ihm der Unglaubliche Hulk die Tür öffnet.«

»Oh, das wird niemals passieren, da kannst du dir sicher sein. Denn unsere Töchter werden niemals ein Date haben.«

»Ach, wirklich?«

»Zumindest nicht mit sechzehn.«

Sarah kichert. »Na dann, viel Glück, Daddy. Du weißt schon, dass du damit riskierst, dass sie sich mitten in der Nacht heimlich aus dem Fenster schleichen?«

»Dann werde ich die Fenster und Türen verriegeln.«

»Aha. Problem gelöst. Deshalb verdienst du so viel Geld. Weil du so clever bist, Mr Mogul.«

»Irgendetwas muss ich ja tun. Sieh sie dir nur an. Sie sind jetzt schon Schönheiten.«

Wir schauen unsere Töchter beide einen langen Moment an und seufzen. Ich lege meine Hand in Sarahs. »Ich weiß, das sagt jeder über seine Babys, aber auch objektiv betrachtet, sind unsere Mädchen die hübschesten Babys, die jemals auf die Welt gekommen sind.«

»Das stimmt.«

»Und wenn sie mit fünf Monaten schon so hübsch sind, dann will ich mir gar nicht vorstellen, welche Schönheiten sie erst als Teenager sein werden«, sage ich.

»Aber du bist natürlich gar nicht voreingenommen.«

»Sarah. Sieh sie dir an. Ich bin nicht voreingenommen. Das ist reine Mathematik.« Sarah grinst mich an, und mich überrollt plötzlich eine Welle des Glücks. Ich ziehe ihr Gesicht zu mir und küsse sie leidenschaftlich. Mein Penis erwacht zum Leben. »Was hältst du davon, wenn wir endlich mal ein Wochenende zu zweit verbringen?«, frage ich.

Sie blickt mich schockiert an.

»Ich werde alles planen. Rosario und deine Mutter werden bei den Mädchen bleiben. Du musst dich um nichts kümmern.« Mist. Ich wollte diesen Vorschlag cool und gelassen rüberbringen und sie mit meinen Worten einlullen, aber jetzt kann ich meine Aufregung plötzlich nicht mehr verbergen.

Sie überlegt einen Augenblick lang. »Kat kann jeden Tag das Baby kriegen. Ich will dabei sein, wenn Jack auf die Welt kommt.«

Ich versuche, ruhig zu atmen. »Okay, dann zwei Wochen nach Jacks Geburt, wann immer das auch ist. Es wird Jacks Geburtstagsgeschenk an uns sein.« Ich rede mit meiner »Jack Faraday ist ein verdammtes Tier«-Stimme. »Wenn Jack

Faraday seinen Geburtstag feiert, beschert er seiner geliebten Tante und seinem Onkel den besten Sex ihres Lebens.«
Ich lache, aber Sarah stimmt nicht mit ein. Sie kaut auf der Innenseite ihrer Wange herum und ist sichtlich besorgt.

»Ich weiß nicht, Jonas. Ich bin mir nicht sicher, ob ich die Mädchen schon über Nacht alleine lassen will. Warum mieten wir uns nicht für einen Nachmittag in einem Hotelzimmer ein?«

Ich seufze. Unser Sexleben ist schon fast wieder wie früher, was ziemlich geil ist, zugegebenermaßen. Aber ich bin bereit für ein ganz neues Level – einen neuen Normalzustand –, und ich bin mir ziemlich sicher, dass wir dafür die Stadt verlassen müssen. Nur so kann Sarah sich komplett fallen lassen und denkt nicht darüber nach, ob ihre Töchter hungrig sind oder schlafen müssen.

»Bald, Jonas. Okay?«, sagt Sarah. »Sehr bald. Gib mir noch etwas Zeit, um mich an den Gedanken zu gewöhnen. Die Mädchen wollen immer noch so viel gestillt werden.«

Ich küsse sie wieder. »Okay, Baby. Wir gehen es langsam an. Wann immer du bereit bist. Lass es mich wissen.«

Sunny steckt ihre ganze Faust in den Mund und quietscht.

Ich beuge mich über sie und vergrabe meine Nase in ihrem Hals, und sie kichert wieder. »Das ist alles deine Schuld, mein geliebtes Baby«, sage ich leise. »Weißt du das? Alles deine *verdammte* Schuld.«

»Baaaahbuh«, antwortet Sunny.

»Das bedeutet Entschuldigung«, sagt Sarah.

Ich wende mich nach links und kuschle mit Luna. »Hallo, mein geliebtes Baby Nummer zwei. Es ist auch alles deine verdammte Schuld.« Ich lehne mich zurück, um in Lunas dunkle Augen blicken zu können, und sie runzelt unbeeindruckt ihr kleines Näschen. »Ach, wirklich? Mit was habe ich dich dieses Mal verärgert?«

Sarah lacht. »Ich würde es nicht zu persönlich nehmen.

Ich glaube, sie macht in die Windel.« Sie hebt Luna hoch und riecht an ihrem Hintern. »Ja.« Sie nimmt Luna auf den Arm. »Komm schon, Luna, machen wir dich sauber.«

Ich hebe Sunny hoch und folge Sarah. »Was hältst du davon, wenn ich ein bisschen trainiere, während du mit Rosario die Mädchen umziehst und fütterst? Und wenn ich zurückkomme, soll Rosario mit den beiden einen langen Spaziergang machen.« Ich grinse. »Einen schönen, laaangen Spaziergang im Park vielleicht? Lang genug, damit ich meine geile Frau dazu bringen kann, im Bett richtig abzugehen. Dazu brauchen wir kein Hotel.«

»Hm. Das klingt nach einer fantastischen Idee«, sagt Sarah mit funkelnden Augen. »Ich hätte nie gedacht, dass es mich antörnt, mit dir und den Babys so einen Spaß zu haben.«

Ich drücke mich an sie und küsse sie noch einmal. »Ich liebe dich, Sarah.«

»Ich liebe dich auch, Jonas.« Sie berührt das Tattoo auf meiner nackten Brust – das tut sie eigentlich ziemlich regelmäßig. »*Todo mi mundo.*«

Jonas

Endlich.

Sie hat endlich Ja gesagt.

Danke, lieber Gott. Ich schulde dir etwas.

Der Privatjet von Onkel William wartet am Flughafen auf uns.

Ich habe eine fünfhundert Quadratmeter große Privatvilla in San Diego für uns gemietet. Auf den Klippen im schicken Del Mar, dem am besten bewerteten Luxusresort in ganz Kalifornien, mit eigenem Butler. Und natürlich habe ich Sarahs Schachtel mit dem Sexspielzeug und jede Menge sexy Unterwäsche, die ich für sie gekauft habe, eingepackt. Wir werden nur zwei Nächte in San Diego sein, aber ich habe ihr Negligés für mindestens zehn Nächte gekauft, so aufgeregt bin ich.

Heute ist die Nacht der Nächte.

Heute ist die Nacht der Nächte.

Ich liebe meine Töchter wirklich sehr, aber heute Nacht werde ich vergessen, dass sie überhaupt geboren wurden. Heute Nacht werden wir es treiben, als gäbe es nichts anderes auf der Welt.

Es ist fünf Monate her, seit die Mädchen aus dem Krankenhaus nach Hause gekommen sind. Sie sind jetzt sieben Monate alt – und damit weiß Gott alt genug, um zwei Nächte nicht von Sarah ins Bett gebracht zu werden. Rosario ist mittlerweile schon fast wie ein Familienmitglied für uns, und Jack ist vor sechs Wochen auf die Welt gekommen. (Dieser Kerl macht seinem Namen wirklich alle Ehre.) Es gibt keine Ausreden mehr. Keinen Grund mehr, länger zu warten. Heute ist die Nacht der Nächte. Ich werde mit meiner Frau schlafen, wie ich noch nie zuvor mit ihr geschlafen habe. Ich werde ihr den Verstand rauben, sie zum Schmelzen bringen und ihr ihre Gewohnheiten austreiben. Und ich werde sie zum Abspritzen bringen, und zwar aus sich heraus. Und sie wird es lieben.

Die Babys machen im Kinderzimmer ihren Vormittagsschlaf. Wir haben uns von ihnen verabschiedet, bevor wir sie hingelegt haben.

Ich schaue auf die Uhr. »Komm, Baby. Die Limousine wartet bestimmt schon.«

»Nur noch eine Sekunde«, sagt Sarah. Sie flitzt mit Rosario und ihrer Mutter durchs Haus, überprüft noch einmal alles und erinnert Rosario daran, wer welches Lieblingskuscheltier hat, welchen Joghurt Sunny gerne isst und wie man Luna über den Rücken streicheln muss, damit sie einschläft. Es ist lächerlich. Rosario wohnt hier, und sie kennt unsere Babys so gut wie wir. Vielleicht sogar besser als ich, denn ich habe, ehrlich gesagt, keine Ahnung, welchen Joghurt Sunny am liebsten isst und ob Lunas Lieblingskuscheltier die lila Katze oder der gelbe Dinosaurier ist.

Ich blicke wieder auf die Uhr, sage aber nichts. Wenn man ein Privatflugzeug gechartert hat, wartet die Mannschaft auf *dich*. Und das ist auch gut so. Denn ich bin ein verdammter Gott unter den Menschen. Und ich werde mit meiner Frau schlafen, bis sie den Gott in mir erkennt. Und wenn sie das tut, wird sie sagen: Oh, hi, Jonas.

Aus dem Babyfon, das Sarah (natürlich) in der Hand hält, dringt ein Geräusch, und sie wird sofort stocksteif und versucht, es zu entziffern. Wenn ich raten müsste, würde ich sagen, es war Sunny, die sich in ihrem Bettchen umgedreht hat.

»*No te preocupes*«, versichert Rosario ihr.

»Geh einfach und hab deinen Spaß«, fügt Gloria hinzu.
Plötzlich dringt Sunnys gequältes Weinen aus dem Babyfon.

»Das war *Sunny*«, sagt Sarah panisch – und ehrlich gesagt kann ich es ihr nicht verübeln, denn Sunny schreit normalerweise nie so.

Wir rennen alle ins Kinderzimmer.

»Vielleicht hat sie Hunger?«, sagt Gloria.

Aber sogar ich weiß, dass Sunny ein anderes Geräusch macht, wenn sie Hunger hat.

»Vielleicht merkt sie, dass wir fahren? Und sie ist traurig?«, sagt Sarah mit besorgter Stimme. »Babys spüren so etwas, weißt du? Sie spüren, dass wir gehen, und das macht sie traurig.«

Als wir ins Kinderzimmer kommen, sitzt Sunny in ihrem Bettchen, hat ein rotes Gesicht, und Tränen strömen über ihre Wangen. Luna schläft immer noch tief und fest und ignoriert ihre Schwester gnadenlos. In dem Moment, in dem Sunny Sarah sieht, streckt sie ihr beide Arme entgegen. Ihr ganzer Körper erzittert unter den Schluchzern. Sarah nimmt Sunny auf den Arm und küsst sie auf die Stirn. »O mein Gott, Jonas. Sie glüht ja.«

»Kannst du bitte das Fieberthermometer holen, Rosario?«, fragt Sarah auf Spanisch.

Sarah legt ihre Hand auf Sunnys Stirn. »Jonas. Fühl mal.«

Ich gehe zu ihr hinüber und will schon etwas Beruhigendes sagen, aber als ich meine Hand auf Sunnys Stirn lege, wird mir angst und bange. »Ja, sie ist warm.« Doch in Wahrheit stimme ich mit Sarah überein. Die kleine Sunny ist glühend heiß. Aber ich will Sarah nicht noch mehr verängstigen.

Sarah blickt mich panisch an, und ich muss sagen, ihre Reaktion spiegelt meine Gefühle wider. Ich berühre erneut Sunnys Gesicht. Verdammte Scheiße. Mir bleibt fast die Luft weg.

Jonas

So habe ich mir die Nacht mit Sarah wahrlich nicht vorgestellt. Nachdem wir drei Stunden mit Sunny in der Notaufnahme verbracht haben, sind wir nach Hause gekommen, haben sie in kühlem Wasser gebadet und sie dann zwei Stunden lang auf dem Arm durch die Gegend getragen, während sie unkontrolliert geschluchzt hat. Jetzt sitzen wir mit Sunny und Luna im schummrig beleuchteten Kinderzimmer, wiegen sie sanft hin und her und warten auf den Morgen.

Gloria ist schon vor Stunden nach Hause gefahren, und Rosario ist kurz vor Mitternacht schließlich ins Bett gegangen.

Die arme Sunny ist immer noch heiß, und obwohl sie sich endlich etwas beruhigt hat, könnten uns keine zehn Pferde dazu bringen, ihr von der Seite zu weichen.

Sarah drückt Sunny an ihre Brust, und ich halte Luna. Eigentlich sollte ich das Kind lieber in Ruhe in seinem Bettchen schlafen lassen, aber heute Nacht habe ich das dringende Bedürfnis, Luna zu halten und zu beschützen.

Sarah misst noch einmal Sunnys Temperatur.

»Unverändert?«, frage ich.

»Ja. Aber hey, zumindest steigt das Fieber nicht. Das ist ein gutes Zeichen. Der Arzt hat gesagt, es wird erst gefährlich, wenn es weiter steigt.«

»Sollen wir sie noch einmal kühl baden?«

»Wenn es in einer halben Stunde nicht runtergeht, machen wir das. Aber erst mal gönnen wir ihr ein bisschen Ruhe.«

»Wann können wir ihr das Tylenol wieder geben?«

»In einer Stunde.«

»Schläft sie?«, frage ich.

»Ja. Tief und fest. Das arme Ding. Was ist mit Lu?«

»Schläft auch.«

Ein paar Minuten lang schaukeln wir unsere Babys, ohne ein Wort zu sagen.

»Es hat mir das Herz zerrissen, sie heute so weinen zu sehen«, sagt Sarah. »So weint Sunny normalerweise nie.«

»Ich weiß. Ich dachte schon, ich muss mit ihr weinen. Ich würde mir eher meinen rechten Arm abhacken, als sie noch einmal so weinen zu sehen.«

Sarah kichert. »Dann hack dir wenigstens deinen linken Arm ab. Den rechten brauchst du noch.«

»Ich würde mir alles abhacken, wenn mein Baby dafür nie mehr so weinen müsste.«

»Ui, daraus können wir ein interessantes Spiel machen. Würdest du dir lieber deinen rechten Arm abhacken oder dein Baby noch einmal weinen sehen?«

»Meinen Arm abhacken.«

»Würdest du dir lieber deinen Penis abschneiden oder dein Baby weinen sehen?«

»Was soll denn das jetzt, Sarah?«

»Na ja, du sagtest *alles*.«

»Diese Frage werde ich nicht beantworten.«

Wir schunkeln noch ein Weilchen still vor uns hin.

»Wärst du lieber ohne Penis geboren, oder hättest du lieber einen und würdest ihn dir dann abschneiden?«

»Was soll das Ganze mit den abgeschnittenen Penissen?«

»Das ist nur ein Spiel.«

»Ich werde keine Frage beantworten, in der es darum geht, meinen Penis abzuschneiden.«

»Also wärst du lieber ohne einen geboren worden?«
»Ja, dann wüsste ich nicht, was ich verpassen würde.«
»Gute Antwort. Aber was, wenn du jede Menge Sex gehabt hättest, bevor der Penis abgeschnitten wird? Wärst du dann auch lieber ohne Penis geboren worden und hättest somit nie erfahren, wie Sex ist?«
»Wenn ich ohne Penis geboren worden wäre, würde ich nicht wissen, was ich verpasse. Dann säße ich in meiner einsamen Höhle und wäre glückselig unwissend. Glückselige Unwissenheit ist prima.«
»Okay, hättest du lieber keinen oder fünf Penisse?«, fragt Sarah.
»Fünf«, antworte ich schnell, und sie lacht. »Das war einfach.«
»Du könntest einen Gummihandschuh als Kondom benutzen. Hättest du lieber keine Ellbogen oder keine Knie?«
»Ähm. Keine Ellbogen.«
»Ich auch.« Sie kichert.
»Wir würden uns einfach die ganze Zeit umarmen.«
»Ah. Noch eine Grußkarte für deine Sammlung: Darling, wenn wir ohne Ellbogen geboren worden wären, würde ich dich die ganze Zeit umarmen. Alles Liebe zum Valentinstag.«
Ich lache.
»Würdest du dir lieber einmal im Jahr in der Öffentlichkeit in die Hose kacken oder unbeobachtet jeden Tag?«
Ich kann nicht antworten, so sehr muss ich lachen.
»Komm schon, antworte.«
Ich kann nicht aufhören zu lachen. »Du bist so krank.«
»Antworte.«
»Einmal im Jahr in der Öffentlichkeit«, sage ich schließlich.
Sie lacht aus vollstem Herzen. »Ich auch. Warum?«
»Weil ich dann einfach in ein fremdes Land fliegen, mir in

die Hose kacken und dann wieder nach Hause fliegen würde. Keine große Sache. Ein Tag im Jahr.«

Sie lacht bestimmt eine volle Minute lang. »Du bist so ein guter Stratege. So etwas wäre mir nie eingefallen. Kann ich mit dir kommen und an irgendeinem exotischen Ort mit dir in die Hose kacken?«

»Klar. Klingt irgendwie romantisch.«

Sarah lacht. »Im Ernst, Baby. Du solltest Grußkarten schreiben.«

»Es steht immer noch auf meiner Liste.« Wir schunkeln wieder leise die Babys. »Welches Land?«, frage ich.

»Welches Land würden wir uns aussuchen, um gemeinsam in die Hose zu kacken?«

»Das kannst du entscheiden, Liebling. Überrasch mich. Aber such dir bitte ein Land aus, in dem ich nicht verstehe, was die Leute mir nachrufen.«

»Okay. Wie wär's mit Bhutan?«, frage ich.

»Noch nie davon gehört.«

»Dann ist es perfekt.«

»Also gut, buch schon mal. Jonas' und Sarahs kacktastisches Abenteuer«, sagt Sarah.

»Eine weitere Runde köstlicher Vorfreude.«

Sarah kichert. »Okay, ich hab noch was. Hättest du lieber eine Zeitmaschine, mit der du nur in die Vergangenheit oder nur in die Zukunft reisen könntest?«

»Das ist einfach. In die Zukunft. Immer vorwärts.«

Sarah lächelt. »Würdest du nicht gerne nach Athen in die Vergangenheit reisen und mit Platon über den Sinn des Lebens reden?«

»Nein. Ich würde Sunny und Luna als alte Damen besuchen wollen. Ich würde mit meinen Mädchen reden und sie über ihr Leben ausfragen wollen.«

»Oh.« Sie ist sichtlich bewegt von dieser Antwort.

»Und außerdem würde ich gerne herausfinden, ob wir jemals Krebs heilen oder fliegende Autos erfinden werden und ob die globale Erwärmung den Planeten wirklich vernichten wird, wie sie immer sagen. Und du?«

»Auf jeden Fall in die Zukunft. Scheiß auf die Vergangenheit.«

»Scheiß drauf.«

»Die Vergangenheit ist eine Schlampe.«

»Ein Hurensohn.« Ich muss lachen. »Okay, frag mich was wirklich Gutes. Etwas, das schwer zu entscheiden ist.«

Sie überlegt. »Würdest du für den Rest deines Lebens lieber One Direction oder Justin Bieber hören, während wir miteinander schlafen?«

»O mein Gott! Du bist der Teufel!«

Sie lacht. »Du musst dich entscheiden.«

»Nein.«

»Doch. Du kannst das Spiel nicht spielen und dann die Regeln nicht befolgen.«

Ich blicke sie böse an.

»Antworte.«

Ich schüttle den Kopf.

»Jonas Faraday. Sei kein Feigling.«

Ich hole tief Luft. »One Direction.«

»Ich wusste es!« Sie bricht in schallendes Gelächter aus. »Insgeheim magst du meine Jungs genauso sehr wie ich.«

Ich versuche, ein Grinsen zu unterdrücken. »Eigentlich sind sie ganz okay. Bis auf den einen mit der dämlichen Frisur und den Schmetterlingstattoos.«

»Harry.«

»Ja. *Harry*.«

»Er ist der süßeste Typ von allen – der Bad Boy.«

»Ein Blödmann ist er.«

»Ach, du bist ja nur eifersüchtig.«

»Ja genau, ich bin eifersüchtig auf Harry von One Direction. Das bin ich.«

Sie lacht. »Er ist umwerfend. Im Ernst. Für ihn würde ich sogar in der Zeit zurückreisen.«

»Du willst dem achtzehnjährigen Harry Styles die Unschuld rauben?«

»Ja, dafür müsste ich wahrscheinlich nur zwei Jahre in der Zeit zurückreisen. Das gäbe nicht einmal einen Jetlag.«

Ich lache. »Du lustig.«

»Ich lustig.« Sie strahlt mich an. »Du musst zugeben, dass ihre Lieder sehr mitreißend sind.«

»Ich gebe zu, dass ein Team von professionellen Songwritern viele gute One-Direction-Songs geschrieben hat.«

Sie lacht. »O Jonas, ich liebe dich.«

»Und ich liebe dich.«

»Okay, jetzt hab ich eine gute Frage. Würdest du lieber dein Leben lang darauf verzichten, mich zu lecken oder mit mir zu schlafen?«

Ich schüttle den Kopf. »Das ist gemein.«

»Antworte.«

»Ich verweigere die Antwort und beziehe mich auf das Recht der Religionsfreiheit, das mir im ersten Zusatzartikel der Verfassung garantiert wird.«

Sie schnaubt.

»Du verlangst von mir, zwischen meiner Religion und meinem Laster zu wählen.«

»Das ist der Sinn des Spiels – du musst zwischen zwei unmöglichen Antworten wählen.«

»Na gut, wenn das hypothetisch ist, könntest du mir immer noch einen runterholen, während ich dich lecke?«

»Ja, mit ganz viel Gleitgel. Gefolgt von dem besten Blowjob deines Lebens, jedes verdammte Mal. Und wir könnten uns auch gegenseitig lecken, jeden Tag. Nur keinen Geschlechtsverkehr mehr. Nie wieder. Solange du lebst. Du kannst nie wieder mit deinem Penis tief, tief in mich eindringen. Nie wieder, solange du lebst ...«

»Stopp! Genug, ich kann diese Schmerzen nicht mehr ertragen.« Ich schüttle den Kopf, als würde sie mich foltern. »Na gut, du hast gewonnen. Ich könnte nicht leben, ohne mit dir zu schlafen, Baby – und das weißt du.«

Sie lacht.

»Aber es bereitet mir sogar hypothetisch Schmerzen, dich für den Rest meines Lebens nicht mehr schmecken zu können. Allein der Gedanke daran, dass ich dich nie mehr lecken kann, dir nie wieder diese wundervolle Lust bereiten kann, nie wieder fühlen kann, wie deine geschwollene Klit unter meiner Zunge pulsiert, bis du dich an meinem Mund öffnest und wieder zusammenziehst …« Ich halte inne. »Scheiße.«

»Jetzt hast du einen Steifen, oder?«

Ich nicke.

Sie lacht.

»Einen Steifen zu haben, während ich meine kleine Tochter im Arm halte, ist nicht gerade das, was ich mir unter Spaß vorstelle.«

Sunny wimmert leise an Sarahs Brust.

»Miss noch mal ihre Temperatur. Ich mach mir Sorgen.«

Sarah nimmt das digitale Fieberthermometer und hält es an Sunnys Stirn. Sie atmet erleichtert aus. »Das Fieber ist um ein ganzes Grad gesunken«, sagt sie. »Gott sei Dank. Glaubst du, das war's jetzt?«

»Ich hoffe doch. Können wir ihr schon wieder Tylenol geben?«

Sarah schaut auf ihre Uhr. »Nein, in dreißig Minuten erst.«

Wir schaukeln noch ein bisschen in den Schaukelstühlen und streicheln die Babys in unseren Armen.

»Wie wäre es damit?«, frage ich. »Würdest du lieber jedes Mal lospinkeln, wenn du Musik hörst oder wenn du einen Orgasmus hast?«

Sie wirft mir einen bösen Blick zu. »Oh, sehr geschickt, Jonas.«

»Was denn?«, frage ich und sehe sie unschuldig an.

»Hm, ich weiß nicht«, sagt Sarah. »Könnte deine Frage vielleicht auf etwas Bestimmtes abzielen, mein Herr und Gebieter?«

»Und ich dachte, ich sei so clever.«

»Bei mir kannst du deine Jedi-Tricks nicht anwenden, Jonas. Ich bin zu klug.«

»Na gut, dann beantworte wenigstens meine Frage, auch wenn meine Motive so offensichtlich sind.«

Für einen kurzen Moment sieht sie richtig verärgert aus, aber der Ausdruck in ihrem Gesicht verschwindet sofort wieder. »Nein, ich werde diese Frage nicht beantworten«, sagt sie entschieden.

»Du hast doch gesagt, wir müssen jede Frage beantworten. Ich habe auch eine wirklich schwere beantwortet. Komm schon.«

»Die war nicht schwer. Jeder Mann auf diesem Planeten würde den Geschlechtsverkehr dem Oralsex vorziehen, Jonas. Für dich war es vielleicht eine schwierigere Entscheidung als für den Durchschnittsmann, aber es war immer noch eindeutig.«

»Trotzdem hat die Entscheidung sehr wehgetan.«

Sie schmunzelt.

»Komm schon, Sarah. Beantworte meine Frage. Würdest du dich lieber beim Musikhören oder beim Orgasmus selbst anpinkeln?«

»Beim Musikhören.«

»Im Ernst? Du würdest dich lieber jedes Mal anpinkeln, wenn du Musik hörst, anstatt es in der Privatsphäre unseres Bettes zu tun, wo es nur uns beide gibt?«

»Ich habe dir gesagt, ich will diese Frage nicht beantworten. Ich habe mich im echten Leben schon genug angepinkelt. Ich will es nicht auch noch hypothetisch machen. Frag mich etwas anderes.«

»Was meinst du damit, du hast dich im echten Leben schon genug angepinkelt?«

Sie presst ihre Lippen aufeinander und antwortet nicht.

»Sarah? Was meinst du damit?«

Sie bleibt eine ganze Weile lang still. »Ich habe sehr, sehr lange ins Bett genässt«, sagt sie endlich. Ihre Wangen werden knallrot.

»Wirklich?« Für den Bruchteil einer Sekunde verspüre ich das Bedürfnis, laut über diese Enthüllung zu lachen, aber der verletzliche Ausdruck in Sarahs Gesicht hält mich davon ab. »Was heißt sehr, sehr lange?«

»Bis ich zehn oder elf war. Ungefähr ein Jahr nachdem meine Mutter und ich umgezogen sind, habe ich damit aufgehört.« Sie seufzt laut. »Ja«, sagt sie schließlich. »Das war ein Spaß.«

»Warum wusste ich noch nichts davon?«

Sie zuckt mit den Schultern. »Ich bin mir sicher, irgendwann werde ich herausfinden, dass du keine Pistazien magst oder schon mal Sex mit einem Mann hattest. Man lernt halt nie aus.«

»Nein. Ich liebe Pistazien, und ich hatte noch nie Sex mit einem Mann.«

»Ich bin mir trotzdem sicher, dass es etwas gibt, das ich noch nicht über dich weiß.«

»Du hast also bis zum Alter von elf Jahren regelmäßig ins Bett genässt?«

»Na ja, nicht jede Nacht. Immer wenn ich Albträume oder wirklich Angst hatte. Dann habe ich die Kontrolle über meine Blase verloren.«

»Was ist passiert?«, frage ich und versuche, beruhigend zu klingen.

Sie schüttelt ihren Kopf.

»Hey, ich bin der Mann, der dich liebt, schon vergessen? Du kannst mir alles erzählen.« Ich lächle sie ermutigend an.

»Du klingst, als würdest du ein Wildpferd mit einer Karotte zähmen wollen und ihm dann den Sattel aufwerfen.«

Ich muss grinsen. Sie kennt mich so gut. Das ist genau das, was ich vorhabe. »Erzähl es mir, Baby«, sage ich. »Lass dich von mir satteln.«

Sie zuckt mit den Schultern. »Es ist keine große Sache. Immer wenn mein Vater ausgeflippt ist und ich mich im Schrank oder unter dem Bett versteckt habe, habe ich mir in die Hose gemacht. Es ist dann meine Beine hinabgelaufen, und ich saß wer weiß wie lang in einer Pfütze aus Urin. Manchmal hatte ich auch einen Albtraum und habe ins Bett gemacht. Da gibt es nicht viel zu erzählen. Ich konnte es halt nicht kontrollieren. Es ist einfach passiert.«

»Meine Güte«, sage ich, und mir geht ein Licht auf. Plötzlich ergeben so viele Dinge über Sarah einen Sinn. »Weißt du«, setze ich an. »Ich denke, das hat etwas mit deinen sexuellen Störungen zu tun.«

Sie sieht mich verwirrt an.

»Erkennst du die Verbindung nicht?«

Sie schüttelt den Kopf.

Wie kann sie das nicht sehen? »Immer wenn du kurz vor einem intensiven Orgasmus stehst, hast du das Gefühl, gleich pinkeln zu müssen, richtig?«

Sie nickt.

»Und je intensiver der Orgasmus, desto intensiver auch das Gefühl?«

Sie verzieht den Mund und denkt nach.

»Mein Gott, Baby. Jahrelang hast du dieses Gefühl, gleich pinkeln zu müssen, mit etwas Schlimmem assoziiert, mit etwas, das dir peinlich ist. Bevor ich in dein Leben getreten bin, hast du dieses Gefühl immer unterdrückt. Kein Wunder, dass du so lange keinen Orgasmus haben konntest. Das war alles in deinem Kopf.«

Ihr Gesichtsausdruck ist unbezahlbar.

»Du hast dein ganzes Leben lang Angst gehabt, ins Bett zu nässen. Im wahrsten Sinne des Wortes.«
Ihr Mund steht sperrangelweit offen. »Meinst du wirklich, das könnte der Grund gewesen sein?«
»Du musst dich aufs Wesentliche konzentrieren, Baby. Die einfachste Antwort ist meistens die richtige.«
Sie schaukelt einen Augenblick lang still in ihrem Schaukelstuhl. »Heilige Scheiße«, sagt sie schließlich. »Du könntest recht haben.«
»Natürlich habe ich recht. Die Uni sollte mir einen Ehrendoktor in weiblicher Psychologie verleihen.«
»Du meine Güte«, sagt sie. »Vielleicht ist das wirklich nicht nur Psychogequatsche.«
»Natürlich ist es kein Psychogequatsche. Das ist Gold wert – es ist so golden wie eine goldene Dusche, aufgedreht von Sarah Cruz.«
Sie will nicht lachen, aber sie tut es.
»Das ist der Durchbruch, Baby.«
»Du könntest tatsächlich recht haben.«
»Natürlich habe ich recht. Wenn ich bei irgendetwas immer recht habe, dann bei heißen Mädchen mit Vaterkomplex.« Ich grinse sie schief an.
»Du Frauenflüsterer, du.«
»Stets zu Diensten.«
Ich komme mir vor, als hätte ich einen verdammten Zauberwürfel gelöst. Sarah war ihr Leben lang darauf getrimmt, die Dinge zurückzuhalten anstatt sie loszulassen. *Ja.* Und jetzt sehnt sie sich mehr als alles andere danach, sich komplett gehen zu lassen. Aber sie weiß nicht, wie sie das selbst schaffen soll. Mir wird plötzlich bewusst, dass Thailand das beste Beispiel dafür war. Ihr verzweifeltes Verlangen danach, sich komplett fallen zu lassen. Aber sie kann es nicht aus sich heraus. Sie braucht jemanden oder etwas, das ihr dabei hilft. Sie will von einer größeren Macht dominiert werden,

sodass sie sich ergeben kann und nicht mehr selbst agieren muss. Mein Gott, kein Wunder, dass sie so auf Bondage und Dildos steht. Sie will im wahrsten Sinne des Wortes dominiert werden.

Mein Penis regt sich.

Ich schaukle Luna im Arm und lächle Sarah an.

»Was denkst du?«, fragt Sarah. »Du hast so ein teuflisches Grinsen im Gesicht.«

»Ich denke gar nichts.«

Sunny beginnt zu quengeln, und Sarah gibt ihr die Brust.

»Wie hoch ist ihre Temperatur?«

Sarah nimmt das Thermometer und hält es an Sunnys Stirn. »Weiter gesunken. Ich denke, das war's.«

»Puh, zum Glück.«

Ich stehe auf und lege Luna vorsichtig in ihr Bettchen. Sie bewegt sich kurz, wird dann aber sofort wieder still.

Ich betrachte Sarah einen Augenblick lang beim Stillen.

Mein Baby will zum höchsten Wasserfall gebracht werden, dorthin, von wo aus es keine andere Möglichkeit mehr gibt, als zu springen. Vielleicht ist es für uns beide an der Zeit, die Vergangenheit – und unsere Kindheitstraumata – hinter uns zu lassen. Vielleicht ist es an der Zeit, in unsere Zeitmaschine zu steigen und Vollgas zu geben.

Sarah

Ich öffne die Glastür, die auf die Veranda hinausführt, und blicke über die Klippen auf das saphirblaue Meer unter uns. »Unglaublich!«, rufe ich. »Das Paradies!«

Jonas lacht hinter mir.

Ich renne zurück in die Villa und drehe mich im Kreis wie ein kleines Mädchen. »Es ist wundervoll.«

»Soll ich die Flasche für Sie öffnen, Sir?«, fragt unser persönlicher Butler Jeeves Jonas und deutet auf eine Champagnerflasche im Eiskübel. (Habe ich schon erwähnt, dass wir hier unseren eigenen Butler haben? Wow!)

»Nein, das mache ich schon«, sagt Jonas ruhig und hält dem Mann einen Geldschein hin.

»Nein, Mr Faraday, das wird am Ende Ihres Aufenthalts abgerechnet.«

Ich laufe an Jeeves vorbei ins Badezimmer und bewundere die Jacuzzi-Badewanne. »O là, là«, rufe ich Jonas zu und krabble in die leere Badewanne. »Oh, Jonas! Das ist so gut!«

Jonas erscheint im Türrahmen und lächelt mich an. Sein T-Shirt klebt eng an seiner breiten Brust. Und die Muskeln an seinen tätowierten Armen sind angespannt. Er verschlingt mich förmlich mit seinem Blick. Und sein Kinn sieht aus wie in Stein gemeißelt. Großer Gott, dieser Mann verkörpert puren Sex. Manometer, ich bin so was von bereit, ein bisschen schmutzigen Spaß mit ihm zu haben – er soll mich mit seinem Penis piksen, wohin er will.

Ich höre, wie sich die Eingangstür schließt.
»Ist Jeeves gerade gegangen?«
Jonas nickt.
»Juhu! Lasset die Spiele beginnen. Willst du mit einem Unterwasserwettbewerb im Luftanhalten beginnen?«
Er antwortet nicht. Seine Gesichtsmuskeln zucken.
»Wie du vielleicht weißt, bin ich momentan die Rekordhalterin in dieser Sportart.« Ich kichere. Mann, fühle ich mich gut. Ich hatte drei Gläser Champagner auf unserem Flug nach San Diego – auf unserem Flug in einer *Privatmaschine* –, und jetzt geht es mir wirklich fantastisch.

Mann, das Privatflugzeug war unglaublich. Neben dem nicht enden wollenden Champagner hat mir die nette Stewardess auch noch ein warmes Erfrischungstuch, flauschige Hausschuhe und eine köstliche Sushi-Platte gebracht – und das alles für einen zweistündigen Flug. Aber das Beste war natürlich, in zehntausend Meter Höhe mit meinem heißen Ehemann zu schlafen. O ja. Mein Ehemann hat mich verwöhnt, bis ich lauter gewesen bin als die Flugzeugmotoren, und dann hat er mich vernascht, bis der Pilot die Anschnallzeichen angemacht hat. Und jetzt sitze ich an einem wundervollen sonnigen Tag in einer riesigen Villa mit Blick auf das schillernd blaue Meer. Ich fühle mich absolut gigantisch. Das Leben könnte nicht ...

Moment.

An einem *sonnigen* Tag.

Sunny.

Mein Herz setzt kurz aus.

Luna.

Vielleicht sollte ich zu Hause anrufen und sichergehen, dass es den Mädchen gut geht?

Jonas verschränkt die Arme über seiner Brust und lehnt sich an den Türrahmen des Badezimmers. Jeder Muskel seines spektakulären Körpers ist angespannt.

Ach was, den Mädchen wird es schon gut gehen.

Ich lehne mich verführerisch in der leeren Badewanne zurück und versuche, meinen sexy Ehemann hineinzulocken. Aber er steht einfach nur da und verströmt seinen unglaublichen Charme. Okay. Gut. Es gibt Schlimmeres, als hier zu sitzen und die göttliche Idee der Geilheit zu bewundern.

Ich deute auf die Wanne. »Bist du nicht versucht, mein süßer Jonas?«

Jonas sieht aus, als würde er mich gleich bei lebendigem Leib verschlingen, aber er streicht nur abwesend über seinen Platinarmreif.

»Okay, wenn du nicht willst«, sage ich. Ich klettere aus der leeren Wanne und gehe ins Schlafzimmer.

Jonas folgt mir.

»Was willst du zuerst tun, mein geliebter Ehemann?«, frage ich und lasse mich auf das riesige Bett fallen.

»Ein bisschen Oralsex? Oder vielleicht auch von hinten?« Ich zwinkere ihm zu. »Ich weiß, ich kann es gut überspielen, aber ich bin schon ein bisschen betrunken. Eine kleine Hintertüraktion wäre also gar keine schlechte Idee, wenn du weißt, was ich meine. Oder vielleicht willst du dieses Kunststück aus dem Cirque du Soleil noch mal probieren? Das haben wir schon lange nicht mehr gemacht.«

Jonas beißt sich auf die Lippen, dreht sich auf dem Absatz um und geht wortlos wieder ins Badezimmer.

»Jonas?«

Ich höre das Geräusch von fließendem Wasser. »Aha, du willst also doch ein bisschen Wassersport treiben, wie?«, rufe ich und springe aus dem Bett, um mich zu ihm zu gesellen. »Eine ausgezeichnete Idee, Sir.«

Als ich ins Badezimmer komme, beugt sich Jonas gerade über die Wanne und überprüft die Temperatur des Wassers. Während er mit seiner Hand durch das fließende Wasser fährt, zuckt sein Bizeps.

»Gute Idee«, sage ich und fange an, meine Bluse aufzuknöpfen.

»Warte«, sagt Jonas und richtet sich auf.

Ich halte inne und schaue ihn verwirrt an.

»Zuerst möchte ich dir die Grundregeln für dieses Wochenende erklären.«

Ich lege meinen Kopf schief wie ein kleiner Hund. Habe ich das richtig verstanden? »Die *Grundregeln?*«, sage ich grinsend. Habe ich schon so viel Champagner getrunken? Ich könnte schwören, Jonas hätte gerade etwas von Grundregeln gesagt. Ich lache und fahre damit fort, mich auszuziehen.

»*Warte*«, sagt er im Befehlston. »Hör bitte auf, dich auszuziehen. Ich will dir erst erklären, wie dieses Wochenende ablaufen wird, Sarah. Und ich will, dass du mir sehr gut zuhörst.«

Ich erstarre. »Wie bitte?« Mir stellen sich die Nackenhaare auf.

Jonas schleicht sich an mich heran wie ein Panther, nimmt meine Hand und zieht mich auf einen gepolsterten Stuhl, der in der Ecke des riesigen Badezimmers steht. »Setz dich.«

Ich gehorche. Warum pocht es plötzlich so in meinem Schritt?

»Warte«, sagt er. Er verlässt das Badezimmer.

Ich berühre meine Unterlippe. Sie ist taub.

Er kommt wieder zurück. Er hat ein schwarzes Samtkästchen in der Hand, das er auf den Rand der Badewanne stellt. Als er mir wieder in die Augen sieht, funkeln sie wie Blitze. »Sarah, was ist der einzige Sinn und Zweck des Jonas-Faraday-Clubs?«

Ich werfe einen Blick auf die schwarze Samtbox. Sie sieht aus wie ein Schmuckkästchen. Ich kann mich kaum konzentrieren, wenn dieses Kästchen nur wenige Zentimeter von mir entfernt steht.

»Sarah?«

»Tut mir leid. Die höchste sexuelle Befriedigung der Sarah Cruz. Faraday«, sage ich.

»Richtig. Zusammengefasst, *Sexzellenz*.«

»Jawohl. Und wenn ich noch etwas hinzufügen darf ...«

»Pst.«

Ich schließe meinen Mund.

»Über die Jahre hinweg ist die tiefe und beständige Hingabe dieses Clubs an seine Mission nicht geringer geworden, ganz im Gegenteil. Sie ist im Laufe der Zeit sogar noch intensiver geworden. Man könnte fast sagen, sie hat sich in etwas verwandelt, das einer religiösen Berufung gleicht.« Er zieht einen Mundwinkel nach oben.

Ich beiße mir auf die Lippe. Herrlich. Ich habe das Gefühl, etwas Großartiges kommt auf mich zu.

»Dank der unbeirrten Hingabe des Clubs hat sein einziges Mitglied – das der alleinige Grund für die Existenz dieses Clubs ist –, eine gewisse Mrs Sarah Cruz Faraday, mittlerweile wirklich jede Variation der *Sexzellenz* erlebt, die der Weiblichkeit bekannt ist. Mit einer einzigen Ausnahme. Es gibt einen herausragenden Gipfel, den sie noch nicht erklommen hat.«

Ich kann mir ein Schmunzeln nicht verkneifen. O Jonas. Das ganze Wochenende ist dazu da, mich zum Ejakulieren zu bringen, ohne dass er den magischen Knopf drückt? Wirklich? Aber warum überrascht mich das eigentlich? Dieser Mann ist durch und durch Bergsteiger.

»Im letzten Jahr«, fährt Jonas fort, »haben wir eine kurze Auszeit genommen von unserem Aufstieg zum unerklommenen Gipfel der Sexzellenz, da der Club die Entscheidung getroffen hat, zwei winzige Faradays zu zeugen.« Sein Blick verfinstert sich. »Aber jetzt ist es an der Zeit, unseren Aufstieg mit neuer Kraft fortzusetzen, mein geliebtes Baby. Es ist Zeit, wieder zu klettern und zu erklimmen.« Seine Mundwinkel formen sich zu einem unanständigen Grinsen. »Dieses Wochenende werden wir den höchsten Gipfel von allen besteigen: den Gipfel der *Fickzellenz*.«

»Oh«, sage ich und verspüre ein plötzliches Pulsieren zwischen meinen Beinen.

»Erinnerst du dich an die einzige Regel des Jonas-Faraday-Clubs, mein geliebtes Baby?«

Ich schlucke und nicke.

»Sag sie bitte.«

»Du bist der Boss«, sage ich keuchend.

O mein Gott, ich habe überall Gänsehaut. Und bin total erregt. Ja, ja, ja, ja. Das wird der Wahnsinn.

»Und warum bin ich der Boss, Sarah?«

»Weil du der Einzige auf der ganzen Welt bist, der weiß, wie er mich dazu bringt, wild und animalisch zu stöhnen. Weil du weißt, wie du mich ins Licht außerhalb der Höhle bringen kannst, Jonas P. Faraday, mein Herr und Gebieter«, sage ich ehrfürchtig. »Weil du Gott bist.«

»Das ist richtig. Braves Mädchen.«

Ich rutsche auf dem Stuhl herum. Mein Mund ist ganz trocken. Das verspricht, gut zu werden.

Er beugt sich nach unten und dreht den Wasserhahn der Badewanne zu. »Bist du bereit, den wundervollen und herausragenden Gipfel der *Fickzellenz* zu erklimmen, mein geliebtes Baby?«

Ich nicke wie eine Marionette. »Und wie ich das bin, mein süßer Jonas.«

Er nähert sich mir, und mein ganzer Körper steht sofort unter Strom.

Er nimmt mein Gesicht in seine Hände. »Für die wirklich wertvollen Dinge im Leben muss man immer kämpfen«, sagt er. »Der Weg zur Perfektion ist mit großen Opfern gepflastert. Um ihn zu bezwingen, müssen wir neue Wege in uns selbst finden – neue Windungen in unserem Gehirn entdecken. Zusammengefasst heißt das, wir müssen etwas Neues und Unerprobtes ausprobieren. Verstehst du das?«

Ähm, nein, ich habe keine Ahnung, wovon er da redet. Aber das ist mir egal. Ich vertraue ihm hundertprozentig. Er würde mir niemals wehtun, das weiß ich. Also, was auch immer er mit mir machen will, was auch immer seine kleine Rede bedeuten soll, ich bin bereit. Bereit, bereit, bereit.

»Ich verstehe voll und ganz«, sage ich feierlich. »Ich bin bereit.«

»In der Vergangenheit haben wir uns um dich und deine Bedürfnisse gekümmert. Deine Lust war meine Lust. Dein Orgasmus war meiner. Dein Blut meines. Aber das ändert sich jetzt. *Meine* Lust ist ab sofort *deine* Lust.«

Ich runzle die Stirn. Interessant.

»Von jetzt an dienst du mir – voll und ganz –, ohne Rücksicht auf dein eigenes Verlangen. Du dienst mir mit deinem Blut, deinem Schweiß und deinen Tränen. Und mit deinem Körpersaft.«

O Mann, er sieht so verdammt gut aus. Er ist wirklich der heißeste Mann auf Erden. Ich nicke, obwohl ich immer noch nicht ganz verstehe, wovon er redet. Worin genau liegt der Unterschied zu dem, was wir immer machen? Dieser Mann hat Milch aus meinen Brüsten gesaugt, Blut zwischen meinen Beinen aufgeleckt und einen Knopf in mir gedrückt, durch den ich abspritze wie ein Geysir. Und schon in den Jahren zuvor hat er den Schweiß aus jeder Falte und Rundung meines Körpers geleckt wie ein durstiger Hund. Aber egal, die Rede, die er gerade hält, macht mich wahnsinnig an.

»Ja«, sage ich, obwohl ich nicht weiß, was genau ich da gerade zugestimmt habe.

Er nimmt das Samtkästchen vom Wannenrand und kommt mit angespannten Muskeln wieder zu mir zurück. »Sprich mir nach: Jonas, du bist in jeder Sekunde dieses Wochenendes der Boss.«

Oh, jetzt hat er das Samtkästchen in der Hand. Juhu! Einen Augenblick lang kann ich mich nicht konzentrieren. Ich wittere Schmuck. »Könntest du das bitte wiederholen, Baby?«, frage ich.

»Jonas, du bist in jeder Sekunde dieses Wochenendes der Boss.«

»Jonas, du bist in jeder Sekunde dieses Wochenendes der Boss«, sage ich.

»Ich verspreche, dass ich keinen besserwisserischen Kommentar abgebe.«

»Nun ja, da ich niemals einen besserwisserischen Kommentar abgebe, verspreche ich dir, dass es keinen besserwisserischen Kommentar von meiner Seite geben wird.«

Er unterdrückt ein Lachen. »Du kannst mit meinem Körper tun und lassen, was du willst.«

Ich lache. »O mein Gott, mein Slip ist schon ganz feucht, Baby. Du bringst mich um den Versand, und wir haben noch nicht einmal ...«

»Du kannst mit meinem Körper tun und lassen, was du willst«, sagt er ernst.

»Du kannst mit meinem Körper tun und lassen, was du willst, Jonas.« Ich grinse. »Nimm ihn. Nimm jeden Tropfen davon. Nimm mich, mich, mich, mich.« Ich kichere. »Ich gehöre dir. *Propiedad de Jonas Faraday. Mi amor. Todo mi mundo.* Der Mann, der –«

»Pst.«

Ich halte den Mund.

Jonas nimmt das schwarze Samtkästchen von einer Hand in die andere.

Was zum Teufel ist in dieser Schachtel?

»Und wir wissen beide«, fährt er fort, »dass mir dein Schmerz keine Lust bereitet. Das ist eine unwiderlegbare Tatsache, egal, welchen Gipfel wir auch erklimmen. Aber lass mich eines klarstellen: Ich werde dich nehmen, bis du die Kontrolle über deine Körperfunktionen verlierst. Und ich werde dich so fest nehmen, bis du um Gnade flehst.«

Ich kann ein Stöhnen kaum unterdrücken.

Seine Augen funkeln. »Ist das für dich in Ordnung?«

Ich nicke. »Ja, mein Herr und Gebieter. Jonas, o Mann, du siehst so heiß aus.«

»Wenn du Unbehagen, Angst oder irgendetwas anderes als tatsächlichen Schmerz verspürst, dann ist mir das egal. Du kannst ›nein‹ oder ›stopp‹ flehen, aber ich werde trotzdem weitermachen mit dem, was ich tue. Doch wenn du das Wort ›Gnade‹ sagst, dann werde ich sofort damit aufhören. Ich will nur, dass du dir gut überlegst, wann du es sagst, denn ich werde es auf jeden Fall respektieren. Ich werde keine Fragen stellen. Es ist ein magisches Wort, Sarah, also gebrauch es nur, wenn es unbedingt notwendig ist.«

Hat Jonas mir gerade ein *Safeword* genannt? Heilige Mutter Gottes, will mein Ehemann das wirklich tun? Ich hätte nie gedacht, dass ich diesen Tag mal erleben würde. »Ja, Sir«, sage ich, kann mir aber ein Grinsen nicht verkneifen.

Auch über sein wunderschönes Gesicht huscht ein leichtes Grinsen. »Na gut. Jetzt, da ich die Regeln für unseren Aufstieg zum Gipfel der *Fickzellenz* festgelegt habe, hier noch eine kleine Aufmerksamkeit, um meine Gefühle für dich auszudrücken.«

Und ohne ein weiteres Wort öffnet er (endlich) das Samtkästchen in seiner Hand, und zum Vorschein kommt das atemberaubendste Diamantarmband, das ich je gesehen habe. Mein Gott, sind das viele Diamanten auf einmal. Ihr Glitzern und Funkeln blendet mich. *Ich will es, ich will es, ich will es.*

»Alles Liebe zum Valentinstag«, sagt Jonas grinsend.

Ich halte mir eine zitternde Hand an den Mund und beuge mich weiter vor, um dieses wundervolle Stück aus der Nähe zu betrachten. Es übertrifft meine höchsten Erwartungen.

Einige der Diamanten sind große alte Steine – wie viel Karat müssen die haben? Hat er sie von der Queen gestohlen? –, die anderen Steine sind kleinere Diamanten, die in verschiedenen Formen aneinandergereiht sind. O Gott. Es sind die Sonne, der Mond und jede Menge Sterne. Ich bin kurz davor, in Ohnmacht zu fallen. »Oh«, sage ich keuchend. »Oh«, sage ich noch einmal. »Oh«, sage ich ein drittes Mal. Habe ich gerade einen Orgasmus? Heilige Scheiße, ja, ich habe einen. Ich habe tatsächlich einen Orgasmus! »Oh«, sage ich erneut. »Oh, oh, oh.« Großer Gott, ich habe einen durch Diamanten verursachten Orgasmus! »Oh!«

»Gefällt es dir?«

Ich nicke, aber ich bin körperlich und emotional zu überwältigt, um zu sprechen.

»Ich wollte dein Mitgliedsarmband eigentlich schon lange upgraden«, sagt Jonas leise, und seine Augen strahlen vor Aufregung.

»Jonas«, sage ich endlich mit zitternder Stimme. »Vielen, vielen Dank. Es ist umwerfend.«

Er nimmt mir meinen gravierten Platinreifen vom Arm und legt ihn auf die Marmorplatte neben dem Waschbecken. Anstelle des Reifens legt er mir das neue, funkelnde Armband um. »Danke, dass du meine Frau und die Mutter meiner Kinder und das einzige Mitglied im Jonas-Faraday-Club bist, Sarah Faraday.«

Ich beiße mir ungefähr zum zwanzigsten Mal in den letzten zwanzig Minuten auf die Lippen. Meine Klit pulsiert. Mein Herz springt aus meiner Brust. Mein Puls dröhnt in meinen Ohren. Mein ganzer Körper steht unter Strom. Wahnsinn, ich will jetzt mit diesem Mann Liebe machen. Ich deute auf das abgelegte Platinarmband neben dem Waschbecken. »Das könnte ich an meinem anderen Handgelenk tragen. Dann hätten wir immer noch etwas Zusammenpassendes.«

Er küsst mich sanft, und bei der Berührung seiner Lippen durchfährt mich ein Ruck des Verlangens.

»Wir passen auch so immer noch zusammen«, sagt er. Er zieht sein T-Shirt aus und schmeißt es auf den Boden des Badezimmers. Er legt seine Hand über die Sonne, den Mond und die Sterne, die seine Brust verzieren. »Mein passendes Gegenstück ist genau hier.«

O Gott, das ist zu viel für mich. Ich küsse ihn und verschlinge ihn dabei förmlich. Für einen kurzen, köstlichen Moment ist er über mir, seine Muskeln, seine Lippen, sein ganzer Körper verschmelzen mit mir. Aber dann zieht er sich zurück und funkelt mich an.

Ich will, dass er mir die Klamotten vom Leib reißt und mich ohne Gnade auf dem Badezimmerfußboden nimmt, so wie er es im Flugzeug getan hat – das war sensationell. Aber er überrascht mich, indem er mir eine Haarsträhne aus dem Gesicht wischt und tief Luft holt.

»Unsere Jagd nach *Fickzellenz* beginnt jetzt, Baby. Zieh dich aus, und steige in die warme Badewanne. Ich will mein hübsches Spielzeug von Kopf bis Fuß waschen, bevor ich anfange, damit zu spielen.«

Jonas

Gloria holt Sunny ans Telefon, und plötzlich ist die Leitung erfüllt von fröhlichem Kindergebrabbel.

»Hi, Sunshine«, flüstere ich und gebe Acht, dass Sarah mich im Badezimmer nicht hört. »Hier ist Daddy.«

»Dada!«

Mein Herz macht einen Sprung. »Hi, Baby. Ich wollte dir nur Gute Nacht wünschen. Hast du Spaß mit Oma und Rosario?«

»Omamamama rosaaa babababa dada duuuh!«

»Wow, das hört sich an, als hättet ihr jede Menge Spaß. Gut, ich wollte dir nur sagen, dass Daddy dich liebt. Und Mommy liebt dich auch.«

Gloria kommt wieder zurück ans Telefon, um zu sagen, dass sie jetzt Luna den Hörer gibt. Ich wiederhole das Ganze mit Baby Nummer zwei – nur dass sich Lunas Gebrabbel so anhört, als würde sie moderne ägyptische Religionspraktiken mit denen der Urzeit vergleichen, und das alles in einer komplizierten Sprache.

Gloria kommt wieder ans Telefon. »Beiden geht es gut, Jonas. Wir haben gerade zu Abend gegessen, gehen jetzt baden, und dann ist Vorlesezeit. Mach dir keine Sorgen, *querido*. Und sag auch Sarah, dass alles in Ordnung ist.«

»Sarah sitzt im Moment mit ihrem vierten Glas Champagner im Whirlpool.«

»Oh, das hört sich danach an, als würde sie sich nicht un-

unterbrochen Sorgen machen.« Sie lacht. »Und es hört sich danach an, als solltest du dich besser beeilen und endlich auflegen, mein Lieber.«

Wir müssen beide lachen.

»Vielen Dank, Gloria. Wir haben dieses Wochenende wirklich gebraucht.«

»Das weiß ich. Ich tue das gern für euch.«

»Gib ihnen einen Kuss von mir, und sag ihnen, dass ich sie liebe, bevor du sie ins Bett bringst.«

»Das werde ich. Und jetzt geh.«

Wir legen auf.

Was zum Teufel mache ich hier eigentlich gerade? Ich habe nur noch ein paar Minuten Zeit, bevor Sarah aus der Badewanne steigt und ins Schlafzimmer kommt – mit schimmernder Haut, pulsierender Klit und den wildesten Fantasien darüber, was ich mit ihr anstellen werde, um Blut, Schweiß, Tränen und Körperflüssigkeiten aus ihr herauszuholen. Und was mache ich? Ich stehle mich heimlich davon, um zu Hause anzurufen und zu fragen, wie es den Mädchen geht. Wenn ich vor fünf Jahren eine Kristallkugel gehabt und dieses Bild gesehen hätte, dann hätte ich das verdammte Ding vor lauter Ekel gegen die Wand geschmissen – oder wahrscheinlich Josh angerufen, um ihn für den schlimmsten Scherz, den er sich jemals mit mir erlaubt hat, zur Sau zu machen.

Okay, ich muss mich konzentrieren. Keine Ablenkung mehr. Ich bin heute schon einmal von meinem Plan abgekommen, und zwar als ich im Flugzeug mit Sarah geschlafen und ihr drei Wahnsinnsorgasmen beschert habe. War das wieder mal ein Meisterwerk des legendären Frauenflüsterers? Ja. War es geil? Ja, das war es. Und war es nicht urkomisch, als die Stewardess beim Verabschieden ihren Satz herunterleiern wollte – »Wir hoffen, Sie hatten einen angenehmen Flug, Mr und Mrs Faraday« – und mittendrin unabsichtlich in Gelächter ausgebrochen ist? Ja, das war es. Aber war es hilfreich für meine Mission heute Nacht? Auf gar keinen Fall. Denn um Sarah zum absoluten Höhepunkt ihrer sexuellen Befriedigung zu bringen, muss ich sie den ganzen Tag lang Spannung aufbauen lassen, was bedeutet, dass ich sie immer und immer wieder kurz vor den Orgasmus bringen muss, nur um dann immer wieder aufzuhören. So lange, bis sie schließlich die angestaute sexuelle Energie des ganzen Tages freilassen muss, ob sie will oder nicht. Und damit beginne ich jetzt.

Ich hole tief Luft und nehme die Bondage-Sachen aus meinem Koffer. Sieht einfach aus. Ich lese mir kurz die Anleitung durch. Ja, supereinfach anzubringen und zu bedienen.

Laut der Bedienungsanleitung muss ich die vier Ecken des Bondage-Lakens auf die dicke Hotelmatratze legen, an der Kordel am unteren Ende ziehen und dann mit meinen Händen zwischen Matratze und Matratzenfeder fahren, um die Sicherheitsriemen an den Seiten des Lakens miteinander zu verbinden und festzuzurren. *Voilà.*

Als ich wieder aufrecht stehe, ziehe ich kräftig an dem Laken, um zu testen, ob es hält. Und tatsächlich, es bewegt sich nicht im Geringsten. Ich ziehe ein weiteres Mal daran, diesmal noch fester, und es rührt sich nicht. Ja, wenn Sarah gefesselt ist, wird sie sich keinen Zentimeter mehr bewegen können, egal, wie heftig sie um sich zu schlagen oder sich von ihren Fesseln zu befreien versucht.

Plötzlich überkommt mich eine schreckliche Vision von meiner Mutter: Sie schlägt weinend um sich, während ihre Gliedmaßen mit Seilen festgebunden sind. Was ist denn jetzt los? Einen Augenblick lang denke ich, ich muss mich übergeben. Dann ist das Bild wieder verschwunden.

Fuck. Ich sitze auf der Bettkante, und mein Magen verkrampft sich. Was zum Teufel war das denn? Gütiger Gott. Nein. Ich schlage mir ins Gesicht. Reiß dich zusammen, Jonas. Ich schlage mir erneut ins Gesicht. *Nein.* Das sind bloß harmlose Fesselspielchen mit der Frau, die du mehr liebst als dein Leben. Es hat absolut nichts damit zu tun, was ich vor fünfundzwanzig Jahren aus einem verdammten Kleiderschrank heraus mit ansehen musste.

O Gott, ich wünschte, Josh wäre jetzt hier, damit er mir in mein dummes Gesicht schlagen könnte – und zwar zu Recht. Jonas, würde er sagen, würdest du beim Anblick eines Goldfischs ausflippen, weil du vor fünfundzwanzig Jahren von einem Hai angegriffen worden bist? Jetzt halt mal die Luft an. Fessle deine Frau ans Bett, und schlaf mit ihr, wie es jeder normale Mann freudestrahlend tun würde.

Ich hole tief Luft. Okay, es geht mir gut. Danke, imaginärer Josh. Du hast recht. Ich bin verrückt. Und ein Feigling. Millionen von Leuten fesseln sich jeden Tag aus purem Vergnügen – und es macht sie an. Es ist an der Zeit, etwas ganz Alltägliches zu erleben und sich zu verhalten wie ein normaler Perversling – nein, es ist an der Zeit, ein normaler Perversling zu *sein*. Es ist an der Zeit, mich nicht länger in einem verdammten Kleiderschrank zu verstecken. Ein für alle Mal. Amen.

Ich schüttle mich. Ich bin ein Tier. Keine Ausreden mehr.

Ich höre Sarah leise im Badezimmer stöhnen und bin sofort wieder bei der Sache. Ich kenne dieses Stöhnen. Das ist der wunderbare Laut, der unmittelbar vor dem ganz bestimmten Laut kommt – was bedeutet, dass Sarah dort drinnen meinen Anweisungen folgt und sich in ein paar Minuten zu mir gesellen wird.

»Wenn ich ins Schlafzimmer gehe, will ich, dass du dich selbst befriedigst«, habe ich vor zwanzig Minuten zu Sarah gesagt, als ich neben der Badewanne stand. Ich war gerade damit fertig geworden, jeden einzelnen Zentimeter der weichen, wunderschönen Haut meiner Frau lustvoll und sinnlich zu waschen. »Wenn du dich selbst befriedigst, will ich, dass du dich kurz vor den Höhepunkt bringst und dann aufhörst. Wenn du dir selbst einen Orgasmus verschaffst«, habe ich sie mit ruhiger, aber strenger Stimme gewarnt, während meine Hände über ihre Kurven geglitten sind, »dann werde ich dich dafür bestrafen, dass du die grundlegende Regel des Jonas-Faraday-Clubs gebrochen hast.«

Sie hat gegrinst. »Wie wirst du mich bestrafen, mein Herr und Gebieter?«

»Indem ich dich mit meinem Penis zum Schweigen bringe.«

»Oh.«

»Also tu, was ich dir sage.«

»Ja, Sir«, hat sie geantwortet, und ihre Nippel sind sichtbar hart geworden unter der warmen Wasseroberfläche.

Beim Anblick ihrer offensichtlichen Erregung musste ich aufstehen und gehen, sonst hätte ich meinen wertvollen Plan über Bord geschmissen und wäre zu ihr in die Badewanne geklettert.

Aus dem Badezimmer kommt ein spritzendes Geräusch, und Sarah stöhnt erneut, dieses Mal ein bisschen lauter, was meinen Schwanz wie einen Schwan reagieren lässt, der den Ruf seiner Artgenossin hört.

Okay. Konzentration. Weiter geht's.

Ich greife in die Schachtel und hole die vier weichen Handschellen heraus, die dafür gedacht sind, an dem Bondage-Laken befestigt zu werden, und lege sie aufs Bett. Okay. Bondage-Laken abgehakt. Ganz einfach. Kein Problem. Jegliche Anwandlung von Feigheit bekämpft. Jetzt zu den Spielsachen.

Ich krame in der Tasche mit dem Sexspielzeug herum, die ich für diesen Abend extra gepackt habe. Eines nach dem anderen. Zuerst die Augenbinde auf den Nachttisch legen. Das ist das Wichtigste. In jedem Video über Bondage bekommt man erklärt, dass die Augenbinde der Grundbestandteil jedes Fesselspielchens ist. Womit sollte man auch sonst anfangen? Aufgrund meiner Recherche weiß ich auch, dass Tickler nicht wegzudenken sind. Also her mit den Dingern.

Ich nehme drei Tickler aus verschiedenen Materialien aus der Schachtel und lege sie neben die Augenbinde auf den Nachttisch. Gut. Augenbinde, Tickler. Abgehakt.

Ich suche weiter in der Tasche mit dem Lustspielzeug. Es sind auch mehrere Dildos darin. Lustkugeln in verschiedenen Größen und Formen. Ein Knebel. Nippelklammern. Ein vibrierender Buttplug. Ich fahre mir mit der Hand durchs Haar. Für mich ist das alles das Gleiche. Ein großer Haufen nutzloser Dinge. Mist. Ich komme einfach nicht auf den Geschmack.

Während meiner Nachforschungen über diese Hilfsmittel habe ich etwas über mich selbst erfahren: Dieser ganze Kram törnt mich überhaupt nicht an. Warum nicht? Ich habe keine Ahnung. Und es ist mir auch scheißegal. Ich mag, wie ich bin. Ich mag, wie ich Sex habe. Ich bin verdammt gut darin, danke sehr. Ich habe den schwarzen Gürtel. Ich unterwerfe mir meine Gegnerin mit meinen bloßen Händen (und meinem Schwanz und meiner Zunge und meinen Fingern). Und das bedeutet, dass diese Form von Kunst absolut rein ist.

Wenn ich spüre, wie Sarah an meiner Fingerspitze oder meiner Zunge oder meinem Penis pulsiert, dann weiß ich, was ihr Körper braucht – egal, ob ihr Gehirn das ebenfalls weiß. Ich weiß, ob ich fester drücken oder sanfter werden muss, ob ich langsamer oder schneller machen soll. Wie zum Teufel könnte ich das mitkriegen, wenn ich versuchen würde, meine Mitstreiterin mit einem riesigen Dildo zu bearbeiten?

Im Bad gibt Sarah gerade erneut einen wilden Laut von sich und reißt mich damit jäh aus meinen Gedanken. Shit, sie wird jeden Moment ins Zimmer kommen. Und ich muss für sie bereit sein. Komm schon, Jonas, reiß dich zusammen.

Es ist egal, ob ich mich dafür interessiere oder nicht. Sarah tut es. Genau wie die Hälfte der erwachsenen Bevölkerung der westlichen Welt – oder sogar noch mehr, wenn man den neuesten Studien der Sexspielzeugindustrie glauben darf. Also offensichtlich bin ich der Verrückte hier. (Überraschung!) Ich werde über meinen Schatten springen und der Frau geben, was sie will. Und ich werde die ganze Zeit so tun, als wäre es meine Idee. Ich werde sie dazu bringen, dass sie sich auf eine ganz neue Art und Weise fallen lässt. Und das wird es wert sein. Für die wirklich wertvollen Dinge im Leben muss man kämpfen, richtig?

Ich hole einen großen, fetten Dildo aus der Reisetasche – verdammt, ist das ein Riesending – und einen viel kleineren, perlenbesetzten, vibrierenden Dildo für Analspielchen und natürlich etwas Gleitgel und einen Glasdildo, der eher nach einer Bong als nach einem Sexspielzeug aussieht. Aber was weiß ich schon? Ich lege alles neben die Augenbinde und die Tickler auf den Nachttisch. Dann setze ich mich auf die Bettkante – meine Brust ist wie zugeschnürt, meine Nippel sind hart, mein Magen verkrampft, mein Penis pocht. So warte ich darauf, dass meine kleine Untergebene wie befohlen aus dem Bad kommt, um ihren Schöpfer zu treffen.

Nach einer Minute höre ich ein platschendes Geräusch und tropfendes Wasser aus dem Badezimmer. Sarah ist aus der Wanne gestiegen.

Ich stehe auf und schüttle meine Arme und Beine. Dann klopfe ich mir auf die Brust wie ein Gorilla. Es ist Zeit. Ich kann das.

Dreißig Sekunden später kommt Sarah ins Schlafzimmer, und sie sieht aus wie Aphrodite persönlich. Sie trägt einen fast durchsichtigen weißen Spitzenbody, der sich perfekt von ihrer olivfarbenen Haut absetzt und jede Kurve betont. Ich sehe ihre dunklen Nippel und das OAM-Tattoo unter dem feinen Stoff. Großer Gott, sie ist ein wahr gewordener Traum. Die Göttin und die Muse. O Mann, ich will auf der Stelle über sie herfallen und sie vernaschen. Sofort. In dieser Sekunde.

Scheiß auf all die Hilfsmittel und Spielchen. Ich will, dass sie so kommt, wie sie auf dem Hinflug gekommen ist, und zwar nur mithilfe meines Körpers. Und dann will ich mit meinen Fingern in sie eindringen und sie an dieser kleinen Stelle berühren, die ich erst vor Kurzem entdeckt habe.

»Stopp!«, rufe ich.

Sarah bleibt abrupt stehen und reißt die Augen auf.

Oh, gut. Ich habe zwar mit mir selbst geredet, aber damit kann ich arbeiten. »Ich habe dir nicht gesagt, dass du zu mir kommen darfst, oder?«

Sie schüttelt ihren Kopf, und ihr Gesicht glüht förmlich vor Erregung. »Nein, Sir.« Ihre Brust hebt und senkt sich genauso heftig wie meine.

»Du siehst so sexy aus, Sarah«, sage ich. Shit, mein Penis pocht wie wild. Warum zum Teufel habe ich so eine große Sache daraus gemacht, dass heute Nacht alles anders laufen soll als sonst? Ich möchte jetzt nur das tun, was ich immer tue: sie lecken und mit ihr schlafen und sie wieder und wieder zum Höhepunkt bringen.

»Danke. Oh, warte. Darf ich sprechen?«

»Nein, nur wenn ich dir eine Frage stelle.« Ihre harten Nippel ziehen mich magnetisch an.

»Ich wollte mich bloß dafür bedanken, dass du mich sexy findest.«

»Sei leise.«

»Okay. Ich werde nichts sagen – es sei denn, du fragst mich etwas.« Ich erkenne ein leichtes Grinsen auf ihrem Gesicht. »Sir.«

»Ich habe dieses Grinsen genau gesehen, Sarah Cruz. Mach es noch einmal, und ich werde es dir direkt aus dem Gesicht treiben.«

Sie wird wieder ernst und setzt eine folgsame Miene auf, zumindest versucht sie es. Für mich sieht sie immer noch wie eine kleine Besserwisserin aus.

Ich werde fast ohnmächtig vor Verlangen nach ihr.

»Dreh dich um«, sage ich ruhig.

Sie gehorcht, und mir läuft praktisch das Wasser im Mund zusammen beim Anblick ihres Rückens. Der Body, den sie anhat, besteht auf der Rückseite nur aus einem Netzwerk von dünnen Riemen, die in der Mitte zusammenlaufen und in einer weißen Linie in ihrer Poritze verschwinden. Besser gesagt, in *meiner* Poritze. *Propiedad de Jonas Faraday*, lautet das Tattoo auf ihrer Pobacke. Was, richtig übersetzt, so viel bedeutet wie: Fick dich, Will Hurensohn 2Real, du Stück Hip-Hop tanzende Scheiße, und fickt euch alle, die ihr auch nur daran denkt, mein Eigentum anzufassen. Sie gehört mir.

Ich ziehe mir Jeans und Unterhose aus und gehe dann zu meinem Laptop. Nachdem ich kurz durch meine Lieder gescrollt habe, finde ich, was ich suche. »Uprising« von Muse. Ja, der Sieg wird heute unser sein. Ich drücke auf Play und drehe mich um.

»Bück dich«, sage ich. »Und fass dir an die Knöchel.«

Sie bückt sich wie befohlen, und ich bin ganz verzückt von dem Anblick ihrer Pussy, die durch den Stoff ihrer Unterwäsche blitzt. Mir läuft schon wieder das Wasser im Mund zusammen. Ich will sie. Ich berühre meinen Penis. Die Spitze ist schon feucht. Ich reibe ihn kurz und lasse sie so gebückt dastehen, umhüllt von köstlicher Erregung.

Scheiß doch drauf, was ich darüber gesagt habe, es langsam anzugehen. Ich will sie beißen und an ihr saugen und sie lecken und sie mir vornehmen. Ich will, dass sie kommt, und ich will mit meinem Penis tief in sie eindringen. Ich will fühlen, wie sich ihr Körper um mich herum zusammenzieht. Mit anderen Worten, ich will das tun, was ich immer mit ihr mache – weil es einfach immer fantastisch ist. Weil ich ein Samurai bin. Und mein Penis ist mein Schwert. Ich bin ein Judomeister. Ich bin ein Frauenflüsterer. Ich bin ein Künstler. Ein Bezwinger.

Ich bin ein Gott unter den Menschen.
Ich bin einfach.
So, wie ich bin.
Aber nein.
Mein Baby will es ungewöhnlich. Sie ist *neugierig*. Nicht *unzufrieden*, das betont sie immer wieder, nur *neugierig*. Aber Neugierde ist ein entfernter Cousin von Unzufriedenheit, ob sie das nun weiß oder nicht. Und ich will nicht, dass mein Baby auch nur einen Anflug von Unzufriedenheit verspürt. Nicht, was mich betrifft.

Sie steht immer noch gebückt da, und ihre Pussy blitzt zwischen ihren Oberschenkeln hervor. Das Tattoo auf ihrer Pobacke lässt mir das Wasser im Mund zusammenlaufen.

Ich atme langsam aus und versuche, meine Erregung zu unterdrücken. Ich muss mich zusammenreißen. Ich muss mich auf den Preis konzentrieren. Immer mit der Ruhe, Arschloch. Langsam, Mann.

Ich stehe eine Weile nur da, starre sie an und streichle meinen steifen Penis, während die laute Musik alles übertönt. Ich stand schon immer auf diese spezielle Ansicht bei Frauen.

»Jonas?«, sagt sie, immer noch gebückt und auf mich wartend.

»Ich habe dir nicht die Erlaubnis gegeben zu sprechen«, sage ich und reibe meinen Penis. »Ich tue das, was ich will. Du kannst auch ewig so dastehen, was mich betrifft. Ich werde kommen, und das ist alles, was zählt.«

Sie stöhnt vor Verlangen auf und verlagert leicht ihr Gewicht.

»Okay, Sir. Tut mir leid.«

Was würde ich jetzt normalerweise tun? Ich würde mich hinknien und meinem Altar huldigen, ohne Zweifel. Und dann würde ich mit ihr schlafen. Das bedeutet, ich muss jetzt etwas anderes tun. Hm, sieht so aus, als hätte ich es heute Nacht auf ihren Hintern abgesehen.

Ich hole das Gleitgel und den vibrierenden Buttplug vom Nachttisch und gehe auf sie zu. Mein Penis pocht wie wild. Ich bücke mich hinter ihr, schiebe ihren Tanga zur Seite, spreize ihre Pobacken auseinander und lecke über ihre Poritze, was sie sofort laut stöhnen lässt. Ich lecke sie noch nicht einmal eine Minute, als sich ihr Anus ohne Vorwarnung unter meiner Zunge zusammenzieht und verkrampft, als hätte sie gerade einen sehr heftigen Orgasmus.

Schockiert ziehe ich mich zurück. Shit. Das war so nicht geplant. Ich wollte sie nur auflockern, bevor ich den Dildo in sie hineinstecke. Okay, offensichtlich funktioniert es nicht, sie immer wieder kurz vor den Höhepunkt zu bringen und dann aufzuhören. Diese Frau steht heute Abend so unter Strom, wie ich es noch nie gesehen habe.

»Steh auf und schau mich an.«

Sie gehorcht.

O Mann, sie glüht vor Erregung.

Ich ziehe ihr langsam den Body aus und streiche ihr währenddessen über den ganzen Körper. »Er ist sehr hübsch«, sage ich. »Aber ich will nicht, dass ein Stück Stoff zwischen mir und meinem Baby steht.« Ich werfe den Body energisch durchs ganze Zimmer. »Weg damit.«

Ihre Brust hebt und senkt sich gewaltig. Sie wirkt, als würde sie bei der kleinsten Berührung kommen.

»Nimm deine Position wieder ein«, sage ich.

Sie dreht sich um und bückt sich wieder.

»Fass deine Knöchel an.«

Sie gehorcht.

Ich schmiere meinen Finger mit Gleitgel ein und fahre ihre Poritze entlang bis zu ihrem Loch. Sie stöhnt erregt auf. Ich massiere ein paar Minuten lang ihre Klit, bis sie animalische Laute von sich gibt. Dann fahre ich mit dem Finger wieder zurück zu ihrem Hintern und dringe mit dem Dildo in sie ein.

Sofort versteift sich ihr ganzer Körper.

Ich halte inne. »Entspann dich«, sage ich und streichle mit der freien Hand über ihren Rücken. »Atme tief ein«, befehle ich, und sie gehorcht. »Noch einmal«, sage ich leise, und sie holt tief Luft. Als sie ausatmet, dringe ich noch einmal mit dem Dildo von hinten in sie ein. Ich streichle ihr erneut über den Rücken, befehle ihr, so gebückt stehen zu bleiben, und stelle dann den Dildo auf die niedrigste Vibrationsstufe.

»O mein Gott«, keucht sie. »Wow.«

»Sch.«

Ich fahre mit den Fingern wieder zurück zu ihrer Pussy, finde mein Ziel und dringe dann langsam mit meinem Schwanz in sie ein.

Wow. Die sanfte Vibration des Dildos nebenan fühlt sich unglaublich an. Heilige Scheiße. Das ist Wahnsinn. Ich beginne, meinen Penis langsam rein und raus zu bewegen. Ganz, ganz langsam, damit ich mich an die Vibration des Dildos gewöhnen kann. Jede rhythmische Bewegung meines Körpers gegen ihren drückt den Dildo sanft rein und raus.

»O mein Gott«, sagt Sarah. »Jonas. O mein Gott.«

Rein und raus, etwas schneller und tiefer. Ich ziehe ihre Hüften an mich, während ich die Bewegungen ausführe, und übe einen leichten Druck auf den Dildo aus. Ich zerfließe in dem Gefühl ihrer feuchten, vibrierenden Pussy, die sich um meinen Penis zusammenzieht. Verdammt, so etwas habe ich noch nie zuvor erlebt. Das ist *gut*. Ich muss mich bei der Sexspielzeugindustrie entschuldigen, dass ich ihre Brillanz bis zu diesem Moment nicht erkannt habe. Ihr seid wahre Genies, alle zusammen.

Ich stelle die Vibration eine Stufe höher und verstärke auch die Bewegungen und die Geschwindigkeit meines Schwanzes. Dann können Sarah und ich es beide nicht mehr aushalten.

»O mein Gott!«, ruft sie, und ihr ganzer Körper krümmt

und windet sich. »Stopp, Jonas. Das ist zu viel. Du musst aufhören.«

Aber ich höre nicht auf. Nein, ich mache weiter. Eine Minute später stelle ich die Vibration sogar auf die höchste Stufe und nehme sie noch heftiger. Sie gibt wilde animalische Laute von sich. Ich erwarte schon fast, dass sie das *Safeword* benutzt und mich dazu zwingt aufzuhören, aber das tut sie nicht. Halleluja, das tut sie nicht. Ich greife unter meinen Eiern hindurch, um ihren Kitzler zu finden, und als ich ihn berühre, zuckt sie wie unter Strom.

»Manometer«, sagt sie. »*Fuck*.«

Und das ist das Letzte, was sie sagt, bevor ihr Körper so heftig gegen meinen Penis stößt, dass ich fast Angst um sie bekomme. Ich kann praktisch fühlen, wie sie sich innerlich verkrampft, als würde sie wie ein nasser Waschlappen über dem Waschbecken ausgewrungen. Das ist Wahnsinn. Ich weiß nicht, was es ist, aber es ist heiß. So geil, dass ich kurz davor bin, den Verstand komplett zu verlieren.

Was bedeutet, dass ich aufhören muss. *Hör auf, du Arschloch.*

Ich ziehe meinen Penis aus ihr raus, obwohl es mir körperliche Schmerzen bereitet, und entferne dann auch sanft den Dildo aus ihrem Hintern.

Sie fällt auf dem Boden in sich zusammen, ein glitzernder Haufen aus olivfarbener Haut, nassem Haar, großen braunen Augen, einer schimmernden Pussy und harten, dunklen Nippeln. Alles zusammen so verdammt verführerisch.

Mein Penis pulsiert unaufhörlich. Meine Brust bebt. In meinem Kopf dreht sich alles. Der Muse-Song dröhnt in meinen Ohren und spornt mich an. Der Sieg wird meiner sein.

Ich spreize ihre Beine und lecke ihr die Flüssigkeit von den Oberschenkeln, dann mache ich mich über ihre Schamlippen, ihre Klit und ihr feuchtes Loch her, als würde ich am Nationalfeiertag an einem Kuchenwettessen teilnehmen. Sie wirft ihren Kopf auf dem Marmorboden hin und her und gibt ein gepresstes Geräusch von sich, als ihr Körper beginnt, sich unter meinem Mund zu krümmen und zu winden.

Ich weiß, ich sollte sie jetzt eigentlich auf dem Bondage-Laken mit den Ticklern bearbeiten, aber scheiß drauf. Das kann alles warten. Scheiß auf das, was Sarah will. Dieses eine Mal geht es um das, was ich will. Und um nichts anderes. Ja, so ist es. Und ich will, dass mein Baby über den ganzen Fußboden spritzt.

Ich schiebe eines ihrer Beine weit nach hinten und dringe tief in ihr warmes, feuchtes Loch ein.

»Ja«, sagt sie mit zusammengepressten Zähnen, während ihr der Schweiß über das Gesicht läuft. »*Ja.*«

»Lass los«, sage ich. »Lass einfach los, Baby.«

Sie kommt erneut, dieses Mal wie ein donnernder Güterzug. Es ist gut, sehr, sehr gut, aber es ist definitiv noch nicht das Höchste, was der Mensch erreichen kann. Und heute Nacht werde ich mich nicht mit weniger als dem zufriedengeben.

Das Haar klebt ihr am Gesicht. Ihre Haut ist klitschnass. Ich ziehe meinen Penis aus ihr heraus und dringe mit meinen Fingern tief in sie ein, um ihren G-Punkt zu finden.

»Hör auf«, sagt sie. »Ich kann nicht mehr. Bitte, Jonas, ich bin fertig.«

Ich ignoriere sie. Meine Finger finden ihren G-Punkt, den ich in letzter Zeit so oft bearbeitet habe, und dann wandern sie zu dieser magischen Sehne, die ich erst vor Kurzem entdeckt habe. Heilige Scheiße, die Drüse ist doppelt so groß wie an jenem Abend, an dem ich sie im Kinderzimmer »gemolken« habe. Sie tropft förmlich unter meinen Fingerspitzen und ist bereit überzulaufen. Aber ich habe ihr versprochen, dass ich den Knopf nicht mehr drücken werde. Nie wieder. Und ein Versprechen ist ein Versprechen. Verdammt. Ich kehre wieder zu ihrem G-Punkt zurück und streiche ihn leidenschaftlich. Dabei küsse ich sie auf den Mund, und sie krümmt sich unter meiner Berührung.

Plötzlich höre ich ein leises Rauschen tief aus ihrem Innern, und mein Penis zuckt zusammen, als hätte sie ihn gerade von oben bis unten in den Mund genommen. Mein Finger in ihr zittert vor Verlangen. Wie gerne würde ich auf den magischen Knopf drücken. O ja, Baby, ich will es regnen lassen.

Aber nein. Nein. Ich habe ihr versprochen, diesen Knopf nie wieder zu drücken. Ich habe ihr versprochen, sie selbst dorthin kommen zu lassen, aus eigener Körperkraft. Verdammt. Warum habe ich das getan?

Ich konzentriere mich wieder darauf, ihren G-Punkt so zu bearbeiten, wie sie es am liebsten mag. Und sie reagiert, wie sie es immer tut. Wahnsinn.

Aber ich will nicht, was sie immer tut. Heute Nacht will ich das Höchste, was der Mensch erreichen kann, und nichts anderes. *Fickzellenz*. Einen ganz neuen Gipfel.

»O mein Gott«, stöhnt sie unter mir, windet sich und klammert sich an mich, während ihr Schweißperlen über die Brüste rinnen. »Ich kann nicht.«

Ich fahre fort, sie zu massieren, sie mit meinen Fingern zu streicheln, ihre salzigen Brüste mit meiner Zunge zu lecken. Verdammt. Ich weiß, ich sollte sie jetzt an das Bett fesseln, aber ich kann mich nicht dazu überwinden, mich jetzt damit zu befassen. Vielleicht sollte ich den magischen Knopf einfach nur *reizen*, so als würde ich ihren Körper mit einem Tickler bearbeiten?

Ich streiche ganz sanft über diese Sehne, sodass sie es kaum spüren kann. »Lass los, Baby«, stöhne ich. »Lass los.«

»O mein Gott. O mein Gott«, sagt sie verzweifelt.

Ich verliere fast selbst die Kontrolle, obwohl mein Penis überhaupt nicht stimuliert wird. Es ist einfach zu gut. Wie zum Teufel kann sie noch an sich halten?

Ich berühre den magischen Punkt erneut. Die Drüse ist so voll, dass nur ein kleiner Fingerzeig von mir sie zum Explodieren bringen würde. Ich tippe darauf. Dann noch einmal. Nichts passiert. Also streiche ich ganz sachte nach unten, nur ein kleines bisschen. Aber nichts passiert. *Fuck.*

»Komm schon, Baby«, flüstere ich. »Du kannst es.«

Ich streichle wieder ihren G-Punkt, aber dieses Mal deutlich heftiger als zuvor.

»Jonas, nein. O nein. *Fuck.*« Sie schnappt nach Luft und stößt ihren Unterleib unfreiwillig vor und zurück, laut stöhnend, während ich immer weitermache.

Ich streiche wieder über die Stelle. Und dann wieder über ihren G-Punkt. Vor und zurück, vor und zurück. Ich locke sie an den Rand des Wasserfalls und will sie dazu verführen, von ganz alleine zu springen. Wie ein großes Mädchen. Vor und zurück. An den Rand des Wasserfalls und wieder zurück. Aber sie springt einfach nicht. Sie steht nur mit weichen Knien und aufgerissenen Augen an der felsigen Kante. Sie ist total angetörnt, daran besteht kein Zweifel. Aber sie lässt sich trotzdem nicht komplett fallen.

Sie kann es nicht alleine. Sie muss gestoßen werden.

»Komm schon, Baby. Lass los, für mich.«

Ich streichle wieder und wieder ihren G-Punkt, küsse sie auf den Mund, verschlinge sie, drücke meinen feuchten Penis gegen sie, und sie stöhnt und krümmt sich wild unter mir. Sie ist außer sich, so heiß, dass sie kaum noch atmen kann, aber sie ist immer noch nicht am Ende.

Shit.

Ich habe sie noch nie zuvor so lange und hart bearbeitet. Normalerweise hätte ich sie schon längst über den Abgrund gestoßen und mit ihr geschlafen, anstatt hier zu sitzen und ihren magischen Knopf dreißig Minuten lang zu reizen, aber nicht zu drücken. Doch ich kann nicht aufhören. Ich will es zu sehr. Also mache ich weiter.

Eine halbe Minute später höre ich wieder dieses Rauschen tief in ihr drinnen – lauter als je zuvor –, und die Sehne spannt sich unter meinen Fingerspitzen, als wäre sie ein Damm kurz vorm Brechen.

Ich reize sie wieder, und nichts passiert.

Und dann noch mal.

Scheiß drauf.

Manche Versprechen müssen gebrochen werden.

Ich klemme die Sehne zwischen meinen Mittel- und Ringfinger und drücke direkt hinter ihrem G-Punkt zu. Ich streiche mit den Fingern nach unten, nach oben und nach innen. Währenddessen küsse ich sie eindringlich, und das war's. Sarah stößt einen spitzen Schrei aus, als eine Riesenmenge Flüssigkeit aus ihr herausströmt und mich überflutet.

Heilige Scheiße! Ich habe noch nie so viel Körpersaft auf einmal gesehen. Es ist fünfmal mehr als beim ersten Mal – vielleicht sogar zehnmal mehr. Genug, um einen kleinen Eimer zu füllen. Die Flüssigkeit strömt förmlich über den Marmorboden und verwandelt sich in eine schleimige, glitzernde, köstliche Pfütze.

Und das Beste daran? Sarah krümmt sich auf dem Boden unter dem wahrscheinlich heftigsten Orgasmus ihres Lebens. Er fährt durch ihren ganzen Körper. Ihre Gliedmaßen zucken unkontrolliert, und sie rollt mit den Augen. O mein Gott, diese Frau erlebt gerade einen Exorzismus der Extraklasse. Sie fängt bestimmt jeden Moment an, in fremden Sprachen zu sprechen. Das ist das Heißeste, was ich je gesehen habe.

Ich beuge mich nach unten und lecke die Flüssigkeit auf, die von ihren Oberschenkeln und aus ihrem Loch tropft, und streichle währenddessen meinen Penis.

»O mein Gott«, sagt sie und drückt sich meiner Zunge entgegen. »Jonas«, keucht sie. »Bitte, Jonas. Bitte, mein Herr und Gebieter. *Nimm mich.*« Sie greift nach meinem Penis und versucht, ihn sich einzuführen. Während sie das tut, streckt sie mir ihren Unterkörper entgegen.

Mein Penis explodiert gleich. O Mann, das ist richtig schmerzhaft.

Ich hebe Sarahs verschwitzten, tropfenden Körper vom Boden auf und werfe ihn mit einem lauten Stöhnen aufs Bett.

»Ja«, stöhnt sie voller Erregung. »*Ja*.«

Der Song von Muse dröhnt immer noch in meinen Ohren und ermutigt mich weiterzumachen.

Ich lege eine Handschelle um ihr linkes Handgelenk, und mein Puls rast. »Ich werde dich so heftig rannehmen, dass du mich anflehen wirst, dir diesen großen, fetten Dildo reinzustecken.« Ich ziehe die Handschelle fester.

Sie zerrt kräftig an ihrer Fessel und stößt einen lustvollen Schrei aus, als sie nicht lockerer wird.

Ich lege ihr auch ums andere Handgelenk eine Handschelle. »Ich werde dich so hart nehmen, dass du meinen Schwanz überall spüren wirst.« Ich ziehe die zweite Handschelle zu.

»Ja«, sagt sie und schnappt nach Luft. Sie zieht heftig an beiden Handschellen, aber sie geben nicht nach. Sie ist total bewegungsunfähig. Sicher ans Bett gefesselt.

Ich erstarre. Das Bild meiner ans Bett gefesselten Mutter kommt mir in den Sinn.

Sarah zerrt wieder wie wild an ihren Handschellen. »Ja«, keucht sie.

Das Herz schlägt mir bis zum Hals. Schweiß läuft mir über Rücken und Brust.

Ich hole tief Luft. Ich kann das. Ich *will* das.

»Ich werde dich so hart nehmen, dass ...«, sage ich leise, aber ich kann den Satz nicht beenden.

Scheiße. Ich brauche einen Moment. *Reiß dich zusammen, Jonas.* Das ist nur ein Goldfisch, kein Hai. Ich werde nicht zulassen, dass etwas, das mir vor fünfundzwanzig Jahren als

Kind passiert ist, meine Sexualität als erwachsener Mann einschränkt. Ich kann meine wunderbare Frau fesseln, sie nehmen, als gehöre sie mir, und es genießen. Natürlich kann ich das. Der Sieg wird meiner sein, genau wie Muse es singen.

Sarah zieht an den Handschellen an ihren Handgelenken und tritt mit den Beinen um sich. Ich packe ihr rechtes Fußgelenk und lege die dritte Fessel an.

Mein Magen zieht sich zusammen.

Ich sehe den haarigen Hintern des großen Mannes vor mir, wie er sich zusammenzieht und wieder lockert, während er grunzend und fluchend in meine Mutter eindringt.

Nein. Hör auf damit, Jonas. *Hör auf.* Das hat nichts mit dem hier zu tun.

Jetzt fessle ich Sarahs linken Fuß ans Bett und mache sie damit wirklich komplett bewegungsunfähig.

Sie liegt mit gespreizten Armen und Beinen auf dem Bett.

Sie kann sich nicht befreien.

Sie ist mir total ausgeliefert.

Ich sehe, wie der große Mann mit dem haarigen Hintern ein Messer zwischen die Beine meiner Mutter rammt, so tief, bis die ganze Klinge in ihr verschwunden ist.

Ich versuche zu atmen, aber ich kriege keine Luft. Ich habe mich noch nie an dieses schreckliche Detail erinnert. Warum jetzt?

Die Wände des Schlafzimmers kommen immer näher.

Ich sehe, wie das Messer zwischen den Beinen meiner Mutter immer wieder herumgedreht wird. Sie reißt an ihren Fesseln und fleht um Gnade. Gnade, die es nicht geben wird.

»Jonas?«

Die Wände kommen immer näher. O verdammt, ist das eine Panikattacke? So was hatte ich nicht mehr, seit ich ein Teenager war. Was zum Teufel ist nur los mit mir?

Sarah sagt etwas. Glaube ich zumindest, aber ich verstehe es nicht. Ich sitze wie versteinert auf dem Bett und starre auf

Sarahs gefesselte Gelenke – auf die gefesselten Gelenke meiner Mutter.

»Jonas? Hast du mich gehört?«

Ein dunkelroter Schwall Blut strömt zwischen den Beinen meiner Mutter hervor und überschwemmt das weiße Laken. Blut auf den Laken. Blut auf den Laken. Sie zerrt verzweifelt an ihren Fesseln, aber es bringt nichts. Sie schreit vor Schmerzen. Sie fleht um Gnade. Sie fleht den großen Mann um Gnade an.

Aber die Gnade kommt nicht.

»Jonas.«

Ich reibe mir über die Augen und hole tief Luft. Doch ich kann nicht atmen. Ich fühle mich, als müsste ich mich gleich übergeben.

»Jonas, binde mich los.«

Ich blinzle fest und starre Sarah verständnislos an. Sie sieht mich entsetzt an.

»Hast du mich gehört, Baby?«, sagt sie mit bebender Stimme. »Ich habe ›Gnade‹ gesagt, Baby.« Ihre Lippen zittern. »*Gnade, Jonas. Gnade.*« Sie schluchzt. »*Gnade.*«

Sarah

Jonas löst die Fesseln von meinen Handgelenken und Knöcheln und setzt sich auf die Bettkante. Er kehrt mir den Rücken zu, und sobald er mich von meinen Fesseln befreit hat, stehe ich auf, um die dröhnende Musik abzustellen, und setze mich neben ihn. Ich lehne mich an seine Schulter und streichle ihm still über den Rücken. Ich warte darauf, dass er etwas sagt, aber als klar ist, dass er das nicht tun wird, stehe ich auf und nehme sein Gesicht in meine Hände. Ich beuge mich zu ihm runter und bedecke jeden Zentimeter seines wunderschönen Gesichts mit sanften Küssen.

Ich küsse seine Augenlider, seine Stirn, seine Nase, seine Wangen, und als ich zu seinen Lippen komme, steckt er seine Zunge in meinen Mund und zieht mich an sich. Er setzt mich auf seinen steifen Penis. Als er tief in mich eindringt, lege ich meine Beine um seine Hüften und meine Arme um seinen Hals und atme erleichtert und lustvoll aus.

Sofort packt er mich leidenschaftlich am Hintern und bewegt meinen Körper in einem sinnlichen Rhythmus. Seine Leidenschaft entfacht ein Feuer in mir, ich presse mich erregt an ihn, werfe meinen Busen gegen seine muskulöse Brust und reibe mich wie unter Strom an seinem steifen Penis.

Unsere Küsse werden so wild wie die Bewegungen unserer Körper. Er packt mich und zieht mich immer fester an sich, während sich meine Hüften vor und zurück bewegen. Meine

Erregung wird immer größer und überwältigt mich. Dabei lasse ich ihn nicht aus den Augen.

Es dauert nur ein paar Minuten, bevor mich ein Orgasmus überkommt, der mich seine Haare packen, ihn verzweifelt an mich ziehen und mich gewaltig erzittern lässt. Als der Orgasmus nachlässt, als ich glaube, wie eine Pfütze auf dem Boden zerfließen zu müssen, stößt Jonas einen lauten Schrei aus und packt mich fest, während sein Körper in mir zuckt und sich krümmt.

Als Jonas sich wieder beruhigt, küsse ich erneut sein Gesicht, jeden Zentimeter davon. Es ist das schönste Gesicht, das ich je in meinem Leben gesehen habe, das Gesicht des Mannes, der mich so liebt, wie ich es mir nie hätte träumen lassen, das Gesicht des Vaters meiner Kinder, der Liebe meines Lebens. Ich fahre mit meiner Hand durch sein verschwitztes Haar.

Er holt tief Luft und zieht mich an sich. Ich lege meine Wange an seine breite Schulter. Lange Zeit sitzen wir da, ohne ein Wort zu sagen, schmiegen uns aneinander und spüren, wie sich die Brust des anderen hebt und senkt, wie sich unser Schweiß vermischt. Dann drückt er mich schließlich von sich und küsst mich sanft auf den Mund.

»Ich wollte es tun …«, setzt er an, beendet den Satz aber nicht.

Ich berühre seine Wange und blicke in seine blauen Augen, in die traurigen Augen, die mich vom ersten Moment an gefangen genommen haben. »Wir haben etwas viel Besseres getan als das«, sage ich. Ich lächle ihn an, aber er blickt auf den Boden. »Heute Nacht haben wir den höchsten Gipfel bestiegen, und wir haben ihn erklommen, Baby. Zusammen. So wie wir es immer tun. So wie wir es immer tun werden.«

»Sarah.« Er schüttelt seinen Kopf, als verstünde ich etwas Grundlegendes nicht.

Ich fahre mit meinen Fingern über die Sonne und den

Mond und die Sterne, die seine Brust bedecken. Dabei glitzert mein Diamantarmband im Mondlicht. »»Die Liebe ist die Sehnsucht nach der Ganzheit, und das Streben nach der Ganzheit wird Liebe genannt««, sage ich und zitiere seinen Lieblingsphilosophen für ihn. »Jonas, wir sind ganz. Du gibst mir genau das, was ich brauche, alles, was ich nicht für mich selbst tun kann – und ich tue das Gleiche für dich.« Ich recke mein Kinn. »Baby, heute Abend hast du den magischen Knopf für mich gedrückt, wie du es immer für mich tust und tun wirst – und ich habe für dich um *Gnade* gebeten, als du nicht wusstest, wie du es selbst machen sollst. Wie ich es immer tue und immer tun werde.«

Seine Augen werden feucht.

Ich berühre seine Wange. »*Das* ist Exzellenz, mein süßer Jonas – der höchste Gipfel. Das Höchste, was der Mensch erreichen kann.«

Jonas

Der Song, der gerade aus den Lautsprechern in unserem Garten dringt, ist Bill Withers »Lovely Day«. Sarah hat die Playlist für den Geburtstag der Zwillinge erstellt, und natürlich ist jeder Song perfekt. Aber von allen Liedern, die an diesem ungewöhnlich warmen und sonnigen Nachmittag in Seattle bisher gelaufen sind, ist dieses mein absolutes Lieblingslied.

»Nein, nein, nein. Nicht so, Onkel Jo Jo«, sagt Gracie und runzelt die Stirn. »Du musst eine *Krone* aufsetzen, wenn du den Tee eingießt. Wie eine *Prinzessin*.«

»Du hast das Mädchen gehört«, sagt Josh grinsend. »Setz die Krone auf, Onkel Jo Jo. Gieß den Tee ein wie eine *Prinzessin*. Komm schon.«

»Ich hab eine Idee, Kleines«, setze ich an und werfe Josh einen bösen Blick zu. Aber Gracie unterbricht mich.

»Ich bin nicht klein. Ich bin *groß*.«

»Oh, entschuldige, Süße. Ich nenne dich schon so lange Kleines, dass ich das manchmal vergesse. Mein Fehler. Also, Große, hier kommt meine Idee. Warum lassen wir die Geburtstagsmädchen heute nicht mal den Tee einschenken? Sie haben eh schon Prinzessinnenkronen auf dem Kopf.« Ich blicke über die Schulter hinweg auf die andere Seite des Gartens, wo Sunny und Luna mit Elsa- und Anna-Kleidern, Geburtstagskronen und rosa Glitzerschuhen den Seifenblasen hinterherlaufen, die Henn macht. Sie werden auf Schritt und Tritt von Buster, unserem Boston Terrier, verfolgt.

»Aber die Zwillinge verschütten den Tee immer«, sagt Gracie, verzieht ihr kleines Gesicht und verdreht die Augen. »Ich mag es nicht, wenn sie den Tee verschütten, Onkel Jo Jo. Die Teeparty muss sauber und schön sein.«

»Ja, Onkel Jo Jo, die Teeparty muss schön sein, und die Zwillinge verschütten immer den Tee«, sagt Josh und verdreht mit gespielter Empörung die Augen. »Das nächste Mal musst du dir schon was Besseres einfallen lassen, Bro. Mein Gott.«

»Ich weiß, Große. Die Zwillinge sind chaotisch. Das wissen wir alle. Aber die Sache ist die, ich darf immer den Tee einschenken, weil du so nett und gut zu mir bist.« Ich zwinkere ihr zu. »Also habe ich mir gedacht, vielleicht könnten wir dieses Mal eine Ausnahme machen und die Zwillinge den Tee einschenken lassen, schließlich werden sie heute zwei Jahre alt. Und so kommen sie sich besonders vor. Wir könnten dann klatschen und jubeln und hinter ihren Rücken heimlich kichern, weil sie ja wirklich immer den Tee verschütten.« Ich nehme einen Schluck von meinem Bier und werfe Josh einen triumphierenden Blick zu. Drei, zwei, eins ...

»Okay«, sagt Gracie wie auf Kommando, und ihr hübsches Gesicht strahlt vor Freude. »Das wird lustig.«

Ich grinse Josh an und proste ihm zu. Wenn es eines gibt, worüber ich Bescheid weiß, dann darüber, wie eine Frau tickt. Egal, ob sie vier oder vierzig ist. Und was ich über Gracie Louise Faraday weiß, ist, dass sie immer für einen guten Insider zu haben ist, genau wie ihre Mommy und ihre Tante. Also eigentlich wie jede Frau, nehme ich an.

»Gute Idee, Onkel Jo Jo«, sagt Gracie. Sie kichert. »Wir sagen ihnen, dass sie es toll gemacht haben, und dann schauen wir so, du und ich.« Sie verdreht die Augen mit der Eleganz von Bugs Bunny.

»Perfekt.« Ich nehme noch einen großen Schluck Bier und grinse Josh an. »Problem gelöst.«

Josh lacht. »Du Meistermanipulator.«

»Ich bin nur klüger als alle anderen.«

»Hey, Onkel Henny!«, ruft Josh Henn auf der anderen Seite des Gartens zu. »Bring doch bitte die Geburtstagskinder mal her. Die große Gracie hat aus reiner Nächstenliebe beschlossen, dass die Zwillinge heute mal den Tee einschenken dürfen.«

Henn ist gerade dabei, eine Seifenblase für Lu zu machen, aber er zeigt mit dem Daumen nach oben. Er beugt sich hinunter, um etwas zu Sunny zu sagen, und sie rennt sofort über den Rasen auf mich zu. Sie rempelt mich an wie ein entgleisender Zug und wirft ihre kleinen Arme um meinen Hals. »Daddy!«, kreischt sie und hüpft auf meinen Schoß.

»Hi, Baby«, sage ich und küsse sie auf die Wange. Ihre Krone fliegt ihr vom Kopf, und ich setze sie ihr wieder auf. »Willst du den Tee einschenken, Sunny?«

»Oh jaaa! Sunniiieee Teee! Jaaa!«

Henn kommt mit Luna auf dem Arm zu uns. »Lu scheint überhaupt nicht begeistert zu sein von der Idee, den Tee einzugießen«, sagt Henn. »Sie will lieber mit Käfern spielen.«

Josh lacht. »Na, dann komm, Lu. Ich spiele mit dir zusammen mit Käfern. Ich zeige dir, welche am besten schmecken. Setz dich auf meinen Platz, Onkel Henny. Du gewöhnst dich besser daran, denn ich sage dir eine Zukunft mit vielen Prinzessinnenpartys voraus.«

Henn, der stolze zukünftige Vater, strahlt ihn an. »Absolut. Teepartys, Spear-Phishing, Drive-by-Downloads, Streit um Kleinigkeiten, Doxing – das übliche Vater-Tochter-Zeugs eben.«

»Nicht so!«, sagt Gracie zu der armen hilflosen Sunny. »*So.*«

Ich werfe Gracie einen Blick zu und erinnere sie an unsere heimliche Abmachung.

Ihre Miene hellt sich auf. »Oh, sooo gut, Sunny«, sagt sie

und nickt übertrieben mit dem Kopf. »Gut gemacht«, kräht sie. Und dann wirft sie mir einen Blick zu, der mit Sicherheit sagen soll »Sunny verkackt es total«.

Ich muss einfach lachen. Gracie amüsiert mich immer wieder.

Die Glasschiebetür öffnet sich, und Sarah und Kat kommen aus dem Haus.

»Hey, Leute«, sagt Kat, als die beiden sich zu unserer Teeparty gesellen. Jack sitzt auf ihrer Hüfte, und sie hält ein Glas Wein in der Hand.

»Es ist eine Prinzessinnenteeparty«, sagt Gracie entschieden.

»Sieht nach Spaß aus«, sagt Sarah.

»Was macht Josh denn da drüben im Dreck?«, fragt Kat.

»Der isst mit Luna Käfer«, antworte ich.

»Fantastisch«, sagt Kat. »Willst du mit Daddy und Lu mit den Käfern spielen, Jack?«

Jack windet sich begeistert in Kats Arm. Sie lässt ihn runter, und er krabbelt über das Gras zu seinem Vater und seiner Cousine.

»Wenn Jack Faraday mit Käfern spielt, bringt er ihnen bei, mit Einrädern zu fahren und komplexe Rechenaufgaben zu lösen«, sage ich, und Kat lacht.

»Wenn Jack Faraday mit Käfern spielt, entschlüsselt er *Heisenbug*«, sagt Henn, und niemand lacht.

»Der war mir zu hoch«, sagt Sarah.

»Oder er war einfach nicht lustig«, füge ich hinzu.

Henn blickt uns unbeeindruckt an. »Glaubt mir, Leute, in einer Hackergesellschaft wäre das der absolute Brüller gewesen.«

»Wow, das sieht nach einer sehr lustigen Teeparty aus«, sagt Sarah.

»Ich lass Sunny dieses Mal den Tee einschenken«, erklärt Gracie.

»Und sie macht das soooo gut.« Gracie wirft mir noch einen verschwörerischen Blick zu, und ich breche in schallendes Gelächter aus.

»Sunniiieee Teee schenken, Mommiieee!«, erklärt Sunny stolz und schüttet das ganze Wasser über den Plastiktisch und sich selbst.

»Das sehe ich«, sagt Sarah. »Sieht so aus, als müssten wir dich gleich mal umziehen. Hey, Gracie, warum trägst du denn heute gar nicht die rosa Glitzerschuhe, die zu denen von Sunny und Lu passen?«

»Ich mag nicht, wenn es zusammenpasst«, sagt Gracie schlicht. »Ich mag die Einzige sein.«

»Oh«, sagt Sarah. »Das wusste ich nicht.«

»Gracie weigert sich, ihre neuen rosa Glitzerschuhe anzuziehen«, sagt Kat und schiebt ihre Unterlippe vor. »Ich habe gebettelt und sie angefleht, aber sie wollte es nicht. Tut mir leid, Sarah.«

»Das ist schon in Ordnung. Ich nehme an, das ist normal«, sagt Sarah und zieht einen Schmollmund.

Kat wirft Sarah einen bemitleidenden Blick zu.

»Huuunger, Mommy!«, quietscht Sunny.

»Na, da hast du aber Glück«, sagt Sarah. »Denn es gibt jetzt *arroz con pollo y frijoles* und dann den Geburtstagskuchen *con helado*.«

»Mmh. *Quiero helado, mami*«, sagt Sunny. »Lecker.«

»Ja. Du kannst ein Eis haben, *despues de comer tu comida, mamacita*.«

»Okay, *mami*.«

»Und weißt du was? Wir singen alle für dich und Lu ›Feliz Cumpleaños‹.«

»Juhu!«

»Jonas, hilfst du mir mal, alle ins Haus zu lotsen, damit wir drinnen ein bisschen was essen können?«

»Na klar, Baby.«

Ein gedämpftes Geräusch dringt aus dem Babyfon, das Sarah in der Hand hält. »Ja, wer wird denn da wach?« Sie dreht sich auf dem Absatz um und will offensichtlich zu dem Kind laufen.

»Ich mach das«, sage ich und springe auf.

»Woher wusste ich nur, dass du das sagen würdest?«

Ich grinse. Mein Baby kennt mich so gut. Es gibt nichts, was ich mehr liebe, als ein Lächeln von einem meiner Kinder zu bekommen, wenn sie gerade aus ihrem Nickerchen aufwachen. »Henn, kannst du das mit den Leuten übernehmen?«

»Natürlich, Boss.«

Als ich ins Kinderzimmer komme, liegt mein Sohn ruhig in seinem Bettchen und starrt auf das Froschmobile über seinem Kopf. Sobald er mich sieht, hellt sich sein Gesicht auf, und er beginnt zu glucksen und vor Aufregung mit seinen Beinen zu strampeln.

»Hey, Jeremiah«, sage ich leise und hebe ihn aus dem Bett. Ich gebe ihm einen Kuss auf die Stirn. »Hallo, kleiner Mann. Hast du gut geschlafen?«

Ich liebe diese ruhigen, verstohlenen Momente mit meinem Sohn, unserem kleinen Wunderbaby, Jeremiah Joshua Faraday, von dem wir uns ziemlich sicher sind, dass er an unserem Wochenende in San Diego gezeugt wurde – dem ersten von vielen Wochenenden, an denen Mommy und Daddy ganz für sich allein waren und ihren Spaß hatten. Wurde Jeremiah auf dem Flug nach San Diego gezeugt? Oder in dieser ersten unvergesslichen Nacht in der Villa? Oder vielleicht auch am zweiten Tag, als Sarah und ich jedes einzelne Sexspielzeug aus meiner Tasche ausprobiert haben – manches mit erstaunlichem Erfolg, manches mit nicht enden wollendem Gelächter? Wir wissen es nicht sicher. Wir wissen nur, dass unser Sohn nicht gezeugt wurde, während seine Mutter an ein verdammtes Bondage-Set gefesselt war.

Sarah und ich haben dieses Zeug nie wieder ausprobiert. Ich habe es nicht einmal mehr mit nach Hause genommen, was bedeutet, dass auf unseren persönlichen Butler eine nette Überraschung gewartet hat. Aber auch wenn wir nicht genau wissen, wann und wo unser kleines Wunder stattgefunden hat, so wissen wir doch eines ganz genau: Laut den Ärzten dürfte Jeremiah Joshua Faraday jetzt gar nicht hier sein.

Ich bringe Jeremiah hinüber zum Wickeltisch und will ihm eine neue Windel anziehen. Währenddessen betrachte ich die Zimmerwände, und mein Herz macht einen Sprung, als ich bewundere, was Sarah erst vor Kurzem zu unserem Familiengemälde hinzugefügt hat. Zusätzlich zu der lächelnden Sonne und dem Mond schaut jetzt auch noch Jeremiah, der grinsende Ochsenfrosch, vom sternenübersäten Himmel auf mich herab und verbreitet seine einzigartige Freude auf der ganzen Welt. Und dann ist da noch Jeremiah, der kleine Prinz mit einer Feder am Hut, der auf seinem eigenen braunen Pony neben seinen Prinzessinnenschwestern und hinter König Jonas und Königin Sarah auf ihrem prächtigen weißen Ross reitet. Und Jeremiah, das einäugige Minimonster, das mit seiner Monsterfamilie auf der Wiese am Hügel spielt. Und noch einmal Jeremiah der Ochsenfrosch, der auf meiner breiten Schulter sitzt, während ich mit meinem muskulösen Arm das Buch der Liebe halte und es meinen kleinen Töchtern und meiner bezaubernden Frau vorlese. Mein absolutes Lieblingsbild ist aber das, wo meine ganze kleine Familie, wir alle fünf, auf dem höchsten Gipfel der Welt steht und in Siegerpose die Arme nach oben reckt.

»Sieht es gut aus?«, hat Sarah mich letztes Wochenende mit einem Pinsel in der Hand gefragt und sich zurückgelehnt, um ihr neuestes Werk an der Wand zu begutachten. Dabei hat sie sich mit der Hand ins Gesicht gefasst und unbeabsichtigt grüne Ochsenfroschfarbe an ihre Nase geschmiert. »Ich wollte es schon früher machen, aber das Leben kam mir in die Quere.« Sie hat mir ein bezauberndes Lächeln zugeworfen und die Farbe auf ihrer Nase überhaupt nicht bemerkt. Bei ihrem Anblick ist mein Herz in Trilliarden Stücke explodiert.

Ich habe ihr mit meinem Daumen die Farbe von der Nasenspitze gewischt und sie geküsst. »Es ist wunderschön«, habe ich gesagt. »Unser Streben nach Vollkommenheit ist jetzt perfekt.«

Sie hat weiter auf die Szene unserer triumphierenden Familie auf dem Gipfel geblickt. »Denkst du, dass du und Josh eines Tages den Mount Everest besteigen werdet?«, hat sie gefragt.

Die Frage kam überraschend, und ich musste kurz nachdenken. »Vielleicht eines Tages«, habe ich schließlich geantwortet. »Man kann nie wissen. Aber auf keinen Fall, während die Kinder noch so jung sind. Man ist dann für ein paar Monate weg, und außerdem ist es unglaublich gefährlich.«

»Aber es ist dein Traum.«

»Nun ja, es *war* mein Traum. Und vielleicht wird es das auch wieder werden. Aber im Moment ist es nicht mein Traum. Mein Traum befindet sich gerade genau hier an diesen Wänden.«

Ihre Wangen wurden rot.

»Es gibt jede Menge andere Gipfel zu besteigen, bei denen nicht sieben Prozent der Kletterer ums Leben kommen. Es gibt für mich einiges, für das es sich zu leben lohnt.«

Jeremiah macht ein seltsames Geräusch auf dem Wickeltisch, und ich lächle ihn an. »Bist du bereit, den Geburtstag deiner Schwestern komplett zu machen?«, frage ich.

Jeremiah gluckst.

»Na gut, dann lass uns gehen, mein Junge.«

Ich nehme ihn vom Wickeltisch hoch und drücke ihn an meine Brust, genau über mein jüngstes Tattoo: ein Schnörkel mit dem Bild eines hüpfenden Ochsenfrosches, versteckt in einer Leinenschärpe und umgeben von einer glitzernden Sternengalaxie. Es bezieht sich natürlich auf den Propheten Jeremiah aus dem Buch Jeremiah, vermischt mit dem Lied von Three Dog Night, in dem es um Jeremiah, unseren wertvollen kleinen Ochsenfrosch, geht. Und es ist natürlich auch eine Anspielung an die Frau – an die geliebte Ehefrau und Mutter, der Himmel voller Sterne –, die sogar die dunkelste Nacht so brillant erhellt.

Ich drehe mich um, um mit meinem Sohn im Arm das Zimmer zu verlassen, aber bevor ich durch die Tür gehe, tue ich das, was ich immer mache, wenn ich dieses Zimmer verlasse – zumindest immer dann, wenn ich eines meiner Babys auf dem Arm halte. Ich lese die Worte ganz oben an den Wänden laut vor. »»Die Liebe ist die Sehnsucht nach der Ganzheit, und das Streben nach der Ganzheit wird Liebe genannt««, sage ich laut. »Du bist die göttliche Idee deiner selbst, Jeremiah.«

Jeremiah gurrt mich an.

Alle haben sich in der Nähe der Küche versammelt, angelockt von den köstlichen Düften, die in der Luft hängen. Ein weiterer fantastischer Song von Sarahs Playlist ertönt aus den Lautsprechern: »Hanging By a Moment« von Lifehouse. Ich muss schon sagen, abgesehen von ihrem Faible für Hip-Hop und One Direction hat meine Frau einen ausgezeichneten Musikgeschmack. Mit dem Lifehouse-Song als Soundtrack bleibe ich einen Augenblick lang mit meinem Sohn im Arm stehen und betrachte das fröhliche Treiben um mich herum.

Gracie hat die Kontrolle über einen Kindertisch in der Ecke, an dem sie mit Jack, Lu und Sunny sitzt. Wie immer. In der Küche holen Rosario und Gloria riesige Bleche mit Essen aus dem Ofen, während unsere gute Freundin (und Patin der Kinder) Georgia auf der Arbeitsplatte Gemüse schneidet und sich dabei angeregt mit den anderen Frauen unterhält. Ich kann nicht verstehen, was Georgia sagt, aber ich wette, sie redet über Trey, der im Moment ein grandioses erstes Jahr auf der Uni hinlegt.

»Buster!«, brüllt Rosario, als ein Stück Essen auf dem Küchenboden landet und unser trotteliger Hund von Lunas Seite aufspringt, um es sich zu schnappen.

Jeremiah klatscht mir mit seiner kleinen Hand ins Gesicht, und ich schunkle ihn in meinen Armen.

Josh und Kat sitzen mit Henn und Hannah am Esstisch und unterhalten sich angeregt. Kats Hand liegt gerade auf Hannahs Babybauch, und sie lacht sich halb tot über etwas, das Hannah sagt. Henn gestikuliert wild mit den Armen, während er Josh irgendeine Geschichte erzählt, und Josh wirft Henn sein typisches, freches Grinsen zu. Hm, ich habe noch nie gesehen, dass Josh dieses Grinsen auch an jemand anderem als mir austestet – es ist gut zu wissen, dass es nicht nur mir mit ihm so ergeht.

Und in der Mitte von allem steht Sarah – meine wunderbare Sarah –, die den Kindern Trinkbecher bringt und dann zurück in die Küche geht, um über Glorias Schulter hinweg einen Blick aufs Essen zu werfen.

Das Lied von Lifehouse geht zu Ende, und ein neuer Song von Sarahs Playlist beginnt. Ich erkenne ihn sofort. Ich schmunzle. Mein Baby spielt unser Lied. Als die ersten Töne des Lieds erklingen, dreht sich Sarah auf dem Absatz um und sucht nach mir. Als sich unsere Blicke treffen, legt sich ein breites Grinsen über ihr Gesicht.

Sie kichert.

Das Lied, das aus den Lautsprechern dringt, ist der neueste Hit von 2Real aus seinem zweiten Album OAM (natürlich die jugendfreie Radioversion, weil so viele Kinder im Raum sind).

»OAM« bedient sich auffällig des Neunzigerjahrehits

»OPP« von Naughty by Nature, und sogar ich muss zugeben, dass dieses Lied einen total mitreißt. Es handelt davon, dass 2Real die Frau eines anderen Mannes anmacht, eine Frau mit großen braunen Augen, der man nichts vormachen kann und die – sehr zum Leidwesen von 2Real – hoffnungslos in ein reiches Arschloch verliebt ist, das außer Geld und Muskeln nur ein Talent besitzt, wie es scheint. Und zwar das, eine Frau von null auf hundert zum Orgasmus zu bringen.

Verdammt, wie ich dieses Lied liebe.

Es stimmt schon, ich habe mal gesagt, dass ich mit Sarah niemals zu Hip-Hop-Musik schlafen werde, aber so ist das Leben. Ein Mann sollte niemals nie sagen, denn mittlerweile habe ich mit meiner wunderschönen Frau schon viele, viele Male zu diesem Song Sex gehabt und ihr (wie mir) ein paar fantastische Orgasmen beschert. Und jedes Mal, wenn ich mit meinem geliebten Baby zu diesem Lied schlafe und sie dazu bringe, meinen Namen zu rufen, macht mich eine Sache noch viel mehr an als alles, was ich gerade mit ihrem Körper tue: der Satz, der mir dabei durch den Kopf geht. *Das stimmt, du Bastard. Ich bin ein Arschloch, ein Riesenarschloch, um genau zu sein. Und diese Frau gehört mir – Propiedad de Jonas Faraday. Also fick dich.*

Sarah schenkt mir ein verführerisches Grinsen, wackelt kurz mit ihrem Hintern und tanzt dann in die Küche, um Rosario und ihrer Mutter mit dem Essen zu helfen. Ich blicke ihr lange nach und bekomme das Grinsen einfach nicht aus meinem Gesicht.

»Jonas.«

Ich drehe mich in die Richtung, aus der die Stimme kommt. Es ist Onkel William, der zwei Gläser Scotch in der Hand hält.

»Hast du eine Minute Zeit?«

»Natürlich.«

Ich folge meinem Onkel ins Wohnzimmer, und wir machen es uns auf der Couch bequem. Während Jeremiah sich in meinen Arm kuschelt, reden Onkel William und ich fünfzehn Minuten lang über die ganzen Faraday-Kinder, über Onkel Williams letzten Ausflug zum Fliegenfischen nach Montana, über den aktuellen Zustand der Börse und über die neuesten Investitionen meines Onkels.

»Vor ein paar Jahren habe ich in eine Yogamarke investiert, und sie bringt schon acht Prozent mehr Profit, als vorausgesagt wurde«, sagt er.

»Wow, das ist ja großartig.«

Jeremiah steckt mir seine Faust in den Mund, und ich drehe ihn auf meinem Arm herum.

Onkel William nippt an seinem Scotch. »Ich habe beobachtet, wie du und dein Bruder Climb and Conquer aufgebaut haben. Beeindruckend.«

»Danke.«

»Es ist eine Sache, ein Unternehmen aufzubauen, das dir von Geburt an gehört, aber es ist etwas ganz anderes, ein Unternehmen komplett neu zu gründen und es so schnell so erfolgreich zu machen. Ich bin stolz auf euch.«

»Danke«, sage ich wieder und spüre, wie ich rot werde.

»Habt ihr Pläne, das Unternehmen zu erweitern? Ich könnte mir vorstellen, dass Outdoorausrüstung gut dazupassen würde.«

»Eigentlich hatte ich schon immer die Vision, dass Climb and Conquer auch Fitness- und Outdoorausrüstung herstellt, aber ich habe einfach im Moment zu viel zu tun, um es selbst in die Hand zu nehmen. Und außerdem habe ich erkannt, dass meine persönliche Leidenschaft in den Studios selbst liegt, und in dem Vertrauen, dass wir unseren Kunden einflößen.«

Onkel William nimmt einen großen Schluck von seinem Drink, aber ich habe ihn schon bei zu vielen wichtigen Verhandlungen gesehen, als dass ich mich von diesem Manöver täuschen lassen würde. Er hat ganz offensichtlich etwas Großes im Sinn. Er räuspert sich. »Ich denke, es wäre ziemlich einfach für Climb and Conquer, eine Klamottenmarke zu entwerfen und einen Onlineshop zu errichten – und wenn das funktioniert, vielleicht sogar echte Läden in den größeren Städten. Zumindest an der nordwestlichen Pazifikküste.«

Ich bin völlig überrumpelt. »Genau diese Strategie steht in unserem Fünf-Jahres-Businessplan. Ich habe nur noch keine Zeit gehabt, um mich damit eingehender zu beschäftigen.«

Onkel Williams Augen funkeln. »Ich würde das nur allzu gerne für euch machen, Jonas.« Er blickt in sein Glas. »Ich vermisse es wirklich, mit euch zu arbeiten.«

Das Herz springt mir fast aus der Brust. »Das hört sich echt vielversprechend an«, sage ich und versuche, ruhig zu klingen. »Aber du weißt schon, dass unser Geschäftsmodell philanthropisch ist. Das ist bei uns nicht nur so dahergesagt. Wir haben alle möglichen Programme und Projekte, die wir unterstützen. Jeden einzelnen Tag. Das ist eine feste Verpflichtung.«

Onkel William grinst. »Ich weiß, mein Sohn.« Er berührt Jeremiahs Fuß. »Das ist in Ordnung für mich.«

Mein Puls fängt an zu rasen. »Wunderbar«, sage ich. »Lass uns mit Josh über die Idee reden und einen Termin vereinbaren, um alles genauer zu besprechen. Ich bin mir sicher, er ist genauso angetan von der Idee wie ich.« Mein Onkel schaut jetzt genauso, wie ich mich fühle: total beschwingt. »Ganz im Ernst, Onkel William, wieder mit dir zu arbeiten würde einen Traum wahr werden lassen.«

Die Geburtstagsparty ist zu Ende. Alle sind gegangen. Rosario ist in der Küche, verpackt die Essensreste in Dosen und räumt die letzten Teller ab. Ich bin gerade damit fertig geworden, Jeremiah zu baden und ihn ins Bett zu bringen.

Ich bin mir nicht sicher, wo Sarah und die Mädchen sind, aber ich nehme an, Sarah badet die beiden in ihrem Badezimmer.

Ich gehe den Flur entlang und werfe einen Blick in das Badezimmer der Mädchen, gespannt auf den Blödsinn, den meine drei Mädels jetzt wieder aushecken. Aber hier sind sie nicht. Die Badewanne ist leer, und Enten und Äffchen und Frösche aus Gummi sitzen auf dem Wannenrand. Ich strecke meinen Kopf ins gemeinsame Zimmer der Mädchen, aber auch dort sind sie nicht. Alles ist still.

Ich gehe den langen Flur entlang zu unserem Schlafzimmer, und als ich näher komme, höre ich Sarahs leise Stimme auf Spanisch sprechen. Die Sanftheit in Sarahs Tonfall lässt mich langsamer werden, und ich schleiche mich leise zum Türrahmen.

Vorsichtig spähe ich ins Zimmer.

Da sind sie. Drei der vier Lieben meines Lebens.

Bei ihrem Anblick bleibt mir förmlich die Luft weg.

Sarah hat sich mit unseren zwei Mädchen in unser Bett gekuschelt – mit unseren beiden dunkelhaarigen Schönheiten, die die olivfarbene Haut und die funkelnden Augen ihrer Mutter haben. Auf jeder Seite von ihr liegt ein Mädchen, und sie liest ihnen *Die kleine Raupe Nimmersatt* vor und übersetzt die Geschichte ins Spanische. Die Mädchen schauen ihre Mutter erwartungsvoll an und verschlingen jedes einzelne Wort von ihr, als hätte sie einen Zauber um sie gelegt. Sarah blickt von dem Buch auf und wirft den beiden einen Blick zu, der so voller Liebe ist, dass mir das Herz zerspringt. Als Sarah zu dem Teil kommt, in dem sich die Raupe in einen Schmetterling verwandelt – in *una mariposa* –, schweift ihr Blick vom Buch ab, und sie sieht mich im Türrahmen stehen.

Sie strahlt mich an – mein wunderschöner Schmetterling –, und ich strahle zurück. Meine Frau. Mein Leben. Mein Ein und Alles.

Sie ist mein endloser Ozean.
Mein Mount Everest.
Mein Gipfel.
Sie ist die Sonne und der Mond und die Sterne.
Mein Grund zum Atmen.
Wenn sie mich anlächelt, bin ich erlöst.
Sie ist meine Religion.
Meine Kirche.
Mein Heiligtum.
O mein kleiner Mount Everest.
Die Göttin und die Muse.
Sarah Cruz, verdammt.

Ich berühre das Tattoo auf meinem rechten Unterarm und hole tief Luft. Eine überwältigende Ruhe erfüllt jeden Winkel meines Körpers und meiner Seele.

Ich habe den Gipfel erreicht.

Die göttliche Idee von mir.

In mir ist eine Gelassenheit, die ich nicht für möglich gehalten hätte.

Pure Ekstase.

»Die Liebe ist die Sehnsucht nach der Ganzheit, und das Streben nach der Ganzheit wird Liebe genannt.« Die Götter sind auf unserer Seite. Wir beide schreiben die schönste Liebesgeschichte aller Zeiten.

Das Höchste, was der Mensch erreichen kann.

Jonas
Bonusszene ~ Peru

Josh und ich klatschen ab und umarmen uns überschwänglich, und dann schlagen wir mit Jorge (unserem Bergführer), Scott (dem Reporter, der den Bericht über unsere Bergtour für das *Climbing Magazine* schreibt) und zwei anderen Mitgliedern von Jorges Crew ein und umarmen sie alle. Wir stehen stumm nebeneinander und sind überwältigt von der Aussicht vom Gipfel des Huascarán, des höchsten Gipfels Perus.

»Lass uns ein Selfie machen«, sagt Josh und holt seine Kamera hervor.

»Das ist das erste Mal in meinem Leben, dass ich dich nicht auslache, wenn du das sagst.«

Wir machen tausend Fotos von uns mit der Gruppe und dann noch mal tausend nur von uns beiden.

»Das ist ziemlich geil, was?«, sagt Josh. Er holt seinen Flachmann heraus und nimmt einen großen Schluck. »Es gibt kein besseres Gefühl auf der Welt als das hier.« Er reicht mir den Flachmann.

»Na ja, *ein* besseres Gefühl kann ich mir schon vorstellen.« Ich nehme einen Schluck und sauge den Ausblick in mir auf.

»O mein Gott, nein. Sprich nicht schon wieder von ihr«, sagt Josh und nimmt mir den Flachmann schnell wieder aus der Hand. »Dieser Gipfel ist eine Sarah-freie Zone, Bro. Lass uns jetzt mal richtige *Männer* sein. Keine *Ehemänner*. Tiere. Bergsteigertiere. Bitte.«

»Ich habe ja nur gesagt, dass ich mir schon ein besseres Gefühl auf der Welt vorstellen kann. Das ist alles.«

»Ich weiß, was du gesagt hast. Und ich weiß genau, woran du dabei denkst und wo diese Bemerkung unweigerlich hinführt. Ich habe die letzten zwei Wochen jeden Tag mit dir verbracht, Bro. Und wir müssen von diesem Berg hier auch wieder runter. Also lass es. Ich weiß, dass du sie liebst. Ich weiß, dass sie der Wahnsinn ist. Das finde ich auch, okay? Aber jetzt hör bitte endlich auf, über sie zu reden. Herrgott im Himmel.«

Ein paar Minuten lang sagt keiner von uns beiden was. Josh hat recht – ich wollte etwas über Sarah sagen. Und jetzt weiß ich nicht mehr, was ich sonst sagen soll.

»Für den Everest braucht man zwei Monate, weißt du?«, murmle ich schließlich.

»Ja, das weiß ich.«

»Ich glaube nicht, dass ich zwei Monate lang von Sarah getrennt sein kann.«

»Du hast schon wieder über Sarah geredet.«

»Nein, ich habe über den Everest geredet. Zwei Monate sind eine lange Zeit.«

»Getrennt von *Sarah*«, sagt Josh und legt mir die Worte in den Mund.

Ich zucke mit den Schultern. Ja, das wollte ich sagen. Alles, was ich sage und tue, hat irgendetwas mit Sarah zu tun. Das ist halt so.

Josh holt tief Luft und nimmt noch einen Schluck aus seinem Flachmann. »Bro, ich denke nicht, dass ich zwei Monate lang mit *dir* unterwegs sein könnte, wenn *du* zwei Monate lang von *Sarah* getrennt bist. Ich würde mich irgendwann von dem verdammten Berg stürzen.«

Ich muss lachen.

Josh schüttelt seinen Kopf. »Ich habe auch nicht das geringste Verlangen danach, so lange von Kat, Gracie und Jack getrennt zu sein, Bro.«

Er gibt mir die Flasche.

»Wenn man darüber nachdenkt, ist es eine ziemlich verrückte Sache, den Mount Everest zu besteigen«, sage ich und nehme einen Schluck. »In der Woche vor unserer Abreise ist eine Gruppe von fünfzehn Leuten am Everest gestorben.«

»Ich weiß, das habe ich gelesen.«

»Auf zehn Menschen, die es zum Gipfel schaffen, kommt ein Bergsteiger, der dabei stirbt. Kanntest du diese Statistik?«, frage ich.

»Ja.«

»Als ich jünger war, habe ich nie auf diese Weise darüber nachgedacht«, sage ich. »Es war mir egal.«

»Ja, mir auch.«

Es entsteht eine lange Pause.

»Also kein Everest?«, sage ich.

Josh zuckt mit den Schultern. »Ich weiß auch nicht. Irgendwie ergibt es keinen Sinn mehr. Ich fühle das schon eine Weile, wenn ich darüber nachdenke – seit Gracie auf der Welt ist.«

Ich atme erleichtert aus. »Okay. Cool.«

Josh nickt zustimmend. »Cool.«

»Coolio Iglesias«, murmle ich.

»O nein. Du redest sogar schon wie *sie*.«

»Tut mir leid, das war echt scheiße. Ich verdiene es, dafür bestraft zu werden.«

»Ja, das tust du«, stimmt er mir zu. »Aber ich fühle mich hier oben auf dem Dach Perus so gut, dass ich nicht das Bedürfnis verspüre, dir wehzutun.«

»Danke.«

Wir sagen wieder lange nichts und genießen einfach die Aussicht von hier oben.

»Ich dachte, du seist wild entschlossen dazu«, sagt Josh.
»Du meinst, den Everest zu besteigen?«, frage ich.
Er nickt.
Ich zucke mit den Schultern. »Das Leben verändert sich.« Ich nehme noch einen Schluck aus seiner Flasche. »Bestimmte Dinge, die dir vorher egal waren, werden plötzlich wichtig – und Dinge, die mal wichtig waren, werden dir egal.«
»Gut ausgedrückt.«
Ich klatsche in die Hände. »Also, wenn wir in nächster Zeit nicht den Mount Everest besteigen, dann gibt es etwas, das ich hier oben tun muss.«
»Was?«
»Ich werde einen Moment alleine dort hinübergehen.«
»Im Ernst?«
»Ja.«
»Dann gib mir den Flachmann. Wenn du etwas Dummes tust und vom Berg stürzt, dann will ich nicht, dass du meinen Whiskey mitnimmst.«
»Ich werde nicht vom Berg stürzen.«
»Willst du deinen Namen in den Schnee pinkeln? Deine Duftmarke hinterlassen?«
»Nein. Ich bin keine zehn Jahre alt mehr, weißt du? Gib mir einfach eine Minute.«
»Ich bin beeindruckt.«
»Ich bin gleich wieder zurück.« Ich gebe Josh den Flachmann und bedeute Jorge, dass ich ein Stück nach links um einen großen Felsvorsprung gehen werde.

Als ich eine einsame Stelle gefunden habe, schaue ich mich um, und es kommt mir vor, als stünde ich alleine auf dem Dach der Welt. Na ja, ich stehe zwar nur auf dem Dach von Peru, aber das reicht. Als Erstes öffne ich meinen Reißverschluss und pinkle ein großes »J« in den Schnee. Natürlich mache ich das. Aber das ist nicht der einzige Grund, warum ich einen Moment für mich brauche.

Ich ziehe meine Handschuhe aus und strecke meine bloßen Hände dem Himmel entgegen, so weit, wie es nur irgendwie geht. Dabei schließe ich die Augen und stelle mir vor, bis zu den Wolken zu kommen. Ich habe das Bild meiner Mutter vor Augen, wie sie mir von ihrem kleinen Platz im Himmel die Hände entgegenstreckt und meine Fingerspitzen berührt.

»Ich liebe dich«, sage ich leise, und der kalte Wind flüstert mir ins Ohr und zieht an meinen Fingerspitzen. »Ich liebe dich, Mom.«

Mir bleibt kurz die Luft weg.

Verdammt, sind meine Hände kalt.

Ich stecke die Hände wieder in die Handschuhe und zittere vor Kälte.

Ich blicke in den Himmel, aber es dringt kein seltsamer Lichtstrahl durch die Wolken, keine weibliche Stimme flüstert mir leise ins Ohr. Es gibt nur den Berg und mich und ein paar Wolken, die sich über uns zusammenbrauen. Und das ist alles. Moment, da ist noch etwas. *Ja.* Etwas ganz Neues. Ein plötzliches und überwältigendes Gefühl: das Gefühl der Vollkommenheit. Auf einmal habe ich das dringende Bedürfnis, so schnell wie möglich wieder von diesem verdammten Berg hinunterzukommen. Ich muss nach Hause zu meiner Frau. Heilige Scheiße. Ich muss nach Hause zu Sarah und ein Baby mit ihr machen.

Ich weiß, ich habe ihr in Thailand gesagt, ich würde warten, bis sie bereit ist, ein Baby zu bekommen. Ich weiß, dass ich gesagt habe, sie dürfe den Zeitpunkt bestimmen. »Wann immer du willst«, habe ich gesagt. »Arbeite ein paar Monate und finde dich selbst, Miley.« Das habe ich zu ihr gesagt. Aber plötzlich habe ich das Bedürfnis, nach Hause zu fahren und Sarah davon zu überzeugen, jetzt gleich eine Familie zu gründen. Ich muss ihr beibringen, dass es nichts gibt, wovor sie Angst haben müsste. Ich muss ihr sagen, dass die Familie, die wir beide zusammen gründen, nichts mit dem zu tun haben wird, was wir aus unserer eigenen Kindheit kennen. Unsere Kinder werden keine Angst haben und sich in Kleiderschränken verstecken. Unsere Kinder werden geliebt und in Sicherheit sein.

Unsere Kinder werden uns ganz machen.

Ich stolpere fast über die Steine und renne zurück zu Josh.

»Josh«, rufe ich. »Ich bin bereit, nach Hause zu fahren.«

»Was?«

»Ich muss von diesem Berg herunter. Ich muss nach Hause.«

»Oh. Okay.« Er zieht sein Handy aus der Tasche und beginnt zu wählen.

»Was machst du da?« Er weiß genau, dass es hier oben keinen Empfang gibt.

»Ich rufe dir ein Taxi.«

Wir brechen beide in schallendes Gelächter aus. »Ich kann es kaum erwarten, wieder nach Hause zu kommen«, rufe ich. »Ich muss Sarah etwas erzählen.«

»Bro, ich hab dir doch gesagt, dass hier oben Sarah-freie Zone ist.«

Ich grinse bis über beide Ohren. »Josh, verdammt. Was mich betrifft, gibt es so was nicht.«

Danksagung

Zuallererst widme ich dieses Buch meinen treuen Lesern, den Liebesäffchen. Wie immer danke ich euch, dass ihr mir gute Leser und Freunde seid, und besonders danke ich euch dafür, dass ihr mich inspiriert habt, dieses Buch zu schreiben. Ich wusste nicht, dass ich in mir noch eine weitere Geschichte von Sarah und Jonas trage. Aber ihr habt danach verlangt, und ich habe beschlossen, es auf einen Versuch ankommen zu lassen. Und ich bin froh, dass es funktioniert hat. Eigentlich dachte ich, Jonas' und Sarahs Verlobung und Heirat wären das Höchste, was der Mensch erreichen kann, aber da lag ich falsch. Ich liebe euch, ihr Liebesäffchen! Uuuu, aa-aa!!! Affensprache!

Danke auch an Damian DeCantillon, mein Covermodel für alle Club-Bücher. Du bist ein Held und ein Freund. Du bist mein Jonas und wirst es immer sein.

Ich danke Dr. Lisa Johnston, dass sie mir so viele Informationen über Sarah, die Babys und ihre Genesung gegeben hat. Danke auch für diesen Satz: »Aus medizinischer Sicht spricht nichts gegen Oralsex, aber sie wird da unten noch ziemlich heftig bluten ...«

Ich danke dem echten »Sam«, dass er mir seine Technik verraten hat, wie praktisch jede Frau auf Kommando ejakuliert. Sehr faszinierend, ich muss schon sagen. Ich musste teilweise so sehr lachen, dass ich mir in die Hose gemacht habe. Oh, wie ich mein Leben doch liebe.

Ich danke Adina und Chris für ihre witzigen »Jack Faraday«-Vorschläge. Ihr seid beide urkomisch. Es ist gut, solche Freunde zu haben.

Danke auch an Christine Azcona für ihre Großzügigkeit und ihre Güte, dafür, dass sie immer an mich glaubt, und vor allem dafür, dass sie diesem Buch seinen Namen gegeben hat.

Ich danke der talentierten Aurda Mae und meinem geliebten Baby Cuz. Danke für die Rap-Zeilen von Will. Ich wusste, es würde klappen, wenn ich mich an Experten wende.

Und schließlich danke ich meinem Ehemann. Er stand die ganze Zeit an meiner Seite, auch wenn er dadurch herausgefunden hat, dass ich total bekloppt bin. Das Beste, was er zu mir gesagt hat, als ich dieses Buch geschrieben und ihm einen Auszug zum Lesen gegeben habe: »O mein Gott, nein. Baby, das will *niemand* lesen.« Hahaha! Was für ein Dummkopf. Natürlich wollen sie es lesen. *zwinker*